MARTIN CRUZ SMITH es autor de numerosas novelas, algunas de ellas llevadas al cine, como *Parque Gorki*. Ha ganado dos veces el premio Hammett de la asociación de escritores de novelas policiales de EE.UU., y también el premio Golden Dagger del Reino Unido. Ediciones B ha publicado, además de la citada *Parque Gorki*, *Estrella Polar* y *Tiempo de lobos*.

Título original: *Red Square*
Traducción: Camila Batlles
1.ª edición: febrero 2012

© Martin Cruz Smith, 1992
© Ediciones B, S. A., 2012
 para el sello B de Bolsillo
 Consell de Cent, 425-427 - 08009 Barcelona (España)
 www.edicionesb.com

Printed in Spain
ISBN: 978-84-9872-626-8
Depósito legal: B. 41.932-2011

Impreso por NEGRO GRAPHIC, S.L.
Comte de Salvatierra, 309, 5-3
08006 BARCELONA

La Plaza Roja

MARTIN CRUZ SMITH

Para E.M.

Agradecimientos

Agradezco los consejos que me prestaron, en Moscú, Vladimir Kalinichenko, Alexander Stashkov, Yegor y Chandirika Tolstiakov; en Múnich, Raquel Fedoseiev, Jorg Sandl y Nugzar Sharia; y en Berlín, Andrew Nurnberg y Natan Federowskij. Nan Black y Ellen Irish Smith me brindaron su generosa ayuda, y Knox Burger y Katherine Sprague alentaron mi tarea.

De nuevo, Alex Levin fue la brújula de este libro.

Los errores son todos míos.

PRIMERA PARTE

MOSCÚ

6 de agosto - 12 de agosto de 1991

1

En Moscú, la noche estival parece fuego y humo. Las estrellas y la luna se desvanecen. Las parejas se visten y salen a dar un paseo. Los automóviles circulan con los faros apagados.

—Allí está —dijo Jaak, señalando un Audi que circulaba en dirección contraria.

Arkadi se colocó los auriculares y dio unos golpecitos en el receptor.

—Tiene la radio desconectada —observó.

Jaak giró para situarse al otro lado del bulevar y pisó el acelerador. El detective tenía los ojos separados y un rostro enérgico, de facciones pronunciadas. Estaba nervioso y aferraba el volante como si quisiera torcerlo.

Arkadi sacó un cigarrillo, el primero del día. No era un gran mérito porque era la una de la mañana.

—Procura acercarte —dijo, quitándose los auriculares—. Debemos asegurarnos de que se trata de Rudi.

Frente a ellos vieron las luces de la carretera de circunvalación. El Audi enfiló la rampa para mezclarse con el tráfico que circulaba por ella. Jaak se colocó entre dos camiones plataforma que transportaban unas chapas de acero que resonaban con cada bache de la carretera. Al cabo de unos minutos adelantó al primer camión, al Audi y a un camión cisterna. Al pasar junto al Audi, Arkadi distinguió el perfil del conductor, pero había otro pasajero en el coche.

—Ha debido recoger a alguien. Echemos otro vistazo.

Jaak levantó el pie del acelerador. A los pocos segundos les pasó el Audi. Rudi Rosen, el conductor —un tipo con unas manos blancas y fofas—, era el banquero particular de los mafiosos, un Rothschild de pacotilla que servía a los capitalistas más primitivos de Moscú. Junto a él iba sentada una mujer con un aspecto entre sensual y famélico, rubia, con el pelo corto peinado hacia atrás, rozándole el cuello de la cazadora de cuero negra. Al pasar junto a ellos se giró para contemplar el coche de los investigadores, un Zhiguli 8 de dos puertas, como si fuera una basura. Tenía unos treinta años, los ojos oscuros, la boca grande y los labios gruesos, ligeramente entreabiertos, como si estuviera hambrienta. Detrás del Audi apareció una Suzuki 750, que se coló entre los dos coches. El motorista llevaba un casco negro, una cazadora de cuero negra y unas relucientes botas negras. Jaak redujo la velocidad. El motorista era Kim, el guardaespaldas de Rudi.

Arkadi bajó la cabeza para que no le viera y volvió a colocarse los auriculares.

—No oigo nada —dijo.

—Se dirige al mercado. Allí siempre hay un montón de gente. Si te reconocen, estás muerto —dijo Jaak soltando una carcajada—. Claro que así sabremos que no nos hemos equivocado de lugar.

—Es una buena teoría.

Era conveniente no perder el sentido del humor, pensó Arkadi. De todos modos, si alguien me reconoce, significa que aún estoy vivo.

Todos los vehículos enfilaron la rampa de salida. Jaak trató de seguir al Audi, pero una hilera de rockers —motoristas— se introdujo entre los dos coches, envueltos en la estela de humo que escupían los tubos de escape de sus motos sin silenciador. Llevaban unas cazadoras decoradas con esvásticas y águilas zaristas en la espalda.

Al final de la rampa habían retirado las vallas, y el camino estaba despejado. Mientras el coche avanzaba dando botes como si atravesaran un campo de patatas, Arkadi distinguió unas gigantescas siluetas que se recortaban sobre el cielo. Junto a ellos pasó un Moskvich, a través de cuyas ventanillas vio un montón de alfombras. A los pocos minutos pasó un viejo Renault que transportaba unos muebles en la baca. Frente a ellos, las luces de los frenos dibujaban un charco rojo.

Los rockers se detuvieron formando un círculo, anunciando su presencia con un coro de rugidos. En unas lomas y hondonadas había varios coches y camiones aparcados. Jaak se apeó del Zhiguli sonriendo como un cocodrilo que ha descubierto a unos monos jugando. Luego se apeó Arkadi. Llevaba una chaqueta guateada y un gorro de lana. Tenía los ojos negros, y en su rostro se dibujaba una expresión de desconcierto, como si acabara de salir de una cueva y estuviera asombrado ante los cambios que se habían registrado en la Tierra, lo cual, en cierto modo, era verdad.

Eso era el nuevo Moscú.

Las siluetas que había visto antes eran unas torres con unas luces rojas en lo alto para alertar a los aviones. Junto a ellas había unas máquinas excavadoras, unas hormigoneras, unos montones de ladrillos y unas barras metálicas de mala calidad que se hundían en el barro. Por entre los vehículos aparcados deambulaba un numeroso grupo de gente. Parecía una convención de noctámbulos; pero no se movían como sonámbulos sino con la firmeza y determinación de unos comerciantes que han acudido a vender sus mercancías en un mercado negro.

En cierto sentido era como un sueño, pensó Arkadi. Vio un montón de cartones de Marlboro, Winston, Rothmans e incluso cigarrillos cubanos. A pocos metros había unos tipos que vendían cintas pornográficas americanas y suecas. Junto a ellos había unas cajas que contenían objetos de cristal polaco. Dos individuos vestidos con unos chándales habían colocado en el suelo unos flamantes parabrisas, con sus correspondientes limpiaparabrisas, recién salidos de fábrica. ¡Y comida! En el camión de un carnicero colgaban no unos pollos azulados muertos de hambre sino unas piezas enormes de buey de primera clase. Unos gitanos habían encendido unas lámparas de petróleo junto a unos maletines repletos de rublos zaristas en perfectas condiciones, dentro de unas bolsas de plástico selladas. Jaak indicó a Arkadi un Mercedes blanco. La luz de las lámparas daba a la escena el aspecto de un bazar. No me extrañaría que de pronto aparecieran unos camellos entre los coches, pensó Arkadi, o unos comerciantes chinos con unos rollos de seda. Un grupo de chechenos, unos tipos morenos con el rostro picado de viruela, estaban repantigados en sus lujosos automóviles como unos rajás. Incluso en ese lugar, los chechenos inspiraban respeto y miedo.

El Audi de Rudi Rosen estaba aparcado cerca de un camión del que unos tipos se disponían a descargar unas radios y unos vídeos. Frente al coche se había formado una ordenada cola bajo la atenta mirada de Kim, situado a diez metros de distancia y con un pie apoyado en el casco. Su larga melena caía en torno a un rostro aniñado, de facciones delicadas. Llevaba una gruesa cazadora, como una armadura, por la que asomaba un modelo de Kaláshnikov, más compacto, llamado Malish, «niño pequeño».

—Voy a ponerme en la cola —dijo Arkadi a Jaak.

—¿Por qué hace Rudi esto?

—Se lo preguntaré.

—Está custodiado por un vampiro coreano que no te quitará los ojos de encima.

—Toma nota de las matrículas y vigila a Kim.

Arkadi se situó en la cola mientras Jaak se apostaba junto al camión. Vistos a distancia, los vídeos parecían unos sólidos productos de fabricación soviética. La miniaturización era una cualidad destinada a los consumidores de otras sociedades; por regla general, los rusos querían mostrar lo que habían adquirido, no ocultarlo. Pero ¿eran nuevos? Jaak deslizó los dedos por los bordes de un vídeo, tratando de detectar quemaduras de cigarrillo u otra tara.

La rubia que acompañaba a Rudi se había evaporado. De pronto Arkadi notó que alguien lo observaba. Al girarse, vio a un tipo con la nariz aplastada.

—¿Cuál es el cambio esta noche? —preguntó a Arkadi.

—No lo sé.

—Si no tienes dólares o unos cupones turísticos, te exprimen hasta la polla. ¿Acaso tengo aspecto de turista? —El hombre metió la mano en el bolsillo y sacó un montón de billetes arrugados—. Zlotys y forints. ¿No es increíble? Seguí a esos dos tipos desde el Savoy. Pensaba que eran italianos, y resultó que uno era polaco, y el otro, húngaro.

—Debía de estar muy oscuro —observó Arkadi secamente.

—Cuando me di cuenta, por poco los mato. Les hubiera ahorrado la desgracia de tener que subsistir con unos miserables forints y zlotys.

Rudi bajó la ventanilla del asiento junto al conductor y gritó, dirigiéndose a Arkadi:

—¡El siguiente!

Luego miró al tipo de los zlotys y dijo:

—Tendrá que esperar un rato.

Arkadi se montó en el coche. Rudi llevaba una americana cruzada, y sobre sus rodillas sostenía una caja llena de dinero. Llevaba su escaso cabello peinado en diagonal, tenía los ojos húmedos, unas pestañas muy largas y las mejillas teñidas de un rojo azulado. En el pulgar de la mano con la que sostenía la calculadora ostentaba una sortija engarzada con un granate. El asiento trasero estaba lleno de ficheros, un ordenador portátil, unas pilas de recambio, unos programas informáticos, unos manuales y unas cajas de disquetes. Parecía una oficina.

—Es un banco móvil —dijo Rudi.

—Querrás decir un banco ilegal.

—En mis disquetes puedo almacenar todos los informes de los ahorros de la República Soviética. Si quieres puedo facilitarte una copia.

—Gracias. Dirigir un centro informático itinerante no me parece una ocupación muy agradable.

—Pues yo me divierto de lo lindo —contestó Rudi, mostrándole un Game Boy.

Arkadi olfateó el aire e hizo una mueca. Del retrovisor colgaba una mecha verde.

—Es un ambientador —dijo Rudi—. Huele a pino.

—Más bien huele a sobaco perfumado con menta. No sé cómo puedes respirar aquí dentro.

—Me gusta que huela a limpio. Reconozco que esa manía de la higiene es un defecto, los gérmenes.... ¿Qué haces aquí?

—Tu radio no funciona. Le echaré un vistazo.

—¿Vas a repararla aquí? —preguntó Rudi alarmado.

—Aquí es donde tenemos que utilizarla. Compórtate normalmente, como si estuviéramos haciendo un trato.

—Dijiste que esto era un lugar seguro.

—Pero no al cien por cien. Todo el mundo nos está mirando.

—¿Dólares? ¿Marcos alemanes? ¿Francos? —preguntó Rudi.

La caja estaba llena de monedas de diversos países y colores. Había unos francos que parecían unos delicados retratos pintados a mano, unas liras con unos números fantásticos y la cara de Dante, unos enormes y sólidos marcos alemanes y, en una bandeja, un montón de dólares americanos verdes y crujientes. A los pies de Rudi había un abultado maletín; Arkadi dedujo que debía contener más billetes. Junto al embrague vio un misterioso paquete envuelto en papel marrón. Rudi retiró los billetes de cien dólares de la bandeja y mostró a Arkadi un transmisor y una micrograbadora.

—Haz ver que quiero comprar unos rublos —dijo Arkadi.

—¿Rublos? —preguntó Rudi extrañado—. ¿Por qué ibas a querer comprar rublos?

Mientras accionaba el interruptor del transmisor y sintonizaba la frecuencia, Arkadi respondió:

—Es lo que tú haces, comprar rublos a cambio de dólares o marcos alemanes.

—Deja que te lo explique. Esto es un servicio para compradores. Yo controlo el cambio, soy el banco, de modo que siempre gano dinero y tú pierdes. Nadie compra rublos, Arkadi —dijo Rudi con cierta tristeza—. La única moneda soviética real es el vodka. El vodka constituye el único monopolio estatal que funciona.

—Veo que también tienes de eso —dijo Arkadi, observando el suelo de la parte trasera del automóvil. Estaba repleto de botellas con etiquetas plateadas de vodka Starka, Ruskaia y Kubán.

—Es como negociar en tiempos de la edad de piedra. Acepto lo que la gente tiene. Les ayudo. Me asombra que no me ofrezcan cuentas de piedra. En cualquier caso, el cambio es de cuarenta rublos por dólar.

Arkadi oprimió el interruptor «On» del transmisor y comprobó que las diminutas bobinas no se movían.

—El cambio oficial es de treinta rublos por dólar.

—Sí, y el universo gira alrededor del culo de Lenin. No pretendo ofender a nadie. Es curioso, hago tratos con tipos capaces de cortarles el cuello a su madre, pero el concepto del lucro les avergüenza. —Rudi se puso serio y añadió—: Hay que distinguir entre beneficios y actividades delictivas. Lo que hacemos ahora es normal y legal en cualquier otro lugar del mundo.

—¿Te parece que ese tipo es normal? —preguntó Arkadi señalando a Kim, el guardaespaldas de Rudi, que no apartaba los ojos del coche.

—Kim cumple un papel disuasor. Soy como Suiza, neutral, el banquero de todo el mundo. Todo el mundo me necesita. Somos el único sector de la economía que funciona, Arkadi. Echa un vistazo a tu alrededor. Están las mafias de Long Pond y de Báumanskaia, unos tipos locales que saben cómo satisfacer al cliente. Luego están los mafiosos de Liúbertsi, más duros y estúpidos, aunque tratan de perfeccionar sus métodos.

—¿Como tu socio Boria? —preguntó Arkadi, apretando las bobinas con una llave.

—Boria es un hombre de éxito. Cualquier otro país se sentiría orgulloso de él.

—¿Y los chechenos?

—Los chechenos son distintos. Estarían encantados de vernos a todos muertos. Pero la mafia más poderosa sigue siendo el Partido. No lo olvides.

Arkadi abrió el transmisor y sacó las pilas. Miró a través de la ventanilla y observó que los clientes se estaban impacientando, pero Rudi no parecía tener prisa. Después de su inicial nerviosismo, se mostraba tranquilo, de buen humor.

El problema era que el transmisor era un artículo de la milicia, lo que bastaba para poner nervioso a cualquiera. Arkadi torció los cables de conexión y preguntó:

—¿Estás nervioso?

—Estoy en tus manos.

—Estás en mis manos porque tenemos suficientes pruebas para enviarte a un campo de trabajos forzados durante una buena temporada.

—Pruebas circunstanciales de delitos no violentos, que es lo mismo que decir que los «delitos no violentos» son «negocio». La diferencia entre un delincuente y un hombre de negocios es que éste posee imaginación. Dispongo aquí de la suficiente tecnología para montar una estación espacial. Ese transmisor tuyo es lo único que no funciona.

—Lo sé, lo sé —respondió Arkadi, levantando las espigas de contacto y metiendo de nuevo las pilas—. Había una mujer en tu coche. ¿Quién es?

—No lo sé. De veras. Tenía algo para mí.

—¿El qué?

—Un sueño. Grandes planes.

—¿Te tienta la codicia?

Rudi sonrió modestamente.

—Naturalmente. ¿Quién quiere un sueño pobre? De todos modos, se trata de una amiga.

—Al parecer, no tienes enemigos.

—Aparte de los chechenos, creo que no.

—¿Los banqueros no pueden permitirse el lujo de tener enemigos?

—Tú y yo somos distintos, Arkadi. Tú persigues la justicia. No me extraña que tengas enemigos. Mi objetivo son las ganancias y el placer, como cualquiera que esté en su sano juicio. ¿Quién de los dos ayuda más a la gente?

Arkadi conectó el transmisor a la grabadora.

—Me gusta observar a los rusos cuando reparan objetos —dijo Rudi.

—¿Te dedicas a estudiar a los rusos?

—Por supuesto, soy judío.

Las bobinas empezaron a girar.

—Funciona —dijo Arkadi con satisfacción.

—¿Qué puedo decir? Me dejas asombrado.

Arkadi ocultó el transmisor debajo de los billetes.

—Ten cuidado. Si tienes problemas, grita.

—Kim se ocupa de que no tenga problemas.

Antes de que Arkadi se apeara del coche, Rudi le advirtió:

—En un lugar como éste, tú eres el que debe andarse con cuidado.

Las personas que aguardaban en la cola se precipitaron hacia el coche, pero Kim les contuvo firmemente. Cuando Arkadi pasó junto a él, el guardaespaldas de Rudi le miró con cara de pocos amigos.

Jaak había comprado una radio de onda corta que parecía un maletín de la era espacial. El detective decidió ocultar su adquisición en el Zhiguli.

Mientras se dirigían al coche, Arkadi le preguntó:

—¿Es de onda corta, media o larga? ¿Alemana?

—Puedes sintonizar todas las ondas —contestó Jaak—. Es japonesa.

—¿Te fijaste si tenían transmisores?

Pasaron frente a un ambulancia que ofrecía unas ampollas de morfina en una solución y unas jeringuillas desechables americanas envueltas en celofán. Un motorista de Leningrado vendía ácido desde el sidecar; la Universidad de Leningrado tenía fama de formar a los químicos de mayor renombre. Un ratero que Arkadi había conocido diez días antes vendía unos ordenadores rusos. Otro tipo vendía a sus clientes unos neumáticos que estaban almacenados en un autocar. En el suelo, dispuestos sobre un delicado chal, había unos zapatos y unas sandalias de mujer. Al parecer, los zapatos y los neumáticos tenían mucho éxito.

De pronto, en medio del mercado, se produjo un resplandor blanco seguido de un estallido, como si se hubiera disparado la bombilla de una cámara y se hubiera roto una botella. Arkadi y Jaak se apresuraron hacia el lugar donde se había producido el alboroto. En aquel momento estalló otro resplandor, como unos fuegos artificiales, mientras la gente retrocedía asustada. A los pocos segundos el destello fue perdiendo intensidad hasta adquirir un tono anaranjado, como el fuego que encienden los hombres en un bidón de petróleo para calentarse las manos en invierno. Unas estrellitas se elevaron hacia el cielo, mientras el olor acre del plástico se mezclaba con el potente aroma de la gasolina.

Unos hombres corrían despavoridos con las mangas de las chaquetas en llamas. Arkadi se abrió paso entre la muchedumbre, y de pronto vio a Rudi Rosen montado en un carruaje de fuego, sentado muy tieso y aferrado al volante, con el rostro chamuscado y el pelo en llamas, resplandeciente e inmóvil, rodeado de unas nubes de humo que brotaban del interior del automóvil. Al aproximarse, Arkadi contempló a través del parabrisas los inexpresivos ojos de Rudi. Estaba muerto, envuelto en llamas y en un silencio sepulcral.

Los otros coches emprendieron rápidamente la huida, dejando una estela de monedas de oro, alfombras y aparatos de vídeo, como si se tratara de una evacuación en masa. La ambulancia arrancó apresuradamente, arrollando a un hombre tendido en el suelo, seguida por los chechenos. Los motoristas se precipitaron hacia la verja, buscando una salida entre la multitud que huía despavorida.

Algunos se quedaron para intentar atrapar las estrellas que volaban por los aires. Arkadi dio un salto y consiguió agarrar un marco alemán, un franco, un dólar, mientras unos gusanos de oro ardiendo comenzaban a devorarlos.

2

A pesar de la oscuridad, Arkadi pudo distinguir veinticuatro torres dispuestas en torno a una plaza. Tres de
ellas estaban revestidas de hormigón prefabricado, en
tanto que las otras se hallaban todavía en fase de construcción. A la luz del esperanzador amanecer, las torres
parecían al mismo tiempo inmensas y frágiles. Arkadi
supuso que en la planta baja de las torres instalarían unos
restaurantes, unos cabarets y quizás un cine; y en el centro de la plaza, cuando las excavadoras y las hormigoneras de cemento hubieran desaparecido, habría una parada
de taxis y coches de caballos. Pero en esos momentos,
los únicos vehículos visibles eran la furgoneta del forense,
el Zhiguli y los restos del Audi de Rudi Rosen sobre una
alfombra de fragmentos de vidrio. Las ventanillas del
Audi estaban hechas añicos y el calor del fuego había
hecho estallar los neumáticos. Afortunadamente, predominaba el olor a caucho quemado. Rudi Rosen seguía
sentado frente al volante, como si estuviera escuchando.

—Los fragmentos de vidrio están distribuidos de
forma regular —observó Arkadi. Polina le seguía con

su Leica de antes de la guerra, tomando fotografías—. Los pedazos de vidrio cerca del Audi 1200 se han derretido. Las puertas de la izquierda están cerradas. El capó estaba cerrado y los faros se han quemado. Las puertas de la derecha están cerradas. El maletero está cerrado y los faros posteriores se han quemado. —Luego se arrodilló y añadió—: El depósito de gasolina ha estallado. El silenciador se ha despegado del tubo de escape. La matrícula está chamuscada, pero muestra un número de Moscú y el coche ha sido identificado como propiedad de Rudik Rosen. A juzgar por el diámetro que ocupan los fragmentos de vidrio, el incendio se originó dentro del vehículo, no en el exterior.

—Por supuesto, debemos aguardar el informe de los peritos —dijo Polina con su habitual insolencia. La patóloga, una mujer joven y diminuta, lucía la misma gabardina y la misma sonrisa despectiva en verano y en invierno. Llevaba el pelo recogido en un moño lleno de horquillas en lo alto de la cabeza—. Convendría avisar a la grúa para que se lleve el coche.

Minin, un detective de ojos hundidos y mirada de loco, anotaba los comentarios de Arkadi. A sus espaldas, un cordón de milicianos examinaban el terreno. Unos perros adiestrados corrían de una torre a otra, alzando la pata.

—La pintura exterior está pelada —prosiguió Arkadi—. El cromado de la manecilla está pelado.

Después de envolverse la mano en un pañuelo, abrió la puerta junto al asiento del conductor.

—Gracias —dijo Polina.

Al abrir la puerta le cayó un montón de cenizas sobre los zapatos.

—El interior del coche está destrozado —continuó Arkadi—. Los asientos están abrasados, incluidos los muelles. El volante se ha derretido.

—La carne es más resistente que el plástico —observó Polina.

—Las alfombrillas de goma posteriores se han derretido y se observan fragmentos de vidrio, también derretido. Los asientos traseros están completamente quemados. Hay una pila chamuscada y residuos de metal no ferroso. También se observan unos fragmentos de oro, probablemente de los conductores. —Era cuanto quedaba del ordenador del que Rudi se sentía tan orgulloso—. Hay restos de los disquetes del ordenador y unos archivos cubiertos de ceniza.

Luego, de mala gana, Arkadi se aproximó a la parte delantera del automóvil.

—Se observan señales de una explosión junto al embrague. Fragmentos de cuero chamuscado. Residuos de plástico, unas pilas en la guantera.

—Naturalmente. El calor era muy intenso —dijo Polina, inclinándose para tomar una fotografía con su Leica—. Como mínimo debió alcanzar dos mil grados.

—En el asiento delantero —prosiguió Arkadi— hay una caja fuerte. La bandeja está vacía y chamuscada. Debajo de la bandeja hay unos pequeños contactos de metal, cuatro baterías, quizá los restos de un transmisor y una grabadora. También hay un rectángulo de metal que quizá pertenezca a la parte posterior de una calculadora. La llave del contacto está desconectada. En el llavero hay otras dos llaves.

Luego empezó a examinar los restos del conductor.

Hubiera preferido dar un largo paseo y fumarse un cigarrillo.

—Cuando se trata de un cadáver abrasado hay que abrir completamente la abertura de la cámara para captar todos los detalles —dijo Polina.

¿Los detalles?

—El cuerpo se ha encogido —dijo Arkadi—. Está tan quemado que resulta imposible identificarlo como un varón o una hembra, un niño o un adulto. La cabeza reposa sobre el hombro izquierdo. La ropa y el cabello están totalmente chamuscados y se observa una parte del cráneo. No creo que se puedan sacar unos moldes de los dientes. Los zapatos y los dientes han desaparecido.

Los comentarios de Arkadi no describían fielmente al nuevo Rudi Rosen, más pequeño y ennegrecido, sentado en su vehículo. No reflejaban su transformación en un montón de alquitrán y huesos, la impresión que producía contemplar la hebilla de su cinturón colgando sobre la cavidad pélvica, las órbitas inexpresivas de sus ojos y el oro derretido de sus empastes, la desnudez de sus piernas, la forma en que su mano derecha aferraba el volante como si atravesara el infierno, ni el hecho de que el perlino volante se hubiera derretido como un caramelo rosa sobre sus dedos. No transmitía la misteriosa forma en que las botellas de vodka Starka y Kubán se habían licuado y derretido, el modo en que el dinero y los cigarrillos se habían convertido en humo. «Todo el mundo me necesita», había dicho Rosen. Ya no.

Al volverse, Arkadi observó que el rostro de Minin expresaba una profunda satisfacción, como si se alegrara de que aquel pecador hubiera recibido por fin su castigo. Arkadi le indicó unos milicianos que se estaban llenando los bolsillos con los objetos que los vendedores y los compradores habían dejado caer al suelo al huir precipitadamente.

—Les ordené que identificaran y tomaran nota de todo cuanto hallaran.

—Pero no les ordenaría que se quedaran con ello.

—Desde luego —dijo Arkadin, suspirando.

—Fijaos en esto —les interrumpió Polina, arañando una esquina del asiento posterior con una horquilla—. La sangre está seca.

Arkadi se dirigió hacia el Zhiguli. Jaak estaba sentado en el asiento trasero, interrogando a su único testigo, el desgraciado que había conocido Arkadi mientras esperaba para hablar con Rudi. El ratero de los zlotys. Jaak lo había detenido antes de que pudiera franquear la verja y abandonar el recinto.

Según los datos que figuraban en su carnet de identidad y documentos de trabajo, se llamaba Gary Oberlián, residía en Moscú, era enfermero de un hospital, y, según indicaban sus cupones, dentro de pocos días le tocaba un par de zapatos nuevos.

—¿Quieres ver sus documentos de identidad? —preguntó Jaak a Arkadi, obligando a Gary a arremangarse. En la parte interior de su brazo izquierdo tenía un tatuaje que representaba a una mujer desnuda sentada en una copa de vino, sosteniendo el as de corazones—. Le gusta el vino, las mujeres y las cartas —dijo Jaak. En el brazo derecho tenía tatuado un brazalete formado por picas, corazones, diamantes y tréboles—. Le entusiasman las cartas. —En el meñique de la mano izquierda lucía un círculo de picas boca abajo—. Esto significa que ha sido condenado por vandalismo. —En el dedo anular de la mano derecha mostraba un corazón atravesado por un cuchillo—. Esto significa que está dispuesto a matar. Como verás, nuestro amigo Gary no es precisamente un santito. Digamos que es un delincuente habitual que ha sido arrestado en una reunión de especuladores y que debería cooperar con nosotros.

—Que te den por el culo —le espetó Gary. A la luz del día, su aplastada nariz parecía soldada a su rostro.

—¿Todavía conservas los forints y los zlotys? —le preguntó Arkadi.

—Que te den por el culo.

Jaak leyó un párrafo de las notas que había tomado:

—El testigo afirma que habló con el maldito difunto porque estaba convencido de que éste le debía dinero. Luego se apeó del coche del maldito difunto y cinco minutos más tarde, cuando explotó el maldito coche, se hallaba aproximadamente a unos diez metros de distancia del mismo. Según afirma el testigo, un hombre llamado Kim arrojó una segunda bomba dentro del coche y salió huyendo.

—¿Kim? —preguntó Arkadi.

—Eso es lo que dice. También dice que se quemó las malditas manos tratando de salvar al difunto. —Jaak metió la mano en los bolsillos de Gary y sacó un puñado de marcos y dólares chamuscados.

Iba a hacer un día húmedo y caluroso. La humedad del amanecer se había transformado en gotas de sudor. Arkadi alzó la vista y contempló un estandarte que pendía inerme de lo alto de una torre situada al norte. «HOTEL DEL NUEVO MUNDO.» Arkadi imaginó el estandarte ondeando al viento y la torre deslizándose por los aires como un bergantín. Necesitaba dormir. Necesitaba atrapar a Kim.

Polina se arrodilló junto al asiento del conductor del Audi y dijo:

—Aquí hay más sangre.

Al abrir la puerta del apartamento de Rudi Rosen, Arkadi se topó con Minin, que sostenía una gigantesca Steshkin.

Arkadi se quedó impresionado al ver el arma, pero estaba preocupado por Minin.

—Con ese chisme podrías cargarte a toda la gente que hubiera en esta habitación —le dijo—. Pero si hubiera alguien aquí, habrían abierto la puerta o la habrían volado con una metralleta. Una pistola no sirve de nada. Sólo sirve para asustar a estas señoras —añadió, indicando a las dos barrenderas que había reclutado como testigos legales de la investigación. Las dos mujeres le sonrieron, mostrando varios dientes de metal. Detrás de ellas, dos peritos forenses se estaban poniendo unos guantes de goma.

Si registras la casa de alguien que no conoces te consideran un investigador, pensó Arkadi; pero si registras la casa de alguien que conoces te tachan de mirón. Qué curioso. Llevaba un mes observando a Rudi Rosen pero nunca había penetrado en su casa.

La puerta de entrada estaba forrada de tela y tenía una mirilla. El apartamento constaba de una sala de estar comedor, una cocina, un dormitorio con televisión y vídeo, otro dormitorio habilitado como despacho y un baño con una bañera de hidromasaje. Había unas estanterías repletas de libros encuadernados en piel de Gógol y Dostoievski, unas biografías de Bréznev y Moshe Dayan, unos álbumes de sellos y unos números atrasados de *Israel Trade*, *Sóviet Trade*, *Business Week* y *Playboy*. Los peritos forenses se pusieron inmediatamente manos a la obra, mientras Minin les seguía a corta distancia para asegurarse de que no desapareciera ningún objeto.

—Les ruego que no toquen nada —dijo Arkadi a las barrenderas, que permanecían en medio de la habitación mirando a su alrededor con la boca abierta, como si se encontraran en el Palacio de Invierno.

En el armario de la cocina había unas botellas de whisky americano y brandy japonés y unas bolsas de café danés; no había vodka. En el frigorífico había salmón ahumado, jamón, paté y mantequilla de una marca finlandesa, una jarra de nata, y en el congelador, una tarta helada decorada con unas flores y hojas rosas y verdes. Era el tipo de tarta que antiguamente vendían en las lecherías, y que en la actualidad sólo se hallaba en los bufés más exquisitos, es decir, una rareza casi tan difícil de hallar como un huevo Fabergé.

El suelo del cuarto de estar estaba cubierto por unos kilims. En la pared colgaban dos retratos, enmarcados en unos marcos idénticos, de un violinista, vestido de frac, y de su esposa, que aparecía sentada frente a un piano. Sus rostros exhibían la misma redondez y expresión seria que Rudi. La ventana daba a la calle Donskáia, y hacia el norte, por encima de unos tejados, se divisaba la gigantesca rueda que giraba lentamente en el parque Gorki.

Arkadi entró en el despacho, en el que había un escritorio de arce finlandés, un teléfono y un fax. Un protector de sobrevoltaje conectado al enchufe indicaba que Rudi solía utilizar su ordenador portátil en el apartamento. Los cajones contenían clips, lápices, papel de escribir de la tienda que tenía Rudi en un hotel, libretas de ahorros y recibos.

Minin abrió un armario y examinó unos chándales americanos y unos trajes italianos que colgaban en él.

—Comprueba si hay algo en los bolsillos —le dijo Arkadi—. Y examina también los zapatos.

Los cajones de la cómoda del dormitorio contenían camisetas y calzoncillos con etiquetas extranjeras. Sobre el televisor había un cepillo de cerdas. Sobre la mesita de noche, unas cintas de vídeo, un antifaz de raso para dormir y un despertador.

Un antifaz para dormir era justamente lo que necesitaba Rudi en esos momentos, pensó Arkadi. El lugar era seguro pero no al cien por cien. ¿No era eso lo que había dicho a Rudi? ¿Por qué le creía la gente?

Una de las barrenderas le siguió sigilosamente, como si llevara unas zapatillas de felpa, y dijo:

—Olga Semiónovna y yo compartimos un apartamento. En las otras habitaciones viven unos armenios y unos turcos. No se hablan.

—¿Unos armenios y unos turcos? Tiene suerte de que no se maten —dijo Arkadi. Abrió la ventana del dormitorio, la cual daba a un patio que servía de garaje, y comprobó que no había nada colgando de la repisa—. Los apartamentos comunales son la muerte de la democracia. Claro que la democracia es la muerte de los apartamentos comunales.

Minin entró en el dormitorio.

—Estoy de acuerdo con el investigador jefe —declaró—. Lo que necesitamos es mano dura.

—Digan lo que digan, antes al menos había orden —afirmó la barrendera.

—Impuesto por la fuerza, pero eficaz —dijo Minin.

Ambos se giraron y miraron a Arkadi fijamente, haciéndole sentirse como un perro rabioso sobre un pedestal.

—En efecto, había orden —dijo.

Luego se acercó al escritorio y rellenó el protocolo de registro: la fecha, su nombre, en presencia de —escribió los nombres de ambas mujeres—, de conformidad con la autorización de registro número tal, había entrado en el domicilio del ciudadano Rudik Avrámovich Rosen, el apartamento 4 A, sito en el número 25 de la calle Donskáia.

De pronto, Arkadi se fijó en el fax. El aparato tenía varios botones en inglés, uno de los cuales decía «Redial». Arkadi descolgó el teléfono y oprimió el botón. Oyó unos tonos, una señal de llamada y una voz.

—Feldman.

—Llamo de parte de Rudi Rosen —dijo Arkadi.

—¿Por qué no me llama él mismo?

—Se lo explicaré cuando hablemos.

—¿No me ha llamado para hablar conmigo?

—Prefiero que nos veamos.

—No tengo tiempo.

—Es importante.

—Yo le diré lo que es importante. Van a clausurar la Biblioteca Lenin. Se está cayendo a pedazos. Han apagado las luces y han cerrado las salas con llave. Va a convertirse en una tumba como las pirámides de Giza.

Arkadi se sorprendió de que alguien que tuviera tratos con Rudi estuviera preocupado por el estado de la Biblioteca Lenin.

—Insisto en que es importante que hablemos.

—Trabajo hasta muy tarde.

—Podemos encontrarnos a la hora que le convenga.

—Mañana a medianoche, frente a la biblioteca.

—¿A medianoche?

—De acuerdo, a menos que la biblioteca se desplome encima mío.

—Recuérdeme su número de teléfono.

—Feldman. F-e-l-d-m-a-n. Profesor Feldman.

Luego le dio su número y colgó.

Arkadi colgó también el auricular.

—Es un aparato fantástico —comentó.

Minin se echó a reír. A pesar de ser tan joven, tenía una risa amarga.

—Los peritos forenses se llevarán todo lo que hay en el apartamento, y el fax nos sería muy útil.

—No, lo dejaremos todo tal como lo hemos encontrado, sobre todo el fax.

—¿La comida y las botellas también?

—Todo.

La segunda barrendera miró avergonzada unas gotas de helado de vainilla que se extendían desde la alfombra oriental del despacho hasta el frigorífico, y de vuelta al despacho.

Minin abrió la puerta del congelador.

—¡Se ha zampado la tarta helada! ¡Y el chocolate!

—¡Olga Semiónovna! —exclamó escandalizada la primera barrendera.

La acusada sacó la mano del bolsillo donde había

ocultado el chocolate. Unas gruesas lágrimas empezaron a deslizarse por sus arrugadas mejillas y su temblorosa barbilla, mientras los observaba como si acabara de robar el cáliz de plata de un altar. Vaya, hombre, pensó Arkadi. Hemos hecho llorar a una anciana por unas barras de chocolate. ¿Cómo no iba a sucumbir a semejante tentación? El chocolate constituía un mito exótico, un hito importante en la historia, como los aztecas.

—Bueno, ¿qué hacemos? —preguntó Arkadi a Minin—. ¿La arrestamos, no la arrestamos pero le damos una paliza, o la dejamos que se vaya? Sería un delito gravísimo si hubiera robado también la nata. Pero quiero conocer tu opinión.

Arkadi deseaba averiguar hasta qué punto su colaborador se tomaba en serio su trabajo.

—Opino que podemos dejar que se vaya —respondió Minin.

—De acuerdo.

Arkadi se dirigió a las barrenderas.

—Ciudadanas, eso significa que deberán colaborar un poco más con los organismos del Estado.

Los garajes soviéticos constituían un auténtico misterio. No estaba autorizada la venta de chapa de acero a los ciudadanos particulares, sin embargo, en los patios y callejones aparecían como por arte de magia multitud de garajes construidos con ese material. Arkadi utilizó la segunda llave de Rudi Rosen para entrar en el garaje que había en el patio. No tuvo necesidad de tocar la bombilla que colgaba del techo. A la luz del sol que penetraba por la puerta del garaje vio un estuche de herramientas, latas de aceite lubricante, limpiaparabrisas, retrovisores y mantas para cubrir el coche en invierno. Debajo de las mantas sólo había unos neumáticos. Más tarde, Minin y los peritos podían quitarle el polvo a la bombilla y examinar detenidamente el suelo. Las barrenderas le observaban tímidamente desde la puerta, sin intentar robar ni una llave inglesa.

¿Por qué no estaba cansado ni hambriento? Era como un hombre que tiene fiebre pero al que no le han diagnosticado ninguna enfermedad. Cuando se encontró con Jaak en el vestíbulo del hotel Intourist, el detective estaba tomándose unas pastillas de cafeína para permanecer despierto.

—Gary miente —dijo Jaak—. No creo que Kim haya matado a Rudi. Tengo tanto sueño que si me topo con Kim es capaz de matarme sin que me entere. No está aquí.

Arkadi echó una ojeada alrededor del vestíbulo. A la izquierda había una puerta giratoria que daba a la calle y a un puesto de Pepsi que se había convertido en el centro de reunión de las prostitutas de Moscú. Junto a la puerta había una fila de agentes de seguridad que sólo permitían entrar a las prostitutas que pagaban. Sentados en los sillones del tétrico vestíbulo, los turistas aguardaban el autocar; hacía mucho rato que esperaban y parecían maletas abandonadas. Los mostradores de información no sólo estaban desiertos sino que parecían expresar el eterno misterio de Stonehenge: ¿por qué habían sido construidos? El único lugar donde se observaba un poco de movimiento era el patio de estilo semiespañol situado a la derecha, bajo una claraboya, donde las mesas del bar y las máquinas tragaperras atraían a los clientes del hotel.

La tienda que Rudi tenía en el vestíbulo no era más

grande que un espacioso ropero. En una vitrina había unas tarjetas postales con vistas de Moscú, unos monasterios y unas coronas ribeteadas de piel pertenecientes a unos príncipes que ya habían muerto. En la pared colgaban unos collares de cuentas de ámbar y unos rústicos chales. Las estanterías contenían unas muñecas de madera, pintadas a mano, de diversos tamaños, rodeadas de placas Visa, MasterCard y American Express.

Jaak abrió la puerta de cristal con llave.

—Te cobran un precio si pagas con tarjetas de crédito —dijo—, y la mitad si pagas en efectivo. Como Rudi compraba las muñecas a unos desgraciados por unos pocos rublos, obtenía unos beneficios del mil por ciento.

—No creo que mataran a Rudi por las muñecas —observó Arkadi. Después de cubrirse la mano con un pañuelo, abrió el cajón del mostrador y examinó el libro de contabilidad. Todo eran cifras, no había ninguna nota. Minin y los peritos forenses tendrían que registrar también la tienda.

Jaak carraspeó, y luego dijo:

—Tengo una cita. Te veré en el bar.

Arkadi cerró la tienda con llave y se dirigió hacia las máquinas tragaperras. Algunas mostraban unos naipes para jugar al póquer o unas ciruelas, campanas y limones sobre las ruedas de la fortuna debajo de unas instrucciones en inglés, español, alemán, ruso y finlandés. Todos los jugadores eran árabes, que se paseaban entre ellas con aire aburrido, sosteniendo en la mano unas latas de naranja Si Si. En medio de las máquinas había un empleado que echaba unas fichas plateadas en una caja metálica que accionaba con una palanca. Cuando Arkadi le pidió fuego, se sobresaltó. Arkadi observó su imagen reflejada en una de las máquinas: un tipo pálido con el pelo oscuro y lacio, sin afeitar, a quien hacía tiempo que no le daba el sol, pero con un aspecto no tan siniestro como para que el empleado se echara a temblar al darle fuego.

—¿Ha perdido la cuenta? —preguntó al empleado.

—Es una caja automática —respondió éste.

Arkadi observó los números que figuraban en las pequeñas esferas de la caja. El total ascendía a 7950. Había quince bolsas de lona llenas de fichas, cerradas con un cordel, y cinco vacías.

—¿Cuánto valen? —preguntó.

—Cuatro fichas por un dólar.

—Cuatro dividido por... Las matemáticas no se me dan muy bien, pero parece un buen negocio.

El empleado miró a su alrededor como en busca de ayuda.

—Estaba bromeando —dijo Arkadi—. Tranquilo.

Jaak estaba sentado en el extremo de la barra, chupando unos terrones de azúcar y charlando con Yulia, una elegante rubia vestida de seda y cachemira. Junto a su taza de café, había un paquete de Rothmans y un ejemplar de la revista *Elle*.

Cuando Arkadi se acercó a ellos, Jaak le ofreció un terrón de azúcar.

—Aquí hay que pagar con monedas fuertes, no aceptan rublos.

—Permítame que le invite a comer —dijo Yulia.

—No queremos perder nuestra pureza —respondió Jaak.

La rubia soltó una carcajada ronca, de fumador, y dijo:

—Recuerdo haber pronunciado esas mismas palabras.

Jaak y Yulia habían estado casados. Se habían conocido trabajando, por decirlo así, y se habían enamorado, lo cual no era de extrañar dadas las circunstancias. Al cabo de un tiempo a ella le habían salido unos trabajos más importantes y había prosperado. O quizás había sido él. Quién sabe.

En el bufé había unos pasteles y unos bocadillos debajo de unos letreros que anunciaban brandy español. Arkadi se preguntó si el azúcar sería producto de caña de azúcar cubana importada o de la sencilla pero honrada remolacha soviética. Le hubiera gustado ser un experto para distinguir la diferencia. Junto a ellos había unos australianos y americanos conversando amigablemente. Unos alemanes, sentados en unas mesas frente a la barra, estaban cortejando a unas prostitutas a base de champán dulce.

—¿Qué tal son los turistas? —preguntó Arkadi a Yulia.

—¿Te refieres a sus vicios?

—A los tipos.

Mientras Arkadi le ofrecía fuego, Yulia reflexionó unos instantes. Luego cruzó sus esbeltas piernas lentamente, atrayendo la mirada de todos los clientes del bar.

—Bueno, mi especialidad son los suecos. Son fríos pero limpios, y te visitan regularmente. Otras chicas se dedican a los africanos. Ha habido un par de asesinatos, pero por regla general los africanos son amables y agradecidos.

—¿Y los americanos?

—Los americanos son unos timoratos, los árabes son muy peludos, y los alemanes gritan demasiado.

—¿Qué me dices de los rusos? —preguntó Arkadi.

—¿Los rusos? Los rusos me dan lástima. Son vagos, inútiles y borrachos.

—¿Y en la cama? —preguntó Jaak.

—A eso me refería —respondió Yulia. Luego echó un vistazo a su alrededor y dijo—: Esto es un tugurio. ¿Sabes que hay chiquillas de quince años trabajando en las calles? —preguntó a Arkadi—. Por las noches las chicas se trabajan las habitaciones, llaman a las puertas. No puedo creer que Jaak me haya citado aquí.

—Yulia trabaja en el Savoy —explicó Jaak. El Savoy pertenecía a una empresa finlandesa, y estaba a pocos pasos del KGB. Era el hotel más caro de Moscú.

—En el Savoy aseguran que no tienen putas —dijo Arkadi.

—Exactamente. Es un hotel de categoría. No me gusta la palabra «puta».

La palabra que solía emplearse para designar a las prostitutas de categoría era «putaña». Arkadi supuso que a Yulia tampoco le gustaría ese término.

—Yulia es una secretaria multilingüe —dijo Jaak—. Y muy buena por cierto.

Un tipo vestido con un chándal se acercó a una mesa, depositó la bolsa que llevaba en una silla, se sentó y pidió un brandy. Un poco de *jogging* y un brandy; un estilo de vida soviético muy saludable. Tenía el cabello encrespado como los chechenos, pero lo llevaba largo por detrás y corto por los lados, con un flequillo rizado de color naranja. La bolsa parecía muy pesada.

Arkadi observó al empleado del bar.

—Parece asustado. Rudi siempre estaba presente cuando contaba el dinero. Si Kim mató a Rudi, ¿quién va a protegerlo?

Jaak leyó unas notas que había tomado.

—Según el hotel, «las diez máquinas tragaperras arrendadas por la Cooperativa de Servicios TransKom a Recreativos Franco, S.A., arrojan un promedio diario de mil dólares». No está mal. «Las fichas se contabilizan a diario y luego se comprueba si el resultado encaja con la cifra indicada en los contadores situados en la parte posterior de las máquinas. Los contadores que hay en la ranura están sellados; sólo los españoles pueden abrirlos y ajustarlos.» Tú has visto...

—Veinte bolsas —contestó Arkadi.

Jaak hizo un cálculo rápido y dijo:

—Cada bolsa contiene quinientas fichas, y veinte bolsas representan dos mil quinientos dólares. Mil dólares van a parar a las arcas del Estado, y Rudi se embolsaba mil quinientos cada día. No sé cómo se las arreglaba, pero las bolsas superaban lo que indican los contadores.

Arkadi se preguntó quién sería TransKom. No podía tratarse únicamente de Rudi. Esas operaciones de importación y arrendamiento requerían el respaldo del Partido, una institución oficial dispuesta a asociarse.

Jaak miró a Yulia.

—Cásate de nuevo conmigo —dijo.

—Voy a casarme con un sueco, un ejecutivo. Tengo varias amigas en Estocolmo casadas con suecos. Aquello no es París, pero a los suecos les gustan las mujeres que sepan administrar el dinero y que sean divertidas. He recibido varias proposiciones de matrimonio.

—Y luego se lamentan de la fuga de cerebros —observó Jaak, dirigiéndose a Arkadi.

—Uno de ellos me regaló un coche —dijo Yulia.

—¿Un coche? —preguntó Jaak.

—Un Volvo.

—Naturalmente. Tu elegante trasero sólo puede posarse sobre una tapicería de cuero extranjero. Necesito tu ayuda. No a cambio de coches y sortijas de rubíes, sino por no haberte enviado de vuelta a casa la primera vez que te pillamos en la calle. —Luego se giró hacia Arkadi y añadió—: La primera vez que la vi llevaba unas botas de goma y arrastraba un colchón. Se queja de Estocolmo y procede de un lugar en Siberia donde toman anticongelante para poder cagar.

—A propósito —dijo Yulia sin inmutarse—, para obtener el visado de salida necesito que firmes un documento declarando que soy libre.

—Estamos divorciados. Mantenemos una relación de respeto mutuo. ¿Puedes prestarme el coche?

—Espero que me visites en Suecia —dijo Yulia. Luego abrió una revista, escribió tres direcciones en una página, la dobló por el margen y la arrancó—. No te hago un favor. Personalmente, Kim es la última persona que deseo hallar. ¿Estás seguro de que no quieres que te invite a comer?

—Me comeré un último terrón de azúcar antes de marcharnos —contestó Arkadi.

—Ten cuidado —le advirtió Yulia—. Kim está loco. Preferiría que no dieras con él.

Al salir, Arkadi observó de nuevo su imagen reflejada en el espejo del bar. Estaba serio y tenso; no era el tipo de rostro acostumbrado a despertarse por las mañanas y contemplar el sol. ¿Cómo era aquella poesía de Maiakovski? «Contémplame, mundo, y envídiame: ¡Tengo un pasaporte soviético!» Ahora todo el mundo quería obtener un pasaporte para largarse, y el Gobierno, del que todo el mundo pasaba, había caído en el tipo de mezquinas discusiones que suelen estallar en un burdel al que hace veinte años que no acude ningún cliente.

¿Cómo explicar esa tienda, ese país, esa vida? Un tenedor con tres dientes en lugar de cuatro, dos kopeks. Un anzuelo, veinte kopeks, y encima usado, aunque, claro está, los peces no tienen remilgos. Un peine más pequeño que un raído bigote, rebajado de cuatro kopeks a dos.

Es cierto que se trataba de una tienda donde hacían descuentos, pero en otro mundo más civilizado nadie querría esas porquerías. Las arrojarían al cubo de la basura.

Algunos artículos no tenían ninguna función aparentemente útil. Por ejemplo una motocicleta de madera con ruedas de madera y desprovista de manillar. O una etiqueta de plástico en la que figuraba el número «97». ¿Qué probabilidades existía de que alguien tuviera noventa y siete habitaciones, noventa y siete armarios o lo que fuera y necesitara una etiqueta con el número «97»?

Quizá la idea era simplemente comprar. La idea de un mercado. Porque esa tienda era una cooperativa y la gente deseaba comprar... cualquier cosa.

En la tercera mesa había una pequeña pastilla de jabón, cortada de otra más grande y usada, que valía veinte kopeks. Un cuchillo de mantequilla oxidado, cinco kopeks. Una bombilla ennegrecida con un filamento roto, tres rublos. ¿Por qué, cuando una bombilla nueva costaba cuarenta kopeks? Puesto que en las tiendas no vendían bombillas nuevas, te llevabas esta bombilla a la oficina, la sustituías por la bombilla de la lámpara en la mesa y te llevabas la bombilla buena a casa para no vivir a oscuras.

Arkadi salió por la puerta trasera, cruzó un patio y se dirigió a la segunda dirección, una lechería, sosteniendo un cigarrillo en la mano izquierda, lo que significaba que Kim no había ido a la cooperativa. Frente a él vio a Jaak sentado en el coche, fingiendo que leía el periódico.

En la lechería no había leche, nata ni mantequilla, pero las cámaras refrigeradas estaban llenas de cajas de azúcar. Detrás de los vacíos mostradores había unas empleadas vestidas con unas batas y unos gorros blancos con aire aburrido. Arkadi cogió una caja de azúcar y comprobó que estaba vacía.

—¿Tienen nata batida? —preguntó a una empleada.

—No —respondió. Parecía sorprendida por la pregunta.

—¿Queso dulce?

—Claro que no. ¿Está usted loco?

—Sí, pero qué memoria —contestó Arkadi. Luego sacó su tarjeta roja de identidad, dio la vuelta al mostrador y franqueó una puerta que daba a la parte trasera de la tienda. En el patio había un camión del que estaban descargando una partida de leche y colocándola en otro camión. La gerente de la tienda salió de una cámara refrigerada; antes de que cerrara la puerta, Arkadi pudo ver quesos y cajas de mantequilla.

—Todo lo que hay aquí está reservado. ¡No tenemos nada, nada! —declaró la mujer.

Arkadi abrió la puerta de la cámara refrigerada. En

un rincón había un anciano con aspecto atemorizado. En una mano sostenía un certificado que le nombraba ciudadano inspector voluntario encargado de combatir el acaparamiento y la especulación. En la otra mano sostenía una botella de vodka.

—¿No tiene miedo de resfriarse, abuelo? —le preguntó Arkadi.

—Soy un veterano —contestó el anciano, señalando la medalla que llevaba prendida en el jersey.

—Ya lo veo.

Arkadi echó un vistazo a su alrededor. ¿Qué hacían unos cubos de basura en una lechería?

—Todo lo que hay aquí es un pedido especial para los inválidos y los niños —dijo la gerente.

Arkadi abrió un cubo y comprobó que contenía unos sacos de harina. El segundo estaba lleno de granadas, que se desparramaron por el suelo, y el tercero contenía limones, que también se deslizaron rodando por el suelo.

—¡Son para los inválidos y los niños! —gritó la gerente.

El último cubo contenía cigarrillos.

Arkadi salió del almacén, procurando no pisar la fruta. Al verlo, los hombres que cargaban la leche en el camión se giraron de espaldas.

Desde la parte trasera de la tienda, sosteniendo todavía el cigarillo en su mano izquierda, Arkadi atravesó un patio sembrado de trozos de vidrio y se dirigió hacia la carretera principal. Junto a ella se alzaban unos edificios de apartamentos con las tuberías oxidadas. Frente a los edificios estaban aparcados unos viejos y destartalados coches. Unos niños jugaban en un tiovivo desprovisto de asientos. La escuela parecía a punto de venirse abajo. Al final de la calle se alzaba la sede local del Partido, como un sepulcro de mármol blanco.

Al llegar frente a una tienda de animales domésticos, cuya fachada se caía a pedazos, la última dirección que le había dado Yulia, Arkadi tiró el cigarrillo. Al cabo de unos instantes oyó aproximarse el coche de Jaak.

Los únicos animales en venta eran unos pollitos y unos gatos que maullaban lastimosamente en una jaula. La empleada de la tienda, una joven china, estaba cortando una cosa que parecía un pedazo de hígado para un cliente. Al acercarse, Arkadi comprobó que se trataba de un montón de gusanos para cebo. Dio la vuelta al mostrador y penetró en una habitación trasera. La joven le siguió, sin soltar el cuchillo.

—¡Ahí no puede entrar! —exclamó.

Al fondo había unos sacos de virutas de madera y perdigones, un frigorífico con un calendario del Año de la Rata, unas estanterías con unos tarros llenos de té, champiñones, ginseng y otros productos con unas etiquetas en caracteres chinos, que Arkadi reconoció por haberlos visto en unas herboristerías en Siberia. Uno de los tarros contenía una cosa que parecía alquitrán pero que en realidad era bilis de oso negro; otro contenía sangre de cerdo coagulada, para añadir a la sopa. Junto a ellos había unos caballitos de mar desecados y unos penes de ciervo que parecían pimientos. De una cuerda colgaban unas patas de oso, otra exquisitez ilegal, y un armadillo medio muerto.

—No puede entrar —insistió la joven. Debía tener unos doce años, y el cuchillo que sostenía era tan largo como su brazo.

Arkadi le pidió disculpas y salió de la habitación. Subió por una escalera cubierta de alpiste, y al llegar a una puerta metálica llamó con los nudillos.

—Kim, queremos ayudarte —dijo—. Sal para que podamos hablar. Somos amigos tuyos.

Había alguien en la habitación. Arkadi oyó crujir las tablas del suelo y un sonido como si alguien rompiera unos papeles. Al golpear la puerta con más fuerza, ésta se abrió y pudo penetrar en un desván iluminado por el fuego que ardía en una caja de zapatos situada en medio de la habitación. De la caja emanaba un olor a gasolina para encendedores. Había numerosas cajas de televisores apiladas junto a las paredes, y en el suelo, un colchón, un estuche de herramientas y un plato. Arkadi descorrió las cortinas, y a través de la ventana vio una escalera de incendios que conducía a un patio repleto de bolsas de alpiste, tela metálica y pollos muertos. Quienquiera que se ocultara en la habitación había desaparecido. Arkadi accionó el enchufe de la luz, pero la bombilla también había desaparecido. Una persona muy previsora, pensó Arkadi.

Después de mirar detrás de las cajas de los televisores, examinó detenidamente la caja de zapatos. Las llamas emitían un sonido suave y furioso al mismo tiempo, como una tormenta en miniatura. No se trataba de una caja de zapatos. En un lado había una etiqueta que decía «Sindy» y mostraba una muñeca rubia peinada con una cola de caballo sentada a una mesa, sirviendo el té. Las muñecas Sindy eran el artículo de importación más popular en Moscú; se exhibían en todos los escaparates de las jugueterías, aunque en los estantes nunca se encontraba ninguna. La ilustración de la caja mostraba también un perro, parecido a un pequinés, sentado a los pies de la muñeca y meneando el rabo.

Jaak entró precipitadamente y trató de apagar el fuego.

—No lo hagas —dijo Arkadi, deteniéndolo.

El fuego empezó a consumir el resto de la caja. A medida que comenzaba a arder el pelo de Sindy, su rostro fue adquiriendo una expresión de alarma. Daba la impresión de que quería incorporarse, sosteniendo la tetera en alto, pero las llamas no tardaron en consumirla. El perro aguardaba fielmente mientras el papel ardía a su alrededor. Al cabo de unos instantes, la caja quedó reducida a un amasijo negruzco y retorcido, cubierto por una capa de ceniza. En su interior había una mina terrestre, levemente chamuscada, de la que sobresalían dos clavijas de presión, esperando que Arkadi las pisara.

3

Arkadi hizo un garabato en un pedazo de cartón. Lo único que le faltaba eran lápices, pensó. El despacho del investigador especial rehabilitado Renko estaba dotado de un escritorio y una mesa alargada, cuatro sillas, unos archivos y un armario que contenía una caja fuerte. Había también cuatro máquinas de escribir portátiles Deluxe, dos teléfonos rojos con disco y dos intercomunicadores amarillos sin disco. Tenía dos ventanas cubiertas con cortinas, un mapa de Moscú colgado en la pared, una pizarra enrollable, un samovar eléctrico y un cenicero.

Polina extendió sobre la mesa una vista panorámica en blanco y negro del terreno donde estaban ubicadas las torres, y unas fotografías en color de los restos del Audi y del conductor. Minin se inclinó sobre ellas para estudiarlas. Jaak, que llevaba cuarenta horas sin dormir, se movía como un boxeador sonado.

—Fue el vodka lo que avivó el fuego —observó Jaak.

—Todo el mundo piensa en el vodka —replicó Polina—. Lo que hace que ardan los asientos es el poliuretano. La razón de que los coches se quemen tan rápidamente es que prácticamente todo es de plástico. El asiento se adhiere a la piel como el napalm. Un coche es una bomba incendiaria con cuatro ruedas.

Arkadi sospechaba que Polina había sido la chica de la clase de patología que había presentado los mejores informes, profusamente ilustrados y llenos de minuciosas anotaciones.

—En estas fotografías, primero muestro a Rudi en el coche, luego una imagen del coche después de haber retirado sus restos y otra tomada a través de los muelles del asiento donde se observan los objetos que cayeron de sus bolsillos: unas llaves de acero intactas, unos kopeks derretidos y unos fragmentos metálicos del asiento, incluyendo los restos de nuestro transmisor. Las cintas se quemaron, por supuesto, así que no podemos saber si había algo grabado en ellas. En las primeras fotografías he indicado con un círculo rojo una señal de explosión en la pared junto al embrague. —Efectivamente, ésta aparecía junto a las piernas y los zapatos abrasados de Rudi Rosen—. Alrededor de la marca había restos de sodio rojo y sulfato de cobre, unas sustancias que suelen utilizarse para fabricar artilugios explosivos. Dado que no hemos hallado restos de cronómetro ni de espoleta, supongo que se trataba de una bomba destinada a estallar por contacto. También había restos de gasolina.

—Del depósito —precisó Jaak.

Arkadi dibujó una figura con palotes sentada en el coche, y con un bolígrafo rojo trazó un círculo alrededor de los pies.

—¿Qué me dices de Rudi?

—En estas condiciones la carne está dura como la madera, y los huesos se quiebran en cuanto empiezas a cortar. Fue muy difícil quitarle la ropa. Te he traído esto —dijo Polina, sacando de una bolsa un granate y un pedazo de oro derretido, lo que quedaba del anillo de Rudi. Polina miró a Arkadi con expresión satisfecha, como un gato que le lleva unos ratones a su dueño.

—¿Has examinado su dentadura?

—Aquí tienes el informe. El oro se derritió y no lo he hallado, pero hay indicios de un empaste en el segundo molar inferior. Por supuesto, estos datos son preliminares a una autopsia completa.

—Gracias.

—Otra cosa —dijo Polina—. Hay demasiada sangre.

—Es probable que Rudi presentara numerosas heridas —observó Jaak.

—Las personas que mueren abrasadas no explotan. No son salchichas. He hallado restos de sangre por todas partes.

—Quizá su asesino se hizo unos cortes —dijo Arkadi.

—He enviado unas muestras de sangre al laboratorio para verificar el grupo sanguíneo.

—Buena idea.

—Gracias.

A partir de ese momento, Polina permaneció sentada en silencio, mirándoles despectivamente, como un gato.

Jaak hizo un dibujo del mercado en la pizarra, mostrando las posiciones relativas del coche de Rudi, de Kim, de la cola de clientes y, a una distancia de veinte metros, del camión cargado con aparatos de vídeo. Junto a la ambulancia dibujó un segundo grupo de personas, incluyendo al vendedor de ordenadores y el camión del caviar; luego, algo más alejado, otro grupo en el que figuraban los gitanos que vendían joyas, los comerciantes de alfombras y el Zhiguli.

—Fue una noche singular. Al estar allí los chechenos, tuvimos suerte de que no saltara todo por los aires —dijo Jaak, contemplando la pizarra—. Nuestro único testigo afirma que Kim mató a Rudi. Al principio me costaba creerlo, pero teniendo en cuenta que estaba lo bastante cerca de él para arrojar una bomba dentro del coche, lo cierto es que parece bastante probable.

—¿Esto es lo que recuerdas haber visto en aquellos momentos de confusión, en la oscuridad? —preguntó Polina.

—Tal como suele suceder en la vida —contestó Arkadi. Abrió el cajón de su escritorio en busca de tabaco. Un poco de nicotina le despejaría—. Lo que tenemos es un mercado negro, no un mercado al que acuden ciudadanos normales de día sino un mercado negro organizado por la noche para delincuentes. Un territorio neutral, y Rudi Rosen, una víctima muy neutral —añadió, recordando la descripción que había hecho Rudi de sí mismo, comparándose con Suiza.

—Esto fue una combustión espontánea —dijo Jaak—. Si reúnes a unos cuantos delincuentes y añades drogas, vodka y unas granadas de mano, es lógico que suceda algo.

—Es probable que Rudi traicionara a alguien —dijo Minin.

—Rudi me caía bien —dijo Arkadi—. Le obligué a que participara en esta operación y lo maté. —La verdad siempre resultaba embarazosa. Jaak parecía turbado por el lapsus de Arkadi, como un perro fiel que ve a su amo tropezar. Minin en cambio parecía muy satisfecho—. La cuestión es ¿por qué hacer que estallen dos bombas? Había muchas pistolas allí, ¿por qué no lo mataron de un tiro? Nuestro testigo...

—Nuestro testigo es Gary Oberlián —le recordó Jaak.

—El cual identificó a Kim como el homicida. Hemos visto a Kim con un Malish. Le hubiera sido más fácil meterle cien balas en el cuerpo que arrojar una bomba. Sólo tenía que apretar el gatillo.

—¿Por qué dos bombas en lugar de una? —preguntó Polina—. La primera bastaba para asesinar a Rudi.

—Quizá no se trataba únicamente de matar a Rudi —observó Arkadi—, sino de quemar el coche. En el asiento trasero estaban todos sus archivos, sus informes y los disquetes con los datos sobre préstamos y operaciones.

—Cuando asesinas a alguien, lo que quieres es largarte rápidamente de la escena del crimen. No te pones a trasladar archivos.

—Todo se ha convertido en humo —dijo Arkadi.

—Si Kim estaba cerca del coche cuando estalló la bomba, quizá resultó herido —observó Polina—. Quizá los restos de sangre eran suyos.

—He alertado a los hospitales y a las clínicas para que nos informen si se presenta alguien con quemaduras —dijo Jaak—. Les pediré también que nos informen si aparece alguien con cortes y heridas. Sin embargo, me cuesta creer que Kim matara a Rudi. A pesar de todo, le era fiel.

—¿Tenemos algún informe sobre el apartamento de Rudi? —preguntó Arkadi, aspirando el repelente y sin embargo atrayente olor de tabaco rancio que emanaba de un cajón de su escritorio.

—Los técnicos están verificando las huellas dactilares —contestó Polina—. Hasta ahora, sólo han hallado las de Rudi.

En el fondo del cajón, Arkadi halló un viejo paquete de Belomor, un último recurso en caso de auténtica desesperación.

—¿Habéis concluido la autopsia? —preguntó a Polina.

—Ya te lo he dicho, en el depósito no dan abasto.

—¿Conque no dan abasto, eh? Era lo que me faltaba oír. —El Belomor emitía unas humaredas negras, como si fuera el tubo de escape de un motor diesel. Era difícil fumar el cigarrillo y al mismo tiempo mantenerlo alejado, pero Arkadi lo intentó.

—Cuando te veo fumar, es como si contemplara a un hombre que se suicida lentamente —dijo Polina—. No es necesario que nadie ataque este país, basta con que arroje unos cartones de cigarrillos.

—¿Qué hay de la habitación de Kim? —preguntó Arkadi para cambiar de tema.

Jaak le informó que tras registrar minuciosamente el almacén habían hallado unas cajas vacías de radios de coche alemanas y de zapatillas deportivas italianas, el colchón, unas botellas vacías de coñac, alpiste y Bálsamo de Tigre.

—Todas las huellas dactilares en el almacén coinciden con las que figuran en el expediente policial de Kim —dijo Polina—. Las huellas que había en la escalera de incendios eran muy borrosas.

—El testigo identificó a Kim como la persona que

arrojó la bomba en el coche de Rudi. En su habitación había una mina. El caso no ofrece dudas —dijo Minin.

—Pero no alcanzamos a ver a Kim —replicó Arkadi—. No sabemos quién estaba allí.

—Al abrir la puerta viste una caja ardiendo —dijo Jaak—. ¿Recuerdas cuando eras niño? ¿Nunca has metido mierda de perro en una bolsa y le has prendido fuego para hacer que la gente la pisara para apagarlo?

—No —contestó Minin—. Nunca hice tal cosa.

—Nosotros lo hacíamos muchas veces —dijo Jaak—. De todos modos, no se trataba de mierda de perro sino de una mina. No puedo creer que estuviéramos a punto de caer en esa trampa. —Frente a él había una foto del estuche ovalado que contenía la mina y las dos clavijas. Era una mina pequeña, como la que utilizaba el Ejército, con una carga de trinitrotolueno, denominado «Recuerdo para...». El detective levantó la vista y añadió—: Quizá se trate de una guerra entre bandas de mafiosos. Si Kim se ha pasado al bando de los chechenos, Boria le estará buscando. Creo que la mina iba destinada a Boria. —Polina no se había quitado la gabardina. De pronto se levantó y se la abrochó apresuradamente, como si estuviera deseando largarse de allí.

—La mina iba destinada a ti, y quizá la bomba del coche también —dijo, dirigiéndose a Arkadi.

—Te equivocas —contestó éste. Cuando se disponía a explicar a Polina los motivos por los que él creía que estaba equivocada, la patóloga se dio media vuelta y salió de la habitación. Arkadi apagó el Belomor y miró a sus dos detectives.

—Es tarde, chicos —dijo—. Ya hemos trabajado bastante.

Minin se levantó de mala gana y observó:

—No comprendo por qué hemos enviado a un miliciano al apartamento de Rosen.

—Quiero que permanezca allí durante unos días —contestó Arkadi—. En el apartamento hay varios objetos de valor.

—¿Se refiere a la ropa, el televisor y las libretas de ahorro?

—No, a la comida, camarada Minin.

Minin era el único miembro del equipo que pertenecía al Partido; Arkadi lo llamaba de vez en cuando «camarada» para complacerlo.

Arkadi tenía la sensación algunas veces de que durante su ausencia, Dios le había dado la vuelta a Moscú como si fuera un calcetín. Había regresado a un Moscú desconocido, que ya no estaba sometido al dominio del Partido. El mapa que colgaba en su despacho mostraba una ciudad distinta, señalada con unos lápices de colores.

El rojo, por ejemplo, indicaba a la mafia de Liúbertsi, un suburbio obrero situado al este de Moscú. Kim, aparte del hecho de ser coreano, era como todos los chicos que se habían criado allí. Los tipos de Liúbertsi eran los marginados, unos chicos que no habían acudido a las escuelas de élite, que no poseían diplomas académicos ni estaban relacionados con gente del Partido, que en los últimos cinco años habían salido de las bocas del metro para atacar primero a los punkis y luego para ofrecer protección a las prostitutas, a los mercados negros y a los despachos gubernamentales. Los círculos rojos mostraban las esferas de influencia de la mafia de Liúbertsi: el complejo turístico del parque de Izmáilovo, el aeropuerto de Domodiedovo, los vendedores de vídeos de la calle Shábolovka. El hipódromo estaba controlado por un clan judío que contrataba a los matones de Liúbertsi.

El azul indicaba a la mafia de Long Pond, un suburbio de barracas situado al norte de la ciudad. Los círculos azules señalaban sus intereses en las mercancías robadas en el aeropuerto de Sheremétievo y en las prostitutas del hotel Minsk, pero su negocio más lucrativo eran las piezas de recambio de automóviles. La fábrica de coches Moskvich, por ejemplo, estaba rodeada de un círculo azul. Boria Gubenko no sólo se había convertido en el jefe de Long Pond sino que, además, ejercía una gran influencia sobre la mafia de Liúbertsi.

El color verde indicaba a los chechenos, los musulmanes de las montañas del Cáucaso. En Moscú había un millar de chechenos que estaban a las órdenes de su líder tribal, Majmud, y continuamente llegaban refuerzos. Los chechenos eran los sicilianos de las mafias soviéticas.

El violeta estaba reservado para la mafia moscovita de Báumanskaia, instalada en un barrio entre la cárcel de Lefortovo y la iglesia de la Epifanía. La base de su negocio era el mercado de Rizhsky.

Por último, el color marrón designaba a los chicos de Kazán, que mas que una mafia organizada eran unos ambiciosos delincuentes especializados en asaltar restaurantes en Arbat, traficar con drogas y controlar a las prostitutas adolescentes que pululaban por las calles.

Rudi Rosen era el banquero de todos. El hecho de seguir a Rudi en su Audi había ayudado a Arkadi a trazar este siniestro Moscú de colorines. Durante seis mañanas a la semana —de lunes a sábado— Rudi seguía la misma rutina. A primera hora se dirigía a unos baños situados en el norte de la ciudad, controlados por Boria, luego iba con éste a comprar unos pasteles en el parque de Izmáilovo y a encontrarse con los tipos de Liúbertsi. A media mañana se tomaba un café en el hotel Nacional con su contacto de Báumanskaia. Más tarde comía en el Uzbekistán con su enemigo, Majmud. En suma, llevaba la vida de un moderno hombre de negocios moscovita, seguido siempre muy de cerca por Kim en su moto.

La noche era blanca y silenciosa. Arkadi no tenía hambre ni sueño. Era el típico nuevo hombre soviético destinado a vivir en un país en el que no existían alimentos ni tranquilidad. Se levantó y salió de la oficina. Estaba harto.

En todos los rellanos de la escalera había unas rejas para atrapar a los «buceadores», a los prisioneros que intentaban escapar. Quizá no sólo a los prisioneros, pensó Arkadi mientras bajaba la escalera.

El Zhiguli estaba aparcado en el patio, junto a una furgoneta azul llena de perros. Dos perros con aire amenazador estaban atados al guardabarros delantero de la furgoneta. Arkadi disponía de dos coches oficiales, pero sólo disponía de suficientes cupones de gasolina para conducir uno debido a que los pozos petrolíferos de Siberia estaban siendo vaciados por Alemania, Japón e incluso Cuba, dejando una mísera cantidad para el consumo doméstico. Había tenido que quitar el distribuidor y la batería del segundo coche para colocarlos en el primero, porque si enviaba el Zhiguli al taller, era como si lo enviara a dar una vuelta alrededor del mundo para que lo desguazaran en los puertos de Calcuta y Port Said. El problema de la gasolina era lo que obligaba a los defensores del Estado a ir de coche en coche armados con un sifón, un tubo y una lata. También era el motivo de que ataran perros a los guardabarros de sus vehículos.

Arkadi se montó en el coche por el lado izquierdo y se sentó frente al volante. Los perros se precipitaron sobre el coche, tirando de la cadena que los sujetaba y arañando la puerta. Arkadi imploró al cielo y giró la llave de contacto. Al menos le quedaba una décima parte de gasolina en el depósito.

Dobló dos veces a la derecha y enfiló la calle Gorki, llena de tiendas cuyos escaparates estaban todavía iluminados. ¿Qué vendían en ellas? Un escenario de arena y palmeras rodeaba un pedestal con un tarro de mermelada de guayaba. En la tienda de al lado, unos maniquíes se peleaban por un rollo de cretona. Los comercios de alimentación exhibían pescado ahumado que relucía como una mancha de aceite.

En la plaza de Pushkin se había congregado una multitud. Un año antes se había organizado una enfervorecida manifestación en la que habían ondeado una docena de banderas: la lituana, la armenia, la bandera roja zarista y la blanca y azul del Frente Democrático. Ahora las habían retirado todas salvo la del Frente y, al otro lado de la escalinata, la bandera roja del Comité para la Salvación de Rusia. Cada bandera contaba con mil simpatizantes que trataban de gritar más fuerte que los otros. De vez en cuando se producían violentos enfrentamientos entre ambos grupos. La milicia se había replegado discretamente hacia los extremos de la plaza y las escaleras del metro. Los turistas contemplaban la escena desde la puerta de un McDonald's.

Los guardias obligaban a los coches a detenerse, pero Arkadi consiguió girar por una bocacalle y se metió en un patio, alejado de las luces y los pitidos de los coches. En medio del patio, junto a unos plátanos, había una mesa y unas sillas, dispuestas para el té. Arkadi atravesó el patio y dobló por una callejuela donde había unos camiones aparcados en la acera. Eran unos camiones militares, con la parte trasera cubierta por una lona. Picado por la curiosidad, Arkadi hizo sonar el claxon. Una mano levantó una esquina de una lona, descubriendo a un grupo de soldados antidisturbios vestidos con unos uniformes grises y unos cascos negros, y armados con escudos y porras. Unos noctámbulos de la peor calaña, pensó Arkadi.

El despacho del fiscal le había ofrecido un moderno apartamento en un rascacielos suburbano para miembros del aparato y jóvenes profesionales, pero Arkadi prefería sentir que se hallaba en Moscú. Residía en un edificio de tres plantas, situado en el ángulo formado por los ríos Moskvá y Yauza, detrás de una antigua iglesia donde ahora fabricaban linimento y vodka. La torre de la iglesia había sido adornada para la Olimpiada del 80, pero el interior había sido despejado para instalar unos depósitos galvanizados y máquinas de embotellar. ¿Cómo decidían los destiladores qué parte de la producción era vodka y qué parte consistía en alcohol? Quizá no tuviera importancia.

Cuando se disponía a quitar los limpiaparabrisas y el retrovisor para que no se los robaran durante la noche, Arkadi recordó que en el maletero llevaba la radio de onda corta que había comprado Jaak en el mercado negro. Cogió la radio, los limpiaparabrisas y el retrovisor y se dirigió a una tienda de alimentación que había en la esquina. Estaba cerrada, naturalmente. Así pues, sólo tenía dos opciones: hacer el trabajo que tenía que hacer o cenar. De todos modos, la última vez que había ido al mercado le habían dado a elegir entre la cabeza o las patas de una vaca, como si el resto del animal se hubiera esfumado.

Dado que la única forma de entrar en el edificio era pulsando unos números en una caja de seguridad, alguien había escrito el código junto a la puerta. Los buzones del vestíbulo estaban chamuscados porque unos vándalos habían metido en ellos unos periódicos y les habían prendido fuego. Al llegar al segundo piso, Arkadi llamó a la puerta de una vecina para que le entregara el correo. Verónica Ivánovna, una mujer con la mirada resplandeciente de un niño y el pelo lacio y canoso de una bruja, era lo más parecido a un guardia de vigilancia que había en el edificio.

—Tiene dos cartas personales y una factura de teléfono —le dijo—. No he podido comprarle comida porque se olvidó de darme su cartilla de racionamiento.

Su apartamento estaba iluminado por el débil resplandor del televisor. Todos los ancianos que vivían en el edificio se habían sentado en unas sillas y unos taburetes en torno a la pantalla para contemplar, o más bien escuchar, con los ojos cerrados, a un tipo serio con el rostro grisáceo cuya profunda y tranquilizadora voz llegaba como una ola hasta la puerta del rellano:

—Quizá se sienta usted cansado. Todo el mundo está cansado. Quizá se sienta desconcertado. Todo el mundo está desconcertado. Son éstos unos tiempos difíciles, duros. Pero éste es el momento de sanar su espíritu, de conectar de nuevo con las fuerzas naturales y positivas que le rodean. Trate de visualizar. Deje que su fatiga se deslice por sus brazos y desaparezca a través de las puntas de sus dedos, deje que la fuerza positiva penetre en su espíritu.

—¿Es un hipnotizador? —preguntó Arkadi.

—Pase. Es el programa de televisión más popular.

—Lo cierto es que me siento cansado y desconcertado —dijo Arkadi.

Los ancianos estaban inclinados hacia atrás, como para apartarse del intenso calor de una chimenea. El hipnotizador ostentaba una frondosa barba que le daba una expresión seria y académica, aparte de unas gruesas gafas que hacían que sus ojos parecieran enormes, intensos e inmóviles, como un icono.

—Ábrase y relájese. Limpie su mente de los viejos dogmas e inquietudes, porque sólo existen en su mente. Deje que el universo penetre en su interior.

—He comprado un cristal en un puesto en la calle —dijo Verónica—. Los venden sus colaboradores. Si lo colocas sobre el televisor, te transmite sus emanaciones, como si las amplificara.

Arkadi vio una hilera de cristales dispuestos sobre el televisor.

—¿No le parece una mala señal que resulte más fácil comprar piedras que alimentos? —preguntó a Verónica.

—Sólo se encuentran malas señales si uno las busca.

—Ése es el problema. En mi trabajo tengo que buscarlas continuamente.

Arkadi sacó un pepinillo, un yogur y un pedazo de pan del frigorífico y se sentó a comer frente a la ventana, mientras observaba el campanario de la iglesia y el río. En aquel distrito había unas colinas llenas de viejos senderos y, oculto detrás de la iglesia, un callejón donde solían quemar troncos. Detrás de las casas había unos patios en los que antiguamente había vacas y cabras. Eran las zonas nuevas de la ciudad las que parecían abandonadas. Los letreros de neón sobre las fábricas estaban medio encendidos y medio apagados, transmitiendo unos mensajes ilegibles. El río presentaba un aspecto negro e inmóvil como el asfalto.

En la sala de estar había una mesa con la superficie esmaltada adornada con unas margaritas en un bote de café, un sillón, una lámpara de metal y numerosas estanterías que daban a la habitación el aspecto de haber sido construida contra un dique de libros, un baluarte que contenía desde obras de la poetisa Ajmátova hasta libros del humorista Zóschensko, aparte de una Makárov, una pistola de 9 milímetros que Arkadi ocultaba detrás de una traducción de *Macbeth* hecha por Pasternak.

En el vestíbulo había un retrete y una ducha, y desde él se pasaba al dormitorio, que contenía más libros. Al menos, la cama estaba hecha. En el suelo había un casete, unos auriculares y un cenicero. Arkadi sacó un paquete de cigarrillos de debajo de la cama. Sabía que debía acostarse y cerrar los ojos, pero regresó a la sala de estar. No tenía sueño ni estaba hambriento. Abrió el frigorífico para echar un vistazo y comprobó que le quedaba un tetrabrik que contenía una cosa llamada «Delicias del Bosque» y una botella de vodka. Abrió el tetrabrik y llenó un vaso con un zumo marrón. A juzgar por el sabor, se trataba de zumo de manzana, ciruela o pera, al que añadió un poco de vodka.

—Por Rudi —dijo Arkadi, apurando el vaso y llenándolo de nuevo.

Luego colocó la radio de Jaak sobre la mesa y sintonizó unas emisoras de onda corta. Desde distintos puntos de la Tierra le llegaron unos espasmódicos sonidos en árabe y las engoladas voces de los locutores de la BBC, junto a un zumbido que quizá proviniera de las fuerzas positivas a las que se había referido el hipnotizador. En una emisora de onda media transmitían un debate en ruso sobre el leopardo asiático.

—El leopardo, el felino más extraordinario del desierto, ocupa un territorio que se extiende a través del sur de Turkmenistán hasta las planicies de Ustiurt. Se desconoce la distribución de estos espléndidos animales puesto que desde hace treinta años han desaparecido de las regiones selváticas.

A Arkadi le complació pensar que los leopardos merodeaban todavía por el desierto soviético, persiguiendo a los onagros y a las gacelas, saltando ágilmente y corriendo veloces por entre los tamariscos.

Entró de nuevo en el dormitorio y se acercó a la ventana. Verónica, que vivía en el apartamento debajo del suyo, se quejaba de que todas las noches le oía recorrer un kilómetro de una habitación a otra.

Una voz distinta, de una mujer, leyó por la radio las noticias sobre la última crisis de los Balcanes. Arkadi la escuchó distraídamente mientras pensaba en la mina que había hallado en la habitación de Kim. Todos los días robaban armas de los depósitos militares. Quizás a partir de ahora habría unos camiones militares apostados en todas las esquinas de la ciudad. ¿Se convertiría Moscú en otro Beirut? Un humo denso cubría la ciudad. Debajo, el mismo humo formaba unas espirales alrededor de unas cajas vacías de vodka.

Al cabo de unos minutos regresó a la sala de estar. La voz que sonaba por la radio se le antojaba familiar.

—La organización derechista denominada «Bandera Roja» se proponía organizar esta noche una manifestación en la plaza Pushkin de Moscú. Aunque las fuerzas antidisturbios permanecen alertas, algunos observadores opinan que el Gobierno no tomará ninguna medida hasta que se produzca el caos, apoyándose en el pretexto de restaurar el orden público con el fin de eliminar a los adversarios políticos de la izquierda y la derecha.

La aguja del dial estaba situada entre el 14 y el 16 de la onda media, y Arkadi comprobó que escuchaba Radio Liberty. Los americanos dirigían dos emisoras propagandísticas, la Voz de América y Radio Liberty. La Voz de América, en la que todo el personal era americano, representaba la voz serena de la razón. En Radio Liberty trabajaban emigrantes y desertores rusos, y desde ella lanzaban violentas andanadas muy en consonancia con su audiencia. Al sur de Moscú habían construido unos artilugios destinados a bloquear Radio Liberty. Aunque al parecer últimamente se producían menos señales de interferencia, era la primera vez que Arkadi captaba esta emisora.

La locutora relató pausadamente los disturbios acaecidos en Tashkent y Bakú, nuevos datos sobre el gas venenoso utilizado en Georgia, otros casos de cáncer de la tiroides en Chernóbil, unos combates a lo largo de la frontera con Irán, unos ataques en Nagorni Karabaj, unas manifestaciones islámicas en Turkestán, unas huelgas de mineros en Donbás, una huelga ferroviaria en Siberia y una sequía en Ucrania. Europa Oriental parecía alejarse del buque de la Unión Soviética que se hundía a bordo de unas lanchas salvavidas. Como consuelo, la locutora añadió que los hindúes, los paquistaníes, los irlandeses, los ingleses, los zulúes y los bóers habían provocado unos auténticos infiernos en las zonas del globo que ocupaban. Concluyó diciendo que dentro de veinte minutos se emitiría el próximo boletín.

Cualquier hombre sensato se habría sentido deprimido, pero Arkadi consultó su reloj. Luego se levantó, encendió un cigarrillo y se tomó un trago de vodka. El programa que emitían entre los boletines de noticias se refería a la desaparición del mar de Aral. El agua utilizada para regar los campos de algodón en Uzbek había vaciado los ríos de Aral, dejando a millares de barcos pesqueros y millones de peces empantanados. ¿Cuántas naciones podían jactarse de haber eliminado un mar del mapa? Arkadi se levantó para cambiar el agua de las margaritas.

A la hora y media transmitieron otro boletín de noticias que duró un minuto. Luego, Arkadi escuchó unas alegres canciones populares de Bielorrusia, hasta que a la hora en punto emitieron otro programa informativo que duró diez minutos. Las historias eran idénticas; era la voz de la locutora lo que interesaba a Arkadi. Colocó el reloj sobre la mesa, y al observar la ventana comprobó que las cortinas eran de encaje. Naturalmente sabía que ante la ventana colgaban unas cortinas, pero uno suele olvidarse de esos detalles hasta que se sienta un rato para escuchar atentamente la radio. Estaban hechas a máquina, lógicamente, pero eran bastante bonitas, con un diseño floral a través del cual se filtraba la pálida luz del exterior.

—Les habla Irina Asánova —dijo la voz.

De modo que no se había casado, o en todo caso no había cambiado de nombre. Su voz sonaba más profunda e incisiva, ya no era la voz de una jovencita. La última vez que la había visto atravesaba un campo nevado, deseosa de marcharse y quedarse al mismo tiempo. El trato era que si se se marchaba, él se quedaría. Posteriormente había oído su voz en numerosas ocasiones, primero durante unos interrogatorios, cuando temió que la hubieran arrestado, y luego en un pabellón psiquiátrico, donde su recuerdo no dejaba de atormentarlo. Cuando trabajaba en Siberia, solía preguntarse si Irina existía todavía, si había existido alguna vez o si era fruto de su imaginación. Racionalmente, sabía que nunca volvería a verla ni a saber de ella. Irracionalmente, confiaba en ver de pronto su rostro en una esquina u oír su voz en una habitación llena de gente. Como un hombre enfermo del corazón, esperaba que éste dejara de latir súbitamente. La voz de Irina sonaba muy bien.

A medianoche, cuando repitieron los programas emitidos durante el día, Arkadi apagó la radio y se fumó un último cigarrillo junto a la ventana. La torre de la iglesia destacaba como una llama dorada sobre la luz grisácea de la noche.

4

El museo tenía el techo bajo como una catacumba y el aire era casi irrespirable. En las paredes colgaban unos dioramas sin iluminar, como en las capillas abandonadas. Al fondo, en vez de un altar, había unas cajas que contenían unas placas sin pulir y unas banderas polvorientas.

Arkadi recordó la primera vez que lo había visitado, hacía veinte años, y los ojos saltones y la voz sepulcral del anciano guía, un capitán cuyo deber era convencer a los visitantes sobre el glorioso patrimonio y la sagrada misión de la milicia. Arkadi accionó un interruptor, pero no sucedió nada.

El interruptor que había junto al primero sí funcionaba, e iluminó la maqueta de una calle de Moscú hacia 1930, con unos automóviles de la época que parecían coches fúnebres, unos hombres que paseaban con aire importante, unas mujeres cargadas con unas bolsas y unos niños ocultos detrás de unas farolas. Todo parecía muy normal, excepto que en una esquina había un muñeco con el cuello del abrigo levantado hasta el ala del sombrero, un paranoico en miniatura.

—¿Pueden descubrir al agente secreto? —preguntó el capitán con satisfacción.

El joven Arkadi había ido al museo con otros compañeros de la escuela, una pandilla de hipócritas.

—No —respondieron los chicos al unísono con expresión seria, mientras trataban de contener la risa.

Tras accionar otros dos interruptores inservibles, se iluminó una escena en la que aparecía un hombre colándose en una casa para coger un abrigo que colgaba en el vestíbulo. En un salón contiguo había una familia de yeso escuchando alegremente la radio. Debajo un cartel anunciaba que cuando capturaron a este «experto delincuente» descubrieron que había robado miles de abrigos. ¡Qué lujo!

—¿Pueden decirme —preguntó el capitán— cómo se llevó el delincuente los abrigos a casa sin levantar sospechas? Reflexionen antes de responder.

Los diez chicos lo miraron con expresión interrogativa.

—Los llevaba puestos —dijo el capitán, mirándolos fijamente para que comprendieran el genio y la astucia del delincuente—. Los *llevaba puestos*.

Algunas otras escenas plasmaban la historia de la delincuencia soviética. No era un tradición sutil, pensó Arkadi. Había fotos de niños asesinados, hachas, pelos pegados en el filo del hacha, cuerpos desenterrados, asesinos con el rostro consumido por el vodka, más hachas, etcétera.

Había dos escenas particularmente siniestras que provocaban exclamaciones de horror. En una aparecía un ladrón de bancos que se había fugado en el coche de Lenin, que era como robarle el burro a Jesús. La otra mostraba a un terrorista con un petardo de fabricación casera que por poco había hecho saltar a Stalin por los aires. Arkadi se preguntó si el delito habría sido atentar contra Stalin o no habérselo cargado.

—No te recrees en el pasado —dijo Rodiónov, el fiscal municipal, sonriendo, mientras le observaba desde la puerta—. A partir de ahora todos somos hombres del futuro, Renko.

El fiscal municipal era el jefe de Arkadi, el atento vigilante de los tribunales de Moscú, la mano que guiaba a los investigadores moscovitas. Pero sobre todo, Rodiónov era un diputado del Congreso Popular, un corpulento tótem de la democratización de la sociedad soviética a todos los niveles. Tenía la complexión de un capataz, el pelo plateado de un actor y las manos suaves de un *apparatchik*. Hacía unos años quizás había sido simplemente un torpe funcionario; en cambio ahora tenía esa desenvoltura que se adquiere al actuar frente a las cámaras, una voz modulada para el debate público. El fiscal se acercó a Arkadi y le presentó, como si ambos fueran dos grandes amigos suyos que deseaba que se conocieran, al general Penyaguín, un hombre grueso, de edad avanzada y mirada flemática que llevaba en la manga del uniforme azul una banda negra. Hacía unos días había muerto el jefe del departamento de investigación criminal. Penyaguín era ahora el jefe del CID, y aunque exhibía dos estrellas sobre los hombros, era el nuevo oso del circo y hacía lo que decía Rodiónov. El otro acompañante del fiscal municipal era muy distinto, un tipo jovial llamado Albov que parecía más americano que ruso.

Rodiónov señaló las cajas de cartón y dijo:

—Penyaguín y yo vamos a ocuparnos de limpiar todos los archivos del ministerio. Tiraremos todo eso y lo sustituiremos por unos ordenadores. Nos hemos unido a la Interpol porque a medida que el delito se hace más internacional, debemos actuar con imaginación, con espíritu de colaboración, abandonando los viejos y desfasados conceptos ideológicos. Imagínate cuando nuestros ordenadores estén conectados con Nueva York, Bonn y Tokio. Los representantes soviéticos están participando en varias investigaciones en el extranjero.

—Nadie podrá huir a ninguna parte —dijo Arkadi.

—¿No le gusta la idea? —preguntó Penyaguín.

Arkadi deseaba complacerles. En cierta ocasión había disparado contra un fiscal, un hecho que hacía que las relaciones fueran algo delicadas. ¿Que si le gustaba la idea de que el mundo se convirtiera en un compartimento estanco?

—Trabajaste con los americanos —le recordó Rodiónov—, y tuviste que pagar un precio por ello. Todos pagamos un precio. Esta es la naturaleza trágica de nuestros errores. La oficina tuvo que renunciar a tus servicios durante unos años cruciales. Tu regreso forma parte de un importante proceso de curación del que todos nos enorgullecemos. Puesto que hoy es el primer día que Penyaguín ocupa su puesto en el CID, quería presentarle a uno de nuestros investigadores más especiales.

—Tengo entendido que exigió ciertas condiciones cuando regresó a Moscú —dijo Penyaguín—. Le dieron dos coches, ¿no es así? —Arkadi asintió.

—Con diez litros de gasolina para poder perseguir a los delincuentes durante unos metros.

—Dispones de tus propios detectives, de una patóloga... —le recordó Rodiónov.

—Me pareció una buena idea tener en mi equipo a una patóloga que no se dedicara a robarles a los muertos —replicó Arkadi, consultando su reloj. Suponía que al salir del museo se dirigirían a la acostumbrada sala de conferencias con una mesa cubierta con un tapete verde, rodeados de unos asistentes tomando nota.

—Lo importante —dijo Rodiónov— es que Renko quería dirigir unas investigaciones independientes con un canal de información directamente vinculado a mí. Lo considero mucho más adelantado que nuestras fuerzas regulares, y cuanto más independientemente pueda operar, más importancia adquiere la línea de comunicación entre él y nosotros. —Luego se giró hacia Arkadi y dijo con firmeza—: Por eso debemos discutir la investigación sobre Rosen.

—No he tenido tiempo de revisar el informe —dijo Penyaguín. Arkadi vaciló unos instantes.

—Puedes hablar delante de Albov —le animó Rodiónov—. Se trata de una conversación abierta y democrática.

—Rudik Avrámovich Rosen —recitó Arkadi de memoria—. Nacido en 1952, en Moscú, sus padres han muerto. Diplomado con matrícula de honor en matemáticas por la Universidad Estatal de Moscú. Tiene un tío en la mafia judía que dirige los hipódromos. Durante las vacaciones escolares, el joven Rudi le echaba una mano. Servicio militar en Alemania. Acusado de cambiar divisas para los americanos en Berlín, aunque no fue condenado. Regresó a Moscú. Trabajó como agente entre vendedores de automóviles particulares para transportar pasajeros en la Comisión de Obras Culturales para las Masas, donde consiguió unas buenas ganancias. Fue jefe del patio de carga del Consorcio de la Industria de la Harina y Sémola de Moscú, donde robaba la harina por quintales. Hasta ayer regentaba una tienda de souvenirs en un hotel, desde la que administraba las máquinas tragaperras del vestíbulo y el bar, unas importantes fuentes de moneda fuerte para sus operaciones de cambio de divisas. Con las máquinas tragaperras y el cambio de divisas, Rudi se estaba forrando.

—¿Prestaba dinero a las mafias? —inquirió Penyaguín.

—Tienen demasiados rublos —contestó Arkadi—. Rudi les enseñó cómo invertir el dinero y convertirlo en dólares. Era su banquero.

—Lo que no comprendo —dijo Penyaguín— es lo que usted y su equipo especial van a hacer ahora que Rosen ha muerto. ¿Qué era? ¿Un cóctel molotov? ¿Por qué no dejamos que un investigador corriente se ocupe del asesino de Rosen?

El antecesor de Penyaguín en el CID era una rara avis que había ascendido de simple detective, y que lo habría comprendido todo sin necesidad de que se lo explicaran. Lo único que sabía Arkadi sobre Penyaguín era que había sido un funcionario político, no operativo. Trató de ilustrarlo amablemente.

—En cuanto Rudi accedió a guardar mi transmisor y mi grabadora en su caja de caudales, se convirtió en mi responsabilidad. Así es como funciona esto. Le dije que podía protegerlo, que formaba parte de mi equipo, y sin embargo no pude impedir que lo mataran.

—¿Por qué accedió a transportar su radio? —preguntó Albov inopinadamente. Hablaba perfectamente el ruso.

—Rudi tenía una fobia. Le habían gastado una broma pesada en el Ejército. Era judío y estaba gordo como un cerdo, de modo que los sargentos lo metieron en un féretro lleno de mierda humana y lo tuvieron encerrado en él durante una noche. Desde entonces le aterraba la suciedad y los gérmenes. Sólo tenía suficientes pruebas contra él para encerrarlo en un campo durante unos años, pero Rudi temía que no lograra sobrevivir. Utilicé esa amenaza para obligarlo a transportar la radio.

—¿Y qué pasó? —inquirió Albov.

—El equipo militar falló, como de costumbre. Me monté en el coche de Rudi y conseguí arreglar el transmisor. Cinco minutos más tarde se produjo la explosión.

—¿Te vio alguien con Rudi? —preguntó Rodiónov.

—Todo el mundo me vio con Rudi. Supuse que nadie me reconocería.

—¿Kim no sabía que Rosen estaba colaborando con usted? —preguntó Albov.

Arkadi cambió de parecer sobre él. Aunque Albov poseía la desenvoltura y la seguridad en sí mismo de un americano, era decididamente ruso. Tenía unos treinta y cinco años, pelo castaño oscuro, ojos negros y tristes, e iba vestido con un traje gris marengo y corbata roja. Poseía la paciencia de un turista rodeado de bárbaros.

—No —respondió Arkadi—. Al menos no creo que lo supiera.

—¿Qué sabes de Kim? —preguntó Rodiónov.

—Mijaíl Senovich Kim. Coreano, veintidós años. Ha estado en un reformatorio, en una colonia de menores y en un batallón de construcción del Ejército. Pertenece a la mafia de Liúbertsi, condenado por robar coches y atraco a mano armada. Conduce una Suzuki pero es capaz de hacerse con cualquier moto y lleva casco, así que ¿quién sabe dónde para? No podemos detener a todos los motoristas de Moscú. Un testigo lo ha identificado como el asesino de Rudi. Lo estamos buscando, pero también buscamos a otros testigos.

—Pero todos son unos delincuentes —dijo Penyaguín—. Es probable que los testigos más fiables sean los propios asesinos.

—Eso sucede con frecuencia —dijo Arkadi.

—Este asunto parece una operación típica de los chechenos —dijo Rodiónov.

—En realidad —observó Arkadi—, los chechenos son más aficionados a los cuchillos. De todos modos, no creo que sólo se propusieran liquidar a Rudi. Las bombas quemaron el coche, que era un banco itinerante computerizado lleno de disquetes y archivos. Creo que por ese motivo utilizaron dos bombas, para asegurarse de que no quedaba nada. Hicieron un buen trabajo. Todo el material ha desaparecido, junto con Rudi.

—Sus enemigos deben estar muy satisfechos —dijo Rodiónov.

—Probablemente había más pruebas contra sus amigos en esos disquetes que contra sus enemigos —contestó Arkadi.

—Da la impresión de que Rosen le caía simpático —dijo Albov.

—Murió abrasado. Sí, nos teníamos simpatía.

—¿Se considera usted un investigador más simpático que la mayoría?

—Cada cual tiene sus métodos

—¿Cómo está su padre?

Arkadi reflexionó unos instantes antes de responder.

—No está bien. ¿Por qué lo pregunta?

—Es un gran hombre, un héroe —dijo Albov—. Más famoso que usted, si me permite decirlo. Sentía curiosidad.

—Está muy viejo.

—¿Lo ha visto recientemente?

—Cuando vaya a visitarlo, le diré que me preguntó por él. —La conversación de Albov se desarrollaba con la lentitud y la determinación de una pitón. Arkadi trató de captar su ritmo.

—Si está viejo y enfermo, ¿no cree que debería ir a verlo? —preguntó Albov—. ¿Se encarga usted mismo de elegir a sus detectives?

—Sí —contestó Arkadi, preparándose para responder a la segunda pregunta.

—Kuusnets es un nombre muy raro... para un detective.

—Jaak Kuusnets es el mejor hombre de mi equipo.

—Pero no existen muchos estonios en Moscú que sean detectives. Debe de estarle muy agradecido y sentir una profunda lealtad hacia usted. Estonios, coreanos, judíos... es difícil hallar a un ruso en su caso. Algunos creen que ése es el problema de este país —dijo Albov. Tenía la mirada meditabunda de un Buda. Al cabo de unos minutos la dirigió hacia el fiscal y el general, y añadió—: Caballeros, su investigador parece tener un equipo y un objetivo. Los tiempos exigen propiciar las iniciativas, no frenarlas. Confío en que no cometamos con Renko el mismo error que hemos cometido en otras ocasiones.

Rodiónov sabía distinguir perfectamente entre una luz roja y una verde.

—Mi oficina confía plenamente en nuestro investigador.

—Sólo puedo reiterar que la milicia apoya totalmente al investigador —dijo Penyaguín.

—¿Trabaja usted en la oficina del fiscal? —preguntó Arkadi a Albov.

—No.

—Lo suponía —dijo Arkadi, observando su traje bien cortado y su aire desenvuelto—. ¿Seguridad del Estado o Ministerio del Interior?

—Soy periodista.

—¿Has traído a un periodista a esta reunión? —preguntó indignado Arkadi a Rodiónov—. ¿Mi canal directo contigo incluye a un periodista?

—Es un periodista internacional —contestó Rodiónov—. Deseaba obtener un punto de vista más sofisticado.

—Recuerde que el fiscal también es un diputado del pueblo —terció Albov—. Hay que tener en cuenta las elecciones.

—Eso sí que es sofisticado —dijo Arkadi.

—Lo cierto es que siempre he sido un gran admirador —dijo Albov—. Esto es un hito en la historia. Esto es París durante la Revolución, es Petrogrado durante la Revolución. Si unos hombres inteligentes no pueden trabajar juntos, ¿qué esperanzas nos ofrece el futuro?

Rodiónov y sus acompañantes se marcharon, dejando a Arkadi estupefacto. Quizá la próxima vez Rodiónov se presentaría con el equipo editorial de *Izvestia* o los autores de las tiras cómicas de *Krokodil*.

¿Y qué sería de las cajas y los dioramas del museo de la milicia? ¿Era cierto que iban a ser sustituidos por un centro de ordenadores? ¿Qué harían con todas las hachas ensangrentadas, los cuchillos y los míseros abrigos de la delincuencia soviética? ¿Los almacenarían en alguna parte? Por supuesto, se dijo Arkadi, ya que los burócratas nunca tiran nada. ¿Por qué? Porque te necesitaremos algún día. En caso de que no hubiera futuro, siempre existía el pasado.

Jaak conducía saltando de un carril a otro como un virtuoso del piano recorriendo velozmente el teclado con sus dedos.

—No me fío de Rodiónov ni de sus amigos —dijo a Arkadi, obligando a otro coche a apartarse a un lado.

—A ti no te gusta nadie de la oficina del fiscal.

—Los fiscales son unos políticos de mierda, siempre lo han sido. No pretendo ofender a nadie, pero son miembros del Partido. Aunque lo abandonen, aunque se conviertan en diputados del pueblo, en el fondo siguen siendo miembros del Partido. Tú no abandonaste el Partido, te echaron. Por esto me fío de ti. La mayoría de los investigadores del fiscal nunca abandonan el cargo. Forman parte de la oficina. Claro que tú no hubieras llegado muy lejos sin mi ayuda.

—Gracias.

Jaak sostuvo el volante con una mano y entregó a Arkadi una lista de números y nombres.

—Son matrículas del mercado negro. El camión que estaba cerca de Rudi cuando voló por los aires pertenece a la Granja Colectiva del Sendero de Lenin. Creo que debía transportar remolachas, no aparatos de vídeo. Cuatro coches pertenecen a los chechenos. El Mercedes está registrado a nombre de Apollonia Gubenko.

—Apollonia Gubenko —repitió Arkadi—. Un nombre muy sonoro.

—Es la mujer de Boria —dijo Jaak—. Boria posee otro Mercedes.

Pasaron a un Lada que llevaba el parabrisas sujeto con pinzas, papel y pegamento. Los parabrisas escaseaban. El conductor iba con la cabeza fuera de la ventanilla.

—¿Qué hace un estonio en Moscú, Jaak? —preguntó Arkadi—. ¿Por qué no defiendes a tu querido Tallinn del Ejército Rojo?

—No me vengas con chorradas —contestó Jaak—. Yo estuve en el Ejército Rojo. Hace quince años que no voy a Tallinn. Los estonios viven mejor y se quejan más que nadie en la Unión Soviética. Voy a cambiar de nombre.

—Podrías llamarte Apolo. Aunque todavía se te notaría el acento, ese deje báltico.

—Malditos acentos. Odio este tema —dijo Jaak, tratando de controlar su mal humor—. A propósito, hemos recibido unas llamadas de un entrenador del Red Star Komsomol que dice que Rudi era un hincha del club y que los boxeadores le dieron uno de sus trofeos. El entrenador cree que debe de hallarse entre las pertenencias de Rudi. Es un idiota, pero un tipo muy pertinaz.

Al acercarse a Kalinin Prospekt, un autocar trató de adelantar a Jaak. Era un autocar italiano con las ventanillas altas, unos cromados barrocos y dos hileras de rostros estupefactos, casi como un trirreme mediterráneo, pensó Arkadi. El Zhiguli aceleró dejando tras sí una estela de humo azulado. Jaak frenó para no chocar con el guardabarros delantero del autocar y luego pisó a fondo el acelerador, soltando una carcajada triunfal.

—¡El Homo Sovieticus ha vuelto a vencer!

En la gasolinera, Arkadi y Jaak se colocaron en dos filas distintas para adquirir unos pasteles de carne y unos refrescos. La vendedora, vestida con una bata blanca y un gorro, como un técnico de laboratorio, ahuyentaba a las moscas que se posaban sobre la mercancía. De pronto Arkadi recordó que un amigo que solía ir al campo a coger setas le había aconsejado que se mantuviera alejado de los que estaban rodeados de moscas muertas.

Frente a una tienda donde vendían vodka se había formado una larga cola compuesta por hombres. Los borrachos se tambaleaban e inclinaban hacia delante como si fueran a caerse de bruces. Iban cubiertos con unos harapos grises y sus rostros presentaban unas manchas lívidas, pero sostenían en las manos unas botellas vacías con el solemne convencimiento de que sólo les entregarían una botella nueva a cambio de otra vieja. Además, tenía que tener el tamaño preciso: ni demasiado grande ni demasiado pequeña. Luego tenían que pasar frente a unos milicianos apostados en la puerta para verificar los cupones y evitar que se colara algún forastero tratando de adquirir vodka destinado a los ciudadanos de Moscú. Mientras Arkadi los contemplaba, un cliente salió satisfecho de la tienda sosteniendo su botella como si fuera un huevo roto, y la cola avanzó unos metros.

La cola en la que estaba situado Arkadi avanzaba lentamente debido a la difícil elección que se les presentaba a los clientes: pasteles de carne o de col. Dado que el relleno consistía en unos trocitos invisibles de carne de cerdo picada, o col hervida, envueltos en una masa frita en grasa hirviendo que se había congelado, la elección exigía un delicado paladar, por no hablar de un hambre canina.

La cola para comprar vodka también se había detenido porque un cliente había caído al suelo sin conocimiento y su botella vacía había rodado hasta la alcantarilla.

Arkadi se preguntó qué estaría haciendo Irina. Durante toda la mañana había tratado de no pensar en ella. En esos momentos, al oír el ruido de la botella deslizándose sobre el pavimento, la vio comiendo en una cafetería occidental con relucientes cromados, espejos con luz y carritos con tazas de porcelana.

—¿Carne o col?

Arkadi vaciló unos instantes antes de responder.

—¿Carne? ¿Col? —repitió la vendedora, sosteniendo unos pasteles idénticos. Tenía la cara redonda y basta, con los ojillos hundidos—. Decídase de una vez.

—Carne —contestó Arkadi—. Y col.

La vendedora soltó un gruñido, irritada ante su indecisión. Quizás el problema, pensó Arkadi, era que no tenía apetito. La mujer cogió el dinero y le entregó dos pasteles envueltos en unas grasientas servilletas de papel. Arkadi observó el suelo. No había moscas muertas, pero las que volaban a su alrededor parecían un tanto deprimidas.

—¿No los quiere? —le preguntó la vendedora.

Arkadi seguía viendo la imagen de Irina, sintiendo la cálida presión de sus brazos y oliendo no el hedor rancio de la grasa sino el limpio aroma de las sábanas. Tenía la sensación de estar superando rápidamente diversas etapas que lo llevaban a la locura, o tal vez lo que ocurría era que Irina había abandonado la zona en penumbra del olvido para introducirse en las áreas conscientes de su cerebro.

La vendedora se inclinó hacia delante y de golpe se produjo una insólita transformación. En medio de su rostro apareció lo que quedaba de la timidez de una joven, de unos ojos tristes ocultos entre las arrugas. Miró a Arkadi y se encogió de hombros, como disculpándose.

—Cómaselos, no piense en ello. Hago lo que puedo.

—Lo sé.

Cuando Jaak regresó con unos refrescos, Arkadi le ofreció los dos pasteles.

—No, gracias —dijo Jaak—. Antes de trabajar contigo me gustaban, pero has hecho que los aborrezca.

5

En la calle Butyrski, junto a una larga vitrina con ropa interior y encaje, había un edificio con las ventanas protegidas por barrotes y un camino empedrado que se extendía desde la garita del centinela hasta los escalones de la entrada. Dentro, un guardia entregó unas tarjetas de aluminio a Arkadi y a Jaak. Unos instantes después se abrió una reja con un diseño en forma de corazón y ambos siguieron al guardia a través del suelo de parqué, por una escalera con huellas de goma y un pasillo de estuco calcificado, iluminado por unas bombillas en unas jaulas de alambre.

Sólo una persona había conseguido fugarse de la cárcel de Butyrski: Dzerzhinski, el fundador del KGB. Había sobornado al guardia. En aquellos tiempos un rublo significaba algo.

—¿Nombre? —preguntó el guardia.

Al otro lado de la puerta de la celda contestó una voz:

—Oberlián.

—¿Artículo?

—Especulación, resistencia a ser arrestado, negarse

a cooperar con los órganos de la justicia, ¡joder, yo qué sé!

Se abrió la puerta y apareció Gary, desnudo hasta la cintura, con la camisa atada alrededor de la cabeza como un turbante. Con su nariz rota y su pecho cubierto de tatuajes, parecía más bien un pirata abandonado en una isla desierta durante una docena de años que un hombre que había pasado una noche en la cárcel.

—Especulación, resistencia a ser arrestado y negarse a cooperar con la justicia. ¡Un testigo fantástico! —exclamó Jaak.

La sala de interrogatorios era de una sencillez monástica: unas sillas de madera, una mesa de metal y un icono de Lenin. Arkadi rellenó el protocolo: fecha, ciudad, su nombre bajo el título de «Investigador de casos muy importantes a las órdenes del Fiscal General de la URSS», interrogó a Oberlián, Gary Semyonovich, nacido el 3/11/60 en Moscú, número de pasaporte RS AOB 425807, nacionalidad armenia...

—Naturalmente —dijo Jaak.

—¿Educación y formación? —preguntó Arkadi.

—Profesional. Industria médica —respondió Gary.

—Cirujano cerebral —apostilló Jaak.

Soltero, enfermero, no era miembro del Partido, antecedentes penales por robo y posesión de drogas para su venta.

—¿Ha recibido alguna distinción del Gobierno? —prosiguió Arkadi.

Jaak y Gary soltaron una carcajada.

—Es la siguiente pregunta del protocolo —aclaró Arkadi—. Probablemente se refiere al futuro.

Después de anotar la hora exacta, comenzó el interrogatorio, abundando en los mismos temas que Jaak había indagado en el lugar del atentado. Gary se había alejado unos metros del coche de Rudi cuando lo vio estallar, y luego Kim arrojó la segunda bomba.

—Si caminabas de espaldas al coche de Rudi, ¿como pudiste ver todo eso? —preguntó Jaak.

—Me detuve a reflexionar.

—¿Que te detuviste a reflexionar? —repitió Jaak—. ¿Sobre qué?

Gary guardó silencio y Arkadi le preguntó:

—¿Te cambió Rudi los forints y los zlotys?

—No —contestó Gary malhumorado.

—Estabas furioso con él.

—Le hubiera retorcido el pescuezo.

—¿De no haber sido por Kim?

—Sí, pero luego Kim me ahorró el trabajo —contestó Gary alegremente.

Arkadi dibujó una X en una hoja de papel y entregó la pluma a Gary.

—Éste es el coche de Rudi. Señala el lugar donde te encontrabas y todo lo que viste.

Gary hizo un esfuerzo para concentrarse y trazó una figura con palotes y una caja con ruedas: «Un camión con artículos electrónicos.» Entre él y Rudi dibujó otra figura: «Kim.» Una caja con una cruz: «La ambulancia.» Una segunda caja: «Puede que fuera una furgoneta.» Luego, unos palos con cabezas: «Unos gitanos.» Por último, dibujó unos rectángulos con ruedas: «Los coches de los chechenos.»

—Recuerdo un Mercedes —dijo Jaak.

—Ellos ya se habían marchado.

—¿Ellos? —inquirió Arkadi—. ¿Quiénes son ellos?

—Un conductor. El otro pasajero era una mujer.

—¿Podrías dibujarla?

Gary dibujó una figura con un voluminoso pecho, tacones altos y el pelo rizado.

—Puede que fuera rubia. Tenía muy buen tipo.

—Eres muy observador —dijo Jaak.

—¿La viste fuera del coche? —preguntó Arkadi.

—Sí, había estado hablando con Rudi.

Arkadi examinó el papel y dijo:

—Es un buen dibujo.

Gary asintió.

Era cierto. Con su cuerpo azulado y su cara aplastada, Gary era idéntico a la figura que había dibujado en el papel, aunque ésta tenía un aspecto más humano.

El mercado de automóviles situado en el puerto sur lindaba con Proletariat Prospekt y un meandro del río Moskvá. Los automóviles nuevos eran almacenados en una sala revestida de mármol blanco. Nadie entraba en ella; no había automóviles nuevos. Fuera, los apostadores habían colocado unos cartones en el suelo para jugar al monte de tres naipes. Las vallas de las obras estaban cubiertas de carteles con ofertas («Neumáticos en buenas condiciones para Zhigulis de 1985») y solicitudes («Busco correa de ventilador para un Peugeot del 64»). Jaak apuntó el número de neumáticos, por si acaso.

Junto a la valla había un camino de tierra lleno de Zhigulis y Zaporozhets de segunda mano, Trabants alemanes de dos cilindros y Fiats italianos más oxidados que unas espadas antiguas. Los compradores se paseaban entre los coches escrutando los neumáticos, el cuentakilómetros y la tapicería, arrodillándose y examinando con una linterna el motor para comprobar si perdía aceite. Todos eran expertos. Incluso Arkadi sabía que un Moskvich construido en Ízhevsk era mejor que uno construido en Moscú, y que lo único que los distinguía era la insignia en la rejilla. Junto a los coches, había un grupo de chechenos vestidos con chándales. Eran unos individuos de pelo negro, corpulentos, de frente estrecha pero mirada astuta.

Todo el mundo mentía. Los vendedores iban al cobertizo de los dependientes del mercado de automóviles para informarse del precio —según el modelo, el año y el estado del vehículo— que podían pedir (y sobre el que pagarían impuestos), que no tenía nada que ver con el dinero que pasaba de manos del vendedor al comprador. Todos —el vendedor, el comprador y el dependiente— sabían que el precio real sería tres veces superior.

Los chechenos eran los más astutos. En cuanto tenían la documentación del vehículo en sus manos, pagaban sólo la mitad del precio oficial, y el vendedor tenía tantas probabilidades de conseguir el resto del dinero como de arrebatarle un hueso a un lobo. Luego, como es lógico, vendían el coche a su precio oficial. La tribu de los chechenos había amasado auténticas fortunas en el mercado del puerto sur. No con cada venta, ya que eso habría destruido el incentivo que atraía automóviles nuevos, sino a base de un inteligente porcentaje. Los chechenos controlaban el mercado como si se tratara de un rebaño de ovejas de su propiedad.

Jaak y Arkadi abandonaron la cola, y el detective indicó a su compañero un coche aparcado al final del camino. Era un viejo Chaika, un sedán que había sido un coche oficial, con unos relucientes cromados. Las ventanillas del asiento trasero estaban cubiertas por unas cortinas.

—Malditos árabes —dijo Jaak.

—Ésos no son árabes —replicó Arkadi—. Creía que no tenías prejuicios. Majmud es un anciano.

—Quizá todavía le queden fuerzas para enseñarte su colección de calaveras.

Arkadi se alejó de Jaak. El último coche en venta era un Lada lleno de abolladuras. Dos jóvenes chechenos que llevaban unas bolsas de tenis lo detuvieron para preguntarle adónde se dirigía. Cuando Arkadi mencionó el nombre de Majmud, lo condujeron hacia el Lada, lo metieron en el asiento trasero, le palparon los brazos, las piernas y el pecho para comprobar si llevaba pistola y le dijeron que aguardara. Mientras uno de los chechenos se dirigía al Chaika, el otro ocupó el asiento junto al del conductor, abrió una bolsa y se giró para apuntar a Arkadi con una carabina, que introdujo entre los dos asientos delanteros.

La carabina era un nuevo modelo Oso de un solo cañón recortado, lista para disparar. De los visores colgaban unas cuentas de madera y el salpicadero estaba decorado con fotografías de vides, mezquitas y calcomanías de AC/DC y Pink Floyd. Otro checheno, mayor que sus compañeros, se sentó al volante y, sin hacer caso de Arkadi, abrió un ejemplar del Corán y se puso a leer en voz alta. En los meñiques de ambas manos lucía unas gruesas sortijas de oro. Un tercer checheno se sentó en el asiento trasero, junto a Arkadi, sosteniendo un pincho de *shaslik* envuelto en un papel, y entregó a todos unos trocitos de carne, incluso al investigador, aunque de forma bastante displicente. Sólo les faltaban los mostachos y las bandoleras, pensó Arkadi. El Lada estaba aparcado de espaldas al mercado, pero a través del retrovisor Arkadi vio a Jaak examinando varios automóviles.

Los chechenos no tenían nada que ver con los árabes. Eran tártaros, una tribu occidental de la Horda Dorada que se había establecido en las montañas del Cáucaso. Arkadi contempló las postales pegadas en el salpicadero. La ciudad con la mezquita era la capital montañosa de Grozni, como la que aparecía en *Iván Grozni, Iván el Terrible*. Arkadi se preguntó si el hecho de haberse criado con semejante nombre no habría influido en la personalidad de los chechenos.

Al fin, los chechenos regresaron, acompañados de un chico no más alto que un jockey, con el rostro en forma de corazón, lleno de espinillas, y mirada ambiciosa. El chico sacó el carnet de identidad del bolsillo de Arkadi, lo examinó atentamente y se lo devolvió.

—Ha matado a un fiscal —dijo, lo cual otorgaba a Arkadi cierto respeto por parte de los chechenos.

Arkadi siguió al muchacho hasta el Chaika. Alguien abrió la portezuela posterior, lo agarró del cuello y lo obligó a subir al coche.

Los viejos Chaikas tenían un elegante estilo soviético, con el techo tapizado, los asientos ribeteados con cordoncillo, unos decorativos ceniceros y aire acondicionado. El chico se sentó junto al conductor y Arkadi ocupó el asiento de atrás, junto a Majmud. El automóvil estaba también dotado de unas ventanillas a prueba de balas.

Arkadi había visto fotografías de unas figuras momificadas que habían aparecido entre las cenizas de Pompeya. Tenían el mismo aspecto que Majmud, delgado y enjuto, sin pestañas ni cejas, y con el cutis apergaminado.

Incluso su voz tenía un sonido apagado. Se giró con dificultad hacia Arkadi, como para impedir que se le acercara, y lo miró con unos ojos negros como pequeños carbones.

—Disculpe —dijo Majmud—. He sufrido una operación. Los prodigios de la ciencia soviética. Te operan los ojos para que no tengas que llevar gafas. Es el único país donde realizan esta operación. Lo que no te dicen es que a partir de entonces sólo podrás ver a distancia. El resto del mundo permanece borroso.

—¿Qué hizo usted? —inquirió Arkadi.

—Me entraron ganas de matar al médico. Quiero decir que pude haberlo matado. Luego recapacité. ¿Que por que me sometí a esa operación? Por vanidad. Tengo ochenta años. Fue una lección. Gracias a Dios que no soy impotente. Ahora le veo perfectamente. No tiene usted buen aspecto.

—Necesito un consejo.

—Creo que necesita más que un consejo. Mientras le retenían en el coche, me informé sobre usted. La vida da muchas vueltas. He pertenecido al Ejército Rojo, al Ejército Blanco y al Ejército alemán. Nada es predecible. Al parecer trabajó como investigador, luego estuvo preso, y ahora vuelve a ser un investigador. Está usted más desorientado que yo.

—Es cierto.

—Su apellido es poco corriente. ¿Está usted emparentado con Renko, el loco de la guerra?

—Sí.

—Tiene una mirada que expresa varias cosas. En un ojo veo a un soñador, y en el otro, a un insensato. Soy tan viejo que he llegado a apreciar las cosas más sencillas. De otro modo me volvería loco. Hace dos años dejé el tabaco para no perjudicar mis pulmones. Uno tiene que mantener una actitud positiva. ¿Fuma usted?

—Sí.

—Los rusos son una raza triste. Los chechenos son distintos.

—Eso he oído decir.

Majmud sonrió. Tenía unos dientes enormes, como los de un perro.

—Los rusos fuman, los chechenos se queman los pulmones.

—Rudi Rosen se quemó.

Pese a ser un anciano, Majmud reaccionó rápidamente.

—Él y su dinero, según tengo entendido.

—Usted estaba allí —dijo Arkadi.

En aquel momento regresó el conductor. Aunque corpulento, era casi tan joven como el muchacho que iba sentado a su lado. Tenía el rostro lleno de granos, el pelo largo por detrás y corto por los lados, y un flequillo teñido de naranja. Era el atleta del bar del Intourist.

—Es mi nieto Alí —dijo Majmud—. El otro es su hermano Beno.

—Una familia encantadora.

—Alí me quiere mucho y no le gusta oír ese tipo de acusaciones.

—No es una acusación —contestó Arkadi—. Yo también estaba allí. Quizá los dos seamos inocentes.

—Yo estaba en la cama. Por orden del médico.

—¿Por qué cree que mataron a Rudi?

—Con la medicación que tomo y los tubos de oxígeno, parezco un cosmonauta y duermo como un niño.

—¿Por qué mataron a Rudi?

—¿Quiere saber mi opinión? Rudi era judío, y los judíos creen que pueden comer con el demonio sin que éste les devore la nariz. Quizá Rudi conocía a demasiados demonios.

Durante seis días a la semana, Rudi y Majmud se tomaban un café turco mientras negociaban los tipos de cambio. Arkadi recordaba haber visto al obeso Rudi sentado frente al esquelético Majmud, preguntándose cuál de ellos devoraría al otro.

—Usted era la única persona a la que temía.

Majmud rechazó el cumplido.

—No teníamos problemas con Rudi. Ciertas personas en Moscú creen que los chechenos deberían regresar a Grozni, a Kazán, a Bakú.

—Rudi me dijo que usted quería matarlo.

—Le mintió —contestó Majmud secamente.

—Es difícil conversar con los muertos —observó Arkadi con tacto.

—¿Han detenido a Kim?

—¿El guardaespaldas de Rudi? No. Probablemente le está buscando a usted.

—Beno, ¿podríamos tomar un café? —preguntó Majmud al conductor.

Beno les pasó un termo, tazas, platitos, cucharas y una bolsa de terrones de azúcar. El café era negro y espeso. Majmud tenía unas manos grandes, con las uñas y los dedos curvados, que contrastaban con el resto de su frágil cuerpo.

—Delicioso —dijo Arkadi, saboreando el café.

—Antes las mafias tenían auténticos líderes. Antibiotic era un promotor teatral, y cuando le gustaba un espectáculo, alquilaba toda la sala para disfrutarlo a sus anchas. Era casi como un pariente de los Bréznev. Un tipo duro, un mafioso, pero un hombre de palabra. ¿Se acuerda de Otarik?

—Recuerdo que era miembro del Gremio de Autores, aunque su solicitud de ingreso contenía veintidós errores gramaticales —contestó Arkadi.

—Bueno, la literatura no era su principal ocupación. De todos modos, ahora han sido sustituidos por esos nuevos hombres de negocios como Boria Gubenko. Antes, las guerras entre distintas bandas eran simples guerras entre bandas. Ahora tengo que protegerme contra los asesinos a sueldo y la milicia.

—¿Qué le pasó a Rudi? ¿Estaba involucrado en una guerra entre distintas bandas?

—¿Se refiere a una guerra entre los hombres de negocios de Moscú y los feroces chechenos? Nosotros somos siempre los malos; los rusos son siempre las víctimas. No me refiero a usted personalmente, pero como nación lo ven todo al revés. ¿Quiere que le cuente una pequeña anécdota de mi vida?

—Se lo ruego.

—¿Sabía usted que existía la República de Chechenia? Nuestra república. Si le aburro, dígamelo. El peor pecado que puede cometer un anciano es aburrir a los jóvenes —dijo Majmud, agarrando de nuevo a Arkadi por el cuello de la chaqueta.

—Continúe.

—Algunos chechenos habían colaborado con los alemanes, de modo que en febrero de 1944 fueron convocadas unas reuniones de masas en todas las aldeas. Había soldados y bandas de música por doquier; la gente creía que se trataba de una celebración militar y acudió todo el mundo. Ya sabe cómo son las plazas de los pueblos, con un altavoz en cada esquina transmitiendo música y anuncios. Pues bien, aquel día anunciaron que la gente disponía de una hora para reunir a sus familias y sus pertenencias. No les explicaron el motivo. Una hora. Imagínese la escena. La gente suplicó que no les arrancaran de sus hogares, pero fue inútil. Entonces se pusieron a buscar a los niños, a los abuelos, para que se vistieran apresuradamente y abandonaran sus casas antes de que los mataran. Luego estaba el problema de decidir qué podían llevarse consigo. ¿Una cama, una cómoda, una cabra? Los soldados les obligaron a montarse en unos camiones, unos Studebakers. Todo el mundo estaba convencido de que era cosa de los americanos y que Stalin los salvaría.

Las oscuras pupilas de Majmud se contrajeron como el objetivo de una cámara.

—Al cabo de veinticuatro horas —prosiguió— no quedaba un solo checheno en la República de Chechenia. Habían partido más de medio millón de ciudadanos. Cuando abandonaron los camiones, les hicieron montarse en unos vagones de mercancías sin calefacción, en los que viajaron durante varias semanas en pleno invierno. Murieron miles de personas. Entre ellos mi primera esposa y mis tres hijos. ¡Quién sabe dónde arrojaron los guardias sus cuerpos! Cuando los supervivientes se apearon de los vagones, comprobaron que se hallaban en Kazakhstán, en Asia Central. La República de Chechenia fue liquidada. Pusieron a nuestras ciudades nombres rusos. Fuimos borrados de los mapas, de los libros de historia y de las enciclopedias. En una palabra, desaparecimos del planeta.

»Pasaron treinta años antes de que consiguiéramos regresar a Grozni y a Moscú. Encontramos nuestras casas ocupadas por rusos, y niños rusos en nuestros patios. Al vernos, gritaban: «¡Animales!» Ahora dígame, ¿quiénes eran los animales? Nos señalan con el dedo y nos llaman ladrones. Pero ¿quién es el ladrón? Cada vez que muere alguien, acusan a un checheno de haberlo asesinado. Créame, me gustaría encontrar al asesino. ¿Por qué iba a sentir compasión por ellos? Merecen todo lo que les ha sucedido. Merecen nuestro odio. —Majmud miraba a Arkadi fijamente, con ojos como ascuas. Luego le soltó la solapa y sonrió—. Discúlpeme, le he arrugado la chaqueta.

—Ya estaba arrugada.

—Me he dejado arrastrar por la indignación —dijo Majmud, alisando las arrugas de la solapa de Arkadi—. Nada me complacería más que hallar a Kim. ¿Le apetecen unas uvas?

Beno les entregó un cuenco de madera repleto de uvas verdes. Arkadi observó no sólo un gran parecido familiar entre Beno, Alí y Majmud, sino que compartían unos rasgos que los identificaban como individuos de la misma especie, como el pico de un halcón. Arkadi cogió un puñado de uvas. Majmud sacó una pequeña navaja del bolsillo y cortó un racimo. Mientras se comía las uvas, bajó la ventanilla del coche para escupir las pepitas en el suelo.

—Padezco divertículos. No debo tragarme las pepitas. Es terrible hacerse viejo.

6

Polina estaba examinando la habitación de Rudi en busca de huellas dactilares cuando Arkadi llegó del mercado de automóviles. Nunca la había visto sin gabardina. Debido al calor, llevaba unos pantalones cortos, una blusa veraniega anudada debajo del pecho y el pelo sujeto con un pañuelo. Con sus guantes de goma y el pequeño pincel de pelo de camello que sostenía en la mano, parecía una niña jugando a las casitas.

—Lo hemos examinado todo —dijo Arkadi, dejando la chaqueta sobre la cama—. Aparte de las huellas de Rudi, los peritos no han encontrado nada.

—En ese caso no tenemos nada que perder —contestó Polina alegremente—. El topo humano está en el garaje buscando alguna puerta oculta.

Arkadi abrió la ventana que daba al patio y vio a Minin, con el sombrero y el abrigo puestos.

—No deberías llamarle eso —dijo.

—¿Por qué?

Polina puso los ojos en blanco y se subió a una silla para examinar el espejo y la cómoda.

—¿Dónde está Jaak?

—Nos han prometido otro coche. Si lo consigue, irá a la Granja Colectiva del Sendero de Lenin.

—Es la época de las patatas. Jaak les será muy útil.

Varios objetos —el cepillo de pelo, la cabecera de la cama, el botiquín y debajo del asiento del retrete— mostraban unas manchas ovaladas donde habían aplicado polvo para recoger las huellas. Otras habían sido recogidas con cinta adhesiva y trasladadas a unas platinas que había en la mesilla de noche.

Arkadi se puso unos guantes de goma.

—Este trabajo no te corresponde a ti.

—A ti tampoco. Los investigadores dejan que los detectives hagan el trabajo duro. Estoy acostumbrada a hacerlo y lo hago mejor que los demás, así que ¿por qué no habría de hacerlo? ¿Sabes por qué nadie quiere atender a las parturientas?

—No, ¿por qué? —contestó Arkadi, arrepintiéndose al instante de haberlo preguntado.

—Los médicos no quieren atenderlas porque temen contagiarse el sida, y porque no se fían de los guantes de goma soviéticos. Se ponen tres y hasta cuatro pares de guantes. Tampoco quieren practicar abortos, por el mismo motivo. Preferirían observar a las mujeres a cien metros de distancia hasta que reventaran. Claro que no nacerían tantos niños si los condones soviéticos no fueran de tan mala calidad como los guantes de goma.

—Tienes razón —respondió Arkadi. Se sentó en la cama y echó un vistazo a su alrededor. Aunque había seguido a Rudi durante varias semanas, sabía muy poco sobre él.

—No traía mujeres aquí —observó Polina—. No

hay galletas, ni vino, ni siquiera condones. Las mujeres siempre dejan cosas, horquillas, algodón, polvos sobre la almohada... Todo está limpio y ordenado.

¿Cuánto tiempo iba a permanecer subida en la silla? Tenía las piernas más blancas y musculosas de lo que Arkadi había imaginado. Quizás había estudiado ballet. Del pañuelo que le sujetaba el pelo se escapaban unos rizos negros en el cogote.

—¿Estás examinando todas las habitaciones? —le preguntó Arkadi.

—Sí.

—¿No deberías estar jugando al voleibol con tus amigos?

—Es un poco tarde para ir a jugar a voleibol.

—¿Has recogido las huellas de las cintas de vídeo?

—Sí —contestó Polina, mirándole a través del espejo.

—He conseguido que te concedan más tiempo en el depósito de cadáveres —dijo Arkadi para complacerla. Pensó que la mejor manera de complacer a una mujer era ofrecerle más tiempo en el depósito—. ¿Por qué quieres volver a examinar los restos de Rudi?

—Había demasiada sangre. He obtenido los resultados del laboratorio sobre la sangre que había en el coche. La sangre pertenecía a su tipo.

—Estupendo —dijo Arkadi. Si ella estaba contenta, él también. Encendió el televisor y el aparato de vídeo, insertó una de las cintas de Rudi y oprimió los botones «Play» y «Fast Forward». Inmediatamente aparecieron en la pantalla unas imágenes, acompañadas de unos sonidos indescifrables, que mostraban la ciudad dorada de Jerusalén, el Muro de las Lamentaciones, una playa mediterránea, una sinagoga, un naranjal, unos modernos hoteles, unos casinos y El Al. Arkadi detuvo la cinta para captar las palabras del narrador, que sonaban más glóticas que el ruso.

—¿Hablas hebreo? —preguntó Arkadi a Polina.

—¿Por qué iba a hablar hebreo?

La segunda cinta mostraba una rápida sucesión de imágenes de la blanca ciudad de El Cairo, unas pirámides y unos camellos, una playa mediterránea, unas falucas en el Nilo, un almuecín sobre un minarete, una plantación de dátiles, unos modernos hoteles y Egyptair.

—¿Árabe?

—No.

La tercera cinta mostraba en primer lugar una cervecería al aire libre y luego varias pinceladas del Múnich medieval, unas vistas aéreas del sector reconstruido, unos paseantes en la Marienplatz, otra cervecería, unas bandas de músicos vestidos con *lederhosen,* el estadio olímpico, la Oktoberfest, un teatro rococó, un ángel dorado de la paz, una autopista, otra cervecería, los Alpes y la estela de un avión de Lufthansa. Arkadi retrocedió a la imagen de los Alpes para escuchar las palabras del narrador, ponderosas y exuberantes al mismo tiempo.

—¿Hablas alemán? —le preguntó Polina. El espejo sobre el que había aplicado los polvos parecía una colección de alas de polilla describiendo unas espirales ovaladas.

—Un poco —respondió Arkadi. Había hecho el servicio militar en Berlín, escuchando a los americanos, y había aprendido algunas palabras de alemán de esa forma truculenta en que los rusos abordan el idioma de Bismarck, Marx y Hitler. Aparte de que los alemanes constituían el enemigo tradicional, los zares habían importado durante siglos a alemanes como capataces, sin olvidar que los nazis consideraban a todos los eslavos una especie subhumana. Existía una palpable antipatía hacia la raza alemana.

—*Auf wiedersehen* —dijo la voz del narrador.

—*Auf wiedersehen* —contestó Arkadi, y apagó el televisor—. *Auf wiedersehen,* Polina. Vete a casa, vete al cine con tu novio.

—Casi he terminado.

Hasta el momento, Polina había demostrado más intuición respecto al apartamento de Rudi que Arkadi, a quien no sólo se le habían escapado algunas pistas sino varios detalles esenciales. La fobia que le inspiraba a Rudi todo contacto físico había creado un apartamento solitario y aséptico. No había ceniceros ni colillas. Arkadi deseaba fumarse un cigarrillo, pero no se atrevía a perturbar el higiénico equilibrio del apartamento.

Al parecer, la única debilidad de la carne a la que sucumbía Rudi era la comida. Arkadi abrió el frigorífico. Había un amplio surtido de jamón, pescado ahumado y queso holandés, perfectamente conservado y con un aspecto muy apetitoso. Probablemente lo había comprado en Stockmann, unos grandes almacenes de Helsinki que vendían *smorgasbords,* muebles de oficina y coches japoneses a la comunidad de extranjeros en Moscú, quienes se negaban a vivir como los rusos. El queso, rodeado de su corteza de cera, relucía como el sombrerillo de un champiñón.

Polina se acercó a la puerta del dormitorio mientras se ponía la gabardina.

—¿Estás examinando las pruebas o comiéndotelas?

—Las estoy admirando. Este queso proviene de unas vacas que pastan en unos prados sobre unos diques a varios miles de kilómetros de distancia, y no es tan raro como el queso ruso. En la cera se aprecian perfectamente las huellas dactilares, ¿verdad?

—La humedad no es una buena atmósfera.

—¿Hace demasiada humedad?

—No he dicho que no pueda recogerlas, pero no te hagas demasiadas ilusiones.

—¿Crees que soy un tipo que se hace ilusiones?

—No lo sé; hoy tienes un aspecto distinto. Pareces...

Arkadi se llevó un dedo a los labios para indicar silencio. Percibía un ruido apenas audible, como el ventilador de un frigorífico, excepto que estaba junto al frigorífico.

—Es un retrete —dijo Polina—. Alguien tira de la cadena cada hora.

Arkadi se dirigió al baño y tocó las tuberías. Por lo general, éstas hacían un ruido tremendo. En cambio este sonido era más suave, más mecánico que líquido, y procedía del interior del apartamento de Rosen. De pronto, cesó.

—¿Cada hora? —preguntó Arkadi a Polina.

—En punto. He echado un vistazo, pero no he descubierto nada.

Arkadi entró en el despacho de Rudi. La mesa estaba tal como la había dejado, el teléfono y el fax silenciosos. Al dar un golpecito en el fax empezó a parpadear una luz roja de «alerta». Arkadi dio unos golpecitos más fuertes y la luz parpadeó regularmente, como un faro. El volumen estaba bajo. Luego apartó la mesa y vio un rollo de papel facsímil oculto entre la mesa y la pared.

—Primera norma de una investigación: «Mueve los objetos.»

—Aún no había examinado esta habitación.

El papel estaba todavía caliente. En la parte superior aparecía la fecha y la hora de la transmisión, hacía un minuto. El mensaje, escrito en ruso, decía: «¿Dónde está la Plaza Roja?»

Cualquiera que tuviera un plano podía responder a esa pregunta. El papel indicaba que la tranmisión se había efectuado hacía sesenta y un segundos: «¿Dónde está la Plaza Roja?»

No era necesario disponer de un plano. Bastaba con preguntarle a cualquiera, en el Nilo, en los Andes o en el parque Gorki.

Había cinco mensajes, enviados cada hora, con la misma pregunta insistente: «¿Dónde está la Plaza Roja?» El primer mensaje decía también: «Si sabe dónde está la Plaza Roja, puedo ofrecerle contactos con la sociedad internacional por una comisión como intermediario del diez por ciento.»

Una comisión del diez por ciento por hallar la Plaza Roja era un dinero fácil. El aparato había imprimido automáticamente un largo número de fax en la parte superior del papel. Arkadi marcó el número de conferencias internacionales, y la telefonista le informó que el prefijo correspondía a Alemania y a la ciudad de Múnich.

—¿Tienes un chisme de éstos? —preguntó Arkadi a Polina.

—Conozco a un chico que tiene uno.

Perfecto. Arkadi escribió en un papel con el membrete de Rudi «Necesito más información». Polina insertó el papel, descolgó el teléfono y marcó el número, que contestó con un ping. Acto seguido se encendió una luz sobre un botón que decía «Transmita». Polina lo oprimió y el aparato se puso en marcha.

—Si están tratando de localizar a Rudi, es que no saben que ha muerto —dijo Polina.

—Ésa es la idea.

—Lo único que sacarás con esto es una información que no va a servir para nada, o bien meterte en un lío. Me parece absurdo.

Al cabo de una hora todavía no habían obtenido respuesta. Arkadi bajó a echar un vistazo al garaje, donde Minin estaba golpeando el suelo con el mango de una pala. La bombilla que colgaba del techo había sido sustituida por otra de mayor voltaje. Los neumáticos habían sido colocados ordenadamente en un rincón, junto a unas correas de goma y unas latas de aceite numeradas y etiquetadas. Minin se había quitado el abrigo y la chaqueta, pero conservaba el sombrero puesto, que ensombrecía la parte superior de su rostro. Parece un hombre en la Luna, pensó Arkadi. Al ver entrar a su jefe, Minin se incorporó.

Según Arkadi, el problema era que Minin era el clásico enano. No es que fuera bajo, pero era un tipo a quien nadie quería, y se sentía despreciado. Arkadi podía haberlo eliminado de su equipo —un investigador no tenía que aceptar a todos los colaboradores que le asignaban—, pero no quería justificar la actitud de Minin. Además, detestaba ver a un tipo feo haciendo pucheros.

—Investigador Renko, cuando los chechenos se

desmandan, creo que yo le sería más útil en la calle que en este garaje.

—No sabemos si es obra de los chechenos, y necesito a un buen detective para este trabajo. Algunos son capaces de llevarse los neumáticos ocultos debajo del abrigo.

—¿Quiere que suba a observar a Polina?

—No —contestó Arkadi, mirando fijamente a Minin—. Te noto distinto, Minin. ¿A qué se debe?

—No lo sé.

—Es eso. —Sobre la camisa empapada en sudor de Minin brillaba una insignia con la bandera roja. Arkadi no la habría observado de no haberse quitado la chaqueta el detective—. ¿Una insignia de socio?

—De una organización patriótica —respondió Minin.

—Muy elegante.

—Propugnamos la defensa de Rusia, rechazamos las leyes que arrebatan a la gente su fortuna para entregársela a una pandilla de buitres y cambistas, y pretendemos limpiar la sociedad y poner fin al caos y a la anarquía. ¿Tiene alguna objeción? —Más que una pregunta, era un desafío.

—En absoluto. La insignia te queda muy bien.

Mientras se dirigía a entrevistarse con Boria Gubenko, Arkadi pensó que la noche estival había caído como un silencio. Las calles estaban desiertas y los taxis, aparcados frente a los hoteles, sólo accedían a transportar a los turistas. Una tienda estaba llena de clientes, mientras que otras se hallaban vacías. Moscú parecía una ciudad saqueada, sin alimentos, gasolina ni productos básicos. Arkadi tenía también la impresión de que le habían arrebatado una costilla, un pulmón o un pedazo del corazón.

Era reconfortante saber que alguien en Alemania había preguntado en inglés a un especulador soviético dónde se hallaba la Plaza Roja. Era una confirmación de que la Plaza Roja todavía existía.

Boria Gubenko cogió una pelota de una cesta, la colocó sobre el *tee,* advirtió a Arkadi que se apartara para no recibir un golpe, se concentró, levantó el palo hacia atrás y le dio a la pelota con fuerza.

—¿Quiere intentarlo?

—No, gracias. Prefiero observar —respondió Arkadi.

Una docena de japoneses practicaban sobre unos rectángulos de hierba de plástico, golpeando la pelota y enviándola al otro extremo de la fábrica. El ruido intermitente de las pelotas al ser golpeadas sonaba como disparos de pistola, lo cual encajaba perfectamente en aquel entorno ya que era una fábrica de fundas de balas. Durante el Terror Blanco, la Guerra Patriótica y el Pacto de Varsovia, los obreros habían fabricado millones de cartuchos de latón y acero. Para convertir la fábrica en un comercio de venta de artículos de golf, habían eliminado las cadenas de montaje y habían pintado el suelo de un verde bucólico. Unos árboles de cartón ocultaban un par de prensas metálicas inamovibles, un toque muy apreciado por los japoneses, que llevaban siempre puesta la gorra de golf. Aparte de Boria, los únicos jugadores rusos que vio Arkadi fueron una madre y una hija que recibían una lección vestidas con unas faldas cortas idénticas.

En la pared del fondo, las pelotas rebotaban contra una lona verde en las que estaban indicadas unas distancias ascendentes: doscientos, doscientos cincuenta y trescientos metros.

—Confieso que a veces me paso un poco —dijo Boria—. El secreto de un negocio es tener a los clientes satisfechos. —Luego adoptó una estudiada pose y preguntó a Arkadi—: ¿Qué le parece? ¿El primer campeón *amateur* ruso?

—Como mínimo.

La corpulencia de Boria quedaba suavizada por un jersey azul pastel, y llevaba el pelo peinado en unas alas doradas alrededor de un rostro de facciones marcadas y unos ojos observadores de un azul cristalino.

—Estuve diez años jugando al fútbol para el Ejército Central —dijo Boria, cogiendo otra pelota de la cesta—. Llevaba una vida fantástica: dinero, un apartamento, un coche, etcétera. Luego sufrí una lesión, y de la noche a la mañana me encontré en la calle. Todo el mundo quería invitarme a una cerveza, pero eso es todo. Ésa fue la recompensa que obtuve por diez años de entrega y una rodilla hecha papilla. Lo mismo les sucede a los antiguos boxeadores, a los campeones de lucha libre y a los jugadores de hockey. No es de extrañar que se metan en la mafia o, lo que es peor, que se dediquen al fútbol americano. De todos modos, he tenido suerte.

Sin duda. Boria se había convertido en un próspero hombre de negocios. En el nuevo Moscú, nadie era tan popular y rico como Boria Gubenko.

Al fondo había unas máquinas tragaperras junto a un bar decorado con pósters de Marlboro, ceniceros de Marlboro y lámparas de Marlboro. Boria se colocó frente al *tee*. Parecía más robusto que en su época de futbolista y presentaba un aspecto elegante y pulido, como un león domesticado. Alzó el palo y se quedó inmóvil, estudiando el campo que se extendía ante él.

—Háblame sobre ese club —dijo Arkadi.

—Es un club sólo para socios con mucho dinero. Cuanto más exclusivo es un club, más extranjeros quieren pertenecer a él. Te contaré un secreto.

—¿Otro?

—La ubicación. Los suecos han invertido millones en un campo de dieciocho hoyos en las afueras de la ciudad. Estará dotado de una sala de conferencias, un centro de comunicaciones y un sofisticado sistema de seguridad para que los hombres de negocios y los turistas puedan alojarse en él sin tener que desplazarse a Moscú. Pero eso me parece una estupidez. Si decido invertir dinero en un negocio, quiero ver de qué se trata. De todos modos, los suecos están muy alejados de la ciudad. En comparación, nosotros estamos en el mismo centro, junto al río, prácticamente frente al Kremlin. La inversión fue mínima, unos botes de pintura, hierba de plástico, unos palos y unas pelotas. Fue idea de Rudi. —Gubenko miró a Arkadi de arriba abajo y le preguntó—: ¿Practica algún deporte?

—Jugaba al fútbol en la escuela.

—¿Posición?

—Generalmente de portero —contestó Arkadi. Hubiera sido ridículo hacerse pasar por un atleta en presencia de Boria.

—Lo mismo que yo. Es la mejor posición. Observas, ves el ataque y aprendes a adelantarte. En realidad el juego consiste en un par de disparos. Y cuando te entregas, te entregas, ¿no es cierto? Cuando tratas de protegerte, es cuando resultas lesionado. Por supuesto, el fútbol para mí representaba un medio para ver mundo. No sabía lo que era comer bien hasta que fui a Italia. A veces acepto hacer de árbitro de unos partidos internacionales para poder comer bien.

La frase «ver mundo» era una pálida descripción de la ambición de Boria, pensó Arkadi. Gubenko se había criado en las «Barracas Jruschov» de Long Pond. En ruso, «Jruschov» rimaba con «barracón», lo cual otorgaba cierto morbo al título. Boria se había criado a base de sopa de col, y ahora opinaba sobre los restaurantes italianos.

—¿Qué cree que le pasó a Rudi? —preguntó Arkadi.

—Creo que lo que le pasó a Rudi fue un desastre nacional. Era el único economista verdadero del país.

—¿Quién lo mató?

Boria respondió sin vacilar:

—Los chechenos. Majmud es un bandido sin la menor idea del estilo o los negocios occidentales. Tiene a todo el mundo dominado. Cuanto más le temen, mejor, aunque suponga el cierre de un mercado. Cuanto más nerviosos se ponen los demás, más fuertes se sienten los chechenos.

Uno de los japoneses asestó un golpe maestro a la pelota, seguido de exclamaciones de «¡Banzai!».

Boria sonrió y levantó el palo.

—Vuelan de Tokio a Hawai para jugar al golf durante una semana. Por la noche tengo que echarlos de aquí.

—Si los chechenos mataron a Rudi —dijo Arkadi—, tuvieron que pasar frente a Kim. A pesar de su reputación de forzudo y experto en artes marciales, no consiguió protegerlo. Cuando su mejor amigo Rudi buscaba un guardaespaldas, ¿no acudió a usted para que lo aconsejara?

—Rudi solía llevar encima mucho dinero, y le preocupaba su seguridad.

—¿Y Kim?

—Muchas fábricas en Liúbertsi han cerrado. El problema de competir con el mercado libre, según decía Rudi, es que fabricamos mierda. Cuando le sugerí que contratara a Kim, creí que les hacía un favor a los dos.

—Suponiendo que dé con el paradero de Kim antes que nosotros, ¿qué piensa hacer?

Boria apuntó el palo hacia Arkadi.

—Le avisaré. Se lo prometo. Rudi era mi mejor amigo, y creo que Kim ayudó a los chechenos, pero no pondría en peligro todo esto, todo lo que he conseguido, para vengarme de él. Esa forma de pensar está anticuada. Tenemos que ponernos al nivel del resto del mundo si no queremos quedarnos rezagados. Acabaríamos todos en unos edificios vacíos y muertos de hambre. Tenemos que cambiar. ¿Lleva una tarjeta?

—¿Una tarjeta de visita?

—Coleccionamos tarjetas de visita, y una vez al mes sorteamos entre todas ellas una botella de Chivas Regal —le explicó Boria, esbozando una controlada sonrisa.

Arkadi se sentía como un idiota. No un idiota común y corriente, sino un idiota desfasado y socialmente incompetente.

Boria dejó el palo y condujo con orgullo a Arkadi al bufé. Sentados en unas sillas tapizadas con los colores rojos y negros de Marlboro, había otros japoneses con unas gorras de béisbol y unos americanos con unos zapatos de golf. Arkadi sospechaba que Boria había decorado su establecimiento al estilo de la sala de espera de un aeropuerto, el entorno natural del viajero de negocios internacional. Era como si se encontraran en Frankfurt, en Singapur o en Arabia Saudí, y por esa razón se sentían cómodos. Sobre el bar había un televisor que en aquellos momentos transmitía un programa de la CNN. El concurrido bufé ofrecía un amplio surtido de esturión y trucha ahumados, caviar negro y rojo, chocolates alemanes y pasteles georgianos, botellas de champán, Pepsi, vodka de pimienta, vodka de limón y un coñac armenio de cinco estrellas. Arkadi se sintió mareado por el aroma de la comida.

—También organizamos veladas de karaoke, torneos de golf y cenas corporativas —dijo Boria—. Aquí no hay busconas ni prostitutas. Como verá, es un ambiente limpio e inocente.

¿Como Boria? Ese tipo no sólo había pasado del fútbol a la mafia, sino que se había convertido en un empresario.

Su aspecto, su caro jersey occidental, su mirada franca y abierta, incluso sus elegantes ademanes denotaban que era un próspero hombre de negocios.

Boria hizo un discreto gesto a una camarera y ésta trajo inmediatamente un plato de arenque, que colocó en la mesa frente a Arkadi. El pescado parecía nadar ante sus ojos.

—¿Recuerda la época en que el pescado todavía no estaba contaminado? —le preguntó Boria.

—Casi lo he olvidado —contestó Arkadi, sacando

un cigarrillo del paquete—. ¿Cómo consigue este pescado?

—Como todo el mundo. A base de cambios y trueques.

—¿En el mercado negro?

Boria sacudió la cabeza.

—Directamente. Rudi solía decir que no existían granjas ni industrias pesqueras colectivas que no estuvieran dispuestas a hacer negocios si les ofrecías algo más que rublos.

—¿Le decía Rudi lo que debía ofrecer a cambio?

Boria sostuvo la mirada de Arkadi sin pestañear.

—Rudi empezó como un aficionado al fútbol y acabó convirtiéndose en un hermano mayor para mí. Deseaba verme feliz. Me daba consejos. No creo que eso sea un delito.

—Depende de los consejos que le diera —dijo Arkadi, intentando provocar una reacción.

Boria le dirigió una mirada transparente como las límpidas aguas de un lago.

—Rudi decía que no era necesario infringir la ley, sólo reescribirla. Tenía una gran visión de futuro.

—¿Conoce a Apollonia Gubenko? —preguntó Arkadi.

—Es mi esposa. La conozco perfectamente.

—¿Dónde estaba su esposa la noche que murió Rudi?

—¿Eso qué importa?

—Había un Mercedes registrado a su nombre en el mercado negro, a unos treinta metros de donde murió Rudi.

Boria guardó silencio. Luego miró la pantalla del

televisor, donde aparecía un tanque americano avanzando por el desierto.

—Estaba conmigo. Estábamos aquí.

—¿A las dos de la mañana?

—Con frecuencia cierro después de medianoche. Recuerdo que regresamos a casa en mi coche porque el de Polly estaba en el taller para que lo repararan.

—¿Tienen dos coches?

—Entre los dos tenemos dos Mercedes, dos BMW, dos Volgas y un Lada. En Occidente la gente puede invertir en acciones y obligaciones. Nosotros tenemos coches. El problema es que cuando envías un buen coche al taller, alguien se lo lleva prestado. Puedo tratar de descubrir quién lo hizo.

—¿Está seguro de que su mujer estaba con usted? Porque vieron a una mujer en el coche.

—Yo trato a las mujeres con respeto. Polly es una persona independiente, no tiene que darme explicaciones sobre lo que hace, pero esa noche estaba conmigo.

—¿Les vio alguien aquí?

—No. El secreto de un buen negocio es no apartarse de la caja y cerrar uno mismo el establecimiento.

—Los negocios están llenos de secretos —observó Arkadi.

Boria se inclinó hacia delante y extendió las manos. Aunque Arkadi sabía que era un hombre corpulento, le sorprendió el tamaño de sus manos. Recordó que Boria solía salir disparado de la portería del Ejército Central para parar los penaltis.

—Mire, Renko —dijo Gubenko bajando la voz—, no voy a matarlo. Eso es cosa suya. Si desea hacerle un favor a la sociedad, elimine también a Majmud.

Arkadi consultó el reloj. Eran las ocho de la noche. Se había perdido las primeras noticias de la radio y estaba deseando regresar a casa.

—Debo irme.

Boria condujo a Arkadi a través del bar. Hizo otra discreta señal a la camarera y ésta se acercó con dos paquetes de cigarrillos que Boria metió en el bolsillo de la chaqueta de Arkadi.

La madre y la hija circulaban entre las mesas. Eran muy guapas y tenían los ojos grises. Al hablar, Arkadi notó que la mujer ceceaba ligeramente.

—Boria, te espera el instructor.

—El profesor, Polly. El profesor.

—Los nacionalistas armenios atacaron ayer de nuevo a las tropas soviéticas internacionales causando diez bajas y numerosos heridos —dijo Irina—. El objetivo del ataque armenio era un depósito del Ejército soviético, que saquearon, llevándose todas las armas, fusiles de asalto, minas, un tanque, un camión para el transporte de tropas, morteros y cañones anticarro. El Sóviet Supremo de Moldavia declaró ayer su soberanía, tres días después de que lo hiciera el Sóviet Supremo de Georgia.

Arkadi colocó en la mesa pan integral, queso, té y un paquete de cigarrillos, y se sentó frente a la radio, como si ésta fuera un convidado. Hubiera debido regresar al apartamento de Rudi; pero quería escuchar las noticias, aunque fueran tan apocalípticas como las que acababa de transmitir Irina.

—Los disturbios continúan en Kirguizia por tercer día consecutivo entre las tropas de Kirguizia y de Uzbek. Unos camiones blindados patrullan las calles de Osh después de que las tropas de Uzbek asumieran el control de los hoteles para turistas del centro, y abrieron fuego contra las oficinas locales del KGB. El balance de muertos asciende a doscientos y las autoridades han decidido drenar el canal de Uzguen para intentar recuperar más cadáveres.

El pan era fresco y el queso estaba dulce. Por la ventana penetró una agradable brisa, agitando la cortina como si fuera una falda.

—Un portavoz del Ejército Rojo reconoció hoy que los rebeldes afganos habían conseguido atravesar la frontera soviética. Desde que las tropas soviéticas se retiraron de Afganistán, la frontera se ha hecho accesible a los traficantes de drogas y extremistas religiosos, que instan a las repúblicas de Asia Central a emprender una guerra santa contra Moscú.

El sol estaba suspendido en el horizonte, iluminando las cúpulas y las chimeneas. La voz de Irina había adquirido un tono más ronco, y su acento siberiano sonaba más culto y sofisticado. Arkadi recordaba sus gestos, con frecuencia demasiado exuberantes, y el color de sus ojos, como el ámbar. La escuchaba atentamente, inclinado sobre la radio. Se sentía ridículo, como si en vez de permanecer mudo estuviera dialogando con ella.

—Los mineros de Donetsk exigieron ayer la dimisión del Gobierno y la eliminación del Partido, y anunciaron nuevas huelgas. Además se han producido paros en las veintiséis minas de la cuenca de Karagandá y en las veintinueve minas de Rostov-NaDonu.

Las noticias no eran importantes, y Arkadi apenas las escuchaba. Era la voz de Irina, transmitida a través de centenares de kilómetros, lo que acaparaba su atención.

—El Frente Democrático convocó anoche en Moscú una manifestación frente al parque Gorki para exigir la «ilegalización» del Partido Comunista, al tiempo que los miembros derechistas de la formación denominada «Bandera Roja» se reunían para defender al Partido. Ambos grupos reivindican el derecho de marchar sobre la Plaza Roja.

Era como Sherezade, pensó Arkadi. Noche tras noche relataba historias de opresión, insurreción, huelgas y catástrofes naturales, mientras él la escuchaba como si narrara fábulas de países exóticos, especies mágicas, relucientes cimitarras y perversos dragones cubiertos de escamas doradas. Lo importante era oír el sonido de su voz.

7

A medianoche, Arkadi se hallaba frente a la Biblioteca Lenin, admirando las estatuas de los escritores y eruditos rusos que adornaban el tejado. Había oído decir que el edificio estaba a punto de desplomarse; lo cierto era que las estatuas parecían dispuestas a saltar. A los pocos minutos vio salir una sombra del edificio y cerrar la puerta con llave. Arkadi cruzó la calle y se presentó.

—¿Un investigador? No me sorprende. —Feldman llevaba un gorro de piel y una cartera, y lucía una barbita blanca que le hacía parecerse a Trotski. Echó a caminar rápidamente hacia el río, seguido de Arkadi—. Dispongo de una llave. No he robado nada. ¿Desea registrarme?

Arkadi rechazó la sugerencia y le preguntó directamente:

—¿Cómo es que conoce a Rudi?

—Sólo se puede trabajar de noche. Menos mal que padezco insomnio. ¿Y usted?

—No.

—Da la impresión de no poder conciliar el sueño. Vaya a ver a un médico. A menos que no le importe.

—¿Qué me dice de Rudi? —insistió Arkadi.

—¿Rosen? No lo conozco. Sólo nos vimos una vez, hace una semana. Deseaba hablar sobre pintura.

—¿Pintura?

—Soy profesor de historia de la pintura. ¿No recuerda que se lo dije cuando hablamos por teléfono? ¡Menudo investigador!

—¿Qué quería Rudi?

—Quería informarse sobre la pintura soviética. La vanguardia soviética fue la época más creativa y más revolucionaria de la historia, pero el hombre soviético es un ignorante. No podía educar a Rosen en media hora.

—¿Le preguntó sobre algunos cuadros en concreto?

—No. Durante años, el Partido exigía realismo socialista, y la gente colgaba cuadros de tractores en las paredes de su casa y ocultaba obras maestras de vanguardia detrás de los retretes o debajo de la cama. Ahora vuelven a exhibirlas. De pronto Moscú está lleno de conservadores de pintura. ¿Le gusta el realismo socialista?

—El realismo socialista no es mi fuerte.

—¿Se refiere usted a la pintura?

—No.

Feldman observó a Arkadi con interés. Se hallaban en el parque situado detrás de la biblioteca. Una escalinata descendía entre los árboles hacia el río, junto a la esquina suroeste del Kremlin, y unos reflectores iluminaban las ramas de los árboles, dándoles uno aspecto dorado.

—Le dije a Rosen que la gente olvida que existía un idealismo al comienzo de la Revolución. Aparte del hambre y la guerra civil, Moscú era la ciudad más interesante del mundo. Cuando Maiakovski dijo «convirtamos las plazas en nuestras paletas y las calles en nuestros pinceles», lo decía en serio. Cada muro era un cuadro. Los trenes, los barcos y los aviones estaban pintados. El papel de las paredes, la vajilla y los envoltorios de los chicles estaban creados por unos artistas que pretendían forjar un nuevo mundo. Al mismo tiempo, las mujeres organizaban marchas reivindicando el amor libre. La gente estaba convencida de que todo era posible. Rosen me preguntó cuánto costarían hoy en día esos envoltorios de chicle.

—Yo también me he hecho esa pregunta —reconoció Arkadi.

Feldman siguió bajando las escaleras con expresión malhumorada.

—Teniendo en cuenta que el arte de vanguardia no estaba bien visto, eligió usted una especialidad casi suicida. ¿Se acostumbró a trabajar de noche por este motivo? —preguntó Arkadi.

—Una interesante observación —respondió Feldman, parándose en seco—. ¿Por qué cree que el rojo es el color de la revolución?

—Tal vez porque es tradicional.

—Prehistórico, no tradicional. Los dos primeros hábitos que adquirió el hombre mono fueron el canibalismo y pintarse de rojo. Los soviéticos son los únicos que todavía lo hacen. No tiene más que fijarse en lo que hicimos con el genio de la Revolución. Describa la tumba de Lenin.

—Es un rectángulo de granito rojo.

—Es un diseño constructivista inspirado por Málevich, un rectángulo rojo situado en la Plaza Roja. Representa algo más que la tumba donde sepultaron a Lenin. El arte se hallaba por doquier en aquellos días. Tatlin diseñó un rascacielos giratorio más alto que el Empire State Building. Popova diseñaba vestidos de alta costura para las campesinas. Los pintores de Moscú querían pintar de rojo los árboles del Kremlin. Lenin se opuso a esa iniciativa, pero la gente creía que todo era posible. Era una época de esperanza, de fantasía.

—¿Da usted conferencias sobre este tema?

—No acudiría nadie. Son como Rosen, sólo quieren vender. Me paso el día autentificando cuadros para idiotas.

—¿Rosen deseaba vender algo?

—No lo sé. Habíamos quedado en vernos hace dos días, pero no se presentó.

—Entonces, ¿por qué cree que quería vender algo?

—Hoy en día la gente vende todo lo que posee. Rosen dijo que había hallado algo, pero ignoro de qué se trataba.

Al llegar a la orilla del río, Feldman contempló el paisaje con tal fervor que Arkadi casi podía imaginar los árboles pintados de rojo en los jardines del Kremlin, unas amazonas marchando por la calle Gorki y unos dirigibles arrastrando unos carteles propagandísticos bajo la Luna.

—Vivimos en las ruinas arqueológicas del nuevo mundo que no llegó a existir. Si supiéramos dónde cavar, ¿quién sabe lo que descubriríamos? —dijo Feldman. Luego se dio media vuelta y echó a caminar hacia el puente.

Arkadi se dirigió por la orilla del río hacia su apartamento. No tenía sueño, pero no porque padeciera insomnio, sino porque el mundo le preocupaba.

No vio a ninguna amazona junto al río, sino a unos

pescadores preparando los anzuelos de sus cañas. Había pasado un par de años de su exilio recorriendo el Pacífico a bordo de una jábega. Siempre le había impresionado que al anochecer, cualquier embarcación, por insignificante que fuera, se convirtiera en una deslumbrante constelación de estrellas, iluminada por las luces pesqueras en los mástiles, las botavaras, las regalas, el puente, la rampa y la cubierta. En aquellos momentos se le ocurrió que sería bonito que los pescadores nocturnos de Moscú llevaran también unas linternas con pilas en sus gorros y cinturones y colgadas del extremo de sus cañas.

Quizás el problema no era el insomnio. Quizás estaba loco. ¿Por qué se empeñaba en descubrir quién había matado a Rudi? Cuando una sociedad se desmorona como un castillo de naipes, ¿qué importaba quién había asesinado a un especulador del mercado negro? En cualquier caso, ése no era el mundo real. El mundo real estaba donde se hallaba Irina. Aquí, Arkadi era simplemente otra sombra en una caverna donde no lograba conciliar el sueño.

Frente a él se recortaba la silueta de la catedral de San Basilio como unos moros con turbantes iluminados por atrás por los reflectores de la plaza. Junto a la base de piedra de la catedral, medio ocultos por las sombras, había un centenar de soldados de los cuarteles del Kremlin vestidos con uniforme de campaña, provistos de radios y ametralladoras.

La Plaza Roja se alzaba como una inmensa colina de adoquines. A la izquierda aparecía el Kremlin brillantemente iluminado, con sus almenas en forma de cola de milano erigiéndose sobre una fortaleza que parecía extenderse hasta la Muralla China. Los chapiteles parecían iglesias que habían sido capturadas, transportadas desde Europa y erigidas como trofeos en honor del zar, coronadas por unas estrellas de rubíes. Bañado en luz, el Kremlin ofrecía una imagen entre real y fantástica, como una inmensa y opresiva visión. De pronto, un sedán negro atravesó el portal de la torre Spassky y desapareció a toda velocidad. Frente a Arkadi, en la parte superior de la plaza, una gigantesca pancarta de la Pepsi cubría buena parte de la fachada del Museo del Ejército. A la derecha se alzaba la clásica fachada de piedra de GUM, los almacenes más grandes y desiertos del mundo. La plaza estaba controlada por unas cámaras instaladas en el tejado de GUM y los muros del Kremlin, pero no existían unos reflectores suficientemente potentes para iluminar el valle de sombras en el centro de la plaza, donde se encontraba Arkadi. El impresionante tamaño y espacio de la plaza más que levantar el espíritu lo empequeñecía, poniendo de relieve su insignificancia.

Exceptuando a Lenin. Cuando Lenin agonizaba, rogó que no se erigiera ningún monumento en su memoria. El mausoleo que había mandado construir Stalin consistía en un montón de criptas, una especie de zigurat rojo y negro situado bajo las almenas de los muros del Kremlin. A ambos lados del mausoleo había unos bancos de mármol blanco en los que se sentaban los dignatarios para presenciar el desfile del Día de Mayo. El nombre de Lenin estaba grabado en letras rojas sobre la puerta de la tumba, custodiada por dos guardias de honor, unos jóvenes sargentos con guantes blancos y pálidos como la cera debido al cansancio.

La plaza estaba cerrada al tráfico, pero de pronto, al girarse, Arkadi vio un Zil negro, un coche oficial, que salía disparado de la calle Cherny y se dirigía a toda velocidad hacia el río para desaparecer entre las sombras que rodeaban la catedral de San Basilio. El chirrido de los neumáticos era como una nota de protesta que reverberaba en toda la plaza.

Al cabo de unos instantes, el Zil apareció de nuevo. Llevaba los faros apagados, por lo que Arkadi no se dio cuenta que se dirigía hacia él hasta que lo tuvo casi encima. Echó a correr hacia el museo, con el Zil pisándole los talones. Al girar hacia la izquierda, hacia la tumba de Lenin, el automóvil le adelantó y le cortó el paso. Arkadi se apartó de un salto y echó a correr hacia la calle Cherny. El Zil frenó bruscamente, dio media vuelta y avanzó hacia él describiendo un amplio círculo.

Antes de que el coche lo embistiera, Arkadi se arrojó al suelo y comenzó a rodar sobre el pavimento. Al cabo de unos segundos, se levantó y se dirigió tambaleándose hacia la catedral de San Basilio, pero resbaló y cayó de rodillas. De pronto vio frente a él los faros cegadores del coche.

El Zil se detuvo a pocos metros frente a él y se apearon cuatro generales vestidos con unos uniformes verde oscuro, adornados con estrellas de latón y unas medallas suspendidas de unos cordones dorados. Cuando recuperó la vista, Arkadi comprobó que eran muy ancianos y apenas se sostenían en pie. El conductor se apeó también del vehículo y casi se cayó de bruces. Iba de paisano, con un jersey y una chaqueta, y en la cabeza lucía una gorra de brigada. Estaba borracho, y de sus ojos brotaban unas lágrimas que se deslizaban por sus mejillas.

—¿Belov? —preguntó Arkadi.

—¡Arkasha! —Belov tenía una voz profunda y hueca como un barril—. Fuimos a buscarte a tu casa pero no estabas. Tampoco te encontramos en tu despacho. Luego, mientras dábamos una vuelta por aquí, te vimos, pero echaste a correr como si te estuviéramos persiguiendo.

Arkadi reconoció vagamente a los generales, aunque eran una sombra de los altos e imponentes oficiales que solían seguir a su padre. He aquí a los intrépidos héroes del Sitio de Moscú, los comandantes de tanques de la ofensiva de Bessarabia, la vanguardia de la marcha sobre Berlín, que lucían la Orden de Lenin concedida por «una valerosa acción que modificó el curso de la guerra». Excepto que Shukshín, que tenía la costumbre de golpear sus botas con la fusta, estaba ahora tan encogido que apenas era más alto que sus botas, e Ivanov, que exigía siempre llevar la cartera con los planos de su padre, caminaba inclinado hacia delante como un mono. Kuznetsov estaba gordito como un bebé, y Gul parecía un esqueleto; las únicas muestras de su antiguo vigor y ferocidad eran sus frondosas cejas y los pelos que sobresalían de sus orejas.

Belov se quitó la gorra y la colocó debajo de su brazo izquierdo.

—Arkadi Kirilovich, tengo el penoso deber de comunicarte que tu padre, el general Kiril Ilich Renko, ha fallecido.

Los generales avanzaron y estrecharon la mano de Arkadi.

—Debió ser nombrado mariscal del Ejército —dijo Ivanov.

—Éramos camaradas de armas —dijo Shukshín—. Entré en Berlín acompañado de su padre.

Gul agitó débilmente el brazo y declaró:

—Desfilé en esta plaza junto a su padre y deposité mil banderas fascistas a los pies de Stalin.

—Nuestro más sentido pésame por esta irreparable pérdida —dijo Kuznetsov, sollozando como un viejo familiar.

—El funeral se celebrará el sábado —dijo Belov—. Es muy pronto, pero tu padre, como de costumbre, dejó unas instrucciones muy claras al respecto. Me pidió que te entregara esta carta.

—No la quiero.

—Ignoro su contenido —añadió Belov, tratando de introducir la carta en el bolsillo de la chaqueta de Arkadi—. De un padre a su hijo.

Arkadi lo apartó de un manotazo. Le sorprendía la rudeza con que trataba a un buen amigo y la repugnancia que le inspiraban los otros.

—No, gracias.

Tambaleándose, Shukshín avanzó unos pasos hacia el Kremlin.

—En aquellos tiempos —afirmó— todo el mundo admiraba al Ejército. El poder soviético significaba algo. Los fascistas se cagaban encima cada vez que nosotros nos sonábamos las narices.

—Ahora nos arrastramos ante los alemanes para besarles el culo —terció Gul—. Ésa es nuestra recompensa por haberles permitido levantar cabeza.

—¿Y qué hemos conseguido por haber salvado a los húngaros, a los checoslovacos y a los polacos? ¡Que nos escupan en la cara! —exclamó muy airadamente Ivanov, apoyándose en el capó del coche.

Estaban tan empapados en vodka, pensó Arkadi,

que si alguien les hubiera acercado una cerilla encendida, habrían ardido como monigotes de trapo.

—¡Nosotros salvamos al mundo! —declaró Shukshín.

—¿Por qué? —inquirió Belov.

—Era un asesino —contestó Arkadi.

—Era una guerra.

—¿Cree que nosotros hubiéramos perdido Afganistán? —preguntó Gul—. ¿O Europa? ¿O una sola república?

—No estoy hablando sobre la guerra —dijo Arkadi.

—Lee la carta —le rogó Belov.

—Estoy hablando sobre un asesinato.

—¡Por favor, Arkasha! —exclamó Belov, mirándole con ojos de súplica—. Hazlo por mí. ¡Va a leer la carta!

Los generales se acercaron apresuradamente y rodearon a Arkadi. Un solo empujón habría bastado para acabar con ellos, pensó Arkadi. ¿A quién veían? ¿A él, a su padre? Podía haber aprovechado ese momento para vengarse, como un niño que espera desde hace tiempo ver cumplida su ilusión. Pero era demasiado patético, y los generales, pese a su grotesco y decadente aspecto, eran unos pobres miserables.

Arkadi cogió el sobre. Parecía luminoso, y su nombre estaba escrito con letras delgadas. Al sostenerlo en la mano notó que apenas pesaba, como si estuviera vacío.

—La leeré más tarde.

—¡En el cementerio de Vaganskoye! —gritó Belov mientras Arkadi se alejaba—. A las diez de la mañana.

O la arrojaré a la papelera, pensó Arkadi. O quizá la queme.

8

Al día siguiente concluiría la última fase de la última etapa de la «investigación caliente». Era el último día de alertas oficiales en estaciones, puertos y aeropuertos, una jornada nerviosa. Arkadi y Jaak recibieron varios falsos avisos sobre la presencia de Kim en los tres aeropuertos de Moscú, en el norte, el oeste y el sur. Al cuarto aviso se pusieron en marcha hacia Liúbertsi, en el este.

—¿Un nuevo informador? —preguntó Arkadi. Iba sentado al volante, señal inconfundible de que estaba de mal humor.

—Totalmente nuevo —contestó Jaak.

—No se trata de Yulia —dijo Arkadi.

—No se trata de Yulia —afirmó Jaak.

—¿Le has pedido prestado el Volvo?

—Todavía no. De todos modos, no es de ella, sino de un gitano.

—¿De un gitano? —preguntó asombrado Arkadi.

—Para que veas que no tengo prejuicios —dijo Jaak.

—Cuando pienso en gitanos, pienso en poetas y músicos, no pienso en informadores fiables.

—Pues ese tipo sería capaz de vender a su hermano, de modo que lo considero más que fiable —dijo Jaak.

Al llegar vieron la moto de Kim, una exótica Suzuki pintada de azul cobalto, una escultura que unía dos cilindros a dos ruedas, apoyada sobre un pie de cromo, detrás de un edificio de apartamentos de cinco plantas. Arkadi y Jaak se pasearon alrededor de la máquina, admirándola desde todos los ángulos, mientras de tanto en tanto echaban una ojeada al edificio. En las plantas superiores había unos balcones cerrados que incumplían las normas de construcción. El suelo estaba sembrado de desperdicios llovidos de las ventanas: cartones, muelles de somieres y botellas rotas. El próximo edificio estaba situado a unos cien metros de distancia. Era un paisaje incompleto compuesto de destartalados edificios, tuberías de alcantarillas en unas zanjas descubiertas y caminos pavimentados que serpenteaban entre la maleza. No se veía un alma. El cielo estaba cubierto por una neblina que expresaba contaminación industrial y desesperación al mismo tiempo.

Liúbertsi representaba todo cuanto temían los rusos: hallarse fuera del centro, no estar en Moscú o Leningrado, vivir como un ser olvidado e invisible, como si las estepas comenzaran allí, a veinte kilómetros del límite municipal de Moscú. Allí residía una vasta población que pasaba de la guardería a la escuela de formación profesional, a la cadena de montaje, a la larga cola para comprar vodka y a la tumba.

Los moscovitas también lo temían porque los jóvenes operarios de las fábricas de Liúbertsi iban en tren a

Moscú y apaleaban a los niños ricos de la ciudad. Era natural que los residentes de Liúbertsi crearan una mafia con un talento especial para destrozar espectáculos de rock y restaurantes.

—En el sótano —dijo Jaak.

—¿El sótano? —Era lo último que le apetecía oír a Arkadi—. Si tenemos que bajar al sótano, deberíamos llevar chalecos antibalas y linternas. ¿No se te ocurrió pedirlos?

—No sabía que encontraríamos a Kim aquí.

—¿No creíste lo que te dijo tu fiable informador?

—No quise complicar las cosas —contestó Jaak.

El problema era que los sótanos de Liúbertsi no eran unos sótanos corrientes, ya que hasta hacía poco la práctica de autodefensa oriental sin armas era ilegal. Debido a ello, los tipos forzudos de Liúbertsi se habían dedicado a habilitar las carboneras y salas de calderas como gimnasios secretos. La perspectiva de meterse en un sótano de Liúbertsi no le hacía ninguna gracia a Arkadi, pero sabía que si pedían un equipo especial la operación se retrasaría un día.

En los escalones del edificio de apartamentos estaban sentadas tres *babushkas,* vigilando a unos niños que jugaban en un destartalado columpio. Las mujeres tenían el pelo gris y llevaban unos abrigos que les daban una apariencia de cuervos.

—¿Recuerdas el club Komsomol que llamó para comunicarnos algo sobre un trofeo para Rudi? —preguntó Jaak.

—Vagamente.

—¿Te he dicho que han llamado varias veces?

—Es un buen momento para decírmelo.

—¿Y mi radio? —preguntó Jaak.

—¿Tu radio?

—Puesto que la compré, me gustaría escucharla. Te agradecería que te acordaras de devolvérmela.

—Pásate esta noche por mi casa y te la daré.

No podían permanecer todo el día pegados a la moto, pensó Arkadi. Seguramente ya les habían visto.

—Como llevo una pistola, entraré yo —dijo Jaak.

—En cuanto entre uno de nosotros, Kim saldrá corriendo. Puesto que llevas pistola, es mejor que te quedes aquí y que lo detengas.

Cuando Arkadi subió las escaleras, las mujeres lo observaron como a un ser de otra galaxia. Intentó sonreír, pero allí no aceptaban sonrisas. Dirigió la vista hacia el lugar donde estaban jugando los niños, y vio que perseguían unas bolas de algodón. Luego se giró hacia Jaak, que estaba sentado en la moto contemplando el edificio.

Arkadi recorrió la fachada de la casa hasta hallar unas escaleras que conducían a una puerta de acero. La puerta estaba abierta, y al franquearla se encontró en un espacio negro como un abismo.

—¡Kim! —gritó—. ¡Mijaíl Kim! ¡Quiero hablar contigo!

La respuesta fue un profundo silencio. Es el sonido que hacen los champiñones cuando crecen, pensó Arkadi. No le apetecía entrar en el sótano.

—¡Kim!

Palpó la pared hasta que encontró una cadena. Al tirar de ella se encendieron una docena de pequeñas bombillas que pendían de un cable eléctrico sujeto a las vigas. Más que iluminar, servían como indicadores en la oscuridad. A medida que descendía, Arkadi tuvo la sensación de que se metía en un pozo.

La distancia entre el suelo y el techo era de un metro y medio, en algunos puntos, menor. El espacio consistía en un estrecho túnel que se extendía por entre tuberías y válvulas. Los cimientos de la casa crujían como las tablas de un barco. Arkadi apartó unas telarañas y respiró profundamente.

La claustrofobia era una vieja amiga que siempre le acompañaba. Lo importante era seguir avanzando de una bombilla a otra. Controlar la respiración. No pensar en el peso del edificio suspendido sobre su espalda, ni en la pésima calidad de las construcciones soviéticas. No imaginar ni por un momento que el túnel era una especie de mohosa sepultura.

Al llegar a la última bombilla, Arkadi se deslizó a gatas a través de una segunda abertura y se encontró en una habitación sin ventanas, con las paredes encaladas y pintadas, iluminada por un tubo fluorescente. Las pesas estaban hechas con unas ruedas de acero insertadas en unas barras. Las poleas consistían en unos pedazos de chapas para calderas, que colgaban de unos alambres. En las paredes había un espejo de cuerpo entero y una fotografía de Schwarzenegger flexionando todos los músculos de su cuerpo. Del techo colgaba una cadena que sostenía un pesado saco.

La atmósfera estaba impregnada de un olor a sudor y polvos de talco. Arkadi se puso de pie. Detrás había otra habitación con unos bancos y más pesas. En un colchón yacían algunos libros sobre culturismo y nutrición. Uno de los bancos estaba húmedo y mostraba la huella de una zapatilla. En el techo, sobre el banco, había una placa de metal. En la pared había un interruptor y Arkadi apagó la luz para que no vieran su silueta. Luego se subió en el banco, levantó la placa y la retiró. Cuando trataba de deslizarse a través de ella, sintió que alguien le apuntaba en la cabeza con una pistola.

Arkadi había conseguido introducir la cabeza a través del suelo detrás de las escaleras del vestíbulo del edificio. El banco estaba a un millón de kilómetros debajo de sus pies. Percibió un hedor a orines y, en la penumbra, distinguió un triciclo sin ruedas, unos paquetes vacíos de cigarrillos, unos condones y a Jaak, que sostenía la pistola.

—Me has asustado —dijo Jaak, apartando la pistola.

—¿De veras? —replicó Arkadi irritado.

Jaak le tendió una mano para ayudarle a deslizarse a través de la abertura. El vestíbulo daba a la otra fachada del edificio. Arkadi se apoyó en los buzones. Habían sido forzados, como de costumbre. La bombilla del vestíbulo estaba rota, como de costumbre. No era de extrañar que mataran a la gente.

—Al ver que tardabas, me acerqué para comprobar si había otra entrada, y de pronto vi asomar una cabeza por el suelo —dijo Jaak para justificarse.

—Prometo no volver a hacerlo.

—Deberías llevar una pistola —observó Jaak.

—Si llevara una pistola, seríamos un pacto suicida.

Cuando salieron del edificio, Arkadi se sintió mareado.

—Será mejor que nos limitemos a observar la moto —sugirió Jaak.

Al doblar la esquina vieron que la hermosa moto de Kim había desaparecido.

La milicia se llevaba los vehículos viejos y destrozados a un muelle junto al puerto sur, cerca de donde estaban instaladas las fábricas de troqueles de metal y coches del distrito Proletariat, donde los desguazaban y aprovechaban las partes utilizables. Los vehículos desguazados tenían cierta dignidad, como flores secas. La vista del muelle abarcaba todo el sector sur de Moscú; no era París, pero poseía cierto encanto, y de vez en cuando, entre las chimeneas industriales, se distinguía la dorada cúpula de una iglesia resplandeciendo bajo el sol.

El cielo estaba todavía iluminado. Arkadi encontró a Polina al final del muelle, trabajando con una brocha, unos botes de pintura y unas tablas de madera. Se había desabrochado la gabardina, una concesión a la templada temperatura.

—Tu mensaje parecía urgente —dijo Arkadi.

—Quería que vieras esto.

—¿Qué cosa? —preguntó Arkadi, girándose.

—Ya lo verás.

—¿De modo que no era nada urgente? ¿Simplemente estás trabajando? —preguntó Arkadi irritado.

—Tú también estás trabajando.

—Llevo una vida obsesionante pero vacía. ¿No te apetece ir a bailar o al cine con un amigo?

Arkadi hubiera preferido estar en casa, escuchando las noticias que transmitía Irina por radio.

Polina aplicó un poco de pintura verde a una tabla de madera, apoyada en el guardabarros de un Zil que había sido despojado de sus puertas y asientos. La joven ofrecía una imagen deliciosa, pensó Arkadi. Si dispusiera de un caballete y algo más de técnica, en lugar de aplicar la pintura a brochazos...

—¿Cómo te ha ido con Jaak? —preguntó Polina.

—No ha sido una jornada gloriosa —respondió Arkadi, inclinándose sobre su hombro—. Muy verde.

—¿Es una crítica?

—Los pintores sois muy susceptibles. Quise decir que me parece una nota abundante y generosa de verde. —Luego retrocedió unos pasos para estudiar el paisaje formado por el río negro y las grúas y chimeneas grises que se alzaban hacia el cielo cubierto por la neblina—. ¿Qué estás pintando?

—La madera.

—Ah.

Junto a Polina había cuatro botes de pintura verde con unas etiquetas que decían CS1, CS2, CS3, CS4, separados de cuatro botes de pintura roja con unas etiquetas que decían RS1, RS2, etcétera. Cada bote disponía de una brocha.

La pintura verde olía a rayos. Arkadi se metió la mano en el bolsillo, pero se había dejado en el bolsillo de la otra chaqueta el paquete de Marlboro que le había dado Boria. Al fin encontró un paquete de Belomor, pero Polina se apresuró a apagar la cerilla.

—Explosivos —dijo.

—¿Dónde?

—¿Recuerdas que en el coche de Rudi hallamos huellas de sodio rojo y sulfato de cobre? Ya sabes que suele utilizarse para fabricar artefactos incendiarios.

—La química no era mi fuerte.

—Lo que no podíamos comprender —prosiguió Polina— era por qué no habíamos hallado un reloj o un mecanismo de control remoto. Pues bueno, he hecho algunas averiguaciones y he descubierto que no necesitas disponer de una fuente independiente de ignición si mezclas sodio rojo con sulfato de cobre.

Arkadi miró los botes de pintura que había a sus pies. RS: sodio rojo, un rojo carmesí con una tonalidad ocre. CS: sulfato de cobre, un verde vivo con un olor repugnante. Guardó la caja de cerillas en el bolsillo y preguntó:

—¿No necesitas una mecha?

Polina depositó la tabla húmeda sobre el asiento delantero del Zil y sacó otra sobre la que ya se había secado la pintura verde. A continuación colocó un papel marrón sobre la tabla y lo sujetó con cinta adhesiva.

—Por separado, el sodio rojo y el sulfato de cobre son relativamente inofensivos. Sin embargo, al mezclarlos reaccionan químicamente y generan suficiente calor para encenderse espontáneamente.

—¿Espontáneamente?

—Aunque no inmediatamente ni necesariamente. Eso es lo interesante. Se trata de un arma binaria clásica: dos mitades de una carga explosiva separadas por una membrana. Estoy comprobando distintas barreras como gasa, muselina y papel para verificar el tiempo y la eficacia. He colocado unas tablas de maderas pintadas en el interior de seis coches.

Polina cogió la brocha de un bote con una etiqueta que decía RS4 y comenzó a aplicar sodio rojo al papel. Arkadi observó que empezó con una «W», como los pintores de brocha gorda.

—Si se hubieran encendido inmediatamente, ya lo habrías notado —observó Arkadi.

—Así es.

—¿No tenemos técnicos de la milicia que disponen

de búnkers, armaduras y brochas largas para hacer ese tipo de tareas?

—Yo lo hago más rápido y mejor.

Polina trabajaba deprisa y minuciosamente, evitando que cayeran gotas de pintura roja en los botes de pintura verde. En menos de un minuto había pintado de rojo todo el papel que cubría la tabla.

—Así que cuando el sodio rojo empapa el papel y entra en contacto con el sulfato de cobre, ambos se calientan y se encienden.

—Ésa es la idea —contestó Polina. Luego sacó un bloc y un bolígrafo del bolsillo de su gabardina y anotó los números de los botes de pintura y la hora exacta. Acto seguido, sosteniendo la tabla y la brocha en la mano, empezó a pasearse por entre la hilera de coches desguazados.

Arkadi echó a caminar junto a ella.

—Sigo pensando que sería preferible que estuvieras paseándote por un parque o tomándote un helado con un amigo.

El muelle estaba repleto de coches aplastados, oxidados y desguazados. Uno de ellos, un Volga, estaba tan retorcido que su eje apuntaba al cielo. Junto a él había un Niva cuyo volante asomaba a través del asiento delantero. Más adelante pasaron junto a un Lada cuyo motor reposaba en el asiento trasero. Alrededor del muelle había varias fábricas y depósitos militares. A lo lejos, en el río, vieron el último transbordador de la tarde deslizándose sobre el agua como una serpiente de luces.

Polina colocó la tabla pintada de rojo junto al pedal del freno de un Moskvich con cuatro puertas y pintó un «7» en la portezuela izquierda. Al ver que Arkadi se dirigía hacia otros seis coches situados en el extremo del muelle, le gritó:

—¡Espera!

Se sentaron en un Zhiguli desprovisto del limpiaparabrisas y las ruedas, el cual ofrecía un amplio panorama del muelle y la orilla izquierda del río.

—Una bomba dentro del coche mientras Kim permanece fuera. Parece demasiado obvio —observó Arkadi.

—Cuando asesinaron al duque Fernando, que fue lo que provocó la Primera Guerra Mundial —dijo Polina—, había veintisiete terroristas armados con bombas y rifles apostados en varios puntos del trayecto por el que pasaba el cortejo real.

—¿Has hecho un estudio de los asesinatos de personajes importantes? Rudi sólo era un banquero, no el heredero de la corona.

—Actualmente, en los atentados perpetrados por terroristas, sobre todo contra banqueros occidentales, suelen utilizar coches bombas.

—Veo que has estudiado el tema a fondo —dijo Arkadi con cierto tono de tristeza.

—Todavía me desconcierta la sangre que hallamos en el coche de Rudi —contestó Polina.

—Estoy convencido de que no tardarás en dar con la solución. Sabes, la vida no sólo consiste en... la muerte.

Los rizos negros de Polina le recordaban a una joven pintada por Manet. Debería ir vestida con una falda larga y un cuello de encaje, pensó Arkadi, sentada en un soleado prado ante una mesa de hierro forjado, en lugar de estar metida en un coche desguazado hablando de terroristas y asesinatos.

—Creo que tu vida es bastante vacía —dijo de pronto Polina, mirándole fijamente.

—Espera un segundo —replicó Arkadi, molesto por el inesperado derrotero que había tomado la conversación.

—Tú mismo lo has reconocido.

—Pero no me gusta que lo digan los demás.

—Exactamente —dijo Polina—. Llevas una vida totalmente vacía y te permites criticar la mía, aunque trabajo día y noche para ti.

El primer coche estalló con un sonido apagado, como un tambor húmedo, emitiendo un destello blanco mezclado con fragmentos del parabrisas y las ventanillas. Al cabo de unos segundos, mientras seguían lloviendo trocitos de vidrio cristalizado, las llamas invadieron el interior del vehículo. Polina se apresuró a apuntar la hora en el bloc.

—¿Esa carga no tenía detonador ni mecha? —preguntó Arkadi.— ¿Sólo sustancias químicas?

—Únicamente lo que has visto, aunque con unas soluciones de distintos grados de concentración. Tengo otras con fósforo y polvo de aluminio que sí requieren detonador.

—Ésa parece bastante eficaz —observó Arkadi.

Había esperado una especie de combustión espontánea, pero no una explosión de ese calibre. El asiento delantero y el salpicadero empezaron a ser devorados por llamas que emitían una densa humareda. ¿Cómo conseguía la gente escapar de un coche ardiendo?, se preguntó.

—Gracias por impedir que me acercara —dijo.

—Ha sido un placer —respondió Polina.

—Discúlpame por criticar tu dedicación profesional;

eres el único miembro del equipo que ha demostrado una gran pericia. Estoy impresionado.

Mientras Polina lo observaba atentamente tratando de adivinar si se ocultaba algún atisbo de sarcasmo tras sus palabras, Arkadi encendió un cigarrillo.

—Bajaría la ventanilla, pero este coche no tiene ventanillas.

El segundo coche estalló en llamas sin la fuerza explosiva del primero, y la bomba colocada en el tercer vehículo era todavía más débil; apenas se produjo una detonación, aunque fue seguida por una intensa llamarada. La cuarta explosión fue similar a la primera. Arkadi ya se había convertido en un veterano observador, y siguió atentamente el desarrollo de cada fase: el estallido inicial de vidrio cristalizado, el intenso resplandor de la explosión, el estruendo del aire comprimido y la emisión de unas llamas rosadas y un humo marrón y pestilente. Polina tomó nota de todos los pormenores. Tenía unas manos delicadas y escribía con una letra rápida y pulcra.

Belov le había dicho que se celebraría un funeral por su padre. Arkadi se preguntó si iban a enterrar el cadáver o una urna con sus cenizas. En lugar de trasladar los restos de su padre al crematorio, podían llevarlo allí para que emprendiera un glorioso viaje *post mortem* en uno de los carruajes de fuego de Polina. Luego, Irina podía incluirlo en su noticiario como otra atrocidad rusa.

De pronto a Arkadi se le ocurrió que los coches no estaban destinados a ser conducidos por rusos. En primer lugar, los rusos no disponían de suficientes carreteras despejadas de hielo y barro. Por otra parte, unos vehículos capaces de alcanzar velocidades importantes no debían ser entregados en manos de gente aficionada al vodka y propensa a la melancolía.

—¿Tenías algún plan para esta noche? —le preguntó Polina.

—No.

El quinto y sexto coche estallaron casi simultáneamente, pero ardieron de distinta forma. El primero se convirtió en una bola de fuego, mientras que el otro, más viejo y destartalado, fue devorado lentamente por las llamas. Todavía no había aparecido ninguna dotación de bomberos. La época de los turnos de noche ya había pasado, y a esas horas en las fábricas del muelle sólo quedaban los vigilantes. Arkadi se preguntó a cuántos sectores de la ciudad podían prender fuego Polina y él antes de que alguien se diera cuenta.

Mientras repasaba sus notas, Polina dijo:

—Quería colocar unos muñecos en los coches.

—¿Unos muñecos?

—Unos maniquíes. También pensé en colocar unos termómetros, pero ni siquiera pude hallar unos termómetros para hornos.

—No me extraña.

—La combustión química es muy inexacta, especialmente en el espacio de tiempo que transcurre antes de la ignición.

—Tengo la impresión de que hubiera sido más exacto si Kim hubiera disparado contra Rudi con una metralleta. Lo cual no significa que no me divierta observar cómo estallan los coches. Es como contemplar a las mujeres hindúes que se inmolan en las piras funerarias de sus maridos. Salvo que estamos a orillas del Moskova, no del Ganges, y no es de día, sino noche cerrada y hemos olvidado traernos a unas viudas. Aparte de eso, ha sido un espectáculo bastante romántico.

—Es un enfoque muy poco analítico —observó Polina.

—¿Analítico? Ni siquiera he necesitado un termómetro. Me bastó con oler a Rudi. Estaba muerto y bien muerto.

Sus palabras hirieron a Polina, y Arkadi se arrepintió al instante de haberlas pronunciado. ¿Qué podía añadir? ¿Que estaba cansado, harto, que quería irse a casa a escuchar la radio?

—Lo lamento —dijo—. Ha sido una idiotez.

—Será mejor que te busques otro patólogo —dijo Polina.

—Será mejor que me vaya.

Cuando Arkadi se apeó del coche, sonó la séptima explosión. Tras el impacto de la detonación, una multitud de trocitos de vidrio cristalizado cayó alrededor de sus pies. El Moskvich comenzó a arder como un horno, mientras las llamas brincaban en el interior del vehículo, emitiendo un círculo de calor que obligó a Arkadi a retroceder. Cuando empezó a arder el asiento, las llamas se convirtieron en un humo violáceo impregnado de toxinas. Todo el muelle estaba sembrado de fragmentos de vidrio que parecían ascuas.

Arkadi observó que Polina estaba tomando nota. Hubiera sido una buena asesina, pensó. Era una excelente patóloga. En cambio, él era un idiota.

9

—Lamento lo de Rudi. Era un hombre muy humano, generoso y preocupado por la juventud soviética —dijo Antonov, torciendo el gesto cuando uno de los chicos arrinconó al otro contra las cuerdas y le partió el labio de un puñetazo—. Solía venir con frecuencia, para animar a los chicos y aconsejarles que no se apartaran del camino recto. —Antonov asintió sonriendo cuando el desgraciado luchador consiguió zafarse de su adversario—. ¡Pégale! ¡Muévete! ¡Pareces una hélice! Si, Rudi era como un tío para ellos. Esto no es el centro de Moscú. Estos chicos no asisten a escuelas especiales para bailarines clásicos. ¡Dale fuerte! Pero la juventud es nuestro tesoro más preciado. Todos los chicos y chicas que acuden a Komsomol reciben un buen trato. Maquetas de aviones, ajedrez, baloncesto. Me jugaría cualquier cosa a que Rudi patrocinó todos los clubes que hay aquí. ¡Retrocede! ¡Tú, no! ¡Él!

Jaak aún no había llegado a la oficina. Polina le había llamado, pero a Arkadi no le apetecía comenzar el día en el depósito de cadáveres. ¿Aún no estaba esa chica harta de tanta sangre? Por otro lado, observar a unos chicos zurrándose mutuamente no contribuía a aliviar su dolor de cabeza. Antonov daba la impresión de ser un hombre que había recibido tantos golpes que sus sesos habían acabado convirtiéndose en una materia más sólida. Tenía el pelo canoso y corto, unas facciones chatas, utilitarias, y en sus gigantescas y nudosas manos sostenía el mazo de una campana y un reloj. Los chicos que luchaban en el ring llevaban unos cascos de cuero, unas camisetas y unos pantalones cortos. Tenían la tez pálida como la cera, excepto en los lugares donde habían recibido un golpe. A veces daba la impresión de que estaban boxeando, pero otras parecía que estuvieran aprendiendo a bailar. Aparte del ring, el Gimnasio Komsomol del distrito de Leningrado ofrecía unas alfombras para practicar la lucha libre y unas pesas, y en la sala resonaban los jadeos de los luchadores y los levantadores de pesas. Existían dos tipos psicológicos distintos, pensó Arkadi: los levantadores de pesas eran unos solistas especializados en gruñidos, mientras que los luchadores ardían en deseos de enzarzarse en un cuerpo a cuerpo.

Por las ventanas penetraba una débil luz, y el aire estaba impregnado de un hedor rancio. Junto a la puerta había unas escaleras de lucha libre y boxeo, y un cartel que decía «¡EL TABACO Y EL ÉXITO SON INCOMPATIBLES!». Esto recordó a Arkadi que se había puesto la chaqueta en la que llevaba los dos paquetes de Marlboro que le había dado Boria, lo cual le hizo sentirse más animado.

—Rudi era un apasionado de los deportes. ¿Me pediste que viniera por eso? ¿Querías entregarle un trofeo?

—¿De veras está muerto? —preguntó Antonov.

—Completamente.

—¡Ánimo, ánimo! —gritó Antonov a los luchadores en el ring. Luego se dirigió a Arkadi—: Olvídate del trofeo.

—¿Que me olvide del trofeo?

Antonov había llamado dos veces a la oficina para hablar sobre el dichoso trofeo.

—Y ahora, ¿de qué le sirve a Rudi un trofeo?

—Eso me preguntaba yo —contestó Arkadi.

—Aunque quizá no sea el momento propicio, quiero hacerte una pregunta. Supongamos que la persona que firma los cheques en una cooperativa muere. ¿Podría el otro socio de la cooperativa cobrar el dinero que queda en la cuenta?

—¿Eras socio de Rudi?

Antonov sonrió como si la pregunta le pareciera absurda.

—No personalmente. El club. Disculpa. ¡Si no eres zurdo, no le pegues con la mano izquierda!

Arkadi empezó a despertarse.

—¿El club y Rudi eran socios?

—Los komsomoles locales están autorizados a constituirse en cooperativas. Es justo, y en ocasiones resulta realmente útil tener un socio oficial cuando quieres importar algunas cosas.

—¿Máquinas tragaperras? —preguntó Arkadi.

Antonov consultó el reloj y golpeó un cubo con el mazo. Los luchadores se apartaron, incapaces de alzar el guante.

—Es absolutamente legal —dijo Antonov, bajando la voz—. Servicios TransKom, con K mayúscula.

TransKom. De modo que la Joven Liga Comunista más Rudi equivalía a las máquinas tragaperras del Intourist. Gracias al talento de Rudi, el destartalado club Komsomol se había convertido en una mina de oro. Este descubrimiento representaba un pequeño triunfo para Arkadi, aunque insignificante comparado con la proeza de hallar a Kim.

—El club figura en los documentos de la cooperativa —dijo Antonov—. Constan los nombres de los socios, el listado de los servicios, las cuentas bancarias, todo.

—¿Tienes los documentos?

—No, los tenía Rudi —contestó Antonov.

—Pues creo que Rudi se los llevó consigo.

A veces los muertos eran muy perversos.

En el depósito de cadáveres demostraban una admirable paciencia. El vestíbulo estaba atestado de cadáveres dispuestos sobre unas camillas, aguardando a que les practicaran la autopsia. Les tenía sin cuidado pudrirse debido a la falta de formaldehído. Nadie se ofendía si un investigador encendía un cigarrillo americano para disimular el hedor. Rudi estaba en un cajón, con sus órganos internos en una bolsa de plástico colocada entre las piernas. Polina, sin embargo, había desaparecido.

Arkadi la encontró en una cola formada por mil personas que aguardaban a comprar remolachas en un pequeño parque cerca de Petrovka. Caía una ligera llovizna. Algunos habían abierto el paraguas, pero no todos, porque necesitaban tener las dos manos libres para sostener las bolsas de comida. Junto a la cabeza de la cola había unos soldados amontonando unos sacos en el barro. Con la gabardina abrochada hasta el cuello y el pelo húmedo, Polina parecía estar a merced de un ciempiés de ojos tristes y labios apretados que la empujaba hacia delante. Había otras colas para comprar huevos y pan, y una larguísima que se extendía hasta un quiosco donde vendían cigarrillos. Unos vigilantes patrullaban junto a las colas para impedir que la gente se trasladara de una a otra. Arkadi no llevaba encima sus cupones, de modo que no podía colocarse en ninguna de las colas.

—He venido aquí al abandonar el muelle para terminar mi trabajo con Rudi. Te dije que había demasiada sangre. Ahora puedes hacer con él lo que quieras.

Arkadi dudaba de que alguna vez hubiera demasiada sangre para Polina, pero la observó con admiración. Era evidente que había trabajado toda la noche.

—Lamento lo que dije en el muelle. No entiendo una palabra sobre medicina forense ni patología. Debo reconocer que tienes más valor que yo.

Detrás de Polina, una mujer con un chal gris, unas cejas y un bigote gris, se giró hacia Arkadi y le preguntó:

—¿Pretende usted colarse?

—No.

—Deberían fusilar a las personas que intentan colarse —dijo la mujer.

—No le quite el ojo de encima —le aconsejó un hombre situado detrás de ella. Era un tipo bajo con aspecto burocrático y sostenía una cartera en la mano, seguramente para meter en ella las remolachas. Las personas de la cola contemplaban a Arkadi furiosas, mientras avanzaban formando una muralla para impedir que se colara.

—¿Cuánto rato hace que estás en la cola? —preguntó Arkadi a Polina.

—Una hora. Te conseguiré unas remolachas —respondió, dirigiendo una mirada fulminante al hombre y a la mujer que estaban detrás de ella—. ¡Que se jodan!

—¿Qué has querido decir con eso de que había demasiada sangre?

—Describe las explosiones que se produjeron cuando murió Rudi —contestó—. Dime exactamente lo que viste.

—Dos llamaradas —dijo Arkadi—. La primera me sorprendió. Era blanca y deslumbrante.

—Ésa era la carga de sodio rojo y sulfato de cobre. ¿Y la segunda explosión?

—La segunda también fue deslumbrante.

—¿Tanto como la primera?

—Menos —respondió Arkadi. Las había visto en su mente cientos de veces—. No pudimos distinguirlas con claridad, pero quizá fuera más naranja que blanca. Luego empezaron a volar los billetes devorados por las llamas.

—Así pues viste dos llamaradas, pero sólo una era lo bastante caliente para dejar una marca de explosión en el coche. ¿Percibiste un extraño olor después del segundo estallido?

—A gasolina.

—¿Del depósito de gasolina?

—Eso explotó más tarde.

Arkadi se giró para contemplar el tumulto que se había formado frente al quiosco de tabaco. Un cliente afirmaba que le habían dado cuatro paquetes para el mes en lugar de cinco. Un par de soldados se lo llevaron como si fuera una maleta, sujetándolo por el cuello y por la braqueta, y lo arrojaron dentro de una furgoneta.

—Gary nos dijo que Kim había arrojado una bomba dentro del coche. Pudo haber sido un cóctel molotov, una botella de gasolina.

—Era un artilugio más eficaz —afirmó Polina.

—¿Por ejemplo?

—Gasolina gelificada. La gasolina gelificada tarda mucho en consumirse. Por eso había tanta sangre.

Arkadi seguía sin comprender.

—Antes dijiste que las personas que mueren abrasadas no sangran.

—Estudié más detenidamente a Rosen. No presentaba el número ni el tipo de heridas que pudieron haber producido tal cantidad de sangre dentro y fuera del coche. Los del laboratorio dijeron que la sangre correspondía a su tipo, pero lo comprobé y no es así. Ni siquiera era sangre humana. Era sangre de ganado.

—¿Sangre de ganado?

—Primero filtran la sangre a través de un trapo y utilizan el suero. Luego la mezclan con gasolina y un poco de café o bicarbonato de sosa y la remueven hasta que se gelifica.

—¿Una bomba de sangre y gasolina?

—Es una técnica muy utilizada por la guerrilla. Lo habría comprendido enseguida si los resultados del laboratorio hubieran sido correctos —dijo Polina—. Se puede espesar la gasolina con jabón, huevos o sangre.

—A lo mejor por eso escasean tanto —observó Arkadi.

El hombre y la mujer detrás de Polina escuchaban atentamente la conversación.

—No compre huevos —le advirtió la mujer—. Tienen salmonela.

—Es un rumor sin fundamento inventado por los que pretenden acaparar todos los huevos —protestó el burócrata.

La cola avanzó unos pasos. Arkadi tenía los pies helados y sentía deseos de patear el suelo para entrar en calor. Polina, que llevaba unas sandalias veraniegas, resistía la lluvia, la sangre y la interminable cola como si fuera un busto de yeso. Toda su atención estaba centrada en la balanza frente a ella. La lluvia empezó a arreciar, mientras las gotas se deslizaban por su sien y la curva en forma de pagoda de su cabello.

—¿Venden la mercancía a peso o por piezas? —preguntó a sus vecinos en la cola.

—Bueno —contestó la mujer—, eso depende de que hayan manipulado la balanza o que las remolachas sean pequeñas.

—¿Venden también habichuelas? —preguntó Polina.

—Hay que ponerse en otra cola para las habichuelas —le informó la mujer.

—Has hecho un buen trabajo. Lamento que haya sido tan duro —dijo Arkadi.

—Si me afectara, habría elegido otra profesión —replicó Polina secamente.

—Quizá sea yo quien debería elegir otra profesión —dijo Arkadi.

La mayoría de las transacciones junto a la balanza se llevaban a cabo en silencio mientras se intercambiaban unos rublos y unos cupones por las remolachas. De vez en cuando un cliente acusaba al vendedor de querer estafarlo y se producía una agria discusión, hasta que intervenían los soldados y se llevaban al cliente que había protestado. La lluvia lavaba las remolachas, cuyo color escarlata destacaba a la luz de la farola. Arkadi vio unos sacos amontonados detrás de la balanza que mostraban los efectos del accidentado trayecto desde el campo. Los más empapados presentaban unas manchas rojas, mientras que la balanza se había teñido de un bermellón tirando a vino. En el agua rojiza que se deslizaba por los sacos aparecía reflejado el inmenso parque. Polina contempló sus sandalias y sus pies, que estaban manchados de rojo. Arkadi observó que se ponía pálida como la cera, y la sujetó antes de que cayera al suelo.

—¡No me lleves al depósito! ¡No me lleves al depósito! —exclamó Polina.

Arkadi le rodeó la cintura y, medio en brazos y medio caminando, la condujo hacia la calle Petrovka para que Polina se sentara en un banco a descansar. Al otro lado de la calle vieron una ambulancia que atravesaba la verja de una elegante mansión, el tipo de edificio prerrevolucionario que el Partido solía utilizar para sus oficinas. Parecía una clínica.

Cuando entraron en el patio, sin embargo, Polina se opuso rotundamente a que un médico la examinara.

En un lado del patio había una rústica puerta de madera pintada con unos gallos que cacareaban y unos cerdos bailando. Tras franquearla, Arkadi y Polina penetraron en un café desierto. Frente a la barra había unos taburetes, y en el centro, unas mesitas rodeadas de unas banquetas tapizadas en piel. Detrás de la barra había un arsenal de exprimidores de zumo de naranja.

Polina se sentó en una banqueta, ocultó la cabeza entre las rodillas y dijo:

—Mierda, mierda, mierda, mierda, mierda.

Una camarera salió de la cocina y les dijo que estaban a punto de cerrar, pero Arkadi le enseñó su carnet de identidad y pidió un coñac.

—Esto es una clínica. No servimos coñac.

—Entonces traiga un brandy medicinal.

—Cuatro dólares.

Arkadi depositó un paquete de Marlboro en la mesa. La camarera lo observó sin inmutarse. Arkadi añadió el otro paquete.

—Dos paquetes.

—Y treinta rublos.

La camarera desapareció y al cabo de unos minutos regresó con una botella de coñac armenio y dos vasos. Después de depositarlos en la mesa, cogió los cigarrillos y el dinero.

Polina se incorporó e inclinó la cabeza hacia atrás, dejando que el pelo le cayera en unos húmedos rizos sobre los hombros.

—Te ha costado la mitad de tu sueldo semanal —dijo.

—¿Y para qué iba a ahorrarlo? ¿Para comprar remolachas?

Arkadi le sirvió un poco de coñac, y Polina se lo bebió de un trago.

—Pensé que no te apetecería un plato de sopa —dijo Arkadi.

—Ese maldito cadáver. Cuando sabes lo que ha sucedido, es peor —dijo Polina, respirando profundamente—. Por eso salí del depósito. Entonces vi las colas para comprar comida y me metí en la que estaba más cerca. Nadie puede obligarte a regresar al trabajo si estás haciendo cola para comprar comida.

La camarera, que se había situado detrás de la barra, sacó un encendedor del bolsillo, encendió un cigarrillo y aspiró el humo con gesto sensual. Arkadi sintió envidia.

—Disculpe —le dijo—. ¿Qué clase de clínica es ésta?

Estos asientos tapizados en cuero y las luces tenues resultan un poco chocantes en una clínica.

—Es para extranjeros —contestó la camarera—. Es una clínica dietética.

Arkadi y Polina se miraron. Polina parecía a punto de echarse a reír y a llorar al mismo tiempo, y Arkadi se sentía también medio histérico.

—Han acertado al venir a Moscú —observó Arkadi.

—No podían haber elegido una ciudad más adecuada —dijo Polina.

Arkadi observó que tenía mejor color. Era interesante la rapidez con que se recuperaban los jóvenes. Para celebrarlo, volvió a llenar los vasos.

—Es una locura, Polina. Es *el Infierno* de Dante con colas para el pan. Quizás haya un centro dietético en el infierno.

—Estaría lleno de americanos —dijo Polina—. Harían ejercicios aeróbicos. —Estaba sonriendo, quizá porque él también sonreía ante lo absurdo de la situación—. Moscú podría ser el infierno.

—Buen coñac —dijo Arkadi, llenando los vasos de nuevo. Causaba un impacto tremendo en el estómago vacío—. A la salud del infierno —añadió. Tenía la camisa tan empapada que parecía desprender vapor—. ¿Qué tipo de comida sirven aquí? —preguntó a la camarera.

—Depende —respondió ésta, dando otra calada al cigarrillo—. Depende de si siguen una dieta de fruta o de verduras.

—¿Una dieta de fruta? ¿Has oído eso, Polina? ¿Qué clase de fruta?

—Piñas, papayas, mangos, plátanos —recitó la camarera como si estuviera acostumbrada a repetirlo varias veces al día.

—¡Papayas! —exclamó Arkadi admirado—. Tú y yo estaríamos dispuestos a hacer cola durante siete u ocho años para conseguir una papaya, Polina. No estoy seguro del aspecto que tiene una papaya. Podrían darme una patata y no notaría la diferencia. Pero entonces no perdería peso. ¿Podría enseñarnos una papaya? —le preguntó a la camarera.

—No —contestó ésta secamente.

—Probablemente ni siquiera tiene papayas —dijo Arkadi a Polina—. Sólo lo dice para impresionar a sus amigos. ¿Te encuentras mejor?

—Estoy riendo, señal de que me encuentro mejor.

—Nunca te había oído reír. Es un sonido muy agradable.

—Sí —dijo Polina. Luego, poniéndose seria, añadió—: En la facultad de medicina solíamos preguntarnos cuál es la peor forma de morirse. Después de lo de Rudi, creo que ya lo sé. ¿Crees que existe el infierno?

—No me esperaba esa pregunta.

—Eres como el diablo. Te diviertes con tu trabajo, como si hubieras venido a perseguir a los malditos. Creo que por eso a Jaak le gusta trabajar contigo.

—¿Por qué trabajas conmigo? —preguntó Arkadi a Polina. No creía que fuera a abandonarlo ahora.

Polina reflexionó unos instantes.

—Porque me permites hacer las cosas correctamente. Dejas que participe.

Ése era el problema, pensó Arkadi. El depósito era un simple escenario en blanco y negro, muertos o vivos. Polina tenía un temperamento analítico, un determinismo que resultaba perfecto para etiquetar a los muertos como una serie de especímenes fríos e inertes. Pero cuando un patólogo participaba en una investigación fuera del depósito, empezaba a ver a los cadáveres como seres vivos, y entonces el cadáver sobre la mesa se convertía en la imagen de los últimos instantes de una persona en la Tierra. Arkadi le había arrebatado su distanciamiento profesional. En cierto aspecto, la había corrompido.

—Porque eres inteligente —dijo Arkadi.

—He reflexionado sobre lo que dijiste anoche —dijo Polina—. Kim tenía una escopeta. ¿Por qué había de utilizar dos tipos de bombas para matar a Rudi? Es una forma muy complicada de asesinarlo.

—No se trataba únicamente de matarlo, sino de quemarlo. O bien de quemar todos los archivos y disquetes que contenían información sobre otras personas. Estoy convencido de ello.

—Así pues, te he ayudado bastante.

—Eres una heroína de la Mano de Obra Roja —dijo Arkadi, alzando el vaso para brindar por ella.

Polina bebió un trago de coñac y lo miró fijamente.

—He oído decir que te marchaste por una mujer —dijo.

—¿Quién te ha contado esas cosas?

—No te salgas por la tangente.

—Ignoro lo que te han contado. Abandoné el país durante un tiempo, y luego regresé.

—¿Y la mujer?

—Ella no regresó.

—¿Cuál de los dos tenía razón? —preguntó Polina.

Era una pregunta que sólo podía formularla una persona muy joven.

10

—El ministro de Defensa soviético ha reconocido que las tropas soviéticas atacaron a unos civiles en Bakú para impedir el derrocamiento del régimen comunista de Azerbaiyán —dijo Irina—. El Ejército no intervino cuando los activistas azeríes atacaron a unos armenios en la capital, pero tomó cartas en el asunto cuando un grupo de azeríes amenazó con quemar la sede del Partido. Los tanques y las tropas forzaron el bloqueo establecido por los militantes anticomunistas y penetraron en la ciudad, disparando balas dumdum contra la población civil y destruyendo varios edificios de apartamentos. Se estima que han muerto miles de civiles en el ataque. Aunque el KGB había difundido la noticia de que los militantes azeríes iban armados con ametralladoras, sólo hallaron escopetas de caza, cuchillos y pistolas entre los cadáveres.

Después de dejar a Polina, Arkadi se dirigió apresuradamente a su apartamento para escuchar el primer boletín informativo de Irina. «Qué vida tan sofisticada —pensó—. Primero me tomo unas copas con una mujer y luego regreso apresuradamente a casa para escuchar la voz de otra.»

—La justificación oficial de esa operación militar son los persistentes ataques perpetrados contra los armenios por parte de unos militantes que mostraron unos documentos que los acreditaban como líderes del Frente Popular Azerí. Dado que el Frente no emite tales documentos, se sospecha que se trata de una nueva provocación por parte del KGB.

Mientras escuchaba a Irina, Arkadi se cambió de ropa y se puso una camisa y una chaqueta secas.

¿Quién tenía razón? Ella. Él. No había elección, no se trataba de decidir entre el bien y el mal, blanco o negro. Hubiera dado cualquier cosa con tal de saberlo, aunque resultara que se había equivocado. Había revivido aquellos momentos infinidad de veces, pero no sabía qué otra cosa podía haber hecho. «Nunca lo sabremos», le había dicho a Polina.

—Moscú ha aducido las tensiones nacionalistas para justificar la continua presencia de tropas del Ejército soviético en varias repúblicas, incluyendo los Estados bálticos, Georgia, Armenia, Azerbaiyán, Uzbekistán y Ucrania —prosiguió Irina—. Los tanques y los lanzamisiles que debían ser eliminados según el acuerdo de control de armas con la OTAN han sido trasladados a unas bases en las repúblicas disidentes. Al mismo tiempo, los misiles nucleares han sido retirados de esas repúblicas y trasladados a la república rusa.

Arkadi apenas oía lo que decía. Los rumores eran peores que las noticias; la realidad era peor que los informes. Así pues, como un apicultor que separa la miel del panal, era capaz de escuchar su voz sin oír sus palabras. Esta noche su voz sonaba más profunda. ¿Había llovido en Múnich? ¿Se habían producido atascos en la autopista? ¿La acompañaba alguien?

Lo que decía no tenía importancia, sólo deseaba escuchar su voz. A veces, Arkadi tenía la impresión de que iba a salir volando por la ventana y que empezaría a girar por el cielo de Moscú, siguiendo su voz como si se tratara de una señal que lo conducía hacia ella.

Cuando terminó el boletín informativo y pusieron música, Arkadi salió del apartamento no con alas sino con unos limpiaparabrisas nuevos. Después de instalarlos en el coche, arrancó. La noche y la lluvia lo desorientaban, pintando unas manchas de luz sobre el parabrisas. Al llegar a la carretera que se extendía junto a la orilla del río se detuvo para dejar pasar a un convoy de camiones militares tan largo y lento como un tren de mercancías. Mientras aguardaba, metió la mano en el bolsillo para sacar el paquete de tabaco, y encontró la carta que le había entregado Belov en la Plaza Roja. En el sobre aparecía escrito su nombre con unas letras que empezaban como unos cortes y terminaban en unos garabatos, como si su padre hubiera estado demasiado fatigado para sostener una pluma o un cuchillo.

Polina se preguntaba cuál era la peor forma de morir. Mientras sostenía la carta en la palma de la mano, contemplando su nombre en la penumbra, Arkadi comprendió la respuesta: que cuando mueras, nadie lo lamentará; que ya estabas muerto. Arkadi no se sentía así en aquellos momentos; nunca se sentiría así. El mero hecho de haber oído la voz de Irina le hacía sentirse vivo. ¿Qué le había escrito su padre? Lo más sensato era tirar la carta a la calle. La lluvia la arrastraría hacia la alcantarilla, el río la arrastraría hasta el mar, donde el papel se desintegraría y la tinta se borraría y evaporaría como un veneno. Finalmente decidió guardarla de nuevo en el bolsillo.

Minin le abrió la puerta del apartamento de Rudi. El detective estaba nervioso porque había oído rumores de que iban a legalizar la especulación.

—Eso destruirá la base de nuestra investigación —dijo—. Si no podemos perseguir a los cambistas, ¿a quién vamos a arrestar?

—Aún quedan asesinos, violadores y ladrones. Siempre estarás ocupado —le tranquilizó Arkadi, entregándole su abrigo y su sombrero. Era más difícil obligar a Minin a marcharse de allí que obligar a un topo a salir de su madriguera—. Vete a dormir. Yo te sustituiré.

—La mafia va a abrir unos bancos.

—Es muy probable. Tengo entendido que así es como empiezan.

—Lo he registrado todo —dijo—. No he hallado nada oculto en los libros, en los armarios ni debajo de la cama. He dejado una lista sobre el escritorio.

—Todo está sospechosamente limpio, ¿no?

—Bueno...

—Eso supuse —dijo Arkadi, acompañándolo hasta la puerta—. Y no te preocupes por la falta de delitos. En el futuro trataremos con una clase de delincuentes más distinguidos, como banqueros, intermediarios financieros y hombres de negocios. Tendrás que dormir mucho y estar bien descansado para ocuparte de ellos.

Una vez solo, Arkadi se acercó a la mesa del despacho para comprobar si había llegado algún mensaje a través del fax. El papel estaba limpio y mostraba todavía el puntito que Arkadi había hecho con un lápiz después de arrancar el mensaje referente a la Plaza Roja. Después leyó la lista que le había dejado Minin. El detective había destripado el colchón y el somier, había inspeccionado los armarios y los cajones, había desenroscado los interruptores e incluso había examinado los zócalos; en definitiva, había puesto la casa patas arriba y no había descubierto nada.

Arkadi prescindió de la lista de Minin. Lo que pudieran hallar estaría en un lugar más visible, pensó. Más pronto o más tarde, una casa acababa ajustándose a su dueño como un caparazón. Aunque éste la abandonara, su huella quedaba impresa en un sillón, en una foto, en un pedazo de pan, en una carta olvidada, en el olor y en la desesperación. Arkadi había adoptado esa filosofía debido en parte a la escasez de medios tecnológicos con que contaba para sus investigaciones. La milicia había invertido grandes cantidades de dinero en sofisticados aparatos alemanes y suecos, como espectrógrafos y hemotipos, que yacían abandonados porque no había fondos para adquirir piezas de recambio. No disponían de ordenadores para verificar muestras de sangre ni las matrículas de los coches, y menos aún para obtener unas «huellas dactilares genéticas». Los laboratorios forenses soviéticos estaban equipados con unos tubos de ensayo ennegrecidos, unos quemadores de gas y unos alambicados tubos de vidrio que hacía cincuenta años que no se veían en Occidente. Polina había obtenido respuestas del cadáver de Rudi Rosen a pesar del equipo con que trabajaba, no gracias a él.

Puesto que la cadena de pruebas irrefutables solía ser bastante endeble, un investigador soviético tenía que apoyarse en unas pistas más vagas, en los matices sociales y en la lógica. Arkadi conocía a varios investigadores que creían que bastaba con tener una idea clara de la escena del crimen para deducir el sexo, la edad, el trabajo y las aficiones del asesino.

Claro que los investigadores soviéticos siempre se habían apoyado en las confesiones. La confesión lo resolvía todo. Pero una confesión sólo funcionaba en los casos de aficionados e inocentes. Majmud y Kim eran tan incapaces de confesar como de ponerse a hablar en latín.

¿Qué había expresado hasta ahora el apartamento de Rudi? Una pregunta: «¿Dónde está la Plaza Roja?»

¿Era Rosen un hombre religioso? En su apartamento no habían hallado menorahs, Torás, chales para orar ni velas sabáticas. El retrato de sus padres constituía el único indicio de su historia familiar; generalmente, los hogares rusos constituían unas galerías de fotografías de antepasados color sepia en unos marcos ovalados. ¿Dónde estaban las fotografías de Rudi y de sus amigos? Rudi era un maniático de la higiene; las paredes estaban lisas y limpias, sin un sólo orificio que indicara la presencia de un clavo, como si hubiera querido borrar sus huellas.

Arkadi sacó unos libros y unas revistas de las estanterías. Las publicaciones *Business Week* e *Israel Trade* estaban en inglés, e indicaban una ambición de ámbito internacional. ¿Acaso el álbum de sellos expresaba una juventud solitaria? Éste contenía un auténtico acuario de enormes sellos de peces tropicales emitidos por diminutas naciones e islas. En una bolsa de papel había varios sellos sueltos: un par de dos kopeks zaristas, unos «Libertés» franceses y unos «Franklins» americanos.

Cogió los libros y entró en el dormitorio, donde contempló la pila de objetos sobre la mesita de noche. La máscara para dormir indicaba que quizá la combinación de una alimentación excesivamente grasa y píldoras para adelgazar habían perturbado el sueño de Rudi.

En el dormitorio no había sillas. Arkadi se quitó los zapatos, se sentó en la cama y notó que los muelles cedían, habituados al enorme peso de Rudi. Colocó unas almohadas debajo de la cabeza, como hubiera hecho Rudi, y se dispuso a examinar los libros.

Todo el mundo tenía algunos clásicos en casa para demostrar su cultura. Rudi no era una excepción. Había subrayado los pasajes humorísticos de la obra inmortal de Pushkin, *La hija del capitán*, en la que un húsar ofrece enseñar a un joven el arte del billar. «Es esencial que los soldados sepamos jugar al billar —decía—. No podemos dedicarnos a luchar siempre contra los judíos. Así pues, no nos queda más remedio que ir a la posada y echar una partida de billar; y para hacerlo es preciso saber jugar.»

«O vencer a los judíos con los tacos», había escrito Rudi debajo del párrafo.

En *Almas muertas*, de Gógol, Rudi había subrayado el siguiente párrafo: «Durante algún tiempo, Chichikov impidió que los contrabandistas se ganaran la vida. Sobre todo perseguía implacablemente a los judíos polacos con una invencible, casi anormal, rectitud e integridad, que impedía que él mismo se convirtiera en un pequeño capitalista.» En el margen, Rudi había añadido: «Nada cambia.»

Tenía que haber algo más, pensó Arkadi. Gracias a la emigración judía, la mafia de Moscú mantenía buenas relaciones con los criminales israelíes. Encendió el televisor y puso de nuevo la cinta de Jerusalén, pasando de una imagen a otra, del Muro de las Lamentaciones al casino.

De pronto se acordó de lo que había dicho Polina: «Hay demasiada sangre.»

Arkadi estaba de acuerdo. Si se podía espesar la gasolina con sangre, seguramente se podía espesar con otras sustancias más fáciles de obtener. Hacía poco que Arkadi había visto sangre en otra extraña forma, pero no recordaba dónde.

Luego puso la cinta de Egipto. Era reconfortante contemplar las cálidas tonalidades del desierto del Sinaí mientras la lluvia batía contra la ventana. Arkadi se acercó al televisor como si fuera una chimenea. Al meter la mano en el bolsillo para sacar un cigarrillo, olvidándose que se los había dado a la camarera, encontró la carta. Sabía exactamente el número de cartas que le había escrito su padre. Una vez al mes, cuando Arkadi estuvo en un campamento de pioneros. Una vez al mes, cuando el general estuvo en China, en una época en que las relaciones con Mao eran intensas y fraternales. Eran unas cartas breves, como informes militares, que terminaban recomendando a Arkadi que fuera trabajador, responsable y honrado. En total le había escrito doce cartas. Después de tomar la decisión de asistir a la universidad en lugar de a la escuela militar, recibió otra. Le impresionó que su padre citara la Biblia, concretamente el episodio en que Dios exige a Abraham que sacrifique a su único hijo. En eso Stalin le ganaba a Dios, había dicho el general, porque no sólo hubiera permitido que se llevara a cabo la ejecución, sino que con ese gesto habría hecho que aumentara la estima de Abraham hacia él. Además, algunos hijos, como los terneros, sólo servían para ser sacrificados. ¿Demasiada sangre? A su padre le chiflaba la sangre.

El padre había repudiado a su hijo, el hijo había repudiado a su padre, el primero cortando todos los lazos con el futuro, el segundo cortando los lazos con el pasado, y ninguno de ellos se había atrevido a mencionar el único momento que les había unido para siempre. En la dacha, el niño y el hombre contemplaban desde el embarcadero sus pies sumergidos en las cálidas aguas del río que discurría junto al prado. Tenía los pies desnudos, y en vez de flotar o hundirse en el agua, se agitaban perezosamente bajo la superficie, como unas flores acuáticas. Más allá, Arkadi distinguió el vestido blanco de su madre, oscilando y agitándose en la corriente, como si se despidiera de él.

Unas embarcaciones de un sólo mástil surcaban las aguas del Nilo. Arkadi se dio cuenta de que había dejado de contemplar las imágenes del televisor. Guardó de nuevo la carta en el bolsillo con la misma delicadeza que si se tratara de una hoja de afeitar, sacó la cinta de Egipto y colocó la de Múnich. Esta vez la observó con más atención, porque aunque sus conocimientos de alemán eran muy rudimentarios, entendía bastantes palabras, y porque quería olvidarse de la carta de su padre. Por supuesto, contempló la cinta con los ojos de un ruso.

—Willkommen zu München... —empezaba la cinta.

En la pantalla apareció la imagen de unos monjes medievales regando unos girasoles, asando un jabalí y llenando unos vasos de cerveza. No vivían mal esos monjes. El siguiente plano correspondía al sector moderno y reconstruido de Múnich. El narrador relataba con tono orgulloso esa proeza, similar a la del ave fénix, sin mencionar ninguna guerra mundial, sugiriendo que una «lamentable y trágica» plaga había arrasado la ciudad, reduciéndola a un montón de escombros. Múnich había sido liberada por los americanos, y acto seguido aparecieron unas imágenes de un centro comercial americano. Desde la figura del bufón adornado con unas campanillas que giraba en el reloj de la torre de Marienplatz hasta los muros del Antiguo Tribunal, todos los lugares históricos ofrecían una curiosa y aséptica imagen. Las vistas de las cervecerías al aire libre se sucedían continuamente, como si la cerveza fuera un óleo utilizado para consagrar la inocencia, aparte del golpe de estado de la cervecería organizado por Hitler, claro está. No obstante, Múnich era una ciudad con un indudable atractivo. Las gentes tenían un aspecto tan próspero e iban tan bien vestidas que parecía que compraran en unas tiendas de otro planeta. Los automóviles estaban limpios y relucientes y los cláxones sonaban como cuernos de caza. Los lagos y los ríos de la ciudad estaban repletos de cisnes y patos. Arkadi se preguntó cuándo había visto por última vez un cisne en Moscú.

—Múnich es una ciudad que ostenta la impronta de los constructores reales —afirmó el narrador—. La Maximilian Joseph Platz y el Teatro Nacional fueron edificados por el rey Maximilian Joseph; Ludwigstrasse, por su hijo, el rey Ludwig I; la «milla dorada» de

Maximilianstrasse, por el hijo de Ludwig, el rey Maximilian II, y Prinzregentetrasse, por su hermano, el príncipe regente Luitpold.

¿Por qué no nos muestran la cervecería donde Hitler y sus camisas pardas habían iniciado su primera y prematura marcha hacia el poder? ¿Por qué no vemos la plaza donde Goering fue alcanzado por la bala destinada a Hitler, lo que le valió la eterna gratitud del Führer? ¿Por qué no nos enseñan unas vistas de Dachau? En fin, la historia de Múnich está tan llena de personajes y acontecimientos que no podemos verlo todo en una sola cinta. Arkadi reconoció que su actitud era injusta, sesgada y corroída por la envidia.

—El año pasado, durante la celebración de la Oktoberfest, los participantes bebieron más de cinco millones de litros de cerveza y consumieron setecientos mil pollos, setenta mil jamones y setenta bueyes asados...

Podrían venir a Moscú y ponerse a régimen, pensó Arkadi, mareado ante aquel derroche de comida. Después de asistir a la ópera en el Teatro Nacional —«construido con los impuestos sobre la cerveza»—, un refresco en el romántico sótano de una cervecería. Tras un breve recorrido por la autobahn, una pausa en un bar al aire libre. Después de escalar el Zugspitze, una bien ganada cerveza en una rústica taberna.

Arkadi detuvo la cinta y retrocedió hasta una vista de los Alpes que enlazaba con una imagen de la ladera de piedra y nieve del Zugspitze. Unos escaladores vestidos con pantalones de cuero. Un primer plano de la típica edelweiss. Las siluetas de los escaladores en lo alto de la montaña. Unas nubes deslizándose por el cielo.

La taberna al aire libre. Los muros amarillos cubiertos por unas enredaderas. El letargo de los bávaros después de comer, excepto una mujer con un jersey de manga corta y unas gafas de sol. Luego apareció la imagen de una estela de vapor que se extendía desde las nubes hasta un reactor de Lufthansa.

Arkadi rebobinó la cinta para contemplar de nuevo la escena en la taberna. La calidad de la cinta era la misma, pero faltaba la voz del narrador y la música. En su lugar se oía el sonido del tráfico y de unas sillas al ser arrastradas por el suelo. Las gafas de sol eran un error; en una cinta profesional la hubieran obligado a quitárselas. Arkadi pasó una y otra vez de los Alpes al avión. Las nubes eran las mismas. La escena de la taberna al aire libre había sido insertada.

La mujer levantó el vaso. Tenía la melena rubia peinada hacia atrás, las cejas amplias y los pómulos pronunciados. La barbilla menuda, de mediana estatura, unos treinta y tantos años. Las gafas oscuras, el collar de oro y el jersey negro de manga corta, probablemente de cachemira, ofrecían un contraste más sensual que elegante. Las uñas pintadas de rojo. La tez pálida. Los labios rojos, entreabiertos, esbozando la misma media sonrisa que había dirigido a Arkadi a través de la ventanilla del coche. De pronto movió los labios y dijo: «Te quiero.»

Era fácil leer sus labios, porque había pronunciado sus palabras en ruso.

11

—No lo sé —dijo Jaak—. Tú la viste mejor que yo. Yo iba conduciendo.

Arkadi corrió las cortinas y el despacho quedó iluminado únicamente por el resplandor de la taberna al aire libre. En el monitor aparecía la imagen de un hombre sosteniendo una jarra de cerveza, detenida por el botón de «Pausa» del VCR.

—La mujer que estaba en el coche de Rudi nos miró.

—Te miró a ti —precisó Jaak—. Yo tenía los ojos fijos en al carretera. Dices que se trata de la misma mujer, y me lo creo.

—Necesitamos unas fotos de la cinta. ¿Qué te ocurre?

—Necesitamos a Kim o a los chechenos; ellos mataron a Rudi. Rudi te dijo que querían matarlo. Si se trata de una alemana, si metemos en esto a unos extranjeros, tendremos que ampliar el círculo e incluir al KGB. Ya sabes cómo son: nosotros los alimentamos y ellos se cagan en nosotros. A propósito, ¿se lo has comunicado?

—Todavía no. Cuando tengamos más pruebas. —Arkadi apagó el monitor.

—¿Por ejemplo?

—Un nombre. Una dirección en Alemania.

—¿Vas a dejarlos fuera de la investigación?

Arkadi entregó la cinta a Jaak.

—No quiero molestarlos hasta que tenga algo definitivo. Quizá la mujer esté todavía aquí.

—Tienes unas pelotas de acero —dijo Jaak—. Seguro que suenan cuando caminas.

—Como un gato con campanillas —repuso Arkadi.

—De todos modos, esos cabrones dirían que lo habían resuelto ellos —dijo Jaak, cogiendo de mala gana la cinta. Luego agitó las llaves del coche y sonrió—. Le he pedido prestado el coche a Yulia. El Volvo, por supuesto. Después de hacer este recado, iré a la Granja Colectiva del Sendero de Lenin. ¿Te acuerdas de los tipos del camión que me vendieron la radio? Es posible que vieran algo cuando mataron a Rudi.

—Te traeré la radio —le prometió Arkadi.

—Llévala a la estación de Kazán. Voy a reunirme con la madre de Yulia en el bar de Ensueño a las cuatro.

—¿Yulia no irá?

—Odia la estación de Kazán, pero me ha prestado el coche para que recoja a su madre, que llega en tren. A menos que quieras quedarte con la radio.

—No.

Una vez a solas, Arkadi abrió el armario y guardó la cinta original de Múnich en la caja fuerte. Había ido temprano a la oficina para hacer un duplicado. ¿Quién había dicho que era paranoico?

Arkadi abrió la ventana. La lluvia había cesado, dejando unas manchas húmedas alrededor de las ventanas que daban al patio. En el horizonte se alzaban unas chimeneas como si fueran espadas. Un tiempo perfecto para un funeral.

El funcionario del Ministerio de Comercio Extranjero dijo:

—Un negocio mixto requiere una asociación entre una entidad soviética —una cooperativa o una fábrica— y una empresa extranjera. Es preferible que esté patrocinada por una organización política soviética...

—¿O sea por el Partido?

—Sí, aunque no es imprescindible.

—¿Eso es capitalismo?

—No, eso no es capitalismo puro; es un estadio intermedio.

—¿Un negocio mixto puede obtener rublos?

—No.

—¿Y dólares?

—Tampoco.

—Es un estadio muy intermedio...

—Puede sacar petróleo. O vodka.

—¿No tenemos demasiado vodka?

—Para venderlo en el extranjero.

—¿Todos los negocios mixtos deben ser autorizados por usted? —preguntó Arkadi.

—Teóricamente sí, aunque hay excepciones. En Georgia y en Armenia se las arreglan solos; por eso no exportan nada a Moscú —dijo el funcionario riendo—. ¡Que se jodan!

Desde su despacho situado en la décima planta se divisaban unos nubarrones que se trasladaban hacia el oeste. Sin embargo, las chimeneas de las fábricas no arrojaban humo, probablemente porque todavía no habían llegado las piezas de recambio de Sverdlovsk, Riga y Minsk.

—¿A qué se dedica TransKom?

—A la importación de material deportivo. Está patrocinado por el komsomol del distrito de Leningrado. Guantes de boxeo y artículos similares.

—Como máquinas tragaperras...

—Eso parece.

—¿A cambio de qué?

—Personal.

—¿Gente?

—Supongo.

—¿Me puede decir qué tipo de gente? ¿Boxeadores olímpicos, físicos nucleares?

—Guías turísticos.

—¿Qué lugares recorren?

—Alemania.

—¿Alemania necesita guías turísticos soviéticos?

—Eso parece.

Arkadi estaba asombrado ante la credulidad de aquel tipo. Era capaz de creer que Lenin dejaba unas monedas debajo de la almohada a cambio de dientes.

—¿Hay algún funcionario en TransKom?

—Dos. —El hombre leyó un expediente que había sobre su mesa—. Hay muchos cargos, pero todos están ocupados por dos personas, Rudik Avrámovich Rosen, ciudadano soviético, y Borís Benz, residente en Múnich, Alemania. La razón social de TransKom coincide con el domicilio de Rosen. Quizás haya inversores, pero no figuran en la lista. Disculpe —dijo el funcionario, tapando el expediente con el *Pravda*.

—¿El ministerio no dispone de los nombres de los guías?

El hombre dobló el periódico en dos y luego en cuatro.

—No. La gente acude aquí para registrar una empresa destinada a la importación de penicilina y luego resulta que se dedican a importar zapatillas de baloncesto o a construir hoteles. Cuando se establezca el mercado libre, esto será jauja.

—¿Qué hará cuando se instaure plenamente el capitalismo?

—Me buscaré otro trabajo.

—¿Es usted imaginativo?

—Oh, sí —contestó el hombre. Sacó una pelota de cuerda del cajón, partió un trozo con los dientes y lo guardó en el bolsillo, junto con el *Pravda*—. Le acompaño. Voy a comer.

Los burócratas subsistían a base de mantequilla, pan y salchichas que cogían en las cafeterías para llevarse a casa. El funcionario del ministerio llevaba una amplia chaqueta cuyos bolsillos, manchados de grasa, le colgaban hasta las rodillas.

El cementerio de Vagankovskoye estaba cuidado con mimo pero ofrecía un aspecto deplorable. Una gruesa capa de hojas húmedas yacía alrededor de los tilos, los abedules y los robles; el paseo estaba cubierto de dientes de león, y todo el recinto presentaba un aspecto deteriorado. Muchas de las lápidas eran unos bustos de los defensores del Partido, construidos con granito y mármol negro: compositores, científicos y escritores del realismo socialista, los cuales exhibían frentes amplias y miradas severas. Otras almas más tímidas estaban representadas por unas fotografías dispuestas alrededor de la lápida. Las tumbas estaban rodeadas por unas verjas de hierro, de forma que los rostros de las lápidas parecían mirar a través de una jaula. Aunque no todos. La primera tumba pertenecía al cantante y actor Visotski y estaba cubierta por un inmenso ramo de margaritas y rosas recién mojadas por la lluvia, en torno a las cuales zumbaban unos abejorros.

Arkadi se reunió con el cortejo fúnebre de su padre en medio del camino central. Unos cadetes portaban una estrella de rosas rojas y un cojín cubierto con medallas, seguidos por un porteador que empujaba una carretilla y un féretro, una docena de viejos generales vestidos con uniformes verde oscuro y guantes blancos, dos músicos con unas trompetas y otros dos que sostenían unos desvencijados trombones, tocando una marcha fúnebre perteneciente a una sonata de Chopin.

Belov estaba situado al final del cortejo, vestido de paisano. Sus ojos se iluminaron al ver a Arkadi.

—Sabía que vendrías —dijo, estrechando solemnemente la mano de Arkadi—. No podías dejar de presentarte, hubiera sido una vergüenza. ¿Has leído el *Pravda* de esta mañana?

—Un tipo lo utilizó para envolver el bocadillo.

—Supuse que querrías conservar esto —dijo Belov, entregándole un artículo meticulosamente cortado del periódico con una regla.

Arkadi se detuvo para leer la nota necrológica. «El general del Ejército Kiril Ilich Renko, un destacado comandante soviético...» Era un artículo muy largo y

Arkadi se saltó algunos párrafos. «... Después de asistir a la academia militar M. V. Frunze. La participación de K. I. Renko en la Gran Guerra Patriótica constituye una de las más gloriosas páginas de su biografía. Comandante de un batallón de tanques, fue derrotado por la primera oleada de la invasión fascista, pero se unió a las fuerzas partisanas y organizó varios ataques a la retaguardia enemiga... luchó valerosamente en las batallas de Moscú, Stalingrado, en la campaña en las estepas y en diversas operaciones en torno a Berlín... Después de la guerra se le encomendó la tarea de estabilizar la situación en Ucrania, y más tarde fue nombrado comandante en jefe del distrito militar de los Urales.» Dicho de otro modo: el general había sido responsable de una ejecución tan sangrienta de nacionalistas ucranianos que había tenido que exiliarse en los Urales. «... Había recibido en dos ocasiones el título de Héroe de la Unión Soviética y cuatro Órdenes de Lenin, la Orden de la Revolución de Octubre, tres Órdenes de la Bandeja Roja, dos Órdenes de Suvorov (Primera Clase), dos Órdenes de Kutuzov (Primera Clase)...»

Belov llevaba prendida en la chaqueta una placa con los galones desteñidos. Su pelo canoso comenzaba a clarear y la barba le cubría el cuello.

—Gracias —dijo Arkadi, guardando la nota necrológica en el bolsillo.

—¿Has leído la carta? —le preguntó Belov.

—Todavía no.

—Tu padre dijo que te lo explicaba todo en ella.

—Debe de ser una carta muy larga —dijo Arkadi. En realidad, una carta no sería suficiente; hubiera necesitado escribir un pesado volumen encuadernado en piel negra.

Los generales marchaban formando unas filas cerradas. Arkadi no tenía deseos de charlar con ellos.

—Borís Serguéievich, ¿recuerdas a un checheno llamado Majmud Jasbulátov?

—¿Jasbulatov? —repitió Belov.

—Lo interesante es que Majmud alega que ha servido en tres ejércitos distintos: el blanco, el rojo y el alemán. Según su expediente, tiene ochenta años. En 1920, durante la Guerra Civil, debía tener diez años.

—Es posible. Había muchos niños en ambos bandos, el blanco y el rojo. Fueron unos tiempos terribles.

—Supongamos que por la época de Hitler, Majmud estaba en el Ejército Rojo.

—Todos se habían incorporado a uno u otro Ejército.

—Me gustaría saber si en febrero de 1944 mi padre se hallaría en el distrito militar de los chechenos.

—No, estábamos destinados en Varsovia. La operación de los chechenos fue llevada a cabo por oficiales de rango inferior.

—¿No era digna de un Héroe de la Unión Soviética?

—Exacto —respondió Belov.

Algunas personas, pensó Arkadi, cuando se jubilan lo hacen total y absolutamente. Belov acababa de abandonar la oficina del fiscal; y cuando Arkadi le preguntó sobre el jefe de la mafia de los chechenos, el general no lo había captado, como si llevara cuarenta años jubilado.

Echaron a caminar en silencio. Arkadi se sentía espiado. Los muertos se erigían en unos bustos de mármol y bronce sobre sus tumbas. Una bailarina de mármol blanco giraba airosamente. Un explorador se había detenido, con la brújula en la mano. Contra un bajorrelieve de nubes, un aviador se disponía a quitarse las gafas. Todos compartían una mirada sombría, inquieta y rencorosa.

—El féretro está cerrado, por supuesto —dijo Belov.

Arkadi estaba distraído contemplando otro cortejo fúnebre, más largo que el de su padre, formado por una carreta vacía, un gran número de trompetas y trombones y algunas caras conocidas entre los asistentes. El general Penyaguín y Rodiónov, el fiscal municipal, caminaban a ambos lados de una viuda, luciendo unas bandas negras en la manga. Arkadi recordó que el antecesor de Penyaguín en el CID había fallecido hacía pocos días antes, y supuso que la mujer era la viuda del difunto. Les seguían una lenta comitiva compuesta por oficiales de la milicia, funcionarios del Partido y parientes que exhibían unas expresiones de aburrimiento y pesar. Ninguno de ellos advirtió la presencia de Arkadi.

El cortejo fúnebre de su padre había doblado por un camino de pinos y se detuvo ante una fosa recién cavada. Arkadi echó un vistazo a su alrededor para observar las lápidas de los nuevos vecinos de su padre. Vio la estatua de un cantante escuchando música, cuyo nombre estaba grabado en granito. Otra, la de un atleta con unos músculos en bronce, sostenía una jabalina de hierro. Detrás de los árboles, los sepultureros, apoyados en sus palas, charlaban entre sí y fumaban. Junto a la fosa abierta había una pequeña lápida de mármol blanco casi a ras del suelo. Debido a la escasez de espacio, en ocasiones enterraban a los maridos junto a sus esposas, uno encima de otro, pero afortudamente éste no era el caso.

Mientras los generales se agrupaban en torno a la fosa, Arkadi reconoció a los cuatro que había visto en la Plaza Roja. Shukshín, Ivanov, Kuznetsov y Gul parecían aún más pequeños y frágiles a la luz del día, como si estos hombres que le habían aterrado de niño se hubieran encorvado y encogido hasta convertirse por arte de magia en unos escarabajos cubiertos por unos caparazones de sarga verde y brocado dorado, con el pecho adornado por multitud de medallas, distinciones y órdenes, galones, estrellas de latón y monedas. Todos ellos derramaban amargas lágrimas de vodka.

—¡Camaradas! —Ivanov, sosteniendo un papel en sus temblorosas manos, empezó a leer—: Hoy nos hemos reunido aquí para decir adiós a un insigne ruso, un defensor de la paz, un hombre forjado...

Arkadi no cesaba de asombrarse ante la fe de la gente en las mentiras, como si las palabras guardaran la más remota relación con la verdad. Esa pandilla de veteranos no eran más que pequeños carniceros que habían acudido al cementerio para despedirse de un gran carnicero. Si no padecieran artritis, serían capaces de acuchillar a un desgraciado con tanta ferocidad como en su juventud, y sin embargo creían ciegamente en las mentiras que pronunciaban.

Cuando Shukshín ocupó el lugar de Ivanov, Arkadi sintió deseos de fumarse un cigarrillo y empezar a cavar.

—«¡Ni un paso atrás!», había ordenado Stalin. Sí, Stalin, un nombre que pronuncio con veneración...

El padre de Arkadi era considerado «el general favorito de Stalin». Cuando estaban sitiados, sin comida y sin municiones, los otros generales se rendían y entregaban a sus hombres vivos. El general Renko jamás se rindió; no se hubiera rendido aunque todos sus soldados hubieran muerto. De todos modos, los alemanes nunca lo capturaron. Había atravesado las líneas enemigas para unirse a las tropas que defendían Moscú, y en una fotografía aparecía junto a Stalin, como dos demonios defendiendo el infierno, estudiando un mapa subterráneo para trasladar a las tropas de un puesto a otro.

Cuando le tocó el turno al obeso Kuznetsov, éste se acercó a la tumba y dijo:

—Hoy, cuando todo el mundo trata de desprestigiar la gloriosa misión de nuestro Ejército...

Sus voces sonaban como un violonchelo roto. Arkadi hubiera sentido compasión de ellos de no haber recordado cómo solían entrar con paso triunfal en la dacha, como tantos otros colegas de su padre, para cenar a medianoche, emborracharse y entonar unas canciones que terminaban con el rugido militar «¡Arrrrrrrraaaaaaaaagh!». Arkadi no sabía bien por qué se había presentado. Quizá lo había hecho por Belov, que siempre había confiado en que se produjera una reconciliación entre padre e hijo. Quizá lo había hecho por su madre, que tendría que yacer junto a su asesino. Arkadi se acercó a la pequeña lápida y la limpió con la mano.

Kuznetsov seguía diciendo:

—El poder soviético, construido sobre el altar sagrado de veinte millones de muertos...

No, no se habían transformado en unos escarabajos, pensó Arkadi. Eso hubiera sido demasiado benévolo, demasiado kafkiano. Más bien se habían convertido en unos perros de tres patas, seniles pero rabiosos, aullando y dispuestos a lanzarse sobre su enemigo.

Gul apenas podía sostenerse en pie debido al peso de las medallas que colgaban de su guerrera. Se quitó la gorra, descubriendo un cabello de color ceniza.

—Recuerdo mi último encuentro con K.I. Renko,

hace poco tiempo —dijo, apoyando una mano sobre el féretro de madera oscura, estrecho como un esquife—. Hablamos sobre nuestros camaradas de armas, cuyo sacrificio arde como una llama eterna en nuestro corazón. Hablamos también sobre el presente, una época de dudas y automortificación tan ajena a nuestro temple de acero. Deseo repetiros las palabras que el general pronunció aquel día: «A quienes pretenden mancillar el Partido, a quienes han olvidado los pecados históricos de los judíos, a quienes están dispuestos a alterar nuestra historia revolucionaria y a denigrar a nuestro pueblo, a todos ellos les digo que mi bandera ha sido y será siempre roja.»

—No puedo soportarlo más —dijo Arkadi a Belov, y echó a andar por el sendero.

Belov lo siguió.

—Aún no han terminado.

—Por eso me marcho.

—Confiábamos en que pronunciarías algunas palabras ahora que ha muerto.

—Borís Serguéievich, si yo me hubiera encargado de investigar la muerte de mi madre, habría arrestado a mi padre. Es más, le hubiera matado.

—¡Arkasha...!

—La idea de que ese monstruo falleció tranquilamente en su lecho me perseguirá mientras viva.

—No fue así como murió —dijo Belov en voz baja.

Arkadi se detuvo, tratando de contener su ira.

—Dijiste que el féretro estaba cerrado. ¿Por qué?

Belov respiraba con dificultad.

—Al final el dolor era insoportable. Tu padre dijo que lo único que lo mantenía vivo era el cáncer. No deseaba morir de esa forma. Dijo que prefería morir como un oficial.

—¿Se pegó un tiro?

—Debes perdonarme. Yo estaba en la habitación contigua. Yo...

Belov se tambaleó, y Arkadi lo ayudó a sentarse en un banco. Se sentía increíblemente estúpido; debió haberlo adivinado. Belov metió la mano en el bolsillo y sacó una pistola. Era un revólver Nagant negro con cuatro balas relucientes como la plata antigua.

—Me pidió que te lo entregara.

—El general siempre gozó de un excelente sentido del humor —observó Arkadi.

Al llegar a la verja, Arkadi vio a un grupo de admiradores frente al quiosco que había junto a la tumba de Visotski, comprando alfileres, pósters, tarjetas postales y casetes del cantante, que seguía siendo muy popular pese a que hacía diez años que había muerto. La parada del tranvía 23 estaba al otro lado de la calle; era el quiosco de souvenirs más concurrido de Moscú. Junto a la verja había unos mendigos, unas campesinas cubiertas con unos pañuelos blancos y unos tullidos en sillas de ruedas o apoyados en muletas. Se habían congregado en torno a los fieles que acababan de salir de la pequeña iglesia amarilla del cementerio. Contra la fachada de la iglesia, Arkadi vio las tapas de unos féretros adornadas con crespones y unas coronas de siemprevivas y claveles. Unos seminaristas vendían unas Biblias dispuestas sobre una mesa plegable, exigiendo cuarenta rublos por el Nuevo Testamento.

Arkadi llevaba la pistola de su padre en el bolsillo. Se sentía un poco aturdido. Las escenas de dolor —una viuda limpiando la fotografía de una lápida— se confundían con la imagen de un petirrojo que trataba de atrapar a un gusano. Un autocar fúnebre se detuvo junto a la verja y la familia se apeó. Al sacar el ataúd de la parte posterior del vehículo, éste se deslizó y cayó al suelo. Una niña hizo una divertida mueca. Así era como se sentía Arkadi. Vio a Rodiónov y a Penyaguín charlando en la acera, pero Arkadi no tenía ganas de hablar con el fiscal ni con el general, de modo que se metió en la iglesia.

La iglesia estaba atestada de fieles, viudas, huérfanos y turistas espirituales. Todos de pie, puesto que no había bancos. Reinaba una atmósfera similar a la de una pintoresca y concurrida estación, impregnada de incienso en lugar de humo de tabaco, mientras un coro de voces invisible entonaba un cántico sobre el cordero de Dios. De las paredes, pintadas como las páginas de un manuscrito iluminado, colgaban unos iconos bizantinos que mostraban unos rostros oscurecidos por el paso del tiempo, rodeados de plata. Las velas consistían en unas mechas suspendidas en unas tazas de vidrio llenas de aceite. En el suelo, dispuestas estratégicamente, había unas latas de aceite destinadas a mantener vivas las llamas. También había unas velas votivas en unos paquetes que costaban treinta kopeks, cincuenta kopeks o un rublo, según el tamaño del paquete. Los candeleros, sobre los que ardían numerosas velas formando pequeños charcos de cera, relucían como árboles en llamas. Lenin había acertado al definir la religión como una llama hipnótica. Unas mujeres vestidas de negro recogían los donativos en unas bandejas de latón revestidas de fieltro rojo. A la izquierda, tres mujeres, también vestidas de negro, con la cabeza cubierta con un pañuelo y las manos cruzadas sobre el pecho, yacían en unos féretros abiertos, rodeados de velas.

En una capilla junto a los féretros, un sacerdote enseñaba a un niño cómo inclinar la cabeza y cómo persignarse al estilo ortodoxo, utilizando tres dedos en lugar de dos. Arkadi se vio arrastrado por un grupo de gente hacia el «rincón del diablo», donde los sacerdotes escuchaban las confesiones de los fieles. Un sacerdote, sentado en una silla de ruedas, con una larga barba blanca como los rayos de la luna, le dirigió una mirada interrogativa. Arkadi se sintió como un intruso porque su falta de fe no correspondía a una actitud institucional, sino a la furia de un hijo que había abandonado deliberadamente a su padre. Su padre no era creyente; era su madre quien solía llevarlo a algunas de las iglesias que permanecían abiertas en el Moscú de Stalin. Arkadi percibió el tintineo de los kopeks, mientras la cera seguía en el suelo. Las bandejas de los donativos circulaban entre los fieles, mientras el glorioso coro de voces cantaba «Escúchanos y obsérvanos». No, pensó Arkadi, es preferible que Él sea sordo y ciego. Las voces suplicaban «ten piedad de nosotros, ten piedad de nosotros». El general no hubiera querido que nadie se apiadara de él.

Arkadi pasó junto al hipódromo y se dirigió a la calle Gorki. Colocó la luz azul sobre el techo del coche, apoyó la mano en el claxon y se lanzó a toda velocidad por el carril del medio mientras los guardias de tráfico, como unos semáforos cubiertos con impermeables, despejaban el camino. Había empezado a llover de nuevo, obligando a la gente a abrir sus paraguas. Arkadi no se dirigía a ningún lugar determinado. Lo que perseguía era aturdirse con el sonido del agua bajo los neumáticos, las gotas que empañaban el parabrisas, el resplandor de los faros y las luces de los comercios. Frente al hotel Intourist, las prostitutas echaban a correr como palomas para refugiarse de la lluvia.

Sin frenar, Arkadi dobló hacia Marx Prospekt. La lluvia había convertido la enorme plaza en un lago por el que circulaban los taxis como si fueran lanchas. Si te mueves con bastante rapidez, pensó Arkadi, puedes adelantarte en el tiempo. La calle Gorki, por ejemplo, había recuperado su viejo título de Tverskáia, Marx Prospekt se llamaba ahora Mojovaya, y Kalinin había vuelto a ser Nueva Arbat. Arkadi imaginó al fantasma de Stalin recorriendo la ciudad desconcertado, perdido, asomándose a las ventanas y asustando a los niños. O, peor aún, contemplando los viejos nombres sin inmutarse.

A través de la lluvia, Arkadi vio que un guardia de tráfico había detenido a un taxi en medio de la plaza. Unos camiones le cerraban el paso a la derecha; tampoco podía girar a la izquierda debido al incesante tráfico. Pisó el freno y trató de dominar el coche mientras el guardia y el taxista lo miraban pasmados. El Zhiguli se detuvo a pocos metros de ellos.

Arkadi saltó del coche. El guardia llevaba un impermeable sobre la capa. En una mano sostenía el permiso de conducir del taxista, y en la otra, un billete de cinco rublos. El taxista tenía el rostro afilado y mostraba una expresión de terror. A ambos parecía que les hubiera abatido un rayo y esperaran a que estallaran los truenos.

El miliciano observó el guardabarros del coche, milagrosamente intacto.

—Por poco nos mata —dijo, agitando el empapado billete de cinco rublos—. Estupendo, es un soborno. Cinco cochinos rublos. Puede pegarme un tiro, no es necesario que me atropelle. Hace quince años que trabajo y gano doscientos cincuenta rublos al mes. ¿Cree que puedo sostener a mi familia con eso? Tengo dos balas en el cuerpo y me han dado un semáforo, como si eso pudiera compensarme. ¿Quiere matarme por aceptar un soborno? No me importa. Ya no me importa nada.

—¿Está herido? —preguntó Arkadi al taxista.

—No —contestó. Luego cogió su permiso de conducir y se montó en el taxi.

—¿Está usted bien? —preguntó Arkadi al guardia.

—Sí, pero a quién coño le importa. Sigo de servicio, camarada —replicó el guardia, tocándose la gorra. Cuando Arkadi se dio media vuelta, le espetó—: Como si nunca hubiera visto a nadie aceptar unos rublos... Cuanto más alto es el cargo, más reciben. Los que están arriba han descubierto una mina de oro.

Arkadi se montó en el Zhiguli y encendió un Belomor. Estaba calado hasta los huesos, y probablemente loco. Cuando se disponía a arrancar, observó que el guardia había detenido el tráfico para que pudiera pasar. Arkadi condujo con prudencia a lo largo del río. Lo más importante era decidir si debía detenerse para colocar los limpiaparabrisas. ¿Merecía la pena mojarse más para poder ver a través del parabrisas, o conducía con la suficiente pericia para seguir como hasta ahora?

Al doblar hacia el sur, por la carretera que pasaba junto a la piscina donde antiguamente se erigía la iglesia del Salvador, aparecieron unos nubarrones, y Arkadi se vio obligado a detenerse sobre la acera. Era una estupidez. Stalin había mandado demoler la iglesia. ¿Cuántos moscovitas se acordaban de la iglesia del Salvador? Sin embargo, así era como identificaban la piscina. Arkadi se apeó para colocar los limpiaparabrisas. El coche parecía un tarro envuelto en hojas mojadas por fuera, y una tumba por dentro. Arkadi decidió olvidarse de los limpiaparabrisas y dar un paseo.

¿Estaba tenso? Suponía que sí. Al fin y al cabo, todo el mundo estaba siempre tenso. ¿Acaso existía alguien que, dormido o despierto, no se hubiera sentido nunca alterado? A su derecha vio unos árboles envueltos en el vapor que emitía la piscina. Descendió unos metros y luego subió de nuevo por entre los árboles, agarrándose a las ramas para no resbalar, hasta alcanzar una barandilla de metal, fría y húmeda al tacto, y siguió avanzando hasta llegar a una explanada.

Dio una vuelta alrededor de los vestuarios y se acercó al borde de la piscina. De la superficie del agua se alzaba un vapor blanco y denso como el humo. Era la piscina más grande de Moscú, una fábrica perfecta para la niebla que le envolvía. Le escocieron los ojos debido al cloro del agua. Arkadi se arrodilló y metió la mano en el agua. Estaba caliente. Aunque supuso que la piscina estaría cerrada, las luces estaban encendidas, como unos halos de sodio suspendidos entre la niebla. De pronto percibió unos pasos y una voz que canturreaba. No estaba seguro de dónde procedían los sonidos, pero le pareció que los pasos sonaban cerca de la piscina. Quienquiera que estuviera canturreando lo hacía de una forma natural y desenfadada, como si creyera estar a solas. Por la ligereza de los pasos y el tono de la voz,

Arkadi supuso que se trataba de una mujer, probablemente una empleada de la piscina.

La niebla le impedía ver con claridad. Arkadi recordó que un día uno de los marineros de la jábega en la que navegaban escuchó durante una hora una sirena hasta descubrir que el sonido procedía de una botella a diez metros de distancia. La voz cantaba «Chattanooga Choo-Choo». Un clásico. De pronto la voz enmudeció. Mientras esperaba que se pusiera de nuevo a cantar, Arkadi trató de encender un cigarrillo, pero la cerilla estaba húmeda y no lo consiguió. A los pocos instantes oyó de nuevo la voz. Sonaba frente a él, pero muy elevada, casi al nivel de las farolas. La voz se detuvo, y de pronto, Arkadi vio algo blanco que se precipitaba desde el trampolín y oyó el impacto de un cuerpo al chocar con el agua.

Arkadi resistió la tentación de aplaudir ante semejante proeza. La mujer había demostrado un gran valor al subir al trampolín en medio de aquella niebla, avanzar hasta el borde procurando no perder el equilibrio y lanzarse a la piscina. Arkadi supuso que sería una experta nadadora y que no tardaría en verla asomar la cabeza por la superficie. Pero no oyó nada, aparte del murmullo de la lluvia y el ruido del tráfico que circulaba por la orilla del río.

—¡Hola! —gritó Arkadi. Luego se levantó y echó a caminar por el borde de la piscina—. ¡Hola!

12

Los otros clientes en el bar de Ensueño de la estación de Kazán portaban maletas, bolsas de lona y de plástico y cajas de cartón, de modo que Arkadi no se sintió fuera de lugar sosteniendo la radio de Jaak. La madre de Yulia era una robusta campesina vestida con la ropa usada que le enviaba su elegante y esbelta hija: un abrigo de conejo, una falda de algodón y unas medias transparentes. Mientras ingería unas salchichas y un vaso de cerveza, Arkadi pidió un té. Jaak se había retrasado media hora.

—Yulia no ha podido venir a recoger a su madre. Ni siquiera ha enviado a Jaak, sino a un extraño —dijo la mujer, estudiando a Arkadi. Su chaqueta olía a humedad y tenía el bolsillo deformado debido a la pistola que llevaba en él—. No tiene aspecto de sueco.

—Es usted muy observadora.

—Yulia necesita mi autorización para marcharse. Es el único motivo por el que estoy aquí. Pero la princesa es demasiado fina para acudir a recogerme a la estación. ¿Vamos a tener que esperar mucho?

—Le pediré otra salchicha.

—Muy generoso por su parte.

Después de esperar otra media hora, abandonaron la estación y Arkadi condujo a la madre de Yulia a la parada de taxis. Las nubes ocultaban las luces de las otras dos estaciones situadas al otro lado de la plaza Komsomol. Los taxis se detenían al acercarse a la parada, echaban un vistazo a la gente que hacía cola y se alejaban.

—Será mejor que coja un tranvía —dijo Arkadi.

—Yulia me dijo que en caso de emergencia utilizara esto —dijo la mujer. Al agitar un paquete de Rothmans, un coche particular se detuvo frente a ellos. La mujer se sentó junto al conductor, bajó la ventanilla y dijo a Arkadi—. Se lo advierto, no pienso regresar a casa con un abrigo de conejo. Quizá no regrese a casa.

Arkadi regresó al bar de Ensueño. Le extrañó que Jaak no hubiera llegado todavía, porque solía ser muy puntual.

La estación de Kazán era «la puerta del Este». La sala de información tenía las paredes cubiertas de folletos turísticos y el techo en forma de cúpula. Un busto en bronce de Lenin, de pie, con la mano derecha alzada, guardaba un curioso parecido con Gandhi. Una muchacha tadzhik llevaba un pañuelo de brillantes colores sobre sus trenzas, unos pendientes de oro, unos pantalones anchos y multicolores y una gabardina. Todos los porteadores eran tártaros. Arkadi reconoció a unos mafiosos de Kazán vestidos con cazadoras de cuero negras que observaban a las prostitutas, unas jóvenes rusas de cutis macilento vestidas con unos tejanos. En una tienda situada en un rincón sonaba la lambada en un casete. Arkadi se sentía corno un imbécil portando la radio de un lado a otro. Había ido a su apartamento una hora antes para recogerla y devolvérsela a su dueño, aunque a regañadientes, como si fuera la única radio en Moscú que podía recibir Radio Liberty. No tenía más remedio que comprarse una.

Unas patrullas militares se paseaban por los andenes, buscando a desertores. En la cabina de una locomotora, Arkadi vio a dos ingenieros, una mujer y un hombre. El hombre, un tipo musculoso desnudo hasta la cintura, estaba sentado frente a los mandos; la mujer llevaba un jersey y un mono. Arkadi no alcanzaba a ver sus rostros, pero imaginaba la vida que debían llevar, contemplando el país a través de la ventanilla, comiendo y durmiendo detrás de la gigantesca máquina diesel.

Al cabo de un rato regresó al bar de Ensueño a través de una sala de espera tan atestada que parecía un manicomio o una cárcel. Los pasajeros contemplaban las silenciosas imágenes de unos bailarines folclóricos en el televisor. Los milicianos despertaban a empujones a unos borrachos que dormían tumbados en el suelo. Unas familias de Uzbek estaban acostadas sobre unos sacos que contenían todas sus pertenencias. Junto al bar, dos jóvenes uzbekos cubiertos con unos gorros de lana jugaban con una máquina tragaperras. Por cinco kopeks manipulaban una palanca que controlaba a una mano robot en una caja de cristal. El fondo de la caja estaba cubierto de arena, y sobre esta playa en miniatura había unos premios que, con suerte, caían en una bandeja deslizante: un tubo de pasta dentífrica del tamaño de un cigarrillo, un cepillo de dientes con una hilera de cerdas, una hoja de afeitar, un chicle y una pastilla de jabón, los cuales se resistían a ser atrapados por la mano mecánica. Al acercarse y observar las amarillentas cerdas del cepillo, el marchito envoltorio del chicle y el repugnante aspecto del jabón, Arkadi dedujo que llevaban allí varios años. Pero los chicos se estaban divirtiendo de lo lindo.

Al cabo de una hora y media se marchó, porque era evidente que Jaak no iba a presentarse.

La Granja Colectiva de Lenin se hallaba al norte de la ciudad, siguiendo la autopista de Leningrado. Unas mujeres cubiertas con unas bufandas para protegerse de la lluvia ofrecían unos ramos de flores y unos cubos con patatas a los automóviles y camiones que circulaban por la carretera.

Arkadi abandonó la autopista y enfiló un camino de tierra que atravesaba una aldea de cabañas de madera oscura con los aleros pintados, unas casas más modernas, unos jardines con girasoles y unos huertos plantados con tomates. Unas vacas negras y blancas se paseaban por la carretera y los jardines. Al final de la aldea, la carretera se dividía en dos caminos. Arkadi eligió el más accidentado.

La campiña alrededor de Moscú consistía en unos sembrados de patatas, que eran recolectadas a mano. Los estudiantes y los soldados, obligados a participar en la recolecta, caminaban detrás de los campesinos mientras éstos llenaban los sacos. De vez en cuando los carroñeros robaban algunas patatas en los campos. Pero Arkadi no vio a nadie, sólo la neblina, la tierra arada y un resplandor a lo lejos. Siguió avanzando hasta llegar a una hoguera hecha con cajas de cartón, trozos de lona y panochas de maíz. Los campesinos tenían la sucia costumbre de mezclar la basura con carbón fósil para quemarla, aunque no solían hacerlo por la tarde, y menos cuando llovía. Alrededor de la hoguera había corrales, camiones, tractores, depósitos de agua y gasolina, un establo, un garaje y un cobertizo. Las granjas colectivas eran pequeñas, y los obreros participaban de las ganancias según el número de horas que trabajaban. Arkadi hizo sonar el claxon, pero nadie respondió.

Al apearse del coche pisó un charco de agua que manaba de un pozo. El penetrante olor a cal disimulaba el hedor de los corrales. En la superficie del pozo flotaban desechos y huesos de animales. La hoguera era casi tan alta como Arkadi. En algunas partes el carbón había quedado reducido a brasas, y en otras las llamas ardían con fuerza y devoraban periódicos, patatas podridas y demás desperdicios. Una lata se deslizó rodando desde lo alto de la pira y aterrizó junto a unos zapatos de hombre. Arkadi cogió uno de los zapatos y lo soltó inmediatamente porque estaba ardiendo.

El resplandor de la hoguera iluminaba todo el jardín. Los tractores eran unos viejos modelos con los discos del rastrillo oxidados, pero los dos camiones eran nuevos. Uno de ellos era el que habían visto en el mercado negro, y del que Jaak había comprado la radio. Los accesorios del tractor —las segadoras, las prensas y los arados—estaban dispuestos junto al cobertizo; a su alrededor crecían unos dondiegos cuyos tallos se enredaban entre los dientes y las púas de los aparatos. En los corrales reinaba un silencio absoluto; no se oía el gruñido de un cerdo ni el balido nervioso de una cabra.

El garaje estaba abierto. Los interruptores no funcionaban pero el resplandor del fuego bastaba para que Arkadi viera un Moskvich blanco de cuatro puertas, con matrícula de Moscú, entre unas latas de aceite y un gato. Las puertas estaban cerradas.

El establo era de cemento, con unas caballerizas vacías a un lado. El otro lado era un matadero. De un gancho en la pared colgaba un cerdo boca abajo, cubierto de moscas. Debajo de éste había un cubo cubierto con una gasa empapada en sangre. Junto al cubo había un pala larga para remover la grasa. El suelo era de cemento, con unos surcos por los que se deslizaba la sangre que conducían a un desagüe central. En un extremo había unos tajos, unas máquinas para picar carne y unos enormes cuencos de sebo colgados de unos ganchos ante una chimenea. Sobre los tajos había unos frascos de perfume con unas etiquetas que decía «Bilis de oso negro — Calidad superior», y una etiqueta en chino en la parte posterior. Había también unos frascos de «Almizcle» y «Cuerno en polvo», en cuyas etiquetas se aseguraba que procedían de Sumatra. Al parecer, el cuerno de rinoceronte estaba dotado de mágicos poderes de rejuvenecimiento.

Las puertas del cobertizo estaban entreabiertas, con la cerradura forzada. Al penetrar en él, Arkadi vio unas cajas de aparatos de vídeo, compact-disc, ordenadores personales, discos duros y videojuegos apilados hasta el techo. De unas perchas colgaban unos chándales y diversas prendas de safari, y sobre unas losas de mármol italiano había una fotocopiadora japonesa. Parecía el depósito de una aduana, excepto que estaba situado en medio de un campo de patatas. Todo parecía indicar que la Granja Colectiva de Lenin no había funcionado como una granja desde hacía varios años. En el suelo había una alfombrilla oriental para oraciones; sobre una mesa de cartas se veían unos juegos de dominó y un periódico. Los titulares del periódico estaban en árabe, pero la cabecera estaba escrita medio en ruso y decía *Grozni Pravda.*

Arkadi se encaminó hacia la hoguera. En medio de ésta ardían unas virutas de madera, unas briznas de heno húmedo y unos trapos impregnados de pintura. Cogió un mango de azadón que se quemaba en la pira y atizó las llamas, pero sólo vio los restos de unas cajas con nombres de marcas como Nike, Sony y Levis que amenazaban con desplomarse sobre él.

Al retroceder, observó que los reflejos del fuego revelaban unas huellas que pasaban por entre el matadero y el cobertizo y llegaban a un prado en el que había dos bermas, unos muros bajos de ladrillo que al parecer no servían para nada. En el extremo de uno de ellos, unos escalones de cemento conducían a una compuerta metálica cerrada con una barra y un grueso candado.

La segunda berma tenía una compuerta similar, pero sin la barra. Arkadi la abrió y penetró en un estrecho espacio. El encendedor sólo emitía un débil resplandor, pero vio que se hallaba en un búnker de guerra. En torno a Moscú se habían construido varios búnkers, unas cápsulas de hormigón enterrado y reforzado como ése, que más tarde quedaron abandonados al no producirse el holocausto. Junto a la compuerta había unos sofisticados monitores de ventilación y calefacción. Sobre una mesa alargada se veía una docena de teléfonos; dos de ellos eran teléfonos de radiofrecuencia, artefactos del pasado. Había incluso un sistema Iskra de alta velocidad, el teléfono y el código del módem intacto. Arkadi descolgó el auricular y recibió una descarga estática, pero le asombró que la línea todavía funcionara.

Al cabo de unos minutos regresó al jardín. El agua impedía identificar las huellas de los neumáticos. Dio una vuelta por la periferia del recinto, pero no pudo hallar otras huellas excepto las que conducían a la carretera. Dado que los neumáticos del camión y el tractor no estaban cubiertos de cal, Arkadi dedujo que la inundación se había producido recientemente. Tan sólo el jardín estaba encharcado.

El resplandor de la hoguera daba al agua una tonalidad dorada, aunque a la luz del día probablemente parecería leche aguada. Arkadi calculó que el pozo debía medir unos cinco metros cuadrados. Al hundir el mango del azadón, comprobó que tenía una profundidad de dos metros como mínimo. De pronto apareció en la superficie un objeto que parecía los desechos de una salchicha. Al acercarse, Arkadi distinguió las orejas y el morro de un cerdo, aunque el resto de las facciones habían quedado destruidas por la corrosiva cal. Después de girar por la superficie unos instantes, se sumergió de nuevo. En la superficie del agua flotaban plumas y pelos. El pozo despedía un hedor más intenso y profundo que el de la mera podredumbre.

Arkadi hundió el azadón en el centro del pozo y tocó un objeto de metal y vidrio. Mientras se trasladaba de un lado al otro del pozo, palpó la silueta de un coche bajo la superficie. De pronto sintió que respiraba de forma trabajosa, no sólo debido al hedor sino porque le pareció oír a Jaak dentro del Volvo de Yulia, golpeando el techo y gritando. El sonido era tan real que parecía brotar del pozo.

Arkadi se quitó la chaqueta y los zapatos y se sumergió en el pozo. Cerró los ojos para evitar el contacto con la cal y comenzó a palpar el lado derecho del coche hasta hallar una manecilla, pero la presión del agua le impedía abrir la portezuela del vehículo. Subió a la superficie, aspiró una bocanada de aire y volvió a sumergirse. Trató de acercarse a la puerta, pero una serie de objetos se interponían en su camino. La segunda vez que sacó la cabeza para respirar, comprobó que la superficie del pozo estaba cubierta con las golosinas que habían ascendido desde el fondo. El olor a muerte era abrumador.

La tercera vez que se sumergió, apoyó las piernas contra el coche y consiguió abrir la portezuela unos centímetros. Era suficiente. A medida que el agua penetraba en el vehículo, la presión comenzó a ceder. Cuando la portezuela se abrió del todo, el agua penetró en el coche como un torrente, arrastrando a Arkadi. Nadó hasta alcanzar el asiento delantero, y luego se trasladó al asiento posterior, donde halló a Jaak flotando.

Arkadi se acercó nadando al borde del pozo arrastrando el cuerpo de Jaak, lo sacó del agua y lo tendió en el suelo del jardín. El detective no tenía mal aspecto —empapado, con los ojos abiertos y el pelo apelmazado como el de un cordero—, pero estaba frío e inerte, sin pulso en la muñeca ni en el cuello, y sus pupilas parecían de cristal. Arkadi intentó reanimarle, aplicándole el boca a boca, levantándole los brazos y golpeándole en el pecho, hasta que una gota de lluvia estalló en el centro de uno de los ojos del detective y éste ni siquiera parpadeó. Al palparle la cabeza, descubrió una pequeña herida en la parte posterior del cráneo. No presentaba ningún orificio de salida. La bala era de pequeño calibre, y probablemente había quedado alojada en el cerebro.

El cerdo apareció de nuevo en la superficie del pozo. No, esta cabeza era más pequeña, con las orejas más cortas, seguida por los brazos y las piernas en forma de X. Arkadi comprendió que había tenido problemas al salir del coche debido a que había dos cuerpos, no uno, en el asiento trasero. ¡Ese pozo estaba lleno de cadáveres! Sacó el cuerpo con el azadón y lo colocó junto a Jaak. Era un anciano, ni coreano ni checheno, cuyas facciones, sucias y contraídas, le resultaban familiares. Le habían matado de la misma forma que a Jaak, de un tiro en la parte posterior del cráneo. En la manga izquierda llevaba una banda negra. Era Penyaguín.

¿Qué hacía el jefe del departamento de investigación criminal con Jaak? ¿Por qué había ido Penyaguín a la Granja Colectiva del Sendero de Lenin? Si se trataba de un soborno, ¿desde cuándo los generales lo cobraban personalmente? Arkadi resistió la tentación de arrojarlo de nuevo al pozo.

Desabrochó la chaqueta de Penyaguín y le quitó el pasaporte interno, el pase del ministerio y la tarjeta del Partido. En el estuche de vinilo que contenía la tarjeta, había una breve lista de números telefónicos, aplastada contra la húmeda mejilla de Lenin.

Utilizando las llaves de coche que halló en el bolsillo de Penyaguín abrió la puerta del Moskvich que estaba en el garaje. Debajo del salpicadero había una cartera que contenía unas carpetas de cartón atadas con unas cintas llenas de documentos oficiales soviéticos —directrices del ministerio, informes y «análisis correctos»—, dos naranjas y un jamón envuelto en un ejemplar del nuevo prontuario editado por Tass, *Sólo para uso oficial.*

Arkadi cerró la cartera y el coche, limpió sus huellas

de la portezuela, metió las llaves de nuevo en el bolsillo del pantalón de Penyaguín y pidió ayuda a través de la radio de su coche. Luego volvió junto a Jaak y sacó las llaves que llevaba en el bolsillo. Dos eran de su casa, y una tercera, más grande, parecía corresponder a la puerta de un castillo. Las llaves del Volvo probablemente estaban todavía en el coche. Quien había arrojado el Volvo al pozo debía haber puesto el coche en «Drive».

Observó a Jaak durante unos instantes. ¿Merecía la pena? Su cuerpo olía que apestaba. Estaba frente a la hoguera, que seguía ardiendo a pesar de la lluvia. Entonces recordó las palabras de Rudi: «Legal en cualquier otro lugar del mundo.» Kim les había tendido una trampa. Jaak había estado a punto de descubrir el pastel. ¿Para qué? Las cosas no estaban mejor sino peor. Una caja de cartón ardiendo cayó de lo alto de la pirámide, se abrió y escupió un montón de porquerías rusas. «Algunas cosas no cambian nunca.» Eso también lo había dicho Rudi.

Arkadi cogió un cubo y dejó que el agua cayera sobre su cabeza, su pecho y su espalda. Mientras aguardaba una respuesta a la llamada que había hecho por radio, había encendido un fuego en la chimenea del matadero, con cartones y carbón. El jardín parecía un circo iluminado con las luces de un camión generador, unos reflectores, una furgoneta de reparaciones, un coche de bomberos y dos furgonetas forenses, todo ello animado por las siluetas de las tropas del ministerio que corrían de un lado a otro vestidos con uniforme de combate. Arkadi se hallaba en el matadero con Rodiónov, el fiscal municipal, que permanecía en la sombra junto a la puerta. El fuego que ardía en la chimenea daba un aspecto siniestro al cerdo que colgaba de un gancho. Alrededor de los pies de Arkadi se había formado un charco que se iba extendiendo y deslizando por los surcos del suelo.

—Es evidente que Kim y los chechenos trabajan juntos —dijo Rodiónov—. Deduzco que secuestraron al pobre Penyaguín y lo trajeron aquí, antes o después de matarlo, y luego asesinaron al detective. ¿Estás de acuerdo?

—Comprendo que Kim asesinara a Jaak —contestó Arkadi—. ¿Pero por qué iban a molestarse en asesinar al jefe del departamento de investigación criminal?

—Tú mismo has respondido a tu pregunta. Naturalmente, querían quitar de en medio a alguien tan peligroso como Penyaguín.

—¿Que Penyaguín era peligroso?

—Un poco de respeto, por favor —dijo Rodiónov, mirando hacia la puerta.

Arkadi cogió una toalla que yacía sobre el tajo, encima de las ropas que le habían traído de la oficina del fiscal. Junto a ellas estaban sus zapatos y su chaqueta. Por lo que a él se refería, podían quemar todas sus ropas.

—¿Por qué han venido las tropas del ministerio? ¿Dónde está la milicia?

—Recuerda que estamos en las afueras de Moscú —respondió Rodiónov—. Utilizamos a los hombres que había disponibles.

—Debo reconocer que se han presentado inmediatamente. Parecen listos para ir a la guerra. ¿Hay algo que no sé?

—No —contestó Rodiónov.

—Quisiera añadir esto a la investigación sobre Rosen.

—Ni hablar. El asesinato de Penyaguín constituye un ataque contra la estructura de la justicia. No puedes decir al comité central que hemos añadido a Penyaguín a la investigación sobre un miserable especulador. Esta misma mañana Penyaguín y yo estuvimos juntos en un funeral. No puedes imaginar la impresión que me ha producido su muerte.

—Os vi en el cementerio.

—¿Qué hacías allí?

—Enterramos a mi padre.

—Ah —gruñó Rodiónov, como si esperara una excusa más imaginativa—. Mi más sentido pésame.

Arkadi dirigió la vista hacia el jardín. Se hallaba tan lleno de luces incandescentes que parecía que estuviera ardiendo. Cuando sacaron el Volvo del pozo, de sus puertas brotaron unos relucientes surtidores.

—Incluiré la investigación de Rosen en la investigación sobre Penyaguín —dijo Arkadi mientras se ponía unos pantalones secos.

Rodiónov suspiró, como si le hubieran obligado a tomar una difícil decisión.

—Quiero una persona que se ocupe única y exclusivamente de Penyaguín. Alguien nuevo, más objetivo —dijo.

—¿A quién vas a asignar el caso? Tendrá que estar plenamente informado sobre el asesinato de Rudi.

—No necesariamente.

—¿Prefieres que se ocupe alguien que no está al tanto del asunto?

—Lo hago por tu bien —contestó Rodiónov, mirando a Arkadi para demostrarle su solidaridad—. La gente dirá que si Renko hubiera dado con el paradero de Kim, Penyaguín aún estaría vivo. Te culparán por las trágicas muertes de tu detective y el general.

—No tenemos pruebas de que Penyaguín fuera secuestrado. Lo único que sabemos es que está aquí.

Rodiónov lo miró con aire de reproche.

—Este tipo de calumnias y especulaciones sobran. Estás demasiado involucrado en este caso.

La camisa parecía una vela con mangas. Arkadi se la abrochó y se puso los zapatos sin calcetines.

—Aún no me has dicho a quién vas a asignar la investigación.

—A un hombre joven, alguien que pueda aportar mayor vitalidad a este caso. De hecho se trata de alguien que conoce perfectamente el historial de Rosen. No habrá ningún problema de coordinación.

—¿Quién es?

—Minin.

—¿Minin? ¿El pequeño Minin?

—Ya he hablado con él —contestó Rodiónov con firmeza—. Vamos a ascenderle para que tenga la misma autoridad que tú. Creo que cometimos un error al traerte de nuevo a Moscú, al darte tanto bombo y dejar que camparas a tus anchas por la ciudad. Si no tienes cuidado, acabarás hundiéndote. Además de aportar una mayor vitalidad al caso, Minin le dará también un sentido más claro de la orientación que debe tomar.

—Si se lo ordenaras, sería capaz de matar a ese cubo. ¿Está aquí?

—Le pedí que no viniera hasta que te hubieras marchado. Envíale un informe.

—Quizá se produzca un vacío entre una investigación y otra.

—No.

Cuando se disponía a coger su chaqueta, Arkadi se giró hacia Rodiónov.

—¿Qué tratas de decirme?

Rodiónov se aproximó a Arkadi y contestó:

—Esto es una crisis que requiere una acción enérgica. El asesinato de Penyaguín no representa tan sólo la pérdida de un hombre sino que constituye un ataque contra el Estado. Todo lo que hagamos, nuestra oficina y la milicia, debe ir dirigido a un objetivo: hallar y arrestar a los elementos responsables. Todos tenemos que sacrificarnos.

—¿En qué consiste mi sacrificio?

El fiscal lo miró con simpatía. El Partido creaba grandes actores, pensó Arkadi.

—Minin se ocupará también de la investigación de Rosen —dijo Rodiónov—. Formará parte de este caso, tal como tú querías. Quiero que mañana entregues a Minin todos los expedientes y pruebas sobre el caso Rosen, junto con un informe de lo sucedido esta noche, por supuesto.

—Este caso me pertenece.

—No hay nada más que hablar. Tu detective ha muerto. Minin se ocupará del caso. No tienes un equipo y no tienes una investigación. Creo que te hemos exigido demasiado. Debes de tener los nervios muy alterados después de asistir al funeral de tu padre.

—Todavía los tengo alterados.

—Tómate un descanso —le recomendó Rodiónov. Al entregarle la chaqueta, uno de los bolsillos chocó contra el tajo y sonó un ruido seco.

—¡Dios mío, si es una antigüedad! —dijo Rodiónov cuando Arkadi sacó el Nagant.

—Una reliquia.

—No me apuntes con él —dijo el fiscal, retrocediendo.

—No te estaba apuntando.

—No me amenaces.

—No te amenazo. ¿Penyaguín y tú fuisteis al cementerio para asistir al entierro de...? —Arkadi se dio un golpecito en la cabeza con la pistola como si tratara de recordar.

—Asoián. Penyaguín ocupó el puesto de Asoián —contestó el fiscal, dirigiéndose a la puerta.

—No llegué a conocer a Asoián. A propósito, ¿de qué murió?

Pero el fiscal había huido hacia el jardín.

13

Antes de llegar al centro de la ciudad, Arkadi aparcó detrás de un bloque de apartamentos situado junto al estadio Dynamo, donde el farol azul de una comisaría de la milicia parecía anunciar uno de esos bares que permanecen abiertos toda la noche. En la calle, un borracho y su mujer sostenían una acalorada disputa. Él dijo algo y ella le dio una bofetada. Él insistió, y la mujer le propinó otra bofetada. Al final, el hombre se rindió. A pocos metros, otro borracho, bien vestido aunque cubierto de polvo, caminaba describiendo unos círculos como si tuviera un pie clavado en el asfalto.

Dentro de la comisaría, un agente sentado a una mesa ayudaba a reducir a un borracho que, desnudo hasta la cintura y ciego de metanol, trataba de volar, golpeando las paredes con sus brazos cubiertos de tatuajes y dirigiendo a un coro de borrachos que gritaban desde sus celdas. Arkadi mostró su tarjeta de identidad, sin molestarse en abrirla. Puede que estuviera vestido con una ropa que le quedaba grande, pero rodeado de esa gentuza parecía un príncipe. Arriba, donde todas las puertas estaban revestidas de tela gris, un tablón mostraba varias fotografías de veteranos de Afganistán. En la sala de Lenin —el lugar de reunión para reforzar la política y levantar la moral— unos milicianos estaban tumbados en la mesa, con unas toallas sobre el rostro.

Utilizando la llave de Jaak, Arkadi abrió la puerta de una habitación con el suelo de linóleo y las paredes pintadas de amarillo. Puesto que en la sala «secreta» de las comisarías trabajaban varios detectives a distintas horas, los muebles eran escasos y la decoración austera: dos mesas junto a la ventana, una frente a la otra, cuatro sillas y cuatro cajas fuertes de acero de antes de la guerra. En la pared había un póster de coches, un póster de fútbol y una fotografía de una exposición mundial. En una esquina se hallaba una puerta que comunicaba con un hediondo retrete.

En las mesas había tres teléfonos: una línea externa, un intercomunicador y otro conectado con Petrovka. Los cajones contenían viejas carpetas con los rostros más buscados, descripciones de coches y calendarios de hacía diez años. En torno a las patas de las mesas, el linóleo presentaba numerosas quemaduras de cigarrillos.

Arkadi se sentó y encendió un cigarrillo. Siempre había creído que un día Jaak se largaría a Estonia, donde renacería para convertirse en un ferviente nacionalista que defendería heroicamente a la frágil república. Jaak estaba capacitado para llevar otro tipo de vida. La diferencia entre él y Jaak, muerto o vivo, no era tan grande.

En primer lugar llamó a su oficina.

Minin cogió inmediatamente el teléfono:

—Minin al habla.

Arkadi colgó.

Una persona ingenua quizá se hubiera preguntado por qué no había ido Minin a la Granja Colectiva del Sendero de Lenin. Arkadi sabía por experiencia que existían dos tipos de investigadores: el de los que descubrían información, y el tipo más tradicional, que la ocultaba. Lo segundo era más difícil, puesto que requería que alguien cubriera la escena del crimen mientras otro controlaba la información en la oficina. Como superior de Arkadi, Rodiónov tenía que ser la persona que se encargara del caso de la granja colectiva. Minin, el esforzado Minin, recientemente ascendido, se ocuparía de reunir todas las pruebas e informes que revelaran alguna relación entre el general Penyaguín y Rudi Rosen.

Arkadi sacó la pequeña lista de números de teléfono que había cogido del bolsillo de Penyaguín. El primero era el de Rodiónov; los otros dos eran unos números de Moscú que él desconocía. Consultó su reloj: eran las dos de la mañana, una hora en que todos los ciudadanos de bien se hallan en sus casas. Descolgó el auricular de la línea externa y marcó uno de los números que no conocía.

—¿Sí? —contestó la voz medio adormilada de un hombre.

—Llamo acerca de Penyaguín —dijo Arkadi.

—¿Le ha sucedido algo?

—Está muerto.

—Es una noticia terrible —contestó su interlocutor. Era una voz educada, suave, y estaba completamente despierta—. ¿Han cogido a alguien?

—No.

Al cabo de unos instantes, la voz rectificó:

—Quiero decir: ¿cómo ha muerto?

—Le dispararon un tiro. En la granja.

—¿Con quién hablo? —La voz tenía un timbre culto y elegante, poco habitual en un ruso.

—Ha habido una complicación —dijo Arkadi.

—¿Qué clase de complicación?

—Un detective.

—¿Quién habla?

—¿No le interesa saber cómo murió?

Se produjo otra pausa. Arkadi supuso que su interlocutor estaba tratando de reconocer su voz. Al fin dijo:

—Sé quién eres.

Y colgó.

Arkadi también había reconocido la voz de Max Albov, aunque sólo habían charlado durante una hora. El encuentro se había producido hacía poco, y Penyaguín también había estado presente.

Marcó el segundo número, sintiéndose como un pescador nocturno que arroja el sedal para ver qué consigue pescar.

—¡Hola! —La voz pertenecía a una mujer, totalmente despierta, que gritaba para hacerse oír sobre el sonido del televisor. Ceceaba ligeramente—. ¿Quién es?

—Llamo acerca de Penyaguín.

—¡Un segundo!

Mientras aguardaba, Arkadi oyó una voz que parecía americana relatando una aburrida historia salpicada de explosiones y disparos.

—¿Quién habla? —preguntó de pronto una voz masculina.

—Albov —respondió Arkadi. No tenía una voz tan culta como el periodista, pero sabía modularla—. Penyaguín ha muerto.

Silencio. Tras una pausa musical, la voz americana

empezó a relatar otra historia. Los disparos continuaban, con unas resonancias que indicaban un ambiente de lujo.

—¿Por qué me ha telefoneado?

—Ha habido problemas —contestó Arkadi.

—Lo peor que puede hacer es llamarme. Me sorprende en usted. —Era una voz fuerte que denotaba sentido del humor y la confianza de un líder—. No pierda los nervios.

—Estoy preocupado.

Súbitamente oyó el clic de una pelota al ser golpeada por un palo de golf, seguido de unos aplausos y unas entusiastas exclamaciones de «¡Banzai!». Arkadi se imaginó una barra pintada con los colores de Marlboro y los rostros satisfechos de los jugadores de golf. Percibió el sonido de la caja registradora y, a lo lejos, el murmullo de las máquinas tragaperras. Incluso podía ver a Boria Gubenko tapando el auricular con la mano y mostrando una expresión preocupada.

—Lo que está hecho está hecho —dijo Boria.

—¿Y el detective?

—Sabes perfectamente que no debemos mantener este tipo de conversación por teléfono —dijo Boria.

—¿Qué va a pasar ahora? —preguntó Arkadi.

Era de noche. La voz americana de la televisión seguía murmurando. Arkadi casi podía percibir el resplandor del televisor, un instrumento de noticias internacional que acompañaba a los hombres de negocios a todas partes. Primero los americanos iban a salvar a Rusia. Luego iban a ser los alemanes quienes salvaran a Rusia. Quien ahora estuviera dispuesto a salvar a Rusia podía presentarse con sus palos de golf en el establecimiento de Boria.

Boria había dicho que los japoneses eran los últimos en marcharse.

—¿Qué hacemos? —insistió Arkadi.

Oyó a alguien golpear otra pelota. Se preguntó si ésta habría rebotado sobre uno de los árboles de cartón, o si habría alcanzado la lona verde que cubría la pared del fondo.

—¿Quién habla? —preguntó Boria, y al cabo de unos segundos colgó.

Dejando a Arkadi con... nada. No había grabado la conversación, y aunque lo hubiera hecho, no habría servido para nada. No había oído ninguna confesión, nada sospechoso que no pudiera justificarse aduciendo el sueño, los ruidos del fondo, una interpretación equivocada, las interferencias de la línea. ¿Qué importaba que Penyaguín tuviera sus números de teléfono? Le habían presentado a Albov como un amigo de la milicia, y la milicia protegía a Boria Gubenko. ¿Qué tenía de malo que Albov y Gubenko se conocieran? Ambos eran elementos muy sociables del nuevo Moscú, no unos ermitaños. Arkadi no tenía pruebas de nada excepto que el caso Rosen había llevado a Jaak a la granja colectiva, donde lo habían matado y lo habían arrojado en el coche junto con Penyaguín. Por otra parte, Arkadi no había resuelto el caso Rosen. No había conseguido atrapar a Kim, y las pocas pruebas de que disponía se hallaban ahora en manos de Minin.

Por otro lado, aunque Jaak estaba muerto, no era un mal detective. Después de examinar el contenido de todos los cajones, Arkadi sacó la inmensa llave que había hallado en el bolsillo de Jaak. Todos los detectives secretos disponían de una caja fuerte, donde conservaban los informes de sus trabajos. Arkadi intentó abrir las cuatro cajas fuertes, hasta que la última cedió y la puerta de acero se abrió para revelar los tres estantes en los que Jaak guardaba sus documentos privados. En el estante inferior había unas viejas carpetas atadas con una cinta roja, el sótano de la memoria profesional de Jaak. En el estante superior había unos artículos personales: unas fotografías de un niño y un hombre pescando, otras del niño y el hombre jugando con la maqueta de un avión, y una del niño, convertido en un joven vestido con uniforme militar, posando junto a una mujer sonriente que se alisaba el delantal. Estaban en los escalones de una dacha. La luz cubría los ojos de Jaak, y la sombra ocultaba los de su madre. También había una foto de unos soldados en una tienda de campaña, cantando, mientras Jaak tocaba la guitarra. Unos documentos de divorcio, de hacía ocho años, rotos y vueltos a pegar con cinta adhesiva. Una foto de Jaak con Yulia cuando ésta llevaba el pelo negro, borrosa porque estaban subidos en una montaña rusa, también partida por la mitad y pegada de nuevo.

En el estante del medio había un código criminal gris lleno de papeles sueltos: protocolos de investigación, de registro y de interrogatorio; una guía roja de los detectives que habitaban en la región de Moscú; unas balas Makárov de cobre; una foto de Rudi tomada a distancia, otra de Kim tomada por la policía, y las fotos que había tomado Polina del mercado negro y los restos del coche de Rudi. También había un sobre con el membrete de la oficina. Al abrirlo, Arkadi halló el vídeo alemán que había entregado a Jaak y un par de fotos correspondientes a la cinta.

Eran unas fotografías de la mujer en la taberna al aire libre. En el dorso de una, Jaak había escrito: «Identificada por una fuente fiable como "Rita", emigrada a Israel en 1985.»

Un nombre muy romántico, Rita, una abreviación de margarita. Arkadi dedujo que la fuente era Yulia. Si Rita se había casado con un judío y se había largado de Rusia, Yulia la recordaría.

¿Casada con un israelí? La combinación de pelo rubio, jersey negro y una cadena de oro se inscribía en el más clásico estilo alemán, aparte de la boca amplia y roja y unos pómulos típicamente eslavos. ¿Por qué no aparecía en la cinta de Jerusalén en lugar de Múnich? ¿Por qué la había visto Arkadi en el coche de Rudi y había sorprendido una mirada suya que demostraba que lo había reconocido a él y al Zhiguli? ¿Por qué la había visto pronunciar en la cinta las palabras «Te quiero»?

La segunda fotografía era idéntica a la primera. En el dorso, Jaak había escrito: «Identificada por un recepcionista del Soyuz como la señora de Borís Benz. Alemana. Llegó el 5 del 8 y se marchó el 8 del 8.» Hacía dos días.

El hotel Soyuz no era uno de los mejores de Moscú, pero estaba muy cerca del lugar donde él y Jaak la habían visto con Rudi.

De pronto sonó el teléfono de la línea exterior. Al descolgarlo, Arkadi oyó la voz de Minin:

—¿Con quién hablo?

Arkadi depositó el auricular sobre la mesa y se marchó.

Arkadi supuso que ya estarían registrando su apartamento. Se dirigió hacia la orilla sur del río, aparcó y decidió dar un paseo para despejarse.

Moscú estaba muy hermoso de noche. El otro día, cuando estaba en el café con Polina, le había recitado un verso de Ajmátova: «Brindo por nuestra casa en ruinas, por el dolor de mi vida, por nuestra soledad compartida; y brindo también por ti, por unos labios mentirosos que nos han traicionado, por unos ojos fríos y desalmados, y por la cruda realidad: el mundo es un lugar duro y feroz, y Dios no ha sido capaz de salvarnos.» Polina, la romántica, había insistido en que se lo recitara de nuevo.

Moscú era la ciudad en ruinas, una ciudad que de noche parecía medio quemada. Sin embargo, a la luz de una farola vio una verja abierta que daba a un patio con unos decorativos limoneros en torno a un león de mármol sobre un pedestal. Otra luz iluminaba la cúpula de una iglesia, azul, tachonada de estrellas. Como si en Moscú todo lo que no fuera repugnante se atreviera a exhibirse sólo de noche.

Su amargura le sorprendió. Estaba dispuesto a tolerar la mezquindad y la corrupción si le permitían desarrollar su trabajo con cierta eficacia, como un cirujano se contentaría con colocar huesos en su sitio en medio de una tremenda catástrofe. Su honestidad se había convertido en un caparazón, una forma de negar y aceptar la confusión y el desgobierno. Sin embargo, eso era una contradicción, se dijo Arkadi, una mentira, para ser más precisos. No obstante, si había perdido a Rudi y a Jaak, si ni siquiera había alcanzado a ver a Kim, y probablemente ejercía una influencia nefasta en Polina, ¿en qué consistía su eficacia?

¿Qué pretendía? Lo que pretendía era hallarse lejos de allí. Durante años había procurado ser paciente, pero durante la última semana le parecía que cada segundo era como otro grano de arena que se deslizaba entre sus dedos, desde que había oído la voz de Irina por la radio.

Tal vez debería trasladarse a otra ciudad. ¿Era posible escapar de las ruinas de su antigua vida?

La oficina central de telégrafos en la calle Gorki permanecía abierta las veinticuatro horas del día. A las cuatro de la mañana estaba poblada de vietnamitas y árabes que pretendían enviar un telegrama a casa, y por unos ciudadanos soviéticos desesperados que trataban de comunicarse con sus parientes en París, Tel Aviv o Brighton Beach.

El ambiente sabía a ceniza, y el hedor se pegaba a los dientes. Los hombres y las mujeres se inclinaban sobre los formularios de los telegramas tratando de componer unos mensajes a cinco kopeks por palabra; los grupos familiares colaboraban formando un círculo. De vez en cuando un guardia entraba a echar un vistazo para asegurarse de que nadie se tumbaba en un banco, obligando a los borrachos a permanecer incorporados. Arkadi recordó un dicho: un ruso no está borracho mientras disponga de una brizna de hierba a la que agarrarse. Quizá fuera una ley, pensó Arkadi. Al otro lado de un elevado mostrador, los empleados mantenían una actitud de franca hostilidad. Sostenían largas charlas por teléfono, se giraban de espaldas para leer una novela, desaparecían para echar un discreto sueñecito. Su queja, por otra parte comprensible, era que su horario laboral les impedía comprar durante el día. Los relojes sobre el mostrador indicaban la hora: 04.00 en Moscú, 11.00 en Vladivostok, 22.00 en Nueva York.

Arkadi se detuvo frente al mostrador y contempló las dos fotografías idénticas, una de una prostituta rusa en Israel, la otra de una turista alemana bien vestida. ¿Cuál de las dos identificaciones era correcta? ¿Ninguna de ellas? ¿Las dos? Jaak probablemente tenía la respuesta.

En el dorso del formulario de un telegrama dibujó el coche de Rudi, las posiciones aproximadas de Kim, Boria Gubenko, los chechenos, Jaak y él mismo. A un lado, para darle un nombre, escribió Rita Benz.

En otro formulario escribió TransKom y añadió el gimnasio Komsomol del distrito de Leningrado, Rudi y Borís Benz.

En un tercer formulario, bajo la Granja Colectiva del Sendero de Lenin: Penyaguín, el asesino de Rudi, quizá los chechenos. Por la sangre, quizá Kim. Seguramente, Rodiónov.

En el cuarto, bajo Múnich: Borís Benz, Rita Benz y una X indicando a la persona que había preguntado a Rudi «¿Dónde está la Plaza Roja?».

En el quinto, bajo máquinas tragaperras: Rudi, Kim, TransKom, Benz y Boria Gubenko.

Frau Benz constituía la conexión entre el mercado negro y Múnich, y el contacto entre Rudi y Borís Benz. Si Boria Gubenko también tenía máquinas tragaperras, ¿acaso formaba parte de TransKom? ¿Quién mejor que un antiguo ídolo del fútbol para presentar a Rudi a sus singulares asociados en el gimnasio Komsomol? Y si Boria se hallaba metido en TransKom, por fuerza tenía que conocer a Borís Benz.

Por último, dibujó un diagrama de la granja, mostrando la carretera, los corrales, el establo, el cobertizo, el garaje, la hoguera, el Volvo y el pozo. Añadió las distancias aproximadas y una flecha señalando hacia el norte, luego dibujó un diagrama del establo, incluyendo el cubo cubierto por la gasa empapada en sangre.

De pronto recordó la tienda de animales domésticos situada debajo del apartamento de Kim, las estanterías que contenían unos frascos de sangre de dragón y la sangre hallada en el coche de Rudi. Eso le hizo pensar en Polina. En los teléfonos públicos sólo podían utilizarse monedas de dos kopeks, pero halló una en su bolsillo y la llamó a casa.

Por su voz dedujo que estaba medio dormida, pero al oírle se despabiló de inmediato.

—¿Arkadi?

—Jaak ha muerto. Minin se hará cargo de la investigación.

—¿Tienes problemas?

—No soy amigo tuyo. Siempre has puesto en duda mi capacidad de liderazgo. Según tú, la investigación había tomado unos derroteros poco productivos.

—¿Qué pretendes decirme?

—Manténte alejada de mí.

—No puedes obligarme a eso.

—Te lo ruego —murmuró Arkadi—. Por favor.

—Vuelve a llamarme —contestó Polina tras una pausa.

—Cuando todo se haya solucionado.

—Cogeré el fax de Rudi y lo pondré bajo mi número de teléfono. Puedes dejarme un recado.

—Ten cuidado —dijo Arkadi, y colgó.

Súbitamente la fatiga hizo presa en él. Guardó los

formularios en el bolsillo junto a la pistola y asumió una posición semisentada en el extremo de un banco. Tan pronto como cerró los ojos cayó medio dormido. Sintió que se deslizaba por la suave pendiente de una colina en la oscuridad, rodando perezosa y sigilosamente, siguiendo el curso de la gravedad. A los pies de la colina había un lago. Alguien frente a él se arrojó al agua, provocando unos remolinos blancos en la superficie. Arkadi cayó al lago sin oponer resistencia, se sumergió y se quedó profundamente dormido.

Dos ojos le observaban desde un rostro con las mejillas fláccidas e hirsutas. Una temblorosa mano le apuntaba con una pistola negra. Tenía los dedos sucios y callosos. Otra mano, cubierta de mugre, sostenía la tarjeta de identidad de Arkadi. Al abrir los ojos completamente, vio unos galones de guerra cosidos en una chaqueta llena de manchas. También observó que el hombre, un tullido al que le faltaban las piernas, estaba sentado en un carrito de madera. Junto a las ruedas había unos tacos forrados de goma con los que se propulsaba. Tenía varios dientes de metal y un aliento que apestaba a humo de gasolina. Quizá fuera un coche humano, pensó Arkadi.

—Sólo buscaba una botella —dijo el hombre—. No sabía que me había topado con un maldito general. Le pido disculpas.

La pistola era el Nagant. La sostuvo con cuidado y se la devolvió a Arkadi junto con su documento de identidad.

Tras vacilar unos instantes, el hombre le preguntó:

—¿Tiene unas monedas sueltas? ¿No?

El hombre agarró los tacos del carrito para alejarse.

Arkadi miró el reloj; eran las cinco de la mañana.

—Espere —dijo.

Se le acababa de ocurrir una idea. Dejó la pistola y su tarjeta de identidad en el banco junto a él y sacó el dibujo de la granja. En otro formulario dibujó el interior del cobertizo y todo lo que recordaba haber visto en él: la puerta, la mesa, los vídeos y los ordenadores, las perchas de la ropa, la fotocopiadora, los juegos de dominó, el *Grozni* sobre la mesa y la alfombrilla persa para las oraciones. Luego añadió una flecha dirigida hacia el norte. De pronto recordó que la alfombrilla parecía nueva, sin huellas de que nadie hubiera apoyado en ella las rodillas o la frente, y estaba orientada hacia el este-oeste. Pero desde Moscú, La Meca quedaba al sur.

—¿Puede darme una moneda de dos kopeks a cambio de un rublo? —preguntó Arkadi al hombre.

El mendigo sacó un monedero del interior de su camisa y le entregó una moneda.

—Va a convertirme en un hombre de negocios.

—En un banquero.

Utilizó el mismo teléfono con el que había llamado antes a Polina. Por primera vez sintió que la suerte le sonreía. Rodiónov no estaba acostumbrado a sentirse desconcertado y a oscuras, pero Arkadi sí.

14

En Veshkí, en las afueras de la ciudad, el Moskova parecía dicurrir vacilante entre las juncias y los juncos, como si lamentara abandonar una aldea donde se oía el croar de las ranas. El agua reflejaba el vuelo de las golondrinas y la neblina matutina cubría los lechos de lirios.

Arkadi había estado allí de niño. Él y Belov solían navegar por el río, importunando a los patos y siguiendo respetuosamente a los cisnes que veraneaban en Veshkí. Luego, el sargento conducía la barca hasta la playa y ambos se encaminaban hacia el pueblo a través de unos senderos y cerezales para comprar nata fresca y caramelos ácidos. El sol brillaba sobre la iglesia, en cuya torre se divisaba la silueta de los cuervos.

La aldea estaba rodeada de un frondoso bosque. Los rayos del sol apenas conseguían penetrar por entre los abedules, los fresnos, las hayas de grandes hojas, los alerces, los abetos y los robles. Todo estaba en silencio y al mismo tiempo lleno de vida: las musarañas y los topos correteaban por entre las hojas, una liebre salía de vez en cuando precipitadamente de su madriguera, los sílvidos y los herrerillos eliminaban a las orugas de las ramas, los pájaros carpinteros picoteaban los troncos y se percibía el suave zumbido de los insectos. Veshkí era la fantasía de todos los rusos, una aldea de dachas ideales.

Nada había cambiado. Arkadi se adentró en el bosque por unos senderos que, pese a la niebla, le resultaban familiares. Contempló los solitarios robles, grandiosos aunque no tan oscuros; un grupo de abedules de hojas pálidas y temblorosas. Alguien había intentado una vez crear un sendero de pinos, pero a su alrededor habían brotado unas vides y unos árboles más pequeños, derribándolos. Los helechos, la hiedra y la maleza trataban de ocultar el camino para todas partes.

A unos quince metros, a la izquierda, una ardilla de orejas peludas se balanceaba sobre una rama, boca abajo, observando enojada un abrigo que yacía sobre las hojas. Minin alzó la cabeza, lo cual enojó aún más a la ardilla. Arkadi distinguió una cazadora medio oculta entre los arbustos y, a la izquierda de Minin, la pernera de un pantalón. Luego torció a la derecha y enfiló un sendero que discurría detrás de unos pinos.

Al distinguir la carretera se detuvo. Era más pequeña, y el macadán, más gastado de lo que recordaba. Frente a él pasó un gitano de enjutas mejillas y ojos negros, vestido con un chándal, corriendo y resoplando. Después de un rato pasó una mujer en bicicleta, seguida de un terrier. Cuando ésta se hubo alejado, Arkadi siguió avanzando hasta llegar a un claro.

A un lado, la carretera continuaba a lo largo de cincuenta metros y luego giraba a la derecha, hacia una enorme verja, un rectángulo negro enmarcado por unos árboles verdes. Al otro lado, a tan sólo diez metros de distancia, vio a Rodiónov y a Albov. El fiscal municipal parecía sorprendido de ver a su investigador, aunque habían quedado citados en ese lugar y a esa hora. A algunas personas les joroba perder una noche de sueño, pensó Arkadi. Rodiónov caminaba rígidamente, como si estuviera cabreado y sintiera frío, aunque hacía un hermoso día veraniego. Albov, por el contrario, tenía un aspecto descansado, iba vestido con una chaqueta y unos pantalones de mezclilla y olía a loción para después del afeitado.

—Advertí a Rodiónov que no te veríamos —dijo a modo de saludo—. Debes conocer perfectamente este lugar.

—Supuse que regresarías al despacho para redactar un informe de lo ocurrido en la granja —le espetó Rodiónov—. Primero desapareces, y luego me llamas para exigirme que nos encontremos en un paraje desierto.

—No es un paraje desierto —protestó Arkadi—. Me apetece dar un paseo.

Echó a caminar hacia la verja, seguido de Albov y Rodiónov.

—¿Dónde está el informe? ¿Dónde diablos te has metido? —le preguntó el fiscal.

Albov alzó la cabeza y contempló unos rayos de sol que se filtraban por entre unos árboles.

—Stalin poseía varias dachas alrededor de Moscú, ¿no es cierto? —preguntó a Arkadi.

—Ésta era su favorita.

—Supongo que tu padre lo visitaba con frecuencia.

—A Stalin le gustaba pasar la noche bebiendo y charlando. Por la mañana salían a dar un paseo por el bosque. Detrás de cada uno de estos grandes abetos estaba apostado un soldado que debía permanecer en silencio e invisible. Claro que los tiempos han cambiado.

A ambos lados del camino se oía el crujir de las hojas, como si unos ratones corrieran tras ellos.

—No has redactado un informe —insistió Rodiónov.

Arkadi metió la mano en el bolsillo, y el fiscal retrocedió alarmado. Pero en lugar del Nagant sacó unas hojas amarillas dobladas, escritas a mano.

—Hay que copiarlas a máquina. De todos modos, las repasaremos juntos en la oficina.

—¿Y luego? —preguntó Arkadi.

Rodiónov parecía satisfecho. Un informe, aunque estuviera escrito a mano, era una señal de rendición.

—Todos estamos muy afectados por la muerte de nuestro amigo, el general Penyaguín —dijo—, y comprendo que estés disgustado por la muerte de tu detective. No obstante, eso no justifica tu desaparición y tus absurdas acusaciones.

—¿Qué acusaciones? —preguntó Arkadi. Hasta ahora no había mencionado sus llamadas a Albov y a Boria Gubenko. Albov tampoco había dicho una palabra.

—Tu extraña conducta —dijo Rodiónov.

—¿Extraña?

—Tu desaparición —respondió Rodiónov—. Tu rotunda negativa a colaborar en la investigación de Penyaguín por el hecho de no estar a cargo de ella. Tu obsesión con el caso Rosen. Creo que tu regreso a Moscú te ha afectado negativamente. Necesitas un cambio, por tu propio bien.

—¿Un traslado fuera de Moscú?

—No te rebajo de categoría —dijo Rodiónov—. Se cometen muchos delitos en otras ciudades aparte de

Moscú, y en ocasiones me piden que les envíe a uno de mis hombres para ayudarles en las investigaciones. Dado que ya no te ocupas del caso Rosen, no hay ningún inconveniente en que te traslades a otro lugar.

—¿Adónde?

—A Bakú.

Arkadi soltó una carcajada.

—Bakú no está fuera de Moscú, está fuera de Rusia.

—Me pidieron que les enviara a mi mejor investigador. Es una excelente oportunidad para intentar rehabilitarte.

Entre la guerra civil que libraban los azeríes, los armenios y el Ejército, aparte de las batallas de la mafia por el control del narcotráfico, Bakú era una mezcla entre Miami y Beirut. Era el lugar ideal para hacer que un investigador desapareciera.

Veinte metros más atrás, Minin se detuvo en la carretera y se sacudió unas hojas del abrigo, una señal para que sus hombres salieran de detrás de los árboles. El gitano pasó corriendo junto a Minin.

Este paseo se ha convertido en una especie de desfile, pensó Arkadi.

—Una nueva oportunidad —dijo.

—Me alegro que lo veas así —contestó Rodiónov.

—Creo que tienes razón; ha llegado el momento de abandonar Moscú. Pero no me apetece ir a Bakú.

—El lugar al que te traslades no depende de ti —dijo Rodiónov—. Ni tampoco cuándo.

Habían llegado a la verja. Vista de cerca, no era negra sino verde oscuro. Junto a las puertas dobles de madera, reforzadas con planchas de acero, estaban las casetas de los centinelas, y a ambos lados, unas vigías. Frente a la verja había una barrera para impedir el acceso a los curiosos. Arkadi pasó por encima de la barrera y deslizó la mano por su pintada superficie, pulida y reluciente. Después de franquearla, los sedanes avanzaban unos cincuenta metros hasta llegar a la dacha, para asistir a las cenas de medianoche y confeccionar unas listas de nombres que representaban unas órdenes de ejecución para numerosos hombres y mujeres. A veces acudían niños para dar colorido a las fiestas que se organizaban en el jardín, pero nunca de noche, como si sólo estuvieran seguros a la luz del sol.

Ésta es la puerta del dragón, pensó Arkadi. Aunque el dragón había muerto, la verja debería ser negra como el alquitrán y el camino sembrado de huesos. Los soldados deberían haber permanecido en forma de estatuas. Pero lo único que vio fue el ojo de una cámara que controlaba el recinto.

—Minin habrá... —empezó a decir Rodiónov.

—Silencio —dijo Albov, mirando hacia la cámara—. Sonríe. —Luego preguntó a Arkadi—: ¿Hay otras cámaras instaladas a lo largo del camino?

—Están en todas partes. Los monitores se encuentran en la dacha. Los vigilan continuamente y graban las imágenes que aparecen en ellos. Al fin y al cabo, se trata de un lugar histórico.

—Naturalmente. Ocúpate de Minin —murmuró Albov a Rodiónov—. No es preciso que emplees la fuerza, pero saca a ese imbécil de aquí.

Perplejo pero sin dejar de sonreír, Rodiónov agitó la mano para saludar a Minin, mientras Albov se dirigía a Arkadi con la expresión de un hombre que se esfuerza por mostrarse franco y abierto:

—Somos amigos tuyos y nos preocupa tu bienestar. No hay ningún motivo para que nos encontremos contigo a la luz del día. Pero hay alguien observando un monitor de televisión y preguntándose si somos unos aficionados a las aves o unos historiadores.

—Me temo que Minin tampoco conseguirá pasar —dijo Arkadi.

—No es necesario que pase —respondió Albov.

Rodiónov se acercó a Minin para alejarlo de allí.

—¿Has dormido? —preguntó Albov a Arkadi.

—No.

—¿Has comido algo?

—No.

—Es terrible sentirse perseguido —dijo Albov con un tono aparentemente sincero.

Daba la impresión de que lo tenía todo controlado, como si hubiera permitido a Rodiónov dirigir la reunión a cambio de que se atuviera escrupulosamente a lo acordado. Sin embargo, la cámara instalada en la verja de la dacha de Stalin había alterado la situación. Albov se llevó el cigarrillo a los labios y dijo:

—La llamada fue astuta.

—Penyaguín tenía tu número de teléfono.

—Entonces era obvio.

—Mis mejores ideas siempre son obvias.

Arkadi también había telefoneado a Boria, lo que seguramente ya sabía Albov. La pregunta era implícita: ¿qué otros números de teléfono había anotado Penyaguín?

Cuando regresó Rodiónov, Albov sacó el informe del bolsillo del fiscal.

—Unos formularios de telegramas —observó Albov—. Ha pasado toda la noche en la oficina de telégrafos.

Rodiónov miró hacia la cámara y murmuró:

—Cubríamos las estaciones, algunos domicilios y las calles.

—Moscú es una ciudad muy grande —terció Arkadi en defensa del fiscal.

—¿Has enviado algún telegrama? —le preguntó Albov.

—Podemos averiguarlo —dijo Rodiónov.

—Dentro de uno o dos días —replicó Arkadi.

—Nos está amenazando —dijo el fiscal.

—¿Con qué? —preguntó Albov—. Ésa es la cuestión. Si sabe algo sobre Penyaguín, el detective o Rosen, está legalmente obligado a informar a su superior, que eres tú, o al investigador encargado del caso, que es Minin. Si no lo hace, lo tomarán por loco. Hoy en día las calles están llenas de locos que andan sueltos, de modo que nadie le hará caso. También está obligado a acatar tus órdenes. Si le envías a Bakú, no tiene más remedio que ir. Puede pasarse todo el día situado debajo de esta cámara. Es inútil; no hay reflectores, de modo que esta noche pueden ir a recogerlo y mañana se despertará en Bakú. Mira, Renko, permíteme que te diga algo que sé por experiencia. Uno no puede dejar de correr hasta que no tiene algo que ofrecer a cambio. Tú no tienes nada, ¿me equivoco?

—No —reconoció Arkadi—. Pero tengo otros planes.

—¿A qué te refieres?

—Quiero proseguir la investigación sobre Rosen.

—Minin se ocupa de ello —dijo Rodiónov, mirando hacia la carretera.

—No me interpondré en su camino —afirmó Arkadi.

—¿Ah, no? —exclamó Albov.

—Estaré en Múnich.

—¿En Múnich? —repitió Albov, inclinando la cabeza como si acabara de percibir el curioso canto de un pájaro—. ¿A quién vas a buscar en Múnich?

—A Borís Benz —contestó Arkadi.

No pronunció el nombre de la mujer porque no estaba seguro de su identidad.

Se produjo un profundo silencio, y Rodiónov se puso tenso, como si acabara de oír algo que le hubiera sobresaltado y se pusiera a la defensiva.

Albov bajó la cabeza, contempló fijamente el suelo, y al cabo de unos instantes esbozó una sonrisa de satisfacción y admiración.

—Lo lleva en la sangre —dijo, dirigiéndose a Rodiónov—. Cuando los alemanes nos invadieron y alcanzaron las puertas de Leningrado y Moscú, haciendo que Stalin perdiera a millones de soldados y el Ejército Rojo emprendiera la retirada, un comandante de un batallón de tanques se mantuvo a pie firme. Los alemanes creían que habían capturado al general Renko, pero no sabían que éste se hallaba detrás de sus líneas dispuesto a atacarles. Su hijo es idéntico a él. ¿Crees que lo has atrapado? Pues te equivocas. Tiene una gran habilidad para escabullirse.

—Mañana, a las siete y cuarenta y cinco de la mañana, sale un vuelo directo a Múnich —dijo Arkadi.

—¿Crees realmente que la oficina del fiscal te permitirá abandonar el país? —le preguntó Albov.

—Estoy convencido de ello —respondió Arkadi.

Era cierto. La reacción de Rodiónov al oír el nombre de Borís Benz expresaba la ira y el temor de un hombre que se siente acorralado.

Hasta entonces, ese nombre no significaba nada, pero en aquel instante Arkadi comprendió, como le hubiera sucedido a Rudi, el elevado valor de mercado de Borís Benz.

—Aunque el ministerio accediera, no depende de nosotros —dijo Rodiónov—. Las investigaciones en el extranjero corresponden al departamento de seguridad del Estado.

—El otro día, en Petrovka, dijiste que ahora que somos miembros de la Interpol colaboramos directamente con nuestros colegas extranjeros. Sólo llevaré una bolsa de mano. No creo que la registren.

—Ni siquiera yo podría marcharme mañana, aunque quisiera —dijo Rodiónov—. Necesitas un pasaporte exterior y aguardar a que el ministerio curse las oportunas instrucciones. Esos trámites tardan varias semanas.

—En el comité central hay doce salas. Lo único que hacen es ocuparse de tramitar pasaportes y visados en el acto. A propósito, es el vuelo 84 de Lufthansa —dijo Arkadi—. Recuerda que los alemanes son muy puntuales.

—Existe un medio —tercíó Albov—. Si no viajas en calidad de investigador, es decir, como funcionario de la oficina del fiscal sino como ciudadano particular. Si el ministerio puede conseguirte un pasaporte y dispones de dólares americanos o marcos alemanes, sólo tienes que comprar el pasaje y subirte en el avión. Acabamos de abrir un consulado en Múnich; podrías ponerte en contacto con el consulado y ellos te pagarían los gastos de estancia. El problema es de dónde sacar dólares o marcos para comprar el billete.

—¿Y la respuesta es...? —preguntó Arkadi.

—Yo puedo prestarte el dinero. Puedes devolvérmelo en Múnich.

—El dinero debe proceder de la oficina del fiscal —objetó Arkadi.

—En tal caso, lo haremos así —respondió Albov.

—¿Por qué? —protestó Rodiónov.

—Porque se trata de una investigación sumamente delicada —contestó Albov—. Los investigadores extranjeros, especialmente los alemanes, son muy sensibles a los turbios escándalos del nuevo capitalismo soviético. Nos empeñamos en restituir el buen nombre de todo el mundo, incluso el nombre de gente que ni siquiera conocemos. Porque aunque el investigador esté persiguiendo a un fantasma, no debemos entorpecer su camino. Por otra parte, no sabemos todo lo que sabe el investigador ni las medidas que ha decidido adoptar para conservar su independencia.

—No nos ha revelado lo que sabe.

—Porque aunque está desesperado, no es un imbécil. Te metió unos telegramas en el bolsillo y ni siquiera te diste cuenta. Apoyo la decisión de Renko. Me impresiona su capacidad para adaptarse. Sin embargo —añadió Albov, dirigiéndose a Arkadi—, me pregunto si has tenido en cuenta que en cuanto desciendas del avión habrás perdido tu autoridad. En Alemania serás un ciudadano corriente, y ni siquiera eso, un ciudadano soviético. Los alemanes te considerarán un simple refugiado, porque para ellos todos los rusos son unos refugiados. En segundo lugar, aquí perderás tu credibilidad. Dejarás de ser un héroe a los ojos de tus amigos. Nadie se tomará en serio las advertencias, los avisos o la información que hayas dejado aquí, porque también te considerarán un refugiado. Y los refugiados mienten; son capaces de decir cualquier cosa con tal de escaparse. Nada de lo que dicen es cierto. Te aseguro que lamentarás haberte marchado.

—Sólo me marcho para ocuparme de esta investigación —dijo Arkadi.

—¿Lo ves? Ya has dicho una mentira. —Albov observaba a Arkadi con simpatía y respeto—. Encárgate de prepararlo todo, Rodiónov. Hay muchas cosas que hacer, tramitar los documentos, conseguir los fondos, etcétera, para que mañana pueda tomar el avión. —Luego se dirigió de nuevo hacia Arkadi y le preguntó—: ¿Por qué no vuelas con Aeroflot?

—Prefiero Lufthansa.

—Supongo que quieres asegurarte de que los cinturones de seguridad funcionan. Lo comprendo —dijo Albov.

Rodiónov, sintiéndose excluido, retrocedió unos pasos, aguardando que Albov le hiciera alguna señal. Minin y sus hombres se habían congregado en un grupo, al final del camino, mirándoles con aire desconcertado, como si no supieran qué hacer.

—Vete —dijo Albov.

Abrió un paquete de Camel Lights y encendió el cigarrillo de Arkadi y el suyo. Luego aplicó la cerilla al envoltorio de celofán, dejando que se quemara y se lo llevara la brisa. A los pocos minutos se giró hacia la verja. A medida que el sol resplandecía con más fuerza, los árboles parecían más altos, más definidos, más verdes, pasando por diversas etapas de luz y sombra. La luz que se filtraba por entre las casetas de los centinelas era blanca, como si ardiera. Simultáneamente, la verja quedó en sombras y presentó un aspecto más oscuro.

Arkadi recordó de pronto que Albov le había dicho que podía devolverle el dinero en Múnich.

—¿Vas a ir a Múnich? —le preguntó.

—Algunos de mis mejores amigos residen en Múnich —respondió Albov.

SEGUNDA PARTE

MÚNICH

13 de agosto - 18 de agosto de 1991

15

Fiódorov, el funcionario del consulado que había ido a recoger a Arkadi al aeropuerto, le mostró con orgullo el río Isar, el Ángel de la Paz y las cúpulas de las torres gemelas de la iglesia de la Frauenkirche, como si él mismo hubiera construido Múnich.

—El consulado es nuevo, pero he estado en Bonn, así que esto no me choca.

Arkadi, sin embargo, no salía de su asombro. El mundo parecía girar a su alrededor, lleno de tráfico y señales ininteligibles. Las calles estaban tan limpias que parecían de plástico. Los ciclistas, vestidos con pantalones cortos y muy bronceados, compartían las calles con los otros vehículos sin correr el riesgo de morir aplastados bajo las ruedas de un autobús. Las ventanillas de los coches estaban relucientes. No había colas en ninguna parte. Las mujeres, vestidas con minifalda, llevaban unas decorativas bolsas que ostentaban nombres de tiendas; al caminar, sus piernas y las bolsas se movían a un ritmo ágil y acompasado.

—¿Sólo ha traído esto? —le preguntó Fiódorov,

observando su bolsa de viaje—. Cuando regrese llevará dos maletas. ¿Cuánto tiempo permanecerá en Múnich?

—No lo sé.

—Su visado expira dentro de dos semanas.

Miró a su pasajero, pero Arkadi estaba distraído contemplando los muros pintados de amarillo bávaro, lisos como la mantequilla, con unos balcones inmaculados, un estuco que no presentaba fisuras y unas puertas que no exhibían arañazos ni pintadas. En el escaparate de una pastelería había unos cerdos de mazapán jugueteando en torno a unas tartas de chocolate.

En ocasiones, Fiódorov se comportaba con la prudencia de alquien al que han enviado a recoger una mercancía de dudosa calidad. Otras, parecía muerto de curiosidad.

—Cuando llega un personaje como usted, le recibe un comité de bienvenida y preparamos un programa oficial. Debo advertirle que no le hemos preparado nada especial.

—Mejor —dijo Arkadi.

Los peatones aguardaban pacientemente antes de cruzar la calle, tanto si se aproximaba algún vehículo como si no. Cuando el semáforo se ponía verde, los coches arrancaban a toda velocidad, como un enjambre de BMW. En aquellos momentos circulaban por una avenida de mansiones de piedra con unos escalones custodiados por verjas de hierro y leones de mármol. Unos letreros anunciaban galerías de arte y bancos árabes. Más adelante atravesaron una plaza decorada con una hilera de estandartes medievales con logotipos corporativos. Arkadi observó a un hombre vestido con *lederhosen* y calcetines altos pese al calor.

—Me asombra que le concedieran el visado tan rápidamente —observó Fiódorov.

—Tengo amigos.

Fiódorov miró de nuevo a Arkadi; no tenía aspecto de tener amigos.

—En cualquier caso, ha tenido suerte.

El consulado era un edificio de ocho plantas situado en Seidlstrasse. En la sala de espera había unas sillas metálicas tapizadas de cuero negro. Detrás de un cristal antibalas se hallaba el mostrador de recepción, con tres monitores de televisión. Fiódorov deslizó hacia la recepcionista el pasaporte de Arkadi sobre una bandeja debajo del cristal. Tenía un inconfudible aspecto de rusa y llevaba las uñas largas y pintadas de un rosa nacarado. La joven colocó un libro sobre la bandeja y lo empujó hacia ellos, pero Fiódorov dijo:

—No es necesario que firme.

Luego subieron en el ascensor, y al llegar a la tercera planta atravesaron un pasillo con despachos a ambos lados, pasaron frente a una sala de reuniones en la que habían sillas y cajas que aún no habían desembalado, y franquearon una puerta de metal con una placa que decía en alemán: ASUNTOS CULTURALES. Les recibió un hombre de pelo gris, con el ceño arrugado, vestido con un traje occidental de impecable corte. En la habitación había únicamente dos sillas, e invitó a Arkadi a ocupar una de ellas.

—Soy el vicecónsul Platónov. No hace falta que se presente, sé quién es usted —dijo a Arkadi, sin extender la mano para estrechársela—. Eso es todo —añadió, dirigiéndose a Fiódorov, que se esfumó rápidamente.

Platónov se sentó, inclinándose hacia delante como

un jugador de ajedrez. Parecía un hombre agobiado por un problema molesto, pero no tan grave que no pudiera resolverse en un par de días. Arkadi dedujo que ése no era su despacho. Las paredes estaban recién pintadas. Apoyada contra la pared había una vista panorámica de Moscú al atardecer, todavía sin colgar. En la pared del fondo colgaban unos carteles de bailarines del Bolshoi y Kirov, los tesoros del Kremlin y un transbordador deslizándose por el Volga. El resto del mobiliario consistía en una mesa plegable, un teléfono y un cenicero.

—¿Qué le parece Múnich? —inquirió Platónov.

—Muy bonito. Una ciudad próspera —contestó Arkadi.

—Después de la guerra no era más que un montón de escombros, peor que Moscú. Eso demuestra qué tipo de gente son los alemanes. ¿Habla usted alemán?

—Un poco.

—¿Pero lo habla? —insistió Platónov, como si esperara que Arkadi le hiciera una confesión.

—Cuando estaba en el Ejército, pasé dos años en Berlín. Instruía a los americanos, pero aprendí unas palabras de alemán.

—Alemán e inglés.

—No perfectamente.

Platónov debía tener unos sesenta y tantos años, pensó Arkadi. ¿Un diplomático posterior a Bréznev? En tal caso estaría hecho de goma y acero.

—¿No perfectamente? —repitió Platónov, cruzando los brazos—. ¿Sabe cuántos años hemos tardado en abrir un consulado aquí? Ésta es la capital industrial de Alemania. Aquí residen los inversores a quienes debemos tranquilizar. Aún no hemos terminado de instalarnos y nos envían a un investigador de Moscú. ¿Acaso persigue a un miembro del personal del consulado?

—No.

—Lo suponía. Por lo general, antes de darnos la mala noticia nos hacen regresar a Moscú —dijo Platónov—. Les pregunté si pertenecía al KGB, pero no quieren saber nada de usted. Sin embargo, no le han impedido venir aquí.

—Ha sido muy generoso por su parte.

—A mí me parece un tanto sospechoso. No quiero tener que habérmelas con un investigador descontrolado.

—Lo comprendo —dijo Arkadi.

—Aparte del personal del consulado, no hay muchos soviéticos en Múnich. Unos cuantos directores de fábricas y banqueros que han venido a aprender las técnicas alemanas y un grupo de bailarines georgianos. ¿A quién persigue?

—No puedo responder a esa pregunta.

Arkadi suponía que a los representantes del Ministerio de Asuntos Exteriores les enseñaban una amplia gama de expresiones cordiales y sonrisas, unos pequeños gestos para demostrar que todavía eran humanos. Pero Platónov se contentó con dirigirle una mirada directa y hostil mientras abría una pitillera y sacaba un cigarrillo.

—Para evitar cualquier malentendido, le diré que me importa un comino quién es y lo que pretende. Me importa un comino que hayan asesinado a una familia entera en Moscú. Ningún asesino es tan importante como el éxito de este consulado. Los alemanes no suelen conceder millones de marcos a los asesinos. Debemos esforzarnos en recuperar nuestro buen nombre, borrar los efectos de los últimos y nefastos cincuenta años de nuestra historia. Deseo establecer unas relaciones civilizadas y normales que se traduzcan en importantes préstamos y acuerdos comerciales, los cuales servirán para rescatar a todas las familias de Moscú. No nos conviene que la gente se entere de que hay unos rusos persiguiéndose por las calles de Múnich.

—Lo comprendo —repitió Arkadi, tratando de mostrarse amable.

—Aquí no tiene usted ningún cargo oficial. Si se pone en contacto con la policía alemana, se apresurarán a llamarnos y les diremos que es un turista.

—Siempre me ha interesando Baviera, la tierra de la cerveza.

—Retendremos su pasaporte aquí. Eso significa que no puede abandonar el país ni alojarse en un hotel. Le hemos reservado unas habitaciones en una pensión. Por mi parte, haré cuanto pueda para que regrese cuanto antes a Moscú, a ser posible mañana mismo. Le aconsejo que se olvide de cualquier investigación. Visite los museos, compre unos regalos y tómese unas cervezas. Diviértase.

La pensión estaba situada sobre una agencia de viajes turca, a media manzana de la estación. Le habían reservado dos habitaciones con una cama, un colchón desnudo, una cómoda, una silla, dos mesas y un armario que, al abrirlo, se convertía en una diminuta cocina. El retrete y la ducha estaban al final del pasillo.

—En el tercer piso viven unos turcos —dijo Fiódorov señalando hacia arriba. Luego señaló hacia abajo y añadió—: En el primero hay unos yugoslavos. Todos trabajan en la BMW. ¿Por qué no sigue su ejemplo?

Las luces funcionaban. La bombilla del frigorífico se encendía al abrir la puerta, y no se veían escarabajos ni cucarachas. Incluso había una luz en el armario, y al entrar en el edificio, Arkadi había notado que el vestíbulo olía a desinfectante en lugar de orines.

—Como verá, es el paraíso. Aunque quizá se sienta algo decepcionado.

—Se nota que hace tiempo que no ha estado en Moscú —contestó Arkadi.

Al abrir la ventana trasera, distinguió la parte posterior de la estación y la vía férrea, que relucía como una cinta de acero bajo el sol. Curiosamente se sentía desorientado, como si se hallara en otro huso horario, al otro lado del mundo, aunque el vuelo había durado tan sólo cuatro horas.

Antes de marcharse, Fiódorov se detuvo junto a la puerta y dijo:

—Renko es un apellido nefasto, me refiero para un turista en Alemania. He oído hablar de su padre. Puede que en Rusia fuera un héroe, pero aquí lo consideran un carnicero.

—En Rusia también fue un carnicero.

—Quiero decir que con un apellido como el suyo, quizá sea más prudente que no se mueva de la pensión.

—Déme la llave —dijo Arkadi, alargando la mano.

Fiódorov se encogió de hombros y se la entregó.

—No se preocupe, investigador. En Alemania no van a robarle.

Una vez a solas, Arkadi se sentó en la repisa de la ventana y se fumó un cigarrillo. Era una costumbre rusa sentarse a descansar antes de emprender un viaje, de modo que ¿por qué no hacerlo a la llegada? Para tomar posesión de una habitación desnuda que no había necesidad de cerrar con llave. Especialmente con un asqueroso cigarrillo ruso. En aquellos instantes un flamante tren rojo y negro se aproximaba a la estación. Arkadi vio montado en la locomotora a un maquinista con una gorra gris de general. De pronto recordó el tren que había visto en la estación de Kazán. El hombre que iba en la locomotora estaba desnudo hasta la cintura, y la mujer junto a él tenía el brazo apoyado en su hombro. Se preguntaba dónde estarían ahora. ¿Arrastrando unos vagones alrededor de Moscú? ¿Circulando a través de la estepa?

Se acercó a la cama y abrió la bolsa de viaje. De los bolsillos de sus arrugados pantalones sacó la lista de tres números telefónicos escrita a mano por Penyaguín, el fax de Rudi y la foto de Rita Benz. Luego desenrolló una chaqueta y sacó una cinta. La escasa ropa que había traído consigo cabía en dos colgadores y un cajón del armario. Acto seguido guardó los números telefónicos, el fax y la foto en el estuche de la cinta, junto con ésta. Eran su tesoro y su escudo protector. Después contó el dinero que había conseguido sacarle a Rodiónov. Cien marcos alemanes. ¿Cuánto tiempo podía permanecer un turista con ese dinero en Alemania? ¿Un día? ¿Una semana? Tendría que ser muy ahorrador y estar medio loco para poder sobrevivir más tiempo.

Después de ocultar la cinta en el interior de su camisa, Arkadi salió de la pensión y se dirigió apresuradamente hacia la estación, cuya gigantesca fachada le daba la apariencia de un museo moderno. La luz se filtraba a través del cristal mate y la tela metálica. No había ningún mafioso de Kazán vestido con una cazadora de cuero negra, ni un destartalado televisor, ni un bar de Ensueño, sino librerías, restaurantes, tiendas donde vendían vino y un cine donde ponían películas eróticas. En un quiosco vendían planos con traducciones en francés, inglés e italiano, pero no en ruso. Arkadi compró la versión inglesa y salió a la calle.

El aroma del café y el chocolate de una cafetería casi le produjo un desmayo, pero estaba tan poco acostumbrado a comer en restaurantes y menos aún a semejantes exquisiteces, que siguió andando con la esperanza de encontrar una modesta furgoneta de helados. En lugar de contemplar los objetos que se exhibían en los escaparates se fijaba en los reflejos del cristal. Entró en una tienda en dos ocasiones, pero salió inmediatamente para comprobar si le seguía alguien. Los turistas siempre procuran fijarse en lo que hay a su alrededor. Sin embargo, Arkadi tenía una visión que excluía a la multitud, a las fuentes y a las estatuas, para captar cualquier detalle, como un rostro sospechoso, un cierto modo de caminar o la costumbre de lucir el anillo de bodas en la mano derecha que delatara a un ciudadano soviético. El sonido de voces hablando en alemán le desconcertaba. Era como despertarse y comprobar que se hallaba en una amplia plaza rodeado de hermosos edificios de piedra, decorados con gabletes y chapiteles de ladrillo rojo. A un lado de la plaza había un ayuntamiento de piedra gris que evocaba el estilo gótico. Cientos de personas paseaban o estaban sentadas a unas mesas tomándose una jarra de cerveza o contemplando a los bailarines y músicos del gigantesco carrillón del ayuntamiento. Al girarse, Arkadi vio a unos hombres de negocios vestidos con trajes oscuros y corbatas de seda. Las mujeres lucían unas elegantes prendas negras que no tenían nada que ver con las tristes ropas de luto que se ponían las rusas. Los jóvenes iban vestidos con camisetas y pantalones cortos y llevaban mochilas. Todos hablaban y reían animadamente. En una esquina había una librería de tres plantas, llena de libros. Junto a ella vio un estanco del que emanaba el dulce aroma a buen tabaco. El aire estaba impregnado del típico olor a levadura de la cerveza. Una virgen rubia miraba a los transeúntes desde lo alto de una columna de mármol.

Arkadi compró un cucurucho de helado, indicando el sabor que deseaba por medio de gestos en lugar de intentar expresarse en alemán. Era el mejor helado que había probado. Después de gastarse cuatro marcos en cigarrillos bajó corriendo las escaleras del metro, adquirió un billete y se montó en el primer tren que se dirigía hacia la pensión.

Junto a Arkadi, apoyados en la barra del bar, había dos turcos con la mirada extraviada. Frente a él estaba sentada una mujer que sostenía un jamón en su regazo, como si fuera un bebé.

¿Qué posibilidades existían de que alguien le siguiera? No muchas, teniendo en cuenta la dificultad de seguir a alguien en una gran urbe. Según la técnica soviética, vigilar a un blanco móvil exigía entre cinco y diez vehículos, y entre treinta y cien personas, aunque Arkadi no lo sabía por experiencia, ya que nunca había dispuesto de los suficientes medios humanos ni técnicos para seguir a nadie más allá de una manzana.

Al llegar a la estación, se detuvo y regresó a la sala de espera en la que había estado hacía una hora. Los teléfonos públicos se hallaban al descubierto, pero arriba encontró unas cabinas telefónicas y las guías de distintas ciudades dispuestas sobre un mostrador metálico. En Moscú era tan difícil hallar una guía telefónica que la gente las conservaba en la caja fuerte, pero éstas ni siquiera estaban sujetas con una cadena.

Las guías le confundían debido a la peculiaridad de los apellidos alemanes, llenos de consonantes, y los anuncios que ocupaban más de la mitad de las páginas. Bajo Benz, el único Borís vivía en la Königstrasse. Buscó Trans-Kom, pero no figuraba en la guía.

La puerta de la cabina telefónica era de plástico transparente. Arkadi consideró que poseía suficientes conocimientos de alemán para hablar con la telefonista, la cual le informó, según le pareció entender, que no existía ningún número que correspondiera a TransKom.

Luego llamó a Borís Benz.

—*Ja?* —contestó una voz femenina.

—*Herr Benz?* —preguntó Arkadi.

—*Nein* —respondió la mujer, echándose a reír.

—*Herr Benz ist im Haus?*

—*Nein. Herr Benz is auf Ferien gereist.*

—*Ferien?* —¿De vacaciones?

—*Er wird zwei Wochen lang nicht in München sein.*

¿Estaría ausente durante dos semanas?

—*Wo ist Herr Benz?* —preguntó Arkadi.

—*Spanien.*

—*Spanien?*— ¿Dos semanas en España? Las noticias cada vez eran peores.

—*Spanien, Portugal, Marokko.*

—*Nein Russland?*

—*Nein, er macht Ferien in der Sonne.*

—*Kann ich sprechen mit TransKom?*

—*TransKom?* —repitió la mujer, como si jamás hubiera oído hablar de esa palabra—. *Ich kenne TransKom nicht.*

—*Sie ist Frau Benz?*

—*Nein, die Reinmachenfrau.* —La asistenta.

—*Danke.*

—*Wiedersehen.*

Después de colgar, Arkadi pensó que era imposible sostener una conversación más elemental que la que acababa de mantener con la asistenta de Benz. Ésta, en resumidas cuentas, le había informado de que Borís Benz estaría ausente durante dos semanas y que nunca había oído hablar de TransKom. El único dato interesante era que Benz se había trasladado a un país mediterráneo para gozar del sol. Al parecer, era lo que solían hacer los alemanes durante sus vacaciones estivales. Cuando regresara a Múnich, Arkadi probablemente estaría de vuelta en Moscú. Abrió el estuche del casete, sacó el fax de Rudi y marcó el número que figuraba en la parte superior de la hoja.

—Hola —respondió una mujer en ruso.

—Llamo en relación con Rudi —dijo Arkadi.

Tras una pausa, la mujer preguntó:

—¿Rudi qué más?

—Rosen.

—No conozco a ningún Rudi Rosen. —Tenía una voz ronca, de fumadora empedernida.

—Me dijo que estaba interesada en la Plaza Roja —dijo Arkadi.

—A todos nos interesa la Plaza Roja. ¿Y qué?

—Supuse que le interesaba saber dónde se hallaba.

—¿Qué es esto, una broma?

Y colgó. Arkadi no podía reprochárselo. Había hecho lo que cualquier persona normal en su situación.

Dio una vuelta por la planta y halló unas taquillas automáticas para guardar el equipaje por dos marcos al día. Después de echar un vistazo a su alrededor, introdujo las monedas en la ranura, colocó la cinta en una taquilla, la cerró y se metió la llave en el bolsillo. Dudaba entre regresar a la pensión o dar un paseo después de poner a buen recaudo la única prueba de que disponía, lo cual le parecía toda una proeza teniendo en cuenta lo confuso que se sentía. En realidad, resultaba un gesto inútil, habida cuenta que sólo disponía de un día, según le había informado Platónov.

Regresó al mostrador donde estaban las guías telefónicas, abrió la de Múnich y buscó «Radio Liberty, Radio Free Europe». Cuando marcó el número, la telefonista dijo escuetamente «RL-RFE».

Arkadi dijo en ruso que deseaba hablar con Irina Asánova. Al cabo de un largo rato, Irina se puso al teléfono y dijo:

—¿Dígame?

Arkadi creía que estaba preparado, pero se quedó tan cortado al oír su voz que no fue capaz de articular palabra.

—Hola. ¿Quién habla?

—Arkadi.

No le había resultado difícil reconocer su voz después de escuchar sus boletines informativos. Ella, en cambio, probablemente se había olvidado de él.

—¿Arkadi qué más?

—Arkadi Renko. De Moscú —añadió.

—¿Me llamas desde Moscú?

El teléfono estaba tan silencioso que Arkadi temió que se hubiera cortado la línea.

—Es increíble —dijo Irina.

—¿Puedo verte?

—Me he enterado de que te han rehabilitado. ¿Sigues trabajando de investigador? —Su voz sonaba como si la sorpresa inicial hubiera dado paso a una sensación de fastidio.

—Sí.

—¿Qué has venido a hacer aquí?

—Estoy investigando un caso.

—Enhorabuena. Si te han dejado salir, eso significa que confían en ti plenamente.

—Te he escuchado en Moscú.

—Entonces debes saber que dentro de dos horas tengo que transmitir un boletín de noticias.

Arkadi oyó el ruido de unos papeles, como si quisiera demostrarle lo ocupada que estaba.

—Me gustaría verte —dijo Arkadi.

—Quizá dentro de una semana. Llámame.

—Quiero decir pronto. Voy a estar poco tiempo en Múnich.

—Me pillas en un mal momento.

—Hoy —dijo Arkadi—. Te lo ruego.

—Lo siento.

—Irina.

—Diez minutos —dijo ella, después de dejar muy claro que era el último hombre al que le apetecía ver.

16

Arkadi cogió un taxi, y al llegar a un parque, el taxista le indicó un camino que conducía a un jardín con unas mesas largas, unos castaños y un pabellón de cinco pisos en forma de pagoda. Era la Torre China, según le había dicho Irina.

A la sombra de las hayas, los comensales se paseaban transportando unas gigantescas jarras de cerveza y unos platos de cartón repletos de pollo asado, costillas y ensaladilla de patatas. Incluso los desperdicios olían bien. El murmullo de la conversación y el pausado ritmo de los comensales poseían una curiosa y sensual languidez. Múnich le parecía todavía irreal. Más que estar viviendo un sueño, Arkadi temía estar viviendo la pesadilla de hallarse en el mundo real.

Temía no reconocer a Irina, pero era inconfundible. Sus ojos parecían más grandes, más oscuros, y poseían la luminosidad de siempre. Su pelo castaño tenía unos reflejos rojizos y lo llevaba más corto, enmarcándole el rostro. Lucía una cadena de oro sobre un jersey negro, de manga corta. No llevaba el anillo de bodas.

—Llegas tarde —le dijo, estrechándole la mano.

—Quería afeitarme —respondió Arkadi. Había comprado una maquinilla desechable y se había afeitado apresuradamente en la misma estación, produciéndose unos cortes en la barbilla.

—Estábamos a punto de marcharnos.

—Ha pasado mucho tiempo —dijo Arkadi.

—Stas y yo tenemos que preparar el boletín informativo —dijo Irina. No parecía excitada ni nerviosa, sólo agobiada por el trabajo.

En aquellos momentos se acercó a ellos un tipo esquelético con los ojos brillantes, como si padeciera tuberculosis, vestido con un jersey y unos pantalones anchos.

—Aún disponemos de tiempo —dijo. Arkadi notó inmediatamente que era ruso—. Me llamo Stas. ¿Debo llamarle camarada investigador?

—Llámeme Arkadi.

El esqueleto se sentó junto a Irina y apoyó la mano en el respaldo de su silla.

—¿Me permites? —preguntó Arkadi, sentándose en una silla frente a Irina—. Tienes un aspecto estupendo.

—Tú también.

—No creo que nadie tenga buen aspecto en Moscú —contestó él.

Stas levantó la jarra de cerveza y dijo:

—Brindemos. Las ratas abandonan el barco. Todos vienen aquí de visita, aunque la mayoría de ellos desean quedarse. De hecho, tratan de encontrar trabajo en Radio Liberty. Pero ¿quién puede reprochárselo? —Luego observó a una joven alta y rellenita que llevaba una bandeja con jarras y platos vacíos, y añadió—: ¡Servidos por unas valquirias! ¡Qué vida!

Arkadi bebió un trago de cerveza y dijo:

—Tengo entendido que...

—Ha tenido usted una carrera bastante movida, ¿no es cierto? —le interrumpió Stas—. Miembro de la Juventud Dorada de Moscú, miembro del Partido Comunista, favorito de la oficina del fiscal, un héroe que salvó a nuestra disidente Irina, un gesto que le valió varios años de exilio en Siberia, y ahora no sólo se ha convertido en el brazo derecho del fiscal sino en su embajador en Múnich, decidido a recuperar a Irina, su amor perdido. ¡Brindo por el amor!

—Está bromeando —dijo Irina, soltando una carcajada.

—Ya me doy cuenta —dijo Arkadi.

Durante los interrogatorios le habían desnudado, le habían rociado con una manguera, le habían insultado y golpeado, pero jamás se había sentido tan avergonzado como ahora. Aparte de estar mal afeitado, su estúpido rostro debía de estar rojo como un pimiento, pensó Arkadi, porque las pruebas indicaban que estaba loco. Era cierto que había estado loco durante años, imaginando un vínculo entre él y esa mujer, que evidentemente no compartía sus sentimientos. ¿Qué parte de la historia que había vivido con ella eran meras imaginaciones suyas? ¿Los días que habían permanecido ocultos en el apartamento de él, los disparos, Nueva York? En el pabellón psiquiátrico, cuando los médicos le inyectaron sulfacina en la espina dorsal, afirmaron que estaba loco; ahora, mientras se tomaba una cerveza, todo parecía indicar que era cierto. Miró a Irina para observar su reacción, pero ella permanecía inmóvil como una estatua.

—No te lo tomes a mal. Stas es muy bromista —dijo,

cogiendo un cigarrillo del paquete de éste sin pedirle permiso—. Espero que te diviertas en Múnich. Lamento no disponer de tiempo para salir contigo.

—Yo también lo lamento —contestó Arkadi.

—Pero supongo que tendrás amigos en el consulado y que estarás muy ocupado con la investigación. Siempre has sido un trabajador infatigable —dijo Irina.

—Un obseso del trabajo —contestó Arkadi.

—Debe de ser una gran responsabilidad representar a Moscú. El fiscal ha decidido enviar a un rostro humano.

—Gracias.

¿Era realmente el «rostro humano» de Rodiónov? ¿Era eso lo que pensaba Irina?

—A propósito —terció Stas—. Debemos informarnos sobre la tasa de delitos en Moscú.

—¿Sobre la deteriorada situación? —inquirió Arkadi.

—Exactamente.

—¿Trabajáis juntos?

—Stas redacta los boletines —contestó Irina—. Yo me limito a leerlos.

—Con tono melifluo —dijo Stas—. Irina es la reina de los emigrantes rusos. Ha dejado un reguero de corazones destrozados de Nueva York a Múnich, y en varios puntos intermedios.

—¿Es cierto? —preguntó Arkadi.

—Stas es un provocador.

—Quizá por eso es escritor.

—No —replicó Irina—. Por eso le propinaron una paliza en la Plaza Roja hasta dejarlo medio muerto. Pidió asilo político en la Embajada americana de Finlandia, y esto fue suficiente para que el fiscal para el que trabajas le declarara culpable de un delito de Estado y lo condenara a muerte. ¿Es curioso, verdad? Un investigador de Moscú puede venir aquí tranquilamente, pero si Stas regresara a Moscú no tardaría en desaparecer. Lo mismo que me sucedería a mí si regresara a Rusia.

—Hasta yo me siento seguro aquí —dijo Arkadi.

—¿Qué caso está investigando? —preguntó Stas—. ¿A quién persigue?

—No puedo revelarlo.

—Stas teme que tu caso sea yo. Últimamente hemos recibido muchos visitantes en Múnich. Parientes, amigos de antes de nuestra partida...

—¿Partida? —preguntó Arkadi.

—Fuga —contestó Irina—. Nuestras entrañables abuelas y viejos amigos del alma que insisten en que todo va bien y podemos regresar cuando queramos.

—No es cierto que todo vaya bien —dijo Arkadi—. No se os ocurra regresar.

—Es posible que en Radio Liberty tengamos una idea más clara sobre la situación en Rusia que usted —dijo Stas.

—Es lógico —respondió Arkadi—. Por lo general, la gente que está fuera de una casa que se quema tiene una visión más clara que los que están dentro.

—No te preocupes —dijo Irina—. He advertido a Stas que no debe tomarse en serio lo que digas.

De pronto, las notas de una tuba señalaron el comienzo de un vals. En el primer piso del pabellón habían aparecido unos músicos vestidos con *lederhosen*. Pero Arkadi sólo veía a Irina. Las mujeres sentadas en otras mesas eran gordas, delgadas, morenas, rubias, vestidas con pantalones o faldas, todas inconfundiblemente alemanas. Irina, con su ojos eslavos y su aire desenvuelto, era única, como un icono en medio de una merienda campestre. Un icono familiar. Arkadi podía trazar con los ojos cerrados la oscura línea de sus pestañas; la curva de su mejilla hasta la comisura de sus labios. Pero había cambiado, y Stas le había dado un nombre. En Moscú era como una llama que se agita al viento, tan franca y abierta que constituía un peligro para todo aquel que estuviera junto a ella. Esta mujer en la que se había convertido Irina era una persona más madura y controlada. La reina de los emigrantes rusos esperaba que Stas se acabara la cerveza para marcharse con él.

—¿Te gusta Múnich? —preguntó Arkadi a Irina.

—¿Comparado con Moscú? Comparado con Moscú, cualquier cosa es mejor, incluso deslizarse sobre una pista sembrada de trozos de cristal. Comparado con Nueva York o París, resulta un poco aburrido.

—Da la impresión de que has estado en todas partes.

—¿Te gusta a ti Múnich? —le preguntó ella.

—¿Comparado con Moscú? Comparado con Moscú, es agradable deslizarse sobre una montaña de marcos alemanes. Comparado con Irkutsk o Vladivostok, el clima resulta más templado.

Stas depositó la jarra de cerveza en la mesa. Arkadi nunca había visto a alguien tan delgado beberse una cerveza tan rápidamente. Irina se levantó inmediatamente, como si obedeciera órdenes, para reincorporarse a su vida cotidiana.

—Quiero volver a verte —dijo Arkadi.

Tras observarlo unos instantes, Irina contestó:

—No, lo que quieres es que diga que lamento que fueras a Siberia, que lamento que sufrieras por mi culpa.

Está bien, lo lamento, Arkadi. Ya está. Creo que no tenemos nada más que decirnos.

Y con estas palabras dio media vuelta y se marchó.

—Espero que sea usted un hijo de puta —dijo Stas—. Detesto que un rayo se abata sobre una persona inocente.

Debido a su elevada estatura, más que caminar, Irina parecía navegar entre las mesas, con su cabello ondeando al viento como una bandera.

—¿Dónde se aloja? —preguntó Stas a Arkadi.

—En una pensión frente a la estación —contestó éste, dándole las señas.

—¡Pero si es un tugurio! —exclamó Stas, sorprendido.

Irina pasó a través de un grupo de clientes que acababa de entrar en el establecimiento y desapareció.

—Gracias por la cerveza —dijo Arkadi.

—De nada —respondió Stas. Luego se dirigió cojeando hacia la salida. Su cojera parecía más bien un gesto de resolución que un defecto.

Arkadi permaneció sentado porque temía que sus piernas no le sostuvieran y que le atropellara un camión. Todas las mesas del local estaban ocupadas. La cervecería representaba para él un refugio. La cerveza tenía allí un efecto sedante que propiciaba una conversación serena y civilizada. Las parejas, jóvenes y mayores, disfrutaban charlando y bebiendo. Unos hombres de pobladas cejas y aspecto serio jugaban al ajedrez. La torre donde tocaba la banda de música era tan china como un reloj de cuco. No importaba; Arkadi había penetrado en una aldea donde nadie le conocía, donde no le habían dispensado una calurosa acogida pero tampoco se sentía rechazado. Siguió bebiéndose la cerveza, satisfecho.

Lo más terrible, lo más aterrador, era que deseaba volver a ver a Irina. Aunque su encuentro había sido una experiencia humillante, no le importaba aceptar la humillación con tal de estar con ella, lo cual revelaba una capacidad de masoquismo que ignoraba poseer. Su encuentro había sido tan grotesco que hasta resultaba cómico. Esa mujer, ese recuerdo que él había llevado durante tanto tiempo en su corazón, apenas había reconocido su nombre. Había una desproporción de emociones que resultaba cuando menos chocante. O quizá fuera una prueba de su locura. Si se había equivocado respecto a Irina, quizá se había equivocado también respecto a la historia que creía que habían compartido. Arkadi se llevó una mano al estómago y se palpó la cicatriz a través de la camisa. ¿Pero eso qué demostraba? Quizá se había herido con la punta de un paraguas o le había caído encima una estatua de Lenin, clavándosele en el estómago. En casi todas sus estatuas, Lenin apuntaba hacia el futuro con un dedo peligroso y amenazador.

—¿De qué se ríe?

—¿Cómo dice? —preguntó Arkadi sobresaltado.

—¿De qué se ríe? —repitió el hombre sentado en una silla frente a él. Era un tipo corpulento, de rostro rubicundo, vestido con una camisa blanca y un gorrito de lana que apenas le cubría la calva. En una mano sostenía una jarra de cerveza y con la otra protegía un pollo entero asado. Arkadi miró a su alrededor y vio que la mesa estaba llena de gente devorando patas de pollo, costillas y pretzels, todo ello regado con varias jarras de dorada cerveza.

—¿Se divierte? —le preguntó el hombre del pollo.

Arkadi se limitó a encogerse de hombros para no revelar su inconfundible acento ruso.

El hombre observó su abrigo soviético e insistió:

—¿Le gusta la cerveza, la comida, la vida? Es agradable. Hemos trabajado duramente a lo largo de cuarenta años para conseguir esto.

El resto de los comensales no les hacían caso. Arkadi se dio cuenta de que no había comido nada excepto un helado. La mesa estaba repleta de suculentas bandejas de comida. La orquesta pasó de Strauss a Louis Armstrong. Arkadi apuró la cerveza. En Moscú había varias cervecerías, por supuesto, pero como no había jarras ni vasos, los clientes se la bebían en unos envases de cartón de leche. Como hubiera dicho Jaak: «El Homo Sovieticus triunfa de nuevo.»

Sin embargo, no todos reconocían ese hecho. Cuando Arkadi desplegó un mapa, el hombre sentado frente a él asintió, como si viera confirmadas sus sospechas.

—Otro refugiado de Alemania Oriental. Es una invasión.

Tras abandonar la cervecería, Arkadi se dirigió hacia unos edificios cercanos. En uno de ellos estaban instaladas las oficinas de la IBM, y el otro era la torre de un Hilton. El vestíbulo del hotel parecía una tienda árabe. Todos los sillones y los sofás estaban ocupados por unos tipos vestidos con blancas y vaporosas túnicas. Muchos de ellos eran ancianos y sostenían unos bastones y unas cuentas de madera. Unos jóvenes de tez y cabello oscuro, vestidos con pantalones y camisas occidentales, jugaban a la brisca. Sus madres y hermanas iban vestidas al estilo occidental; las mujeres casadas lucían unas decorativas máscaras de plástico mostrando sólo la barbilla y la frente, y dejaban una penetrante estela de perfume.

En el camino de acceso al hotel, un joven árabe tomaba una fotografía de su compañero junto a un Porsche rojo. De pronto, el muchacho que posaba ante la cámara se sentó sobre el guardabarros y se disparó la alarma del coche, haciendo que sonara el claxon y que las luces empezaran a parpadear. Los muchachos se pusieron a correr alrededor del coche golpeando el capó, mientras el portero y el conserje los observaban impasibles.

Arkadi siguió el camino que había tomado el taxista hacia la cervecería, por el lado este del parque, hasta llegar a los museos de la Prinzregentenstrasse. Los coches pasaban velozmente bajo los semáforos. El cielo estaba sin embargo más oscuro que una noche estival en Moscú, y la clásica fachada del Haus der Kunst parecía casi bidimensional.

Arkadi observó que el lado oeste del parque lindaba con la Königinstrasse, donde vivía Borís Benz. Las casas que se alzaban a lo largo de la «calle del Reina» eran unas lujosas mansiones de piedra rodeadas de unos jardines llenos de rosales, protegidas por unas verjas con unos carteles que advertían VORSICHT! BISSIGER HUND!

El apartamento de Benz estaba situado entre dos inmensas mansiones de estilo *Jugendstil*, la respuesta germana al Art Nouveau. Parecían un par de matronas atisbando coquetamente por encima de unos abanicos. Entre ellas había un garaje que había sido renovado y transformado en unas oficinas médicas. El timbre del segundo piso correspondía a la vivienda de Benz. Aunque las luces estaban apagadas, Arkadi pulsó el timbre. Nadie respondió.

A ambos lados de la puerta había un panel de cristal emplomado para observar a los visitantes. Dentro, sobre una mesita, había un jarrón de flores secas y unas cartas dispuestas cuidadosamente en tres pilas. Arkadi pulsó el timbre de una oficina situada en la primera planta, pero tampoco obtuvo respuesta. Después tocó el timbre de la planta baja, y al fin le respondió una voz.

—*Das ist Herr Benz* —dijo Arkadi—. *Ich habe den Schlüssel verloren.*

Confiaba en haber hecho comprender a su interlocutor que había perdido la llave.

Al cabo de unos instantes se abrió la puerta. Arkadi examinó rápidamente la correspondencia para averiguar los nombres de los médicos. Se trataba principalmente de publicaciones médicas y unos anuncios de talleres de reparaciones y salones de bronceado. La única carta dirigida a Benz procedía del Bayern-Franconia Bank. Un tal Schiller había escrito su nombre de puño y letra en el remite.

Al parecer, la persona que le había franqueado la entrada no se fiaba de él. De improviso se abrió la puerta de la planta baja y salió una enfermera con cara de pocos amigos.

—*Wohnen Sie hier?* —le preguntó, sin apartar la vista de la correspondencia.

—*Nein, danke* —contestó Arkadi, retrocediendo apresuradamente. Le asombraba que le hubiera dejado entrar.

Aunque apenas conocía los usos y costumbres de

Occidente, a Arkadi le extrañaba que una ayudante informara a un perfecto desconocido de cuánto tiempo iba a permanecer ausente su patrono y se mostrara tan paciente con el primitivo alemán de su interlocutor. ¿Por qué estaba limpiando el apartamento si Benz se hallaba ausente? La carta también le extrañaba. En Moscú, los clientes hacían cola con sus libretas de banco. En Occidente, los bancos enviaban las cartas por correo, pero resultaba un tanto curioso que el sobre estuviera firmado de puño y letra por el remitente.

Después de avanzar unos doscientos metros por la Königinstrasse, Arkadi cruzó la calle hacia el parque, siguió un sendero bordeado de arces y robles y se sentó en un banco desde el que divisaba la casa de Benz. Era la hora en que los muniqueses sacaban a sus perros a pasear. La mayoría eran de raza pequeña, unos caniches y unos dachshunds no mucho más altos que una jarra de cerveza. Detrás de ellos paseaban unas parejas de edad avanzada, elegantemente vestidos, algunos de ellos apoyados en un bastón. A Arkadi no le hubiera asombrado ver unos coches de caballos circulando por la Königinstrasse. La gente entraba y salía del edificio. Los médicos partieron en unos coches largos, de color oscuro. Al cabo de unos instantes salió la enfermera con cara de pocos amigos y echó a caminar calle abajo.

Arkadi comprobó de improviso que la luz de las farolas se había hecho más intensa y el sendero del parque más oscuro. Eran las once de la noche. De lo único que estaba seguro era de que Benz no había regresado a su apartamento.

Llegó a la pensión hacia la una de la madrugada. Sus habitaciones estaban tan desnudas como cuando las había abandonado, de tal forma que era imposible precisar si alguien las había registrado durante su ausencia. De pronto recordó que no había comprado comida. ¡Se hallaba en una de las ciudades más prósperas de Occidente y estaba desfallecido!

Se sentó junto a la ventana mientras se fumaba el último cigarrillo. La estación estaba en silencio. Unas luces rojas y verdes iluminaban el patio, pero no circulaba ningún tren. En una esquina de la estación estaba la terminal de autobuses. Pero también se encontraba cerrada. En la calle estaban aparcados varios autobuses vacíos. De vez en cuando pasaban unos faros persiguiendo... ¿qué?

¿Qué es lo que más ambicionamos en esta vida? La sensación de que alguien, en alguna parte, se acuerda de nosotros y nos quiere, preferentemente alguien a quien nosotros también queremos. Todo resulta soportable si tenemos eso presente.

Por otro lado, no existe nada peor que comprobar que nuestra presunción es totalmente fatua y absurda.

Así pues, es preferible no darle muchas vueltas.

17

Por la mañana Arkadi recibió la visita de Fiódorov, que se paseaba por las habitaciones como un doncella comprobando que todo estuviera limpio y aseado.

—El vicecónsul me pidió ayer que viniera a visitarlo, pero estaba ausente. Ayer noche tampoco estaba aquí. ¿Dónde se había metido?

—Fui a dar una vuelta —respondió Arkadi.

—Puesto que no conoce a la policía de Múnich, no posee ninguna autoridad y no sabe cómo llevar a cabo una investigación aquí, Platónov temía que se metiera en un lío y nos comprometiera a nosotros. —Tras echar un vistazo al dormitorio, Fiódorov preguntó asombrado—: ¿No tiene mantas?

—Me olvidé de pedirlas.

—En realidad no importa puesto que va a estar poco tiempo aquí —dijo Fiódorov. Luego abrió el armario y examinó los cajones—. ¿Todavía no se ha comprado una maleta? ¿Piensa transportar todo lo que compre en los bolsillos?

—Todavía no he comprado nada.

Fiódorov entró en la cocina y abrió el frigorífico.

—Está vacío. Es usted el típico tullido soviético. Está tan poco acostumbrado a la comida que ni siquiera se acuerda de comprarla aunque esté rodeado de tiendas de alimentación. Relájese, esto es real. Esto es Chocolatelandia. ¿Teme que le tomen por ruso? Es cierto que nos desprecian hasta tal punto que están dispuestos a pagarnos millones de marcos en concepto de gastos de traslado para que abandonemos la República Democrática Alemana, e incluso construyen barracas en Rusia para nosotros con tal de que nos larguemos. —Fiódorov cerró la puerta del frigorífico y se estremeció, como si se hubiera asomado al interior de una tumba—. ¿Por qué no aprovecha el poco tiempo que permanecerá aquí? Tómeselo como unas vacaciones, diviértase.

—¿Como un leproso de vacaciones?

—Más o menos —le respondió Fiódorov, encendiendo un cigarrillo.

A Arkadi no le apetecía fumarse un cigarrillo a esas horas de la mañana, pero los interrogadores rusos al menos te ofrecían uno.

—Debe de ser muy aburrido para usted tener que verificar incluso lo que he desayunado.

—Esta mañana tengo que llevar al coro femenino de Bielorrusia al aeropuerto, recibir a una delegación de insignes artistas del Estado de Ucrania y trasladarlos al hotel, asistir a un almuerzo con unos representantes de los estudios Mosfilm y Bavarian Film y ultimar los preparativos de una recepción que ofrecemos al grupo de bailarines folclóricos de Minsk.

—Disculpe si le he causado algún trastorno —dijo

Arkadi, extendiendo la mano—. Por favor, llámame Arkadi.

—Gennadi —respondió Fiódorov, estrechándosela de mala gana—. Me alegro que te hagas cargo de mi situación.

—¿Quieres que vaya a verte al consulado? Puedo llamarte más tarde.

—No. Vete a dar una vuelta por la ciudad, compra unos souvenirs. Pero procura regresar a las cinco.

—Estaré aquí a las cinco en punto.

Fiódorov se dirigió hacia la puerta.

—Tómate una cerveza en el Hofbraühaus —dijo—. O un par de ellas mejor.

Arkadi se tomó un café en una cafetería de la estación. Fiódorov estaba en lo cierto: fuera de Rusia no sabía dirigir una investigación. No contaba con el apoyo de Jaak ni de Polina. Puesto que carecía de autoridad oficial, no podía solicitar a la policía local que colaborara con él. Se sentía como un extraño. Aunque el mostrador estaba repleto de manzanas, naranjas, plátanos, rodajas de salchichas y pies de cerdo, alargó instintivamente la mano para birlar una bolsita de azúcar. Asombrado, se detuvo. Era la mano de un tullido soviético, tal como había dicho Fiódorov.

En el otro extremo del mostrador había un hombre casi idéntico a él, pálido y vestido con una arrugada chaqueta, que no sólo se había contentado con birlar una bolsita de azúcar sino que también había cogido una naranja. El ladrón le miró con aire conspirador y le guiñó un ojo. Arkadi echó un vistazo a su alrededor.

En ambos extremos del vestíbulo central había unos soldados vestidos con unos uniformes grises que sostenían unas metralletas H&K. Pertenecían al cuerpo antidisturbios; al parecer, en Múnich también sucedían cosas.

Arkadi se dirigió junto a un grupo de turcos hacia la boca del metro. Al llegar a las escaleras, dio media vuelta y se encaminó apresuradamente hacia la salida de la estación. Se detuvo junto al bordillo de la plaza y aguardó como los civilizados muniqueses a que cambiara la luz, pero de pronto se lanzó a cruzar la calle con el semáforo en rojo, por entre las filas de vehículos, hacia una isla en medio de la calzada; luego echó a correr hacia el bordillo opuesto mientras un grupo de personas lo contemplaban horrorizadas.

Después de atravesar una arcada salió al paseo peatonal que había recorrido el día anterior. Buscó una cabina telefónica que tuviera una guía hasta que por fin, en un aparcamiento situado en una bocacalle, halló una cabina amarilla con un teléfono, un banco y una guía. Junto a la cabina había una mujer diminuta, cuyo abrigo le rozaba los pies, que no cesaba de mirar el reloj, como si Arkadi se hubiera retrasado. De pronto el teléfono empezó a sonar y la mujer se precipitó hacia la cabina.

Un cartel en la puerta indicaba que era uno de los pocos teléfonos públicos que aceptaban llamadas. La mujer sostuvo una breve pero airada conversación, colgó violentamente y salió de la cabina, anunciando a Arkadi *ist frei.*

El teléfono era su única esperanza. En Moscú, las cabinas públicas estaban destrozadas o bien el teléfono no funcionaba. Generalmente, cuando un teléfono sonaba, nadie se molestaba en cogerlo. En Múnich, las cabinas telefónicas estaban limpias y aseadas como un cuarto de baño. Cuando sonaba un teléfono, los alemanes se apresuraban a cogerlo.

Arkadi buscó el número del Bayern-Franconia Bank y pidió hablar con Herr Schiller. Supuso que se trataría de un oficinista, pero el silencio que se produjo al otro lado del auricular le indicó que su llamada había pasado a otro nivel.

Al cabo de unos instantes, otra operadora le preguntó:

—*Mit wem spreche ich, bitte?*

—*Das Sowjetische Konsulat* —respondió Arkadi.

Mientras aguardaba, miró hacia el otro lado de la calle y vio unos grandes almacenes cuyos escaparates ofrecían prendas de lana, botones de asta, sombreros de fieltro y demás artículos típicamente bávaros. Al otro lado había un garaje por cuyas rampas subían y bajaban los BMW y Mercedes en unas interminables hileras, como unas abejas de acero en un gigantesco panal.

Al cabo de unos minutos sonó al otro lado del teléfono una autoritaria voz que dijo en ruso:

—Habla Schiller. ¿En qué puedo ayudarle?

—¿Ha estado usted en el consulado? —preguntó Arkadi.

—No, lo lamento... —Por el tono, no parecía lamentarlo profundamente.

—Como sabrá, hace poco que nos hemos instalado aquí.

—Sí, lo sé —contestó la voz secamente.

—Se ha producido cierta confusión en el consulado —dijo Arkadi.

—¿Y eso? —contestó la voz con un tono entre cauteloso y divertido.

—Puede que se trate de un malentendido o de un error debido a la traducción.

—¿De qué se trata?

—Hemos recibido la visita de los directivos de una empresa que desean establecer una sociedad mixta en la Unión Soviética. Por supuesto, estamos encantados de atenderles. Esos señores afirman que pueden financiar dicha sociedad en moneda fuerte.

—¿Marcos alemanes?

—Una considerable suma de marcos alemanes. Confiaba en que usted pudiera asegurarme que, efectivamente, la empresa dispone de esos fondos.

La voz al otro lado del teléfono suspiró profundamente, como si tuviera que esforzarse en explicar a un niño un complicado tema financiero.

—La empresa puede disponer de un amplio presupuesto corporativo, fondos privados, un préstamo de un banco o de otras instituciones, existen muchas combinaciones, pero del Bayern-Franconia Bank sólo puedo proporcionarle información si es socio de dicho negocio mixto. Le aconsejo que examine minuciosamente los documentos de la empresa.

—A eso iba. Nos dieron a entender —o quizá lo interpretamos equivocadamente— que su empresa estaba asociada con el Bayern-Franconia Bank, y que ustedes aportaban los fondos de financiación.

—¿Cómo se llama esa empresa?

—Servicios TransKom. Se dedica a servicios recreativos y de personal...

—Este banco no tiene sucursales en la Unión Soviética.

—Me lo temía —dijo Arkadi—. Así pues, ¿el banco no se ha comprometido a financiar esa sociedad?

—El Bayern-Franconia opina que la situación en la Unión Soviética no es lo suficiente estable para recomendar que se realicen en estos momentos unas inversiones allí.

—Es curioso. Uno de los directivos pronunció reiteradamente el nombre del Bayern-Franconia —dijo Arkadi.

—Eso es grave. ¿Con quién hablo?

—Me llamo Gennadi Fiódorov. Nos gustaría averiguar, a ser posible hoy mismo, si su banco apoya o no a TransKom.

—¿Puedo llamarle al consulado?

Después de reflexionar unos segundos, Arkadi respondió:

—Estaré ausente prácticamente todo el día. Tengo que llevar al aeropuerto a un coro de Bielorrusia, luego debo recibir a unos artistas ucranianos, almorzar con los de los Bavarian Film Studios y atender a unos bailarines folclóricos.

—Al parecer, va a estar muy ocupado.

—¿Podría llamarme a las cinco? —preguntó Arkadi, mirando el número de la cabina—. Llámeme al número 555-6020.

—¿Cómo se llama el representante de TransKom?

—Borís Benz.

Tras una breve pausa, Schiller dijo:

—Descuide, investigaré el asunto.

—El cónsul le estará muy agradecido.

—Lo hago por el buen nombre del Bayern-Franconia, Herr Fiódorov. Le llamaré a las cinco en punto.

Arkadi colgó. Supuso que el banquero se pondría inmediatamente en contacto con el consulado para verificar su llamada, pero en esos momentos Gennadi Fiódorov estaría de camino hacia el aeropuerto. Confiaba en que a Schiller no se le ocurriera comentar el tema con otro empleado del consulado.

Al salir de la cabina, Arkadi percibió algo extraño, un pie que se ocultaba precipitadamente en un portal o un viandante que se había detenido frente al escaparate de una tienda. Decidió entrar en los grandes almacenes para observar su imagen reflejada en el escaparate. ¿Ese individuo era realmente él? ¿Ese pálido fantasma vestido con una chaqueta que le quedaba estrecha? En Moscú formaría parte de uno de los innumerables espantapájaros que circulaban por las calles, pero entre los corpulentos devoradores de salchichas de Múnich, destacaba como una aparición de ultratumba. Tratar de pasar inadvertido entre los viandantes y los turistas de la Marienplatz era como si un esqueleto pretendiera ocultarse, encasquetándose un sombrero.

Arkadi se dirigió al garaje y subió por una rampa bajo un cartel negro y amarillo que decía AUSGANG. En aquel momento bajó un BMW a toda velocidad y frenó bruscamente, mientras Arkadi retrocedía hacia la pared. El conductor asomó su voluminoso rostro por la ventanilla y gritó:

—*Kein Ausgang! Kein Ausgang!*

En el primer piso, los coches circulaban por entre las filas de vehículos aparcados y las columnas de hormigón en busca de un espacio disponible. Arkadi quería dirigirse a una salida que daba a la calle de enfrente, pero todas las señales indicaban un ascensor central con las puertas de acero y un grupo de alemanes tan bien vestidos como para subir al cielo. Halló unas escaleras de emergencia que conducían al segundo piso, el cual estaba también repleto de coches que reverberaban entre los ronquidos de los motores de gasolina y el rítmico sonido de los diesel mientras circulaban en torno a un grupo de personas congregadas frente al ascensor.

Pocos coches llegaban al tercer piso. Arkadi vio varios espacios libres y una puerta roja al otro lado del recinto. Cuando se dirigía hacia ella, apareció súbitamente un Mercedes y se puso a dar vueltas por entre los escasos vehículos aparcados. Era un modelo antiguo, con un chasis blanco como el marfil que resonaba como un silenciador agujereado. De pronto se detuvo en la oscuridad, debajo de una bombilla fundida. Arkadi siguió avanzando con la mano en el bolsillo, como si buscara las llaves. Tras pasar junto al último coche, echó a correr. Pensó que era una lástima que no conociera mejor el alemán. El cartel sobre la puerta decía KEIN ZUTRITT, «Prohibido el paso», pero cuando se dio cuenta era demasiado tarde. La manecilla de la puerta tenía una cerradura digital con la que forcejeó durante unos instantes antes de darse por vencido y girarse en busca del Mercedes. El vehículo se había esfumado aunque aún estaba allí, porque sus reumáticos estertores seguían resonando en el amplio recinto. Arkadi percibió el ruido de los cilindros y el sonido del tubo de escape. El conductor probablemente se había ocultado detrás del ascensor, o quizás en uno de los cubículos de aparcamiento, que no estaban iluminados. Un buen lugar para esconderse.

Arkadi se dirigió de nuevo hacia las escaleras de

emergencia a través de un espacio abierto donde no había columnas ni coches aparcados que lo protegieran. Había otra salida, por la rampa de subida, contraviniendo el cartel que decía KEIN AUSGANG pintado a ambos lados de la misma. Arkadi se deslizó entre los coches, y cuando se disponía a bajar por la rampa, se dio cuenta de su error. El Mercedes blanco le estaba esperando. Había retrocedido por la rampa para observar sus movimientos.

Arkadi corrió hacia las escaleras, seguido del Mercedes. No sabía qué sonaba peor, si sus pulmones o el coche que lo perseguía, aunque el conductor parecía más interesado en mantenerse pegado a los talones de Arkadi que en atropellarlo. Arkadi se precipitó hacia un cubículo ocupado por un coche. El Mercedes se detuvo, cerrándole el paso, y el conductor se apeó.

Ahora estaban en pie de igualdad. Arkadi cogió el extintor que colgaba de la pared del cubículo y lo arrojó hacia el conductor, obligándole a apartarse de un salto. Al agacharse, Arkadi le propinó un puñetazo. Mientras el hombre trataba de incorporarse, Arkadi arrancó la manguera de goma del extintor, la enrolló alrededor del cuello de su atacante y lo arrastró fuera del cubículo.

Al observar su rostro a la luz, Arkadi reconoció a Stas. Le quitó la manguera de alrededor del cuello y Stas se sentó, apoyándose contra una rueda.

—Buenos días —dijo Stas, palpándose el cuello—. Vaya forma de saludar.

—Lo siento. —dijo Arkadi sentándose junto a él—. Me había asustado.

—¿Qué yo le había asustado? ¡Dios mío! —exclamó Stas, tragando saliva y tosiendo—. Es peor que un doberman.

Al llevarse la mano al pecho, Arkadi temió que le hubiera dado un ataque al corazón, pero se limitó a sacar un paquete de cigarrillos del bolsillo.

—¿Tiene fuego? —le preguntó.

Arkadi le ofreció una cerilla y Stas exclamó:

—¡Joder! ¡Coja un cigarrillo! ¡Déme una paliza, róbeme el paquete!

—Gracias —dijo Arkadi, aceptando el cigarrillo—. ¿Por qué me perseguía?

—Le estaba observando. Cuando me dijo dónde se alojaba, no pude creer que hubieran enviado al investigador favorito de Moscú a semejante tugurio. Vi a Fiódorov que abandonaba la pensión, y luego le seguí a usted hasta la estación. No hubiera podido seguirlo entre la muchedumbre, pero le vi detenerse junto a la cabina telefónica, y cuando pasé con el coche, comprobé que todavía seguía allí.

—¿Por qué?

—Soy muy curioso.

—¿Ah, sí?

De pronto salió una mujer del ascensor cargada con unas bolsas. Al ver a Arkadi y Stas sentados en el suelo junto al coche, se detuvo bruscamente.

—¿Qué es lo que despierta su curiosidad? —preguntó Arkadi.

—Muchas cosas —contestó Stas cambiando de postura—. Usted es un investigador, pero tiene el aspecto de un hombre con problemas. Cuando su jefe, ese mierda de Rodiónov, estuvo en Múnich, los del consulado lo pasearon por todas partes. Incluso lo llevaron a visitar la emisora de radio y nos concedió una entrevista. En cambio a usted lo tienen enterrado.

—¿Qué le dijo Rodiónov? —preguntó Arkadi.

—Habló sobre la democratización del Partido, la modernización de la milicia, la sacrosanta independencia del investigador... Las mismas chorradas de siempre. ¿Le gustaría que le hiciéramos una entrevista?

—No.

—Podría hablar sobre lo que sucede en la oficina del fiscal. Sobre lo que quisiera.

En aquel momento llegó el ascensor, y la mujer se montó en él apresuradamente, como si estuviera ansiosa de ir a informar a las autoridades sobre un accidente.

—No —dijo Arkadi, ofreciendo la mano a Stas para ayudarlo a incorporarse—. Lamento haber cometido un error.

Stas permaneció sentado, como si quisiera demostrarle que era capaz de ganar una discusión en cualquier postura.

—Aún es temprano. Puede pegar a otras personas esta tarde. Acompáñeme a la emisora.

—¿A Radio Liberty?

—¿No le gustaría ver el mayor centro del mundo de agitación antisoviética?

—Eso es Moscú. Acabo de venir de allí.

—Sólo para visitarla —dijo Stas, sonriendo—. No tiene que concedernos una entrevista.

—¿Entonces por qué quiere que vaya?

—Pensaba que le gustaría ver a Irina.

18

Al sentarse en el Mercedes de Stas, Arkadi no podía creer que se tratara de un coche alemán. El asiento junto al conductor estaba cubierto por una raída manta. El posterior se hallaba oculto bajo un montón de periódicos. Cada vez que tomaban una curva, rodaban por el suelo unas pelotas de tenis, y cada vez que pasaban un bache, se alzaban del cenicero unas volcánicas nubes de humo.

En un marco magnético adherido al salpicadero había la fotografía de un perro negro.

—Se llama *Laika* —dijo Stas—, por la perra que Jruschov mandó al espacio. Yo era entonces un niño, y pensé: «¿Nuestra primera hazaña espacial es enviar a un perro al espacio para que se muera de hambre?» Entonces decidí que debía marcharme.

—¿De modo que se fugó?

—En Helsinki, y estaba tan asustado que me meé en los pantalones. En Moscú dijeron que era un espía importante. El Jardín Inglés está lleno de espías como yo.

—¿El Jardín Inglés?

—Donde estuvo el otro día.

Cuando salieron a un bulevar, junto al que se alzaba el Haus der Kunst, un museo seudoalemán, Arkadi empezó a reconocer dónde se hallaban. A la izquierda estaba la Königinstrasse, la «calle de la Reina», donde vivía Benz. Stas dobló a la derecha y pasaron junto al parque. Arkadi observó por primera vez un cartel que decía: ENGLISCHER GARTEN. Luego enfilaron una calle de dirección única, a un lado de la cual estaban las pistas de tierra batida de un club de tenis, y al otro, un elevado muro blanco. Frente a éste, había una hilera de hayas que ocultaban el recinto al otro lado del muro. Junto al bordillo, apoyadas contra una barrera metálica, había varias bicicletas.

—Cuando me despierto por las mañanas, pregunto a *Laika* qué es lo más perverso que puedo hacer hoy —dijo Stas—. Creo que hoy será un día muy interesante.

El aparcamiento estaba situado en diagonal frente a las pistas de tenis. Stas cogió una cartera, cerró el coche y condujo a Arkadi a través de una verja de acero controlada por unas cámaras y unos espejos. Dentro había un grupo de edificios de estuco blanco sobre cuyos muros habían instalado otras cámaras.

Como toda persona criada en la Unión Soviética, Arkadi se había formado dos imágenes contradictorias sobre Radio Liberty. Durante toda su vida, la prensa había descrito la emisora como una tapadera de la CIA con su miserable cohorte de espías y traidores rusos. Al mismo tiempo, todo el mundo sabía que Radio Liberty era la fuente de información más fidedigna sobre los poetas disidentes desaparecidos y los accidentes nucleares que se producían en Rusia. No obstante, aunque Arkadi también había sido acusado de traición, recelaba de Stas y del lugar que éste se había empeñado en mostrarle.

Casi esperaba toparse con unos marines americanos, pero los guardias en el vestíbulo de recepción eran alemanes. Stas les enseñó su documento de identidad y entregó su cartera a un guardia, que la introdujo en un detector de rayos X. Otro guardia condujo a Arkadi a un mostrador protegido por un grueso cristal reforzado con plomo. Aunque el mostrador era más grande y los sillones más cómodos, la zona de recepción era idéntica a las americanas y soviéticas, un diseño internacional concebido para adecuarse al viajero pacifista y al terrorista experto en colocar bombas.

—¿El pasaporte? —le pidió el guardia.

—No lo llevo —contestó Arkadi.

—Está todavía en la recepción del hotel —terció Stas—. La famosa eficacia alemana de la que tanto oímos hablar. Se trata de un importante personaje. Lo esperan en el estudio.

Aunque a regañadientes, entregó a Arkadi un pase de visita a cambio de su permiso de conducir soviético, y Stas se lo pegó en el pecho. Pocos instantes depués se abrió una puerta de cristal y penetraron en un pasillo rodeado de unas paredes color crema.

—¿Por qué haces esto? —le preguntó Arkadi a Stas.

—Ayer te dije que detesto que un rayo se abata sobre un inocente, y tú muestras señales de haberte chamuscado.

—¿No tienes miedo de meterte en un lío por traerme aquí?

—Eres un ruso más —respondió Stas encogiéndose de hombros—. La emisora está llena de rusos.

—¿Y si me encuentro con un americano?

—Haz como nosotros: no le hagas el menor caso.

El pasillo estaba cubierto por una mullida moqueta americana, muy distinta de las raídas alfombras soviéticas. Cojeando visiblemente, Stas lo condujo a lo largo de un pasillo en el que había unas vitrinas que mostraban las historias que Radio Liberty había difundido a la Unión Soviética: el puente aéreo de Berlín, la crisis de los misiles cubanos, Solzhenitsin, la invasión de Afganistán, el avión coreano, Chernóbil y el conflicto de los Balcanes. Todas las fotografías exhibían unas leyendas en inglés. A Arkadi le parecía estar deslizándose a través de la historia.

A diferencia del ordenado y pulcro vestíbulo, el despacho de Stas parecía un taller de reparaciones ruso: había una mesa y una silla giratoria, un anónimo mueble cubierto por un chal frente a la ventana, un archivador de madera, un gigantesco empalmador de cintas de vídeo y un sillón. Sobre la mesa se veía una máquina de escribir manual, un ordenador, un teléfono, unos vasos de agua y unos ceniceros. Sobre el chal había dos ventiladores eléctricos, dos altavoces estereofónicos y el monitor de un ordenador. Sobre el archivador había una radio portátil y el teclado de un ordenador. Sobre el empalmador había varias cintas, desenrolladas y enrolladas. Por todas partes —en la mesa, en la repisa de la ventana, en el archivador y en el sillón— había unas enormes pilas de periódicos. En la pared había un teléfono con el auricular colgando. A primera vista, Arkadi comprendió que aparte de la máquina de escribir y el teléfono sobre la mesa, ninguno de aquellos objetos funcionaba.

Se inclinó sobre la mesa para admirar unas fotografías que colgaban en la pared.

Una de ellas correspondía a la siniestra y peluda bestia que Arkadi había visto en el salpicadero del Mercedes. En ella, *Laika* había sido captada por la cámara desde dentro del coche mientras despedazaba a un muñeco de nieve, tumbada sobre las rodillas de Stas.

—¿A qué raza pertenece? —preguntó Arkadi.

—Es una mezcla de rottweiler y de perro lobo. Tiene una personalidad típicamente alemana. Ponte cómodo.

Stas retiró unos periódicos del sillón para que Arkadi se sentara en él.

—Nos han regalado todas esas porquerías electrónicas con un software que no sirve para nada —dijo Stas—. Los he desconectado, pero los conservo porque a los jefes les gustan.

—¿Dónde trabaja Irina?

—Al final del pasillo —contestó Stas, cerrando la puerta—. La sección rusa de Radio Liberty es la más amplia. Tenemos también unas secciones para los ucranianos, los bielorrusos, los bálticos, los armenios y los turcos. Transmitimos en distintos idiomas para diferentes repúblicas. Luego está la RFE.

—¿La RFE?

Stas se sentó en la silla frente a la mesa.

—Radio Free Europe, que transmite para los polacos, los checos, los húngaros y los rumanos. En Múnich trabaja un centenar de personas para la Liberty y la RFE. La voz de Liberty para nuestra audiencia rusa es Irina.

De pronto se abrió la puerta y entró una mujer gruesa, con el pelo blanco, las cejas también blancas y un lazo de terciopelo negro. En la mano llevaba un montón de boletines. Se detuvo y observó a Arkadi de arriba abajo, con la insinuante mirada de una vieja coqueta.

—¿Tienes un cigarrillo? —preguntó a Stas con una voz más ronca que la de Arkadi.

Stas abrió un cajón repleto de cartones de cigarrillos y le ofreció un paquete.

—Siempre es un placer verte, Ludmila.

Después de que Stas le encendiera el cigarrillo, Ludmila se inclinó hacia delante y cerró los ojos. Al cabo de unos segundos los abrió de nuevo y miró a Arkadi.

—¿Es un visitante de Moscú? —preguntó.

—No, es el arzobispo de Canterbury —contestó Stas.

—Al DD le gusta estar informado de todas las personas que entran y salen de la emisora.

—En ese caso debería sentirse honrado —dijo Stas.

Tras dirigir otra insinuante mirada a Arkadi, Ludmila salió de la habitación, dejando una estela de sospecha.

Stas sacó un cigarrillo del paquete y ofreció uno a Arkadi.

—Es nuestro sistema de seguridad —dijo—. Disponemos de cámaras y cristales antibalas, pero no tienen comparación con Ludmila. El DD es nuestro director delegado de seguridad. —Luego consultó su reloj y añadió—: A dos pasos por segundo y treinta centímetros por paso, Ludmila llegará a su despacho dentro de dos minutos exactamente.

—¿Tenéis problemas de seguridad? —preguntó Arkadi.

—Hace unos años el KGB hizo volar la sección checa. Algunos colaboradores han muerto envenenados o electrocutados. Como verás, tenemos bastantes problemas de seguridad.

—Pero ella no sabe quién soy.

—Ya habrá visto la identificación que dejaste en el mostrador de recepción. Claro que sabe quién eres. Ludmila lo sabe todo y no comprende nada.

—Lamento haberte colocado en una situación comprometida —dijo Arkadi—. No quiero entretenerte.

—¿Lo dices por estos boletines? —preguntó Stas—. Es la ración diaria de informes por télex y notas de prensa. También hablo con nuestros corresponsales en Moscú y Leningrado. De esta avalancha de información espigo aproximadamente un minuto de verdad.

—El boletín informativo dura diez minutos.

—El resto me lo invento —contestó Stas, apresurándose a añadir—: Es una broma. Digamos que adorno las noticias. No quiero que Irina se vea en el compromiso de comunicar al pueblo ruso que su país es un cadáver en pleno estado de descomposición, un Lázaro al que no resucita ni Dios, y que más vale que se resignen.

—Ahora no bromeas —dijo Arkadi.

—No —contestó Stas, inclinándose hacia atrás y emitiendo una larga bocanada de humo. En realidad no era mucho más ancho que una chimenea, pensó Arkadi—. De todos modos, dispongo de todo el día para entresacar las noticias más interesantes. ¡Quién sabe qué nuevos desastres ocurrirán de aquí a que se emitan las noticias!

—¿La Unión Soviética es terreno abonado?

—Para ser sincero, yo sólo recojo, no siembro. —Stas hizo una pausa y luego prosiguió—: A propósito de la verdad, estoy convencido de que el más sanguinario y cínico investigador soviético es capaz de enamorarse de Irina, de poner en peligro su estabilidad familiar y su carrera, e incluso de matar por ella. Después, según tengo entendido, recibiste una reprimenda del Partido, pero sólo te castigaron a permanecer una temporada en Vladivostok, donde trabajaste en el departamento administrativo de la flota pesquera. Luego te permitieron regresar a Moscú para ayudar a las fuerzas reaccionarias a pararles los pies a los especuladores. He oído decir que la oficina del fiscal no podía controlarte porque estás muy bien relacionado con algunos miembros del Partido. Cuando te vi ayer en la cervecería, comprendí que no eras el típico *apparátchik* fofo y bien alimentado. También observé otra cosa —dijo Stas, inclinándose hacia delante—. Dame la mano.

Arkadi hizo lo que le pedía, y Stas examinó las cicatrices que le atravesaban la palma.

—Esos cortes no te lo has hecho con un papel —dijo.

—No, con unos palangres. El material de pesca es viejo y está muy gastado.

—A menos que la Unión Soviética haya cambiado más de lo que creo, obligar a alguien a lanzar redes no me parece una recompensa adecuada para uno de los hombres favoritos del Partido.

—Hace mucho tiempo que perdí la confianza del Partido.

Stas estudió las cicatrices como si estuviera leyendo la palma de la mano. Arkadi pensó que su intenso nivel de concentración probablemente se debía al hecho de ser cojo o de haber pasado varios meses obligado a guardar cama.

—¿Estás enamorado de Irina? —le preguntó.

—Mi trabajo en Múnich no tiene nada que ver con Irina.

—Y no puedes decirme en qué trabajas.

—No.

En aquel momento sonó el teléfono. Pese a los insistentes timbrazos, Stas lo contempló como si sonara desde un remoto país. Luego miró el reloj y dijo:

—Debe de ser el director delegado. Ludmila acaba de comunicarle que un destacado investigador de Moscú se ha infiltrado en la emisora. ¿Tienes hambre?

La cafetería de la emisora estaba en la planta inferior. Stas condujo a Arkadi a una mesa y pidió a una camarera alemana vestida con un delantal blanco que les trajeran unas salchichas y dos cervezas. Unos americanos, jóvenes y de aspecto saludable, salieron al jardín. Las mesas de la cafetería estaban ocupadas por una población de emigrantes de mediana edad, en su mayoría masculina, que comían y charlaban animadamente bajo la nube de humo que impregnaba el ambiente.

—¿No temes que el director venga a buscarte aquí? —preguntó Arkadi.

—¿En nuestra cafetería? Jamás. Irina y yo solemos comer en la Torre China. —Stas encendió un cigarrillo, tosió un poco y aspiró una bocanada de humo mientras echaba un vistazo por la cafetería—. Siempre me pongo nostálgico al contemplar el imperio soviético. Allí están los rumanos, sentados en su mesa, junto a ellos se encuentra la mesa de los checos, más allá la de los polacos y la de los ucranianos. —Luego señaló a un grupo de ciudadanos de Asia central, en mangas de camisa—. Los turcos están sentados allí. Los turcos odian a los rusos, lógicamente. El problema es que actualmente no tienen reparo en decirlo.

—¿De modo que las cosas han cambiado?

—Por tres motivos. Primero, la Unión Soviética ha empezado a desmoronarse. En cuanto las nacionalidades empezaron a cortarse el cuello allí, aquí sucedió otro tanto. Segundo, ya no sirven vodka en la cafetería. Ahora sólo puedes beber vino o cerveza, que es un combustible bastante flojo. Tercero, en lugar de la CIA, ahora nos controla el Congreso.

—¿Así que ya no sois una tapadera de la CIA?

—Te aseguro que añoro aquellos tiempos. Al menos la CIA sabía lo que se hacía.

La camarera les trajo las cervezas. Arkadi tomó unos sorbos para paladearla; no tenía nada que ver con la amarga y turbia cerveza soviética. Stas se la bebió de un trago.

Luego depositó el vaso sobre la mesa y exclamó:

—¡Qué vida la de los emigrantes! Entre los rusos existen cuatro grupos: Nueva York, Londres, París y Múnich. Los de Londres y París son más intelectuales. En Nueva York hay tantos refugiados que puedes vivir allí toda tu vida sin necesidad de pronunciar una palabra de inglés. En Múnich vive el grupo que está atrapado en el tiempo; aquí es donde reside la mayoría de los monárquicos. Luego está la Tercera Ola.

—¿La Tercera Ola?

—La última ola de refugiados —respondió Stas—. Los viejos emigrantes no quieren saber nada de ellos.

—¿Te refieres a que la Tercera Ola se compone de judíos?

—Así es.

—Esto es igual que Rusia.

No exactamente. Aunque la cafetería estaba llena de voces eslavas, la comida era típicamente germana. Arkadi sintió que los alimentos que ingería se transformaban inmediatamente en sangre, huesos y energía. Después de aplacar su apetito, echó una ojeada a su alrededor. Observó que los polacos no llevaban traje ni corbata, y mostraban la expresión de unos aristócratas temporalmente venidos a menos. Los rumanos estaban sentados ante una mesa redonda, sin duda para conspirar mejor. Los americanos estaban sentados solos, escribiendo unas tarjetas postales como buenos turistas.

—¿Es cierto que vino a visitaros el fiscal Rodiónov?

—Como ejemplo del Nuevo Pensamiento, de la moderación política, del favorable clima para la inversión —respondió Stas.

—¿Hablaste personalmente con Rodiónov?

—Personalmente no le tocaría ni con guantes de goma.

—¿Entonces quién le atendió?

—El presidente de la emisora es un firme defensor del Nuevo Pensamiento. También cree profundamente en Henry Kissinger, la Pepsi Cola y Pizza Hut. Supongo que no entiendes esas alusiones. Eso es porque no has trabajado en Radio Liberty.

La camarera trajo a Stas otra cerveza. Con sus ojos azules y su minifalda, tenía el aspecto de una joven robusta pero agobiada por el trabajo. Arkadi se preguntó qué opinaría de su clientela de alegres americanos y taciturnos eslavos.

De pronto se acercó a ellos un locutor georgiano con unos rizos y un rostro que le daban aspecto de actor. Se llamaba Rikki. Después de saludar a Arkadi con una ligera inclinación de cabeza, empezó a relatarles sus desgracias.

—Mi madre ha venido a visitarme. Nunca me ha perdonado que sea un desertor. Asegura que Gorbachov es un hombre encantador que jamás arrojaría gases venenosos contra los manifestantes de Tbilisi. Ha redactado una carta de arrepentimiento en mi nombre para que la firme y regrese con ella a casa. Chochea tanto que es capaz de conducirme a la cárcel. Ha aprovechado su estancia aquí para que le examinen los pulmones. Deberían examinarle el cerebro. ¿A que no adivinas quién va a venir a verme también? Mi hija. Tiene dieciocho años. Quiero mucho a mi hija, es decir, creo que la quiero, porque no la conozco. Anoche hablamos por teléfono. —Rikki encendió un cigarrillo con la colilla del anterior—. Tengo varias fotos suyas, pero le pedí que me describiera su aspecto para reconocerla cuando vaya al aeropuerto a recogerla. Los niños cambian continuamente. Al parecer, es idéntica a Madonna. Cuando empecé a describirle mi aspecto, me pidió que le describiera el coche.

—En estos momentos uno añora un buen vaso de vodka —observó Stas.

Rikki cayó en un profundo silencio.

—¿Piensa con frecuencia en su madre y en su hija cuando transmite un programa para Georgia? —le preguntó Arkadi.

—Por supuesto —contestó Rikki—. ¿Quién cree que las invitó a venir? Lo que me sorprende es que vengan, y que se hayan convertido en la clase de personas en las que se han convertido.

—Al parecer, la visita de un ser querido es una mezcla de reencarnación e infierno —observó Arkadi.

—Más o menos —dijo Rikki. Luego miró el reloj que colgaba en la pared y añadió—: Tengo que irme. Ayúdame, Stas. Escribe algo, lo que sea. Eres un tipo estupendo.

Dicho esto, se levantó con aire trágico y se encaminó hacia la puerta.

—Un tipo estupendo —murmuró Stas—. Estoy seguro de que regresará. La mitad de las personas que están aquí regresarán a Tbilisi, Moscú y Leningrado. Lo más absurdo es que quienes trabajamos aquí estamos perfectamente informados. Somos los que contamos la verdad. Pero somos rusos, lo que significa que también mentimos. En estos momentos nos hallamos en un estado de total confusión. El jefe de la sección rusa era un hombre muy competente e inteligente. Era un desertor como yo. Pues bien, hace unos diez meses regresó a Moscú. No de visita sino para quedarse. Un mes más tarde apareció en la televisión americana en calidad de portavoz de Moscú, asegurando que la democracia estaba sólidamente afianzada, que el Partido propugnaba la economía de mercado y que el KGB garantiza la estabilidad social. Es muy bueno; aprendió el oficio aquí. Se expresa de forma tan convincente que los trabajadores de la emisora empiezan a plantearse serias dudas: ¿estamos realizando un servicio eficaz, o somos unos fósiles de la Guerra Fría? ¿Por qué no nos largamos todos a Moscú?

—¿Tú le crees? —preguntó Arkadi.

—No. Cuando veo a alguien como tú, me pregunto: ¿de qué huye ese tipo?

Arkadi dejó la pregunta sin respuesta.

—Pensaba que iba a ver a Irina —dijo.

Stas señaló a Arkadi la bombilla roja que estaba encendida sobre la puerta y penetraron en la cabina de control. La cabina estaba en silencio y a oscuras; frente a la consola estaba sentado un ingeniero que llevaba unos auriculares. Arkadi se sentó al fondo, junto a una grabadora en marcha. Sobre unos indicadores de volumen bailaban unas agujas.

Al otro lado del cristal insonorizado se hallaba Irina sentada ante una mesa hexagonal con un micrófono, iluminada por una luz cenital. Frente a ella estaba sentado un hombre con aire de intelectual, vestido con un jersey negro. Al hablar, rociaba a Irina con saliva. Parecía reírse de sus propios chistes. Arkadi se preguntó qué estaría diciendo.

Irina tenía la cabeza levemente inclinada, como si lo escuchara atentamente. Sus ojos estaban en sombras. En sus labios, ligeramente entreabiertos, se dibujaba una sonrisa.

La luz ponía de relieve la abultada frente del hombre y sus frondosas cejas, que casi ocultaban sus ojos. Sin embargo, se deslizaba sobre las hermosas facciones de Irina como si las acariciara, resaltando la aureola dorada que rodeaba sus pómulos, su cabello y su brazo. Arkadi recordó que tenía una fina línea azul debajo de los ojos, resultado de un interrogatorio; pero la marca había desaparecido y su rostro estaba intacto. Frente a ella y su interlocutor, había un cenicero y un vaso de agua.

Irina pronunció unas palabras, y el hombre comenzó a hablar más animadamente, moviendo las manos como un hacha.

Stas se inclinó sobre la consola y conectó el sonido.

—¡A eso me refiero! —exclamó el hombre—. Las agencias de inteligencia se dedican a trazar unos perfiles psicológicos de los líderes nacionales. Es importante comprender la psicología de esa gente. Esto siempre ha pertenecido al ámbito de la psicología.

—¿Podría ponernos un ejemplo? —preguntó Irina.

—¡Desde luego! El padre de la psicología rusa fue Pávlov. Es conocido mundialmente por sus experimentos con los reflejos condicionados, sobre todo su trabajo con perros, acostumbrándolos a asociar la comida con el sonido de una campana, de modo que al cabo de un tiempo, cuando oyen la campana, se ponen a salivar.

—¿Qué tienen que ver los perros con la psicología nacional?

—Pávlov informó que había algunos perros a los que no conseguía enseñar a salivar cuando percibían el sonido de la campana; de hecho se negaban a ser adiestrados. Él sostenía que era un atavismo de sus antepasados, los lobos. En el laboratorio no podía hacer nada con ellos.

—Sigue refiriéndose a los perros.

—Espere un momento. Más tarde Pávlov amplió el concepto y denominó ese rasgo atávico un «reflejo de libertad». Afirmó que el «reflejo de libertad» existía en las poblaciones humanas al igual que en los perros, pero en distintos grados. En las sociedades occidentales el «reflejo de libertad» era muy pronunciado. Aseguró que en cambio en la sociedad rusa predominaba un «reflejo de obediencia». No se trataba de un juicio moral, sino de una observación científica. Desde la Revolución de Octubre, y setenta años de comunismo, ese «reflejo de obediencia», como puede suponer, se ha agudizado. Así pues, lo que digo es que nuestras esperanzas de alcanzar una auténtica democracia deben ser realistas.

—¿Qué entiende por unas esperanzas realistas? —preguntó Irina.

—Bajas —respondió su interlocutor satisfecho, como si describiera la muerte de un malvado.

El ingeniero dijo desde la cabina:

—Irina, oigo un eco cuando el profesor se acerca al micrófono. Voy a revisar la cinta. Entretanto, tomaros un descanso.

Arkadi supuso que oiría de nuevo la conversación, pero el ingeniero la escuchó a través de los auriculares mientras el sonido del estudio seguía filtrándose en la cabina.

Irina sacó un cigarrillo del bolso y el profesor casi saltó sobre la mesa para encendérselo. Ella inclinó la cabeza hacia atrás, mostrando un pendiente. Llevaba un elegante jersey de cachemira azul. Cuando dio las gracias a su invitado, éste sonrió tímidamente.

—¿No le parece que es un poco duro? Me refiero a comparar a los rusos con unos perros —dijo Irina.

El profesor cruzó los brazos.

—No. Hay que verlo de una forma lógica. Esos individuos que se negaban a obedecer murieron o se marcharon hace mucho tiempo.

Arkadi observó una expresión de desprecio en los ojos de Irina. Pero puede que estuviera equivocado, porque ésta respondió a la observación del profesor con una amable sonrisa.

—Ya le entiendo —dijo Irina—. Los que ahora abandonan Moscú son otro tipo de gente.

—¡Exactamente! Los que ahora se marchan son las familias que no se fueron cuando debían hacerlo. Son rezagados, no líderes. No se trata de un juicio moral sino sencillamente de un análisis de sus características.

—No sólo familias —observó Irina.

—Cierto. De pronto aparecen por todas partes antiguos colegas míos que no había visto desde hacía veinte años.

—Amigos.

—¿Amigos? —Era una categoría que el profesor no había tenido en cuenta.

El humo invadía el estudio, convirtiendo la luz en una aureola táctil en torno a Irina. Lo que llamaba la atención era el contraste que ofrecía su aspecto. Una máscara con unos labios sensuales y unos ojos de mirada profunda, su cabello oscuro cortado severamente pero rozando con suavidad sus hombros. Resplandecía como la nieve.

—Puede resultar un tanto violento —dijo Irina—. Son personas decentes, y para ellas es muy importante verle a usted.

El profesor se inclinó hacia delante, mirándola fijamente, y dijo:

—Sólo la conocen a usted.

—No debemos hacerles daño, pero sus esperanzas no son realistas.

—Han vivido en un estado totalmente irreal.

—Piensan en usted todos los días, pero lo cierto es que ha pasado mucho tiempo. Hace años que usted no piensa en ellos —observó Irina.

—Usted ha vivido una vida distinta, en un mundo diferente.

—Quieren retomar el hilo de su discurso —dijo Irina.

—La abrumarían.

—Obran de buena fe.

—No la dejarían vivir.

—¿Y quién más indicado que usted para retomar el hilo de su discurso? —preguntó Irina—. Sea lo que fuere, está muerto.

—Tiene que mostrarse amable pero firme.

—Es como ver un fantasma.

—¿Amenazador?

—Más patético que amenazador —contestó Irina—. Lo que me extraña es que hayan decidido venir al cabo de tanto tiempo.

—Si la escuchan a usted por la radio, imagino las fantasías que suscitarán sus palabras.

—No debemos ser crueles.

—Usted no lo es —la tranquilizó el profesor.

—A veces pienso... que sería mejor que se quedaran en Moscú con sus sueños.

—Irina —dijo el ingeniero—. Vamos a grabar de nuevo los dos últimos minutos de la entrevista. Recuerda al profesor que no debe aproximarse al micrófono.

El profesor parpadeó, tratando de distinguir al ingeniero en la cabina.

—De acuerdo —dijo.

Irina apagó el cigarrillo en el cenicero. Cogió el vaso de agua con sus largos dedos y bebió un sorbo. Sus labios rojos contrastaban con su blanca dentadura. El cigarrillo relucía como un hueso roto.

La entrevista comenzó de nuevo con Pávlov.

Arkadi se hundió en la silla avergonzado, como si quisiera fundirse en la sombra. Si la sombra fuera agua, se hubiera ahogado en ella.

19

El teléfono de la cabina sonó a las cinco en punto.

—Habla Fiódorov —dijo Arkadi.

—Soy Schiller, del Bayern-Franconia Bank. Hablamos esta mañana. Me hizo unas preguntas sobre una empresa llamada Servicios TransKom.

—Le agradezco su llamada.

—No existe tal empresa en Múnich. Ningún banco local la conoce. He hablado con varias oficinas estatales y no existe ninguna empresa TransKom registrada en Baviera.

—Parece que ha investigado el asunto a fondo —observó Arkadi.

—Creo que he hecho todo lo que usted me pidió.

—¿Y qué me dice de Borís Benz?

—Este es un país libre, Herr Fiódorov. Es difícil investigar a un ciudadano particular.

—¿Se trata de un trabajador del Bayern-Franconia?

—No.

—¿Tiene una cuenta en el banco de ustedes?

—No, pero aunque la tuviera, existen unas disposiciones que protegen la confidencialidad del cliente.

—¿Tiene antecedentes penales? —preguntó Arkadi.

—Le he dicho cuanto sé.

—Una persona que alega falsamente estar asociada con un banco probablemente lo ha hecho en otras ocasiones. Podría tratarse de un delincuente profesional.

—En Alemania también existen delincuentes profesionales. Ignoro si ese tal Benz es un delincuente. Usted dijo que tal vez haya interpretado equivocadamente sus palabras.

—Pero ahora el nombre del Bayern-Franconia Bank consta en los informes del consulado —dijo Arkadi.

—Elimínelo.

—No es tan fácil. Tratándose de un contrato de semejante envergadura, es lógico que lo investiguemos.

—Ése es problema suyo.

—Al parecer, Benz mostró unos documentos del Bayern-Franconia que demostraban que el banco se había comprometido a financiar el negocio. En Moscú querrán saber por qué han decidido retirarse del asunto.

La voz al otro lado del teléfono contestó con firmeza:

—No hubo tal compromiso.

—En Moscú se preguntarán por qué el Bayern-Franconia no demuestra más interés en hallar a Benz. Si éste ha implicado falsamente al banco, ¿por qué no cooperan con nosotros para que demos con él? —preguntó Arkadi.

—Hemos cooperado en la medida de lo posible —replicó Schiller con tono convincente, excepto que existía una carta dirigida por él a Benz.

—¿Le importa que enviemos a un empleado nuestro para hablar con usted?

—Al contrario. Cuanto antes mejor. Estoy deseando zanjar este asunto.

—Se llama Renko.

Las tercera planta del consulado soviético estaba atestada de mujeres vestidas con unas blusas bordadas y unas voluminosas faldas rayadas de distintos colorines que sostenían unos ramos de flores. Parecían unos huevos de Pascua. Arkadi se abrió paso entre ellas y penetró en el despacho de Fiódorov.

Éste se hallaba sentado ante una mesa rodeada de cubos de agua, examinando un montón de visados. Alzó la vista y miró a Arkadi con cara de pocos amigos.

—¿Qué demonios haces aquí? —le espetó.

—No está mal —contestó Arkadi, echando un vistazo a su alrededor. Era un despacho pequeño, sin ventanas, con unos muebles modernos pero diminutos. Arkadi supuso que su ocupante debía experimentar una profunda sensación de agobio cada vez que entraba en él. Aparte de mojarse. Uno de los cubos se había volcado, formando una mancha húmeda sobre la alfombra. Arkadi observó a Fiódorov. Tenía los pantalones y las mangas de la chaqueta húmedos, la flor que lucía en el ojal se había marchitado y llevaba la corbata torcida—. No está nada mal, parece una floristería.

—Si queremos hablar contigo, iremos a visitarte. No es necesario que te presentes aquí.

Aparte de los pasaportes, sobre la mesa había unas hojas de papel con el membrete del consulado, un lápiz, un bolígrafo y unos teléfonos nuevos y relucientes.

—Quiero que me devuelvas el pasaporte —dijo Arkadi.

—Pierdes el tiempo, Renko. Primero porque tu pasaporte lo tiene Platónov, no yo. Y segundo porque el vicecónsul piensa retenerlo hasta que tomes el avión de Moscú, probablemente mañana.

—Quizá pueda serte útil. Al parecer estás muy ocupado —dijo Arkadi, indicando el pasillo con el pulgar.

—¿Te refieres al coro folclórico de Minsk? Tendrán que dormir apretadas como sardinas. Intento ayudarlas; pero si insisten en triplicar sus visados van a pasarlo muy mal.

—Para eso está el consulado —dijo Arkadi—. Quizá pueda ayudarte.

Fiódorov suspiró y dijo:

—No. Eres la última persona que elegiría como ayudante.

—Entonces nos veremos mañana. Podríamos comer o cenar juntos.

—Mañana tengo un día muy apretado. Por la mañana tengo que recibir a una delegación de católicos ucranianos, luego comeré con el coro folclórico, por la tarde me reuniré con los católicos en la Frauenkirche, y por la noche asistiré al teatro para ver una obra de Bertold Brecht. No tengo un momento libre. Ahora, si no te importa, estoy muy ocupado. Si quieres hacerme un favor, no vuelvas por aquí.

—¿Puedo hacer una llamada?

—No.

—Las líneas con Moscú siempre están ocupadas. Puede que sea más fácil llamar desde aquí.

—No.

Arkadi descolgó el auricular y dijo:

—Seré breve.

—No.

Cuando Fiódorov hizo ademán de arrebatarle el teléfono, Arkadi lo soltó y el agregado del consulado cayó hacia atrás, volcando otro cubo de agua. Arkadi extendió la mano para sostenerlo, pero sólo consiguió derribar los pasaportes de la mesa, los cuales cayeron en el charco de agua que se había formado en la alfombra.

—¡Idiota! —gritó Fiódorov, apresurándose a recoger los pasaportes antes de que quedaran empapados. Arkadi intentó secar la alfombra con unas hojas de papel.

—Eso no sirve de nada —dijo Fiódorov.

—Trato de ayudarte.

Fiódorov secó los pasaportes con la manga de su chaqueta y dijo:

—No te molestes. Vete. —De pronto se le ocurrió una idea y exclamó—: ¡Espera!

Sin apartar la vista de Arkadi, colocó los pasaportes sobre su mesa, los contó dos veces y comprobó que los datos que figuraban en ellos estaban intactos.

—Está bien, puedes marcharte.

—Lo siento mucho —dijo Arkadi.

—Vete.

—¿Quieres que comunique a los de abajo que tienes goteras?

—No. No hables con nadie.

Arkadi observó los cubos y el charco de agua y dijo:

—Qué lástima. Una oficina recién instalada...

—Adiós, Renko.

En aquel momento se abrió la puerta y entró una mujer con un sombrero de fieltro y un collar de perlas.

—Querido Gennadi Ivánovich, llevamos un buen rato esperándote. ¿Cuándo vamos a almorzar?

—Dentro de unos segundos.

—No hemos probado bocado desde que salimos de Minsk.

La mujer se detuvo junto a la puerta del depacho y a los pocos instantes aparecieron las restantes componentes del coro. Arkadi se abrió paso entre las voluminosas faldas, las cintas y los ramos de flores, y salió apresuradamente.

En una tienda polaca de objetos de segunda mano, situada al oeste de la estación, Arkadi halló una vieja máquina de escribir manual con caracteres cirílicos. Al sacarla del destartalado estuche y darle la vuelta, comprobó que en la base había un número militar escrito con lápiz.

—Es del Ejército Rojo —dijo el tendero—. Han empezado a abandonar Alemania Oriental, y lo que no pueden llevarse consigo lo venden. Si pudieran, nos venderían los tanques.

—¿Puedo probarla?

—Desde luego —contestó el tendero, girándose para atender a otro cliente.

Arkadi sacó del bolsillo una hoja de papel que había cogido de la mesa de Fiódorov y la introdujo en la máquina. En la parte superior estaba grabado el membrete del consulado soviético, con la hoz y el martillo rodeados de unas gavillas doradas de trigo. Arkadi había pensado en escribir la carta en alemán, pero no dominaba las complicadas letras góticas. Además, en ruso le daría un estilo más pulido.

Escribió:

Estimado Herr Schiller:

Le envío esta nota para presentarle a A. K. Renko, un investigador de la oficina del fiscal de Moscú. Se le ha ordenado que investigue los pormenores de un negocio mixto entre unas entidades soviéticas y la firma alemana Servicios TransKom, así como las declaraciones de su representante, Herr Borís Benz. Dado que las actividades de TransKom y Benz pueden perjudicar al Gobierno soviético y al Bayern-Franconia Bank, confío en que colabore con nosotros con el fin de resolver este asunto lo antes y más discretamente posible.

Le saluda atentamente,

G. I. Fiódorov

La última frase sonaba típicamente fiodoroviana. Arkadi sacó la hoja de papel y la firmó.

—¿Funciona? —le preguntó el tendero.

—Sí, es asombroso —respondió Arkadi.

—Puedo vendérsela a buen precio.

Arkadi sacudió la cabeza. En realidad no tenía dinero para comprarla.

—¿Tiene muchos clientes dispuestos a comprar una máquina de escribir rusa?

El tendero soltó una estrepitosa carcajada.

Las luces seguían apagadas en el apartamento de Benz. A las nueve de la noche, Arkadi se dio por vencido. Tras planificar minuciosamente el recorrido, regresó a través de varios parques: el Jardín Inglés, el Finanzgarten, el Hofgarten y el Jardín Botánico. Recorrió unos silenciosos senderos, observando las decorativas ramas de los árboles y las sombras que proyectaban en el suelo. De vez en cuando se detenía para comprobar si le seguía alguien. Vio a un estudiante que pasaba apresuradamente, con la nariz metida en un libro, y que se detenía junto a una farola. Al cabo de unos minutos pasó un joven vestido con un chandal que corría a ritmo pausado. Pero no oyó ninguna pisada tras él. Era como si al partir de Moscú se hubiera arrojado al vacío, como si hubiera desaparecido de la faz de la Tierra. ¿Quién iba a seguirlo?

El Jardín Botánico quedaba a una manzana de la estación. Al cruzar la calle para comprobar si la cinta seguía en la taquilla donde la había depositado, unos peatones se apartaron de un salto para no ser atropellados por un coche que acababa de efectuar un giro prohibido. Los gritos y aspavientos de los indignados peatones le impideron ver el vehículo. Tras detenerse unos instantes en la isla central del bulevar, lo cruzó apresuradamente y pasó de largo frente a la estación, deseoso de alejarse del intenso tráfico que circulaba por la avenida. La siguiente calle era la Seidlstrasse, donde se hallaba la pensión, y más allá estaba el consulado soviético. De pronto oyó un frenazo a sus espaldas, y al girarse vio el destartalado Mercedes de Stas.

—Pensé que querías ver a Irina —dijo éste.

—Ya la he visto —respondió Arkadi.

—Te largaste antes de que terminara la entrevista.

—Me bastó con lo que oí.

Stas, haciendo caso omiso de las señales de HALTEN VERBOTEN, agitó la mano para indicar a los coches detenidos detrás de él que circularan.

—Decidí ir a verte porque temía que te hubiera ocurrido algo —dijo.

—¿A estas horas? —preguntó Arkadi.

—He estado muy ocupado. Me escapé en cuanto pude. ¿Te apetece ir a una fiesta?

—¿Ahora?

—Claro.

—Son casi las diez. ¿Qué se me ha perdido a mí en una fiesta?

Los automovilistas no cesaban de gritar, de tocar los cláxones y de hacer señas con los faros para que Stas arrancara, pero éste no les hizo el menor caso.

—Estará Irina. Todavía no has podido hablar con ella.

—Pero he captado su mensaje.

—¿Piensas que no quiere verte?

—Efectivamente.

—Para ser un investigador de Moscú, eres muy susceptible. Dentro de un segundo se nos echarán encima esos Porsche. Anda, súbete. Iremos a echar un vistazo.

—¿Para que Irina vuelva a humillarme?

—¿Tienes algo mejor que hacer?

La fiesta se celebraba en la cuarta planta de un apartamento atestado de «retronazis», según los definía Stas. Las paredes estaban decoradas con banderas nazis rojas, blancas y negras. Unas estanterías albergaban una colección de cascos, cruces gamadas, máscaras de gas, municiones, unas fotografías de Hitler, su molde dental y el retrato de una sobrina suya vestida con un traje de noche y exhibiendo la melancólica sonrisa de una mujer que sabe que eso no puede acabar bien. El motivo de la fiesta era el primer aniversario de la demolición del Muro de Berlín. Había también unos fragmentos del Muro decorados con cintas negras como si fueran regalos de cumpleaños. Los invitados, una abigarrada mezcla de nacionalidades y rusos que fumaban sin parar, estaban sentados en las escaleras, en los sillones y en los sofás. Arkadi distinguió por entre la nube de humo a Ludmila, que parecía una medusa de largas pestañas. Al verlo, ésta le guiñó el ojo y desapareció.

—El director delegado debe de andar por aquí —dijo Stas.

Rikki estaba ante la mesa de las bebidas, sirviéndole una Coca-Cola a una chica que llevaba un jersey de mohair.

—Desde que la recogí en el aeropuerto, mi hija y yo no hemos hecho otra cosa que ir de compras —dijo—. Menos mal que los comercios cierran a las seis y media.

La joven tenía unos dieciocho años, llevaba los labios pintados de rojo como una señal de alarma y el pelo teñido de rubio, con las raíces oscuras.

—En América, los centros comerciales permanecen abiertos toda la noche —dijo en inglés.

—Habla perfectamente inglés —observó Arkadi.

—En Georgia nadie habla ruso —respondió la joven.

—Siguen siendo comunistas, aunque ahora toquen otra canción —dijo Rikki.

—¿Se emocionó mucho al reunirse con su padre al cabo de tanto tiempo? —preguntó Arkadi a la muchacha.

—Casi no reconocí su coche —contestó ésta, abrazando a Rikki—. ¿No hay ninguna base americana por aquí? ¿No tienen centros comerciales?

Sus ojos se iluminaron al ver acercarse a un joven americano con pinta de atleta que lucía una camisa con botones en el cuello, una pajarita y unos tirantes rojos, seguido de Ludmila. El joven miró a Arkadi y a Stas con cierto desdén.

—Usted debe de ser el invitado sorpresa que fue a visitar esta tarde la emisora —dijo, estrechando la mano de Arkadi—. Soy Michael Healey, el director delegado encargado de la seguridad. Su jefe, el fiscal Rodiónov, también vino a visitarnos. Lo recibimos con una alfombra roja.

—Michael también es el director delegado encargado de las alfombras —dijo Stas con ironía.

—A propósito, Stas, ¿no existe una norma que estipula que hay que comunicar previamente al departamento de seguridad la visita de un alto cargo soviético?

Stas se echó a reír.

—La seguridad de la emisora está tan comprometida que un espía más no tiene la menor importancia —contestó Stas—. Fijaos en el grupito que se ha congregado aquí esta noche.

—Me encanta tu sentido del humor, Stas —dijo Michael—. Si desea visitar de nuevo la emisora, Renko, comuníquemelo por teléfono.

Tras estas palabras, se alejó en busca de un vaso de vino blanco.

Stas y Arkadi se tomaron un whisky.

—¿Qué tiene de especial esta noche? —preguntó Arkadi.

—¿Aparte de ser el primer aniversario del derribo del Muro de Berlín? Según los rumores que circulan, acudirá el antiguo jefe de la sección rusa. Mi viejo amigo. Hasta los americanos lo adoran.

—¿El que regresó a Moscú después de fugarse?

—El mismo.

—¿Dónde está Irina?

—Aún no ha llegado.

El anfitrión de la fiesta salió de la cocina sosteniendo un pastel de caramelo que representaba el Muro de Berlín, decorado con chocolate y rodeado de numerosas velas encendidas.

—¡Feliz cumpleaños! ¡El fin del Muro!

—Tommy, esta vez te has superado —dijo Stas.

—Soy un sentimental —respondió Tommy, un tipo obeso que llevaba los faldones de la camisa colgando fuera de los pantalones—. ¿Te he enseñado mi colección de recuerdos del Muro?

—Apaga las velas —le recordó Stas.

Las primeras notas de la canción «cumpleaños feliz» se vieron interrumpidas por un tumulto en la escalera, una ola de excitación que se extendió entre todos los presentes, quienes se precipitaron hacia la puerta para recibir a los recién llegados. El primero en aparecer fue el profesor al que Irina había entrevistado en la emisora. Éste se quitó una gruesa bufanda y sostuvo galantemente la puerta para dejar pasar a Irina, que entró como si se deslizara sobre una burbuja. Tenía una expresión satisfecha, como si acabara de disfrutar de una excelente cena y un buen vino. El champán era sin duda mejor que el borscht. Arkadi supuso que se había dirigido directamente al restaurante al salir de la emisora, lo que explicaba que estuviera tan elegantemente vestida en el estudio. Al cabo de unos instantes, volvió la vista hacia él, pero no expresó el menor interés ni sorpresa. Tras ella estaba Max Albov, el cual llevaba echada sobre los hombros la misma cazadora que lucía cuando Arkadi lo conoció en Petrovka. Los tres reían animadamente.

—Es por algo que ha dicho Max —explicó Irina.

Todos los invitados se arremolinaron a su alrededor.

Max se encogió de hombros, modestamente.

—Sólo dije que me sentía como el hijo pródigo.

La frase fue acogida con sonoras exclamaciones de protesta, risas y aplausos. Max tenía las mejillas arreboladas debido al esfuerzo de subir la escalera y al afectuoso recibimiento. Sonrió y cogió a Irina del brazo.

—¡El pastel! —exclamó alguien de pronto.

Las velas se habían consumido, y el Muro de caramelo se había desplomado en un charco de cera.

20

El pastel sabía a ceniza y a alquitrán, pero la fiesta resultó muy animada, presidida por Max Albov e Irina, sentados en un sofá y sonriendo como si fueran el rey y la reina de la reunión.

—Cuando estaba aquí, la gente decía que pertenecía a la CIA. Cuando fui a Moscú, decían que era del KGB. Algunos piensan que ésas son las únicas respuestas concebibles.

—Aunque te hayas convertido en una estrella de la televisión —dijo Tommy—, sigues siendo el mejor director de la sección rusa que hemos tenido.

—Gracias —respondió Max, aceptando un whisky como una pequeña muestra de la admiración que todos sentían por él—. Pero esos tiempos han pasado. Cuando estuve aquí, traté de realizar mi trabajo lo mejor que pude. La Guerra Fría había terminado. Había llegado el momento de dejar de trabajar para los americanos y regresar a casa para hacer algo por Rusia.

—¿Qué tal te trataron en Moscú? —preguntó Rikki.

—Todo el mundo me pedía un autógrafo. No, en

serio, en Rusia eres una auténtica estrella de la radio, Rikki.

—Georgia —le corrigió Rikki,

—Georgia. —Max se giró hacia Irina y dijo—: En Rusia eres la voz más famosa de la radio. —Luego prosiguió en ruso—: Supongo que queréis saber si el KGB me apretó los tornillos, si les revelé algunos secretos que pudieran perjudicar a la emisora o a vosotros. La respuesta es no. Esa época ha pasado. No me he entrevistado con nadie del KGB. Francamente, la gente en Moscú no se preocupa de nosotros; están demasiado ocupados tratando de sobrevivir, y necesitan ayuda. Por eso regresé.

—Algunos hemos sido condenados a muerte —dijo Stas.

—Esas viejas condenas han sido suspendidas. Si no me crees, ve al consulado e infórmate. —En atención a su nutrida audiencia, Max continuó en inglés—: No creo que a Stas le aguarde nada peor que la pésima comida de Moscú. Mejor dicho, la pésima cerveza.

Arkadi suponía que a Irina le repugnaría que Max la tocara, pero se equivocaba. A excepción de Rikki y de Stas, todos ellos —rusos, americanos y polacos— estaban convencidos, incluso fascinados, por las palabras de Max. ¿Había sufrido al regresar al infierno? Evidentemente, no. No tenía el pelo chamuscado, sino que mostraba el saludable aspecto de una celebridad.

—¿Qué hiciste exactamente en Moscú para ayudar a los rusos hambrientos? —inquirió Arkadi.

—Camarada investigador... —empezó a decir Max.

—No es necesario que me llames camarada. Hace años que dejé de ser miembro del Partido.

—Pero menos que yo —respondió Max intencionadamente—. En realidad, hace menos años que todos los que estamos en Múnich. De todos modos, viejo camarada, me alegro de que me hagas esa pregunta. Dos cosas, de mayor a menor importancia. Una, crear varias sociedades mixtas. Dos, buscar al hombre más hambriento y desesperado de Moscú y conseguir que le concedieran un préstamo para que se trasladara aquí. Supuse que me estaría más agradecido. A propósito, ¿qué tal prosigue tu investigación?

—Lentamente.

—No te preocupes, pronto regresarás a casa.

Arkadi se sentía como un insecto clavado en un alfiler, pero lo que más le molestaba era la imagen de sí mismo que veía reflejada en los ojos de Irina. ¡Fijaos en ese mosquito, en ese *apparátchik*, en ese mono que está ahí sentado! Irina escuchaba a Max como si no guardara ningún recuerdo personal de Arkadi. Al cabo de un rato, se giró hacia Albov y preguntó:

—¿Puedes darme fuego, Max?

—Desde luego. ¿Has vuelto a fumar?

Arkadi se alejó del círculo de admiradores y se dirigió al bar. Al cabo de unos instantes apareció Stas. Después de encender un cigarrillo y aspirar el humo profundamente, preguntó a Arkadi:

—¿Viste a Max en Moscú?

—Me lo presentaron como periodista.

—Max era un excelente periodista, claro que es capaz de ser lo que quiera, en cualquier sitio. Max es el siguiente eslabón en la evolución: el Hombre Posterior a la Guerra Fría. Los americanos buscaban a alguien bien informado sobre los asuntos soviéticos. En realidad, buscaban a un ruso que hablara como un americano. ¿Por qué estaba interesado en ti?

—No lo sé —contestó Arkadi, sirviéndose un vaso de vodka.

¿Por qué bebe la gente?, se preguntó. Un latino, para hacer el amor; un inglés, para relajarse. Los rusos son más directos, pensó Arkadi; beben para emborracharse, que era justamente lo que él pretendía.

En aquel momento apareció Ludmila, lo miró provocativamente y le arrebató el vaso de la mano.

—Todo el mundo le echa la culpa a Stalin —dijo.

—¡Qué injusticia! —exclamó Arkadi, buscando otro vaso entre las botellas y el cubo de hielo.

—Todo el mundo está neurótico perdido —añadió Ludmila.

—Incluyéndome a mí —contestó Arkadi.

Ludmila bajó la voz y dijo con tono confidencial:

—¿Sabías que Lenin había residido en Múnich bajo el nombre de «Meyer»?

—No.

—¿Sabías que fue un judío quien asesinó al zar?

—No.

—Todas las cosas más nefastas, las depuraciones y el hambre, fueron provocadas por los judíos que rodeaban a Stalin para destruir al pueblo ruso. Stalin era un peón en manos de los judíos, su chivo expiatorio. Cuando se volvió contra los médicos judíos, murió.

—¿Sabías que el Kremlin tiene tantos baños como el Templo de Jerusalén? —preguntó Stas a Ludmila—. Piensa en ello.

Ludmila dio un respingo y se alejó apresuradamente.

Stas ofreció a Arkadi un vaso de vodka.

—Me pregunto si irá corriendo a contarle a Michael lo que acabo de decirle. —Luego echó un vistazo alrededor de la habitación y observó—: Una curiosa mezcla.

Al cabo de un rato el ambiente festivo degeneró en agrias disputas. Arkadi se refugió en la escalera en compañía de otro misántropo, un alemán vestido de negro con pinta de intelectual. Una joven estaba sentada al pie de la escalera, sollozando desconsoladamente. Arkadi pensó que era lógico que en una fiesta rusa estallaran disputas y una joven se echara a llorar.

—Hace tiempo que deseo hablar con Irina —dijo el alemán. Tenía unos veinte años, la mirada perdida y se expresaba en inglés con dificultad.

—Yo también —contestó Arkadi.

Ambos guardaron silencio durante unos instantes, hasta que el joven soltó de improviso:

—Málevich estuvo en Múnich.

—Y también Lenin —dijo Arkadi—. ¿O se llamaba Meyer?

—Me refiero al pintor.

—Ah —dijo Arkadi, sintiéndose como un imbécil. Málevich era el pintor de la Revolución Rusa.

—Existe un contacto tradicional entre la pintura rusa y la alemana.

—Así es. —Eso era indiscutible, pensó Arkadi.

El joven se miró las uñas, que se había mordido casi hasta los nudillos.

—El rectángulo rojo simbolizaba la Revolución; el negro simbolizaba el fin de la pintura.

—Cierto —dijo Arkadi, apurando el vodka de un trago.

De pronto el joven se echó a reír como si acabara de recordar un chiste muy gracioso.

—Málevich afirmó en 1918 que las pelotas de fútbol de los enmarañados siglos se abrasarían en los destellos de las burbujeantes ondas de luz.

—¿Las burbujeantes ondas de luz?

—Exactamente.

Arkadi se preguntó qué solía beber Málevich.

Arkadi no se atrevía a acercarse a Irina porque nunca estaba sola. Mientras vagaba por entre los grupos de invitados, Tommy se acercó a él y lo condujo frente a un enorme mapa de Europa Oriental que colgaba en la pared, decorado con unas esvásticas y unas estrellas rojas que indicaban la posición de las tropas alemanas y rusas en vísperas de la invasión de Hitler.

—Es fantástico —dijo Tommy—. Acabo de enterarme de que tu padre fue uno de los grandes cerebros militares de la guerra. Quisiera señalar el lugar exacto en el que se encontraba cuando los alemanes emprendieron el ataque. ¿Podrías indicármelo?

Era un mapa de la Wehrmacht. Los nombres de las poblaciones y los ríos estaban en alemán. Unas anchas y espaciadas líneas trepaban por la estepa ucraniana; unas flechas indicaban la presencia de unos pantanos en Bessarabia; y unas esvásticas señalaban los frentes en Moscú, Leningrado y Stalingrado.

—No tengo la menor idea —respondió Arkadi.

—¿De veras? ¿No dejó un diario? ¿No te relató ninguna anécdota? —preguntó Tommy.

—Sólo tácticas —dijo Max, acercándose a ellos—. Te

ocultas en un agujero, y el enemigo te apuñala por la espalda. No es una mala táctica cuando te sientes agobiado. —Luego se giró hacia Arkadi y le preguntó—: ¿Te sientes agobiado? Da lo mismo, retiro la pregunta. Lo que resulta interesante es que el padre fuera un general y el hijo un investigador. Existe una inconfundible similitud, cierta propensión a la violencia. ¿Qué opina usted, profesor, como médico?

—Quizás una sensación de rechazo a una sociedad normal —contestó el psicólogo.

—La sociedad soviética no es una sociedad normal —protestó Arkadi.

—Explícanos por qué decidiste ser investigador —dijo Max—. Tu padre eligió una profesión que entraña matar a gente. Eso es lo que impulsa a ciertos hombres a convertirse en generales. Afirmar que un general detesta la guerra es como decir que un escritor detesta los libros. Tú eres distinto. Tú apareciste después de haberse cometido el asesinato. Te manchaste de sangre pero no te divertiste.

—Lo mismo que la víctima —dijo Arkadi.

—¿Qué es lo que te atrae de tu profesión? Vives en una de las peores sociedades del mundo, y has elegido la peor parte. ¿Qué morbosa atracción sientes hacia ella? ¿El hecho de examinar cadáveres? ¿Enviar a otro desgraciado a la cárcel para el resto de su vida? Como diría mi amigo Tommy, ¿qué sacas de todo ello?

Eran unas preguntas interesantes. Arkadi se las había formulado en multitud de ocasiones.

—El permiso —contestó.

—Explícate —dijo Max.

—Cuando alguien muere asesinado, la gente tiene

que responder a preguntas. Un investigador tiene permiso para meterse por los recovecos y observar cómo está construido el mundo. Un asesinato es como una casa dividida en dos; ves una planta encima de otra y una puerta que conduce a otra puerta.

—¿El asesinato conduce a la sociología?

—A la sociología soviética.

—Suponiendo que la gente sea sincera. Yo me inclino más bien a creer que la gente miente.

—Los asesinos, sin duda.

Arkadi comprobó que el círculo de admiradores de Max se había congregado alrededor de ellos. Stas los observaba desde un rincón. Irina estaba de espaldas, charlando con unos invitados en el pasillo que conducía a la cocina. Arkadi se arrepentía de haber abierto la boca.

—Hablando de sinceridad, ¿cuánto tiempo hace que escuchas a Irina por la radio? —le preguntó Max.

—Desde hace una semana aproximadamente.

Max parecía sorprendido por primera vez.

—¿Una semana? Hace mucho tiempo que Irina transmite boletines informativos. Supuse que llevabas años sentándote junto a la radio para escuchar su voz.

—No tenía radio —contestó Arkadi, dirigiendo la vista hacia el pasillo. Irina había desaparecido.

—¿Así que la escuchas desde hace una semana? ¡Y ahora estás en Múnich! ¡En esta fiesta! ¡Qué coincidencia tan asombrosa! —exclamó Max—. La vida está llena de misterios inexplicables.

—Quizá fue una cuestión de suerte —terció Stas—. Cuéntanos más cosas sobre tu carrera en la televisión, Max. ¿Qué clase de tipo es Donahue? Y sobre tus sociedades mixtas. Siempre pensé que eras un líder que inspiraba a las masas, no un hombre de negocios.

—Tommy iba a hablarme de su libro —dijo Max.

—Nos acercábamos al punto más interesante —dijo Tommy.

Arkadi aprovechó el momento para alejarse. Encontró a Irina en la cocina, cogiendo unos cigarrillos de un cartón que había sobre la mesa. La cocina estaba desordenada y llena de mondaduras de apio y zanahorias. En un estante, junto a unos libros de cocina, había un televisor portátil. En la pared colgaba un póster de Aryan. El reloj indicaba las dos de la mañana.

Irina encendió una cerilla. Arkadi recordó que el día que se conocieron ella le pidió fuego, para ver cómo reaccionaba. Pero esta vez no le pidió fuego.

Durante ese primer encuentro, Arkadi no estaba nervioso. En cambio ahora tenía la boca seca y no podía articular palabra. ¿Por qué lo intentaba por tercera vez? ¿Acaso estaba empeñado en comprobar hasta qué punto podía humillarlo ella? ¿O era una especie de perro de Pávlov al que le gustaba que lo maltrataran?

Lo que más le soprendía era el hecho de que Irina parecía la misma y sin embargo había cambiado. Era como una mezcla de alguien a quien él había conocido, y una perfecta desconocida que se había adueñado de su cuerpo. Irina cruzó los brazos y lo miró fijamente. Había sustituido los modestos vestidos y las bufandas que solía llevar en Moscú por un jersey de cachemira y un collar de oro. El recuerdo que Arkadi conservaba de ella todavía encajaba con su imagen, pero tan sólo como una máscara que le observaba con ojos distintos.

Arkadi había experimentado el hielo del Ártico; no

era tan gélido como el ambiente que reinaba en la habitación. Ése era el problema de conocer íntimamente a una mujer. Cuando ya no te quiere, te arroja a las sombras. Es como girar alrededor de un sol que te ha vuelto la espalda.

—¿Qué haces aquí? —le preguntó Irina.

—He venido con Stas.

—¿Stas? —repitió ella, arrugando el ceño—. Tengo entendido que también te llevó a la estación. Te dije que era un provocador. Esta noche se ha pasado de la raya...

—¿Te acuerdas de mí? —preguntó Arkadi.

—Por supuesto.

—No lo creo.

Irina suspiró. Arkadi pensó que debía ofrecer un aspecto patético.

—Por supuesto que me acuerdo. Pero hace años que no pienso en ti. En Occidente todo es distinto. Tenía que sobrevivir, conseguir trabajo. He conocido a mucha gente. Mi vida ha cambiado, y yo también he cambiado.

—No es necesario que te justifiques —dijo Arkadi.

Por la forma en que Irina se había expresado, era evidente que ambos eran como dos placas tectónicas que se movían en direcciones opuestas. Se expresaba de forma fría, analítica, midiendo las palabras.

—Confío en no haberte perjudicado en tu carrera —dijo Irina.

—Un simple hipo ruso.

—Haces que me sienta avergonzada —dijo ella, aunque nada hacía suponer que fuera cierto.

—Mis esperanzas eran excesivas. Quizá me falle la memoria.

—A decir verdad, apenas te reconocí.

—¿Debido a mi buen aspecto? —preguntó Arkadi. Un chiste bastante malo.

—Me dijeron que las cosas te iban bien.

—¿Quién te lo dijo?

Irina encendió un segundo cigarrillo con la colilla del anterior.

¿Por qué los rusos tenían necesidad de fumar constantemente?, se preguntó Arkadi. Irina lo miró fijamente mientras exhalaba el humo del cigarrillo. De pronto, Arkadi imaginó que la abrazaba. No, no eran imaginaciones; era un recuerdo muy concreto. Recordaba el contacto de su mejilla contra la suya, la suavidad de su frente.

Irina se encogió de hombros y respondió:

—Max fue un buen amigo durante años. Me he alegrado mucho de verlo aquí esta noche.

—Es evidente que todos le admiráis.

—Nadie sabe por qué regresó a Moscú. Te ha ayudado, de modo que no tienes motivo de queja.

—Me hubiera gustado estar aquí —dijo Arkadi.

¿Qué pasaría si me levanto, cruzo la habitación y la toco?, se preguntó Arkadi. ¿Conseguiría así salvar el abismo que nos separa?

—Es demasiado tarde. No quisiste seguirme. Todos los rusos habían emigrado o se habían fugado. Tú decidiste quedarte.

—El KGB...

—Me hubiera parecido lógico que te quedaras un año o dos, pero te quedaste para siempre. Me dejaste sola. Te esperé en Nueva York, pero no viniste. Me trasladé a Londres para estar más cerca de ti; pero fue en vano. Luego averigüé dónde estabas y supe que seguías haciendo de policía en un Estado policial. Ahora estás aquí, pero no has venido a verme. Has venido a arrestar a alguien.

—No podía venir y no... —empezó a decir Arkadi.

—¿Creíste que yo te ayudaría? —preguntó Irina—. Recuerdo las veces que deseé verte y tú no estabas... Afortunadamente, contaba con el apoyo de Max. De Max, de Stas y de Rikki. Todos tuvieron el valor de huir, nadando, corriendo o arrojándose por la ventana. Excepto tú, de modo que no tienes ningún derecho a criticarlos ni a dudar de sus intenciones, ni siquiera a estar con ellos. Por lo que a mí respecta, estás muerto.

Irina cogió el paquete de cigarrillos y salió de la cocina justamente cuando entraba Tommy tatareando una polca y comiéndose unas patatas fritas. Llevaba un casco alemán con un agujero y estaba tan borracho que casi no se sostenía en pie. Arkadi conocía perfectamente esa sensación.

21

El Bayern-Franconia Bank era un palacio bávaro de piedra caliza cubierto por un tejado de ladrillos rojos. El interior consistía en mármol, madera oscura y el discreto zumbido de los ordenadores que calculaban misteriosos tipos de interés y cambios de divisas. Mientras subía en un ascensor y recorría un pasillo con unas cornisas rococó, Arkadi se sintió como un intruso penetrando en una iglesia donde se practicaba un rito que él desconocía.

Había algo ficticio en Schiller, que estaba sentado rígidamente detrás de su mesa. Tenía unos setenta años, los ojos azules, el cutis sonrosado, el cabello plateado y la frente estrecha. Llevaba un traje oscuro de banquero con un pañuelo de hilo en el bolsillo. Junto a Schiller estaba sentado un joven vestido con una cazadora y unos vaqueros, rubio y muy bronceado. La expresión de contenido desprecio que reflejaban sus ojos azules era idéntica a la del anciano.

Schiller examinó la carta que Arkadi había escrito en el papel del consulado.

—¿Considera que su aspecto responde al del típico investigador soviético? —le preguntó.

—Me temo que sí.

Arkadi le entregó su documento de identidad. No había notado que las esquinas del librito rojo estuvieran tan gastadas y peladas. Schiller examinó la fotografía. Incluso afeitado, Arkadi daba la impresión de haberse sentado sobre su ropa antes de vestirse.

—¿Quieres examinar esto, Peter? —preguntó Schiller.

—¿Le importa? —preguntó el otro hombre a Arkadi. Era el tipo de cortesía que uno suele mostrar con los sospechosos.

—En absoluto.

Peter encendió la lámpara de la mesa. Al inclinarse para leer la hoja de papel, Arkadi comprobó que llevaba una pistola debajo de la chaqueta.

—¿Por qué no le acompañó Fiódorov? —preguntó Schiller a Arkadi.

—Me pidió que le presentara sus respetos. Esta mañana tiene que atender a un grupo religioso y a un coro folclórico de Minsk.

Peter le devolvió el documento de identidad y preguntó:

—¿Le importa que llame al consulado?

—No —contestó Arkadi.

Peter marcó el número del consulado mientras Schiller observaba atentamente al visitante. Arkadi levantó la vista. El techo estaba decorado con unos rechonchos querubines con unas alitas pintados sobre un cielo de yeso. Las paredes azul celeste ponían una nota alegre en la austera decoración. Entre unas litografías de barcos mercantes colgaban unos retratos al óleo de los antepasados de los banqueros. Los respetables burgueses daban la impresión de haber sido embalsamados antes de ser retratados. En una estantería había varios tomos sobre derecho internacional dispuestos ordenadamente, y en una urna de cristal, un reloj de acero con un péndulo. Arkadi observó una fotografía en blanco y negro de unas ruinas y unos muros ennegrecidos. El techo se había desplomado sobre un montón de cascotes. En medio de la calle habían colocado una bañera para recoger agua. Alrededor de ella se había congregado un grupo de personas vestidas con el uniforme gris de los expatriados.

—Una curiosa fotografía para tenerla colgada en un banco —dijo Arkadi.

—Es una fotografía del banco. En ella se ve cómo quedó el edificio después de la guerra —contestó Schiller.

—Muy impresionante.

—La mayoría de los países se han recuperado después de la guerra —dijo Schiller secamente.

—Hola —dijo Peter—. ¿Podría hablar con Fiódorov? ¿Dónde puedo localizarlo? ¿Podría indicarme a qué hora? No, no, gracias. —Colgó el auricular y se dirigió a Arkadi—: Está con un grupo religioso y unos cantantes.

—Fiódorov es un hombre muy ocupado —respondió Arkadi.

—Ese tal Fiódorov es un idiota si cree que el Bayern-Franconia Bank está obligado a investigar a un ciudadano alemán —dijo Schiller—. Y sólo un cretino podría imaginar que el Bayern-Franconia se metería en un negocio mixto con un socio soviético.

—Así es como piensa Fiódorov —dijo Arkadi, como si las ocurrencias del agregado del consulado fueran legendarias—. Sólo sé que me han pedido que resuelva este asunto con discreción. Tengo entendido que el banco no está obligado a colaborar con nosotros.

—Ni tenemos ningún deseo de colaborar —dijo Schiller.

—No veo por qué habrían de hacerlo —observó Arkadi—. Le dije a Fiódorov que debería informar a sus ministerios y sacar el asunto a la luz. Que se encargue la Interpol de buscar a los culpables y de llevarlos a juicio, cuanto más público mejor. Es la mejor forma de proteger la reputación de un banco.

—Bastaría con eliminar el nombre del banco de los informes sobre Benz —dijo Schiller.

—Es cierto —dijo Arkadi—. Pero dada la situación en Moscú ninguna persona del consulado quiere asumir esa responsabilidad.

—¿Podría hacerlo usted? —preguntó Schiller.

—Sí.

—¿Quieres saber mi opinión, abuelo? —preguntó Peter.

—Por supuesto —contestó Schiller.

—Pregúntale cuánto quiere por dejarnos en paz. ¿Cinco mil marcos? ¿Diez mil, para repartírselos con Fiódorov? Estoy seguro de que ellos mismos se han inventado esa historia sobre TransKom y el Bayern-Franconia. No existen informes ni ninguna conexión. Me basta con mirarlo para comprender que está mintiendo. Propongo que llames a otros bancos y les preguntes si Fiódorov y Renko les han contado alguna historia sobre negocios mixtos e investigaciones. Llama al cónsul general, presenta una protesta oficial y ponte en contacto con tu abogado. ¿Qué te parece mi propuesta?

El banquero tenía unos labios extremadamente delgados, incapaces de esbozar una amplia sonrisa. Sus ojos, sin embargo, no mostraban signos de vejez ni de decrepitud.

—Estoy de acuerdo —dijo Schiller, mirando a Arkadi como si fuera calderilla—. Es probable que nunca hayas visto a un tipo menos auténtico en tu vida. Por otra parte, Peter, jamás has visto a un banquero soviético. Es cierto que el banco no tiene conocimiento ni conexión alguna con el sujeto que ha descrito el consulado soviético. Desde luego no estamos obligados a colaborar con el consulado. No obstante, la historia nos ha enseñado que el barro se pega como la pintura, y corremos el riesgo de no quitárnoslo nunca de encima.

Tras esa parrafada, Schiller guardó silencio, como si se hubiera ausentado durante unos momentos de la habitación. Luego miró fijamente a Arkadi y dijo:

—El banco no participará en ninguna investigación, pero mi nieto Peter, por cortesía hacia nosotros, está dispuesto a ayudarles, a condición de que el asunto se mantenga en secreto.

La indignación reflejada en el rostro de Peter no traslucía el menor entusiasmo, pensó Arkadi.

—Sobre una base informal —dijo Peter.

—¿En qué puede ayudarnos? —preguntó Arkadi.

Peter sacó un documento de identidad mucho más presentable que el de Arkadi. Era de cuero auténtico, con las esquinas doradas, y contenía una foto en color del teniente Schiller, Peter Christian, Münchner Polizei, vestido con una chaqueta y una gorra verde. Eso era más de lo que esperaba Arkadi. Pero era una trampa que él mismo se había tendido, porque si no aceptaba la oferta, los alemanes llamarían de nuevo al consulado hasta conseguir hablar con Fiódorov.

—Será un honor aceptar su ayuda —dijo Arkadi.

El coche policial de Peter Schiller era un BMW verde y blanco, con una radio y un teléfono debajo del salpicadero y una luz azul en el asiento posterior. Llevaba puesto el cinturón de seguridad y utilizaba continuamente el intermitente, cediendo el paso a los motoristas que cambiaban de carril y a los peatones que se dirigían en dóciles formaciones hacia la esquina para esperar que el semáforo se pusiera verde. Era demasiado corpulento para ese coche, pensó Arkadi, y por su expresión dedujo que no vacilaría en atropellar a cualquiera que se atreviera a cruzar con el semáforo en rojo.

—Supongo que la radio y el teléfono funcionan —dijo Arkadi.

—Naturalmente.

Aunque era absurdo, Arkadi echaba de menos la temeraria forma de conducir de Jaak y las carreras suicidas de los peatones de Moscú. Peter tenía aspecto de mantenerse en forma levantando bueyes. Llevaba una cazadora amarilla. Arkadi había observado que muchas personas en Múnich llevaban prendas amarillas, de un tono dorado-mostaza-diarrea.

—Su abuelo habla muy bien el ruso.

—Lo aprendió en el frente oriental. Fue prisionero de guerra.

—Usted también lo habla bien.

—Opino que todos los policías deberían hablar ruso —replicó Peter.

Se dirigían hacia el sur, hacia las dos torres de la iglesia Marienkirche situada en el centro de la ciudad. Peter frenó para dejar pasar a un tranvía que relucía como un juguete nuevo. No debía ser nada fácil ostentar un bronceado como el de Peter Schiller, pensó Arkadi. Seguramente se dedicaba a practicar intensamente el esquí en invierno y la natación en verano.

—Su abuelo dijo que estaba usted dispuesto a ayudarnos. ¿Puede facilitarme algunos datos?

Peter lo miró de reojo antes de responder.

—Borís Benz no tiene antecedentes penales. En realidad lo único que sabemos es que, según el departamento de matriculación de vehículos, tiene el cabello rubio, los ojos castaños, nació en 1955 en Potsdam, en las afueras de Berlín, y no lleva gafas.

—¿Está casado?

—Con una tal Margarita Stein, una judía soviética. Pero sus documentos pueden estar en Moscú, en Tel Aviv o Dios sabe dónde.

—Ya es algo. ¿No disponen de algún expediente de Hacienda o un informe laboral o médico?

—Potsdam pertenece a la República Democrática Alemana. Mejor dicho, pertenecía. Ahora Alemania está unificada, pero muchos expedientes de Alemania Oriental aún no han sido transferidos a Bonn.

—¿Algo sobre llamadas telefónicas?

—Sin una orden judicial, los informes telefónicos están protegidos por la ley. Aquí tenemos leyes, Renko.

—Ya. También tienen un control aduanero. ¿Ha investigado eso?

—Benz podría estar en Alemania o en cualquier país

de Europa Occidental. Desde la creación de la CEE, en realidad ya no existe un control de pasaportes.

—¿Qué clase de coche tiene? —preguntó Arkadi.

Peter sonrió, como si empezara a sentirse a gusto con ese juego.

—Un Porsche 911 blanco matriculado a su nombre.

—¿Número de la matrícula?

—No estoy autorizado a revelarle más información.

—¿Qué información? Llame a Potsdam y pida que le envíen sus informes.

—¿Por una cuestión privada? Eso va contra la ley.

Al llegar a un obelisco, los vehículos se unían y separaban pacíficamente. En Moscú, sobre todo en invierno, los camiones y los automóviles circulaban con la disciplina de unos bueyes montaraces. En Múnich, los automovilistas, los ciclistas y los peatones obedecían las normas. Era como una clínica de reposo del tamaño de una ciudad. Peter sonrió como si estuviera dispuesto a jugar todo el día.

—¿Se cometen muchos asesinatos aquí? —inquirió Arkadi.

—¿En Múnich?

—Sí.

—Son asesinatos de cerveza.

—¿De cerveza?

—La Oktoberfest, Fasching... Están borrachos. No se trata de asesinatos.

—¿Se refiere a que no son como los asesinatos de vodka?

—¿Sabe lo que dicen sobre la delincuencia en Alemania? —preguntó Peter.

—¿Qué dicen sobre la delincuencia en Alemania?

—Que es ilegal —dijo Peter.

Arkadi reconoció los árboles del Jardín Botánico. Cuando el BMW se detuvo en un semáforo, se apeó e introdujo un papel en el bolsillo de la chaqueta de Peter.

—Es el número de un fax de Múnich. Averigüe a quién pertenece, siempre y cuando no sea ilegal. Al otro lado hay un número telefónico. Llámeme a las cinco.

—¿Es el número del consulado?

—No estaré allí. Es un número particular. —Mi cabina particular, pensó Arkadi.

—¡Renko! —gritó Peter cuando Arkadi alcanzó la acera—. No se acerque por el banco.

Arkadi ni siquiera se giró.

—¡Renko! —gritó de nuevo Peter—. Le diré a Fiódorov lo que nos ha contado.

Después de comprar una pastilla de jabón y una cuerda, Arkadi regresó a la pensión, se lavó la ropa y la colgó para que se secara. Del piso inferior emanaba un delicioso aroma a cordero asado. No tenía hambre. Sentía un profundo letargo y apenas podía moverse. Se acercó a la ventana y observó los trenes que entraban y salían de la estación. El ferrocarril parecía plateado, como el rastro de un caracol, unas cincuenta vías paralelas y otras tantas agujas que desviaban a las locomotoras de un vía a otra. Qué fácilmente, casi sin darse cuenta, se hallaba un hombre de pronto en una vía paralela a la vida que ambicionaba; luego, años más tarde, al llegar, se encontraba con que la orquesta se había marchado, las flores se habían marchitado y el amor se había desvanecido. Hubiera preferido ser un anciano, barbudo y encorvado, desembarcando con su bastón, en lugar de llegar simplemente demasiado tarde.

Se tumbó en la cama y cayó inmediatamente dormido. Soñó que se hallaba en una locomotora. Era el maquinista, desnudo hasta la cintura, sentado ante los mandos del tren. Por la ventanilla desfilaba el cielo azul. Junto a él había una mujer, con la mano apoyada en su hombro. Arkadi no se atrevía a girarse por temor a que hubiera desaparecido. Circulaban junto a la costa. Súbitamente, el tren se lanzó a través de la playa. Unas olas lejanas reflejaban la luz del sol; otras se deslizaban perezosamente hacia la orilla. Las gaviotas se sumergían airosamente en el agua. ¿Era ésa su mano o el recuerdo de su mano? Arkadi se contentaba con no mirar y conducir el tren. De pronto el tren se detuvo bruscamente. El sol comenzaba a hundirse en el horizonte. Las olas se convirtieron en unos gigantescos muros negros que arrastraban dachas, coches, milicianos, generales, linternas chinas y tartas de cumpleaños.

Aterrado, Arkadi abrió los ojos. Estaba acostado en la oscuridad. Miró el reloj. Eran las diez de la noche. Había dormido diez horas. Peter Schiller probablemente había llamado al número de la cabina y no había obtenido respuesta.

De pronto sonaron unos golpes en la puerta. Arkadi se levantó y se dirigió hacia ella, apartando la ropa que colgaba del cordel.

No reconoció a su visitante, un corpulento americano medio calvo que sonreía tímidamente.

—Soy Tommy, ¿te acuerdas de mí? Nos conocimos anoche, en mi casa.

—Sí, eres el hombre del casco. ¿Cómo me has localizado?

—Gracias a Stas. Después de mucho insistir, me dijo dónde te hospedabas; luego llamé a todas las puertas hasta dar contigo. ¿Podemos hablar?

Arkadi le hizo pasar y buscó unos pantalones y unos cigarrillos.

Tommy llevaba una chaqueta de pana que le quedaba estrecha.

Caminaba de puntillas, con los brazos colgando y los puños apretados.

—Anoche te dije que era un estudioso de la Segunda Guerra Mundial. La «Gran Guerra Patriótica». Tu padre fue uno de los más destacados generales soviéticos. Como es natural, me gustaría seguir hablando contigo sobre él.

—No recuerdo que anoche habláramos de él —dijo Arkadi, poniéndose los calcetines.

—Estoy escribiendo un libro sobre la guerra desde el punto de vista de los soviéticos. Sabes mejor que nadie los sacrificios que ha hecho el pueblo ruso. Uno de los motivos por los que trabajo en Radio Liberty es para obtener información. Cuando aparece un personaje interesante, siempre le hago una entrevista. He oído decir que te marchas pronto de Múnich, así que decidí venir a verte.

Arkadi buscó los zapatos. No entendía adónde quería ir a parar Tommy.

—¿Les haces una entrevista para la emisora?

—No, para mí, para el libro. No sólo me interesan los datos militares sino los conflictos personales entre personajes importantes. Me gustaría que me contaras más cosas sobre tu padre.

Arkadi miró por la ventana y vio que la estación se había convertido en un campo de señales luminosas. Unos reflectores iluminaban los vagones de mercancías, y de vez en cuando se oía el ruido de unos enganches al acoplarse.

—¿Cómo sabes que me marcho pronto de Múnich? —preguntó a Tommy.

—Eso dicen.

—¿Quién?

Tommy se puso de puntillas y contestó:

—Max.

—Max Albov. ¿Lo conoces bien?

—Max era el jefe de la sección rusa. Yo trabajo en el Archivo Rojo. Colaboramos juntos varios años.

—¿El Archivo Rojo?

—La mayor biblioteca de estudios soviéticos que existe en Occidente. Está en Radio Liberty.

—¿Eras amigo de Max?

—Quisiera creer que todavía somos amigos —respondió Tommy. Luego le mostró la grabadora que había traído y añadió—: Quería empezar por la decisión de tu padre de permanecer, pese a hallarse acorralado, detrás de las líneas alemanas y emprender una lucha de guerrilla.

—¿Conoces a Borís Benz? —preguntó Arkadi.

Tommy se inclinó hacia atrás y contestó:

—Lo vi en una ocasión.

—¿Cuándo?

—Poco antes de que Max fuera a Moscú. Por supuesto, nadie sabía que iba a regresar. Estaba con Benz.

—¿No has vuelto a ver a Benz?

—No. Max y yo nos encontramos por casualidad.

—¿Recuerdas a Benz después de haberlo visto sólo en una ocasión?

—Dadas las circunstancias, sí.

—¿Había alguien más presente?

Tommy cambió de postura, como si de pronto se sintiera incómodo.

—Unos trabajadores, unos clientes. Nadie que yo haya vuelto a ver... Quizá no sea un buen momento para hacerte la entrevista.

—Es un momento perfecto. ¿Dónde se produjo tu encuentro con Benz y con Max?

—En la Plaza Roja.

—¿En Moscú?

—No.

—¿En Múnich?

—Es un club.

—¿Está abierto a estas horas?

—Claro.

—Pues vamos allá —dijo Arkadi, cogiendo la chaqueta—. Yo te contaré lo que quieras saber sobre la guerra y tú me hablas sobre Benz y Max.

Tommy respiró profundamente y dijo:

—Si Max estuviera todavía en Radio Liberty, podrías hablar...

—¿Tienes coche?

—Algo parecido —contestó Tommy.

Era la primera vez que Arkadi se montaba en un Trabant, un coche fabricado en Alemania Oriental. Era una especie de bañera de fibra de vidrio con aletas. Sus dos cilindros producían un sonido sincopado. El humo que invadía el vehículo no brotaba del tubo de escape sino de un calentador de parafina instalado en el suelo del coche, entre los pies de Arkadi. Circulaban con las ventanillas delanteras bajadas; las ventanillas posteriores estaban herméticamente cerradas. Cada vez que pasaba un Audi o un Mercedes, el Trabant traqueteaba tras él, esforzándose en seguirlo.

—¿Qué te parece? —preguntó Tommy.

—Es como circular por carretera en una silla de ruedas —contestó Arkadi.

—Es más bien una inversión que un coche —dijo Tommy—. El Trabi es un pedazo de la historia. Aparte de ser lento, peligroso y contaminante, es la pieza tecnológica más eficaz que existe en el mundo. Alcanza los noventa kilómetros por hora y funciona con metano o alquitrán de hulla, quizás incluso con loción capilar.

—Parece ruso.

Sin embargo, comparado con el Trabant, el Zhiguli de Arkadi parecía un coche de lujo. Hasta un Polska Fiat parecía un cochazo a su lado.

—Dentro de diez años se habrá convertido en una pieza de coleccionista —afirmó Tommy.

Al poco rato llegaron a los suburbios de la ciudad, una explanada negra donde unos jalones iluminados señalaban las diversas autopistas. Cuando Arkadi se giró para comprobar si les seguía alguien, el asiento casi se partió en dos.

—Todo el problema ruso-alemán es increíble —dijo Tommy—. Históricamente, con los alemanes moviéndose siempre hacia el este y los rusos hacia el oeste, aparte de las leyes raciales nazis que convertían a todos los eslavos en unos *Untermenschen* sólo aptos para ser esclavos. Hitler de un lado y Stalin del otro. Eso sí que fue una guerra.

Miró a Arkadi con una expresión de orgullo y camaradería. Debe sentirse solo, pensó Arkadi. ¿A qué otro insensato se le ocurriría pasearse de noche con un investigador soviético? Cuando un camión cisterna pasó rugiendo junto a ellos, el Trabi vibró violentamente y Tommy sonrió satisfecho.

—Llegué a conocer bien a Max antes de empezar a trabajar en el Archivo Rojo, cuando dirigía la sección de revisión de programas. Yo no creaba los programas, disponía de unos colaboradores que revisaban su contenido. En Radio Liberty existen ciertas directrices. Nuestros anticomunistas más acérrimos, por ejemplo, son los monárquicos. Por supuesto que nuestro deber es promocionar la democracia, pero a veces se filtra un toque de antisemitismo o de sionismo. Es complicado mantener el equilibrio. También traducimos los programas para que el presidente de la emisora sepa qué estamos transmitiendo. De todos modos, mi vida era más cómoda cuando Max era el jefe de la sección rusa. Comprendía perfectamente a los americanos.

—¿Por qué regresó a Moscú?

—No lo sé. Fue una sorpresa para todos. Es evidente que había mantenido contacto con los soviéticos, y para ellos fue una satisfacción que regresara a Moscú. Pero su marcha no nos perjudicó, de otro modo no le hubiera invitado a la fiesta.

—¿Qué opinan de él los americanos que trabajan en la emisora?

—Al principio, el profesor Gilmartin estaba muy

disgustado. Max siempre fue su favorito. Le parecía increíble que los rusos se hubieran infiltrado en Radio Liberty. A Michael Healey lo conociste en mi casa. Es el director delegado. Temía que hubiera algún topo en la emisora, pero según parece Max regresó simplemente para ganar dinero. Como un capitalista. No se lo puedo reprochar.

—¿Habló Michael con Benz sobre Max?

—No creo que Michael supiera nada de Benz. Procuramos que Michael no se meta en nuestras vidas. No obstante, todo acabó bien. Max regresó oliendo a rosas. —Para reforzar su argumento, Tommy añadió—: Incluso estuvo en la CNN.

Arkadi se giró de nuevo para comprobar si alguien les seguía, pero sólo distinguió la niebla que cubría la ciudad.

Frente a ellos, la carretera se bifurcaba hacia el norte en dirección a Núremberg, y hacia el sur en dirección a Salzburgo. Tommy giró a la derecha, y al salir de una curva y atravesar un paso subterráneo, Arkadi distinguió en la oscuridad una especie de isla rosa. No esperaba ver los muros del Kremlin o las cúpulas de San Basilio alzándose como fantasmas junto a la autopista, pero sí algo más imponente que un edificio de estuco blanco de una sola planta enmarcado por unas luces rojas de neón, con una luz roja rectangular junto a un cartel que decía LA PLAZA ROJA y, en cursivas más discretas, CLUB DE SEXO. Al apearse del Trabi, Arkadi pensó que los sueños nunca son tan extraños como la realidad.

El interior del club estaba inundado de luces rojas y resultaba difícil ver con claridad, pero Arkadi distinguió unas mujeres que llevaban ligueros negros, medias negras, sujetadores y unos corseletes. La ambientación del local estaba presidida por unos samovares de latón en las mesas y unas estrellas fluorescentes en las paredes.

—¿Qué te parece? —preguntó Tommy, metiéndose los faldones de la camisa dentro de los pantalones.

—Es como los últimos días de Catalina la Grande —contestó Arkadi.

Era interesante observar lo intimidados que se sentían los hombres en un prostíbulo. Tenían dinero, la posibilidad de elegir a una mujer o de marcharse. Las mujeres eran unas siervas, unas esclavas, unos simples colchones. Sin embargo, al menos antes del sexo, el poder lo detentaban ellas. Las mujeres, exhibiéndose en ropa interior, estaban cómodamente tumbadas en unos divanes como unos gatos; los hombres, por el contrario, revelaban los tics nerviosos de quienes se sienten desnudos. Frente a una barra en forma de herradura, había unos soldados americanos. Al acercárseles una prostituta se pusieron a charlar con ella, desplegando todo su encanto y seducción mientras ella los miraba con expresión pétrea y aburrida, como si estuviera dormida. Lo que más chocaba a Arkadi era que las mujeres fueran rusas. Lo notó en sus acentos y al oírlas murmurar entre sí, en la palidez de su piel y en la forma de sus ojos. Una de las prostitutas, una joven de hombros anchos cubierta con una bata de seda rosa, parecía una campesina de las estepas que había emprendido viaje a Occidente en ropa interior. Cuchicheaba con una compañera de aspecto más delicado, con grandes ojos armenios, embutida en un body de encaje negro. Al observarlas, Arkadi se preguntó en qué se diferenciarían las prostitutas rusas importadas de las chicas alemanas. ¿En sus dotes amatorias? ¿En su capacidad de sumisión? ¿En su habilidad para sanar? Las mujeres lo miraban como si hubieran adivinado que también era ruso. Arkadi se preguntó hasta qué punto estaba hambriento de amor, o al menos de un sucedáneo del amor. ¿Era ésa la sensación que transmitía, o parecía tan muerto como una cerilla quemada?

—Dijiste que Max Albov regresó a Múnich oliendo a rosas —dijo a Tommy.

—Así es. Incluso creo que lo respetamos más. Estoy convencido de que conseguirá ganar un millón.

—¿Haciendo qué? ¿Te lo ha comentado?

—Como periodista en televisión.

—Dijo algo sobre un negocio mixto.

—Propiedades, valores. Max dice que un hombre que no es capaz de ganar dinero en Moscú no es ni siquiera capaz de hallar moscas en un pedazo de mierda.

—Una perspectiva muy atrayente. Quizá todo el mundo debería regresar a Moscú.

—Ésa era la idea.

Tommy no podía apartar los ojos de las mujeres. Tenía las mejillas encendidas y no cesaba de rascarse el pecho y la cabeza, como si la mera proximidad de las prostitutas le pusiera cachondo. Arkadi no compartía su excitación. Para él, el amor era la brisa de la montaña, el amanecer y el nirvana; el sexo era revolcarse entre las hojas; el sexo comprado sabía a gusanos. Pero hacía tanto tiempo que no experimentaba ni el amor ni el sexo, que no estaba capacitado para juzgar a nadie.

Unos consideran que el sexo comprado es una bajeza, mientras que a otros les parece un trámite sencillo y directo, quizá porque tienen menos imaginación o más dinero.

Cada raza posee sus propios rasgos. Una herencia tártara de ojos estrechos y almendrados. El óvalo eslavo, con la frente redondeada. Los labios finos, el cutis pálido como la nieve. Sin embargo, ninguna de esas mujeres se parecía a Irina. Ella tenía los ojos más grandes y profundos, más bizantinos que mongoles, con una mirada más abierta, y al mismo tiempo reservada. Su rostro era menos ovalado, con la mandíbula más suave, la boca más amplia, más expresiva. Era curioso: en Moscú solía escuchar a Irina cinco veces al día; aquí no la escuchaba nunca.

A veces pensaba que él e Irina podían haber llevado otra vida, más normal. Como amantes. Como marido y mujer. Como personas corrientes que viven, duermen y se despiertan juntos. Quizá hubieran llegado a odiarse y se habrían separado, pero de forma normal, no con la vida partida por la mitad. No con un sueño que había degenerado en una obsesión.

La mujer vestida de rosa se acercó con una amiga y pidió champán.

—No faltaba más. —A Tommy todo le parecía bien.

Los cuatro se sentaron en una mesa situada en un rincón. La mujer de rosa se llamaba Tatiana; su amiga, la que llevaba un body de encaje negro, Marina. Tatiana tenía el pelo rubio, con las raíces oscuras, recogido en una cola de caballo; Marina era morena y llevaba el pelo suelto para disimular un hematoma en la mejilla. Tommy, haciendo de anfitrión, dijo:

—Éste es mi amigo Arkadi.

—Enseguida adivinamos que era ruso —dijo Tatiana—. Tiene un aspecto muy romántico.

—Los hombres pobres no somos románticos —replicó Arkadi—. Tommy es mucho más romántico que yo.

—Podríamos divertirnos un rato —sugirió Tommy.

Arkadi observó a una mujer que pasó frente a ellos, moviendo las caderas provocativamente, mientras conducía a un soldado a través de una cortina de abalorios hacia una habitación situada al fondo.

—¿Vienen muchos rusos por aquí? —preguntó Arkadi.

—Son camioneros —respondió Tatiana haciendo una mueca—. Solemos tener una clientela muy internacional.

—A mí me gustan los alemanes —dijo Marina con aire pensativo—. Al menos se lavan.

—Eso es importante —observó Arkadi.

Tatiana ocultó su copa de champán debajo de la mesa y se metió un lingotazo del vodka que llevaba en una botella. Luego llenó generosamente las copas de sus compañeros. El vodka volvía a subvertir el sistema, pensó Arkadi. Marina se inclinó hacia él y murmuró:

—*Molto importante*.

—Ambas hablamos italiano —dijo Tatiana—. Recorrimos Italia durante dos años.

—Trabajábamos en el Bolshoi Piccolo Ballet.

—No necesariamente relacionado con el Bolshoi original —dijo Tatiana, echándose a reír.

—Bailábamos —añadió Marina, estirando su esbelto cuello.

—Actuábamos en pequeñas poblaciones. No obstante, gozábamos del sol y de la música —añadió Tatiana con acento nostálgico.

—Cuando nos marchamos, había otras diez compañías rusas de ballet en Italia que trataban de imitarnos —dijo Marina.

—Creo que contribuimos a difundir el amor por el baile —afirmó Tatiana, sirviendo a Arkadi otro lingotazo de vodka—. ¿Estás seguro de que no tienes dinero?

—Siempre se siente atraída por tipos que no le convienen —dijo Marina.

—Gracias —dijo Arkadi, dirigiéndose a ambas—. Estoy buscando a un par de amigos. Uno se llama Max. También es ruso, pero va mejor vestido que yo y habla inglés y alemán.

—No lo conocemos —contestó Tatiana.

—El otro se llama Borís —dijo Arkadi.

—Borís es un nombre muy corriente —observó Marina.

—Creo que se apellida Benz.

—También es un apellido muy corriente —dijo Tatiana.

—¿Podrías describirlo? —preguntó Arkadi a Tommy.

—Es un hombre corpulento, guapo, simpático.

—¿Habla ruso? —preguntó Tatiana.

—No lo sé. Sólo le oí hablar alemán —respondió Tommy.

Benz era un tipo tan nebuloso, un simple nombre en un documento de matriculación en Moscú y en una carta en Múnich, que Arkadi se alegraba de conocer a alguien que le hubiera visto en carne y hueso.

—¿Por qué quieres saber si habla ruso? —inquirió Arkadi. —Porque el Borís que yo conozco es un tipo muy internacional —contestó Marina—. Habla perfectamente el ruso.

—Es alemán —afirmó Tatiana.

—¿Cómo lo sabes si no te has acostado con él?

—Tú tampoco.

—Tima se acostó con él. Recuerdo que me lo comentó.

—Conque te lo comentó, ¿eh? —dijo Tatiana, imitando el acento afectado de su compañera.

—Somos amigas.

—Es una bruja. Lo siento —dijo Tatiana al ver que había herido a Marina. Luego se giró hacia Arkadi y añadió—: Ese tipo que buscas parece una salchicha polaca, ¿qué más puedo decirte?

—¿Está Tima aquí?

—No, pero puedo describirte el coche que conduce —contestó Tatiana—. Rojo, transmisión en las cuatro ruedas, y responde al nombre de «Bronco».

—Sé dónde podemos hallarla —dijo Tommy, deseoso de intervenir en la conversación—. Está cerca de aquí. Te llevaré.

—Ojalá tuvieras dinero —dijo Tatiana a Arkadi. Dadas las circunstancias, aquello era el mejor cumplido.

En un desvío de la carretera estaban aparcados una docena de jeeps, Troopers, Pathfinders y Land Cruisers. Una prostituta se encontraba sentada al volante de cada vehículo. Los clientes se detenían en el arcén para examinar la mercancía. Cuando habían acordado el precio, la mujer apagaba la luz roja que anunciaba su disponibilidad, el cliente se montaba en el vehículo y se dirigían hacia el extremo del desvío, lejos de los faros de los coches que circulaban por la carretera. En aquellos momentos había veinte vehículos aparcados al borde de una explanada negra.

Tommy y Arkadi avanzaron a pie entre los vehículos que tenían los faros encendidos y luego por el centro del desvío, apartándose para dejar pasar a un Trooper. Tommy estaba visiblemente excitado.

—Solían trabajar en unos remolques en la ciudad, hasta que los vecinos se quejaron del trasiego de vehículos por las noches. Aquí el impacto visual es menor. Están seguras; los médicos las examinan una vez al mes.

Los vehículos aparcados en el extremo del desvío tenían las ventanillas traseras cubiertas por unas cortinillas. Un jeep oscilaba violentamente de un lado al otro.

—¿Qué aspecto tiene un Bronco? —preguntó Arkadi. Tommy le indicó uno de los modelos más grandes, pintado de azul. Eran unos vehículos muy altos, ideales para atravesar la tundra.

—¿Qué te parecen? —preguntó Tommy.

—Tienen un aspecto muy sólido.

—Me refiero a las mujeres.

—¿Adónde quieres ir a parar? —inquirió Arkadi.

—Podría prestarte un poco de dinero.

—No, gracias.

Tommy vaciló unos instantes y luego preguntó:

—¿Te importa guardarme las llaves del coche? —preguntó.

—¿Lo dices en serio?

—Ya que estamos aquí, podríamos divertirnos un

rato —dijo Tommy—. Sólo nos llevará unos minutos.

Arkadi se sentía como un estúpido. ¿Quién era él para juzgar a nadie? Tommy lo miraba con aire de súplica. Cogió las llaves y dijo:

—Te espero en el coche.

El Trabi estaba aparcado al otro lado de la carretera. Desde él vio a Tommy dirigirse hacia un jeep, acordar el precio con la prostituta y montarse en el vehículo, junto a ella. Al cabo de unos segundos, el jeep retrocedió hacia un lugar apartado y oscuro.

Arkadi encendió un cigarrillo y encontró un cenicero, pero no una radio. Era un coche perfectamente socialista, diseñado para estimular los malos hábitos y la ignorancia, y él era el perfecto conductor.

Los coches entraban y salían continuamente de la carretera. La cuestión no era si existía delincuencia en Alemania sino de cómo definían la delincuencia. En Moscú, la prostitución era ilegal. Aquí se consideraba un comercio.

Un Trooper se metió en un hueco que acababa de abandonar uno de los jeeps. La conductora encendió la luz roja y se miró en el retrovisor, se atusó el pelo, se pintó los labios, se ajustó el sujetador, sacó el pecho y se puso a leer una novela. La mujer que estaba sentada en el coche frente a ella contemplaba el vacío con unos ojos que parecían pintados sobre sus párpados. Ninguna tenía aspecto de ser Tima. Arkadi dedujo que era una abreviación de Fátima, de modo que buscó a una mujer con apariencia islámica. A esa distancia, el destello de las luces quedaba amortiguado, como el resplandor de unas velas. Los parabrisas parecían unos iconos en los que se exhibía una virgen de aspecto aburrido.

Al cabo de veinte minutos, Arkadi empezó a inquietarse por Tommy. Imaginó la hilera de vehículos aparcados en el extremo del desvío. Uno de ellos se balanceaba bruscamente, con las cortinillas echadas. Era un lugar siniestro, donde el sexo y la violencia se confundían fácilmente. Le pareció oír un ruido como si estrangularan y golpearan a alguien. Desde fuera podía interpretarse como un sonido de amor. Era un temor absurdo, pero Arkadi dio un suspiro de alivio cuando vio a Tommy cruzar la carretera y dirigirse hacia el coche. El americano se sentó ante el volante, jadeando, y preguntó:

—¿He tardado mucho?

—Horas —respondió Arkadi.

Tommy se instaló cómodamente, se metió los faldones de la camisa dentro de los pantalones y se abrochó la chaqueta. Emanaba un olor a perfume y sudor, como si acabara de regresar de un viaje a tierras exóticas. Parecía muy satisfecho de sí mismo, y Arkadi se preguntó cuántas veces conseguiría reunir el valor necesario para acercarse a una prostituta.

—Ha sido un dinero bien empleado. ¿Seguro que no cambiarás de opinión? —preguntó a Arkadi.

—No. Vámonos.

Súbitamente se abrió la portezuela junto a Arkadi. Peter Schiller se agachó y dijo:

—No respondió usted a mi llamada, Renko.

El BMW de Peter estaba aparcado en un lugar sombrío, a varios metros de la carretera principal. Arkadi se apoyó en el capó del coche, con las piernas y los brazos extendidos, mientras Peter le registraba para comprobar si iba armado. Contempló los coches aparcados junto a la carretera y a Tommy, que se montó en su Trabant y regresó solo a Múnich.

—Moscú constituye un misterio para mí —dijo Peter mientras palpaba la espalda, los muslos, los tobillos y las muñecas de Arkadi—. Nunca he estado allí y no siento el menor deseo de ir, pero me da la impresión de que un importante investigador no debería tener que utilizar una cabina telefónica para su trabajo. He verificado el número que me dio para localizarlo.

—Detesto permanecer sujeto a una mesa de despacho.

—Ni siquiera posee una mesa de despacho. Fui al consulado y hablé con Fiódorov. No sabe nada sobre su investigación, nunca había oído hablar de Borís Benz y creo que desearía no haberlo conocido a usted.

—Reconozco que no mantenemos una estrecha amistad —dijo Arkadi.

Cuando trató de girarse, Peter le aplastó la cara contra el techo del coche.

—Fiódorov me dio la dirección de su pensión. Las luces de su habitación estaban apagadas. Mientras le esperaba, pensé en lo que debía hacer con usted. Es obvio que se inventó lo del Bayern-Franconia para protegerse. También es evidente que ha montado usted solito este tinglado para ganarse unos cuantos marcos durante sus vacaciones. Un pequeño negocio ruso. Se me ocurrió informar a varios ministerios y a la Interpol, hasta que recordé que mi abuelo es muy sensible a toda publicidad negativa relacionada con el banco. Se trata de un banco mercantil, no dirigido al público, y no necesita ninguna publicidad, especialmente el tipo de publicidad que usted le daría. De modo que decidí llevármelo a algún lugar apartado y darle una paliza hasta romperle todos los huesos.

—¿Eso no es ilegal?

—Le hubiera dejado tan hecho polvo que no hubiera podido contarle a nadie lo sucedido.

—Bueno, puede intentarlo —dijo Arkadi.

No llevaba arma, pero Peter llevaba la pistola que había visto en el banco, una Walther. Arkadi estaba seguro de que Peter Christian Schiller no dispararía contra él, al menos hasta que le hubiera hecho apartarse del BMW, para evitar que la bala destrozara su flamante coche. Si Peter se proponía darle una paliza, Arkadi no sabía si conseguiría resistir. A esas alturas, ¿qué importaba un poco de sangre y perder unos cuantos dientes? Arkadi se enderezó y se giró hacia Peter.

Sobre la explanada soplaba una fresca brisa que agitaba la cazadora amarilla del policía. Mientras Peter apuntaba a Arkadi con la pistola, dijo:

—De pronto apareció su amigo con el Trabi. Supuse que se trataba de un desgraciado de la zona oriental. Nadie conduce un Trabi en esta época. De vez en cuando se ve alguno cerca de la antigua frontera, pero no en Múnich. Al cabo de diez minutos salió de la pensión acompañado de usted. Encajaba perfectamente en el papel de cómplice.

—¿De veras?

—Desde luego. Él escoge a la víctima y usted se presenta con una carta falsa del consulado. Llamé para averiguar el nombre del propietario del coche y me informaron que se trata de Thomas Hall, un americano residente en Múnich. Me chocó que un americano condujera un Trabi.

—Él asegura que es una buena inversión. ¿De modo que nos siguió?

—No fue muy difícil, dada la lentitud con que circulaban.

—¿Y qué piensa hacer? —preguntó Arkadi.

Curiosamente, cuando un alemán se siente angustiado, su rostro lo refleja con toda claridad. En aquellos momentos Peter parecía debatirse entre la ira y la curiosidad.

—¿Es buen amigo de Hall?

—Lo conocí anoche. Me sorprendió que se presentara esta noche en mi pensión.

—Usted y Hall fueron a un club de sexo, lo que demuestra que son muy amigos.

—Tommy dijo que había visto a Benz en el club. Las mujeres que trabajan en él nos dijeron que quizá lo encontraríamos aquí.

—¿No había hablado con Hall antes de anoche?

—No.

—¿Ni se había comunicado con él?

—No. ¿Adónde quiere ir a parar? —preguntó Arkadi.

—Esta mañana me dio usted un número de fax para que lo investigara. Pues bien, el aparato pertenece a Radio Liberty. Está instalado en el despacho de Thomas Hall.

La vida estaba llena de sorpresas, pensó Arkadi. Había pasado la noche con un tipo presuntamente inocente y acababa de descubrir que se había comportado como un imbécil. ¿Por qué no había verificado él mismo los números de Radio Liberty? ¿Qué otros datos había pasado por alto?

—¿Cree que puede alcanzar a Tommy? —preguntó Arkadi.

Peter vaciló unos instantes, mientras Arkadi lo observaba para comprobar su reacción. El alemán sostuvo su mirada sin pestañear, y al fin contestó:

—En estos momentos sólo estoy seguro de poder alcanzar a un Trabi.

Regresaron por la misma ruta que había tomado Tommy pero a otra velocidad. Peter aceleró hasta que el BMW alcanzó los doscientos kilómetros por hora, como si condujera por una pista de carreras que conociera como la palma de su mano. De vez en cuando miraba a Arkadi de reojo, aunque éste hubiera preferido que no apartara la vista de la carretera.

—No mencionó Radio Liberty en el banco —dijo Peter.

—No sabía que la emisora estuviera implicada en el asunto. Puede que no lo esté.

—No nos conviene que estalle aquí una guerra civil rusa. Sería preferible que regresaran a casa y se mataran allí.

—Es una posibilidad.

—Si Radio Liberty está implicada, los americanos también.

—Espero que no.

—¿No ha trabajado nunca con los americanos?

—Supongo que usted sí —contestó Arkadi.

—Me formé en Tejas.

—¿Como vaquero?

—Como piloto de aviación. En aviones de combate.

Al tomar una curva apareció una señal que no llegaron a distinguir. Arkadi pensó que no existía nada como la velocidad para hacer que uno apreciara el trazado de una carretera.

—¿Para la aviación alemana?

—Algunos de nosotros nos formamos allí. De este modo, si nos estrellamos, causamos menos destrozos.

—Parece lógico.

—¿Es usted del KGB?

—No. ¿Le dijo Fiódorov que lo era?

Peter soltó una risita irónica.

—Fiódorov juró que no era del KGB. Dios nos libre. Pero si no lo es, ¿por qué está interesado en Radio Liberty?

—Tommy envió un fax a Moscú.

—¿Qué decía? —preguntó Peter.

—¿Dónde está la Plaza Roja?

Ambos guardaron silencio, hasta que de pronto apareció una mancha rosa frente a ellos.

—Es preciso hablar con Tommy —dijo Arkadi. Luego sacó un cigarrillo y preguntó—: ¿Le importa que fume?

—Baje la ventanilla.

Al bajarla penetró en el coche un olor acre que les hizo toser.

—Alguien está quemando plástico —dijo Peter.

—Y neumáticos.

La mancha rosa se hizo más grande, luego se desvaneció y volvió a reaparecer, de un color rosa más intenso. Estaba situada al borde de una rampa de acceso, como una antorcha de la que sobresalía una gruesa columna de humo agitada por el viento. Vista de cerca, parecía hundirse en el suelo.

—Es el Trabi —dijo Peter.

Ambos se apearon del coche y retrocedieron a pie, cubriéndose la nariz y la boca con la mano. El Trabant había chocado con la rampa y había quedado completamente destrozado. Las llamas eran gigantescas, como unas manchas rojas mezcladas con unas tonalidades azules y verdes producidas por unas sustancias químicas. El humo era negro como el petróleo. El Trabi no sólo ardía desde el interior sino que todo el vehículo estaba envuelto en unas furiosas llamas que devoraban las paredes, el capó, el techo y los asientos de plástico. Los neumáticos, al arder, formaban unos círculos espectrales.

Arkadi y Peter dieron una vuelta alrededor del coche para comprobar si Tommy había conseguido escapar.

—No es la primera vez que contemplo un incendio de estas características —dijo Arkadi—. Si Tommy no consiguió huir del coche, está muerto.

Peter retrocedió, y Arkadi trató de acercarse al vehículo arrastrándose de rodillas para no aspirar el humo, pero el calor era demasiado intenso.

Cuando cambió el viento, vio en el salpicadero del coche una foto chamuscada que parecía haber sido minuciosamente recortada con unas tijeras.

Peter subió de nuevo en el BMW, encendió las luces y retrocedió hasta descubrir unas huellas de neumáticos. Luego se apeó y colocó la luz azul sobre el techo del coche. Probablemente era un buen policía, pensó Arkadi.

Era imposible salvar a Tommy. Una de las portezuelas comenzó a derretirse, devorada por unas llamas
violáceas. Al cabo de unos instantes se desplomó el techo, y las llamas empezaron a oscilar como una gigantesca flor sacudida por el viento.

22

—En los viejos tiempos le habríamos gaseado y enviado a casa en un ataúd. Ahora ya no hacemos esas cosas. Desde que nuestras relaciones con los alemanes han mejorado, no tenemos necesidad de hacerlas —dijo el vicecónsul Platónov.

—¿Ah, no? —preguntó Arkadi.

—Los alemanes nos ahorran la molestia. Lo primero que voy a hacer es echarlo de aquí —dijo Platónov, descolgando una camisa que estaba tendida en la cuerda. Junto al fregadero había un panecillo y un vaso de zumo. Tras observar un plano de Múnich extendido sobre la mesa, entregó la camisa a Fiódorov y prosiguió—: Sé que aquí se siente como en casa, Renko, pero puesto que ha sido el consulado el que ha alquilado esta habitación, podemos hacer lo que queramos. Voy a denunciarlo por vagabundo, que es justamente lo que es usted, ya que carece de pasaporte y no puede alojarse en ningún hotel.

Fiódorov abrió la bolsa de viaje de Arkadi y metió en ella la camisa.

—Los alemanes deportan a los vagabundos extranjeros —dijo—, especialmente a los vagabundos rusos.

—Se trata de un problema de economía —dijo Platónov—. Ya tienen bastante con ocuparse de los alemanes del este.

—Si crees que te van a conceder asilo político, olvídate —afirmó Fiódorov, vaciando los cajones de la cómoda—. Eso está pasado de moda. Nadie quiere dar asilo a los desertores de la Unión Soviética.

Arkadi no había visto al vicecónsul desde el día en que llegó a Múnich, pero Platónov no se había olvidado de él.

—¿Recuerda lo que le dije? Visite los museos, vaya de compras. Podría haberse ganado el sueldo de un año comprando cosas aquí para venderlas en Rusia. Le advertí que no tenía ningún *status* oficial, y que no debía ponerse en contacto con la policía alemana. Pero usted no sólo habló con los alemanes, sino que ha implicado al consulado en este asunto.

—¿Has estado en un incendio? —preguntó Fiódorov, olfateando la chaqueta de Arkadi.

Arkadi había lavado la ropa que llevaba la noche anterior y se había duchado, pero su pelo y su chaqueta seguían oliendo a humo.

—Mire, Renko —dijo Platónov—, dos veces a la semana tomo el té con industriales y banqueros bávaros para convencerlos de que somos gente civilizada, de que pueden hacer negocios con nosotros y prestarnos millones de marcos sin correr ningún riesgo. Como comprenderá, no puedo permitir que usted intente extorsionarles. Fiódorov me dijo que le costó no pocos esfuerzos convencer a un teniente de policía de que no formaba parte de una conspiración para estafar a los bancos alemanes.

—¿Te gustaría que la Gestapo te hiciera una visita? —preguntó Fiódorov, metiendo el billetero, el monedero, el cepillo de dientes y el tubo de pasta dentífrica en la bolsa. La llave de la taquilla y el billete de Lufthansa se los guardó en el bolsillo.

—¿Mencionó la policía algún banco en concreto? —preguntó Arkadi.

—No —respondió Fiódorov, echando un vistazo al frigorífico, que estaba vacío.

—¿Han presentado los alemanes una protesta oficial?

—No. —Fiódorov dobló el plano y lo metió en la bolsa.

—¿Se ha puesto de nuevo la policía en contacto con el consulado?

—No.

¿Ni siquiera después del accidente de coche? Qué interesante, pensó Arkadi.

—Necesito mi pasaje de avión —dijo.

—Se equivoca —contestó Platónov, arrojando un billete de Aeroflot sobre la mesa—. Regresará hoy mismo a Moscú. Fiódorov le acompañará al aeropuerto.

—Mi visado tiene una validez de dos semanas —protestó Arkadi.

—Considérelo cancelado.

—Debo permanecer aquí hasta recibir nuevas órdenes de la oficina del fiscal.

—Es difícil localizar al fiscal Rodiónov. Me pregunto por qué decidió enviar a un investigador con un visado turista, sin concederle ninguna autoridad. Todo este asunto es muy extraño —dijo Platónov, dirigiéndose hacia la ventana y contemplando la estación. Por encima del hombro del vicecónsul, Arkadi vio unos trenes que se deslizaban por las vías, mientras unos pasajeros aguardaban en el andén. Platónov sacudió la cabeza con admiración—. La eficacia de esta gente es increíble.

—Me niego a marcharme —afirmó Arkadi.

—No tiene más remedio. O se va por las buenas o los alemanes le obligarán a hacerlo por las malas. No creo que le convenga que esto conste en su expediente. Le ofrezco la salida más cómoda —dijo Platónov.

—¿Me expulsan del país? —preguntó Arkadi.

—Así es —contestó Platónov—. Es perfectamente legal. Tengo que cuidar nuestras buenas relaciones con Alemania.

—Jamás me habían expulsado de ningún país —protestó Arkadi.

Había sido arrestado y exiliado, pero jamás le habían expulsado. La vida cada vez se hacía más sutil, pensó Arkadi.

—Es lo que suele hacerse en estos casos —dijo Fiódorov, metiendo el resto de la ropa en la bolsa.

De pronto se abrió la puerta y apareció un perro negro que Arkadi supuso que formaba parte del proceso de expulsión. El animal tenía los ojos negros como el ágata, y por su tamaño y pelaje parecía un cruce con un oso. Entró en la habitación con paso decidido y observó a los tres hombres con recelo.

Al cabo de unos segundos se oyeron unas pisadas por el pasillo y apareció Stas.

—¿Te marchas? —preguntó a Arkadi.

—Digamos que me obligan a marcharme.

Stas entró en la habitación sin mirar siquiera a Platónov ni a Fiódorov, aunque Arkadi estaba seguro de que sabía quiénes eran; había estudiado a los miembros del aparato soviético toda su vida, y un hombre que dedica toda su vida a estudiar a los gusanos reconoce de inmediato a un gusano. Cuando Fiódorov se disponía a meter el resto de la ropa en la bolsa, el perro se giró súbitamente hacia él y éste se detuvo en seco.

—Anoche pedí a Tommy que fuera a visitarte a la pensión. ¿Hablaste con él? —preguntó Stas.

—Lamento mucho lo de Tommy.

—¿Te has enterado del accidente?

—Yo mismo lo presencié —respondió Arkadi.

—Quiero saber cómo sucedió.

—Yo también —dijo Arkadi.

Los ojos de Stas brillaban más de lo habitual. Miró fijamente a Platónov y a Fiódorov, y el perro hizo otro tanto. Luego observó la bolsa de viaje y dijo a Arkadi:

—No puedes marcharte.

—Es preciso acatar las leyes alemanas —terció Platónov—. Puesto que Renko no tiene dónde alojarse, el consulado ha decidido tramitar su regreso a Moscú.

—Quédate con nosotros —insistió Stas.

—No es tan sencillo —contestó Platónov—. Las invitaciones a los ciudadanos soviéticos deben ser cursadas por escrito y autorizadas previamente. Su visado ha sido anulado y le hemos reservado un pasaje para Moscú.

—¿Puedes marcharte ahora mismo? —preguntó Stas a Arkadi. Éste sacó la llave de la taquilla y el billete de Lufthansa del bolsillo de Fiódorov y contestó:

—Tengo el equipaje listo.

Stas se incorporó al tráfico que circulaba por el centro de la ciudad. Aunque estaba nublado, bajó las ventanillas para evitar que el aliento del perro empañara los cristales. El animal ocupaba todo el asiento trasero, y Arkadi tuvo la sensación de que sólo le permitiría sentarse con su bolsa en el asiento delantero si se movía con cautela. Cuando abandonó la pensión, Platónov y Fiódorov parecían unos enterradores a quienes se les había escapado el cadáver.

—Gracias.

—Deseaba hacerte unas preguntas —dijo Stas—. Tommy era un estúpido y tenía una porquería de coche. El Trabi no superaba los setenta y cinco kilómetros por hora, y no debió tomar la autopista, pero no me explico cómo perdió el control del coche y se estrelló contra la rampa.

—Yo tampoco me lo explico —dijo Arkadi—. Dudo que la policía consiga averiguar el origen del accidente. El coche quedó hecho cenizas.

—Probablemente fue debido al calentador de parafina que había instalado en el suelo del coche. Era una trampa mortal.

—Afortunadamente, Tommy apenas sufrió. Si no murió al estrellarse, debió morir asfixiado por el humo.

—¿Has presenciado ese tipo de accidentes en otras ocasiones?

—En Moscú vi a un hombre morir abrasado en el interior de su automóvil. Tardó un poco más en arder porque era un coche de más categoría.

Al pensar en Rudi, Arkadi se acordó de pronto de Polina y de Jaak. Decidió que si conseguía regresar vivo a Moscú, intentaría ser menos intolerante, valorar más la amistad y recelar de todos los coches. Stas conducía de forma temeraria, pero al menos mantenía la vista fija en la carretera, dejando que el perro vigilara a Arkadi.

—¿Te llevó Tommy a la Plaza Roja?

—¿Conoces ese tugurio?

—No soy tonto, Renko. ¿Qué otro motivo podía tener para conducir por la carretera a esas horas de la noche? Pobre Tommy. Un caso fatal de rusofilia.

—Luego fuimos a un aparcamiento, una especie de burdel itinerante.

—El lugar ideal para pescar una enfermedad mortal. Las leyes alemanas exigen que las mujeres se sometan a la prueba del sida cada tres meses, lo que demuestra que tienen una actitud más científica sobre la cerveza que ingieren que sobre las mujeres con las que se acuestan. De todos modos, follar en un jeep debe dejarte baldado. Pensaba que Tommy y tú queríais hablar sobre las famosas batallas de la Gran Guerra Patriótica.

—Hablamos de ellas durante un rato.

—Los americanos siempre hablan de la guerra —dijo Stas.

—¿Conoces a Borís Benz?

—No. ¿Quién es?

Su voz no revelaba el menor indicio de engaño ni vacilación. Los niños mienten de forma descarada. Los adultos se delatan a través de pequeños gestos, apartando la vista o disimulando su mentira con una sonrisa.

—¿Puedes dejarme en la estación? —preguntó Arkadi.

Cuando Stas se detuvo entre los autocares y los taxis

aparcados en la zona norte de la estación, Arkadi se apeó, dejando la bolsa en el asiento.

—¿Vas a volver? —le preguntó Stas—. Tengo la impresión de que te gusta viajar ligero de equipaje.

—Espérame un par de minutos.

Aunque Fiódorov tenía el cerebro de un mosquito, seguramente había reconocido la llave de la consigna de la estación y quizás había memorizado el número. El plazo de depósito había expirado, y Arkadi tuvo que pagar al empleado otros cuatro marcos para abrir la taquilla y recoger la cinta, lo que le dejó con setenta y cinco marcos para el resto de su estancia.

Al salir de la estación vio a un guardia de tráfico que trataba de obligar a Stas a apartarse para que pudiera aparcar un autocar italiano. El autocar brillaba como una góndola y el claxon tenía un sonido musical. Cuantos más bocinazos daba el conductor del autocar y más vociferaba el guardia, más fuerte ladraba el perro. Stas seguía sentado frente al volante, fumándose tranquilamente un cigarrillo.

—Parece una ópera —dijo a Arkadi.

Stas giró hacia el norte, hacia donde se hallaban los museos, y luego hacia el este, hacia el Jardín Inglés. Arkadi observó que les seguía un Porsche blanco que había visto en la estación.

—¿Quién es Borís Benz? —le preguntó Stas.

—Lo ignoro. Sólo sé que se trata de un alemán del este que vive en Múnich y que viaja con frecuencia a Moscú. Tommy me dijo que había conocido a Benz. Es la persona que buscábamos anoche.

—Si Tommy y tú ibais juntos, ¿cómo es que no estabas en el coche cuando se produjo el accidente? ¿Por qué no la palmaste tú también?

—La policía me recogió. Cuando regresábamos a Múnich, vimos el coche incendiado.

—El policía no me dijo que tú estuvieras presente.

—No tenía por qué hacerlo. Los informes sobre los accidentes de coche suelen ser breves y escuetos.

Peter había identificado a Arkadi como «un testigo que observó que el difunto consumió bebidas alcohólicas en un club erótico junto a la carretera». Una breve pero acertada descripción, pensó Arkadi.

—Sobre todo cuando se trata de un accidente en el que está implicado un sólo vehículo y éste arde por completo —añadió Arkadi.

—Creo que hay algo más. ¿Qué hacía ese tal Benz en Moscú? ¿Por qué no investigas a un nivel más oficial? ¿Dónde conoció Tommy a Benz? ¿Quién se lo presentó? ¿Por qué te sacó la policía del coche de Tommy? ¿Fue realmente un accidente?

—¿Sabes si Tommy tenía enemigos? —preguntó Arkadi.

—No tenía muchos amigos, pero tampoco enemigos. Tengo la impresión de que todas las personas que pretenden ayudarte se ganan unos cuantos enemigos. No debí enviarlo a tu pensión. No podía protegerse.

—¿Tú sí puedes?

Stas no respondió, pero Arkadi notó el aliento del perro sobre su cogote.

—Se llama *Laika*, pero es muy alemana. Le encanta el cuero y la cerveza y desconfía de los rusos, aunque a mí me quiere mucho. Ya hemos llegado —dijo Stas, in-

dicando un edificio con unos balcones llenos de geranios—. Cada balcón es como una taberna al aire libre.
Un auténtico paraíso bávaro. El balcón con los cactus
es mío.

—Gracias, pero no puedo quedarme —dijo Arkadi.

Stas se detuvo frente a la entrada del edificio.

—Pensaba que buscabas un sitio donde alojarte
—dijo.

—Lo que necesito es alejarme del consulado. Eres
muy generoso, te lo agradezco —contestó Arkadi.

—No puedes marcharte. No tienes dónde dormir.

—Cierto.

—Y apenas tienes dinero.

—Cierto.

—¿Crees que podrás sobrevivir en Múnich en estas
condiciones?

—Sí.

—Es un típico ruso —le dijo Stas a la perra. Luego se
giró hacia Arkadi y preguntó—: ¿Crees que tienes una
estrella especial que te protege? ¿Sabes por qué Alemania
tiene un aspecto tan pulcro y aseado? Porque cada noche
cogen a los turcos, a los polacos y a los rusos y los meten
en unas higiénicas cárceles hasta que los envían a casa.

—Quizá tenga suerte. Apareciste en el momento
más oportuno.

—Eso es distinto.

En aquel momento apareció el Porsche que los había estado siguiendo. El conductor se detuvo junto a
ellos y bajó la ventanilla. Llevaba unas gafas oscuras de
navegante sujetas con una cordón rojo. Al sonreír, mostró una blanca y resplandeciente dentadura.

—Hola, Michael —dijo Stas.

—¿Qué tal, Stas? —contestó Michael con tono enérgico.

Arkadi recordó que le habían presentado al director delegado de la emisora en casa de Tommy.

—¿Te has enterado del accidente de Tommy? —preguntó Michael.

—Sí —respondió Stas.

—Es una tragedia —dijo Michael, guardando un momento de silencio.

—Sí.

—Decidí venir a verte para preguntarte cómo sucedió.

—¿Ah, sí?

—Oí decir que tu amigo, el investigador Renko de Moscú, estaba anoche con Tommy. Y ahora, casualmente, me lo encuentro aquí.

—Estaba a punto de irme —dijo Arkadi.

—El presidente de la emisora desea hablar con usted —dijo Michael, abriendo la portezuela del Porsche—. No es preciso que vengas con nosotros, Stas. Después de la entrevista acompañaré a Renko de nuevo a tu casa.

—Si crees que Michael va a salvarte, estás loco —dijo Stas a Arkadi.

Michael conducía el Porsche con una mano mientras con la otra sostenía un teléfono celular.

—Me dirijo hacia su casa en compañía del camarada Renko, señor —dijo, volviéndose hacia Arkadi y sonriendo—. El camarada Renko, señor. Debe de haberse producido una interferencia. Estos aparatos funcionan por medio de un rayo visual. —Se colocó el teléfono en el hombro, sujetándolo con la barbilla mientras cambiaba de marcha, y prosiguió—: Llegaremos dentro de unos minutos, señor. ¿Puede esperarnos hasta que lleguemos? Dentro de unos minutos. —Luego depositó el teléfono en su estuche y se giró de nuevo hacia Arkadi—. Gajes de la técnica. Me he informado sobre usted, Renko. Tiene un historial muy interesante. Según parece, es usted un desertor. Hallé su informe en el fichero de Irina. También figura en el fichero de Tommy. ¿Cómo se las arregla para meterse en tantos líos?

—¿Estaba siguiendo a Stas?

—En efecto, y me condujo directamente a usted. Cuando vi que se dirigían a la estación, me llevé un sobresalto. ¿Qué fue lo que sacó de la taquilla?

—Un gorro de piel y la Orden de Lenin.

—Parecía una caja de plástico. Siento curiosidad por saber de qué se trata. Como director delegado del departamento de seguridad, mantengo unas excelentes relaciones con la policía de aquí. Puedo intentar averiguar lo que usted y Tommy hacían anoche, o bien puede contármelo usted mismo. De esa forma saldrá ganando.

—¿En qué sentido?

—Le daremos dinero. No podemos permitir que haya nada sospechoso referente a la muerte de uno de nuestros empleados. Confiamos en que la época dura de la Guerra Fría ya ha pasado. Estoy convencido de que así es.

—¿Por qué? Quizá pierda su trabajo; quizá cierren la emisora.

—Me gusta contemplar el futuro con optimismo.

—A Max Albov también.

—Max es un ganador. Una estrella. Como podía serlo Irina si perfeccionara su inglés y eligiera a sus amigos con más esmero. El presidente Gilmartin quiere hacerle unas preguntas sobre Tommy. Gilmartin es el jefe de Radio Liberty y Radio Free Europe. Es la voz principal de Estados Unidos y un hombre muy ocupado. De modo que si se hace el listo, puede verse en un serio aprieto. En cambio, si se muestra sincero, percibirá una compensación.

—Es decir, que me conviene ser sincero.

—¡Exactamente!

Michael sonrió satisfecho y pisó el acelerador. El Porsche adelantó a los otros vehículos como si se tratara de un fueraborda.

Se dirigieron hacia la zona este de la ciudad, donde se hallaban las grandes mansiones, casi unos palacios, que Arkadi había visto. Algunas eran unas construcciones modernas, al estilo Bauhaus, a base de yeso y tuberías de acero. Otras ofrecían un aspecto casi mediterráneo, con amplias cristaleras y los jardines llenos de plantas. Algunas de ellas parecían sostenerse de milagro y otras constituían unos ejemplos del más rancio estilo *Jugendstil*, minuciosamente reconstruidas, cubiertas con unas pintorescas fachadas y unos aleros curvados.

Michael aparcó frente a una imponente mansión. En el jardín había un anciano tratando de instalar una mesa con una sombrilla.

Michael condujo a Arkadi a través del césped. Aunque no llovía, el anciano llevaba puesta una gabardina y unas botas de goma. Tenía unos sesenta años y unas facciones aristocráticas. Cuando Arkadi y Michael se acercaron, se volvió hacia éste y lo miró con una mezcla de enojo y alivio.

—Le presento al investigador Renko, señor —dijo Michael—. El presidente Gilmartin.

—Encantado —dijo Gilmartin, estrechando la mano de Arkadi con firmeza. Luego se puso a rebuscar en la caja de herramientas hasta dar con unos alicates. Sobre la hierba, junto a la mesa, yacían una llave de tuerca y un destornillador.

Michael se quitó las gafas de sol.

—¿Por qué no esperó a que yo llegara para ayudarle?

—Los malditos alemanes siempre se quejan de mi antena parabólica. Es una lata. Necesito una antena parabólica, y éste es el único lugar desde el que se capta la señal de los satélites, a menos que la instale en el tejado, en cuyo caso los alemanes pondrían el grito en el cielo.

Al aproximarse, Arkadi se dio cuenta de que la sombrilla servía para camuflar una antena parabólica de tres metros de diámetro. Tanto la antena como la mesa estaban clavadas en el suelo.

—Menos mal que se ha puesto las botas de goma, señor —dijo Michael.

—Hace mucho que estoy en esta profesión, y sé que todas las precauciones son pocas —contestó Gilmartin. Luego se giró hacia Arkadi y añadió—: Trabajé en varias emisoras durante treinta años, hasta que decidí que no me gustaba el rumbo que había tomado la radio. Mi intención era causar impacto.

—Tommy —le recordó Michael.

—Sí —respondió Gilmartin, mirando a Arkadi fijamente—. Estamos en la Edad Media, Renko. Hemos tenido muchos problemas. Asesinatos, robos, atentados con bombas. Hace unos años ustedes nos volaron la emisora checa. Trataron de apuñalar a nuestro jefe rumano cuando se encontraba en el garaje. Electrocutaron a uno de nuestros mejores colaboradores rusos. Pero nunca habíamos perdido a un americano, ni siquiera en los tiempos en que nos acusaban de pertenecer a la CIA. Es la Prehistoria. Ahora percibimos unos fondos del Congreso.

—Somos una corporación privada —dijo Michael.

—Fundada en Delaware, según creo recordar. No somos agentes secretos.

—Tommy era un tipo inofensivo —observó Michael.

—El tipo más inofensivo que jamás he conocido —dijo Gilmartin—. Además, los tiempos duros han pasado. ¿Qué hacía usted, un investigador soviético, con Tommy la noche en que murió?

—Tommy tenía un interés histórico en la guerra contra Hitler —contestó Arkadi—. Me hizo unas preguntas sobre personas que yo conocía.

—Sospecho que en este asunto se esconde algo más —dijo Gilmartin.

—Mucho más —terció Michael.

—La emisora es como una familia —prosiguió Gilmartin. Nos ayudamos y protegemos mutuamente. Quiero saber toda la historia.

—¿Por ejemplo? —preguntó Arkadi.

—Si había alguna cuestión de sexo. No me refiero a usted y a Tommy. Me refiero a mujeres.

—El presidente quiere saber si, en caso de que Washington decida examinar el historial de Tommy, encontrarían algunos trapos sucios.

—A ellos les tiene sin cuidado que la prostitución sea legal en Alemania —dijo Gilmartin—. Las normas morales americanas se dictan en Peoria. El más leve indicio de escándalo puede causarnos un grave perjuicio.

—Y nos retirarían la financiación —dijo Michael.

—Quiero saber todo lo que usted y Tommy hicieron anoche —dijo Gilmartin.

Arkadi reflexionó unos instantes antes de responder.

—Tommy fue a verme a la pensión. Hablamos acerca de la guerra. Al cabo de un rato le comenté que me apetecía tomar el aire, así que los dos montamos en su coche y fuimos a dar una vuelta. Vimos a un grupo de prostitutas junto a la autopista. Después le dejé, y Tommy regresó solo. De vuelta a Múnich, sufrió un accidente.

—¿Se acostó Tommy con una prostituta? —preguntó Gilmartin.

—No —mintió Arkadi.

—¿Habló con alguna? —preguntó Michael.

—No —mintió de nuevo Arkadi.

—¿Habló con algún ruso? —preguntó Michael.

—No —mintió Arkadi por tercera vez.

—¿Por qué se separaron? —preguntó Gilmartin.

—Yo quería irme con una prostituta, y Tommy se negó a esperarme.

—¿Cómo regresó usted a Múnich? —preguntó Michael.

—La policía me recogió en la carretera.

—Una noche nefasta —observó Gilmartin.

—Tommy no tuvo la culpa de lo sucedido —dijo Arkadi.

Michael y Gilmartin se miraron durante unos minutos, como si conversaran en silencio; luego, el presidente de la emisora alzó la vista y suspiró.

—Es muy endeble —dijo.

—Pero si Renko insiste en su versión de los hechos, tendrán que aceptarla. Al fin y al cabo, es ruso. No disponen de un año para arrancarle la verdad. Además, Tommy conducía un viejo Trabant, un coche fabricado en Alemania Oriental. Podemos centrar nuestro argumento en que el coche era una trampa mortal. Tiene usted suerte de estar vivo —añadió Michael dirigiéndose a Arkadi y dándole unos golpecitos en la espalda.

—La muerte de Tommy debe haber sido un duro golpe para usted —dijo Arkadi a Gilmartin. —Una tragedia personal. Su papel no consistía en tomar decisiones. Se ocupaba de investigar las noticias y de las traducciones, ¿no es así?

—Efectivamente —respondió Michael.

—Lo cual también es importante —se apresuró a añadir Gilmartin—. Michael habla el ruso mejor que yo, pero si no dispusiéramos de unos buenos traductores, nuestros trabajadores rusos se volverían locos.

Gilmartin señaló de pronto con los alicates unas tuercas que se habían soltado y preguntó a Arkadi:

—¿Entiende algo de antenas parabólicas?

—No.

—Me temo que no he hecho un buen trabajo.

—Descuide, señor. Comprobaremos la potencia del viento y la señal, y nos aseguraremos de que todos los cables están en buenas condiciones —dijo Michael—. A mí me parece un trabajo estupendo.

—¿De veras? —preguntó Gilmartin satisfecho, retrocediendo unos pasos para admirar su obra—. Parecería más convincente si sacáramos unas sillas para que la gente se sentara debajo de la sombrilla.

—Señor, no me parece prudente que la gente se siente a tomarse una limonada debajo de un receptor de microondas.

—Tienes razón —dijo Gilmartin, rascándose la barbilla con los alicates—. Quizá podríamos invitar a los vecinos.

23

Stas vivía solo... o casi. Atravesar el pasillo de su apartamento significaba codearse con Gógol y Gorki. En el armario residían célebres poetas como Pushkin y Voloshin. Los elevados pensamientos de Tólstoi llenaban las estanterías situadas sobre un equipo de música sueco, unos compact discs y un televisor. Los periódicos y las revistas estaban apilados por orden cronológico. Como dé un resbalón, pensó Arkadi, moriré sepultado bajo un alud de viejas noticias, música y aventuras.

—No es que sea desordenado —se justificó Stas—. Me gusta saborear la vida intensamente.

—Es evidente —respondió Arkadi.

—Los hoteles carecen de alma —dijo Stas.

Laika estaba sentada junto a la puerta. Arkadi apenas podía distinguir sus ojos a través del pelo, pero estaba seguro de que observaba todos sus movimientos.

—Tengo que marcharme —dijo.

Después de visitar al presidente de la emisora, Arkadi pasó el resto del día vigilando el apartamento de Benz. Había anochecido, y vio una luz encendida en una de las habitaciones. Había decidido pasear en metro hasta que cerrara, o adquirir un billete económico para un tren por la mañana y esperar en la estación. Así no podrían acusarlo de ser un vagabundo. Había ido a casa de Stas a recoger la bolsa.

Había una pregunta que le obsesionaba.

—¿Dónde vive Max?

—No lo sé —contestó Stas—. Tómate una copa antes de marcharte. Te espera una noche muy larga.

Antes de que Arkadi pudiera protestar, o esquivar a la perra y salir del apartamento, su anfitrión se dirigió a la cocina y regresó con dos vasos y una botella de vodka. El vodka estaba helado.

—¡Caramba! —exclamó Arkadi.

Stas llenó los vasos hasta la mitad y dijo:

—Por Tommy.

Arkadi bebió un sorbo, sintiendo el impacto del helado líquido en sus tripas. El alcohol no parecía afectar a Stas; era como un frágil junco que resistía cualquier embate. Éste volvió a llenar los vasos y dijo:

—Por Michael, y por la serpiente que consiga morderlo.

Arkadi bebió otro trago y depositó el vaso sobre un montón de papeles, lejos del alcance de Stas.

—Tengo curiosidad por saber una cosa. He notado que te gusta incordiar a los americanos. ¿Por qué no te despiden?

—Por las leyes laborales alemanas. Los alemanes no quieren pagar el subsidio de paro a los extranjeros, de modo que cuando uno consigue un trabajo es casi imposible echarlo. Los directivos americanos y los empleados rusos de la emisora se reúnen periódicamente. Según la ley, los informes deben ser redactados en alemán, cosa que enfurece a los americanos. Una vez al año, Michael trata de despedirme. Es como un tiburón famélico. De todas formas, mis programas son muy buenos.

—¿Te divierte fastidiarlo?

—Lo que realmente le puso rabioso fue que los trabajadores judíos acusaron a la emisora de antisemitismo. Presentaron su queja ante un tribunal alemán y ganaron el pleito.

—¿No os molestó que Max regresara a Moscú?

—Sí, sobre todo a Irina y a mí. Habíamos tenido varios problemas de seguridad.

—Eso dijo Michael. Una explosión, según creo.

—Por eso hicieron instalar unas verjas y un enorme muro alrededor de la emisora. Pero el hecho de que el jefe de la sección rusa regrese a Moscú constituye un problema de seguridad a otro nivel.

—Supongo que Michael odia a Max.

—Es lógico —dijo Stas, contemplando el vaso vacío—. Hace diez años que conozco a Max. Siempre me admiró su habilidad para llevarse bien con los americanos y con nosotros. Sabe adaptarse a todas las circunstancias. Tú y yo somos rusos. Max es líquido. Tiene una capacidad asombrosa para cambiar de forma y adaptarse a cualquier recipiente. En una situación fluida, es el rey. Regresó de Moscú convertido en un perfecto hombre de negocios. Los americanos le creen porque es como un espejo. A sus ojos, parece un americano.

—¿En qué tipo de negocios está metido?

—Lo ignoro. Antes de marcharse solía decir que uno podía ganar un dineral con el derrumbe de la Unión Soviética. Según él, es como cualquier empresa grande que quiebra, todavía existen valores y propiedades. ¿Quién es el mayor terrateniente de la Unión Soviética? ¿Quién es el dueño de los mayores bloques de oficinas, de los mejores centros turísticos, de los únicos edificios de apartamentos decentes?

—El Partido.

—El Partido Comunista. Max decía que lo único que tenía que hacer era cambiar de nombre, constituirse en una empresa y reestructurarse. Echar a los accionistas y quedarse con los bienes.

Arkadi no recordaba en qué momento había vuelto a dejar la bolsa en el suelo, pero de pronto comprobó que estaba sentado en el sofá. En la mesa había pan, queso y unos cigarrillos. Una lámpara de pie proyectaba unos haces de luz en tres direcciones. A través de la puerta abierta del balcón se filtraba el ruido del tráfico y el aire nocturno.

Stas llenó de nuevo los vasos.

—Yo no era un espía. Los del KGB estaban convencidos de que todos los manifestantes y los desertores eran unos espías o unos chiflados. Lo que yo no podía imaginar era que los americanos creyeran que el KGB había conseguido infiltrar a un peligroso elemento llamado Stas en Occidente. Algunos jefes de la CIA estaban convencidos de ello. Todos los del FBI lo creían. El FBI no cree en ningún desertor. Si vieran a Jesús abandonar Moscú, montado en un burro, no dudarían en abrirle un expediente.

»Existen verdaderos héroes. Pero yo no soy uno de ellos. Hombres y mujeres que se arrastraron por entre las minas hasta llegar a Turquía o que se enfrentaron al fuego de las metralletas para alcanzar el jardín de una embajada. Que arruinaron sus carreras y perdieron a sus familias. ¿En nombre de qué? De Checoslovaquia, Hungría y Afganistán. Lo cual no significa que no estuvieran comprometidos. Tú lo entiendes, pero los americanos no pueden entenderlo. Nos hemos criado rodeados de informadores. Entre nuestros parientes y nuestros amigos siempre existía algún informador. Incluso entre los héroes. Es muy complicado. Un día, una antigua amante que vivía en Moscú vino a visitarme a Múnich. Michael me preguntó por qué salía con ella puesto que todo el mundo sabía que era una informadora. Pero eso no significa que hubiera dejado de quererla. En Radio Liberty tenemos un escritor cuya esposa trabajaba en una base militar dando clases de ruso a los oficiales americanos, follando con ellos y sacándoles información para el KGB, para poder vivir como cualquier mujer occidental. Pasó dos años en la cárcel. Pero eso no significa que el marido no la haya perdonado. Todos hablamos con ella. ¿Qué vamos a hacer, fingir que está muerta?

»O bien llegamos a un compromiso. Un pintor amigo mío fue llamado por el KGB antes de abandonar Moscú. Le dijeron: "No te hemos enviado a un campo de trabajos forzados, de modo que confiamos en que no nos desprestigies ante la prensa occidental. Consideramos que eres un gran pintor y quizá no comprendas lo difícil que es sobrevivir en Occidente, así que nos gustaría concederte un préstamo. En dólares. Nadie se enterará de ello y no es preciso que firmes un recibo. Dentro de unos años, cuando hayas conseguido establecerte,

puedes devolvérnoslo con intereses, o sin intereses."
Cinco años más tarde mi amigo les envió públicamente un cheque y exigió un recibo, pero ya era tarde, pues comprendió que se había vendido. Me pregunto cuántas personas se encuentran en unas circunstancias parecidas.

»O bien, en última instancia, nos volvemos locos. Conozco el caso de un escritor que se trasladó a París. Un famoso autor que sobrevivió al Gulag y que escribía bajo el seudónimo de Teitlebaum. Al cabo de un tiempo descubrieron que era un informador del KGB. Desesperado, escribió un artículo insistiendo en su inocencia y alegando que el informador no era él, sino Teitlebaum.

»A veces —prosiguió Stas— consiguen eliminarnos. Nos envían una carta bomba, nos clavan la punta envenenada de un paraguas o bebemos hasta matarnos. Pero eso no significa que no seamos unos héroes.

Laika estaba tumbada en el suelo como una esfinge. Aunque Arkadi no veía sus ojos, presentía la fuerza de su mirada. Cada vez que la perra percibía un ruido extraño ponía las orejas tiesas, pero no apartaba la vista de Arkadi ni un segundo.

—No tienes que justificarte ante mí —dijo Arkadi.

—Sí, porque eres diferente. Eres un disidente. Salvaste a Irina, pero todo el mundo quiere salvarla, de modo que eso no constituye necesariamente una acción política.

—Fue una cuestión personal —dijo Arkadi.

—Tú te quedaste. Todos habíamos oído hablar de ti. Eras como un fantasma. Irina trató de localizarte en un par de ocasiones.

—No lo sabía.

—Nos sacrificamos para luchar en el bando de los buenos. ¿Quién sabía que la historia iba a cambiar de esa forma, que el Ejército Rojo acabaría reducido a unos campamentos de mendigos en Polonia, que el Muro iba a ser derribado? ¿Creían que el Ejército Rojo constituía un peligro? Ahora les preocupan los doscientos cuarenta millones de rusos que se extienden hasta el Canal de la Mancha. Radio Liberty ya no representa la línea del frente. No estamos bloqueados; tenemos corresponsales en Moscú; hacemos entrevistas a personajes del Kremlin.

—Vosotros ganasteis —dijo Arkadi.

Stas apuró la botella y encendió un cigarrillo. Estaba pálido, y sus ojos relucían como unos fósforos encendidos.

—¿Que hemos ganado? ¿Entonces por qué me siento como un emigrante? Uno no sabe si decir que abandonó su tierra porque le echaron o porque creía ser más útil fuera que dentro. Los demócratas del mundo aplauden nuestros nobles esfuerzos. Pero la Unión Soviética no cayó de rodillas gracias a mis esfuerzos sino a la historia, a la ley de la gravedad. La batalla no se está librando en Múnich sino en Moscú. La historia nos ha abandonado como a unos náufragos. Ya no parecemos héroes sino locos. Los americanos nos contemplan asombrados, no me refiero a Michael y a Gilmartin, a ellos sólo les preocupa su trabajo y hacer que la emisora funcione, sino a otros que leen los titulares sobre lo que sucede en Moscú y nos dicen: «Debieron haberse quedado.» Les da lo mismo que nos echaran, que nos jugáramos el cuello o que quisiéramos salvar al mundo. Cuando los americanos ven a un tipo como tú, piensan: «Al menos ése decidió quedarse.»

—No tuve elección. Hice un pacto con ellos. Prometieron dejar en paz a Irina si yo me quedaba. De todos modos, hace mucho de eso.

Stas observó su vaso vacío y preguntó:

—Si hubieras podido, ¿te habrías marchado con ella?

Arkadi no respondió. Stas se inclinó hacia delante y apartó el humo con la mano para ver su rostro con mayor claridad.

—¿Te habrías marchado con ella? —repitió.

—Soy ruso. No creo que hubiese sido capaz de marcharme.

Stas guardó silencio.

—Desde luego, el que yo me quedara en Moscú no afectó el curso de la Historia —dijo Arkadi—. Quizás el loco fui yo.

Stas se dirigió a la cocina y regresó con otra botella. *Laika* seguía vigilando a Arkadi para asegurarse de que no sacaba una bomba o trataba de agredir a su amo con una pistola o un paraguas envenenado.

—Irina lo pasó muy mal en Nueva York. Creo que en Moscú trabajó en unos estudios cinematográficos, ¿no es cierto? —preguntó Stas.

—Era una estudiante hasta que la expulsaron de la universidad. Luego consiguió trabajo como sastra en los estudios Mosfilm —respondió Arkadi.

—En Nueva York trabajó como maquilladora en el teatro, luego conoció a un grupo artístico y trabajó en unas galerías de arte, primero allí y luego en Berlín, mientras trataba de defenderse continuamente de sus salvadores. Siempre ocurría lo mismo: un americano se enamoraba de ella y acababa erigiéndose en su salvador. Supongo que debió ser un alivio para ella encontrar trabajo en Radio Liberty. Debo reconocer que Max fue el primero en reconocer su talento. Al principio sólo trabajaba esporádicamente en la emisora, pero Max decía que su voz tenía una gran calidad, que cuando hablaba por la radio era como si se dirigiese a un amigo. La gente la escuchaba. Al principio yo dudaba en contratarla porque no tenía experiencia profesional. Max me pidió que le enseñara a modular la voz y a fijarse en el reloj. Por lo general no nos damos cuenta de lo rápidamente que hablamos. Irina era capaz de memorizar un guión después de leérselo una sola vez. Al cabo de un tiempo se convirtió en la mejor locutora de la emisora.

Stas abrió la botella y prosiguió:

—Max y yo éramos como dos escultores que modelan la misma estatua. Como es lógico, los dos nos enamoramos de Irina. Max, Irina y yo estábamos siempre juntos. Salíamos a cenar, nos íbamos a esquiar a los Alpes y viajábamos a Salzburgo para asistir al festival musical. Éramos un trío inseparable, aunque ni Max ni yo conseguimos nada de ella. Yo no esquiaba. Me quedaba leyendo en el hotel, sabiendo que Max no estaba tratando de cortejarla en las pistas porque en realidad éramos un cuarteto. —Stas se interrumpió unos minutos y llenó los vasos de vodka—. Entre nosotros estaba siempre presente el hombre al que había dejado atrás. El hombre que la había salvado, el hombre que ella aguardaba que apareciera un día. ¿Cómo podíamos derrotar a semejante héroe?

—Quizás ella se cansó de esperarle —dijo Arkadi.

Ambos bebieron un trago al mismo tiempo, como dos individuos encadenados al mismo remo.

—No —dijo Stas—. No te hablo de hace muchos años. Cuando el año pasado Max regresó a Moscú, pensé que al fin me había librado de mi rival. Pero me hizo una jugada que demuestra su gran talento. ¿A que no adivinas lo que hizo?

—No —contestó Arkadi.

—Al cabo de un tiempo regresó. La quería y regresó por ella. Hizo lo que yo no pude hacer y lo que tú nunca hiciste. Ahora Max se ha convertido en un héroe y yo soy simplemente su amigo.

Stas bebió otro trago de vodka y sus ojos comenzaron a arder como ascuas. A Arkadi se le ocurrió de pronto que nunca lo había visto comer.

—¿A qué se dedicaba Max antes de trasladarse a Occidente? —preguntó.

—Era director de cine —contestó Stas—. Desertó con ocasión de un festival cinematográfico. Pero Hollywood no estaba interesado en él.

—¿Qué tipo de películas hizo?

—Películas de guerra en las que morían alemanes, japoneses y terroristas israelíes, lo de costumbre. Max tenía los gustos de los grandes directores: trajes hechos a medida, buenos vinos, mujeres hermosas...

—¿Dónde vive en Múnich? —preguntó Arkadi de nuevo.

—No lo sé. Mi última esperanza eres tú.

—Max también me ha derrotado.

—No, lo conozco bien. Sólo ataca cuando no tiene otra salida. Mientras no represents una amenaza para él, es tu mejor amigo.

—No creo que yo represente ninguna amenaza para él. Por lo que se refiere a Irina, estoy muerto.

Ésa era la palabra que ella había utilizado en casa de Tommy, como si le clavara un cuchillo.

—¿Te ha pedido que te marches?

—No.

—Eso significa que aún no ha tomado una decisión.

—Le trae sin cuidado que me marche o me quede. Creo que ni siquiera me ve.

—Irina dejó de fumar hace años. La primera vez que te vio me pidió un cigarrillo. Ya lo creo que te ve.

Laika giró súbitamente la cabeza hacia el balcón, como si algo la hubiera alarmado. Stas indicó a Arkadi que guardara silencio y apagó la luz.

La habitación quedó a oscuras. Al cabo de unos instantes, percibieron el impacto de un cuerpo pesado al caer en el balcón. Aunque Arkadi no podía ver a *Laika*, la localizó por medio de sus gruñidos. Luego sonaron unos pasos y la perra se incorporó, dispuesta a atacar al intruso.

De pronto oyeron una voz que exclamaba:

—¡Stas, soy yo! ¡Stas!

Stas encendió la luz y dijo a la perra:

—Siéntate, *Laika*. Buena chica.

En aquel momento apareció Rikki y avanzó hacia ellos tambaleándose. Arkadi recordó haber visto al actor-locutor georgiano en la cafetería de la emisora y en casa de Tommy. Daba la impresión de encontrarse siempre en un grave apuro.

—¡Maldito cactus! —se lamentó. Tenía el dorso de la mano cubierto de espinas.

—He cambiado las plantas de sitio —dijo Stas.

Arkadi encendió la luz del balcón. Debajo de la lámpara que colgaba del techo había una mesa, dos sillas, un cubo que contenía varias botellas vacías de cerveza y unos cactus dispuestos en un semicírculo, mostrando unas espinas que parecían bayonetas.

—Es un sistema de alarma —dijo Stas.

Rikki veía las estrellas cada vez que Stas le arrancaba una espina.

—Todo el mundo tiene geranios en los balcones. Son unas plantas preciosas —dijo.

—Rikki vive en el piso de arriba —explicó Stas a Arkadi.

Rikki se frotó la mano, en la que se apreciaban unas manchitas rojas.

—¿Siempre te presentas de este modo? —le preguntó Arkadi.

—Me tenían atrapado —contestó Rikki, alejándose apresuradamente del balcón—. Están apostadas frente a mi puerta.

—¿A quién te refieres?

—A mi madre y a mi hija. Llevaba años esperando con impaciencia el momento de reunirme con ellas, y ahora no sé cómo sacármelas de encima. Mi madre pretende llevarse el televisor y mi hija ha decidido regresar a Rusia en coche.

—¿En tu coche? —inquirió Stas.

—En cuanto llegue a Georgia será suyo —contestó Rikki—. En un momento de debilidad prometí regalárselo. Es un BMW nuevo. ¿Qué va a hacer una joven con ese coche en Georgia?

—Divertirse —respondió Arkadi.

—Están desmadradas. Quieren llevárselo todo. Me avergüenzo de ellas —dijo Rikki con tono trágico.

—No les abras la puerta y acabarán marchándose —le recomendó Stas.

—Te equivocas —replicó Rikki, suspirando y alzando los ojos al techo—. Esperarán hasta que me canse y les abra la puerta.

—Puedes deslizarte por la escalera sin que te vean —dijo Arkadi.

—Les dije que esperaran un minuto. No puedo desaparecer como por arte de magia. Al final no tendré más remedio que abrirles la puerta.

—En ese caso no entiendo por qué has venido aquí —dijo Stas.

Rikki se miró la mano, que empezaba a hincharse, y preguntó:

—¿Me das un brandy?

—Sólo tengo vodka —contestó Stas.

—Pues dame un vodka —dijo Rikki.

Luego se sentó en una silla y bebió un trago del vodka que le ofreció Stas.

—He decidido dejarle otro coche.

—Pero fuiste a recibirla al aeropuerto. Conoce tu coche. Está enamorada de él —dijo Stas.

—Le diré que es tuyo, que te lo pedí prestado para impresionarla...

—¿Y qué coche vas a dejarle? —preguntó Stas.

—Somos amigos —respondió Rikki, parpadeando nerviosamente—. Tu Mercedes tiene más de diez años, está hecho una birria. Mi hija es una mujer de buen gusto. En cuanto vea tu coche, se negará a subirse en él. Confiaba en que me prestarías las llaves del coche.

Stas le llenó de nuevo el vaso y dijo, dirigiéndose a Arkadi:

—Aunque no lo creas, Rikki atravesó una vez a nado el mar Negro. Llevaba un traje de buzo y una brújula. Tuvo que sortear las minas y las redes, y nadó debajo de los barcos patrulleros. Fue una huida heroica. Y aquí le tienes, tratando de ocultarse de su hija.

—¿Aceptas mi plan?

—La vida te pasa factura, Rikki. Creo que tu hija va a hacerte pagar durante años —contestó Stas—. El coche sólo es el principio.

Rikki se atragantó y empezó a toser como un descosido. Luego se levantó con aire solemne, se dirigió al balcón y escupió el vodka sobre la barandilla.

—¡Maldita sea esa chica! ¡Y maldito seas tú también! —exclamó, dirigiéndose a Stas.

Seguidamente depositó el vaso en la mesa y comenzó a trepar por la tubería de agua que recorría la fachada del edificio. Arkadi pensó que era un hombre de una asombrosa agilidad, teniendo en cuenta su corpulencia. Al cabo de unos segundos se encaramó al balcón superior, del que cayó una lluvia de pétalos de geranio.

Al despertar, Arkadi se dio cuenta de que estaba tumbado en el sofá. Eran las dos de la mañana. No existe agujero más profundo que las dos de la mañana, la hora en que el temor hace presa en todo el mundo. Stas había eludido dos veces su pregunta. ¿Dónde vivía Max?

A los rusos no les gustan los hoteles. Las visitas suelen alojarse en casas de amigos, y los otros amigos saben perfectamente dónde se hospedan. Arkadi contempló fijamente la azulada penumbra del cuarto de estar, imaginándose a Max acostado con Irina. Podía verlos con toda claridad, como si estuvieran en la habitación contigua. Veía a Max abrazado a Irina, aspirando el aroma de su cabello.

Arkadi encendió una cerilla, cuyo resplandor iluminó tenuamente los sillones, la mesa y las estanterías. Luego se quitó la manta de encima. Recordaba haber visto un teléfono sobre la mesa, junto a una agenda telefónica. Encendió otra cerilla, abrió la agenda y halló el nombre de Irina Asánova, seguido de su número telefónico. Apagó la cerilla para no quemarse los dedos y descolgó el auricular. ¿Qué podía decirle? ¿Que lamentaba despertarla a estas horas pero que tenía que hablar urgentemente con ella? Irina ya le había dado a entender que no tenía nada que decirle, y menos aún si Max estaba acostado con ella. Podía intentar prevenirla, pero ella se reiría de él.

En lugar de eso, cuando respondiera al teléfono, podía decirle que quería hablar con Max. Con ello le demostraría que estaba al tanto de la relación entre ambos. O cuando ella le preguntara quién era, podía decirle que se trataba de Borís, para comprobar su reacción.

Arkadi marcó el número de Irina, pero cuando intentó acercarse el auricular a la oreja, sintió que unos afilados dientes le aprisionaban la muñeca. Trató de coger el teléfono con la otra mano, pero la perra soltó un gruñido.

Oyó las dos señales seguidas de los teléfonos alemanes y la voz de Irina:

—¿Dígame?

Arkadi intentó librarse del animal, pero éste apretó las mandíbulas con más fuerza.

—¿Quién es? —preguntó Irina.

Arkadi tenía el brazo inmovilizado bajo el peso de la perra.

Al cabo de unos segundos oyó un clic.

La perra lo soltó cuando Arkadi colgó el teléfono, pero permaneció junto a él para cerciorarse de que no volvía a descolgarlo.

Sálvame, pensó Arkadi. Sálvame de mí mismo.

24

El secreto consistía en que Stas sólo comía a la hora del desayuno: hígado, salmón ahumado, ensaladilla de patatas y varias tazas de café. Como buen soltero, disponía también de un vídeo y un gigantesco televisor.

Arkadi puso la cinta y utilizó el mando a distancia para pasar rápidamente de una imagen a otra: los monjes, la Marienplatz, la taberna al aire libre, los modernos vehículos, más cervecerías, los cisnes, la ópera, la Oktoberfest, los Alpes, y de nuevo la taberna al aire libre. Arkadi rebobinó la cinta hasta el inicio de la última escena. La taberna, iluminada por el sol, estaba rodeada por un muro cubierto por una enredadera, en torno a la cual revoloteaban unas abejas. Los comensales parecían agotados tras la copiosa comida, excepto la mujer sentada en una de las mesas. Arkadi detuvo la imagen en el momento en que ésta alzaba el vaso.

—No la he visto jamás —dijo Stas—. Lo que me asombra es que nunca he estado en esa taberna. Creía que las conocía todas.

La imagen volvió a cobrar vida en la pantalla. La mujer alzó su vaso. Llevaba el cabello peinado hacia atrás, dejando el rostro al descubierto, el collar de oro relucía sobre su jersey de cachemira negro, las alargadas gafas de sol le daban un aspecto divertido, y las uñas pintadas y los labios rojos prometían en ruso: «Te quiero.»

Stas sacudió la cabeza y dijo:

—Estoy seguro de que la recordaría.

—¿No la has visto en Radio Liberty? —preguntó Arkadi.

—No.

—¿Con Tommy?

—Es posible, pero no la recuerdo.

Arkadi cambió de táctica.

—Quisiera ver dónde trabajaba Tommy.

—¿El Archivo Rojo? Si intento hacerte pasar, los guardias avisarán a Michael. No me importa que se enfade conmigo, pero les dirá a los guardias que no te den un pase.

—¿Michael está siempre en la emisora?

—No. Entre las once y las doce juega al tenis en el club. Pero se lleva el teléfono portátil a todas partes.

—¿Estarás en la emisora?

—Estaré en mi despacho hasta el mediodía. Soy escritor. Me dedico a relatar la decadencia y caída de la Unión Soviética con frases escuetas.

Cuando Stas se marchó, Arkadi arregló el sofá, fregó los platos y planchó las prendas que Fiódorov había metido en su bolsa. Tenía la muñeca llena de morados, pero la perra no le había herido. Stas había visto las señales, pero no dijo nada. Cada paso que daba Arkadi, del sofá al fregadero y a la tabla de planchar, era observado atentamente por *Laika,* que hasta ahora parecía encontrar su conducta aceptable.

Mientras planchaba, Arkadi puso de nuevo la cinta. Cuando aparecieron las imágenes de la cervecería, pensó que podía estar contemplando el patio de un restaurante en lugar de una taberna al aire libre. Había un comedor interior, pero la luz del exterior era demasiado intensa para distinguir algo a través de las ventanas.

¿Qué sabía Arkadi sobre esa mujer? Quizás había sido una puta en Moscú llamada Rita. O podía ser Frau Benz. La única evidencia de su existencia era esa cinta. Esta vez Arkadi observó que la mesa estaba puesta para dos comensales. La mujer ofrecía un aspecto casi teatral. El collar de oro era decididamente teutónico, pero los ángulos de su rostro eran inconfundiblemente rusos. Su excesivo maquillaje también era típicamente ruso. Arkadi lamentó que no se quitara las gafas. Lentamente, sus labios esbozaron una sonrisa y dijo a Rudi Rosen: «Te quiero.»

Laika se dirigió hacia el televisor y se sentó frente a él.

Arkadi rebobinó la cinta, deteniéndola cada dos planos. A medida que le cinta retrocedía, apareció la imagen de las gafas de sol, la mesa, los comensales, la madreselva y las abejas, el carrito con tapetes y servilletas, los cubiertos, las jarras de agua, el estuco, la madreselva y, por último, la ventana en cuyo cristal se reflejaba el hombre que sostenía la cámara, situado frente a un grueso muro cubierto por la enredadera. Ésa era otra cuestión: ¿quién había filmado la película? Se trataba de un hombre de complexión atlética, vestido con un jersey rojo, blanco y negro. Los colores de Marlboro.

Arkadi pasó la cinta otra vez. En el aire flotaban unas motas. Las abejas revoloteaban alrededor de la madreselva y los comensales volvieron a cobrar vida. La mujer de las gafas de sol repitió: «Te quiero.»

En el garaje de Luitpold, un elegante Mercedes dotado de un teléfono rojo estaba aparcado junto a la garita del guarda. Arkadi recordó a los árabes del Hilton y subió por la rampa hasta el siguiente nivel, eligió un BMW que parecía bastante ligero y le propinó un fuerte empujón. Súbitamente, las luces del coche comenzaron a parpadear y el claxon se disparó. Arkadi zarandeó a otros Mercedes, unos Audis, Daimlers y Maseratis, hasta que toda la planta reverberaba como una orquesta de alarmas. Cuando Arkadi vio al empleado subir corriendo la rampa, echó a correr escaleras abajo.

En la garita había un aparato para picar tarjetas, una caja registradora, unas herramientas de coche y un largo cuchillo para abrir las portezuelas de los coches que estaban cerradas con llave. El cuchillo exigía una paciencia de la que Arkadi carecía, de modo que cogió una llave inglesa. Al romper la ventanilla del Mercedes, la alarma de la limusina se unió al coro de bocinazos, pero a los cinco segundos Arkadi consiguió el teléfono del coche y abandonó precipitadamente el garaje.

En Moscú era un investigador de la oficina del fiscal municipal; ahora, tras pasar menos de una semana en Occidente, se había convertido en un ladrón. Sin embargo, en vez de sentirse culpable, se sentía vivo. Incluso había tenido la precaución de desconectar el teléfono.

Eran más de las once cuando llegó a Radio Liberty.

Al otro lado de la calle, por entre los coches aparcados y la verja de hierro, vio el edificio del club, una terraza con unas mesas y unos escalones que conducían a las pistas de tierra batida donde jugaban unos tenistas vestidos con unos atuendos blancos y color pastel. Qué mundo tan encantador, pensó Arkadi. Qué maravilla que la gente pudiera hacer una pausa en su jornada laboral para calzarse unos pantalones cortos y echarse a correr detrás de una pelota de tenis. Miró dentro del Porsche de Michael y vio que el teléfono celular, el cetro de plástico, había desaparecido.

Michael se hallaba en una pista cerca del edificio del club. Llevaba unos pantalones cortos y un jersey con el escote en forma de V. Jugaba con la indolente facilidad de alguien que ha aprendido a manejar una pelota de tenis desde la infancia. Su contrincante, que estaba de espaldas a Arkadi, agitaba torpemente la raqueta y se movía con paso vacilante por la pista, como si se hallara sobre un trampolín. Detrás de él, frente a Michael, había una mesa sobre la que reposaba el teléfono, con la antena desplegada. Las otras mesas estaban vacías.

Mientras Arkadi pensaba en la forma de abordar a Michael, se entretuvo observando a los jugadores. Su adversario lanzaba las pelotas a derecha e izquierda, y de vez en cuando hacia la alambrada que rodeaba la pista. Otras veces tropezaba y no conseguía alcanzar la pelota. Era como si practicara un juego inventado en otro planeta, con otras leyes de gravedad, totalmente ajeno a él.

De improviso los dos jugadores se acercaron a la red para conversar unos instantes, y Arkadi oyó que pronunciaban su nombre. Cuando el contrincante de Michael regresó para ocupar de nuevo su lugar, vio que se trataba de Fiódorov. La pelota lanzada por el agregado del consulado voló por encima de la alambrada y aterrizó en una pista donde jugaban dos mujeres. Ambas llevaban unas faldas cortas, mostrando sus atléticas y bronceadas piernas, y observaron disgustadas la pelota. Michael se acercó a la alambrada y les pidió disculpas. Fiódorov se dirigió hacia ellos corriendo y agitando la raqueta. Arkadi aprovechó el momento de confusión para aproximarse a la mesa y sustituir el teléfono de Michael por el que había sacado del Mercedes.

En un extremo del jardín había dos cubos de basura, uno naranja para objetos de plástico y otro verde para objetos de vidrio. Tras arrojar el teléfono en el cubo naranja, Arkadi pasó frente a las pistas de tenis, atravesó la verja de la emisora, pasó por debajo de las cámaras, junto a la garita del guarda del aparcamiento y subió los escalones que conducían a recepción.

Al oír que lo llamaban, Stas se dirigió al mostrador de recepción, sorprendido de ver allí a Arkadi, mientras los guardias trataban de localizar a Michael.

—Está sonando.

—No disponemos de todo el día —dijo Stas.

El guardia colgó, miró a Arkadi con cara de pocos amigos y le entregó un pase. La puerta se abrió y penetraron en el pasillo enmoquetado en color crema de Radio Liberty. Arkadi advirtió que habían cambiado los tablones de anuncios, lo que demostraba la eficacia de la organización. En ellos se veían unas fotografías en las que aparecía el presidente Gilmartin charlando con un grupo de locutores húngaros y aplaudiendo a los bailarines folclóricos de Minsk. Por el pasillo caminaban apresuradamente unos técnicos que llevaban unas cintas de audio. De vez en cuando, el pelo gris de Ludmila asomaba por la puerta de un despacho.

—¿Has venido para colocar una bomba en el despacho del director o de Michael? —preguntó Stas a Arkadi.

—¿Dónde está el Archivo Rojo?

—Las escaleras están situadas entre la máquina de refrescos y la de bocadillos. Espero que no vueles el edificio.

Cuando Tommy le informó de que el Archivo Rojo constituía la mayor biblioteca de la vida soviética fuera de Moscú, Arkadi imaginó las anticuadas lámparas y las polvorientas estanterías de la Biblioteca Lenin. Como de costumbre, la realidad lo dejó asombrado. El Archivo Rojo no estaba iluminado por unas anticuadas lámparas, sino por el suave resplandor de unas lámparas halógenas. Tampoco había libros sino archivos de microfichas, unos archivadores metálicos motorizados que se deslizaban sobre unas guías. En lugar de una sala de lectura había una máquina que ampliaba las microfichas hasta un tamaño legible. Admirado, Arkadi pasó la mano por un archivador. Era como si la vieja Rusia, Pedro, Catalina la Grande y el asedio del Palacio de Invierno hubieran sido reducidos al tamaño de la cabeza de un alfiler. Al girarse, se sorprendió de ver en un rincón un objeto tan primitivo como una caja de madera con unas tarjetas de archivo escritas en cirílico.

Todos los investigadores que estaban sentados en las mesas, tomando notas afanosamente, eran americanos. Una empleada vestida con una blusa adornada con lacitos se mostró entusiasmada de ver a un ruso.

—¿Dónde estaba la mesa de Tommy? —preguntó Arkadi.

—En la sección *Pravda* —respondió la mujer, suspirando e indicando una puerta—. Le echamos mucho de menos.

—Es lógico.

—Estos días recibimos una enorme cantidad de información —dijo la mujer—. Antes escaseaba, pero ahora sobra. No damos abasto.

—La comprendo.

La sección *Pravda* consistía en una pequeña sala repleta de estanterías que contenían unos volúmenes encuadernados de *Pravda* y de *Izvestia*. En un extremo de la sala había un vídeo conectado a un televisor en color. Arkadi dedujo que la emisora debía disponer de una antena parabólica porque, aunque habían bajado el sonido, comprobó que estaba contemplando un noticiario soviético. En la pantalla aparecía una muchedumbre vestida con harapos tratando de volcar un camión. Cuando al fin lo lograron, todos se apresuraron a subirse a la parte trasera del vehículo. Un primer plano mostraba al conductor con la nariz sangrando. Otro plano del camión ofrecía el nombre de una cooperativa que se dedicaba a fabricar sebo. La gente se apeó del camión agitando unos huesos y unos pedazos de carne putrefacta. Arkadi comprendió entonces hasta qué punto se había dejado condicionar por la excelente cerveza y la comida alemana. ¿Era la situación realmente tan desastrosa?, se preguntó.

Detrás del televisor estaba la mesa de Tommy, cubierta de periódicos, manchas de café y unas balas de ametralladoras que utilizaba como pisapapeles. El cajón del centro contenía unos bolígrafos, una grapadora, unos blocs de notas y unos clips. En los cajones laterales había un diccionario ruso-inglés y otro alemán-inglés, novelas de vaqueros, libros de historia militar, manuscritos y cartas rechazando algunas solicitudes. Ni siquiera había un *jack* telefónico para un fax.

Arkadi regresó a la sala de los archivos y preguntó a la empleada:

—¿Disponía Tommy de un fax cuando trabajaba en la revisión de programas?

—Es posible. La sección de revisión de programas está en otra zona de la ciudad. Quizá tenía uno allí.

—¿Cuánto tiempo trabajó aquí?

—Un año. Ojalá dispusiéramos aquí de un fax. Es uno de los privilegios de los ejecutivos —dijo la mujer, como si se refiriera a unos premios—. Pero disponemos de toda clase de información sobre la Unión Soviética. Sobre cualquier tema.

—Max Albov.

La mujer guardó silencio unos instantes mientras jugueteaba con los lazos de su blusa.

—Ése es un tema confidencial. Está bien —dijo, levantándose del asiento—. ¿Su nombre es?

—Renko.

—¿A quién desea ver?

—A Michael.

—En ese caso... —dijo la mujer, alzando las manos.

Max era como una veta de oro que se filtraba a través de numerosos archivos de microfichas. Arkadi se sentó frente a la ampliadora y examinó varios ejemplares de *Pravda, Estrella Roja* y *Cine Soviético,* los cuales describían la carrera cinematográfica de Max, su traidora deserción a Occidente, su trabajo en Radio Liberty —el portavoz de desinformación de la CIA—, sus remordimientos de conciencia, su regreso a la madre patria y su reciente encarnación en la televisión americana como un respetado periodista y locutor.

A Arkadi le llamó la atención un viejo artículo publicado en *Cine Soviético*. «Para el director Maxim Albov, la parte más importante de la historia es la mujer. Según él, basta disponer de una actriz hermosa, adecuadamente iluminada, para que el éxito de la película esté garantizado.»

Todas sus películas, sin embargo, eran de acción, exaltando el valor y los sacrificios del Ejército Rojo y de los guardias fronterizos contra los maoístas, los sionistas y los muyahidin.

Otro artículo decía: «Fue muy difícil plasmar el efecto de un tanque israelí en llamas puesto que los técnicos de rodaje carecían de detonadores y de explosivos de plástico. La escena tuvo que ser improvisada por el propio director.

»Albov: "Estábamos rodando en las afueras de Bakú, cerca de una planta química. Los aficionados al cine ignoran que he estudiado química. Por tanto, yo sabía que si mezclábamos sodio rojo y sulfato de cobre podíamos crear una explosión espontánea sin necesidad de fusible ni de detonador. Puesto que disponíamos de poco tiempo, probamos cuarenta o cincuenta muestras antes de rodar la escena, que filmamos con una cámara accionada por control remoto y protegida por una mampara de plexiglás. Era una escena nocturna, y el efecto del tanque israelí al estallar en llamas resultó muy espectacular. Ni en Hollywood lo hubieran hecho mejor."»

En aquel momento se abrió de golpe la puerta del

archivo y aparecieron Michael y Fiódorov. Arkadi observó que las piernas de Fiódorov, vestido todavía con pantalones cortos, presentaban un color blanco fluorescente. Llevaba la raqueta bajo el brazo. Michael sostenía el teléfono. Iban acompañados por los guardias del mostrador de recepción y por Ludmila, que miraba a Arkadi como un perro de presa.

—Puedes utilizar mi despacho —dijo Ludmila a Michael—. Está junto al tuyo. De esta forma, tu secretaria no le verá.

Michael aceptó su ofrecimiento y penetraron en un despacho decorado con muebles negros y unos ceniceros parecidos a las urnas que contienen las cenizas de los difuntos. En las paredes colgaban unas fotografías de la famosa poetisa Tsvetáieva, que había emigrado a París con su marido, un asesino. El suyo había sido un matrimonio decididamente complicado.

Los guardias obligaron a Arkadi a sentarse en una otomana. Fiódorov se sentó en el sofá, y Michael, en el borde de la mesa.

—¿Dónde está mi maldito teléfono?

—Lo tiene usted en la mano —contestó Arkadi.

Michael arrojó el teléfono en la mesa.

—Éste no es mío. Lo sabe perfectamente. Ha sustituido mi teléfono por otro.

—¿Cómo iba a hacerlo? —preguntó Arkadi.

—Así consiguió pasar.

—No, me entregaron un pase de visitante —replicó Arkadi.

—Porque no pudieron avisarme por teléfono —dijo Michael—. Porque son unos idiotas.

—¿De qué color es su teléfono?

Michael trató de dominarse.

—Fiódorov y yo nos hemos reunido hoy para hablar sobre usted. Nos está causando muchos problemas.

—Se negó a regresar a casa, tal como le ordenó el cónsul —terció Fiódorov—. Tiene un amigo en la emisora llamado Stanislav Kólotov.

—¡Stas! Hablaré más tarde con él. ¿Le envió al archivo? —preguntó Michael a Arkadi.

—No, quería ver dónde trabajaba Tommy.

—¿Por qué?

—Porque hacía un trabajo interesante.

—¿Y los informes sobre Max Albov?

—Me parece un personaje fascinante.

—Pero le dijo a la empleada del archivo que había venido a verme a mí.

—Así es. Ayer, cuando me llevó a visitar al presidente Gilmartin, prometió darme dinero.

—Pero usted le contó a Gilmartin una sarta de mentiras —replicó Michael.

—Renko necesita dinero —dijo Fiódorov.

—Por supuesto que necesita dinero. Todos los rusos necesitan dinero —dijo Ludmila.

—¿Está seguro que éste no es su teléfono? —preguntó Arkadi a Michael.

—Es un teléfono robado —contestó Michael.

—En ese caso, convendría que la policía examinara las huellas dactilares —dijo Arkadi.

—Ahora, naturalmente, están impresas mis huellas. La policía no tardará en presentarse. A usted le gusta organizar follones, Renko, y mi deber es conseguir que todo funcione como la seda. Creo que lo mejor es que regrese cuanto antes a Moscú.

—Eso mismo opinamos en el consulado —dijo Fiódorov.

Arkadi trató de levantarse, pero los guardias se lo
impidieron.

—Hemos decidido enviarlo de regreso a Moscú.
Considérelo un hecho. El tipo de comunicado que mi
amigo Serguéi envíe a Moscú depende de usted. Serguéi
podría decir que tuvo tanto éxito en su misión que regresó antes de lo previsto. Por otra parte, deduzco que
un investigador que se ve obligado a regresar por intentar perjudicar las relaciones entre Estados Unidos y la
Unión Soviética, por abusar de la hospitalidad de la
República Alemana y por robar un teléfono de la emisora, recibirá como mínimo una acogida bastante fría.
¿Le gustaría pasar el resto de su miserable existencia
limpiando letrinas en Siberia? De usted depende.

—Me gustaría ayudarle —dijo Arkadi.

—Eso está mejor. ¿Qué anda buscando en Múnich?
¿Por qué ha estado husmeando en Radio Liberty? ¿Por
qué le ha pedido ayuda a Stas? ¿Dónde está mi teléfono?

—Se me ha ocurrido una idea —dijo Arkadi.

—¿De qué se trata?

—Haga una llamada.

—¿A quién? —preguntó Michael, perplejo.

—A usted mismo. Puede que oiga sonar su teléfono.

Tras unos instantes de silencio, Michael preguntó:

—¿Eso es todo, Renko? Es usted peor que un cretino, es un suicida.

—No puede obligarme a regresar. Esto es Alemania
—dijo Arkadi.

Michael saltó de la mesa con la agilidad de un atleta.

Llevaba una especie de máscara blanca alrededor de los ojos por el uso de las gafas de sol y emanaba un olor a sudor mezclado con loción para después del afeitado.

—Por eso lo enviamos a casa, Renko. Es usted un refugiado. ¿Qué cree que hacen los alemanes con los tipos como usted? Ya conoce al teniente Schiller.

Los guardias obligaron a Arkadi a levantarse. Fiódorov se puso en pie con la rapidez de un perro adiestrado.

Sobre la mesa de Ludmila había un cenicero, un teléfono y un fax, y cuando Michael abrió la puerta para que entrara Peter Schiller, Arkadi observó que en el aparato, junto al botón para transmitir mensajes, figuraba el número que había llamado a Rudi Rosen preguntando dónde estaba la Plaza Roja.

—Tengo entendido que regresa a casa —le dijo Peter.

—Observe el fax —contestó Arkadi.

Parecía la oportunidad que el teniente había estado aguardando desde hacía tiempo. Agarró a Arkadi por el brazo, se lo dobló hacia atrás y le presionó la muñeca hasta obligarlo a ponerse de puntillas.

—Estoy harto de usted —dijo.

—Examine el fax —insistió Arkadi.

—Ha cometido un robo, ha entrado aquí subrepticiamente y se ha resistido a la policía. Otro turista ruso. —Peter empujó a Arkadi hacia la puerta y dijo—: Traiga el teléfono que ha encontrado, Michael.

—Hemos decidido retirar los cargos para acelerar el proceso de repatriación —dijo Michael.

—El consulado se ha ocupado de tramitar tu visado —dijo Fiódorov—. Hemos reservado un pasaje en el vuelo que sale hoy para Moscú. Te garantizamos la máxima discreción.

—¡Nada de eso! —exclamó Peter, sujetando a Arkadi como si fuera un trofeo—. Si ha infringido las leyes alemanas, está en mis manos.

25

La celda parecía un cuarto de baño finlandés; quince metros cuadrados de baldosas blancas, una cama, un banco y un retrete. Por motivos de higiene, al otro lado de las rejas de acero inoxidable yacía una manguera enrollada. Un policía uniformado, algo mayor que un Joven Pionero, pasaba cada diez minutos para asegurarse de que Arkadi no se había ahorcado con su chaqueta.

A media tarde le entregaron un paquete de cigarrillos. Últimamente fumaba menos que de costumbre, como si la comida hubiera reducido su deseo de tabaco.

Le sirvieron la cena en una bandeja de plástico con varios compartimientos: carne con salsa, patatas, zanahorias, budín de vainilla y unos cubiertos de plástico.

La voz que había respondido al teléfono cuando Arkadi llamó desde la estación pertenecía a Ludmila. Aunque ésta conociera a Rudi, no sabía que estaba muerto cuando le preguntó: ¿Dónde está la Plaza Roja?

La cuota soviética de espacio vital se limitaba a cinco metros cuadrados, de modo que esta celda constituía una suite de lujo. Las paredes de yeso de las celdas soviéticas estaban cubiertas de mensajes personales y anuncios públicos. «¡El Partido chupa la sangre del pueblo!» «¡Dima asesinará a las ratas que lo traicionaron!» «¡Dima ama a Zeta!» Había también dibujos de tigres, puñales, ángeles, mujeres exuberantes, miembros en erección y la cabeza de Jesucristo. Las baldosas de la celda que ocupaba Arkadi, en cambio, estaban relucientes e inmaculadas.

Arkadi suponía que el avión de Aeroflot ya habría despegado. Lo que no sabía era si Lufthansa tenía un vuelo nocturno a Moscú.

Mientras enrollaba su chaqueta para utilizarla a modo de almohada, Arkadi halló un abultado sobre en el bolsillo interior y reconoció la temblorosa letra de su padre. Era la carta que le había entregado Belov y que hacía más de una semana que transportaba en el bolsillo, desde un cementerio ruso hasta una celda alemana, como una cápsula de veneno de la que se había olvidado. Estrujó el sobre con rabia y lo arrojó hacia la puerta de su celda. Pero en vez de atravesar los barrotes, chocó con ellos y rodó hacia el desagüe que había en medio del suelo. Arkadi volvió a arrojarlo, pero rebotó de nuevo contra los barrotes y cayó a sus pies.

¿Cuáles eran las palabras de despedida del general Kiril Renko a su hijo? Después de pasarse la vida insultándole, ¿cuál sería su último insulto? En esa guerra entre padre e hijo, ¿cuál era el último golpe que aquél infligía a éste?

Arkadi recordó los epítetos que su padre solía dedicarle. «Meón» cuando era un niño. «Poeta, mariquita, cretino y eunuco» cuando era estudiante. «Cobarde», naturalmente, cuando Arkadi se negó a ingresar en la escuela militar. «Fracaso», por supuesto, a partir de entonces. ¿Qué otros insultos le tenía reservados? Los muertos tenían ciertas ventajas.

Hacía años que no había hablado con su padre. En esos momentos tan precarios para él, cuando se hallaba encerrado en ese agujero, Arkadi se preguntó si era el momento más adecuado para permitir que su padre le asestara la última puñalada. De todos modos, la situación no dejaba de ser divertida. Incluso muerto, el general mostraba todavía el instinto de un verdugo.

Arkadi despegó una esquina del sobre, introdujo un dedo debajo de la solapa y lo abrió con cautela, temiendo que su padre hubiera adjuntado una hoja de afeitar. No, la carta bastaría para herirle. ¿Cuáles eran las palabras más duras y odiosas que podía oír? ¿Qué nuevos improperios le lanzaría desde la tumba?

Arkadi sopló dentro del sobre y su aliento levantó media hoja de papel delgado. Luego alisó la cuartilla y la sostuvo debajo de la luz.

La letra era tan vacilante que parecía más bien el tembloroso saludo de un moribundo que una carta, escrita con una mano que apenas era capaz de sostener la pluma. El general sólo había conseguido escribir una palabra: «Irina.»

26

El tráfico nocturno se deslizaba sinuosamente por la Leopoldstrasse, entre el resplandor de los faros, los cristales, las terrazas de los cafés y los cromados.

Peter encendió un cigarrillo y dijo:

—Lamento lo de la celda. Tuve que instalarlo en algún lugar fuera del alcance de Michael y de Fiódorov. De todos modos, puede sentirse orgulloso de su hazaña. No se explican cómo consiguió sustituir los teléfonos. No hacían más que mostrarme el recorrido del coche a las pistas de tenis y de vuelta al coche.

Peter pisó con impaciencia el acelerador y adelantó a varios vehículos. A veces Arkadi tenía la impresión de que éste apenas conseguía dominar el impulso de subirse a la acera para adelantar a todos los vehículos que circulaban frente a él.

—Al parecer, el teléfono de Michael es especial. Está dotado de un mecanismo perturbador que impide que una tercera persona intercepte las conversaciones. Le disgustaba tener que pedir otro a Washington.

—¿De modo que al fin encontró su teléfono?

—Fue increíble. Cuando Fiódorov se marchó, Michael, siguiendo el consejo que le dio usted, se puso los pantalones, marcó su propio número de teléfono y se paseó arriba y abajo por la calle hasta que lo oyó sonar suavemente dentro de un cubo de basura. Fue como si hallara un gatito.

—¿No ha presentado cargos contra mí?

—Le vieron abandonar el garaje donde robaron el primer teléfono, pero cuando terminé de hablar con el encargado, éste estaba tan confuso que no sabía si usted era bajo, alto, negro o blanco. Era incapaz de ofrecer una descripción exacta de usted. Lo importante es que, gracias a mí, todavía está aquí.

—Se lo agradezco.

Peter sonrió.

—¿Lo ve? No resulta tan difícil. Los rusos son muy susceptibles.

—¿Cree que no reconozco sus méritos?

—Digamos que los ignora. Me parece estupendo que los rusos y los americanos se lleven bien, pero eso no significa que puedan enviarlo de vuelta a Moscú cuando les apetezca.

—¿Por qué no examinó el fax de Michael cuando le pedí que lo hiciera?

—Porque ya lo sabía. Después de morir su amigo Tommy, marqué ese número y respondió la mujer. Cuando alguien muere, me vuelvo muy curioso. —Peter ofreció a Arkadi un cigarrillo y prosiguió—: Reconozco que me divirtió mucho su jueguecito con los teléfonos. Creo que somos muy parecidos. Si no fuera usted tan embustero, formaríamos un buen equipo.

Al enfilar la autopista, Peter metió la directa y pisó a fondo el acelerador.

—Ha confesado que se inventó la historia del Bayern-Franconia y Benz. ¿Por qué eligió el banco de mi abuelo? ¿Por qué le telefoneó?

—Vi una carta que escribió a Benz.

—¿La tiene en su poder?

—No.

—¿La ha leído?

—No.

Las señales de los kilómetros desfilaban a toda velocidad, y por los pasos superiores circulaba un tráfico incesante.

—¿Tiene un socio en Moscú? ¿Por qué no lo llama? —inquirió Peter.

—Ha muerto.

—¿Se ha sentido alguna vez como una plaga, Renko?

Al parecer, Peter sabía perfectamente dónde se hallaban, porque de pronto redujo la marcha y frenó al pie de una rampa negra cubierta de cenizas. El Trabant de Tommy había desaparecido.

Peter retrocedió lentamente.

—El hormigón no se ha quemado, sólo está resquebrajado —dijo—. No me explico cómo el Trabi pudo chocar con semejante ímpetu contra esa rampa. Las puertas estaban cerradas herméticamente. El volante completamente doblado. Sólo se distinguen las marcas de los neumáticos del Trabi; no hay fragmentos de vidrio ni restos de las luces traseras. Sin embargo, desde la carretera se aprecian las huellas del patinazo.

Dos oscuros apóstrofos se extendían desde la carretera hasta la rampa.

—¿Ha comprobado las señales?

—Sí. Es caucho de carbono de mala calidad. Los neumáticos de los Trabis no se pueden quemar ni reciclar. Los investigadores deducen que Tommy se durmió y perdió el control del coche. Los accidentes mortales en los que está implicado un sólo vehículo son los más difíciles de reconstruir. Claro que es posible que un vehículo más potente chocara con el Trabi y lo precipitara contra la rampa. Si Tommy tuviera algún pariente o enemigo, la investigación aún estaría abierta.

—¿La han cerrado?

—En Alemania ocurren tantos accidentes de carretera que no podemos investigarlos todos. Si desea matar a un alemán, hágalo en la carretera.

—¿Halló alguna marca de explosión dentro del coche, algún indicio de que podía tratarse de un incendio premeditado?

—No.

Peter hizo marcha atrás a toda velocidad, luego pisó levemente el freno y el coche giró en redondo. Arkadi recordó que había pilotado unos reactores en Tejas, donde existía menos riesgo de chocar con algún objeto.

—Mientras Tommy se abrasaba en el coche, usted me dijo que había presenciado otro incendio parecido. ¿Quién era la víctima?

—Un especulador —contestó Arkadi—. Un banquero llamado Rudi Rosen. Se quemó en un Audi. El coche ardió por completo. Después de morir, Rudi recibió un fax transmitido por el aparato que vimos en la emisora.

—¿Cree que la persona que se lo envió pensaba que aún estaba vivo?

—Sí.

—¿Qué provocó el incendio? ¿Un cortocircuito? ¿Una colisión?

—Fue un accidente premeditado. Colocaron una bomba.

—Antes de que muriera Rosen, ¿estuvo en el coche con él?

—Sí.

—No sé por qué, pero es la primera vez que le creo. Sé que miente sobre todo lo demás. Estoy convencido de que hay otra persona implicada en ello, aparte de Benz. ¿De quién se trata? Recuerde que mañana sale un avión para Moscú. Podría obligarlo a regresar en él.

—Tommy y yo buscábamos algo.

—¿Qué?

—Un Bronco rojo.

Frente a ellos, unas luces rojas iluminaban el borde de la carretera. En el arcén, estaban aparcados varios vehículos. Peter avanzó hacia ellos y se detuvo bruscamente. Unos hombres y unas mujeres se apearon apresuradamente de los vehículos, deslumbrados por los faros del coche. Peter sacó dos linternas de la guantera. Cuando él y Arkadi se apearon del BMW, los hombres se precipitaron enfurecidos hacia ellos, increpándolos por haber turbado su intimidad. Peter detuvo a uno con el brazo y se encaró violentamente con otro, obligándolo a retroceder. Peter Schiller parecía tener dos caras, pensó Arkadi: el ideal ario y el lobo.

Peter avanzó entre las mujeres que aguardaban a los clientes, mientras Arkadi examinaba los vehículos que estaban aparcados en el extremo del arcén. Como ignoraba qué aspecto tenía un Bronco, tuvo que leer el nombre en cada vehículo. ¿Un Bronco no era un potro salvaje que saltaba y brincaba? No, el sonido que percibía era como el batir de un tambor húmedo o el acoplamiento de unas tortugas.

Arkadi no vio ningún Bronco rojo, pero cuando Peter regresó del otro lado del arcén, le comunicó que acababa de ver partir uno conducido por una tal Tima. Ambos se montaron apresuradamente en el BMW y se lanzaron tras él por la carretera.

Arkadi imaginó la noche arrastrándose tras ellos como una larga bufanda. Los habitantes de Múnich vivían tranquilamente, ajustados a un horario, tomaban muesli para desayunar, iban a trabajar en bicicleta y pagaban para acostarse con una mujer. Peter, sin embargo, vivía a más revoluciones por minuto.

—Creo que cuando estaba usted sentado en el Trabi esperando a Tommy, alguien debió verlo —dijo Peter—. Luego, el pobre Tommy emprendió el camino de regreso y alguien lo siguió. No fue un accidente. Fue un asesinato, pero creyeron que le habían matado a usted.

—¿Qué pretende? Seguir dando vueltas con el coche hasta que alguien trate de matarnos?

—Lo hago para despejarme. ¿Está persiguiendo a alguien de Moscú, o es que alguien le persigue a usted?

—En estos momentos estoy dispuesto a perseguir cualquier cosa, hasta una estrella.

—¿Como mi abuelo?

—Quizá su abuelo esté relacionado con el asunto y quizá no. Sinceramente, no lo sé.

—¿Conoce a Benz?

—No.

—¿Ha hablado con alguien que conoce a Benz?

—Con Tommy. ¡Frene! —exclamó Arkadi.

Una joven vestida con una cazadora y unas botas de cuero rojas caminaba por el borde de la carretera. Al aproximarse a ella, Arkadi observó que tenía el pelo negro y la cara redonda de los uzbekos.

—¡Deténgase! —ordenó Arkadi a Peter.

La chica estaba furiosa y se expresaba en un alemán que parecía un dialecto ruso.

—Ese capullo me echó del coche. Lo mataré.

—¿Qué aspecto tiene su coche? —preguntó Arkadi.

—¡Mierda! —exclamó la chica, dando una patada en el suelo—. Todas mis cosas están dentro del coche.

—Quizá podamos encontrarlo.

—Son fotografías y objetos personales.

—¿Qué clase de coche es?

La chica reflexionó unos instantes antes de responder. Uzbekistán está muy lejos, pensó Arkadi. Tenía las piernas delgadas y parecía aterida de frío.

—Da lo mismo, yo misma lo buscaré —dijo la chica.

—Si alguien le ha robado el coche —dijo Peter—, debe denunciarlo a la policía.

La joven observó con recelo a Peter y el BMW, con su antena especial y su luz azul.

—No.

—¿Qué significa Tima? —preguntó Arkadi.

—Es la abreviación de Fátima —respondió la chica, apresurándose a añadir—: No he dicho que me llamara Tima.

—¿Le robaron el coche hace dos noches?

La joven cruzó los brazos y respondió:

—¿Me ha estado vigilando?

—¿Es usted de Samarcanda o de Tashkent?

—De Tashkent.

—¿Cuánto rato hace que le robaron el coche?

La joven apretó los labios y echó a andar, balanceándose sobre sus elevados tacones. En otro tiempo, los uzbekos habían constituido la célebre Horda Dorada de Tamerlán que había abandonado Mongolia para dirigirse hacia Moscú. Esto era el colmo, tener que recorrer a pie una autopista.

Al llegar a la Plaza Roja se detuvieron para examinar los coches que estaban aparcados frente al local. No había ningún Bronco rojo. Unos hombres de negocios se apearon de unas furgonetas y penetraron en el club erótico.

—Han salido de juerga —dijo Peter—. Son de Stuttgart. Lo único que harán será beber cerveza, y luego regresarán a casa para follar con sus mujeres.

Cuando enfilaron la carretera de nuevo, Peter parecía haberse serenado, como si hubiera tomado una importante decisión. Arkadi también se sentía más relajado.

A medida que se aproximaban a la ciudad, ésta parecía extenderse ante ellos como un campo de batalla de polillas.

Frente al apartamento de Benz estaba aparcado un Bronco rojo. No se distinguía ninguna luz a través de las ventanas. Peter y Arkadi pasaron dos veces frente al apartamento, aparcaron el coche en la manzana siguiente y regresaron a pie.

Peter se ocultó bajo un árbol mientras Arkadi subía

los escalones y pulsaba el timbre del apartamento. Nadie respondió por el interfono. Las luces del apartamento seguían apagadas.

—Se ha marchado —dijo Peter.

—El coche está aquí.

—Habrá salido a dar un paseo.

—¿A medianoche?

—Es un alemán del este, ¿cuántos coches cree que posee? Veamos si conseguimos descubrir algo.

Peter entregó a Arkadi una linterna, lo condujo hasta el Bronco y sacó las pinzas de una navaja multiuso. El cromado del guardabarros delantero estaba intacto, pero en los protectores de goma brillaba algo. Peter se agachó y extrajo unos filamentos de vidrio.

—Una de las razones por las que resulta casi imposible reciclar un Trabi es que la estructura de fibra de vidrio se hace añicos —dijo, guardando los fragmentos en un sobre—. Muertos o vivos, los Trabis son unos coches muy complicados.

Peter comunicó por radio el número de la matrícula del Bronco. Mientras aguardaba la respuesta, colocó los filamentos de vidrio en el cenicero del BMW y les aplicó la llama del encendedor. Los fragmentos comenzaron a arder emitiendo un humo marrón y unos hilillos de ceniza negra, mientras un repugnante hedor invadía el coche.

—Parecen pertenecer a un Trabi —dijo Peter, apagando la llama—, pero eso no demuestra nada. No podemos compararlos con los restos del coche de Tommy, ya que se quemó por completo. De todos modos, hasta un abogado tendría que reconocer que el Bronco chocó con algo.

Al cabo de unos minutos una voz transmitió por la radio del coche, en un alemán seco y cortante, la información que había solicitado Peter. Éste escribió en un papel «Fantasy Tours» y la dirección de Borís Benz.

—Pregúntele cuántos vehículos están registrados a nombre de Fantasy —dijo Arkadi.

Tras formular la pregunta, Peter anotó el número 18 y una lista de vehículos compuesta por Pathfinders, Navahos, Cherokees, Troopers y Rovers.

—Dijo usted que no conocía a Benz —inquirió Peter después de colgar el teléfono.

—Dije que Tommy conocía a Benz.

—Me dijo que usted y Tommy estaban buscando a Benz y que entraron en el club erótico.

—Tommy lo vio allí hace un año.

—¿Quién era el enlace? ¿Cómo se conocieron?

Arkadi no había revelado a Peter el nombre de Max porque temía implicar a Irina en el asunto.

—¿Por qué se encontró Tommy con Benz? ¿Acaso quería hablar con él sobre la guerra?

—Estoy seguro de que Tommy le habló de ello. Quería entrevistar a varias personas para un libro que pensaba escribir sobre la guerra. Estaba obsesionado con el tema. Su apartamento parece un museo de la guerra.

—Lo sé, estuve allí.

—¿Y cuál fue su impresión?

La mirada de Peter parecía haber recobrado su habitual energía, como si se la hubiera transmitido la electricidad de la radio. Sacó una llave del bolsillo y dijo:

—Creo que deberíamos visitar otra vez ese museo.

Dos de las paredes estaban decoradas con unas esvásticas y una tercera se hallaba cubierta por un mapa de la Wehrmacht. Las estanterías contenían una colección de máscaras de gas, unos Panzers de hojalata, el tapacubos del coche oficial de Hitler, todo tipo de municiones y el zapato ortopédico de Goebbels. Un reloj en forma de águila marcaba las doce.

—Estuve aquí hace un rato —dijo Peter—. Normalmente no registramos los apartamentos de las víctimas.

Sobre la mesa, donde se había derretido el pastel de cumpleaños en forma de Muro de Berlín, había una máquina de escribir junto a un bloc de notas, unas cuartillas y unas tarjetas de archivos. Peter examinó con gran interés unos prismáticos y se colocó un brazal y una gorra de la SS, como un actor probándose los objetos de *atrezzo.* Cogió el casco que Tommy había lucido en la fiesta y dijo:

—Pobre Jürgen, era amigo mío.

Luego examinó el molde dental.

—Es la dentadura de Hitler —dijo Arkadi.

—*Sieg heil!* —exclamó Peter.

Al oír la exclamación, Arkadi sintió que se le erizaba el vello del cogote.

—¿Sabe por qué perdimos la guerra? —preguntó Peter.

—No.

—Me lo explicó un anciano. Nos hallábamos de excursión en los Alpes. Cuando nos detuvimos a comer en un prado lleno de flores silvestres, surgió el tema de la guerra. El anciano dijo que los nazis habían cometido muchos «excesos», pero que habían perdido la guerra debido a un acto de sabotaje. Al parecer, unos obreros que trabajaban en las fábricas de municiones rebajaban la pólvora que colocaban en los proyectiles para que nuestras armas resultaran ineficaces. De no de haber sido por eso, habríamos podido alcanzar una paz honorable. El viejo me habló de los abuelos y de los muchachos que luchaban entre las ruinas de Berlín, apuñalados por la espalda por los saboteadores. Años más tarde me enteré de que esos saboteadores eran rusos y judíos, unos trabajadores explotados a quienes los patronos mataban de hambre. En aquellos momentos recordé las flores, la maravillosa vista alpina, y las lágrimas que asomaban a los ojos del anciano.

Peter dejó el molde dental en la estantería, se acercó a la mesa y comenzó a examinar las tarjetas, las notas y las cuartillas.

—¿Qué busca? —le preguntó Arkadi.

—Respuestas.

Registraron minuciosamente los cajones del escritorio y de la mesita de noche, examinaron las carpetas que contenían los archivadores y unas agendas que hallaron debajo de la cama. Al fin, junto al teléfono de la cocina, hallaron unos números sin nombres escritos en la pared.

Peter soltó una carcajada, descolgó el teléfono y marcó uno de los números.

A pesar de lo avanzado de la hora, su interlocutor respondió inmediatamente.

—Abuelo, voy a ir a visitarte con mi amigo Renko —dijo Peter.

El viejo Schiller llevaba una bata de seda y unas zapatillas de terciopelo. El suelo del salón estaba cubierto con unas alfombras orientales. Las pantallas de las lámparas eran de vidrio de colores.

—Estaba despierto cuando me has llamado. La noche es el mejor momento para leer.

El banquero parecía perfectamente capaz de separar el trabajo de su vida personal. Los estantes de la biblioteca no contenían tomos sobre normas bancarias sino libros de arte que versaban sobre diversos temas, desde alfombras turcas hasta cerámica japonesa. Bajo unos reflectores dispuestos para sacar el mayor partido posible de unos objetos de modesto tamaño pero de extraordinaria calidad, había un bronce griego de un delfín, unas calaveras mexicanas de azúcar y jade y un perro de alabastro chino. En la pared colgaba un oscuro icono de una virgen, en lo que habría constituido el «bello rincón» de una mansión rústica prerrevolucionaria. La gruesa madera estaba resquebrajada y el rostro de la virgen aparecía cubierto por el humo que hacía que sus ojos parecieran aún más luminosos.

Schiller sirvió el té en unas tazas de porcelana con el borde dorado. Se movía con rigidez, sin doblar la espalda, y Arkadi notó que debajo de la bata llevaba un corsé ortopédico.

—Lo siento, no tengo mermelada. Recuerdo que a los rusos les gusta tomar mermelada con el té.

Peter no cesaba de pasearse de un lado a otro.

—Es bueno para la alfombra —observó su abuelo. Luego se volvió hacia Arkadi y añadió—: De niño recorría un kilómetro diario sobre esa alfombra. Estaba lleno de vitalidad. No podía remediarlo.

—¿Por qué tenía el americano tu número de teléfono? —le preguntó Peter.

—Por su estúpido libro. Es el tipo de individuo que se dedica a husmear por los cementerios y cree que se ha labrado un nombre. No dejaba de molestarme, pero me negué a que me entrevistara. Sospecho que le habló de mí a Benz.

—¿El banco no estaba implicado? —inquirió Arkadi.

Schiller sonrió levemente y respondió:

—El Bayern-Franconia no tiene el menor interés en invertir en la Unión Soviética. Benz vino a verme.

—Benz es un macarra —dijo Peter—. Dirige a un grupo de prostitutas en la autopista. ¿De qué quería hablar contigo?

—De terrenos.

—¿Un asunto de negocios? —preguntó Arkadi.

Schiller bebió un poco de té.

—Antes de la guerra teníamos un banco en Berlín. Nosotros no somos bávaros —dijo, observando a su nieto con preocupación—. Ése es el problema de Peter; no fue educado para convertirse en un borracho. Mi familia residía en Potsdam, en las afueras de la ciudad. También poseíamos una residencia veraniega en la costa. He hablado a Peter muchas veces de nuestras casas. Eran maravillosas. El caso es que lo perdimos todo, el banco y las casas. Todo terminó en el sector soviético y posteriormente en la República Democrática Alemana. Primero nos lo arrebataron los rusos, y luego los alemanes del este.

—Suponía que tras la reunificación habían restituido las propiedades privadas a sus antiguos dueños.

—¡Oh, sí! La vieja Alemania Oriental está plagada de fantasmas judíos. Pero a nosotros no nos ayudaron porque las nuevas leyes excluían las propiedades confiscadas entre 1945 y 1949, que fue cuando perdimos las nuestras. Al menos, eso creía hasta que se presentó Benz.

—¿Qué le dijo? —preguntó Arkadi.

—Se hizo pasar por un agente inmobiliario. Me informó que existía cierta confusión sobre la fecha exacta en que habían confiscado nuestra casa de Potsdam. Cuando gobernaban los rusos, muchas propiedades quedaron abandonadas durante años. Los documentos se habían perdido o quemado. Benz me dijo que intentaría proporcionarme una nueva documentación para apoyar mi demanda. —Schiller se volvió hacia su nieto y agregó—: Lo hice también por ti, Peter. Benz dijo que quizá podría ayudarnos a recuperar la finca rústica y la residencia veraniega.

—¿Cuánto dinero te pidió? —preguntó Peter.

—No me pidió dinero sino información.

—¿Información del banco?

Schiller parecía ofendido.

—De mi historia personal —contestó, despojándose de las zapatillas. Sus pies presentaban unas manchas azuladas y tenía las uñas amarillentas. Le faltaban dos dedos—. Se me congelaron. Debería vivir en España. Tráeme un brandy, Peter. Me he enfriado.

—¿Qué hizo en el frente oriental? —preguntó Arkadi.

Schiller carraspeó antes de responder.

—Estaba en un destacamento especial.

—¿Especial?

—Ya sé adónde quiere ir a parar. Otros destacamentos especiales apresaban a los judíos. Yo no hice nada de eso. Mi destacamento se dedicaba a reunir obras de arte. Mi padre no quería que estuviera en el frente, de modo que consiguió que me incorporaran a un grupo de la SS que seguía a la avanzadilla. Yo era un muchacho, más joven que vosotros. Mi padre me aseguró que nos encargaríamos de proteger las obras de arte. Tenía razón: sin nuestra intervención, miles de pinturas, joyas y libros de incalculable valor hubieran desaparecido. Nuestra misión consistía literalmente en rescatar la cultura. Las listas ya habían sido confeccionadas. Goering redactó una lista; Goebbels, otra. Nosotros disponíamos de carpinteros, de expertos en embalar obras de arte, y de nuestros propios trenes. La Wehrmacht tenía órdenes de mantener las vías abiertas para que pasaran los cargamentos que enviábamos. Fue un otoño muy ajetreado. Luego, cuando llegó el invierno, nos instalamos en las afueras de Moscú, donde en aquellos momentos se libraba la guerra, aunque nosotros lo ignorábamos.

El té, acompañado de brandy, resultaba más apetecible. El banquero cruzó las piernas con visible esfuerzo, como si el menor movimiento le causara un dolor insoportable.

—¿Era eso lo que Tommy deseaba saber? —inquirió Arkadi.

—Me hizo algunas preguntas a propósito de lo que acabo de relatar —contestó Schiller.

—Me dijiste que os capturaron en las afueras de Moscú y que estuvisteis tres años en un campo de concentración —dijo Peter—. Me dijiste que no tuvisteis más remedio que rendiros cuando se os congelaron los fusiles.

—A mí se me congelaron los pies. A decir verdad, cuando me capturaron me hallaba oculto en un vagón de mercancías. Los hombres de la SS fueron fusilados allí mismo. A mí también me habrían fusilado de no ser porque los rusos encontraron unos iconos en algunas cajas. Me sometieron a un feroz interrogatorio. Accedí a redactar una lista de lo que habíamos requisado. Posteriormente, la guerra tomó otros derroteros. Nunca estuve en un campo de concentración, ni un solo día. Viajé con el Ejército Rojo, al principio buscando los objetos que la SS había requisado. Luego, cuando nos dirigimos hacia el oeste, hice de asesor a unas tropas especiales del Ministerio soviético de Cultura, ayudando a localizar y enviar obras de arte alemanas a Moscú. Stalin confeccionó una lista, lo mismo que Beria. Devolvimos un sinfín de obras de arte porque conseguimos hallar las piezas que la SS había robado de distintos países, como unos dibujos de Koenigs en Holanda y unas pinturas de Poznan en Polonia. Despojamos el Museo de Dresde, la Biblioteca Real de Prusia y las colecciones de los museos de Aachen, Weimar y Magdeburgo.

—En otras palabras, colaboraste con ellos —dijo Peter.

—Serví a la historia. Sobreviví. No fui el único. Cuando los rusos llegaron a Berlín, ¿adónde crees que se dirigieron? Mientras la ciudad ardía, mientras Hitler aún estaba vivo, se apresuraron a saquear los museos. Desaparecieron numerosos tesoros, como cuadros de Rubens y Rembrandt, y el oro de Troya.

—¿Estaba usted allí? —preguntó Arkadi.

—No, me encontraba todavía en Magdeburgo. Cuando terminamos nuestra labor allí, los rusos me ofrecieron un vodka. Habíamos permanecido juntos durante tres años. Incluso lucía una guerrera del Ejército Rojo. Pues bien, me quitaron la guerrera, me condujeron a un callejón, me pegaron un tiro por la espalda y me dieron por muerto. Como comprobarás, Peter, se trata de mi historia personal.

—¿Qué era lo que le interesaba a Benz? —preguntó Arkadi.

—Nada en particular —respondió Schiller—. En realidad, tuve la impresión de que quería verificar mi lista, comparándola con la suya. En el fondo era un tipo ruin, un bastardo de los cuarteles. Al final sólo hablamos sobre embalaje. La SS había contratado a unos carpinteros de la empresa Knauer de Berlín, que en aquella época eran unos expertos en materia de transportar obras de arte. Le hice unos dibujos. Estaba más interesado en los clavos, las maderas y la documentación que en el arte.

—¿A qué se refería cuando dijo que era un bastardo de los cuarteles?

—Es una expresión muy común —respondió Schiller—. ¿Cuántas muchachas alemanas tuvieron hijos de los soldados extranjeros destinados aquí?

—Benz nació en Potsdam —dijo Arkadi—. ¿Cree que su padre era ruso?

—Al menos tenía acento ruso —contestó Schiller.

—Todas las historias que me contaste sobre defender Alemania eran mentira. Eras un ladrón, primero en un bando y luego en el otro. ¿Por qué no me contaste todo esto antes? ¿Por qué lo has hecho ahora?

El banquero volvió a calzarse las zapatillas y se giró hacia Peter. Tenía la fragilidad y la brutal sinceridad de las personas ancianas, una combinación mortal.

—No te concernía. El pasado había quedado atrás. Pero ahora sí te concierne. Todo tiene un precio. Si conseguimos recuperar nuestra casa y nuestras propiedades, si conseguimos regresar a casa, ése es el precio que tú debes pagar, Peter.

Peter acompañó a Arkadi al apartamento de Stas y se alejó en la oscuridad.

Arkadi abrió la puerta con la llave que le había dado Stas. Después de olfatearlo durante unos minutos, *Laika* le dejó pasar. Arkadi se dirigió a la cocina y preparó una cena a base de galletas para la perra, y té, mermelada y cigarrillos para él.

Al cabo de unos momentos se oyeron unos pasos en el pasillo y apareció Stas, vestido con la chaqueta de un pijama y los pantalones de otro. Se apoyó en el quicio de la puerta y observó cómo *Laika* se comía las galletas.

—Zorra —dijo.

—¿Te he despertado? —preguntó Arkadi.

—No estoy despierto. Si lo estuviera, te preguntaría dónde demonios te has metido. —Stas se dirigió con paso vacilante hacia el frigorífico y sacó una cerveza—. Es evidente que me consideras el portero, el conserje, el enano que te limpia los zapatos. ¿Dónde te has metido?

—He estado con mi nuevo socio alemán. Está entusiasmado con el caso. He hecho todo lo posible por confundirlo.

—Es imposible confundir a un alemán —dijo Stas, sentándose.

Pero Arkadi había conseguido confundir a Peter por omisión, al no mencionar a Max para no perjudicar a Irina. En estos momentos Peter estaba convencido de que su abuelo era la única conexión entre Tommy y Benz.

—Me he aprovechado de su sentimiento de culpa nacional —dijo Arkadi.

—Bien hecho. He descubierto que en este país todo el mundo padece amnesia, pero si has dado con un alemán que se siente culpable, te garantizo que no existe nadie en este mundo que sufra un mayor complejo de culpabilidad. ¿Me equivoco?

—No.

Stas apuró la cerveza, dejó la botella sobre la mesa y dijo:

—De todos modos, estaba despierto. Pensaba que si me hubiera quedado en Rusia, probablemente hubiera muerto en un campo de trabajos forzados. O quizá me hubieran aplastado como un *blini.*

—Hiciste bien en largarte.

—A consecuencia de lo cual he ejercido una enorme influencia en los acontecimientos mundiales. Me burlo de la emisora, pero el presupuesto de Radio Liberty es menor que el coste de un solo bombardero estratégico.

—¿De veras?

—Y encima me hallo en una situación exenta de impuestos.

—Eso suena estupendo.

Stas miró el reloj de la cocina. El segundero avanzaba haciendo unos clics audibles, como una llave que girase reiteradamente en una cerradura. *Laika* se acercó a él y apoyó su peluda cabeza en sus rodillas.

—Quizá debí quedarme —dijo Stas.

27

La espesa niebla matutina obligaba a los conductores a encender los faros. Las bicicletas aparecían y desaparecían como espectros.

Irina vivía a una manzana del parque, en una calle en
la que se mezclaban elegantes residencias urbanas con
estudios de pintores y boutiques. Todos los edificios presentaban un falso estilo *Jugendstil* excepto el suyo, que
era sencillo y moderno. Arkadi localizó su balcón, una
barandilla cromada ante un muro cubierto por una verde y tupida enredadera. Se había colocado en la parada
del autobús para poder observar discretamente su apartamento.

¿Conduciría el balcón directamente a la cocina?
Arkadi imaginó el calor de las luces y el aroma del café.
También imaginó a Max tomándose una segunda taza de
café, pero debía eliminar a Max del cuadro que se había
formado en la mente para no ser presa de un ataque de
celos. Era posible que Irina se dirigiera a la emisora en
coche. O peor aún, que ella y Max se marcharan juntos.
Arkadi confiaba en que en aquellos momentos estuvie-

ra sola, secando una taza y un plato, poniéndose la gabardina para dirigirse a la parada del autobús.

De improviso, una furgoneta de reparto aparcó en medio de la manzana. El conductor se apeó, abrió las puertas traseras, sacó unas perchas de ropa por medio de un ascensor hidráulico y las transportó hacia una tienda. Los limpiaparabrisas de la furgoneta se movían rítmicamente, aunque sólo caía una fina llovizna. Los vehículos que circulaban presentaban un aspecto reluciente. Arkadi se bajó de la acera para no perder de vista el apartamento de Irina, pero en aquel momento llegó el autobús y le obligó a retroceder. Los pasajeros subieron en el autobús e introdujeron sus tarjetas en la máquina automática. Lo más asombroso es que todos llevaban una tarjeta.

El autobús partió, seguido de la furgoneta de reparto. Al cabo de unos minutos Arkadi observó que el muro cubierto de hiedra del balcón de Irina había adquirido un tono más oscuro, lo que significaba que Irina había apagado las luces de su apartamento. Arkadi contempló el portal durante un rato, hasta que comprendió que Irina había salido mientras la furgoneta estaba aparcada frente al edificio, y en lugar de dirigirse hacia la parada del autobús se había encaminado hacia el parque.

Arkadi cruzó la calle y echó a correr hacia el parque. Ofuscado por el nerviosismo que experimentaba, distinguió vagamente unos paraguas oscilando de un lado a otro, a un turco montado en una bicicleta cubierto con un cucurucho confeccionado con un periódico, las gigantescas hayas del Jardín Inglés y a una mujer con una gabardina blanca que entraba en el parque.

La emisora de radio estaba situada al otro lado del parque. Cuando Arkadi penetró en él, vio unos senderos que se extendían a izquierda y derecha. El Jardín Inglés constituía el «pulmón verde» de Múnich. Contenía un río, unos riachuelos, un bosque y unos lagos que en aquellos momentos estaban cubiertos por una espesa bruma. Soplaba un viento helado, y Arkadi se subió el cuello de la chaqueta.

Súbitamente creyó percibir las pisadas de Irina. Recordaba que caminaba con paso firme, muy segura de sí misma. Odiaba los paraguas y las muchedumbres. Arkadi apretó el paso, temeroso de no alcanzarla. Suponiendo que se tratara de ella. Junto al sinuoso sendero crecían unas elevadas hayas cuyas copas parecían perderse entre las nubes. Los robles, más bajos, se inclinaban como mendigos. El sendero atravesaba un riachuelo que ofrecía un aspecto fantasmagórico. Un animal semejante a una enorme oruga olfateaba las húmedas hojas. Al aproximarse, Arkadi comprobó que se trataba de un dachshund de pelo duro. Su dueño caminaba tras él, vestido con una gabardina amarilla y sosteniendo una pala y una bolsa.

Irina había desaparecido. A lo largo de los años, ¿a cuántas mujeres había otorgado Arkadi los rasgos de Irina? Ésa era la fantasía de su vida, su pesadilla.

Estaba solo en el parque. Observó la lenta condensación de la bruma sobre las hojas, percibió el sonido de los hayucos al caer sobre la húmeda tierra, el murmullo de unos pájaros invisibles. Arkadi siguió avanzando hasta llegar al borde de un extenso prado, y de pronto, al otro lado del mismo, distinguió una figura blanca que se desvaneció al instante.

Arkadi echó a correr a través del prado, jadeando. Al llegar al lugar donde había visto la fugaz aparición, comprobó que ésta se había desvanecido de nuevo. Giró por un sendero bordeado de arces color teja junto al que discurría un lánguido riachuelo. Al cabo de unos minutos volvió a percibir unos pasos, y súbitamente la vio atravesar el otro extremo del sendero, con el bolso colgado del hombro. Iba envuelta en un abrigo blanco que parecía plateado. Llevaba la cabeza descubierta y su pelo, humedecido por la lluvia, parecía más oscuro. Irina se giró bruscamente y luego apretó el paso.

Ambos caminaban al mismo ritmo, a diez metros de distancia, por una oscura avenida bordeada de pinos. Al llegar a un lugar donde el sendero serpenteaba por entre unos abedules, Irina se detuvo y se apoyó en un pino, aguardando a que Arkadi la alcanzara.

Luego, siguieron caminando en silencio. Arkadi se sentía como si hubiera estado persiguiendo a un ciervo. Sabía que si cometía el menor error, ella echaría a correr y desaparecería para siempre de su vida. Cuando Irina se volvió para mirarlo, él no se atrevió a sostener su mirada ni a tratar de interpretarla. Al menos caminaban juntos, lo cual no dejaba de ser una pequeña victoria.

Arkadi lamentaba ofrecer un aspecto tan impresentable. Tenía los zapatos sucios, la ropa húmeda y pegada al cuerpo. Estaba demasiado delgado, y probablemente tenía la mirada endurecida de quien está habituado a padecer hambre.

Al cabo de unos minutos llegaron a orillas de un lago, cuyas aguas estaban negras e inmóviles. Irina contempló la imagen de ambos reflejada en el lago y dijo:

—Jamás había visto algo tan deprimente.

—¿Te refieres a mí?

—A nosotros.

El parque estaba lleno de aves; por entre la neblina aparecieron de improviso unos patos silvestres de cabeza aterciopelada, unos ánades silbones y unas cercetas, arrojando haces de luz sobre la superficie del agua. Unas meaucas volaban acrobáticamente sobre el lago; los gansos se dejaban caer como sacos.

Arkadi e Irina se sentaron en un banco.

—Algunas personas vienen aquí todos los días para dar de comer a las aves —dijo Irina—. Traen unos pretzels del tamaño de unas ruedas.

El frío le condensaba el aliento.

—Yo me sentía como esas aves, esperando que vinieras —añadió—. Pero no viniste. Jamás te perdonaré.

—Es evidente.

—Y ahora que estás aquí, me siento de nuevo como una refugiada. No me gusta sentirme así.

—A nadie le gusta.

—Hace años que vivo en Occidente. Me he ganado el derecho de estar aquí. Vuelve a Moscú y déjame en paz.

—No. No quiero volver.

Arkadi temió que Irina se pusiera de pie y se alejara. Estaba dispuesto a seguirla; ¿qué otra cosa podía hacer? Pero ella no se movió. Dejó que le encendiera otro cigarrillo y dijo:

—Es una mala costumbre. Como tú.

En el aire flotaba una sensación de desesperanza. Arkadi sintió que el frío le calaba los huesos y percibió el eco de los latidos de su corazón. En efecto, era un compendio de malas costumbres: ignorancia, rebeldía, falta de ejercicio, hojas de afeitar gastadas...

Había acudido un sinfín de aves, algunas en bandadas, otras aisladamente. Arkadi recordó el buque-factoría a bordo del cual había pasado parte de su exilio, y las gaviotas que revoloteaban sobre la popa tratando de atrapar algunos de los pescados atrapados en las redes. Un día, cuando se hallaba de pie en la rampa de popa liando un cigarrillo, una gaviota le arrebató el papel de las manos y se alejó con su trofeo.

—Fíjate en ese pato ruso —dijo.

—¿Cuál? —preguntó Irina.

—El que tiene las plumas sucias, el pico torcido y se fuma un cigarrillo.

—Te lo has inventado.

—Pero tú giraste la cabeza. Imagínate cuando los patos rusos se enteren de que existe este lago, un lago con pretzels, invadirán el lugar.

—¿Los cisnes también?

Un grupo de cisnes se deslizaban majestuosamente por entre los patos. Cuando una cerceta se resistió a cederles el paso, el cisne que iba en cabeza estiró su largo y cremoso cuello, abrió su pico amarillo y gruñó como un cerdo.

—Ése es ruso. Ya se ha infiltrado —dijo Arkadi.

Irina miró a Arkadi fijamente y dijo:

—Tienes un aspecto horrible.

—En cambio tú estás guapísima.

La luz acentuaba sus hermosas facciones. La gotas de lluvia brillaban sobre su cabello como rubíes.

—Me dijeron que las cosas te iban muy bien en Moscú —dijo.

—¿Quién te dijo eso?

Irina vaciló antes de responder.

—No eres como yo esperaba que fueras. Eres como yo te recuerdo.

Caminaban lentamente. Arkadi notó que de vez en cuando el hombro de Irina rozaba el suyo.

—Stas sentía curiosidad por conocerte. No me sorprende que os hayáis hecho amigos. Max dice que los dos sois unos artefactos de la Guerra Fría.

—Es cierto. Soy como un pedazo de mármol que encuentras en unas antiguas ruinas. Lo coges, lo examinas y te preguntas: «¿Qué diablos sería esto? ¿Formaría parte de un abrevadero o de una noble estatua?» Quiero mostrarte algo.

Arkadi sacó un sobre del bolsillo, lo abrió y le enseñó la cuartilla sobre la que su padre había escrito una palabra.

—Es mi nombre —dijo ella.

—Lo ha escrito mi padre. Hacía muchos años que no tenía noticias de él. Probablemente es lo último que hizo antes de morir. ¿Hablaste con él?

—Quería localizarte sin causarte ningún trastorno, de modo que me puse en contacto con tu padre.

Arkadi trató de imaginarse la escena: una paloma metiéndose en un horno, aunque durante los últimos años de su vida, su padre había sido un horno bastante frío.

—Me dijo que eras un héroe, que habían intentado doblegarte pero que tú les obligaste a aceptarte de nuevo en la oficina del fiscal, que te asignaban los casos más difíciles y que siempre los resolvías con éxito. No paraba de ensalzar tus virtudes. Me dijo que os veíais con frecuencia y que me escribirías.

—¿Qué más?

—Que estabas demasiado ocupado para mantener una relación sentimental, pero que las mujeres te perseguían.

—¿Y tú le creíste?

—Dijo que lamentaba que fueras un fanático y que a veces te creyeras Dios. Que había algunas cosas que sólo Dios podía juzgar.

—Si yo fuera el general Kiril Renko, hubiera temido contemplar el rostro de Dios.

—También me dijo que pensaba mucho en ti. ¿Tuviste amantes?

—No. Estuve en unas celdas psiquiátricas durante un tiempo, luego me trasladaron a Siberia, y luego me dediqué a pescar. No se me presentaron muchas oportunidades de tener una amante.

Irina se detuvo y dijo:

—No me vengas con ésas. Recuerdo Rusia. Siempre existen oportunidades. Estoy convencida de que cuando regresaste a Moscú tuviste una amante.

—Estaba enamorado. No buscaba una amante.

—¿Estabas enamorado de mí?

—Sí.

—Tu padre tenía razón, eres un fanático.

Pasaron junto a un lago cubierto por unas gotitas de lluvia que parecían perlas. ¿Era el mismo lago que habían visto antes?

—¿Qué vamos a hacer, Arkasha?

Al salir del parque se dirigieron al café de la universidad, donde las máquinas de acero inoxidable emitían unas nubes de vapor sobre las jarras de leche y unos pósters de Italia —las pistas nevadas de los Dolomitas y los pintorescos barrios de Nápoles— que colgaban en las paredes. Los otros clientes del local eran unos estudiantes que se hallaban sentados frente a unos libros abiertos y unas gigantescas tazas de café. Arkadi e Irina se sentaron en una mesa junto a la ventana.

Arkadi le habló sobre su periplo a través de Siberia, desde Irkutsk hasta Kamchatka, pasando por Norilsk.

Irina le habló sobre Nueva York, Londres y Berlín.

—En Nueva York, el trabajo en el teatro era bueno, pero no pude afiliarme al sindicato. Son como los sindicatos soviéticos, o quizá peor. Así que trabajé de camarera. Las camareras de Nueva York son fantásticas. Son tan viejas que parece que hayan servido a Alejandro Magno o a los faraones. Trabajan muy duro. Luego me puse a trabajar en una galería de arte. Querían a alguien que tuviera un acento europeo. Yo formaba parte del ambiente de la galería, y el trabajo me gustaba. A nadie le interesaba la vanguardia rusa. Tú esperabas verme en Rusia y yo esperaba verte entrar en una galería de arte de la avenida Madison, bien trajeado, con unos zapatos nuevos y una corbata.

—La próxima vez tendríamos que coordinar nuestros sueños.

—Max fue a visitar las oficinas de Radio Liberty en Nueva York. Montó un programa sobre arte ruso y yo le entrevisté. Me dijo que si alguna vez iba a Múnich y necesitaba trabajo no dudara en llamarlo. Un año más tarde me trasladé a Múnich y le llamé. Todavía hago algunos trabajos para unas galerías de Berlín. Siempre andan buscando obras de arte revolucionario porque han alcanzado unos precios increíbles.

—¿Te refieres al arte de nuestra difunta y desacreditada Revolución?

—Las subastan en Sotheby's y Christie's. Los coleccionistas están dispuestos a pagar cualquier precio por ellas. Estás en un apuro, ¿no es cierto?

—Estaba en un apuro. Ahora ya no.

—Me refiero a tu trabajo.

—El trabajo tiene sus altibajos. Las personas buenas mueren y las malas se aprovechan del botín. Parece que mi carrera ha atravesado un bache, pero he decido tomarme unas vacaciones de mis deberes profesionales.

—¿Y qué vas a hacer?

—Podría convertirme en alemán. Temporalmente, por supuesto. Primero me convertiría en polaco, luego en alemán del este, y por último en bávaro.

—¿Hablas en serio?

—Desde luego. Me pondría un traje distinto todos los días y me presentaría en tu despacho, diciendo: «Éste es al aspecto que debe ofrecer Arkadi Renko; bien vestido y calzado.»

—¿No piensas rendirte?

—En estos momentos, no.

Arkadi le dijo que en cierta ocasión había visto cristalizarse el aliento de un ciervo y caer como si fuera nieve. También le habló sobre los ríos de salmones en Sajalín, las águilas de cabeza blanca que habitan en las islas Aleutianas y las mangas que rodean el mar de Bering. Hasta ahora, nunca se había parado a pensar en la cantidad de experiencias que le había deparado su exilio, en lo extraordinarias y hermosas que habían sido.

Comieron en una pizzería donde servían pizzas calentadas en un horno de microondas. Estaban deliciosas.

Arkadi explicó a Irina que las primeras ráfagas de

viento que soplaban al amanecer a través de la taiga hacían que los millones de árboles se estremecieran como unos pájaros negros dispuestos a alzar el vuelo. Le habló sobre los yacimientos petrolíferos que ardían cada año, sobre los faros que podían distinguirse desde la luna. Le explicó lo que significaba desplazarse desde una jábega a otra sobre el hielo del Ártico. Unos sonidos y unos espectáculos que la mayoría de los investigadores jamás llegan a conocer.

Bebieron vino tinto.

Arkadi le habló sobre los individuos que trabajaban en la bodega del buque-factoría donde limpiaban el pescado —unos defensores del Partido que se hacían a la mar en busca de aventuras, un botánico que soñaba con las orquídeas de Siberia—, cada uno de ellos inmerso en sus propias fantasías.

Tras apurar la botella de vino, tomaron brandy.

Arkadi describió a Irina el Moscú que había hallado a su regreso. En el centro, un dramático campo de batalla formado por los políticos y los empresarios; detrás, inmóvil como un decorado teatral, ocho millones de ciudadanos haciendo cola. Sin embargo, había ciertos momentos, al amanecer, cuando el sol brillaba sobre el río y las azuladas cúpulas, en que la ciudad parecía redimible.

El calor que emanaban los clientes y las máquinas había condensado una capa de vapor sobre la ventana que difundía la luz y los colores de la calle. De pronto, al mirar por la ventana, Irina vio a Max de pie en la acera, frente al café. ¿Cuánto tiempo llevaba observándoles?

Al entrar, Max dijo:

—Parecéis un par de conspiradores.

—Siéntate con nosotros —dijo Arkadi.

—¿Dónde has estado? —preguntó Max a Irina con un tono de preocupación y alivio a la vez—. No has aparecido por la emisora en todo el día. Estábamos inquietos por ti; fuimos a buscarte a tu casa. Tú y yo debíamos ir a Berlín, ¿recuerdas?

—He estado hablando con Arkadi —respondió ella.

—¿Habéis terminado? —preguntó Max.

—No —contestó Irina. Luego sacó un cigarrillo del paquete de Arkadi y lo encendió—. Si tienes prisa, vete a Berlín. Sé que tienes trabajo allí.

—Los dos tenemos trabajo allí.

—El mío puede esperar —replicó Irina.

Max guardó silencio durante unos instantes, mientras observaba a Irina y a Arkadi. Luego se quitó el sombrero, lo sacudió y adoptó una actitud menos agresiva. Arkadi recordó que Stas lo había descrito como un líquido, como un experto en adaptarse a cualquier situación.

Max sonrió, se sentó y dijo:

—Me asombra que todavía estés aquí, Renko.

—Arkadi me ha contado sus aventuras durante los últimos cuatro años —terció Irina—. Son muy distintas de lo que había oído decir.

—Probablemente ha sido demasiado modesto —replicó Max—. La gente asegura que era el niño mimado del Partido. Un apelativo más que merecido, sin duda. ¿Quién sabe cuál es la verdad?

—Yo —respondió Irina, expulsando el humo hacia Max.

Max apartó el humo con la mano, la contempló como si hubiera atrapado una telaraña y preguntó a Arkadi:

—¿Cómo va tu investigación?

—No muy bien.

—¿Ningún arresto inminente?

—No.

—Supongo que no dispones de mucho tiempo.

—Estaba pensando en abandonar el caso.

—¿Y?

—He decidido quedarme.

—¿De veras? —preguntó Irina.

—Está bromeando —dijo Max—. No creo que lo abandone ahora. ¿Qué se ha hecho de tu sentido patriótico, de tu orgullo?

—Mi patria casi ha desaparecido, y no experimento el menor orgullo.

—Arkadi no tiene que ser el último ciudadano en abandonar Rusia —terció Irina.

—Algunas personas han regresado porque creen que existen buenas oportunidades —dijo Max—. Éste es el momento de intentar aportar algo, no de huir.

—Me maravilla que seas tú quien diga eso, teniendo en cuenta que te has fugado en dos ocasiones —dijo Irina.

—¡Esto es el colmo! —exclamó Stas, cerrando la puerta del café y apoyándose contra ella para recuperar el resuello—. Irina, la próxima vez que desaparezcas, haz el favor de dejar unas señas donde podamos localizarte. Estoy agotado.

Estaba empapado, pero permaneció de pie, mirando fijamente a Max.

—¿Te encuentras bien? —le preguntó Irina.

—Puede que vomite. O quizá me tome una cerveza. ¿Les estabas dando una lección de moralidad política,

Max? Lamento habérmelo perdido. ¿Era una conferencia breve?

—Stas no me perdona el haber regresado a Rusia —dijo Max—. No puede aceptar que el mundo ha cambiado. Es muy triste. A veces las personas inteligentes se aferran a las respuestas más simples. Incluso el hecho de que estés en Múnich demuestra hasta qué punto han cambiado las cosas. No pretenderás hacerte pasar por un refugiado político. —Luego se volvió hacia Irina y preguntó—: ¿Qué importa que Renko se quede o se marche? No tiene nada que ver con nosotros.

Irina no respondió. Como si presintiera que entre ambos se abría una brecha cada vez más profunda, Max acercó su silla a la suya y dijo en voz baja:

—Quiero saber qué clase de historias te ha contado Renko. No puede quejarse del nutrido público que se ha congregado para escucharlo.

—Creo que se sentían más a gusto solos —dijo Stas.

—Permíteme recordarte que Renko no es un héroe intachable. Se queda cuando debería marcharse; se marcha cuando debería quedarse. Tiene el don de la inoportunidad.

—A diferencia de ti —terció Irina.

—También quisiera hacerte notar —prosiguió Max— que tu héroe probablemente acudió a ti porque estaba asustado.

—¿Por qué iba a estar asustado? —preguntó Irina.

—Pregúntaselo a él —respondió Max—. Renko, ¿no estabas con Tommy la noche en que sufrió un accidente mortal? ¿No estabas con él poco antes de que ocurriera?

—¿Es cierto? —preguntó Irina a Arkadi.

—Sí.

—Ni Stas, ni Irina, ni yo sabemos qué clase de turbios manejos te llevas entre manos —dijo Max—, pero es posible que Tommy muriera porque le metieras en ellos. ¿Qué pretendes ahora? ¿Implicar también a Irina?

—No —contestó Arkadi.

—Sólo sugiero —prosiguió Max, dirigiéndose a Arkadi y alzando la mano para sofocar las protestas de Stas—, sólo sugiero que acudiste a Irina porque querías ocultarte.

—Eres un mierda —protestó Stas.

—Quiero escuchar su respuesta —insistió Max.

Por la barbilla de Stas se deslizaban unas gotas de agua. Max contemplaba fijamente a Arkadi. Durante unos segundos, el único sonido que se percibía era el rumor de las tazas y los platos en el mostrador, y el silbido de la máquina de café.

—En Moscú escuché a Irina por la radio. Ése fue el motivo que me trajo aquí.

—Así que eres un ferviente admirador suyo —dijo Max—. Pues pídele un autógrafo. Regresa a Moscú y podrás escucharla cinco veces al día.

—Puede venir con nosotros a Berlín —dijo Irina.

—¿Qué? —preguntó asombrado Max.

—Si tienes razón en lo que dices, Arkadi debe abandonar Múnich inmediatamente. Nadie lo relacionará con nosotros. En Berlín estará a salvo.

—No —contestó secamente Max.

Arkadi comprendió que éste había llegado a una conclusión muy distinta; había construido lenta y minuciosamente un argumento lógico que sólo tenía una salida: que Arkadi desapareciera del mapa.

—Me opongo tajantemente a que Renko nos acompañe a Berlín —dijo Max.

—Entonces vete solo —dijo Irina—. Yo me quedo aquí con Arkadi.

—No nos hospedaremos en un hotel —dijo Max—. Nos alojaremos en el nuevo apartamento.

—Es muy grande —dijo ella—. Dispondrás de espacio suficiente para ti solo.

Max trató de recuperar la compostura, pero en aquel momento Arkadi comprendió el motivo que le había impulsado a regresar de Moscú. El peor de los motivos.

De improviso, el amor se enrosca como una serpiente y aplasta a dos hombres al mismo tiempo.

TERCERA PARTE

BERLÍN

18 de agosto – 20 de agosto de 1991

28

Max conducía un Daimler, un sedán con unos adornos de madera que parecían obra de un ebanista, y que sonaba como una trompeta con sordina. Su actitud era amistosa, como si hubieran salido de juerga, como si el hecho de convertirse en un trío se le hubiera ocurrido a él.

La lluvia cubría el paisaje alemán. Irina, sentada delante, constituía el único calor tangible dentro del coche. Al hablar se apoyaba en la puerta para dirigirse a Arkadi, casi como si quisiera excluir a Max.

—Estoy segura de que te gustará la exposición. Son obras rusas, aunque algunas no se han expuesto nunca en Moscú, al menos públicamente.

—Irina redactó el catálogo —dijo Max—. Así que tenía que estar allí por fuerza.

—Trata sobre los orígenes de uno de los cuadros, un cuadro precioso.

—¿Están autorizados los críticos a utilizar la palabra precioso? —preguntó Arkadi.

—En este caso, sí —respondió Irina.

A Arkadi le gustaba que Irina le hablara sobre ese

otro aspecto de su vida, esa nueva e independiente mezcla de conocimientos y opiniones. Él, por su parte, se había convertido en un experto lanzador de redes y limpiador de pescado. ¿Por qué no iba a ser ella una experta en pintura? Max también parecía sentirse muy orgulloso de ella.

Desde el asiento posterior, Arkadi no alcanzó a ver cuándo cruzaron la vieja frontera de Alemania Oriental. A medida que la carretera se estrechaba, Max redujo la velocidad para no chocar con unos tractores que aparecieron súbitamente entre la niebla. Más adelante, cuando la carretera quedó despejada, aceleró de nuevo, como si los tres se hallaran en una burbuja que se deslizaba sobre un río alimentado por la lluvia.

Era una situación en la que parecía que el tiempo se hubiera detenido, en parte debido al autocontrol de Max. Arkadi sabía que había querido matarlo en Moscú, y sin embargo había dejado que se fugara a Múnich; estaba convencido de que había deseado verlo muerto en Múnich, pero había accedido a llevarlo a Berlín. Por otra parte, Arkadi no podía tocar a Max. ¿Con qué autoridad? ¿Como refugiado? Ni siquiera podía formular ciertas preguntas sin que Irina le acusara de volver a utilizarla, arriesgándose a perderla por segunda vez.

—Como Irina estará mañana muy ocupada —dijo Max—, te mostraré la ciudad. ¿Has estado alguna vez en Berlín?

—Cuando estaba en el Ejército —contestó Irina.

A Arkadi le asombró que lo recordara.

—¿Qué hacías? —preguntó Max.

—Me dedicaba a traducir lo que decía el mando americano al mando soviético.

—Lo mismo que haces tú en Radio Liberty, Max —apostilló Irina.

Cada vez que Irina lanzaba un ataque sarcástico contra Max, las paredes de la burbuja se estremecían. Sin embargo, viajaban en el lujoso coche de Max y se dirigían a su destino.

—Te enseñaré el nuevo Berlín —dijo Max a Arkadi.

Cuando por la noche llegaron a la ciudad, la lluvia había cesado. Entraron por el Avus, el antiguo hipódromo que atravesaba los bosques de Berlín, y se dirigieron directamente al Kurfürstendamm. En lugar de la homogénea opulencia de la Marienplatz, el Ku'damm constituía una caótica colisión de tiendas de Alemania Occidental y clientes de Alemania Oriental. Una gente vestida con ropas inconfundiblemente socialistas se hallaba congregada frente a los escaparates que exhibían bufandas de seda italianas y cámaras japonesas. Sus rostros mostraban la enfurruñada expresión de quienes se consideran los parientes pobres. Un grupo de *skinheads* desfilaban vestidos con cazadoras y botas de cuero. Las farolas colgaban de unos postes barrocos de la época nazi. Sobre unas mesas había unos pedazos del Muro, puestos a la venta, con pintadas y sin pintadas.

—Es terrible, es un desastre, pero es una ciudad viva —dijo Irina—. Por eso el mercado del arte siempre ha estado aquí. Berlín es la única ciudad internacional de Alemania.

—Una ciudad entre París, Moscú y Estambul —observó Max.

Al atravesar un callejón, Max señaló a un hombre

que vendía uniformes. Arkadi reconoció la pechera gris y las hombreras azules de la guerrera de un coronel de la aviación soviética. El vendedor estaba cubierto de medallas y galones militares soviéticos, desde el cuello hasta el cinturón.

—Hubieras debido conservar tu uniforme —dijo Max.

Antes de partir de Múnich, Arkadi se había visto obligado a aceptar cien marcos que le había entregado Stas; nunca se había sentido más rico ni más pobre al mismo tiempo.

Pasaron frente a la derruida fachada de la iglesia del káiser Guillermo, brillantemente iluminada. Detrás de ella se alzaba una gigantesca torre de cristal coronada por la estrella de la Mercedes. Max abandonó el bulevar y giró por una oscura vía lateral que discurría junto a un canal. No obstante, la brújula interna de Arkadi había empezado a funcionar. Antes de que llegaran a la Friedrichstrasse, sabía que se encontraban en lo que antes era el Berlín Oriental.

Max descendió por la rampa de un garaje. Al penetrar en él, las luces del garaje se encendieron automáticamente. El aire estaba impregnado de un olor a cemento húmedo. De las paredes colgaban unas cajas de empalmes eléctricos, suspendidas de unos cables.

—¿Hace mucho que se construyó este edificio? —preguntó Arkadi.

—Todavía está en obras —respondió Max.

—Créeme, nadie descubrirá que estás aquí —dijo Irina.

Max abrió el ascensor con una llave. El interior estaba iluminado por unos apliques de cristal y tenía el suelo de madera. Max cogió la bolsa de Irina y entró en el ascensor. Arkadi cogió la suya, sintiéndose como un obrero llevando una bolsa de herramientas.

Se detuvieron en la cuarta planta, y Max abrió la puerta de un pequeño estudio.

—Me temo que está sin amueblar, pero la luz y el agua funcionan y no pagamos alquiler —dijo, entregándole la llave a Arkadi—. Nosotros nos alojaremos en un apartamento situado dos pisos más arriba.

—Lo importante es que estás a salvo —dijo Irina.

—Gracias —respondió Arkadi.

Max cogió a Irina del brazo y la condujo hacia el ascensor. A fin de cuentas, le pertenecía a él.

La llave tenía unas muescas recién forjadas y afiladas, ideal para abrir el corazón, pensó Arkadi, si uno sabía introducirla entre las costillas.

En el estudio no había cama, cómoda ni sillas. Las paredes y los suelos estaban desnudos. Las baldosas del cuarto de baño relucían como dientes. En la cocina había una pequeña cocina de gas pero faltaban los utensilios. De haber tenido que prepararse la comida, pensó Arkadi, habría tenido que sostenerla sobre el fuego con las manos.

Sus pisadas resonaban de forma exagerada. Arkadi se detuvo, tratando de percibir algún ruido procedente del apartamento situado dos pisos más arriba. En Múnich temía que Irina se acostara con Max. Ahora estaba seguro de ello. ¿Cómo sería el apartamento de Max? Arkadi trató de concentrarse en el revestimiento de las paredes y el suelo. El resto podía imaginárselo perfectamente.

Se preguntó si hubiera sido mejor que permaneciera en Múnich.

La capacidad de elección consistía en el lujo de poder votar, de probarse unos zapatos, de contemplar la carta de un restaurante y decidir entre comer caviar rojo o negro.

Se había visto obligado a trasladarse a Berlín. De no haberlo hecho, habría perdido a Irina, y también a Max. De este modo los tenía a los dos, pensó, como un hombre orgulloso de llevar una larga cuerda atada al cuello.

La puerta del ascensor estaba cerrada con llave. Arkadi bajó por las escaleras de emergencia, abrió la puerta del garaje y salió a la calle. La Friedrichstrasse era una de las avenidas más importantes, pero sus farolas emitían una débil luz. La calle estaba desierta. Todas las personas que se hallaban despiertas estaban en la zona occidental.

Al distinguir la punta de una torre de televisión, Arkadi dedujo que la Alexanderplatz se hallaba a su derecha, y Alemania Occidental, a su izquierda. Aunque su mapa mental se había quedado anticuado, ninguna ciudad europea importante había sufrido tan pocos cambios durante los últimos cuarenta años como Berlín. La ventaja del modelo soviético era que la construcción y el mantenimiento de los edificios era mínimo, de forma que los recuerdos de la época soviética permanecían prácticamente intactos.

Múnich había sido un territorio nuevo para Arkadi. Berlín, no. Día tras día, cuando estaba en el Ejército, su deber consistía en controlar a las patrullas de radio británicas y americanas mientras circulaban por el Tiergarten hacia la Potsdam Platz, a lo largo de Stresemann y Koch hacia Checkpoint Charlie, para acabar su recorrido por la Prinzenstrasse. Las seguía desde el mismo momento en que partían hasta que regresaban.

Por más que apretaba el paso, no conseguía librarse de los celos que experimentaba, los cuales eran como una sombra que caminaba frente a él a grandes zancadas, disipándose al llegar a una farola para aparecer súbitamente de nuevo.

Los bloques de oficinas en Unter den Linden eran inmensos y frágiles, como toda la arquitectura soviética. El edificio más grande era la Embajada soviética, frente a la que estaban aparcados unos Trabis. Unas personas caminaban debajo de los tilos. De improviso salió un hombre de entre las sombras y alzó la mano, en la que sostenía un cigarrillo, como un signo de interrogación. Arkadi pasó rápidamente de largo, asombrado de que alguien se hubiera fijado en él.

Al aproximarse a los reflectores que iluminaban la Puerta de Brandenburgo y la silueta de la Victoria montada en su carroza, la ciudad se convertía en un gigantesco tapiz de estrellas y hierba. No se trataba de un parque sino de una serie de montículos que se extendían hacia el norte y el sur. Sobre ellos soplaba una brisa y se oía el zumbido de los insectos. Arkadi sintió deseos de retroceder. Allí era donde se había erigido el Muro, que era como decir, «Aquí es donde se erigían las pirámides».

En realidad, la Puerta estaba rodeada por dos Muros, aislándola como un pedazo de Grecia en el centro, de modo que no era una puerta sino un fin, donde las vistas a ambos lados se detenían bruscamente. El Muro había sido un horizonte blanco de cuatro metros de altura. Junto a él se extendía una especie de tierra de nadie con torres vigías, redondas y rectangulares, alambradas, zanjas, trampas antitanque, perreras, campos minados y zarzas. Las luces chisporroteaban por doquier como una carga eléctrica.

El vacío dejado por la demolición del Muro y todo el aparato que lo rodeaba era más inmenso que éste. Arkadi recordó que una noche de verano, hacía muchos años, se encontraba en ese mismo lugar. No había ocurrido nada especial, salvo que había visto a dos perros, acompañados de su cuidador, trotando junto a la base del muro interior. El cuidador era un alemán del este, no un soviético, que azuzaba a los perros al tiempo que los mantenía controlados, lo mismo que la estatua de la Victoria dominaba sobre su pedestal a los caballos. Los perros olfatearon el suelo, y de pronto se giraron hacia el lugar donde se hallaba Arkadi. Arkadi temió —era un joven oficial que no había cometido delito alguno— que hubieran olfateado su execrable falta de fervor y le estuvieran persiguiendo. Pese a ello permaneció inmóvil, y al cabo de unos segundos, los perros dieron media vuelta. A partir de entonces, cada vez que contemplaba la Puerta, veía en la silueta de la estatua a los perros y a su cuidador.

Arkadi avanzó hacia las luces y atravesó la Puerta con paso cauteloso. Al otro lado se hallaba el Tiergarten, un parque lleno de hermosos macizos de flores e iluminadas avenidas. Le llevó veinte minutos atravesar el Tiergarten, rodear el parque zoológico y dirigirse hacia la estación del zoo, donde el metro circulaba sobre la calle. Era la única parada de trenes que los berlineses occidentales podían utilizar para dirigirse hacia la zona este, y la estación donde se apeaban los soviéticos cuando se dirigían al oeste.

A nivel de la calle, buena parte de lo que recordaba Arkadi estaba cubierto de pintadas. Las ventanillas de cambio de divisas estaban cerradas, pero por las noches se vendían drogas en los portales. En lo alto, las cosas habían cambiado menos. Los mismos carriles de vía estrecha discurrían junto a las mismas elevadas plataformas debajo del mismo tejado de cristal. La consigna de la estación permanecía abierta las veinticuatro horas del día. Arkadi guardó en una taquilla de la estación la cinta que había traído consigo de Múnich.

En la calle, debajo de la estación, había una hilera de teléfonos. Arkadi desplegó un papel y llamó al número que le había dado Peter Schiller.

Peter respondió a la octava señal de llamada.

—¿Dónde está? —preguntó irritado.

—En Berlín. ¿Y usted? —inquirió Arkadi.

—Sabe de sobra que estoy en Berlín. Me llamó esta tarde para pedirme que condujera todo el día bajo la maldita lluvia para llegar aquí. Sabe muy bien que éste es un número de Berlín. ¿Hay alguien con usted?

En aquel momento entró un tren en la estación. El sonido hizo vibrar el teléfono.

—Perfecto —dijo Arkadi—. Volveré a llamarle mañana por la tarde a este mismo número. Quizás haya averiguado algo más.

—Renko, si cree que puede...

Arkadi colgó. Era alentador saber que Peter se hallaba cerca, al menos más cerca que en Múnich.

Regresó a través del parque siguiendo el mismo camino. De nuevo tuvo la sensación de que iba a topar con una barrera de cemento tan intensamente iluminada que parecía un muro de hielo, pero sólo halló unos cascotes cubiertos de hierba y flores.

Debo tener más fe, se dijo Arkadi.

29

La mañana era soleada, seca, sin una nube en el cielo.
Arkadi y Max recorrieron a pie la misma ruta que aquél
había seguido la noche anterior. Irina había ido a la galería para ayudar a colgar los cuadros.

Max era el tipo de animal al que le gusta el sol. Llevaba un traje color mantequilla. Le miraba en los escaparates con aire de fastidio, como si su acompañante no
cesara de importunarle pidiéndole unas monedas, una
comida, un trabajo. Luego apoyaba una mano en el brazo de Arkadi como para decir: «Fíjense en este tipo tan
hortera que me acompaña.» Cuando sus miradas se cruzaron, Arkadi observó en el puntito negro de sus pupilas que Max no se había acostado con Irina esa noche, y
que su cama no había sido más cómoda que las desnudas
tablas del suelo sobre las que había dormido él.

—Es el sueño de cualquier promotor inmobiliario
—dijo Max—. Esta parte de Berlín siempre tuvo un aire
muy distinguido. La universidad, la ópera, la catedral y
los grandes museos siempre estuvieron en Berlín Oriental. Los soviéticos construimos tantas monstruosidades

como pudimos, pero nunca tuvimos el dinero ni la energía de los promotores capitalistas. En Alemania Occidental, el precio del suelo de algunas tiendas es más elevado que en ningún otro lugar del mundo. Imagínate el valor que tiene Berlín Oriental. Sin saberlo, los rusos lo hemos salvado. Esto es literalmente una metamorfosis, como si Berlín Oriental saliera por fin de su crisálida.

La Friedrichstrasse era distinta a la luz del día. En la oscuridad, Arkadi no había observado la cantidad de oficinas del Gobierno que estaban derruidas. Una de ellas consistía en una fachada de madera con unas ventanas pintadas alrededor de los cimientos de unas Galerías Lafayette que iban a ocupar su lugar. Otra se hallaba envuelta en cinco pisos de lona. Aunque la calle estaba relativamente desierta en comparación con el Ku'damm, por todas partes se percibía el sonido del tráfico oculto de las excavadoras, las taladradoras y las grúas.

—¿Eres el propietario del edificio en el que nos alojamos anoche? —preguntó Arkadi.

—Eres demasiado receloso —le recriminó Max sonriendo—. A mí me interesa la visión del futuro; tú buscas huellas dactilares.

Todavía había unos Trabis aparcados debajo de los tilos, aunque los superaban en número los VW, los Volvo y los Maserati. De las ventanas y las puertas de los edificios en construcción salía un polvillo de yeso y el rumor de las excavadoras mecánicas. Las ventanas encaladas mostraban unos carteles que anunciaban las futuras oficinas de Mitsubishi, IBM y Alitalia. Al otro lado de la calle, los escalones de la Embajada soviética estaban vacíos, y las ventanas, oscuras. En un callejón había un café con unas mesas y unas sillas blancas dispuestas en la acera. Arkadi y Max se sentaron y pidieron café.

Max consultó su reloj, un cronómetro como los que utilizan los buceadores, con eslabones de oro.

—Tengo una cita dentro de una hora. Soy el agente inmobiliario del edificio donde dormiste anoche. Para un viejo soviético, los bienes raíces constituyen el mejor negocio. ¿Tienes algunas inversiones?

—¿Aparte de libros? —preguntó Arkadi.

—Aparte de libros.

—¿Aparte de la radio?

—Aparte de la radio.

—Heredé una pistola.

—Es decir, que no tienes nada —dijo Max—. Si quieres, puedo ayudarte. Eres inteligente, hablas inglés y alemán. Vestido con ropa decente quedarías muy presentable.

La camarera les trajo café y unos bollos con mermelada de fresa. Max sirvió el café y dijo:

—El problema es que creo que no te das cuenta de lo mucho que ha cambiado el mundo. Perteneces al pasado. Es como si hubieras venido de la antigua Roma, persiguiendo a alguien que ha ofendido al César. Tu concepto sobre los delincuentes está trasnochado. Si decides quedarte, tendrás que desembarazarte de ese lastre, borrarlo de tu mente.

—¿Borrarlo?

—Como los alemanes. Berlín Occidental estaba completamente destruido, pero se pusieron manos a la obra y lo convirtieron en un modelo del capitalismo. ¿Nuestra respuesta? Construimos el Muro, que naturalmente constituía un pedestal para Alemania Occidental.

—¿Por qué no inviertes en Alemania Occidental?

—Eso es pensar en el pasado. Francamente, Alemania Occidental no tiene nada que ofrecer. Es una isla, un club para librepensadores y objetores de conciencia. Pero un Berlín unificado será la capital del mundo.

—Parecen las palabras de un visionario.

—Cierto. El Muro era una realidad aún mayor que tu investigación. Ahora que el Muro ha desaparecido, Berlín podrá prosperar. Piensa en ello: han desaparecido más de doscientos kilómetros de Muro, y en el centro de Berlín existen otros mil kilómetros cuadrados por construir. Es la mayor oportunidad de invertir en bienes raíces de la segunda mitad del siglo XX.

Los ojos de Max expresaban tal convencimiento que Arkadi comprendió que era un vendedor nato. Max vendía la idea del futuro, que resultaba ciertamente atrayente. La evidencia del futuro estaba allí mismo, en la calle. Por doquier se oía el eco de sus sonidos. El único edificio silencioso era la Embajada soviética, irguiéndose por encima de los árboles como un mausoleo.

—¿Comparte Michael tu visión? —preguntó Arkadi—. No deja de ser extraño que, tratándose del director delegado de seguridad de la emisora, te recibiera de nuevo con los brazos abiertos.

—Michael está bastante desesperado. Si los americanos abandonan la emisora, se verá en un grave apuro. No posee un título en administración comercial; sólo tiene un Porsche. Si él puede adaptarse a la nueva situación, no veo por qué no puedes hacerlo tú.

—¿Cómo?

—Viniste aquí para proseguir tu investigación. Lo

que hagas a partir de ahora es otra cuestión. ¿Prefieres seguir adelante o retroceder?

—¿Tú qué crees?

—Para ser sincero —respondió Max—, de no ser por Irina, me importaría un comino lo que hicieras. Irina forma parte de Berlín. Ella se beneficiará, sin duda. ¿Por qué quieres privarla de ello? Jamás ha tenido la oportunidad de disfrutar del dinero.

—¿Y crees que podrá disfrutar de él si permanece contigo?

—Sí. No me considero una persona totalmente inocente, pero las fortunas no se consiguen a base de «gracias» y «por favor». Seguro que cuando se inventó la rueda aplastó a alguien. —Max se limpió los labios y prosiguió—: Comprendo la influencia que ejerces sobre ella. Todos los emigrados se sienten culpables respecto a alguien.

—¿De veras? ¿De qué te sientes tú culpable?

Un buen vendedor no se deja intimidar por una respuesta grosera.

—No es una cuestión de moralidad —contestó Max—. Ni siquiera se trata de ti o de mí. Sencillamente, yo poseo la capacidad para cambiar, y tú, no. Puede que seas un heroico investigador, pero perteneces al pasado. Aquí no hay nada para ti. Me gustaría que fueras sincero y que te preguntaras qué es lo que le conviene más a Irina, ¿avanzar o retroceder?

—Eso debe decidirlo Irina.

—Por supuesto que debe decidirlo ella. El caso es que los dos sabemos qué es lo que más le conviene. Acabamos de salir de Moscú. Ambos sabemos que, aunque ella regrese, yo puedo protegerla mejor que tú. Dudo que consiguieras sobrevivir más de un día si regresaras. Así pues, se trata de retroceso emocional, ¿no es cierto? Tú y ella convertidos en unos pobres pero enamorados refugiados. Mientras la Embajada soviética intenta deportaros. Creo que necesitarías un amigo con influencias, y sinceramente no se me ocurre a nadie más que a mí. En cuanto decidas quedarte, tendrás que renunciar a tu investigación. Irina te abandonaría al instante si pensara que te habías quedado por otro motivo que no fuera ella.

—Si sabías eso, ¿por qué no has dicho a Irina que te perseguía a ti?

Max suspiró.

—Por desgracia, Irina todavía cree en tus aptitudes. Quizá pensara que tenías razón. Estamos en un dilema: tú a un lado y yo al otro. Coexistimos. La moralidad no tiene nada que ver en este asunto. Debemos procurar llegar a un acuerdo.

Después de que Max pagara la cuenta y se marchara, Arkadi se encaminó por entre los árboles hacia la Puerta de Brandenburgo, donde la estatua de la Victoria exhibía una tonalidad diurna verdosa. Unos vencejos revoloteaban sobre ella, alimentándose de insectos. Arkadi pasó junto a un grupo de turistas y se dirigió hacia el prado. Aunque tenía las vueltas del pantalón y los zapatos húmedos, la tierra emanaba un calor estival. La hierba mostraba unas borlitas de flores blancas, y por el suelo se deslizaban unos insectos. Las abejas revoloteaban entre los tréboles, tratando de recuperar el tiempo perdido durante las lluvias. Unos ciclistas, con pantalones cortos y cascos, circulaban por un sendero en fila india, volando como banderas en un desfile de automóviles. Arkadi se preguntó si sabían que estaban penetrando en la zona del nuevo Berlín ideado por Max.

Como tenía tiempo, caminó por el Ku'damm hasta la estación del zoológico. Tenía la sensación de estar rodeado por un ejército de berlineses del este que habían llevado a cabo la invasión ordenadamente, pero se habían dispersado ante el primer puesto de zapatillas deportivas dispuestas sobre la acera. Los berlineses occidentales se habían refugiado detrás de las barandillas de los cafés, pero incluso allí eran perseguidos por unos gitanos con unas panderetas y unas criaturas en brazos.

Un par de rusos examinaban unos uniformes que colgaban de una percha. Arkadi se detuvo para contemplar unos pedazos del Muro acompañados por unos documentos que confirmaban su autenticidad. En otra mesa vio un piloto automático y un altímetro pertenecientes a un helicóptero del Ejército Rojo. Supuso que si se ponía a rebuscar por el Ku'damm, hallaría el resto de las piezas del helicóptero. Llegó a la estación del zoológico a mediodía y telefoneó a Peter, pero no obtuvo respuesta.

En aquel momento llegó un tren, del que se apeó otra legión de alemanes del este. Arkadi se vio de pronto arrastrado por la muchedumbre hasta la iglesia conmemorativa, donde unos jóvenes con mochilas en la espalda estaban sentados en las escaleras, contemplando a un individuo que hacía juegos de manos. Unos turistas japoneses se apearon de un autocar, armados con las consabidas máquinas fotográficas.

El viejo Berlín estaba dividido en dos, y esencialmente gobernado por rusos y americanos. Ahora apenas se veían turistas americanos. A Arkadi se le ocurrió que podría permanecer como una estatua: *El último ruso,* posando como si tratara de vender un alfiler de Lenin.

Cuando regresaba por el prado, Arkadi vio cuatro secciones del Muro todavía en pie, como unas lápidas mortuorias. Ello demostraba que Max estaba equivocado; no todo el mundo deseaba eliminar el Muro para apresurarse a hacer dinero. Alguien había pensado que era necesario erigir un monumento conmemorativo.

Junto a éste había una grúa dotada de un brazo doble para acceder a los edificios más altos. A una altura de unos setenta metros, en la parte superior de la grúa, una polea sostenía una cesta cuadrada. Arkadi vio a una figura que trepaba sobre el borde de la cesta y que saltaba. Con las piernas y los brazos extendidos, se precipitó al vacío y desapareció detrás de las secciones del Muro.

Al aproximarse, Arkadi comprobó que las secciones medían cuatro metros cuadrados y que estaban pintadas con todos los colores del símbolo de la paz, unos Cristos, unos ojos agnósticos, los barrotes de una celda y nombres y mensajes en distintos idiomas. Detrás de ellas había unas personas sentadas a unas mesas colocadas en la calle, junto a un cartel que decía: CAFÉ DEL SALTO.

Una furgoneta ofrecía bocadillos, cigarrillos, refrescos y cerveza. Los clientes eran ciclistas, parejas de mediana edad con perros atados a sus sillas, un par de hombres de negocios que parecían turcos y un grupo de adolescentes vestidos con cazadoras que relucían bajo el sol. El joven que había saltado, un chico vestido con una camiseta y un mono, se balanceaba boca abajo a pocos centímetros del suelo. Estaba suspendido de unas cuerdas elásticas sujetas a sus tobillos y a la parte superior de la grúa. El chico desató las cuerdas y se puso en pie para agradecer los aplausos de los ciclistas y los gritos tribales de sus compañeros.

A Arkadi le llamaron la atención los dos hombres de negocios. Iban bien vestidos, pero habían acumulado una considerable cantidad de cervezas vacías sobre su mesa. Eran corpulentos, y el aspecto de uno de ellos le resultaba familiar. Aunque estaba sentado de espaldas a él, observó que tenía el pelo largo por detrás, corto por los lados, y un flequillo color naranja por delante. No aplaudieron, pero presenciaban la escena con gran atención.

Un segundo joven se metió en la cesta que pendía de la grúa. Luego se instaló en el borde de la cesta y se sujetó a uno de los cables. Un schnauzer soltó un ladrido, y su dueño le metió una salchicha en la boca. El joven que estaba subido en la cesta miró hacia abajo, buscando el lugar más adecuado para aterrizar.

—Dvai! —exclamó el tipo de pelo largo, cansado de esperar—. ¡Venga ya! —le gritó, como suelen hacerlo los pescadores cuando un compañero tira lentamente de las redes.

El joven saltó, agitando los brazos y las piernas. Esta vez Arkadi vio dos cables oscilando detrás de él. Dedujo que era preciso tener en cuenta el peso de la persona que saltaba, la distancia hasta el suelo y la extensión de los cables. El rostro que se precipitaba en el vacío estaba pálido como la cera, con los ojos desencajados y la boca abierta. Arkadi no había visto nunca tal expresión de terror. De pronto los cables se tensaron y el saltador ascendió de nuevo. Luego volvió a caer, más lentamente, mientras su rostro se ponía rojo y el óvalo de su boca asumía una forma humana. Dos muchachas vestidas con unas cazadoras de cuero corrieron hacia el héroe para ayudarlo a descender. Todos los presentes aplaudieron, excepto los dos hombres de negocios, quienes reían a mandíbula batiente. El tipo que Arkadi había reconocido se inclinó hacia atrás para recuperar el resuello. Era Alí Jasbulátov.

La última vez que Arkadi había visto a Alí éste se hallaba con su abuelo Majmud en el mercado de coches del puerto sur, en Moscú. Alí golpeó la mesa con la palma de la mano, haciendo un ruido como si se estrellara un cuerpo contra el suelo, y soltó otra carcajada. Una de las botellas de cerveza rodó por la mesa y cayó al suelo, pero Alí no se molestó en recogerla. El tipo sentado junto a él también era checheno, mayor que el otro, con unas cejas que parecían abanicos. Los jóvenes vestidos con cazadoras de cuero se metieron con ellos por reírse de su compañero, pero al cabo de un rato les dejaron en paz. Alí extendió los brazos como si fueran alas y los agitó. El tipo sentado frente a él le hizo un gesto con la mano, alzó el vaso de cerveza y encendió un cigarrillo.

Nadie quería saltar para divertir a Alí. Al cabo de un cuarto de hora, él y el otro checheno se pusieron en pie y se dirigieron hacia la plaza Potsdam, donde se montaron en un VW y se alejaron. Puesto que no podía seguirlos a pie, Arkadi se encaminó hacia el Ku'damm, sintiéndose satisfecho.

Frente a los almacenes Ka-de-We, Arkadi vio a dos chechenos apoyados en el guardabarros de un Alfa Romeo. Más arriba, frente al enorme rectángulo de cristal del Centro Europa, cuatro mafiosos de Liúbertsi estaban sentados en el interior de un Golf. En un callejón llamado Fasenenstrasse había unos elegantes restaurantes con puertas de cristal y decorativos botelleros. En uno de ellos, un checheno, peludo y de baja estatura, estaba sentado en uno de los reservados. En la manzana siguiente, un mafioso de Long Pond patrullaba frente a las boutiques.

Arkadi se dirigió de nuevo a la estación del zoológico. En las guías telefónicas no constaba el número de TransKom ni el de Borís Benz. La telefonista tampoco pudo facilitarle la información que le pedía. Sin embargo, halló el número de una tal Margarita Benz.

A la quinta llamada, Irina respondió:

—¿Dígame?

—Soy Arkadi.

—¿Cómo estás?

—Bien. Lamento molestarte.

—No, me alegro de que hayas llamado —dijo Irina.

—¿A qué hora es la fiesta de esta noche? ¿Hay que ir bien trajeado?

—A las siete. No te preocupes por nada, Max y yo pasaremos a recogerte. Haz como los intelectuales alemanes: cuando no sepas qué ponerte, ponte un traje negro. Parecen todos unas viudas. ¿Seguro que estás bien? ¿No te sientes desorientado en Berlín?

—No. He empezado a familiarizarme con la ciudad.

Margarita Benz vivía en la plaza Savigny, a un par de manzanas de distancia. Al dirigirse hacia allí, Arkadi pasó frente a una pequeña zona comercial donde había unas tiendas de electrodomésticos con unos carteles en polaco. Frente a las tiendas estaban aparcados unos automóviles polacos. Unos hombres descargaban unas bolsas de salchichas socialistas baratas y cargaban unos aparatos de vídeo.

Halló la dirección en un antiguo edificio, a pocos pasos de la plaza Savigny. Bajo el timbre de la tercera planta había una placa que decía GALERÍA BENZ. Arkadi vaciló unos segundos y luego se alejó. La plaza Savigny tenía dos minúsculos jardines rodeados de un elevado seto. En el centro había un jardín con caléndulas y trinitarias. Al fondo del seto se veían unas pequeñas glorietas destinadas a defender la intimidad de las parejas de enamorados.

Arkadi cruzó el jardín y se dirigió hacia una esquina. Al otro lado de la calle había un restaurante con unas mesas dispuestas en la acera, a la sombra de un haya. Al atravesar la calle, oyó el rumor de los cubiertos y los vasos. Un camarero servía café junto a una mesa enmarcada por una enredadera que cubría un muro amarillo. Dos mesas estaban ocupadas por unos ejecutivos que comían apresuradamente, y otras dos, por unos estudiantes con la cabeza apoyada en las manos. Las mesas del interior quedaban ocultas por los reflejos de la calle. En los cristales de las ventanas, el seto del parque parecía un sólido muro verde. Se trataba de la cervecería que Arkadi había contemplado en la cinta de Rudi. Había creído que se hallaba en Múnich porque estaba incluida en la cinta que mostraba las vistas de esa ciudad, una presunción que ahora le parecía estúpida. Estaba hambriento, pero sobre todo le molestaba haber cometido tan imperdonable estupidez.

Un camarero le miró fijamente, y Arkadi preguntó:

—*Ist Frau Benz hier?*

El camarero observó una mesa colocada al fondo, la misma en que aparecía sentada la mujer en la cinta. Seguramente era la mesa que ocupaba habitualmente.

—*Nein.*

¿Por qué habían incluido a Margarita Benz en la cinta? El único motivo que se le ocurría a Arkadi era para que Rudi pudiera identificarla si no la conocía y ella no deseaba darle su nombre. Pero era el tipo de mujer que ocupaba habitualmente la misma mesa en un agradable restaurante en una bonita plaza de Berlín. ¿Qué clase de negocios mantenía con ella un cambista de Moscú?

El camarero seguía mirando fijamente a Arkadi. Al girarse observó su imagen reflejada en el cristal, como si también formara parte de la cinta.

De regreso al apartamento, Arkadi se detuvo para comprar unas mantas, una toalla, una pastilla de jabón y un jersey negro como los que solían utilizar los intelectuales. Max e Irina acudieron a las seis y media en punto a recogerlo.

—Estás delgado; el jersey te sienta bien —dijo Max. Con la chaqueta de botones dorados parecía desembarcado de un yate. Irina llevaba un traje esmeralda que acentuaba su cabello rojo. Estaba tan nerviosa y excitada que no paraba de moverse.

Arkadi sentía curiosidad por su nueva vida.

—Parece una ocasión muy importante —dijo cuando bajaban en el ascensor hacia el garaje—. ¿No quieres decirme de qué se trata?

—Es una sorpresa —respondió ella.

—¿Sabes algo sobre pintura? —preguntó Max a Arkadi, como si éste fuera un niño.

—Estoy segura de que Arkadi reconocerá eso —dijo Irina.

Cuando atravesaban el Tiergarten hacia la Kantstrasse, Irina se giró hacia Arkadi. Sus ojos relucían como ascuas en la penumbra del Daimler.

—¿Te encuentras bien? —le preguntó—. Me quedé preocupada cuando me llamaste.

—¿Te ha llamado? —preguntó Max.

—Tengo curiosidad por saber adónde me lleváis —dijo Arkadi.

—Me alegro de que vengas —dijo Irina, cogiéndole la mano.

Aparcaron en la plaza Savigny. Mientras se dirigían hacia la galería, Arkadi comprendió que se trataba de un acontecimiento cultural de gran importancia. Los hombres, acompañados de unas damas adornadas con joyas esplendorosas, tenían un aspecto tan distinguido que parecían el propio káiser. Unos catedráticos vestidos de negro iban acompañados de sus esposas, las cuales lucían unos abrigos de punto. Algunas incluso llevaban boinas. Los fotógrafos estaban agolpados en la entrada de la galería. Arkadi entró discretamente mientras Irina se sometía a los fogonazos de los reporteros. En el interior de la galería se había formado una cola junto a un vetusto ascensor. Max les condujo hacia la escalera y se abrió paso a codazos por entre la muchedumbre que subía por ella.

Al llegar a la tercera planta, una voz femenina exclamó:

—¡Irina!

Todos los asistentes tenían que mostrar su invitación en el mostrador de recepción, pero la mujer les hizo pasar directamente. Tenía un amplio rostro eslavo y unos ojos negros que contrastaban con su rubia cabellera. Llevaba un vestido largo de color púrpura que parecía una túnica para un rito sagrado. El maquillaje parecía que se le fuera a resquebrajar cuando sonreía.

—Pasad, pasad —dijo, besando a Max tres veces, al estilo ruso.

—Usted debe de ser Margarita Benz —dijo Arkadi.

—Eso espero, de lo contrario me he equivocado de galería —respondió, estrechándole la mano.

Arkadi estuvo tentado de decirle que ya se habían visto en la carretera, cuando ella iba montada en el coche de Rudi y él estaba con Jaak, pero consideró que no sería correcto.

Las puertas se abrieron de golpe. La galería consistía en una buhardilla de techo elevado, con unas secciones movibles que formaban un espacio abierto a un lado y un teatro en el otro. Arkadi observó a Irina, a Max, a las camareras, los rostros alertas de los guardias de seguridad y la preocupada expresión de los empleados de la galería.

Sobre un pie, en el centro de la galería, había una vieja caja de madera rectangular. Aunque las esquinas se hallaban astilladas, era evidente que la caja estaba bien construida. A través de las manchas, Arkadi distinguió la borrosa silueta del águila, la guirnalda y la esvástica de los servicios postales del Tercer Reich.

Sin embargo, lo que llamó su atención fue una pintura que colgaba en la pared del fondo. Era un pequeño lienzo pintado de rojo. No era retrato ni paisaje, sino tan sólo una mancha roja.

Polina había pintado otros seis casi idénticos para hacer volar los coches en Moscú.

30

Arkadi comprendió entonces que había estado totalmente equivocado. El cuadro se titulaba el *Cuadrado rojo*,* una de las obras más famosas de la historia de la pintura rusa. No era grande ni completamente cuadrado, ya que la esquina superior derecha era algo más alta que la izquierda. Al aproximarse, Arkadi comprobó también que el rectángulo flotaba sobre un fondo blanco.

Kasimir Málevich, hijo de un fabricante de azúcar, era el más célebre pintor ruso del siglo, y sin duda el más moderno, aunque había fallecido poco después de cumplir los treinta años. Había sido acusado de idealista burgués y sus cuadros permanecían ocultos en los sótanos de los museos, pero debido al perverso orgullo que suscitaba en el pueblo ruso la calidad de sus víctimas, todo el mundo conocía la obra de Málevich. Arkadi, al igual que todos los estudiantes de su época, había

* *Red Square*, en castellano, puede traducirse como «plaza roja» o «cuadrado rojo». *(N. de la T.)*

pintado rectángulos rojos, negros, blancos... unas auténticas porquerías. Pero Málevich creaba arte, y todo el mundo veneraba sus obras.

La galería estaba atestada de gente. En una sala contigua se exhibían las obras de otros pintores rusos de vanguardia, la breve explosión cultural que había comenzado durante los últimos días del zar, había anunciado la Revolución, había sido sofocada por Stalin y finalmente enterrada por Lenin. Había unos bocetos, unos objetos de cerámica y unas cubiertas de libros, pero Arkadi no vio ningún envoltorio de chicle como los que había mencionado Feldman. La sala estaba prácticamente desierta, ya que todos los asistentes se sentían atraídos por el sencillo rectángulo rojo sobre fondo blanco.

—¿Verdad que es un cuadro precioso? —preguntó Irina. En ruso, la palabra «precioso» significaba también «rojo»—. ¿Qué te parece?

—Me encanta.

—A mí también.

El cuadro reflejaba a Irina. Estaba radiante.

—Enhorabuena —dijo Max, ofreciéndoles unas copas de champán—. Es una exposición extraordinaria.

—¿De dónde procede el cuadro? —preguntó Arkadi. No podía imaginar que el Museo Estatal de Rusia accediera a prestar uno de sus más valiosos tesoros a una galería privada.

—Un poco de paciencia —le recomendó Max—. La cuestión es ¿qué aportará?

—Su valor es incalculable —respondió Irina.

—Sólo en rublos —dijo Max—. La gente que ha acudido aquí posee marcos, yens y dólares.

Media hora después de que se abrieran las puertas, los guardias de seguridad condujeron a los asistentes a la sección en la que estaba instalado el teatro, donde el artista del vídeo que Arkadi había conocido en casa de Tommy aguardaba junto a un VCR y una pantalla de proyección por transparencia parabólica. Como no había suficientes sillas, algunas personas se habían sentado en el suelo o permanecían de pie. Arkadi, que estaba sentado al fondo, percibió algunos comentarios. Todos eran grandes aficionados y coleccionistas de pintura, más expertos que Arkadi, pero incluso él sabía que no existía ningún *Cuadrado rojo* de Málevich fuera de Rusia.

Irina y Margarita Benz se instalaron frente a la pantalla y Max ocupó una silla junto a Arkadi. Cuando los asistentes guardaron silencio, la dueña de la galería pronunció unas breves palabras. Tenía la voz ronca y un marcado acento ruso, y aunque Arkadi no conocía suficiente alemán para captar todo lo que decía, comprendió que situaba a Málevich al mismo nivel que Cézanne y Picasso, en tanto que fundador de la pintura moderna, y quizás a un nivel algo superior por ser el pintor más revolucionario y genial de su época. Según recordaba Arkadi, el problema de Málevich era que había otro genio que residía en el Kremlin, y que ese genio, Stalin, había decretado que los escritores y artistas rusos debían ser los «ingenieros del alma humana», lo cual, en el caso de los pintores, significaba pintar cuadros realistas de obreros construyendo presas y de agricultores de las granjas colectivas recolectando el trigo, no unos misteriosos rectángulos rojos.

Margarita Benz presentó a Irina como la autora del catálogo. Al adelantarse, Irina dirigió la mirada hacia la fila de asientos donde se hallaban sentados Arkadi y

Max. A pesar de su nuevo jersey negro, Arkadi era consciente de que parecía más bien un intruso que un mecenas de las artes, mientras que Max daba la impresión de ser el anfitrión. ¿O es que Max y él estaban destinados a formar una pareja, como unos sujetalibros?

Las luces se apagaron y apareció en la pantalla el *Cuadrado rojo,* ampliado a cuatro veces su tamaño.

Irina se expresó en ruso y en alemán. Arkadi sabía que hablaba en ruso para él; en alemán para el resto de los asistentes.

—En el mostrador junto a la puerta hallarán los catálogos, que contienen unas explicaciones mucho más detalladas de cuanto yo puedo ofrecerles. No obstante, conviene que aprecien visualmente el estudio al que ha sido sometido este cuadro. Existen ciertos pormenores, los cuales pueden apreciar en la pantalla, que no lograrían descubrir aunque les permitiéramos tener el cuadro en la mano.

Resultaba curioso y alentador al mismo tiempo oír la voz de Irina en la oscuridad. Era como escucharla por la radio.

El rectángulo rojo fue sustituido en la pantalla por una fotografía en blanco y negro de un hombre moreno con expresión triste, luciendo un sombrero de fieltro y un abrigo, situado frente a la iglesia del káiser Guillermo, que ahora constituía un monumento a los caídos en la guerra en el Ku'damm.

—En 1927, Kasimir Málevich se trasladó a Berlín para asistir a una exposición antológica de su obra —dijo Irina—. Por aquel entonces las autoridades de Moscú habían comenzado a atacarlo. En aquellos tiempos residían en Berlín doscientos mil emigrantes rusos. Kandinsky estaba en Múnich; Chagall, la poetisa Tsvetáieva y el

Ballet Ruso, en París. Málevich había decidido fugarse. La exposición de Berlín contenía setenta cuadros suyos, que junto con las numerosas pinturas que Málevich había llevado consigo, constituían prácticamente la mitad de su obra. Sin embargo, en junio se vio obligado a regresar a Moscú. Su esposa y su pequeña hija se habían quedado en Rusia. Al mismo tiempo, la sección de agitación y propaganda del comité central del Partido Comunista había intensificado sus ataques contra los artistas rusos, y los alumnos de Málevich pidieron a éste que los protegiera. Cuando Málevich abordó el tren para Moscú, dejó dicho que ninguno de sus cuadros debía regresar a Rusia

»Al finalizar la exposición de Berlín de 1927, todas las obras fueron embaladas por la firma Gustav Knauer y enviadas para ser conservadas en el Provinzialmuseum de Hanover, hasta recibir nuevas instrucciones de Málevich. Algunas obras fueron expuestas en dicho museo, pero cuando los nazis accedieron al poder en 1933 y denunciaron el "arte degenerado", que incluía el arte de vanguardia, por supuesto, los cuadros de Málevich fueron embalados de nuevo en las cajas construidas por Knauer y escondidos en el sótano del museo.

»Sabemos que seguían allí en 1935, cuando Albert Barr, el director del Museo de Arte Moderno de Nueva York, visitó Hanover. Barr adquirió dos pinturas y las sacó clandestinamente de Alemania enrolladas en el interior de su paraguas. Los directores del museo de Hanover decidieron que era demasiado arriesgado seguir conservando los cuadros de Málevich, y los enviaron a uno de los patrocinadores del pintor en Berlín, el arquitecto Hugo Haring, quien al principio los ocultó en su casa, y, posteriormente, durante los bombardeos de Berlín, en su ciudad natal de Biberach, en el sur.

»Diecisiete años más tarde, finalizada la guerra y cuando Málevich ya había muerto, los conservadores del Stedelijk Museum de Amsterdam averiguaron que los cuadros se hallaban en poder de Haring, que seguía viviendo en Biberach, y adquirieron las pinturas que actualmente constituyen la mayor colección de cuadros de Málevich que existe en Occidente. Pero por las fotografías de la exposición de Berlín, sabemos que han desaparecido quince de sus obras más importantes. Sabemos también que algunas de las mejores pinturas que Málevich trajo consigo a Berlín no llegaron a exponerse aquí. Nunca llegaremos a saber cuántas obras suyas han desaparecido. ¿Se quemaron en el Blitz de Berlín? ¿Fueron destruidas por un inspector de correos al descubrir unas obras de "arte degenerado"? ¿Fueron embaladas, almacenadas y abandonadas en Hanover, en pleno caos de la guerra, o en el almacén que la firma de transportes Gustav Knauer tenía en Berlín?

El cuadro fue sustituido en la pantalla por una desvencijada caja cubierta de sellos y viejos documentos. Era la caja que Arkadi había visto en la galería.

—Esta caja llegó a la galería un mes después de la demolición del Muro —dijo Irina—. La madera, los clavos, el estilo de construcción y los documentos de porte corresponden a una de las cajas fabricadas por Knauer. Dentro había un óleo sobre lienzo, de cincuenta y tres por cincuenta y cinco centímetros. Los administradores de la galería comprendieron de inmediato que se trataba de un cuadro auténtico de Málevich, o bien de una extraordinaria falsificación.

La caja desapareció de la pantalla y apareció de nuevo el enigmático cuadro, esta vez en tamaño natural.

—Actualmente existen menos de ciento veinticinco óleos de Málevich. Debido a su rareza, así como a su importancia en la historia del arte, han alcanzado un valor muy elevado, especialmente sus obras maestras como el *Cuadrado rojo*. La mayoría de las pinturas de Málevich fueron proscritas en Rusia durante cincuenta años por considerarlas unas obras «ideológicamente incorrectas». Algunas de ellas han empezado a ver la luz del día, como si se tratara de unos rehenes políticos que finalmente son liberados. Sin embargo, la situación se ve complicada por la gran cantidad de imitaciones que inundan el mercado del arte en Occidente. Los mismos falsificadores que antes copiaban los iconos medievales, en la actualidad se dedican a falsificar obras de arte moderno. En Occidente nos apoyamos en la procedencia de los cuadros, en los catálogos de las exposiciones y las facturas de venta que nos proporcionan las fechas en que las obras fueron expuestas, vendidas y revendidas. La situación en la Unión Soviética es distinta. Cuando un artista era arrestado, sus obras quedaban automáticamente confiscadas. Cuando sus amigos se enteraban de su arresto, se apresuraban a ocultar o destruir las obras de éste que conservaban en sus casas. Las obras de arte de la vanguardia rusa que han conseguido sobrevivir fueron en su día ocultadas en cajas con doble fondo o detrás del papel que cubría las paredes. Muchas obras auténticas carecen de un certificado de autenticidad. Exigir el certificado de autenticidad de una obra que ha logrado sobrevivir a la persecución del Estado soviético es como negar su supervivencia.

En la cinta de vídeo, unas manos enfundadas en unos

guantes de goma dieron la vuelta al *Cuadrado rojo* y arrancaron suavemente un minúsculo fragmento del marco, que, tras ser analizado, se comprobó que era de fabricación alemana y que correspondía a la época en que el cuadro había sido pintado. Irina explicó que los artistas rusos siempre procuraban utilizar materiales alemanes.

A continuación aparecieron en la pantalla unas pinturas dentro de unas pinturas. Debajo del aparato de rayos X, el *Cuadrado rojo* constituía un negativo que revelaba un rectángulo pintado. Debajo de una luz fluorescente, la capa inferior de pintura blanca de zinc que cubría el borde adquiría una suave tonalidad cremosa. Debajo de una luz ultravioleta, las ampliadas pinceladas de blanco de plomo adquirían un color azul. Debajo de una luz oblicua, las pinceladas se convertían en unas comas horizontales con algunas variaciones: una nube de pinceladas en un determinado punto, unas pinceladas más enérgicas en otro, dentro de un mar de distintas tonalidades rojas quebradas por un agrietamiento denominado «craquelure», donde la pintura roja no se había amalgamado con la pintura amarilla que se ocultaba debajo.

—Aunque la obra no está firmada —dijo Irina—, cada pincelada constituye una firma. Las pinceladas, las pinturas utilizadas, la ausencia de firma e incluso el «craquelure» son característicos de los cuadros de Málevich.

A Arkadi le gustaba la palabra «craquelure». Sospechaba que, visto bajo una determinada luz, él mismo mostraría ciertas grietas.

En la pantalla apareció un fragmento ampliado del lienzo, puesto de relieve por una luz oblicua que revelaba una huella dactilar apenas discernible a través de la pintura.

—¿A qué mano corresponde esta huella dactilar? —preguntó Irina.

Seguidamente apareció en la pantalla un rostro de ojos hundidos y mirada melancólica. La cámara retrocedió para mostrar la guerrera azul y el taciturno rostro del difunto general Penyaguín. Era la última persona a quien Arkadi esperaba encontrarse de nuevo, y menos aún en un ambiente artístico. Utilizando una pluma, el general indicó unas espirales y deltas similares en dos huellas dactilares ampliadas, una de ellas obtenida del *Cuadrado rojo* que colgaba en la galería, y la otra de un cuadro autentificado de Málevich expuesto en el Museo Estatal de Rusia. Una voz en *off* traducía las palabras del general. Arkadi pensó que habría sido más práctico utilizar a un perito forense alemán, aunque reconocía que un general soviético resultaba más impresionante. La voz en *off* pertenecía a Max.

—¿Dirían ustedes que estas huellas pertenecen a la misma persona? —preguntó éste.

Penyaguín miró directamente a la cámara tratando de expresarse con energía y firmeza, como si presintiera que su protagonismo iba a ser breve:

—A mi entender, estas huellas pertenecen sin lugar a dudas a la misma persona.

Cuando se encendieron las luces de la sala, uno de los asistentes de aspecto más distinguido se levantó y preguntó enojado:

—¿Ha pagado usted un *Finderlohn*?

—Una comisión de agente —tradujo Max a Arkadi.

—No —respondió Margarita—. Aunque ese tipo de comisiones son absolutamente legales, hemos tratado directamente con el propietario de la obra.

—Esas comisiones equivalen a un rescate. Sabe perfectamente que me refiero a las comisiones pagadas en Tejas por el tesoro Quedlinburgo, que fue robado de Alemania por un soldado americano después de la guerra.

—En esta operación no ha intervenido ningún americano —replicó Margarita.

—Ése es sólo uno de los numerosos casos en que una obra de arte alemana fue robada por las fuerzas de ocupación. Por ejemplo, la pintura del siglo XVII que se conservaba en el castillo de Reinhardsbrunn y que fue robada por las tropas rusas. ¿Dónde se halla ahora? En la sala de subastas de Sotheby's.

—Tampoco ha intervenido ningún ruso —le aseguró Margarita—, excepto, naturalmente, el propio Málevich. Y yo misma, que llevo sangre rusa. Usted sabe que es ilegal exportar obras de arte de esa época y calidad de la Unión Soviética.

El coleccionista pareció tranquilizarse, pero antes de ocupar de nuevo su asiento, inquirió:

—Así pues, ¿procede de Alemania Oriental?

—En efecto.

—Debe de ser una de las pocas cosas buenas que salieron de allí.

El comentario fue acogido con sonoras muestras de aprobación por parte del público.

Arkadi se preguntó si el cuadro era realmente auténtico, independientemente de la breve intervención del general Penyaguín. ¿Sería cierta la historia de la caja en que había sido embalado? Todo el mundo sabía que la mayoría de las obras de Málevich que todavía existían habían permanecido ocultas o habían sido enviadas clandestinamente a los museos en los que actualmente se hallaban expuestas. Málevich había sido el pintor maldito de su época.

¿Qué certificado poseía Arkadi para demostrar que él mismo era auténtico? Ni siquiera un pasaporte soviético.

Margarita Benz era una anfitriona severa pero generosa, impidiendo que los asistentes se aproximaran al cuadro, prohibiendo la utilización de máquinas fotográficas y conduciendo a sus invitados hacia un bufé a base de caviar, salmón ahumado y champán. Irina circulaba entre los asistentes, respondiendo a unas preguntas que más bien parecían expresiones de enfado. Arkadi supuso que se debía a que el alemán sonaba un tanto agresivo a los oídos de un extranjero; al fin y al cabo, si los asistentes no estuvieran satisfechos, ya se habrían largado. De todos modos, observar a Irina era como contemplar a una cigüeña blanca moviéndose entre cuervos.

Un par de americanos vestidos de esmoquin se paseaban frente a las bandejas de comida.

—No me ha gustado la referencia a Estados Unidos —dijo uno de ellos—. No sé si recordarás que la subasta de obras de vanguardia rusa que se celebró en Sotheby's fue un rotundo fracaso.

—Se trataba de obras de escasa importancia, en su mayoría falsificaciones —respondió el otro—. Una obra tan importante como ésta estabilizaría el mercado. En cualquier caso, aunque no la consiga, me alegro de haber venido a Berlín.

—Debes tener presente, Jack, que Berlín ha cambiado mucho. Se ha convertido en una ciudad muy peligrosa.

—¿Peligrosa? ¿Después de haber sido derribado el Muro?

—Está llena de... —El americano alzó la vista del plato, cogió a su amigo del brazo y murmuró—: He decidido afincarme en Viena.

Arkadi miró a su alrededor, tratando de descubrir lo que había infundido tanto temor al americano. Pero no había nadie más que él.

Una hora más tarde, el elevado nivel de ruido y la densa nube de humo confirmaban el éxito de la exposición. Arkadi se dirigió a la sala de proyección para contemplar la cinta del Berlín de antes de la guerra, la cual consistía principalmente en unas imágenes de unos coches de caballos circulando por Unter den Linden, y unos planos de refugiados rusos. Pasó la cinta varias veces, rebobinándola y haciéndola avanzar de nuevo. Como es lógico, los personajes que aparecían en la pantalla eran los refugiados más exóticos y atrayentes de su época. Todos ellos —escritores, bailarines y actores— emanaban un intenso magnetismo.

Arkadi creía que se hallaba a solas, hasta que, de pronto, Margarita Benz le preguntó:

—¿Verdad que Irina ha estado magnífica esta noche?

—Sí.

La dueña de la galería permaneció junto a la puerta de la sala de proyección, sosteniendo una copa en una mano y un cigarrillo en la otra.

—Tiene una voz maravillosa. ¿Le han convencido sus argumentos?

—Totalmente —respondió Arkadi.

Al cabo de unos instantes Margarita se acercó a él y dijo:

—Quería verlo de cerca.

—¿En la oscuridad?

—¿No es usted capaz de ver en la oscuridad? Debe de haber sido un mal investigador —dijo Margarita.

Tenía un talante brusco e imperioso. Arkadi recordó las contradictorias identificaciones que Jaak había escrito sobre sus fotografías: la señora de Borís Benz, alemana, hospedada en el Soyuz, y Rita, la prostituta, emigrada a Israel cinco años antes. Margarita dejó caer el cigarrillo en su copa, la depositó sobre el vídeo y entregó a Arkadi unas cerillas para que le encendiera otro. Sus uñas parecían garras. Cuando Arkadi la vio por primera vez en el coche de Rudi, pensó que se trataba de una vikinga. Ahora, en cambio, le parecía Salomé.

—¿Ha conseguido vender el cuadro? —le preguntó.

—Un cuadro como ése no se vende en un minuto.

—¿Cuánto tiempo lleva venderlo?

—Varias semanas.

—¿Quién es el dueño del cuadro? ¿Quién es el vendedor?

Margarita soltó una carcajada.

—Qué preguntas tan impertinentes...

—Es la primera vez que asisto a una exposición. Siento curiosidad.

—Sólo el comprador necesita saber quién es el vendedor.

—Si es ruso...

—¿Bromea? En Rusia nadie sabe quién es dueño de qué. Si es ruso, la persona que lo tenga en sus manos es el dueño.

—¿Cuánto cree que obtendrá por él? —preguntó Arkadi.

—Existen otras dos versiones del *Cuadrado rojo,* cada una de las cuales está valorada en cinco millones de dólares —contestó Margarita con evidente satisfacción—. Llámeme Rita. Mis amigos me llaman Rita.

Málevich apareció en la pantalla en un autorretrato, con un jersey de cuello alto, un traje negro y unas intensas tonalidades verdes.

—¿Cree que pensaba fugarse? —preguntó Arkadi.

—Al final no tuvo el valor de hacerlo.

—¿Cómo lo sabe?

—Lo noto en su expresión.

—¿Como consiguió usted salir?

—Follando, querido. Me casé con un judío. Luego me casé con un alemán. Uno tiene que estar dispuesto a hacer ciertas cosas. Por eso deseaba conocerlo a usted, para comprobar qué era lo que estaba dispuesto a hacer.

—¿Qué cree usted que estoy dispuesto a hacer?

—No lo suficiente.

Una respuesta interesante, pensó Arkadi. Quizá Rita era mejor psicóloga que él.

—Tengo la impresión de que algunos de sus invitados han visto a demasiados rusos desde que derribaron el Muro.

—Demasiados rusos no, demasiados alemanes. Berlín Occidental solía ser un club especial, ahora es como cualquier otra ciudad alemana. Todos los jóvenes de Berlín Oriental han oído hablar sobre el estilo de vida occidental, y ahora quieren ser unos punks. Sus padres son unos nazis impenitentes. Cuando el Muro fue derribado, llegaron en tromba. No es de extrañar que los berlineses occidentales huyan despavoridos.

—¿Va usted a marcharse?

—No. Berlín representa el futuro. Así es como será Alemania. Berlín es una ciudad que ofrece muchas posibilidades.

Los cuatro se sentaron a cenar en la terraza del restaurante de la plaza Savigny. Max parecía gozar de los últimos momentos de la emocionante velada, como un productor teatral que saborea un estreno, admirando a Irina como si fuera su estrella. Ella estaba resplandeciente, como si estuviera rodeada por un sinfín de velas. Rita ocupaba la misma silla en la que aparecía sentada en la cinta de vídeo. Parecía preocupada, como si no consiguiera resolver un problema básico de aritmética.

Max y Margarita apenas existían para Arkadi; sólo veía a Irina. De vez en cuando sus miradas se cruzaban tan palpablemente como si se tocaran, como si conversaran en silencio.

El camarero depositó la bandeja junto a Max y señaló a dos individuos vestidos con unos relucientes trajes que se acercaban por el jardín. Caminaban lentamente, como si hubieran sacado a pasear al perro, aunque no iban acompañados de ningún perro.

—Son chechenos. La semana pasada destrozaron un restaurante situado cerca de aquí, en la calle más tranquila de Berlín. Mataron a un camarero con un hacha delante de los clientes. ¡Con un hacha!

—¿Qué pasó después? —preguntó Arkadi.

—Regresaron y dijeron que se encargarían de proteger el restaurante.

—Es increíble —dijo Max—. De todas formas, supongo que ustedes estarán protegidos.

—Desde luego —respondió el camarero.

Los chechenos cruzaron la calle y se encaminaron hacia el restaurante. Arkadi había visto a uno de ellos comiendo con Alí en el café del Salto; el otro era el hermano menor de Alí, Beno, un tipo diminuto como un jockey.

—Eres amigo de Boria, ¿no? Hemos oído decir que tienes un apartamento aquí.

—¿Y vosotros? ¿Tenéis también un apartamento aquí? —replicó Max con aire asombrado.

—Hemos alquilado una suite en un hotel —contestó Beno. Había heredado la astuta mirada y la capacidad de concentración de su abuelo, y Arkadi comprendió que él, no Alí, iba a ser el próximo Majmud. Miraba fijamente a Max, como si no hubiera reparado en las otras personas que se hallaban sentadas a la mesa—. ¿Estáis celebrando algo? ¿Podemos sentarnos con vosotros?

—No tenéis edad suficiente.

—En ese caso nos veremos más tarde.

Beno y su compañero dieron media vuelta y se alejaron.

Cuando Rita se dispuso a pagar la cuenta, Max insistió en que pagaría él, para hacerse el generoso y para demostrar que controlaba la situación. Pero se equivocaba, pensó Arkadi. Ninguno de ellos controlaba la situación.

31

Arkadi se despertó bruscamente, consciente de que Irina se hallaba en la habitación. Llevaba puesta la gabardina y estaba descalza.

—Le he dicho a Max que voy a dejarlo.

—Estupendo.

—No es estupendo. Dijo que en cuanto llegaste a Múnich comprendió que esto iba a suceder.

—Olvídate de Max —dijo Arkadi, incorporándose.

—Max siempre me ha tratado bien.

—Mañana nos iremos a otro lugar.

—No, aquí estás a salvo. Max quiere ayudarnos. Es un hombre muy generoso.

Su presencia llenaba la habitación. Arkadi habría podido dibujar su rostro, su boca y sus ojos sobre su sombra. Podía oler su aroma y notar su sabor en el aire. Al mismo tiempo, sabía que el vínculo que la ligaba a él era muy tenue. Si Irina se daba cuenta de que sospechaba de Max, la perdería irremisiblemente.

—¿Por qué te cae tan antipático? —le preguntó Irina.

—Porque estoy celoso.

—Es Max quien debería estar celoso de ti. Siempre se ha portado bien conmigo. Me ayudó con la pintura.

—¿En qué sentido?

—Presentó el vendedor a Rita.

—¿Sabes quién es el vendedor?

—No. Max conoce a mucha gente. Puede ayudarte.

—Haremos lo que tú quieras —contestó Arkadi.

Irina se inclinó y le dio un beso. Antes de que Arkadi pudiera levantarse, desapareció.

Orfeo había descendido a los infiernos para rescatar a Eurídice. Según la leyenda griega, la halló en Hades y la condujo a través de innumerables cavernas hacia la superficie. La única condición que le habían impuesto los dioses para esta segunda oportunidad era que no volviera la cabeza hasta que hubieran alcanzado la superficie. Mientras ascendían, Orfeo notó que Eurídice empezaba a cambiar, transformándose de un espectro en un ser cálido y vivo.

Arkadi pensó en los problemas logísticos. Evidentemente, Orfeo guiaba a Eurídice. A medida que se abrían paso por entre las cavernas de su ruta subterránea, ¿la había cogido de la mano? ¿Le había atado la muñeca a la suya porque él era más fuerte?

Sin embargo, cuando fracasaron en su intento, la culpa no fue de Eurídice. Al aproximarse a la boca de la caverna a través de la que conseguirían escapar, fue Orfeo quien se giró para mirar atrás, condenando de nuevo a Eurídice a la muerte.

Algunos hombres tenían que girarse para mirar atrás.

32

Al principio Arkadi no sabía si la visita de Irina había sido real, porque nada parecía haber cambiado. Max los llevó a desayunar a un hotel de la Friedrich-strasse, admiró las obras de renovación del restaurante, sirvió el café y les mostró las reseñas de los periódicos sobre la exposición.

—*Die Zeit* y *el Frankfurter Allgemeine* han publicado unas críticas prudentes pero positivas, insistiendo en el apoyo que Alemania ha prestado al arte ruso. La crítica de *Die Welt,* al que no le gusta el arte moderno ni los rusos, es francamente mala. La del *Bild* es todavía peor, pero se trata de un periódico de extrema derecha que prefiere publicar noticias sobre esteroides o sexo. Es un buen comienzo. Irina, esta tarde tienes unas entrevistas con *Art News* y *Stern.* Sabes manejar a la prensa mejor que Rita. Lo importante es que esta noche cenaremos con unos coleccionistas de Los Angeles. Los americanos han empezado a interesarse por el cuadro; los suizos también quieren hablar con nosotros. Lo que más me gusta de los suizos es que no exhiben las obras de arte que adquieren; prefieren guardarlas en una caja fuerte. A propósito, a finales de semana retiraremos el cuadro de la exposición, para hacerlo más accesible a los compradores serios.

—La exposición iba a permanecer abierta un mes para que la gente pudiera contemplarlo —protestó Irina.

—Lo sé. Es por la póliza del seguro. Rita temía exponer el cuadro, pero le dije que estabas muy interesada en que el público pudiera admirarlo.

—¿Y Arkadi?

—Arkadi. —Max soltó un suspiro, como si le fastidiara el tema. Luego se limpió los labios con la servilleta y dijo—: Veremos qué podemos hacer. ¿Cuándo caduca tu visado?

—Dentro de dos días —respondió Arkadi, convencido de que Max ya lo sabía.

—Es un problema, porque los alemanes ya no aceptan a los refugiados de la Unión Soviética. No existe ningún problema político. —Max se giró hacia Irina y dijo—: Lo lamento, pero ésta es la situación. Puedes regresar cuando quieras. Aunque te acusen de traición, a nadie le importa. Lo peor que puede suceder es que no te dejen entrar. Si yo te acompañara, no habría ningún problema. —Luego se volvió hacia Arkadi y añadió—: La cuestión, Renko, es que no puedes desertar, de modo que tienes que conseguir que la policía alemana te renueve el visado. Yo te acompañaré. También necesitas un permiso de trabajo y un permiso de residencia. Suponiendo, naturalmente, que el consulado soviético quiera colaborar.

—No querrán —dijo Arkadi.

—En ese caso, la situación es muy distinta. ¿No

puede ayudarte tu amigo Rodiónov en Moscú? ¿No quiere que te quedes aquí más tiempo?

—No.

—Qué extraño. ¿A quién persigues? ¿No puedes decírmelo?

—No.

—¿Se lo has dicho a Irina?

—No.

—Basta, Max —dijo Irina—. Alguien trata de asesinar a Arkadi. Dijiste que nos ayudarías.

—No se trata de mí —respondió Max—. Es Borís. Hablé con él por teléfono y dijo que le disgustaba que tú y la galería tuvierais tratos con un tipo como Renko, sobre todo cuando estamos a punto de presenciar la culminación de nuestra obra.

—Borís es el marido de Rita —explicó Irina a Arkadi—. Un típico alemán.

—¿Lo conoces? —le preguntó Arkadi.

—No.

—Borís teme que Arkadi esté en una situación comprometida debido a su vinculación con la mafia rusa —dijo Max—. Si llegara a descubrirse, la exposición sería un fracaso.

—Yo no tengo nada que ver con la galería —dijo Arkadi.

—Borís cree que Renko te está utilizando —dijo Max a Irina.

—¿Con qué fin?

Arkadi ahora estaba seguro de que ella había ido a verlo durante la noche; no era un sueño. Irina observaba a Max como si recelera de él. Se habían trazado unas nuevas líneas, y Max retrocedía sobre ellas con gran prudencia.

—Para quedarse aquí, para ocultarse... no lo sé. Me limito a comunicarte lo que opina Borís. Si quieres que Renko se quede aquí, prometo hacer cuanto pueda por ayudarle. Al fin y al cabo, mientras él permanezca aquí te tendré también a ti.

Cuando hacía buen tiempo, salir de la ciudad era como emprender una excursión veraniega. Se dirigieron hacia el sur a través de los verdes campos del Grünwald y pasaron junto al Havel, por el que se deslizaban cientos de pequeños barcos de vela que a lo lejos parecían gaviotas.

—Ser alemán no deja de tener ciertas ventajas. El otro día, cuando me llamó usted, oí que pasaba un tren. El servicio de transportes, haciendo gala de una increíble eficiencia, me informó a qué estaciones de metro y de superficie llegaban unos trenes y a qué hora. Supuse que, siendo usted ruso, se había dirigido a la estación del zoológico, puesto que ya debía conocerla.

—Es usted un genio, no cabe duda.

Peter no lo negó.

—Cuando volvió a llamarme ayer desde la estación del zoológico, le estaba esperando y le seguí. ¿Ha observado lo que ha cambiado Berlín?

—Sí.

—Cuando demolieron el Muro, la gente se lanzó a la calle a celebrarlo. El este y el oeste de Berlín habían vuelto a unirse. Era como una noche loca de amor. Luego fue como contemplar el amanecer y descubrir que la mujer con la que uno se ha acostado te registra los bolsillos y la cartera y se lleva las llaves del coche. La euforia se había desvanecido. Ése no es el único cambio que ha experimentado la ciudad. Estábamos preparados para el Ejército Rojo, pero no para la mafia rusa. Usted mismo los vio anoche.

—Es como Moscú.

—Eso es lo que me preocupa. Comparados con sus gángsteres, los delincuentes alemanes parecen un coro de Salzburgo. Los asesinos alemanes son más pulcros. Las mafias rusas se matan en las mismas calles. Las tiendas mantienen las puertas cerradas, contratan a detectives privados o se trasladan a Hamburgo o Zurich. Es terrible.

—No parece usted muy disgustado.

—Todavía no han invadido Múnich. La vida era muy aburrida hasta que apareció usted.

Arkadi pensó que era como si Peter hubiera despegado en un avión, y lo único que podía hacer era observar dónde iba a aterrizar. No sabía cuánto tiempo le había estado siguiendo, esperando oír los nombres de Max Albov, Irina Asánova y Margarita Benz.

En medio del bosque, entre las casitas y los caminos rurales, la carretera atravesaba la antigua frontera de Alemania Oriental. Desde allí se divisaba Potsdam, al menos la zona donde se hallaban las casas proletarias que constituían diez pisos de anónimos balcones mal construidos.

El viejo Potsdam quedaba oculto bajo un pabellón de hayas. Peter aparcó en una avenida bordeada de árboles frente a un edificio de tres plantas. Parecía la mansión del káiser, con una verja de hierro forjado y un pórtico lo bastante amplio y elevado para albergar a un coche de caballos, una escalinata de mármol que conducía a la puerta de entrada, una fachada clásica de piedra, unas ventanas lo bastante altas para mostrar unos techos artesonados y una magnífica torre que se erigía sobre el tejado de ladrillos. Salvo que buena parte de la fachada se había derrumbado y un andamio cubría la segunda planta. A un lado de la escalinata habían instalado una rampa de madera; el otro lado estaba destruido. Algunas ventanas se encontraban selladas con ladrillos o tablas. A través del tejado de la torre asomaba un pequeño árbol. El jardín estaba lleno de hierbajos. La verja se hallaba cubierta por un polvo ferroso compuesto de herrumbre, hollín y polvo. Pero el edificio estaba habitado; los balcones y las ventanas estaban adornados con geranios, y a través de los cristales se distinguían unas luces tenues y unas siluetas que se movían lentamente. Junto a la verja había un cartel que decía CLÍNICA.

—Es la casa de los Schiller —dijo Peter—. Mi abuelo se vendió por ella, por esta ruina.

—¿La ha visto su abuelo? —preguntó Arkadi.

—Borís Benz le enseñó una fotografía. Quiere volver a instalarse aquí.

Toda la manzana estaba ocupada por unas decrépitas mansiones de diseño parecido a la casa de los Schiller. Algunas presentaban un aspecto aún más derruido. Una estaba totalmente cubierta por una enredadera, como una vieja tumba. En otra había un cartel que decía: VERBOTEN! KEIN EINGANG!

—Éste solía ser el distrito de los banqueros —dijo Peter—. Por las mañanas se trasladaban a Berlín y regresaban por la tarde. Eran personas cultas e inteligentes. En sus casas colgaba un modesto retrato del Führer. Cuando algunas familias judías, como los Meyer o los

Weinstein, desaparecieron de sus casas, todos fingieron no estar enterados de nada. Más tarde adquirieron sus casas a buen precio. Ahora mi abuelo quiere que hagamos un pacto con el diablo para recuperar esta ruina.

En aquel momento se abrió la puerta de uno de los balcones y salió una mujer vestida con un gorro y un delantal blanco, empujando una silla de ruedas. La mujer giró la silla, le puso el freno y se sentó en ella a fumarse un cigarrillo.

—¿Qué piensa hacer? —preguntó Arkadi a Peter.

—Creo que conviene que le eche un vistazo —respondió éste.

El camino de acceso a la mansión conducía a una arcada. Los hierbajos crecían entre las piedras del camino y uno de los pilares de la arcada había sufrido una colisión y había sido sustituido por una tubería. En la puerta de entrada había una cruz roja y un cartel que decía ¡SILENCIO! Estaba abierta, y a través de ella se filtraba el sonido de una radio y un olor a desinfectante. No había un mostrador de recepción. Peter condujo a Arkadi a través de un vestíbulo de madera de nogal hasta una sala de baile transformada en un comedor, y luego a una gigantesca cocina dividida por unos tabiques en una cocina más pequeña y una zona de cuartos de baños y retretes.

Peter probó la sopa y dijo:

—No está mal. En Alemania Oriental tienen unas estupendas patatas amarillas. Anoche fui a Potsdam, pero no llegué hasta aquí.

—¿Dónde estuvo?

—En los archivos del municipio de Potsdam, buscando a Borís Benz. —Peter dejó el cazo en la olla y prosiguió—: No he podido obtener muchos datos sobre él. Miré en el ordenador federal y comprobé el número de su permiso de conducir, las señas de su residencia de Múnich y su certificado de matrimonio. También pude averiguar que posee una empresa privada llamada Fantasy Tours, con los documentos de contratación, póliza de seguro e informes médicos en regla, dado que la ley alemana exige que los empleados sean examinados una vez al mes para comprobar si padecen alguna enfermedad venérea. Lo que no he podido averiguar es dónde estudió ni su historial laboral.

—Usted me dijo que Benz nació en Potsdam y que muchos expedientes de Alemania Oriental aún no habían sido transferidos.

—Por eso vine aquí —dijo Peter mientras subían la escalera—. Pero aquí no hay ningún informe sobre Borís Benz. No es lo mismo introducir un nombre en el archivo de un ordenador que insertarlo en una lista escolar escrita a mano. En cuanto a los informes laborales o militares, no tienen importancia si uno no busca trabajo ni pretende que un banco le conceda un préstamo. Lo único que demuestra es que Borís Benz tiene más dinero que historia personal. Ah, éste debía ser el dormitorio principal.

Peter y Arkadi entraron en una habitación en la que había cinco camas. Algunas estaban ocupadas por pacientes sujetos al gota a gota. En las paredes había unas fotografías y unos dibujos hechos a lápiz. Las sábanas parecían limpias y el suelo de madera relucía como un espejo. Cuatro ancianas vestidas con unas batas jugaban a las cartas. Una de ellas alzó la vista y exclamó:

—*Wir haben Besucher!* ¡Tenemos visita!

Peter asintió y dijo:

—*Sehr gut, meine Damen. Schönen Foto. Danke.*

Las ancianas sonrieron y Peter se despidió de ellas cortésmente.

El resto de los dormitorios habían sido transformados en habitaciones para pacientes, o en unos baños revestidos de zinc. Por la claraboya de un despacho salía el humo de un cigarrillo. Arkadi y Peter subieron a la tercera planta. En el techo, sobre la escalera, donde antiguamente pendía una araña, habían instalado un tubo fluorescente.

—Si Benz no se crió aquí, no comprendo cómo estaba tan bien informado sobre mi abuelo y lo que hizo en la guerra —dijo Peter—. Sólo la SS y los rusos lo sabían. Hay dos posibles respuestas: Benz es ruso o alemán.

—¿Usted qué opina? —preguntó Arkadi.

—Que es alemán —contestó Peter—. De Alemania Oriental. Para ser más precisos, que pertenece a la Staatssicherheit. El equivalente al KGB. Durante cuarenta años la Stasi creó unas identidades para los espías. ¿Sabe cuánta gente trabaja para ellos? Dos millones de informadores. Más de ochenta y cinco mil oficiales. La Stasi poseía numerosos edificios de oficinas, apartamentos, hoteles y unas cuentas bancarias millonarias. ¿Adónde fueron a parar todos sus agentes? ¿Qué fue del dinero? Durante las dos últimas semanas antes de la demolición del Muro, los agentes de la Stasi se apresuraron a conseguir unas identidades nuevas. Cuando la gente invadió sus oficinas, éstas estaban desiertas y los archivos se habían evaporado. Una semana más tarde, Borís Benz alquiló un apartamento en Múnich. Fue como si volviera a nacer.

En la tercera planta estaban las dependencias del servicio, que habían sido transformadas en botiquines y habitaciones para las enfermeras. En una de ellas había una cuerda tendida de la que colgaban unas bragas.

—¿Dónde podían ocultarse los hombres de la Stasi? —preguntó Peter—. Si eran importantes, lo lógico es que acabaran en la cárcel. Si no lo eran, con su historial, nadie se atrevería a darles trabajo. No podían huir a Brasil como si se tratara de una segunda oleada de nazis. Rusia no quiere acoger a miles de agentes alemanes. ¿Qué es esto?

Habían llegado a una estrecha escalera que estaba bloqueada por unos cubos. Peter los apartó, subió la escalera y trató de abrir una puerta que había en el techo. La puerta cedió, y al abrirse cayó una nube de polvo sobre la escalera.

Peter y Arkadi se deslizaron a través de la puerta y penetraron en la torre. Los batientes de las ventanas estaban cerrados, una parte del techo se había derrumbado, y en un rincón crecía un pequeño tilo, un prisionero de la torre. La vista era espléndida: lagos y colinas que se extendían hasta Berlín, rodeados de campos. Dos pisos más abajo vieron a la enfermera sentada en la silla de ruedas. Se había quitado las sandalias y se había bajado las medias hasta las pantorrillas. Giró la silla para que le diera el sol y se repantigó como Cleopatra, sosteniendo un cigarrillo entre los labios.

—¿De dónde saca un alemán del Este el dinero para comprar dieciocho coches nuevos? —preguntó Peter—. ¿O para vivir en Múnich? Para ser un hombre sin historia, Benz nació con unos amigos muy influyentes.

—¿Pero por qué fue a ver a su abuelo? —preguntó

Arkadi—. ¿Qué consiguió de él salvo que le relatara unas historias de guerra?

—La Stasi no sólo estaba formada por espías sino también por ladrones. Se dedicaban a arrestar a la gente adinerada, les robaban sus ahorros aduciendo que eran unas «indemnizaciones al Estado», y sus colecciones de pinturas y monedas acababan en la mansión de un coronel de la Stasi. Es posible que Benz se llevara algo cuyo valor desconoce. Todavía existen muchos tesoros ocultos en este país.

La deducción de Peter era una respuesta perfectamente germana y exquisitamente lógica a la identidad de Borís Benz. Arkadi no tenía más remedio que admirarlo.

—¿Quién es Max Albov? —preguntó súbitamente Peter.

—Me ha prestado un apartamento en Berlín —contestó Arkadi, sorprendido por la pregunta y tratando de ponerse a la defensiva—. Por eso le llamé a usted. Mi pasaporte está en su coche y no puedo hospedarme en un hotel sin él. Además, quiero que renueve mi visado.

Peter comprobó la solidez de una columna antes de apoyarse en ella.

—Su pasaporte es la cadena con la que le tengo sujeto. Si se lo devolviera, no volvería a verle el pelo.

—¿Y eso le preocupa?

Peter soltó una carcajada y dirigió la vista hacia los campos que rodeaban la finca.

—Me imagino viviendo aquí de niño. Corriendo por los pasillos, trepando al tejado y partiéndome el cuello. Claro que me preocupa, Renko. Ayer le seguí hasta el apartamento de la Friedrichstrasse. Albov llegó antes de que me marchara a Potsdam; lo identifiqué por el número de su matrícula. Por los datos que he obtenido sobre él, creo que es un tipo de cuidado. Se ha fugado en dos ocasiones, seguramente está relacionado con el KGB y se hace pasar por un próspero hombre de negocios. ¿Qué se traen ustedes dos entre manos?

—Le conocí en Múnich. Se ofreció a ayudarme.

—¿Quién es la mujer? Estaba con él en el coche.

—No lo sé.

Peter sacudió la cabeza.

—La respuesta correcta es «¿A qué mujer se refiere?». Ahora lamento no haberme quedado para vigilar el apartamento de la Friedrichstrasse. ¿Cree que está a salvo, Renko?

—Lo ignoro.

Peter aspiró profundamente.

—Dicen que el aire de Berlín es muy saludable.

Arkadi encendió un cigarrillo y ofreció otro a Peter. En el balcón inferior se oían unos ronquidos mezclados con el zumbido de las moscas.

—El Estado Proletario —dijo Peter.

—¿Qué va a hacer con la casa? —preguntó Arkadi—. ¿Va a asumir el papel de terrateniente, o se va a instalar en ella?

—Quisiera arrendarla —contestó Peter, apoyándose en la balaustrada.

33

El día empezaba a declinar cuando Peter dejó a Arkadi en la estación del zoológico. Sobre la ciudad cayó un
silencio momentáneo, una pausa entre el atardecer y
la noche. Arkadi había decidido que estaba dispuesto
a hacer cualquier cosa con tal de permanecer junto a Irina.

Irina iba a cenar con los coleccionistas americanos.
Arkadi compró unas flores y un jarrón y se dirigió a través del Tiergarten hacia la Puerta de Brandenburgo, cuyas
columnas y frontones tenían la altura de un edificio de
cinco pisos. Arkadi pensó que podía convertirse en un
magnífico paseo, un bulevar que arrancaba en la zona
occidental de la ciudad, atravesaba la Puerta y desembocaba en las viejas plazas imperiales del este. En aquellos
momentos se encontraba prácticamente solo. Cuando
existía el Muro, esos cien metros de superficie asfaltada
constituían el lugar más vigilado del mundo, por un lado
por las torres vigías y por el otro por los turistas que se
encaramaban a una plataforma para observar.

Junto a las columnas había un Mercedes blanco y
un hombre, con un abrigo de camello, que jugaba con

un balón de fútbol, haciéndolo rebotar sobre su frente y sobre su rodilla y lanzándolo de nuevo al aire. Un futbolista profesional como Boria Gubenko procuraba mantenerse en forma para no perder sus aptitudes.

—¡Renko! —exclamó, sin perder el dominio del balón.

Boria dio un patada al balón, extendió los brazos como un funambulista, lo atrapó con el pie, lo sostuvo sobre el empeine y luego lo arrojó al aire, haciéndolo rebotar sobre su cabeza.

—En Moscú no sólo me dedicaba a jugar al golf —dijo—. ¿Qué te parece? ¿Crees que estoy listo para salir al campo y defender la meta del Ejército Central?

—¿Por qué no?

Cuando Arkadi se acercó, Boria retrocedió unos pasos y lanzó el balón contra Arkadi, golpeándolo en la barriga. Arkadi cayó al suelo y el jarrón se hizo añicos. El suelo empezó a girar y se le nubló la vista.

Boria se arrodilló junto a él y le apuntó con una pistola. Una pistola italiana, pensó Arkadi.

—Te debo mucho más que eso —dijo Boria.

La pistola no era necesaria. Luego se puso en pie, abrió la puerta del Mercedes, levantó a Arkadi por el cuello de la chaqueta y el cinturón de los pantalones como si fuera un borracho al que tenía que expulsar del campo, lo arrojó sobre el asiento delantero, se sentó al volante y arrancó bruscamente.

—Si fuera por mí, ya estarías muerto. No habrías abandonado Moscú. Si alguien nos veía asesinarte, le hubiéramos pagado para cerrarle la boca. Estoy convencido de que Max tiene tendencias autodestructivas.

Arkadi respiraba con dificultad, como si tuviera el estómago cóncavo, y se sentía impotente. Las flores y el jarrón habían quedado desparramados en la calle. Observó que Boria tomaba un camino vecinal que discurría junto al río Spree, más o menos en dirección a poniente, manteniendo la suficiente velocidad para impedir que Arkadi se arrojara del coche. De haber querido, ya lo habría matado.

—A veces las personas inteligentes se complican inútilmente la vida. Trazan grandes planes que luego no son capaces de llevar a cabo. Como en esa obra de Shakespeare...

—¿Te refieres a *Hamlet?* —preguntó Arkadi.

—Exacto. No puedes quedarte embelesado admirando el balón, tienes que darle una patada.

—¿De la misma forma que arrojaste al Trabi de la carretera en Múnich?

—Podría haber resuelto nuestros problemas. Cuando Rita me dijo que todavía estabas vivo y que Max te había traído a Berlín, no podía creerlo. ¿Qué os lleváis entre manos tú y Max?

—Creo que Max quiere demostrar que es superior a mí.

—No te ofendas, pero Max lo tiene todo y tú no tienes nada —dijo Boria—. En Occidente eso significa que vale más que tú.

—¿Y quién es superior, Boria Gubenko o Borís Benz? —preguntó Arkadi.

Boria sonrió como un chico al que le han pescado robando chocolatinas. Sacó un paquete de Marlboro y ofreció un cigarrillo a Arkadi.

—Como dice Max, tenemos que adaptarnos a los nuevos tiempos.

—Necesitabais un socio para el negocio mixto y era más fácil inventárselo que hallar uno.

—Me gusta el nombre de Benz —dijo Boria, acariciando el volante—. Tiene un sonido más tranquilizador que Gubenko. Benz es un hombre con el que la gente quiere hacer negocios. ¿Cómo lo descubriste?

—Muy sencillo. Tú eras el socio de Rudi, pero sobre el papel su socio era Benz. Cuando averigüé que Benz era una identidad falsa, comprendí que eras el candidato más probable. Me extrañó que la enfermera de la clínica en tu casa de Múnich me creyera y me dejara entrar cuando me hice pasar por ti. No tengo acento alemán. Luego cometiste el error de filmar la ventana del restaurante cuando rodaste la cinta de Rita. Tu imagen no se apreciaba claramente porque sostenías la cámara, pero en una pantalla grande vi enseguida que eras tú.

—La cinta fue idea de Max.

—En ese caso debería darle las gracias a él.

Mientras se dirigían al Ku'damm, pasaron frente a una gasolinera con unos carteles en polaco.

—Los polacos se dedican a robar un coche, un coche bueno, le quitan el motor y lo sustituyen por un motor legal, una porquería que apenas funciona, y lo conducen a la frontera. Los guardias fronterizos comprueban el número del motor y les dejan pasar. Es absurdo: ¿cuántos se requieren para robar un coche? Si tienes dinero, sobornas al guardia y pasas la frontera sin mayores problemas.

—¿Es más difícil atravesar la frontera con un cuadro? —preguntó Arkadi.

—¿Quieres que te diga la verdad? Me gusta ese cuadro. Es una obra de arte extraordinaria. Pero no lo necesitamos. Hubo ciertas discrepancias al respecto. Nos iba bien con las máquinas tragaperras, con las chicas...

—¿Es ésa la misión del personal de TransKom? ¿Enviar a las prostitutas de Moscú a Múnich?

—Es legal. Es una oportunidad excelente. El mundo nos abre sus puertas, Renko.

—¿Entonces por qué sacasteis el cuadro clandestinamente?

—Estamos en una democracia. Yo voté en contra, pero perdí. Max desea el cuadro y Rita prefiere ser Frau Margarita Benz, la dueña de una galería, a una prostituta. Cuando te libraste de morir abrasado en el Trabi, propuse liquidarte aquí, pero ellos se opusieron. No tengo nada en contra tuyo, pero quiero dejar atrás todo lo que representa Moscú. Max dice que no hablarás, que estás implicado personalmente en el asunto y que no nos causarás problemas. Que formas parte del equipo. Me gustaría creerlo, pero cuando te seguí, vi que te montabas en el coche de un policía y os fuisteis a Potsdam. Huelo la milicia local a un kilómetro de distancia. Nos estás traicionando, Renko, y eso es un error. Estamos en un mundo nuevo y deberíamos beneficiarnos de él en lugar de intentar destruirnos. No podemos comportarnos toda la vida como los hombres de las cavernas. No tengo inconveniente en aprender de los alemanes, de los americanos y de los japoneses. El problema son los chechenos. Van a estropear Berlín como estropearon Moscú. Atacan los negocios de sus propios compatriotas. Se pasean con pistolas automáticas como si estuvieran en casa, destrozando restaurantes, saqueando comercios y secuestrando a niños. La policía alemana no sabe qué hacer porque nunca ha tenido que enfrentarse a ese tipo de cosas. No pueden infiltrarse en sus bandas porque ninguno de ellos puede pasar por checheno. Pero los chechenos han demostrado ser unos imbéciles, porque tienen tanto dinero que podrían invertirlo aquí y ganar una fortuna. Yo mismo podría enseñarles a hacer negocios lícitos. Rudi era un economista, y Max, un visionario, pero yo soy un hombre de negocios. Sé por experiencia que los negocios se basan en la confianza. Yo confío en que mis proveedores me venden buen licor, no veneno, y mis proveedores confían en que les pague con dinero de verdad, no con rublos. El concepto más civilizado del mundo es la confianza. Si Majmud atendiera a razones, todos viviríamos en paz.

—¿Es lo único que pretendes?

—Sí.

Pasaron a través de las hordas habituales que circulaban por el Ku'damm, bajo los carteles de neón de AEG, Siemens, Nike y Cinzano. Las ruinas de la iglesia del káiser Guillermo parecían fuera de lugar porque era el único edificio que no era nuevo. Detrás de él se erigía el muro de cristal del Centro Europa, iluminado por las luces de las oficinas. Boria aparcó en el garaje del Centro.

La zona comercial del Centro Europa comprendía más de un centenar de comercios, restaurantes, cines y cabarets. Boria y Arkadi pasaron frente a tentadores bares de sushi, cines donde ponían películas del Oeste, unas tiendas donde vendían perlas cultivadas y relojes suizos y salones de manicura. Boria parecía pensativo, como si meditara la posibilidad de ampliar su negocio de artículos de golf.

—Majmud confía en ti. Es posible que acceda a escucharte.

—¿Está aquí? —preguntó Arkadi.

—Aunque Max asegura que formas parte del equipo, quiero que me hagas este pequeño favor, para demostrar que no nos traicionas. Majmud está arriba. Ya sabes lo obsesionado que está con su salud.

Subieron por una escalera. Arkadi supuso que su encuentro con Majmud Jasbulátov se desarrollaría en el asiento trasero de un coche o en un rincón de un restaurante débilmente iluminado, pero al llegar a la tercera planta se encontró en un vestíbulo enmoquetado y brillantemente iluminado, con un mostrador repleto de champús orgánicos, gafas de sol y frascos de vitaminas. Por sesenta marcos el empleado les entregó unas toallas, unas zapatillas de goma y unas cadenas de metal de la que colgaban las llaves de los armarios.

—¿Son unos baños? —preguntó Arkadi.

—Una sauna —respondió Boria.

En los vestuarios había varios armarios, un secador de pelo y unos geles para ducha. Arkadi colocó sus escasas prendas en los colgadores, cerró el armario y se colgó la cadena con la llave de la muñeca. Las pertenencias de Boria apenas cabían en el armario. La mayoría de los hombres, cuando se desnudan, presentan un aspecto deforme o ridículo. Pero un atleta como Boria Gubenko estaba acostumbrado a desnudarse delante de otras personas. A su lado, Arkadi tenía un aspecto esquelético.

—¿Majmud acude aquí con frecuencia? —preguntó.

—Se cuida mucho. Esté donde esté, aquí o en Moscú, se pasa una hora al día en la sauna.

—¿Cuántos chechenos hay aquí?

En el mercado del puerto sur, Majmud nunca iba acompañado por menos de media docena.

—Unos cuantos. Tranquilízate —dijo Boria—. Sólo quiero que hables con Majmud cara a cara. Tú le caes bien. Además, quiero demostrarte que todo lo que hago aquí es lícito.

—¿Esto es un lugar público?

—No podría ser más público —respondió Boria, abriendo la puerta de la sauna.

Arkadi estaba acostumbrado a unos baños de tipo utilitario, a pálidos torsos rusos y al olor de alcohol mezclado con sudor. Esto era diferente. Una terraza con un bosque tropical de plantas de plástico se abría a una piscina interior circular, rodeada de unos escalones de mármol. Arkadi vio unos cuerpos que nadaban, flotaban o estaban tendidos en unas tumbonas, desnudos y tan rosados que parecía que se hubieran revolcado en la nieve. Varones adultos, mujeres, chicos y chicas. Parecía una exaltación del hedonismo, de no tratarse de una cuestión tan seria. Todos tenían aspecto de atletas olímpicos y estaban rígidos como momias. Algunos iban cubiertos por una toalla, otros no. En aquellos momentos salió de la piscina un hombre con pinta de senador, que lucía una perilla y una barriga cubierta de vello gris. Los chechenos eran fáciles de distinguir. Dos de ellos estaban apoyados en la balaustrada observando a una mujer que nadaba en la piscina, cubierta únicamente por un gorro y unas gafas. Aunque los chechenos nunca hubieran permitido a sus mujeres desnudarse en público, no les importaba que lo hicieran las alemanas.

Unos niños pequeños, rubios como el oro, salieron

corriendo de un comedor. Sus gritos resonaban en las placas de cobre sobre la piscina. Arkadi vio a otros chechenos jugando al dominó en una mesa del comedor.

Boria y Arkadi pasaron frente a dos piscinas más pequeñas y penetraron en una sauna seca. Dentro estaba el alemán con aspecto de senador. Se encaramaron en los bancos superiores, donde el aire era más caliente, pero el alemán ni siquiera reparó en ellos. Estaba sentado junto a un termómetro que colgaba en la pared, frotándose el sudor por todo el cuerpo como si fuera jabón. Cada pocos segundos comprobaba la temperatura. Arkadi notó que la cadena de metal que llevaba en la muñeca estaba ardiendo. La sauna estaba perfectamente aislada, pues no se percibía ningún ruido procedente de la piscina.

—¿Dónde está Majmud?

—Debe de estar aquí —contestó Boria.

—¿Dónde está Alí?

Arkadi pensó que si Majmud se hallaba allí, sus guardaespaldas no podían andar muy lejos.

Boria se llevó un dedo a los labios para indicar a Arkadi que guardara silencio. Parecía una escultura, salvo por las gotas de sudor que cubrían sus sienes, su labio superior y la cavidad donde su cuello se unía a sus músculos pectorales.

—El calor seco hace que uno tarde más en sudar —murmuró—. Vamos al baño ruso.

Fuera, los chechenos que estaban apoyados en la balaustrada observaban a la nadadora mientras se secaba con una toalla en el borde de la piscina. No era joven, pero tenía un cuerpo duro y atlético del que evidentemente se sentía orgullosa. Al quitarse el gorro, su espesa melena rubia le cayó sobre los hombros. La agitó violentamente y se frotó la cabeza para secarse el pelo. Tenía el rostro amplio, típicamente eslavo. De pronto se giró y miró a los chechenos y a Arkadi con insolencia. Era Rita Benz.

Boria franqueó una puerta con un cartel que decía RUSSICH DAMPFBADEN, seguido de Arkadi, y ambos se sumergieron en una aromática nube. Arkadi se sentó en un banco, y al extender la mano tocó el borde de piedra caliza de una fuente. La única luz consistía en un resplandor grisáceo que se alzaba de cuatro losas de cristal situadas alrededor de la fuente. Boria se sentó al otro lado, pero Arkadi no alcanzaba a verlo.

La sauna era como un horno que hacía que el sudor brotara lentamente; el baño ruso, por el contrario, estaba tan saturado de vapor que el sudor brotaba al instante. El aroma a cipreses contribuía a abrir los poros. Arkadi notó que el sudor se deslizaba por su frente y por su pecho y se acumulaba entre los dedos de los pies, llenando todos los huecos de su cuerpo, como si fuera un enorme conductor de sudor. Pensó en Rita y en la primera vez que la había visto en el coche de Rudi. Ésta lo había mirado de la misma forma en que había mirado entonces a Rudi.

—¿Alí? —sonó la voz de Majmud desde un rincón.

Cuando Arkadi se dirigió hacia la puerta, Boria le golpeó violentamente. Su cabeza chocó con la pared y cayó al suelo.

Más que perder el conocimiento, sintió como si atravesara un breve eclipse. Luego abrió los ojos, se arrastró por el suelo y se apoyó en el banco. Aparte de su precario equilibrio y del zumbido que sentía en los oídos, estaba indemne. Las personas que sufren un golpe en la cabeza siempre se hacen la misma pregunta: ¿qué ha sucedido? Hacía unos segundos se hallaba en el baño ruso con Boria y Majmud. Ahora se encontraba solo.

De pronto notó que el vapor había adquirido una tonalidad rosácea, lo que significaba que tenía un corte en la cabeza y que la sangre le nublaba la vista. Se palpó la cabeza y notó un bulto, pero no parecía estar herido. Se secó la cara con una toalla, pero el baño seguía envuelto en una nube de vapor color rosa.

Al mirar hacia abajo, Arkadi observó que las losas de cristal estaban teñidas de rojo. Mientras se deslizaba alrededor de la fuente, vio un pie rojo colgando del banco frente a él. El pie pertenecía a un frágil y esquelético cuerpo.

Majmud tenía una toalla metida en la boca, como si estuviera devorándola. El cuello y el pecho presentaban tantos orificios que parecía que hubiera sido acribillado a balazos por una pistola automática, pero de su vientre sobresalía el mango de un cuchillo. Arkadi recordó que llevaba una toalla púdicamente sujeta alrededor de la cintura. Boria llevaba la toalla en la mano. Al frotarse la muñeca, comprobó que la cadena y la llave habían desaparecido.

De pronto sonaron unos golpes en la puerta y apareció Alí. Tenía un aspecto gordo y robusto, y el pelo le caía en unos rizos alrededor del rostro.

—Abuelo, ¿no crees que llevas demasiado tiempo ahí metido?

Arkadi no respondió. Supuso que Alí no tardaría en darse cuenta de que el vapor tenía un extraño color rosáceo. Alí entró en el baño y cerró la puerta. Luego empezó a tantear el banco con la mano. Arkadi se puso de pie y se dirigió sigilosamente hacia el otro extremo.

—¿Dónde...?

Durante unos minutos sólo se oía el rumor del agua deslizándose sobre el borde de la fuente. Luego, Arkadi oyó que Alí alzaba el cuerpo de su abuelo y le extraía el cuchillo. Al retirar el cadáver de Majmud de las losas de cristal, Alí vio los pies de Arkadi.

—¿Quién está ahí? —preguntó Alí, girándose bruscamente.

Arkadi no respondió. Sabía que junto a la puerta había dos chechenos, y algunos más apostados en distintas zonas de la sauna. En cuanto Alí los llamara, acudirían inmediatamente.

—Sé que estás aquí —dijo Alí.

De improviso empezó a agitar el cuchillo, removiendo las partículas de agua suspendidas en el aire. La fuente le impedía alcanzar a Arkadi. Éste trató de deslizarse hacia la puerta, pero sintió que la hoja del cuchillo le rajaba la espalda y retrocedió apresuradamente. Alí clavó el cuchillo en el marco de la puerta, junto a la mano de Arkadi.

Éste le propinó una patada, y Alí se tambaleó. Luego agarró a Arkadi de un pie, lo derribó al suelo e intentó golpearlo en la cabeza, pero resbaló y soltó el cuchillo, que rodó hasta el otro extremo del cubículo.

Ambos se arrastraron hacia el cuchillo. Alí lo alcanzó antes que Arkadi y se levantó, como un buda alzándose a través de una nube roja, sosteniendo el cuchillo en la mano. Era un cuchillo de deshuesar, con una hoja larga y afilada. Arkadi le propinó un puñetazo y Alí cayó hacia atrás, pero recuperó enseguida el equilibrio y se precipitó sobre Arkadi, derribándolo de nuevo. Ambos rodaron por el suelo y aterrizaron debajo de la fuente.

Tras forcejear durante unos instantes, Alí consiguió incorporarse y se apoyó en el banco. Al mirar hacia abajo vio que tenía un corte en el vientre que se extendía desde la cadera izquierda hasta la costilla derecha, a través del cual se desparramaban los intestinos como el contenido de una taza. Alí trató de aspirar aire, pero no podía articular palabra. Mostraba la expresión de un hombre que se lanza al vacío y de pronto descubre que no está sujeto por una cuerda. Arkadi se acercó a él y le quitó la cadena con la llave que llevaba colgando de la muñeca.

Después cogió la toalla y las zapatillas y salió del baño. Los dos chechenos se había trasladado al otro extremo de la piscina, pero Rita había desaparecido. Se zambulló en la piscina, que estaba helada, y salió apresuradamente dejando unas espirales rojas flotando en la superficie. Se lavó en otra piscina más pequeña, se secó y se dirigió a las duchas.

El armario de Alí contenía su flamante traje y una bolsa Louis Vuitton con una metralleta, tres cargadores y una cartera llena de marcos alemanes. Arkadi se vistió, y al bajar la escalera se cruzó con unos oficinistas que se dirigían a la sauna para relajarse un rato antes de regresar a casa. Ninguno de ellos reparó en lo mal que le sentaba el traje a Arkadi. Al salir, devolvió al cajero las zapatillas que le había entregado.

34

La puerta del garaje de la Friedrichstrasse estaba todavía abierta. Arkadi subió por la escalera a la cuarta planta. Dejó las luces apagadas mientras sacaba la bolsa del armario y se cambiaba de ropa. Los zapatos de Alí le hacían daño; el día siguiente se compraría unos nuevos.

El tiempo apremiaba. Si Boria se enteraba de que habían hallado dos cadáveres en la sauna, se sentiría aliviado. Si se enteraba de que ambos eran chechenos, se alarmaría. La policía haría una descripción del individuo que había salido de la sauna vestido con el traje de Alí. Beno y los otros chechenos ya le estarían buscando por las calles. Arkadi no era un experto en armas de pequeño calibre, pero sabía que la metralleta era una Skorpion checoslovaca. Los cargadores contenían veinte balas, que la metralleta podía descargar en dos segundos. El arma perfecta para Alí; con una Skorpion no era necesario apuntar para dar en el blanco.

De pronto se abrió la puerta a sus espaldas. Arkadi se giró, dispuesto a disparar.

Irina se quedó inmóvil, medio iluminada por la luz del descansillo y medio en sombras. Tras comprobar que no había nadie más en el descansillo, Arkadi la agarró de la muñeca para hacerla entrar y cerró la puerta.

—Me pareció oírte entrar —dijo Irina, con una voz que parecía salir de una cinta grabada.

—¿Dónde está Max?

—¿Qué haces con esa arma?

—¿Dónde está Max?

—La cena terminó temprano. Los americanos tenían que coger el avión. Max fue a la galería a ver a Rita. Yo vine a verte a ti. ¿Por qué no has encendido las luces?

Cuando intentó alcanzar el interruptor, Arkadi le dio un empujón. Entonces trató de abrir la puerta, pero él la cerró de una patada.

—No puedo creer que esto haya sucedido de nuevo. No has regresado por mí sino por otra persona. Has vuelto a utilizarme.

—No.

—Sí. ¿A quién persigues?

Arkadi guardó silencio.

—Dímelo.

—A Max. A Rita. A Borís Benz, aunque su verdadero nombre es Boria Gubenko. —Irina retrocedió.

—Pensaba que el día que te abandoné fue el peor de mi vida, pero esto es peor. Has regresado para utilizarme. Durante estos últimos dos días he echado a perder mi vida.

—Tú...

—Hace cinco minutos era tuya. Bajo corriendo para verte y me encuentro con el inspector Renko.

—Han matado a un cambista en Moscú.

—¡Qué me importan las leyes soviéticas!

—Asesinaron a mi compañero.

—¿Por qué habría de preocuparme por un policía soviético?

—Asesinaron a Tommy.

—Todas las personas que te rodean acaban muriendo. Max no me haría daño. Me quiere, haría cualquier cosa por mí.

—Te quiero.

Irina le golpeó. Primero con la palma de la mano y luego con los puños. Arkadi permaneció inmóvil y dejó que la metralleta cayera al suelo.

—Quiero verte la cara —dijo Irina.

En cuanto encendió la luz, comprendió que algo malo había sucedido. Arkadi se tocó la frente y notó un bulto.

Irina contempló la camisa de Alí que yacía en el suelo. Estaba empapada en sangre, roja como una bandera. Luego le quitó la camisa que llevaba puesta y le obligó a girarse.

—¡Estás herido! —exclamó Irina.

—Es un corte superficial.

—Pero estás sangrando.

Arkadi se miró en el espejo del baño y vio que Alí le había hecho una herida en la espalda que se extendía desde el hombro derecho hasta la cintura. Irina trató de restañarle la sangre con una toalla pequeña, pero la herida no dejaba de sangrar. Arkadi dejó la metralleta en el lavabo, se desnudó y se metió en la ducha. Irina abrió el grifo de agua fría y le lavó suavemente la herida.

Arkadi tensó los músculos y se estremeció al sentir el contacto del agua, pero luego se relajó mientras ella le limpiaba la sangre. Sus dedos rozaron una cicatriz que tenía en las costillas, descendieron por su pierna, donde también tenía una marca, y recorrieron otra cicatriz que le atravesaba la tripa, como si fuera un mapa.

Arkadi cerró el grifo y salió de la ducha mientras ella se quitaba la falda y las bragas. Luego la levantó del suelo, mientras ella se abrazaba a su cuello y enroscaba las piernas en torno a su cintura para que pudiera penetrarla.

Se abrió a él mientras seguía agarrándolo con fuerza. Sus labios estaban ardiendo y tenía los ojos abiertos, como si temiera cerrarlos. Arkadi la penetró con fuerza, como si quisiera alcanzar su corazón, y ambos empezaron a moverse rítmicamente.

En el espejo, Arkadi vio que había manchado la pared de sangre. Parecía que ambos escalaran un pozo para alcanzar la luz exterior, mientras Irina jadeaba y le acariciaba el pelo.

—¡Arkasha! —exclamó, arqueando la espalda para que él pudiera penetrarla más profundamente, besándole en la boca y murmurándole al oído con voz ronca hasta que Arkadi sintió que le abandonaban las fuerzas.

Ambos se deslizaron lentamente hasta caer de rodillas en el suelo. Luego, él se tumbó de espaldas y ella se montó encima suyo.

Era una momento de una extraordinaria ternura. Irina se levantó la blusa y descubrió sus pechos, con los pezones erectos, y Arkadi sintió que su miembro volvía a ponerse duro.

Le besó los pechos mientras su cabello caía como una cortina alrededor de su rostro. Sus lágrimas se deslizaban por el cuello y entre los pechos, y él notó un sabor que era una mezcla de salado y dulce. En aquellos momentos comprendió que ella lo había perdonado. Era una absolución de y para ella. Cuando Irina inclinó la cabeza hacia atrás, Arkadi vio la leve cicatriz azulada que tenía debajo del ojo derecho, la cicatriz que le había quedado de Moscú. Mientras se movía sobre él, Irina cerró los ojos, como si sintiera que su miembro se agrandaba dentro de ella hasta alcanzarle la garganta.

Luego se colocó debajo de él y separó las piernas para que la penetrara aún más profundamente. Arkadi la abrazó con furia y rodaron por el suelo, como si ambos quisieran desquitarse de los años perdidos, del dolor. Como si quisieran salvarse mutuamente. Dos personas dentro de una misma piel.

Permanecieron tendidos en el suelo como si estuvieran en la cama, ella con la cabeza apoyada sobre el pecho de él y una pierna sobre su muslo. Arkadi pensó que no tenía importancia que estuvieran manchados de sangre. De pronto le pareció que eran Orfeo y Eurídice, que habían escapado indemnes del infierno.

Aunque tenía el rostro en sombras, Arkadi advirtió que Irina estaba agotada.

—Creo que te equivocas —dijo Irina—. Max no es un asesino. Es muy inteligente. Cuando comenzaron las reformas en Rusia, dijo que no se trataba de una reforma sino de un derrumbe del sistema. Le disgustaba que nuestra relación no fuera como él deseaba. Quería regresar convertido en un héroe.

—¿Desertando de nuevo?

—No, ganando dinero. Dijo que la gente de Moscú le necesitaba más que él a ellos.

—Probablemente tenía razón.

De haber estado equivocado, Max nunca hubiera regresado a Alemania.

—Quiere demostrar que es más inteligente que tú.

—Lo es.

—No, tú eres brillante. Le dije que no permitiría que volvieras a acercarte a mí, y sin embargo aquí estoy.

—¿Crees que Max y yo podemos llegar a resolver nuestras diferencias?

—Consiguió que te enviaran a Múnich, te trajo a Berlín. Si yo se lo pido, no dudará en ayudarte de nuevo. Ten paciencia.

Se sentaron en el suelo, junto a la ventana del cuarto de estar, con las luces apagadas. Parecían los clásicos refugiados, pensó Arkadi, él vestido únicamente con los pantalones, y ella, con su camisa. La herida en su espalda se había secado y parecía una cremallera.

¿Adónde podían ir? La policía estaría buscando al asesino de Majmud y de Alí. Suponiendo que utilizaran los mismos métodos que la milicia, los alemanes difundirían la descripción de Arkadi, vigilarían el aeropuerto y las estaciones de ferrocarril, alertarían a los hospitales y a las farmacias. Entretanto, los chicos de Boria y los chechenos lo buscarían por las calles. Los chechenos también buscarían a Boria, por supuesto.

Pasada la medianoche, el tráfico disminuyó. Antes de ver los coches que circulaban por la calle, Arkadi podía identificar sus voces. El asmático jadeo de los Trabis, el rítmico sonido de los Mercedes diesel. Un Mercedes blanco pasó frente al edificio a la velocidad de una embarcación de pesca.

—¿Quieres ayudarme? —preguntó Arkadi.

—Sí —contestó Irina.

—Entonces vístete y sube a tu apartamento. —Le dio el número de teléfono de Peter—. Dile a la persona que responda dónde estamos y quédate en el apartamento hasta que suba yo.

—¿Por qué no subimos juntos? Puedes llamar tú mismo.

—Me reuniré contigo dentro de unos minutos. Sigue llamando hasta que te conteste. A veces tarda un poco en coger el teléfono.

Irina obedeció. Se puso la falda y se dirigió descalza hacia la puerta.

El Mercedes pasó de nuevo frente al edificio. Arkadi percibió el sonido musical del Daimler antes de verlo aproximarse lentamente por la otra dirección. Aparte de buscar a Arkadi, Max y Boria tenían que protegerse de los chechenos. Probablemente sería Max quien subiría al apartamento, pero Irina tenía razón, no le haría daño.

Los dos coches se cruzaron frente al edificio y siguieron su camino.

Dentro de unos años, cuando los urbanistas hubieran concluido su tarea, la Friedrichstrasse se habría convertido en una importante arteria llena de grandes almacenes, hamburgueserías y bares. A Arkadi le pareció que estaba vigilando el cementerio del viejo Berlín Oriental.

Los dos coches aparecieron de nuevo, siguiendo la misma dirección que antes. Arkadi supuso que habían dado la vuelta a la manzana. El Mercedes aparcó al otro lado de la calle. El Daimler se metió en el garaje del edificio.

No había muchos lugares donde ocultarse en un apartamento sin amueblar. Arkadi colocó la bolsa delante de la puerta, de manera que quien entrara en el apartamento tropezara con ella. Luego se tendió en el suelo, al otro lado de la habitación, para ofrecer un blanco pequeño. A través de las tablas del suelo, Arkadi oyó subir el ascensor. Supuso que Max no estaría solo. Afortunadamente las luces del ascensor eran muy brillantes, y cuando Max y sus compinches penetraran en el apartamento, estarían deslumbrados.

La metralleta llevaba incorporado un mango plegable, y Arkadi se lo apoyó en el hombro. Colocó el selector en posición automática y dispuso los tres cargadores frente a él, como unos naipes. La luz del descansillo se filtraba por debajo de la puerta, iluminándola de tal forma que ésta parecía vibrar.

El ascensor se detuvo en la cuarta planta. Arkadi oyó que se abrían las puertas. Volvieron a cerrarse tras una pausa, y el ascensor subió a la sexta planta.

De pronto sonaron unos golpes en la puerta. Irina entró apresuradamente y la cerró.

—Sabía que no subirías —dijo.

—¿Has telefoneado al número que te di?

—Respondió el contestador automático. Dejé un mensaje.

—En estos momentos Max se dirige a vuestro apartamento —dijo Arkadi.

—Lo sé. Bajé por la escalera. No intentes obligarme a abandonarte como hice antes. Ése fue mi gran error.

Arkadi no apartaba la vista de la puerta. Supuso que Max se sentiría momentáneamente desconcertado al comprobar que Irina se había marchado. El ascensor permaneció detenido en la sexta planta durante unos diez minutos, más de lo necesario, a menos que Max hubiera decidido bajar sigilosamente por la escalera. Cuando el ascensor se puso nuevamente en marcha, bajó directamente al garaje, y al cabo de unos segundos Irina vio partir al Daimler seguido del Mercedes.

35

—Siempre imaginé a la mujer con la que estabas —dijo Irina—. Una mujer joven, pequeña, morena, alegre y apasionada. Os veía paseando, charlando. Cuando quería torturarme, os imaginaba pasando un día entero en la playa, con mantas, arena, gafas de sol y el rumor de las olas. Ella sintoniza una emisora de onda corta en la radio para escuchar música romántica, y de pronto suena mi voz. Ella se detiene, porque se trata de una emisora rusa. Luego mueve el dial y tú no se lo impides; no dices una palabra. Entonces imaginaba mi venganza. Ella se va a Alemania. Por casualidad compartimos el mismo vagón en el tren. Es un viaje muy largo. Nos ponemos a charlar, y naturalmente descubro quién es. Por lo general acabamos sobre una helada plataforma en los Alpes. Es una mujer agradable, pero la arrojo de la plataforma por haber ocupado mi lugar.

—¿La matas a ella en vez de a mí?

—Es que estoy furiosa, no loca.

Desde el cuarto piso, los sonidos de la calle eran como las olas del mar. Por el techo se deslizaban las luces de los faros.

Arkadi vio un coche que aparcaba en una manzana al norte de la Friedrichstrasse. No podía distinguir la marca, pero observó que no se apeaba ningún pasajero. En una manzana al sur de la calle aparcó otro coche.

Mientras transcurrían las horas, Arkadi habló a Irina sobre Rudi y Jaak, sobre Max y Rodiónov, sobre Boria y Rita. A él le parecía un relato muy interesante. Recordó su charla con Feldman, el profesor de arte, que le describió el Moscú revolucionario. «¡Las plazas serán nuestras paletas!» Nosotros mismos somos como paletas, pensó Arkadi. Existían numerosas posibilidades. En su interior, Boria Gubenko era Borís Benz. Dentro de una prostituta del Intourist conocida como Rita habitaba la dueña de una galería llamada Margarita Benz.

—La cuestión es ¿qué podemos ser? —preguntó Irina—. Suponiendo que salgamos con vida. ¿Rusos? ¿Alemanes? ¿Americanos?

—Lo que tú quieras. Seré como arcilla en tus manos.

—Cuando pienso en ti, no te imagino precisamente como un pedazo de arcilla.

—Puedo ser americano. Sé silbar y mascar chicle.

—Una vez me dijiste que querías vivir como los indios.

—Es demasiado tarde para eso, pero puedo vivir como un vaquero.

—¿Sabes montar a caballo al estilo vaquero?

—Y conducir el ganado. O podemos quedarnos aquí. Conducir por las autopistas, subir a los Alpes.

—¿Como un alemán? Eso es más fácil.

—¿Más fácil?

—No puedes ser americano hasta que no dejes de fumar.

—Eso está hecho —respondió Arkadi, encendiendo otro cigarrillo. Dio unas caladas y observó las virutas de humo.

Súbitamente apagó el cigarrillo en el suelo, apoyó un dedo en los labios de Irina y le indicó que se apartara. De pronto se había dado cuenta de que el cambio de dirección del humo significaba que se filtraba aire por debajo de la puerta. Las escaleras producían succión, pero Arkadi no habría notado la corriente de aire de no haber estado tumbado en el suelo.

Apoyó la oreja contra el suelo, como un indio piel roja, y percibió unos pasos en el descansillo.

Irina permaneció de pie junto a la pared, sin intentar ocultarse. Arkadi vio la luz filtrándose por debajo de la puerta, alrededor de la bolsa que había colocado delante de ésta.

Se apretó contra el suelo y miró a Irina, que lo observaba aterrorizada.

La puerta se abrió de golpe, y Arkadi distinguió una silueta familiar, a la luz que penetraba del descansillo.

—Podría haberle matado, Peter.

Peter Schiller apartó la bolsa y entró. Al ver a Arkadi tendido en el suelo, sosteniendo la metralleta, preguntó:

—¿Está haciendo prácticas de tiro?

—Esperábamos la visita de otras personas.

Peter vio entonces a Irina, que le miraba sin inmutarse.

—Renko, tenemos rusos por todo Berlín. Han hallado los cadáveres de dos mafiosos en el Centro Europa, asesinados por un individuo que responde a su descripción. ¿Qué le ha pasado en la espalda?

—Me caí —contestó Arkadi, poniéndose de pie.

—Arkadi estaba conmigo —dijo Irina.

—¿Durante cuánto rato? —preguntó Peter.

—Todo el día.

—Mentira —dijo Peter—. Se trata de una guerra entre distintas bandas, ¿no es cierto? Benz está relacionado con una de ellas. Cuantos más detalles descubro sobre la Unión Soviética, más seguro estoy de que se trata de una guerra interminable entre bandas mafiosas.

—En cierto aspecto es verdad —dijo Arkadi.

—Esta tarde me dijo que ni siquiera conocía a esta mujer, y ahora resulta que es su testigo.

Peter se paseó por la habitación. Tenía el tamaño y la corpulencia de Boria, pero era más wagneriano, pensó Arkadi. Un Lohengrin que se había equivocado de ópera.

—¿Dónde está Benz? —preguntó Arkadi.

—Ha desaparecido —contestó Peter—. Hace una hora cogió un avión para Moscú.

No era mal momento para abandonar Berlín. Quizá Boria había decidido abandonar la identidad de Benz, pensó Arkadi. Puede que no volvieran a ver a Borís Benz. Desde luego, liquidar a Majmud era una proeza más importante que seguir aferrándose a la empresa de Fantasy Tours. De todos modos, le extrañaba que Boria hubiera decidido largarse; no era el tipo que se rinde fácilmente.

—Benz se ha marchado con Max Albov —dijo Peter—. Han desaparecido los dos.

—Max iba a venir aquí —dijo Irina.

Arkadi recordó que el ascensor se había detenido en esa planta antes de seguir hasta la sexta. Max debió de entrar en el apartamento para hacer el equipaje. ¿Por qué se habría marchado a Moscú?

—Cogieron un vuelo chárter —dijo Peter.

—¿Cómo pudieron coger un vuelo chárter a última hora de la noche sin haber reservado el billete?

—Había muchos asientos disponibles —respondió Peter.

—¿Por qué?

Peter miró a Arkadi y a Irina.

—¿No se han enterado? ¿No tienen radio ni televisor en el apartamento? Deben de ser las únicas personas en el mundo que no lo saben. Se ha producido un golpe de Estado en Moscú.

—Así que al fin ha sucedido... —dijo Irina, sonriendo.

—¿Quién ha asumido el poder? —inquirió Arkadi.

—Un Comité de Emergencia. El Ejército ha sacado los tanques a la calle. Es lo único que sabemos.

El golpe era una catástrofe anunciada, el resultado de los temores rusos, la noche moscovita que sigue al día, pero Arkadi estaba asombrado. Asombrado de estar asombrado. Max y Boria también debían de estar asombrados.

—Me extraña que Max haya regresado precisamente en estos momentos —observó Arkadi.

—Lo importante es que los dos se han marchado —dijo Irina.

—Ya no necesita esto —dijo Peter, quitándole la metralleta a Arkadi. Luego cogió los cargadores y se los metió en el bolsillo.

—Estamos a salvo —dijo Irina.

—No del todo —dijo Peter, indicándoles que se apartaran a un rincón. Arkadi había colocado el seguro en la metralleta, y Peter lo quitó.

La habitación estaba todavía a oscuras. Debido al resplandor que penetraba a través de la ventana, Peter podía verles mejor que ellos a él, pero Arkadi observó que les hacía un gesto indicándoles que no se movieran. El ascensor se detuvo y se abrieron las puertas. Irina agarró la mano de Arkadi. Peter les indicó que se tendieran en el suelo, se giró y disparó una ráfaga a través de la pared.

La Skorpion no era un arma muy ruidosa, pero los proyectiles de 7,62 milímetros atravesaron el tabique como si fuera de papel. Peter avanzó pegado a la pared, disparando a la altura de la cintura. En el descansillo sonaron unas exclamaciones de temor y desconcierto. Peter disparó una segunda andanada a la altura de las rodillas. De pronto alguien disparó desde el descansillo, arrancando un pedazo del muro del tamaño de un plato. Peter utilizó el agujero como blanco. Se volvió de espaldas a la pared, sacó el cargador vacío y metió el último. En la pared había un arco formado por multitud de agujeros. Peter se acercó al orificio superior, apuntó y disparó, sin apartarse de la pared, rodeado de unos haces de luz que penetraban a través de los orificios. De pronto sonó otro disparo, y Peter se apartó precipitadamente. Luego se acercó de nuevo a la pared, introdujo el cañón de la metralleta por el orificio y disparó otros cuatro proyectiles. Tras colocar el arma en posición manual, disparó un tiro a la altura de sus pies. Luego colocó de nuevo la metralleta en posición automática y vació el cargador. En diez segundos, Peter había disparado ochenta proyectiles a través de la pared. Mientras se dirigía a la puerta, soltó la Skorpion y sacó su pistola de la funda que llevaba sujeta en la cintura.

Pero no tuvo necesidad de utilizarla. En el descansillo yacían cuatro chechenos, cubiertos de sangre y polvo, como si hubieran sufrido un accidente industrial. Peter se acercó a ellos, apuntándoles a la cabeza con una mano mientras con la otra les palpaba la arteria carótida para comprobar si les latía el pulso. Dos de los chechenos sostenían también unas Skorpion. Arkadi reconoció al amigo de Alí que había visto en el café del Salto. Beno no estaba entre ellos.

—Cuando llegué, observé que habían aparcado frente al edificio —dijo Peter—. Dos en cada coche.

—Gracias —dijo Arkadi.

—*Bitte* —respondió Peter, pronunciado la palabra con evidente satisfacción.

La gente se siente desconcertada cuando se despierta al oír el sonido de una metralleta automática. En una zona de la ciudad donde había tantas obras, la primera reacción fue de burguesa indignación ante el hecho de que alguien se atreviera a dar martillazos antes del amanecer.

En la calle, Arkadi vio las luces azules de unos coches patrulla dirigiéndose hacia la Friedrichstrasse, sin hacer sonar las sirenas porque era de noche. Él e Irina siguieron a Peter hasta su coche y se montaron en él. Al arrancar, Peter informó de lo sucedido por la radio de la policía.

Los agentes que respondieron tenían que localizar la dirección y luego registrar cuatro plantas para hallar los cadáveres. No había testigos en el edificio.

Arkadi sabía que era posible que alguien que viviera al otro lado de la calle les hubiera visto abandonar el edificio, pero sólo podían describir a dos hombres y una mujer divisados en la oscuridad, y a muchos metros de distancia.

—No podemos hacer nada sobre sus huellas dactilares —dijo Peter—. Están por todo el apartamento, pero no les resultará fácil averiguar a quién pertenecen. Su amiga asegura que no tiene antecedentes penales en Alemania, y en cuanto a usted, aquí no disponemos de sus huellas digitales.

—¿Y usted?

—Limpié la metralleta y los cargadores, y no utilicé mi pistola.

—No me refería a eso.

Peter reflexionó unos instantes antes de contestar.

—Cada vez que utilizamos un arma de fuego debemos presentar un informe. No quiero explicar por qué maté a cuatro hombres a los que no identifiqué formalmente ni advertí de sus derechos. ¿A través de una pared? Podían haber sido cuatro individuos que preguntaban por unas señas, o que pedían dinero para Greenpeace o la madre Teresa de Calcuta.

Peter tenía los dedos manchados de polvo y se los limpió en la camisa.

—No quiero explicar por qué estoy ayudando a mi abuelo. Se trata de una guerra entre bandas de mafiosos rusos. No dejaré que se convierta en un escándalo público en el que se vea implicado mi abuelo.

—Si averiguan que yo estoy metido en ello, Fiódorov conoce su nombre —dijo Arkadi.

—Creo que en estos momentos el consulado de

Múnich estará demasiado ocupado con el asunto del golpe para ocuparse de usted o de mí.

Por la radio oyeron a un agente ordenando que se personaran unas ambulancias en la Friedrichstrasse. La urgencia de su voz contrastaba con la calma que reinaba en el Tiergarten, que todavía estaba envuelto en sombras.

—Me ha mentido desde el principio —dijo Peter—, pero debo reconocer que he averiguado muchas cosas a partir de sus mentiras. De todos modos, confío en que se decida a contarme la verdad.

—Si nos lleva a la plaza Savigny, quizá pueda mostrársela —dijo Arkadi.

Mientras Arkadi permanecía sentado en un banco de la plaza, sintió que empezaba a dolerle la espalda. Necesitaba una aspirina o una dosis de nicotina, pero no llevaba aspirinas ni se atrevió a encender un cigarrillo para no revelar su presencia. Desde donde estaba sentado no podía ver a Peter ni a Irina, que estaban aparcados a una manzana de distancia. Podía ver las luces de la galería, que daban la impresión de haber permanecido encendidas toda la noche.

En Moscú, debajo del mismo techado de nubes, los tanques circulaban por las calles. ¿Se trataba de un golpe militar? ¿Reivindicaría el Partido su papel como vanguardia del pueblo? ¿Había comenzado en serio la tarea de salvación nacional, como tiempo atrás en Praga, Budapest y Berlín Oriental?

A excepción de quienes residían en la Friedrichstrasse, los alemanes habían dormido plácidamente durante toda la noche. La televisión alemana había cerrado los ojos a la hora acostumbrada. Arkadi supuso que los organizadores del golpe arrestarían como mínimo a un millar de destacados reformadores, asumirían el control de la televisión y la radio soviéticas, y cerrarían los aeropuertos y las líneas telefónicas. Sin duda el fiscal municipal Rodiónov lamentaba que fuera necesario dar un golpe de Estado, pero, como todos los rusos sabían, existían ciertas tareas ingratas que era mejor realizarlas cuanto antes. Lo que Arkadi no se explicaba era por qué Max y Gubenko habían regresado a Moscú. ¿Cómo podía aterrizar un vuelo internacional si los aeropuertos estaban cerrados? Era una lástima que no pudiera escuchar lo que decía Stas por Radio Liberty. De pronto empezó a lloviznar. Arkadi oyó el excitado aleteo de los pájaros entre los setos, mientras sobre la plaza se extendían las luces de las ventanas, el sonido del tráfico y el rumor de las máquinas que limpiaban las calles.

Al otro lado del seto percibió los pasos de unos tacones altos. De improviso apareció Rita, vestida con una gabardina y un sombrero rojos, caminando apresuradamente a través de la plaza con la mano derecha metida en el bolsillo. Arkadi sabía que utilizaba habitualmente la mano derecha porque la había visto disponerse a firmar la cuenta de la cena. Abrió el portal sin sacar la mano del bolsillo y, antes de penetrar en él, se giró para echar un vistazo.

Diez minutos más tarde salió un guardia armado que soltó un bostezo, se desperezó y echó a andar en dirección opuesta.

Al cabo de otros diez minutos, las luces de la galería se apagaron. Rita apareció de nuevo, cerró la puerta y echó a caminar hacia la plaza, sosteniendo una bolsa de lona con la mano izquierda.

Arkadi se acercó a ella, señaló la bolsa que llevaba en la mano y dijo:

—Esa no es forma de tratar a un cuadro de cinco millones de dólares.

Rita se detuvo y le miró furiosa. El contenido de la bolsa estaba envuelto en plástico.

—Confío en que sea impermeable —dijo Arkadi.

Cuando Rita echó a andar de nuevo, Arkadi agarró el asa de la bolsa y la detuvo.

—Avisaré a la policía —dijo ella.

—Hágalo. Creo que la vida de la policía alemana sería increíblemente aburrida de no ser por los rusos. Les encantará escuchar la historia sobre usted y Rudi Rosen, aunque me temo que los detalles perjudiquen su negocio. ¿De modo que Max y Boria la han abandonado?

Arkadi admiraba el valor de Rita. Estaba acostumbrada a tratar con hombres. Su rostro adquirió una expresión más suave, más razonable.

—No voy a esperar a que aparezcan los chechenos —dijo, ofreciéndole una sonrisa neutral—. ¿No podemos hablar en otro sitio donde no nos mojemos?

A Arkadi se le ocurrió meterse en uno de los cenadores, pero Rita le condujo hacia unas mesas situadas al otro lado de la calle, bajo un toldo. Era el mismo restaurante que aparecía en la cinta de vídeo, y se sentó en la misma que ocupaba cuando alzó el vaso y dijo: «Te quiero.» El interior del restaurante se hallaba a oscuras. Estaban solos.

Aunque era muy temprano, Rita llevaba un maquillaje que parecía una máscara exótica y feroz. La gabar-

dina roja estaba tan reluciente como sus labios. Arkadi
le desabrochó la gabardina.

—¿Por qué ha hecho eso? —preguntó Rita.

—Digamos que me parece una mujer muy atractiva.

Arkadi se sentó frente a ella, sosteniendo una de las
asas de la bolsa, que estaba situada debajo de la mesa.

—¿Recuerda a una chica rusa que se llama Rita?
—preguntó Arkadi.

—Perfectamente —respondió Rita—. Una chica
muy trabajadora. Sabía que siempre podía hacer negocios con la milicia.

—Y con Boria.

—Las gentes de Long Pond protegían a las chicas
que trabajaban en el hotel. Boria era un buen amigo.

—Pero para ganar mucho dinero, Rita tenía que marcharse de Rusia. Se casó con un judío.

—No es ningún delito.

—No fue a Israel.

Margarita levantó la mano y le mostró sus largas
uñas.

—¿Me imagina construyendo un kibbutz en el desierto con estas uñas?

—Y Boria la siguió.

—Boria me hizo una proposición perfectamente legal. Necesitaba a alguien que le ayudara a reclutar chicas
para que vinieran a trabajar a Alemania, y necesitaba a
alguien que las vigilara. Yo tenía suficiente experiencia.

—Eso no es todo. Boria compró unos documentos
y creó a Borís Benz, lo cual le resultó muy conveniente
a la hora de buscar un socio extranjero en Moscú. De esta
forma podía ser ambos. Cuando usted se casó con Borís
Benz, ello le permitió quedarse aquí.

—Boria y yo tenemos una relación especial.

—Y cuando llamaba un intruso, usted se hacía pasar por la doncella y decía que Herr Benz estaba de vacaciones en España.

—Una buena puta debe ser capaz de desempeñar varios papeles.

—¿Cree que fue una buena idea crear la identidad de Borís Benz? Era un punto débil. Había demasiadas cosas que dependían de ello.

—Funcionó hasta que apareció usted.

Arkadi miró las mesas vacías sin soltar el asa de la bolsa.

—Filmaron una cinta de vídeo en este restaurante y la enviaron a Rudi. ¿Por qué?

—Para que pudiera identificarme. Rudi no me conocía y yo no quería decirle mi nombre.

—No era un mal tipo.

—A usted le ayudó mucho. Cuando nos los contó Rodiónov, decidimos eliminar a Rudi de la manera más eficaz. Sabía lo del cuadro. Le hicimos creer que si conseguía que alguien lo autentificara podría venderlo. Le entregué un cuadro ligeramente distinto. Boria dijo que si la explosión era lo bastante espectacular, nos libraríamos de Rudi y al mismo tiempo Rodiónov tendría una excusa para eliminar a los chechenos.

—¿Creía que Boria iba a permanecer aquí y asumir definitivamente la identidad de Borís Benz?

—¿Dónde preferiría estar usted, en Moscú o en Berlín?

—De modo que cuando en la cinta dijo «Te quiero», se lo dijo a Boria.

—Aquí nos sentíamos felices.

—Y estaba dispuesta a hacer ciertas cosas para Boria a las que su esposa jamás habría accedido, como regresar a Moscú y meter una bomba en el coche de Rudi. Me preguntaba por qué una turista pudiente había decidido alojarse en un tugurio como el hotel Soyuz. Hasta que comprendí que era el hotel más cercano al mercado negro, y que por tanto podía trasladarse a él con una bomba desprovista de mecanismo de efecto retardado sin correr excesivo riesgo. De todos modos, fue muy valiente. Eso sí es amor.

Rita se humedeció los labios.

—Es usted un interrogador muy hábil. ¿Me permite que le haga una pregunta?

—Adelante.

—¿Por qué no me pregunta sobre Irina?

—¿Por ejemplo?

Rita se inclinó hacia delante y respondió en voz baja:

—Lo que Irina sacó de todo ello. ¿Cree que Max le compró ropa y le hizo regalos porque le gustaba conversar con ella? ¿No se ha preguntado lo que ella estaba dispuesta a hacer por él?

Arkadi sintió que las orejas empezaban a arderle y que se ponía colorado.

—Estuvieron juntos durante varios años —dijo Rita—. Prácticamente vivían como marido y mujer, como Boria y yo. No sé lo que ella le habrá contado, sólo sé que lo que ahora hace para usted lo hizo antes para él. Como hubiera hecho cualquier mujer.

—¿Qué está tratando de decirme? —preguntó Arkadi.

Rita le miró con expresión de lástima.

—Por lo visto no se lo ha contado todo. He conocido a muchos hombres como usted. Convierten a una mujer en una diosa, mientras todas las demás son unas putas. Irina se acostó con Max. Él solía alardear de sus proezas en la cama. —Rita le hizo un gesto para que se inclinara hacia delante, y bajó aún más la voz—. Si quiere, puedo contárselas para que las compare con las suyas.

Cuando Arkadi notó que Rita había soltado el asa de la bolsa, la levantó apresuradamente y dijo:

—Si dispara ahora, destrozará el cuadro. No creo que lo tenga asegurado contra ese tipo de accidentes.

—¡Cabrón!

Rita sacó la pistola del bolsillo. Era la pistola del calibre 22 de Boria. Arkadi le torció la muñeca y le arrebató el arma.

—¡Hijo de puta! —exclamó Rita.

Boria la había traicionado, se había marchado a Moscú y la había abandonado con esa mierda de pistola. Arkadi le quitó las balas y la arrojó sobre el regazo de Rita.

—Yo también te quiero —dijo.

36

En una tienda de souvenirs del aeropuerto, Arkadi compró una bandeja para cervezas y un chal de algodón bordado con las ratas de Hamelín. Luego se metió en uno de los lavabos, cubrió el cuadro con el chal, envolvió la bandeja en un plástico con burbujas, la metió en la bolsa de Rita y se reunió con Peter e Irina en una esquina del vestíbulo.

—Imaginaos todos los cuadros y manuscritos que les fueron confiscados a los pintores, escritores y poetas durante setenta años, ocultos en el Ministerio del Interior y el KGB —dijo Arkadi—. Nada es desechado. Quizás el poeta reciba un balazo en la cabeza, pero sus poesías son conservadas en una caja y ocultadas en un sótano. Luego, en un momento mágico, cuando Rusia se incorpora al resto del mundo, esas obras se convierten en unos bienes de gran valor.

—Pero no pueden venderlos —dijo Irina—. Las obras de arte de más de cincuenta años de antigüedad no pueden ser sacadas legalmente de la Unión Soviética.

—Pero pueden sacarlas clandestinamente —terció Peter.

—Basta con que sobornen a los guardias fronterizos —dijo Arkadi—. Han llegado a sacar tanques blindados, trenes y hasta barriles de petróleo. Sacar una pintura es relativamente fácil.

—No obstante —insistió Irina—, la venta no es válida si infringen las leyes soviéticas. Los coleccionistas y los museos no quieren verse envueltos en disputas internacionales. Rita no habría podido vender el *Cuadrado rojo* si hubiera sido sacado de Rusia.

—Quizá sea una copia realizada en Alemania —dijo Peter—. En Berlín Oriental había unos falsificadores extraordinarios, que ahora se han quedado sin trabajo. ¿Se ha sometido este cuadro a un examen riguroso?

—Por supuesto —respondió Irina—. Ha sido datado, examinado bajo rayos X y analizado. Incluso ostenta la huella del pulgar de Málevich.

—Todo eso puede falsificarse —dijo Peter.

—Cierto —contestó Irina—. Pero incluso las mejores falsificaciones, hechas con la madera, las pinturas y la técnica adecuadas, tienen una cualidad que revela que son falsificaciones.

—Esto suena muy espiritual —dijo Peter.

—Es como conocer a las personas —prosiguió Irina—. Al cabo de un tiempo aprendes a distinguir entre las personas auténticas y las falsas. Una pintura representa la idea de un pintor, y las ideas no pueden falsificarse.

—¿Cuánto vale ese cuadro? —preguntó Peter.

—Quizá cinco millones de dólares. Aquí eso no significa mucho —dijo Arkadi—, pero en Rusia representa cuatrocientos millones de rublos.

—A menos que se trate de una falsificación —observó Peter.

—El *Cuadrado rojo* es auténtico y procede de Rusia —dijo Arkadi.

—Pero lo hallaron en una caja construida por Knauer —objetó Irina.

—La caja es falsa —afirmó Arkadi.

—¿La caja? —repitió Peter—. No se me había ocurrido pensar en ello.

—Benz no estaba interesado en los cuadros que robó su abuelo —dijo Arkadi—. Ya tenía una buena colección de cuadros. Lo que le interesaba eran las cajas que su abuelo mandó construir utilizando a los carpinteros de la firma Knauer.

—Es una buena deducción —dijo Peter—. Excelente.

Arkadi colocó el chal sobre las rodillas de Peter, y éste preguntó sorprendido:

—¿Qué hace?

—El ambiente cultural es un poco desapacible en estos momentos en Moscú.

—No lo quiero.

—Es la única persona a quien puedo confiárselo —dijo Arkadi.

—¿Cómo sabe que no desapareceré con él?

—Me parece de justicia hacerle guardián de una obra de arte rusa. Además, es un favor a cambio de otro —contestó Arkadi, palpando el bolsillo de la chaqueta que contenía el pasaporte y el visado que Peter le había devuelto, y el billete que había comprado con el dinero de Alí.

No hubo problema en obtener unos pasajes para el vuelo regular de Lufthansa para Moscú, pues al producirse el golpe militar la lista de pasajeros había menguado sensiblemente. Lo que le extrañaba a Arkadi era que los líderes del nuevo Comité de Emergencia permitieran que los aviones aterrizaran en Moscú.

Stas bajó cojeando del avión de Múnich, sosteniendo una grabadora y una cámara.

—¡Qué gloriosa idiotez! —exclamó regocijado—. El Comité de Emergencia no ha arrestado a ningún líder democrático. Los tanques están en Moscú, pero se limitan a circular por la ciudad. Los niveles de opresión se han suavizado mucho.

—¿Cómo te has enterado de lo que ocurre? —preguntó Arkadi.

—La gente nos llama de Moscú —respondió Stas.

—¿Quieres decir que las líneas telefónicas permanecen abiertas? —preguntó Arkadi asombrado.

—A eso me refería cuando te dije que era una idiotez.

—¿Sabe Michael que vas a Moscú?

—Intentó detenerme. Dice que es un riesgo y que si nos pescan, la emisora se verá en una situación muy comprometida. Dice que Max llamó desde Moscú para decir que todo sigue igual y que no tengo por qué alarmarme.

—¿Sabe que nos acompaña Irina?

—Me lo preguntó. Pero no lo sabe.

Aunque los pasajeros habían empezado a embarcar, Arkadi se metió en una cabina telefónica.

Un mensaje grabado repetía incesantemente que las líneas internacionales estaban ocupadas. La única forma que tenía de comunicarse era seguir insistiendo. Cuando estaba a punto de darse por vencido, vio un centro de fax.

Polina le había dicho que se llevaría el fax de Rudi.

Al llegar al mostrador, Arkadi escribió el número telefónico de Polina y el siguiente mensaje: «Espero verte pronto. Si tienes una pintura del tío Rudi, te agradeceré que la traigas. Conduce con cuidado.» Añadió su número de vuelo y hora de llegada y firmó el mensaje. Luego pidió una guía de números de fax y escribió un segundo mensaje dirigido a Fiódorov: «He seguido tu consejo. Haz el favor de informar al fiscal municipal Rodiónov que regreso hoy. Renko.»

La empleada le miró asombrada y dijo:

—Debe de estar ansioso de llegar a casa.

—Siempre estoy ansioso de llegar a casa —respondió Arkadi.

Irina le hizo una señal desde la puerta de embarque. Stas y Peter Schiller se miraban como miembros de diferentes especies.

Peter agarró a Arkadi por el brazo y dijo:

—No puede dejarme con eso.

—Confío en usted.

—Basándome en mi corta experiencia con usted, eso significa una maldición. ¿Qué voy a hacer con él?

—Colgarlo en un lugar donde la temperatura sea constante. Regáleselo a alguien. Pero no se lo regale a su abuelo. La historia sobre Málevich no era mentira. Es cierto que trajo sus cuadros a Berlín para ponerlos a salvo. De momento, haga lo mismo que él.

—Creo que el gran error de Málevich fue regresar. ¿Y si Rita telefonea a Moscú y les dice que usted se llevó el cuadro? Si Albov y Gubenko saben que ha partido para Moscú, le estarán esperando.

—Confío en que así sea. Yo no podré dar con ellos, de modo que ellos tendrán que dar conmigo.

—Quizá debería acompañarlo.

—Es usted demasiado bueno, Peter. Los ahuyentaría.

Peter no parecía convencido por las palabras de Arkadi.

—La vida no consiste únicamente en automóviles veloces y armas automáticas. Usted cumple una tarea que le honra.

—Le matarán en el aeropuerto o cuando se dirija a Moscú. La gente se aprovecha de las revoluciones para ajustar cuentas. ¿Qué les importa otro cadáver? Al menos aquí puedo meterlo en la cárcel.

—Gracias, no me apetece la idea.

—Podemos mantenerlo vivo y extraditar a Albov y a Gubenko.

—Nadie ha conseguido extraditar a nadie de la Unión Soviética. ¿Y quién sabe qué Gobierno asumirá el poder el día de mañana? Es posible que nombren a Max ministro de Finanzas y a Gubenko ministro de Deportes. Además, si se ponen a investigar a Alí y a sus amigos, se alegrará de que me encuentre lejos de aquí.

Un suave gong anunció la última llamada para embarcar.

—Cada vez que aparecen los rusos, Alemania se hunde en el caos —dijo Peter.

—Y viceversa —replicó Arkadi.

—Recuerde que siempre habrá una celda esperándole en Múnich.

—*Danke.*

—Tenga mucho cuidado.

Peter examinó a los pasajeros que aguardaban en la

cola para embarcar mientras Arkadi se reunía con Stas y con Irina. Cuando descendía por la rampa, Arkadi se giró y vio a Peter vigilando desde la retaguardia. Luego agarró el chal y se alejó.

La bolsa cabía en el compartimento sobre los asientos. Arkadi ocupó el asiento junto al pasillo, Stas se sentó junto a la ventana, e Irina, en medio. Cuando despegaron, Stas adoptó una expresión aún más irónica que lo habitual. Irina se aferró al brazo de Arkadi. Se la veía agotada, aturdida, pero satisfecha. Arkadi pensó que parecían unos refugiados que se habían confundido de avión.

Varios pasajeros, con aspecto de periodistas y fotógrafos, iban cargados con maletines y bultos. Nadie quería perder dos horas esperando recoger su equipaje mientras la revolución estaba en pleno apogeo.

—Al principio, el Comité de Emergencia anunció que Gorbi estaba enfermo —dijo Stas—. Tres horas más tarde, uno de los líderes sufre una hipertensión. Es un golpe muy curioso.

—Irina y tú no tenéis visado. ¿Por qué estáis tan seguros de que os dejarán bajar del avión? —preguntó Arkadi.

—¿Crees que alguno de estos reporteros tiene un visado? —preguntó Stas—. Irina y yo tenemos un pasaporte americano. Ya veremos lo que sucede cuando lleguemos. Es la historia más importante de nuestra vida. No podíamos desaprovecharla.

—Al margen del golpe, tu nombre figura en una lista de criminales de Estado. Lo mismo que Irina. Podrían arrestaros.

—¿Y tú? —preguntó Stas.

—Yo soy ruso.

—Queremos ir —dijo Irina con firmeza.

Abajo se extendía Alemania, no las autopistas y las prósperas granjas del oeste sino los serpenteantes caminos y los míseros campos del este.

Irina apoyó la cabeza en el hombro de Arkadi. El tacto de su cabello contra su mejilla resultaba tan normal que se sentía conmovido, como si en aquellos momentos estuviera viviendo una vida alternativa que siempre había ambicionado, y casi deseó que el avión no aterrizara nunca.

Stas hablaba nerviosamente, como una radio a bajo volumen:

—Históricamente, las revoluciones se cargan a los personajes que ocupan el poder. Y por regla general los rusos se pasan. Los bolcheviques asesinaron a la clase dirigente, y luego Stalin mató a los bolcheviques. Pero esta vez la única diferencia entre el Gobierno de Gorbi y el golpe es que Gorbi no está metido en él. ¿Escuchaste la declaración del Comité de Emergencia? Al parecer, han asumido el poder para proteger a la gente del «sexo, la violencia y la flagrante inmoralidad». Entretanto, las tropas penetran en Moscú y la gente levanta barricadas para proteger la Casa Blanca.

La Casa Blanca era el Parlamento ruso situado en el Presnia Rojo, junto al río. Presnia era un viejo barrio al que se le había impuesto el título honorífico de «Rojo» por haber erigido barricadas contra el zar.

—Eso no detendrá a los tanques —afirmó Stas—.

Lo que sucedió en Vilnius y Tbilisi era un mero anticipo. Esperarán a que anochezca. Primero enviarán a las tropas Internacionales armadas con gas neurotóxico y cañones de agua para dispersar a la muchedumbre, y luego las tropas del KGB penetrarán en el edificio. El alto mando de Moscú ha emitido trescientas órdenes de arresto, pero el Comité no quiere utilizarlas. Creen que la gente, al ver los tanques, retrocederá despavorida.

—¿Qué hubiera sucedido si Pávlov hubiera hecho sonar una campana y sus perros no le hubieran hecho caso? —preguntó Irina—. Habrían alterado el curso de la historia.

—Lo que también me choca —dijo Stas— es que nunca había visto a tantos periodistas que se mantuvieran sobrios.

Polonia se extendía como un oscuro océano.

Los carritos de la comida bloqueaban el pasillo. El humo de los cigarrillos circulaba con la misma rapidez que las variopintas teorías.

El Ejército ya había tomado cartas en el asunto, para ofrecer al mundo un *fait accompli*. El Ejército esperaría a que anocheciera para emprender su ataque, de forma que hubiera menos fotógrafos presentes. El Comité tenía en su poder a los generales. Los demócratas tenían en su poder a los veteranos de Afganistán. Nadie sabía de qué lado se inclinarían los jóvenes oficiales que acababan de regresar de Alemania.

—A propósito —dijo Stas—, el fiscal municipal Rodiónov ha arrestado en nombre del Comité a los industriales y ha confiscado sus bienes. No a todos los industriales, sólo a los que se oponen al Comité.

Cuando Arkadi cerró los ojos, se preguntó qué clase de Moscú se encontraría a su llegada. Eran unos momentos en que todo podía suceder.

—Ha pasado mucho tiempo —dijo Stas—. Tengo un hermano que no he visto desde hace veinte años. Nos llamamos una vez al año, por Año Nuevo. Me llamó esta mañana para decirme que iba a ir al Parlamento para defenderlo. Es un tipo gordo, bajito, cargado de hijos. ¿Cómo va a detener un tanque?

—¿Crees que conseguirás dar con él? —preguntó Arkadi.

—Me aconsejó que no fuera. ¡Es increíble! —exclamó Stas, mirando por la ventanilla. El vapor se había condensado en unas pelotitas de agua entre los dobles paneles de cristal—. Dijo que llevaría un gorro de esquiar rojo.

—¿Qué ha sido de Rikki?

—Se ha ido a Georgia. Metió a su madre, a su hija, el televisor y el vídeo en su nuevo BMW y se largó. Sabía que lo haría. Es un tipo encantador.

A medida que se aproximaban a Moscú, Irina se parecía cada vez más a la muchacha que lo había abandonado, como si regresara a un incendio exhibiendo un resplandor especial, como si el resto del mundo estuviera sumido en las tinieblas, como si regresara para vengarse.

Arkadi estaba decidido a seguirla a donde fuera, cuando hubiera resuelto el problema de Boria y Max, por supuesto.

Se preguntó si su regreso obedecía a un motivo personal, para vengar a Rudi, a Tommy y a Jaak. Aparte de los muertos, ¿en qué medida lo hacía por Irina? Liquidar a Max no borraría los años que ella había pasado junto a él. Arkadi los llamaba los años de los emigrados, pero vista desde cierta altura, Rusia era una nación de emigrados, dentro y fuera. Todo el mundo estaba comprometido en cierta medida. Rusia tenía una historia tan tenebrosa que cuando se producían unos minutos de claridad, todo el mundo se precipitaba para presenciar el espectáculo.

En cualquier caso, Max y Boria eran, a diferencia de él, los clásicos especímenes de una nueva era.

Cuando atravesaron el espacio aéreo soviético, Arkadi supuso que obligarían al avión a dar media vuelta y regresar. Al aproximarse a Moscú, imaginó que ordenarían al piloto dirigirse a una base militar para repostar y luego regresar a Alemania. Cuando se encendieron las señales de abrocharse los cinturones, todos se apresuraron a apagar los cigarrillos.

A través de la ventanilla vieron los bosques, las líneas de energía eléctrica y los campos verdegrisáceos que conducían a Sheremétievo.

Stas contuvo la respiración, como si se dispusiera a sumergirse en el agua.

Irina agarró la mano de Arkadi, como si fuera ella quien lo condujera de regreso a casa.

CUARTA PARTE

MOSCÚ

21 de agosto de 1991

37

La llegada a Moscú nunca era un camino de rosas, pero esa mañana todo parecía más siniestro. La zona de recogida de equipajes ofrecía un aspecto lúgubre y cavernoso, y la gente tenía un aire triste, desorientado.

Michael Healey les esperaba en la aduana acompañado por un coronel de la Policía Fronteriza. El director delegado de Radio Liberty llevaba una trinchera con numerosos cinturones y observaba a los pasajeros a través de unas gafas oscuras. La Policía Fronteriza era el KGB; llevaban unos uniformes verdes con unas placas rojas y mostraban una expresión de permanente sospecha.

—Ese cabrón ha debido tomar un vuelo directo desde Múnich —dijo Stas—. Maldita sea.

—No puede detenernos —dijo Irina.

—Claro que puede —replicó Stas—. Una palabra suya, y lo mejor que puede sucedemos es que nos obliguen a tomar el próximo avión de regreso.

—No permitiré que os obligue a regresar —dijo Arkadi.

—¿Qué vas a hacer? —preguntó Stas.

—Hablaré con él. Vosotros colocaos en la cola.

Stas vaciló unos instantes.

—Si conseguimos pasar, nos espera un coche para llevarnos a la Casa Blanca.

—Me reuniré con vosotros allí —dijo Arkadi.

—¿Me lo prometes? —preguntó Irina.

En este escenario, Irina parecía distinta, más suave, con más dimensiones. Por esa misma razón, los iconos más bellos estaban rodeados por unos sencillos marcos.

—Te lo prometo.

Arkadi se dirigió hacia Michael, que lo observó como si se sintiera satisfecho de que la ley de la gravedad actuara a su favor. El coronel apenas miró a Arkadi, como si estuviera acostumbrado a ocuparse de unos blancos más importantes que él.

—¿Se alegra de volver a casa, Renko? —preguntó Michael—. Me temo que Stas e Irina no podrán quedarse. Tengo sus billetes para el vuelo de regreso a Múnich.

—¿Se atrevería a denunciarlos? —preguntó Arkadi.

—Se han saltado las órdenes. La emisora les ha pagado, les ha alimentado, les ha dado alojamiento. Lo menos que pueden hacer es demostrarnos su lealtad. Sólo quiero aclararle al coronel que Radio Liberty se niega a responsabilizarse de ellos. No les hemos encargado que escriban un reportaje de lo que está sucediendo aquí.

—Pero ellos desean estar aquí.

—En ese caso, allá ellos.

—¿Va usted a escribir un reportaje sobre el golpe?

—No soy reportero, pero conozco a muchos. Puedo aportar mi granito de arena.

—¿Conoce Moscú?

—He estado aquí varias veces.

—¿Sabe dónde está la Plaza Roja? —preguntó Arkadi.

—Todo el mundo sabe dónde está la Plaza Roja.

—Quizá se confunda. Un tipo de Moscú recibió hace dos semanas un fax haciéndole esa pregunta.

Michael se encogió de hombros.

Unos fotógrafos cargados con sus equipos y sus maletas avanzaron hacia el control de pasaportes, frente a Stas e Irina. Stas metió unos billetes de cincuenta marcos dentro de su pasaporte y el de Irina.

—El fax procedía de Múnich. Para ser más precisos, de Radio Liberty.

—Disponemos de varios fax —dijo Michael.

—El mensaje fue enviado por el fax de Ludmila. Iba dirigido a un especulador del mercado negro que había sido asesinado, y yo lo leí. Estaba en ruso.

—Es lógico, tratándose de un mensaje entre dos rusos.

—Eso fue lo que me despistó —dijo Arkadi—. Creí que era un mensaje entre dos rusos y que se refería a la Plaza Roja.

Michael siguió mirando a Arkadi a través de sus gafas oscuras con expresión imperturbable, pero parecía como si estuviera masticando algo, porque no cesaba de mover las mandíbulas.

—A veces, cuando uno menos se lo espera, los rusos pueden ser muy precisos. Por ejemplo, el fax preguntaba dónde estaba *Krassni Ploschad*. En inglés, *square* significa una plaza o una figura geométrica, pero en ruso la figura geométrica es un *quadrat*. En inglés, Málevich pintó un *Red Square*. En ruso, pintó un *Krassni Kvadrat*. No comprendí el mensaje hasta que vi la pintura.

—¿Adónde quiere ir a parar?

—La pregunta «¿Dónde está la Plaza Roja?» no tiene ningún sentido. En cambio, la pregunta «Dónde está el Cuadrado rojo?» sí tiene sentido cuando va formulada a un hombre que piensa que puede vender ese cuadro. No es lógico que Ludmila, siendo rusa, empleara una palabra incorrecta. Recuerdo que su despacho esta junto al suyo. Trabaja para usted. ¿Qué tal se le da el ruso, Michael?

Los siberianos mataban a los conejos de noche utilizando linternas y palos. Los conejos se quedaban contemplando el resplandor de la linterna hasta que los abatían a palos. A pesar de las gafas oscuras, Arkadi notó que Michael lo contemplaba fijamente como un conejo.

—Eso sólo demuestra que quienquiera que enviara el fax creyó que la otra persona estaba viva.

—Exactamente —respondió Arkadi—. También demuestra que intentaba hacer un trato con Rudi. ¿Fue Max quien le presentó a Rudi?

—Enviar un fax no es ilegal.

—No, pero en su primer mensaje le comentaba a Rudi lo de la comisión de intermediario. Usted trataba de eliminar a Max de la operación.

—No demuestra absolutamente nada —afirmó Michael.

—Veremos qué opina Max. Le mostraré el fax. En él figura el número de Ludmila.

La cola avanzó unos pasos, y Stas Kólotov, criminal de Estado, miró a través del cristal de la ventanilla al funcionario, el cual comparó sus ojos, sus orejas, su pelo y estatura con la fotografía del pasaporte y examinó las páginas.

—Ya sabe lo que le sucedió a Rudi —dijo Arkadi—. No creo que estuviera a salvo en Alemania. Recuerde cómo acabó Tommy.

El funcionario devolvió a Stas el pasaporte. Irina introdujo el suyo por debajo de la ventanilla y dirigió al funcionario una mirada tan desafiante que fue como si le invitara a arrestarla. El funcionario no reparó en ello. Después de hojear el documento, se lo devolvió, y el resto de la cola siguió avanzando.

—No creo que sea el momento oportuno de llamar la atención, Michael —prosiguió Arkadi—, sino para preguntarse: «¿Qué puedo hacer por Renko para que no se lo cuente a Max?»

Pese a que Stas le instó a que se apresurara, Irina se detuvo al otro lado de la aduana. Arkadi pronunció en silencio la palabra «Vete», y él y Michael observaron a Stas que la conducía a través de la puerta de salida.

—Le felicito —dijo al fin Michael—. Ahora que ha conseguido que Irina entre, lo más probable es que la maten. Recuerde que fue usted quien la trajo aquí.

—Ya lo sé.

Un equipo de la televisión alemana estaba negociando el precio de pasar una cámara de vídeo. El Comité de Emergencia, según les informó un coronel del cuerpo de aduanas, había prohibido esa mañana a los periodistas extranjeros transmitir imágenes por vídeo.

El coronel aceptó un compromiso informal de cien marcos para asegurarse de que los reporteros no violarían las leyes del Comité. Los otros reporteros que estaban en la cola frente a Arkadi tuvieron que negociar sus propios acuerdos financieros con los agentes de la aduana y salir corriendo para montarse en sus coches. El pasaporte soviético de Arkadi estaba en regla y no era negociable. El funcionario le hizo un gesto con la mano, como si fuera un cajero, para indicarle que pasara.

Unas puertas dobles conducían al vestíbulo de entrada, donde una multitud de emocionados parientes agitaban unos ramos de flores envueltos en celofán. Arkadi miró a su alrededor para comprobar si veía a unos tipos que portaban unas grandes bolsas deportivas. Puesto que los funcionarios que controlaban los detectores de metal de Sheremétievo se tomaban muy en serio su labor, las únicas personas que con toda certeza no iban armadas eran los pasajeros que llegaban. Arkadi sostuvo la bolsa de lona contra su pecho, y confió en que Rita ya hubiera telefoneado advirtiendo que llegaba con el cuadro.

Arkadi reconoció enseguida a Polina. Iba vestida con una gabardina y estaba sentada en una silla del vestíbulo, leyendo un periódico que parecía *Pravda*. No era difícil de adivinar puesto que la mayoría de los periódicos habían sido prohibidos el día anterior. Arkadi se detuvo junto al tablón que anunciaba los vuelos y encendió un cigarrillo. Era increíble. El país entero seguía con su vida como si tal cosa, manteniendo la vista baja. Quizá la historia no era más que un microscopio. ¿Cuántas personas habían asediado el Palacio de Invierno? El resto de la gente estaba ocupada buscando un pedazo de pan, un lugar caliente, o emborrachándose.

Polina se apartó el pelo de la cara, miró a Arkadi, dejó el periódico y salió. A través de la ventana, Arkadi la vio dirigirse hacia un individuo que estaba montado en un escúter aparcado junto a la acera. Su amigo se trasladó al asiento posterior y Polina se sentó delante, le dio al pedal de arranque con furia y partieron a toda velocidad.

Arkadi se encaminó hacia el asiento que había ocupado Polina y miró el periódico, que decía: «Las medidas que se han tomado son provisionales. Éstas no indican en modo alguno una renuncia por parte de las autoridades soviéticas a emprender unas profundas reformas...»

Debajo del periódico estaban las llaves de un coche y una nota que decía: «El número de la matrícula del Zhiguli blanco es X65523MO. No debiste regresar.» Traducido, el mensaje significaba «Bienvenido a casa».

El Zhiguli estaba aparcado en la primera línea del aparcamiento de la terminal. En el suelo había un lienzo cuadrado cubierto de pintura roja. Arkadi sacó la bandeja de cervezas del envoltorio de plástico, la sustituyó por la pintura y la metió en la bolsa de Margarita.

Luego cogió la autopista del sur que conducía a Moscú. Al llegar a un túnel, bajó la ventanilla y arrojó la bandeja.

Al principio todo parecía normal. Arkadi vio los acostumbrados coches en mal estado circulando velozmente sobre los acostumbrados baches. De pronto, detrás de una hilera de alisos, vio la silueta de un tanque. Más adelante vio otros tanques que parecían unas oscuras marcas de agua sobre un fondo verde.

Arkadi no vio ningún tanque circulando por la autopista, ni rastro de los militares, hasta llegar a una carretera secundaria que conducía a Kúrkino, donde se topó con una interminable fila de vehículos blindados con jóvenes soldados vestidos con uniformes de campaña, por cuyas mejillas se deslizaban las lágrimas. Al llegar a un punto en que la carretera principal atravesaba la carretera transversal y se convertía en la carretera de Leningrado, la caravana la abandonó para dirigirse a la ciudad.

Arkadi pisó el acelerador y luego redujo la velocidad, mientras una reluciente moto azul, ocupada por dos individuos, le seguía a un centenar de metros de distancia. Podían haberle metido una bala en la cabeza, pero probablemente temían dañar la pintura.

Una ligera llovizna barría la suciedad del asfalto. Arkadi miró el salpicadero. El coche no disponía de limpiaparabrisas. Puso la radio, y después de un concierto de Chaikovski escuchó unas instrucciones destinadas a ayudar a los ciudadanos a conservar la calma: «Debe denunciar cualquier acción de los provocadores. Deje que los órganos responsables cumplan su sagrada misión. Recuerde los trágicos hechos ocurridos en la plaza de Tiananmen, cuando unos agentes seudodemocráticos provocaron una innecesaria matanza.» El locutor hizo hincapié en la palabra innecesaria. Luego sintonizó una emisora que operaba desde la Cámara de los Sóviets denunciando el golpe.

Al llegar a un semáforo en rojo, la motocicleta se detuvo detrás del coche. Era una Suzuki, el mismo modelo que Jaak y él habían admirado frente a un sótano en Liúbertsi. El conductor llevaba un casco negro, y una cazadora y unos pantalones de cuero que parecían una armadura. Cuando Minin se apeó del asiento trasero, cubierto con una gabardina y sosteniendo un sombrero en la mano, Arkadi pisó a fondo el acelerador, pasó por entre los vehículos que circulaban en sentido lateral y dejó atrás la moto.

La estación de metro de Voikóvskaia estaba rodeada de moscovitas que acababan de apearse de los atestados trenes para contemplar las nubes, abrocharse la gabardina y apresurarse a casa. Otras personas se habían detenido en la entrada para comprar rosas, helados y piroshki. La escena tenía un aire surrealista debido precisamente a su normalidad. Arkadi se preguntó si el golpe no se habría producido en otra ciudad.

Detrás de la estación se habían instalado unas cooperativas no mayores que unos cobertizos. Arkadi se colocó en una cola frente a una de ellas, en la que despachaban Gauloises, hojas de afeitar, Pepsis y latas de piña, y se compró una botella de agua mineral con gas y un desodorante en un bote de aerosol color lavanda. Luego se dirigió a una tienda de artículos de segunda mano donde vendían relojes sin manecillas y tenedores sin dientes, y compró dos series de curiosas llaves colgadas de unos aros de metal. Tiró las llaves y conservó los aros, que metió junto con el agua y el desodorante en la bolsa de lona.

Arkadi se montó de nuevo en el coche y continuó avanzando por la avenida hasta que vio a la Suzuki aparcada frente al estadio del Dynamo. El tráfico se había vuelto más denso. Al comprobar que el cinturón de Sadóvaia estaba bloqueado por una caravana de vehículos blindados, giró a la izquierda y los siguió hasta llegar a Fadaiev, donde consiguió adelantarlos. Al principio percibió su olor, y luego vio los tubos negros de escape de unos tanques circulando por la plaza Manege, junto al muro occidental del Kremlin. Al atravesar Tverskáia, distinguió la Plaza Roja, que estaba bloqueada por unas hileras de tropas Internacionales que parecían unos setos vivos.

Un grupo de gente salió del Mundo de los Niños sosteniendo unos animales de peluche. En la acera había unas mujeres que vendían medias y zapatos de segunda mano. ¿Un golpe de Estado? Tal vez se había producido en Birmania, en el África negra o en la Luna. La mayoría de los ciudadanos estaban demasiado agotados. Aunque se produjeran tiroteos en las calles, seguirían haciendo cola. Parecían sonámbulos, y en ese ocaso Moscú era el centro del sueño.

Al otro lado de la plaza, la Lubianka ofrecía también un aspecto soñoliento. Sin embargo, del patio situado en la parte trasera del edificio salió una hilera de furgonetas.

Arkadi entró en el patio del edificio donde se hallaba su apartamento, aparcó el Zhiguli entre unas cajas de vodka situadas alrededor de la iglesia y abrió una verja que conducía a un estrecho callejón que desembocaba en un barranco situado sobre el canal. Sosteniendo la bolsa de Rita, franqueó la puerta trasera de un bloque de apartamentos y subió la escalera hasta la cuarta planta, desde la cual podía observar el patio y la moto azul oculta tras una furgoneta de reparto, aparcada a una manzana de distancia.

Arkadi sintió lástima de Minin. En un día normal, hubiera dispuesto de un coche y se hubiera podido comunicar por radio. ¿Qué recordaba de su ayudante? Su impaciencia, su tendencia a precipitarse. Minin se apeó de la moto; parecía nervioso y preocupado. Le seguía el conductor, que al quitarse el casco reveló una espesa y larga melena negra. Era Kim, que ahora perseguía a Arkadi.

Arkadi salió por la puerta trasera, atravesó una zona llena de arbustos y enfiló un camino de tierra que serpenteaba entre los muros posteriores de unos talleres hasta desembocar en una calle frente al lugar donde estaba aparcada la moto. Al girarse hacia el edificio, vio a Minin que oprimía los botones de la caja de códigos.

La Suzuki estaba apoyada sobre el pedal, con la rueda delantera ladeada. La moto tenía una carrocería de plástico azul que se extendía desde el parabrisas hasta el tubo de escape como el carenado de un motor de chorro. El acceso a los tubos de escape era complicado; por otra parte, cualquier cosa que añadiera no podría detectarse fácilmente. Al tumbarse de espaldas en el suelo, Arkadi sintió que se le volvía a abrir la herida en la espalda. La Suzuki tenía un motor de cuatro tiempos que se extendía desde los tubos colectores hasta el silenciador. Cuando Arkadi agitó la botella de agua y los roció, los tubos escupieron el agua. Aunque primero vació la botella sobre los tubos, se quemó los dedos al meter la mano para colocar alrededor de ellos los aros de metal sujetos al bote de desodorante. No obstante, apretó bien los aros. Jaak se habría sentido orgulloso de él.

Cuando Arkadi se puso de pie, Minin y Kim habían desaparecido. Se limpió las manos en la chaqueta, se echó la bolsa al hombro y echó a caminar hacia su casa. Al mirar hacia arriba, observó que las cortinas de la ventana se movían ligeramente.

Minin lo recibió sonriendo. Dejó que Arkadi entrara en el apartamento y cerrara la puerta antes de salir precipitadamente del dormitorio sosteniendo la inmensa Steshkin que había agitado frente al apartamento de Rudi. Una Steshkin era una metralleta parecida a una

Skorpion, pero con un aspecto menos desagradable. Luego se abrió la puerta del armario situado detrás de Arkadi y apareció Kim. Tenía el rostro plano como una sota de espadas y sostenía una Malish, la misma arma que solía llevar para proteger a Rudi. Debía llevarla oculta dentro de la cazadora. Arkadi estaba impresionado. Era como enfrentarse a la artillería.

—Dame la bolsa —dijo Minin.

—No.

—Si no me la entregas te mato —insistió Minin.

Arkadi sostuvo la bolsa contra su pecho y respondió:

—El cuadro que contiene vale cinco millones de dólares. No creo que quieras acribillarlo a balazos. Es muy frágil. Si caigo sobre él, quedará completamente destrozado. ¿Cómo ibas a explicárselo al fiscal municipal? Además, no pretendo socavar tu autoridad, pero me parece una solemne estupidez colocar a un blanco entre dos armas automáticas. ¿No estás de acuerdo? —añadió Arkadi, dirigiéndose a Kim.

Kim se apartó.

—Te lo advierto por última vez —dijo Minin.

Arkadi sostuvo la bolsa en sus brazos mientras abría el frigorífico. De la botella de kefir brotaba una especie de musgo que apestaba, y cerró la puerta apresuradamente.

—Tengo curiosidad por saber una cosa, Minin. ¿Qué te hace pensar que el cuadro contribuirá a defender la sagrada misión del Partido?

—El cuadro pertenece al Partido.

—Te equivocas. ¿Vas a apretar el gatillo, o no?

Minin bajó la metralleta.

—No importa si yo te mato o no. A partir de hoy eres hombre muerto.

—Estás trabajando con Kim. ¿No te avergüenza circular acompañado de un maníaco asesino?

Minin no respondió, y Arkadi se dirigió a Kim:

—¿No te avergüenza circular acompañado de un investigador? Uno de los dos debería sentirse profundamente avergonzado.

Kim sonrió, pero Minin miró a Arkadi con odio.

—Siempre me he preguntado por qué me tenías tanta antipatía, Minin.

—Por tu cinismo.

—¿Mi cinismo?

—Respecto al Partido.

—Ya.

Arkadi tenía que reconocer que Minin no andaba muy equivocado.

—Creía que el investigador Renko, el hijo del general Renko, era un héroe. Supuse que sería una experiencia fantástica trabajar contigo, hasta que comprendí que eras un tipo corrupto y despreciable.

—¿Qué te llevó a esa conclusión?

—Investigábamos a delincuentes, pero las investigaciones siempre acababan perjudicando al Partido.

—Yo no soy responsable de eso.

—Observé para ver si obtenías dinero de las mafias.

—Jamás obtuve dinero de las mafias.

—No. Eras más corrupto porque el dinero no te importaba.

—He cambiado —dijo Arkadi—. Ahora quiero dinero. Llama a Albov.

—¿Quién es Albov?

—O me largaré con el cuadro y habrás perdido cinco millones de dólares.

Al ver que Minin guardaba silencio, Arkadi se encogió de hombros y avanzó hacia la puerta.

—Espera —dijo Minin. Se dirigió al teléfono del pasillo, marcó un número y regresó al cuarto de estar con el auricular en la mano. Arkadi examinó la estantería de los libros y sacó el ejemplar de *Macbeth*. La pistola que había ocultado detrás del volumen había desaparecido.

—Vine aquí mientras estabas en Alemania —dijo Minin con cara de satisfacción—. Registré el apartamento de arriba abajo.

Alguien respondió al teléfono y Minin habló rápidamente, explicando a su interlocutor que Arkadi se negaba a cooperar con ellos.

—Enséñame el cuadro —le ordenó.

Arkadi sacó la pintura de la bolsa y retiró una parte del envoltorio de plástico.

—Ha habido un error —dijo Minin por teléfono—. No es un cuadro, sólo un lienzo pintado de rojo. —Luego arrugó la frente y preguntó—: ¿Que es el mismo? ¿Estás seguro?

Cuando indicó a Arkadi que se pusiera al teléfono, éste metió el lienzo de nuevo en la bolsa.

—¿Arkadi? —dijo la voz por teléfono.

—¡Max! —respondió Arkadi, como si hiciera años que no se hubieran visto.

—Me alegra oír tu voz, y me complace que hayas traído el cuadro. Hablamos con Rita y nos dijo que temía que fueras a denunciarla a la policía alemana. Podrías haberte quedado en Berlín. ¿Por qué has regresado?

—Porque me habrían metido en la cárcel. La policía me buscaba a mí, no a Rita.

—Es cierto. Boria te tendió una trampa. Estoy seguro de que a los chechenos también les hubiera gustado conocer tu paradero. Hiciste bien en regresar.

—¿Dónde estás? —preguntó Arkadi.

—Dada la situación, prefiero no decírtelo. Francamente, estoy preocupado por Rodiónov y sus amigos. Espero que hayan decidido resolver el problema rápidamente, porque cuanto más tiempo transcurra, peor. Tu padre ya se habría cargado a los defensores de la Casa Blanca, ¿no es cierto?

—Sí.

—Tengo entendido que deseas llegar a un acuerdo sobre el cuadro. ¿Qué quieres?

—Un pasaje en el vuelo de la British Airways a Londres, y cincuenta mil dólares.

—Mucha gente trata de abandonar la ciudad. Puedo pagarte en rublos, pero es muy difícil conseguir divisas extranjeras.

—Te paso otra vez a Minin.

Después de entregarle el teléfono, Arkadi cogió un cuchillo de cocina de un cajón junto al fregadero. Mientras Minin seguía charlando con Max, Arkadi abrió la ventana y sacó el cuadro de la bolsa. A medida que se puso a cortar el envoltorio, las burbujas del plástico comenzaron a estallar.

—¡Espera! —exclamó Minin, ofreciendo el teléfono de nuevo a Arkadi.

—De acuerdo —dijo Max, echándose a reír—. Tú ganas.

—¿Dónde estás?

—Minin te acompañará.

—Puede indicarme el camino. Tengo un coche abajo.

—Será mejor que hable con él —dijo Max.

Minin escuchó atentamente durante unos instantes y colgó de nuevo el teléfono en el pasillo.

—No tienes que indicarme el camino —dijo Arkadi—. Dime dónde está.

—Esta noche va a haber toque de queda. Es mejor que vayamos juntos, por si han bloqueado alguna carretera.

Kim esbozó una amplia sonrisa.

—Apresúrate. Quiero regresar y encontrarme a la chica sentada en el escúter.

Era la primera vez que desplegaba los labios, pero no dijo lo que Arkadi deseaba oír.

—Hemos visto a Polina —dijo Minin, observando fijamente a Arkadi—. Tienes un aspecto asqueroso. Parece que te hayas revolcado en el suelo. Por lo visto no te han tratado muy bien en Alemania.

—Ha sido un viaje muy largo —respondió Arkadi.

Se quitó la chaqueta sin soltar la bolsa. Al ver que el dorso de la camisa estaba manchado de sangre, Kim lanzó un silbido. Arkadi sacó del armario una chaqueta arrugada pero limpia, la que se había puesto para ir al cementerio, y extrajo del bolsillo el Nagant, el viejo revólver de su padre. Las cuatro balas, gruesas como unas pepitas de plata, también estaban en el bolsillo. Arkadi metió un brazo a través de las asas de la bolsa, abrió el cilindro y lo cargó. Luego se giró hacia Minin.

—¿Cuántas veces te he dicho que no sólo debes registrar los armarios sino también la ropa?

Minin y Arkadi aguardaron en el patio mientras Kim fue a buscar la moto. El cielo estaba encapotado. Los relámpagos y la lluvia intensificaban el color azul de la iglesia y daban a las ventanas del edificio una tonalidad pastel aceitosa.

Arkadi se preguntó si el hipnotizador de la televisión actuaría también esa noche.

—Tengo un vecino que me recoge el correo y me compra la comida. No he encontrado ninguna carta, y el frigorífico estaba vacío.

—Quizás ella sabía que estabas fuera —dijo Minin.

Arkadi hizo ver que no se había dado cuenta de la metedura de pata de Minin. Las alcantarillas de la iglesia estaban atascadas, como de costumbre, y rebosaban.

—Vivía en el piso debajo del mío —dijo Arkadi—. Siempre me oía caminar por el apartamento, y probablemente os oyó a vosotros. —El rostro de Minin quedaba medio oculto por su sombrero—. ¿Por qué no dices que lo lamentas? —preguntó Arkadi—. Tenía el corazón delicado. Quizá no pretendiste asustarla.

—Era un estorbo.

—¿Cómo dices?

—Cometió el error de inmiscuirse. Yo no sabía que estaba delicada. No me responsabilizo de sus actos.

—¿Quieres decir que lo lamentas?

Minin apoyó el cañón de la Steshkin en el lugar donde la bolsa cubría el corazón de Arkadi.

—Quiero decir que te calles.

—¿Te sientes marginado? —preguntó Arkadi, adoptando un tono de voz más suave—. ¿Crees que te estoy privando de tu autoridad? ¿Te da rabia no participar en la revolución?

Minin trató de guardar silencio, pero las preguntas de Arkadi le habían puesto nervioso.

—Estaré allí cuando empiece la acción.

Kim llegó con su moto y los siguió a través del callejón. Al llegar al lugar donde estaba aparcado el coche, Minin se sentó en el asiento del acompañante.

—No dejaré que te escapes de nuevo. Y no quiero montarme en la moto de ese chiflado.

Arkadi consideró la situación. Si se negaba a ir, no encontraría a Albov. Además no debía seguir presionando a Minin.

—Coge la metralleta con la mano izquierda —le ordenó.

Cuando Minin obedeció, Arkadi colocó el seguro en la Steshkin y dijo:

—Mantén la mano izquierda donde pueda verla.

El Zhiguli tenía un embrague manual. Arkadi dejó la bolsa en el suelo, junto a su pie izquierdo, y colocó el Nagant sobre sus rodillas.

Kim les condujo a lo largo de la Tverskáia, por el carril central. La gente se había refugiado de la lluvia, metiéndose en los comercios o en las cafeterías. Al llegar a la plaza Pushkin, vieron a un grupo de manifestantes con pancartas que se dirigían al edificio del Parlamento. Muchos de ellos eran unos críos, pero otros tenían los años de Arkadi o más. Eran hombres y mujeres que habían sido niños durante la época de Jruschov, que habían aspirado el embriagador oxígeno de la breve reforma pero que no habían protestado cuando los tanques soviéticos invadieron Praga, y que habían vivido avergonzados desde entonces. Ésa era la base de la colaboración. El silencio. Llevaban unos gorros de lana sobre sus calvicies, pero al fin habían decidido alzar la voz.

En la plaza Maiakovski, el tráfico se detuvo para dejar pasar a los tanques que se dirigían hacia el Parlamento por el cinturón de Sadóvaia.

—La división Taman —dijo Minin con satisfacción—. Son los más duros. Subirán hasta las mismas puertas del Parlamento.

Pero Moscú era un escenario inmenso y la mayoría de la gente parecía no darse cuenta de que se había producido un golpe. Las parejas entraban en los cines cogidos de la mano. Un quiosco había abierto sus puertas y, a pesar de la lluvia, se había formado una larga cola frente a él.

La calle Tverskáia se convirtió en Leningrad Prospekt, que desembocaba en la carretera de Leningrado. Kim corría frente a ellos sobre su moto. Dada la velocidad a la que circulaban, Arkadi no temía que Minin disparara contra él.

—¿Vamos a tomar la carretera del aeropuerto? —le preguntó.

—Dale al acelerador. No quiero perderme los fuegos artificiales —respondió Minin.

La zona que rodeaba el lago Jimki estaba en calma, como una sombra entre las luces urbanas, percibiéndose el monótono rumor de la lluvia que caía sobre el agua. De pronto apareció una hilera de faros, seguida de unos tanques que avanzaban lentamente. Frente a ellos se extendía el resplandor horizontal de la carretera de circunvalación.

La moto comenzó a soltar chispas, como si arrastrara el silenciador. El bote de desodorante que Arkadi había sujetado a los tubos de escape se componía de un tercio de gas propano, que se expandía dos mil cien veces. Al inflamarse, se expandía como un soplete. Las llamas ascendían por los laterales de plástico, a través de los orificios, y por la rueda trasera formando unos chorros de fuego que parecían impulsar la moto hacia delante. Arkadi vio que Kim miraba por el retrovisor para comprobar por dónde salían las llamas, luego a ambos lados y finalmente hacia abajo, donde la carrocería de plástico ardía como un meteoro alrededor de sus piernas y sus botas. La moto empezó a oscilar de un carril a otro, como si quisiera alejarse del fuego. Aunque la carretera atravesaba un brazo del lago y no había ningún lugar donde desviarse, Kim se metió en el arcén.

—¡Para! ¡Para! —gritó Minin, apoyando la metralleta contra la sien de Arkadi.

La moto rozó un raíl y comenzó a dar bandazos como una bola de fuego. Kim consiguió dominarla durante unos instantes, pero luego empezó a girar de nuevo y el casco salió despedido en medio de las llamas. Cuando Arkadi aceleró, Minin apretó el gatillo pero el arma no se disparó. La cogió con la otra mano para quitarle el seguro, pero Arkadi le apuntó con el Nagant y dijo:

—Bájate. —Arkadi redujo la velocidad a quince kilómetros por hora, la suficiente para que Minin se diera un buen golpe al aterrizar en el suelo—. ¡Salta!

Arkadi abrió la portezuela junto a Minin y le dio un empujón, pero éste se agarró a la parte exterior, pegado al cristal. Rompió la ventanilla con la Steshkin, consiguió introducir los codos y apuntó a Arkadi con la metralleta.

Arkadi frenó. Cuando Minin disparó, la ventanilla detrás de Arkadi estalló en mil pedazos. Detrás había quedado la moto ardiendo sobre el asfalto. Frente a ellos aparecían las luces de la carretera de circunvalación que se extendía sobre la autopista. Arkadi abrió de nuevo la puerta de una patada con el pie derecho, mientras con el izquierdo pisaba a fondo el acelerador. Pero el peso de Minin y la resistencia del aire hicieron que la puerta volviera a cerrarse. Minin empezó a disparar, destrozando el cristal trasero y las ventanillas laterales, mientras Arkadi se metía en el arcén y chocaba con la curva de la carretera de circunvalación.

Debajo de la rampa reinaba la oscuridad y el silencio. Cuando el Zhiguli salió por el otro lado, la puerta junto al asiento del pasajero colgaba como un ala rota, y Minin había desaparecido.

Arkadi había perdido a su guía, pero ahora estaba seguro de que regresaba a un lugar que conocía bien. Quitó unos fragmentos de vidrio que se habían adherido a la bolsa, mientras el aire se filtraba por la abertura de la puerta y las ventanillas.

Arkadi recordó que los coches soviéticos, a medida que evolucionaban, se iban desembarazando de todos los lujos superfluos.

Ése era un modelo nuevo.

38

La primera vez que Arkadi había atravesado la aldea, vio a unas mujeres vendiendo flores junto a la carretera. Pero ahora no estaban. El lugar parecía abandonado, las ventanas estaban oscuras, como si las casas trataran de ocultarse. Los girasoles oscilaban bajo la lluvia. Una vaca, asustada por los faros, salió apresuradamente de un jardín.

En la carretera, el agua había formado charcos. Los tanques habían dejado surcos en el barro, mientras avanzaban de dos en dos destrozando las cercas y los árboles frutales. El Zhiguli tenía tracción delantera y Arkadi metió la primera marcha, avanzando como si arrastrara una embarcación.

Los campos al otro lado de la aldea parecían más planos y el camino más recto y estrecho. Medio kilómetro más adelante, el borde derecho de la carretera estaba aplastado por unas gigantescas huellas que salían de un campo. El barro estaba amontonado como una pila de ladrillos, mostrando la forma en que los tanques habían penetrado en la carretera, avanzando en fila india. Debía parecer un desfile militar, pensó Arkadi, con la diferencia de que arrancaba en un sembrado de patatas y no había testigos para presenciarlo.

El resto del camino presentaba un trazado menos accidentado, y Arkadi utilizó únicamente las luces de posición. Los campos formaban unas hileras grises y negras, y la carretera, debido a la lluvia, parecía extenderse sobre un terreno pantanoso.

Esta vez no había una hoguera que lo guiara. Al pasar por entre los corrales y penetrar en el jardín de la Granja Colectiva del Sendero de Lenin, Arkadi vio unas segadoras y unos tractores enmohecidos, el garaje donde había hallado el coche del general Penyaguín, el matadero y el cobertizo lleno de artículos de consumo. El pozo situado en medio del jardín, donde había hallado los cadáveres de Jaak y de Penyaguín, estaba rebosante debido a la lluvia.

Arkadi se apeó del coche, se metió el revólver en el cinturón, debajo de la chaqueta, y sostuvo la bolsa contra su pecho. A cada paso que daba, un líquido lechoso, que era una mezcla de cal y agua de lluvia, se introducía en sus zapatos.

En el otro extremo del jardín, más allá del establo y el cobertizo, Arkadi distinguió unos faros. Al acercarse, vio que se trataba de un Mercedes y que los faros iluminaban una figura que en aquellos momentos salía de uno de los búnkers, el que había permanecido cerrado durante su primera visita. Boria Gubenko avanzaba torpemente sosteniendo una caja de madera rectangular. Tenía los zapatos y el abrigo de pelo de camello manchados de barro. Colocó la caja en la parte trasera de un camión de la granja, el mismo que había vendido a Jaak la radio de onda corta.

Max le aguardaba dentro del camión y colocó la caja en el suelo, junto a otras que estaban colocadas de pie.

—Estábamos a punto de marcharnos —le dijo a Arkadi.

Boria parecía de mal humor. Estaba empapado, con el pelo pegado a la frente, como si hubiera disputado un partido bajo la lluvia.

—¿Dónde está Kim? —preguntó.

—Kim y Minin han sufrido un accidente en la carretera — respondió Arkadi.

—Ya me lo esperaba. De todos modos, me alegro de que hayas venido.

—Tengo que ir a por más cajas —dijo Boria, mirando a Max y a Arkadi y dirigiéndose de nuevo hacia el búnker.

La caja que acababan de cargar en el camión tenía pegados unos sellos descoloridos que decían: SÓLO COMO REFERENCIA y MATERIAL CONFIDENCIAL PROCEDENTE DE LOS ARCHIVOS DEL MINISTERIO DEL INTERIOR DE LA URSS.

—¿Cómo está Irina? —preguntó Max.

—Muy feliz.

—Había olvidado su propensión al martirio —dijo Max con tono sarcástico—. ¿Cómo podía resistírsete? Lamento no haberme despedido de ella en Berlín, pero Boria tenía prisa. Es un tipo muy poco romántico, como todos los chulos. Lo único que le interesan son sus prostitutas y sus máquinas tragaperras. Le gustaría cambiar, pero los delincuentes tienen una mente muy limitada. Los rusos nunca cambian.

—¿Dónde está Rodiónov? —preguntó Arkadi.

—Sigue ocupándose de la oficina del fiscal. El Comité está formado por una pandilla de imbéciles y borrachos del Partido y, comparado con ellos, Rodiónov parece un genio. Por supuesto, el Comité ganará porque la gente siempre se deja intimidar por los que hacen restallar el látigo. Lo malo es que el golpe era totalmente innecesario. Todo el mundo podía haberse hecho rico. Ahora regresaremos al sistema de contar las migajas.

Arkadi indicó las cajas y observó:

—Eso no son migajas. ¿Por qué las trasladas si estás convencido de que el Comité va a ganar?

—Suponiendo, cosa bastante improbable, que el golpe fracasara, la gente no tardaría en seguir la ruta de los tanques. Al llegar aquí, descubrirían enseguida los búnkers y lo perderíamos todo.

Arkadi miró el búnker al que se había dirigido Boria y dijo:

—Me gustaría echar un vistazo.

—Por qué no —respondió amablemente Max, saltando del camión.

El espacio dentro del búnker era muy estrecho, destinado a albergar a una docena de hombres durante un holocausto nuclear, los cuales hubieran vivido apiñados como monos alrededor de un generador lleno de agujeros para comunicarse por radio con las tropas que caían en el campo de batalla. El generador, que jadeaba como un Trabi, emitía unas luces rojas de emergencia. Boria estaba cubriendo una pintura con una tela transparente.

—Aquí apenas cabe nada —dijo Max—. Tuvimos que desembarazarnos de los contadores de radiación. De todos modos, no funcionaban.

Luego encendió una linterna y mostró a Arkadi el

interior del búnker. Uno podía imaginarse una mina con unas vetas de malaquita, lapislázuli u oro sepultadas en el suelo. Pero los tesoros que contenía el búnker eran aún más deslumbrantes. La mayoría de las pinturas aún no habían sido embaladas, y, a la luz de la linterna, Arkadi contempló un cuadro de Matiushin, cuyos colores eran tan vívidos como el día en que lo había pintado, una palmera de Sarián, unos cisnes de Vrúbel, unos radiantes soles de Yuon y una angélica vaca de Chagall. Junto a unos dibujos eróticos de Annenkov había un ogro pintado por Lisitski. Sobre un caleidoscopio de Popova había un gallo de pelea, agitando las plumas, de Kandinsky. A Arkadi le parecía como si hubiera penetrado en una mina llena de imágenes, en la que se había sepultado la cultura de un pueblo.

—Es la mayor colección de obras rusas de vanguardia que existe en el mundo, aparte de la Galería Tretiakov —dijo Max con orgullo—. Por supuesto, el ministerio no sabía lo que estaba confiscando porque la milicia carece de buen gusto. Pero las personas a las que les robaron estos tesoros sí lo tenían, y eso es lo importante, ¿no es cierto? En primer lugar, la Revolución confiscó todas las colecciones privadas. Los revolucionarios querían poseer los cuadros más revolucionarios. Después Stalin emprendió una purga entre sus viejos amigos, y la milicia se hizo con las obras de arte. Siguieron coleccionándolas durante las épocas de Jruschov y Bréznev, ocultándolas en el ministerio. Así es como se crean las grandes colecciones de arte. Cuando encargaron a Rodiónov la tarea de limpiar los archivos del ministerio, reconoció el *Cuadrado rojo,* y éste lo condujo a las pinturas que se conservan aquí, que son unas obras extraordinarias pero que no tienen el valor del *Cuadrado rojo*. Rodiónov comprendió que aunque podía sacar el cuadro clandestinamente, necesitaba la ayuda de alguien más experto para sacarlo del país y colocarlo legalmente en el mercado. ¿Has traído el cuadro?

—Sí —contestó Arkadi—. ¿Has traído el dinero y el billete de avión?

Boria les miró como si supiera por experiencia lo complicados que pueden resultar algunos tratos.

—Aquí apenas cabemos. Vamos a otro lugar.

Max les condujo al matadero. La linterna iluminó los tajos, las máquinas de picar carne y los potes de sebo. El cerdo seguía colgado de un gancho en la pared, del que emanaba un olor apestoso.

Max ofreció un cigarrillo a Arkadi.

—No me sorprende que hayas venido. Lo que me cuesta creer es que estés dispuesto a llegar a un acuerdo. No es tu estilo.

—Sin embargo, he traído la pintura —respondió Arkadi.

—Cincuenta mil dólares me parece un precio excesivo, teniendo en cuenta que no puedes vender el cuadro a nadie. No tienes un certificado de autenticidad ni la caja de Knauer.

—Tú aceptaste el precio.

—No es fácil reunir ese dinero en una noche como ésta —dijo Max.

Boria observó la lluvia que seguía cayendo y dijo:

—Coge el cuadro.

—Siempre te precipitas —le recriminó Max—. Podemos resolver este asunto como personas inteligentes.

—¿Qué os pasa? —preguntó Boria—. No lo entiendo.

—Renko y yo tenemos una relación muy especial. Prácticamente somos socios.

—¿Como anoche en Berlín? Cuando bajaste del apartamento, dijiste que Renko y la mujer no estaban allí. Creo que hubiera sido mejor que subiera yo. Bien pensado, soy el que ha hecho todo el trabajo.

—No te olvides de Rita —observó Arkadi—. Rudi debió de sentirse abrumado por una mujer como ella.

Boria sonrió.

—Rudi quería meterse en el negocio del arte, y dejamos que se asociara a nosotros. Le hicimos creer que iba a presentarse alguien de Múnich con un cuadro fabuloso para que él lo autentificara. No sabía quién era Rita porque no tenía una vida sexual muy activa.

—A diferencia de Boria —terció Max—. Algunos quizá lo considerarían poco escrupuloso. Al menos, bígamo.

—Así que Rita le trajo uno —prosiguió Boria—. Max lo pintó. Decía que era un «efecto especial», como en el cine.

—Kim tuvo que liquidarlo con una bomba porque Boria exigió que se quemara todo lo que había en el coche.

—Kim es capaz de cualquier cosa —dijo Boria.

—Boria ha llevado una vida muy interesante —dijo Max—. Rita y Kim. TransKom podía haberse convertido en una empresa multinacional si hubiéramos dejado a un lado las máquinas tragaperras y las putas. Con el Comité de Emergencia sucede lo mismo. Todos podían haberse hecho millonarios, pero no toleraban la menor reforma. Es como tener un socio al que la sífilis le ha atacado el cerebro. Ahora nos limitamos a salvar lo que podemos.

—Yo tenía un amigo, un detective, que se llamaba

Jaak. Le encontré aquí, dentro de un coche. ¿Qué sucedió? —preguntó Arkadi.

—Tuvo la mala suerte de encontrarse con Penyaguín —respondió Boria—. El general estaba comprobando el sistema de comunicaciones en el otro búnker, y el detective le preguntó por qué había un batallón de tanques y tropas aguardando en el campo. Pensaba que iba a pasar lo mismo que en Estonia, que iba a producirse un golpe de Estado, y decidió regresar a Moscú para dar la voz de alarma. Menos mal que yo me encontraba aquí. Estaba examinando los vídeos que hay en el cobertizo y conseguí detenerlo antes de que se montara en el coche. Pero Penyaguín estaba muy nervioso.

—A Boria no le gusta que le critiquen —dijo Max.

—Penyaguín era el jefe del CID —dijo Boria—. No era la primera vez que contemplaba un cadáver.

—Era un burócrata —dijo Arkadi.

—Supongo que sí. De todos modos, Minin debía investigar el asunto, pero tú te presentaste antes. —Boria observó el pozo de cal viva. Luego, como si desconfiara de su buena estrella, dijo—: No puedo creer que hayas regresado.

—¿Dónde está Irina? —preguntó Max.

—En Múnich —contestó Arkadi.

—Déjame que te diga dónde me temo que está —dijo Max—. Me temo que ha regresado contigo y se ha dirigido a la Casa Blanca, donde probablemente le pegarán un tiro. Puede que el Comité esté formado por una serie de imbéciles del Partido, pero las tropas conocen su deber.

—¿Cuándo va a producirse el ataque? —preguntó Arkadi.

—A las tres de la mañana. Utilizarán tanques. Será

rápido pero muy cruento, y aunque quisieran, no podrán respetar la vida de los periodistas. ¿Sabes lo que sería gracioso? Que esta vez fuera yo quien salvara a Irina. —Max hizo una pausa y luego prosiguió—: Irina está aquí. No lo niegues. Se te nota en la cara. Ella no te hubiera dejado regresar solo.

Curiosamente, Arkadi no podía negarlo, aunque hubiera sido una mentira muy oportuna. Como si negándolo pudiera conseguir que Irina desapareciera.

—¿Has descubierto lo que querías saber? —preguntó Boria a Max, que asintió—. Pues veamos la pintura.

Le arrebató la bolsa a Arkadi y la abrió mientras Max iluminaba con la linterna la envoltura de plástico.

—Tal como nos dijo Rita —comentó Boria.

Max sacó el cuadro de la bolsa y observó:

—Pesa mucho.

—Pero es el cuadro —protestó Boria.

Max le quitó el plástico y dijo:

—Es madera, no es una tela, y no es del mismo color.

—Es rojo —dijo Boria.

—Pero no es el mismo rojo —replicó Max.

A Arkadi le parecía una excelente obra, de un bermellón intenso en lugar de un rojo oscuro, aplicado con unas pinceladas muy precisas.

—Creo que es una copia. ¿Qué opinas? —preguntó Max, girándose y dirigiendo la linterna al rostro de Arkadi.

Boria le propinó una patada que lo derribó al suelo y se precipitó sobre él para golpearlo en el pecho. Arkadi rodó por el suelo e, incorporándose sobre un costado, sacó el Nagant. Pero Boria se le había adelantado y disparó contra el suelo, rociando a Arkadi con cemento.

Arkadi diparó. Max estaba de pie en la oscuridad, sosteniendo el cuadro, que de pronto se convirtió en un escudo blanco fosforescente capaz de iluminar todo el matadero. La tela de Polina se había incendiado cuando la atravesó la bala. Boria se quedó estupefacto y, al comprender lo sucedido, se giró hacia Arkadi y disparó cuatro veces.

Arkadi disparó contra él y Boria cayó de rodillas. La parte delantera de su abrigo, a la altura del corazón, mostraba una mancha roja. Arkadi disparó por segunda vez. Cuando empezó a desplomarse, Boria extendió la mano, sosteniendo todavía la pistola, con la vista nublada, como si quisiera impedir que el mundo girara a su alrededor. Luego inclinó la cabeza a un lado y cayó de bruces, como si se hubiera lanzado para detener un tiro de penalti.

La tela, que yacía en el suelo, irradiaba una luz blanca de la que empezó a brotar un humo pestilente. La manga de la chaqueta de Max estaba ardiendo. Durante unos instantes permaneció en la puerta, como un hombre pegado a una antorcha. Luego se giró y echó a correr.

Una nube química invadió la estancia, mientras las llamas se deslizaban por las ranuras del suelo. A Arkadi le escocían los ojos y le dolía el pecho, pero no estaba herido. No sentía ninguna sensación en las piernas debido a la patada que le había asestado Boria. Se arrastró por el suelo para coger su chaqueta y la pistola de Boria, una pequeña TK que estaba vacía, y se dirigió hacia la puerta. Luego se levantó, salió del matadero y se apoyó durante unos minutos en el muro.

Aparte del resplandor que provenía del matadero y

de los faros del coche, el jardín estaba oscuro. La superficie del pozo parecía estar hirviendo, pero seguramente se debía a un efecto producido por las gotas de lluvia. No había señal de Max, ni siquiera un rastro de humo.

De pronto lo iluminaron los faros del Mercedes. Arkadi retrocedió y disparó la última bala que quedaba en el Nagant, aunque apenas podía distinguir su mano y menos aún el coche. El Mercedes giró hacia la derecha, atravesó el jardín y enfiló el camino que conducía a la aldea. Arkadi se quedó observando el coche hasta que desaparecieron las luces traseras.

Luego se acercó cojeando hasta el camión. Las rodillas todavía le flaqueaban. Cuando se desabrochó la camisa, vio que tenía el vientre cubierto de cemento. En aquellos momentos hubiera dado cualquier cosa por fumarse un cigarrillo.

Se abrochó la camisa, se puso la chaqueta, sacó las llaves del contacto y cerró las puertas del camión. Después se dirigió al búnker y lo cerró para impedir que penetrara la lluvia.

Por último, cruzó el jardín hacia el lugar donde había aparcado el Zhiguli. En el estado en que había quedado, Arkadi dudaba de que pudiera alcanzar a Max. Por otra parte, el Zhiguli había sido construido para circular por las carreteras rusas.

39

Arkadi encendió la radio, pero no emitían ningún boletín de noticias. Era como si atravesara la Antártida. En la Antártida habría visto más cosas. La nieve reflejaba la luz, los campos de patatas la absorbían. Mientras existieran campos de patatas, el hombre no tenía que buscar agujeros negros en el universo.

Cuando llegó a la autopista, Arkadi tenía la pierna tan rígida que apenas notaba los pedales del acelerador y el freno.

Las luces de la carretera de circunvalación parecían estrellas. Arkadi volvió a encender la radio. Ponían una obra de Chaikovski, como era de esperar. Luego advirtieron que se había decretado el toque de queda. Arkadi apagó la radio. El aire que se filtraba por las ventanillas le daba la sensación de penetrar de nuevo en la tierra.

En la carretera de Leningrado, unos camiones blindados que transportaban soldados detenían a los peatones pero dejaban pasar a los coches, de forma que se producían largos espacios de escaso tráfico y aceras desiertas, seguido del resplandor de unos reflectores y unos vehículos militares que avanzaban lentamente por la carretera de circunvalación. El Zhiguli, pese a su aspecto, no llamaba la atención. De noche, uno observaba que Moscú era una serie de anillos concéntricos, y que la ciudad parecía unas órbitas de luz en el vacío.

No circulaban metros ni autobuses, pero la gente empezó a reaparecer en grupos de diez o veinte personas, o solos, dirigiéndose hacia el sur. En algunas esquinas había grupos de soldados apostados. En el barrio de Presnia Rojo, la calle Begováia estaba bloqueada por los tanques. La milicia regular no patrullaba por las calles.

Arkadi aparcó el coche y se unió a los peatones que circulaban por la acera. Un numeroso grupo de hombres y mujeres se apresuraba hacia el río. Algunos murmuraban entre sí. Sin embargo, la mayoría permanecía en silencio, como si quisieran ahorrar energía para no cansarse, y como si su respiración, visible en la lluvia, bastara para comunicarse. Nadie parecía reparar en la camisa ensangrentada de Arkadi. Afortunadamente, su pierna seguía funcionando.

Arkadi se dejó arrastrar por la muchedumbre y penetró en un callejón en cuyo extremo estaban aparcados unos camiones militares, bloqueándolo. La cubierta de lona de uno de los camiones estaba levantada y la gente se ayudaba mutuamente a subir en él.

Al otro lado del camión, la amplia carretera de Presnia Rojo describía una curva entre el río y la Casa Blanca. Era un edificio relativamente moderno, una caja de mármol de cuatro plantas, con dos alas que parecían flotar en el resplandor de las velas que sostenían millares de personas. El grupo que rodeaba a Arkadi se coló en fila india por entre los autobuses y los bulldozers que habían sido colocados para formar una barricada.

Mientras caminaba, Arkadi oyó todo tipo de rumores. El Kremlin estaba rodeado de tanques dispuestos a dirigirse por Kalinin Prospekt hacia la Casa Blanca. Frente al Bolshoi se habían apostado unas fuerzas antidisturbios. El Comité había ordenado el envío de botes de gas en unas lanchas. Unos comandos habían descubierto unos túneles que comunicaban con la Casa Blanca. Unos helicópteros iban a aterrizar en el tejado para asaltarla. Unos agentes del KGB que se hallaban dentro del edificio estaban listos para abrir fuego contra los defensores cuando recibieran una señal secreta. Sería peor que China o Rumania.

La gente se congregaba alrededor de unas pequeñas hogueras de desperdicios y unas velas votivas colocadas sobre unos altares de cera. Era gente que no había acudido jamás a una manifestación pública que no hubiera sido organizada y controlada. Pero ahora había acudido allí.

No había muchos caminos para acceder a la Casa Blanca, porque ambos extremos del puente sobre el río estaban bloqueados. Arkadi vio a Max entre un grupo de gente que bajaba por Kalinin Prospekt. A lo lejos, no parecía estar herido. Llevaba una mano metida en el bolsillo de la chaqueta, pero avanzaba con paso decidido.

En una esquina de la Casa Blanca, Arkadi vio un tanque, que había acudido para defenderla, adornado con flores. Los soldados que lo ocupaban eran unos muchachos en cuyos ojos se leía firmeza de ánimo y temor al mismo tiempo. Las torres blindadas giraron

hacia Kalinin Prospekt, donde Arkadi percibió el sonido de los disparos de las ametralladoras.

Unos estudiantes tocaban la guitarra y cantaban el
tipo de canciones sobre helechos y nieve que ponían
furioso a Arkadi. Alrededor de otra fogata, unos rockers bailaban al son de una cinta de heavy metal. Unos
viejos veteranos caminaban con los brazos enlazados,
exhibiendo con orgullo los galones que lucían en el pecho. Un ejército de barrenderas, con bufandas y abrigos
negros, presenciaban en silencio la escena.

Arkadi siguió avanzando, sin perder de vista a Max.
Pasó junto a una barricada que estaban erigiendo con
troncos, colchones, fragmentos de verjas y bancos. Las
personas que la construían eran hombres que llevaban
carteras y mujeres que sostenían bolsas de plástico que
habían acudido directamente de la oficina o la panade-
ría para unirse a los manifestantes. Una joven con gabardina trepó por la barricada para sujetar una bandera
tricolor rusa a un tronco. Polina miró hacia abajo, pero
no vio a Arkadi. Tenía las mejillas encendidas y el pelo
suelto, como si se deslizara sobre la cresta de una ola.
Su amigo, el del escúter, trepó tras ella, mientras volvían
a sonar los disparos de los fusiles y las ametralladoras.

Max se dirigió hacia los escalones de la Casa Blanca.
Cuando Arkadi trató de acercarse a él, comprobó que se
había establecido una especie de plan de defensa. Dentro
de la barricadas, las mujeres formaban un círculo exterior
por el que tendrían que atravesar los soldados en primer
lugar. Luego estaban las tropas de choque, formadas por
ciudadanos que no llevaban armas, una masa de hombres
que sólo conseguirían dispersar el agua de los cañones o
las balas. Detrás de ellos, hombres más jóvenes y fuertes

se habían organizado en unas divisiones formadas aproximadamente por un centenar de individuos. Al pie de las escaleras de la Casa Blanca, los veteranos de Afganistán formaban grupos de diez hombres. Sobre ellos había un cordón interior de hombres con el rostro cubierto por unos pasamontañas que portaban armas al hombro. En lo alto de las escaleras, los flashes estallaban sin cesar alrededor de los micrófonos y las cámaras fotográficas y de vídeo.

—¡Eh, usted! —exclamó un miliciano agarrando a Arkadi del brazo.

—Lo siento. —Arkadi no lo había reconocido.

—Por poco me atropella la semana pasada. Me pescó aceptando dinero.

—Sí, ya recuerdo —dijo Arkadi.

Había sucedido después del funeral.

—Para que vea que no me limito a dirigir el tráfico y aceptar sobornos.

—Le creo. ¿Quiénes se ocultan detrás de los pasamontañas? —preguntó Arkadi.

—Una mezcla de guardias privados y voluntarios.

El agente insistió en comunicar a Arkadi su nombre completo y en estrecharle la mano.

—Nunca conoces a un hombre hasta que se produce una noche como ésta. Jamás había estado tan borracho y no he probado una gota de alcohol.

Todo el mundo mostraba un aire de asombro, como si hubieran decidido arrancarse la máscara que habían llevado toda la vida para mostrar sus verdaderos semblantes. Profesores de mediana edad, corpulentos camioneros, miembros del aparato y estudiantes rebeldes se saludaban entre sí como si se conocieran de toda la vida. Y entre esa multitud de rusos no había una botella de licor. Ni una sola.

Unos veteranos de Afganistán, con unos pañuelos rojos atados alrededor del brazo, patrullaban por la zona. Muchos lucían todavía sus uniformes y gorras del desierto; algunos sostenían unas radios; otros, unos sacos de cócteles molotov. Todo el mundo decía que habían ido a Afganistán, se habían convertido en drogadictos y habían perdido la guerra. Esos hombres habían perdido a sus amigos en el polvo de Khost y Kandahar, habían peleado a lo largo de la carretera de Salang, y habían procurado no regresar a casa en unos anónimos ataúdes revestidos de zinc. Esa noche ofrecían un aspecto muy eficiente.

Max tenía el pelo y una oreja chamuscados y se había cambiado de chaqueta, pero parecía milagrosamente indemne a pesar de lo sucedido en la granja colectiva. Se detuvo junto a un grupo de fieles congregados en torno a un sacerdote que bendecía unos crucifijos al pie de las escaleras de la Casa Blanca. Luego se giró y vio a Arkadi.

Una voz anunció por un megáfono:

—El ataque es inminente. Les rogamos que apaguen todas las luces. Quienes lleven máscaras de gas, prepárense para ponérselas. Los que no dispongan de ellas, cúbranse la nariz y la boca con un paño húmedo.

Las velas desaparecieron. De repente, en la oscuridad, miles de personas se colocaron máscaras de gas y se cubrieron la cara con bufandas y pañuelos. El sacerdote, sin inmutarse, siguió pronunciando sus bendiciones a través de la máscara de gas. Max había desaparecido.

La voz a través del megáfono prosiguió:

—Rogamos a los periodistas que no utilicen los flashes.

Pero en aquel momento salió alguien por la puerta de la Casa Blanca, y su presencia fue acogida con una explosión de flashes y reflectores. Arkadi vio a Irina entre los periodistas y a Max subiendo la escalera hacia ella.

La zona junto al río estaba a oscuras, pero el centro de la escena parecía un decorado teatral brillantemente iluminado. Los periodistas apostados en las escaleras gritaban en italiano, inglés, japonés y alemán. No se habían distribuido pases oficiales para cubrir el golpe, pero los reporteros eran unos profesionales acostumbrados a presenciar momentos de confusión como ésos, y los rusos estaban acostumbrados al caos.

Dos hombres cubiertos con unos pasamontañas detuvieron a Max cuando se hallaba a mitad de la escalera. Había perdido media ceja y tenía el cuello rojo, pero no perdió la calma. A su alrededor, los cámaras subían y bajaban las escaleras continuamente. Max comenzó a charlar con los guardias, demostrando una gran seguridad en sí mismo y la capacidad de dominar cualquier situación y sortear cualquier obstáculo.

—... vosotros podéis ayudarme —le oyó decir Arkadi mientras subía la escalera—. Me dirigía aquí, para reunirme con mis colegas de Radio Liberty, cuando un coche me embistió y me arrojó de la carretera. En la explosión murió un hombre y yo sufrí diversas heridas. —Luego se giró y señaló a Arkadi—. Ése es el conductor del otro vehículo. Me ha seguido hasta aquí.

Las máscaras de lana con que se cubrían el rostro los guardias contrastaban con sus relucientes trajes. Uno era corpulento, y el otro, delgado, pero ambos se giraron al mismo tiempo y apuntaron a Arkadi con sus rifles de cañones recortados. Arkadi ni siquiera llevaba la pistola de su padre, y dada la situación le resultaba imposible emprender la retirada.

—No es de la prensa —dijo Arkadi—. Pedidle que os muestre su carnet.

Max se apresuró a asumir el control de la situación como un director de cine.

En efecto, parecía un decorado: los escalones de mármol mojados, los reflectores, las luces de las bengalas trazadoras.

—Mi carnet se quemó en el coche, pero una docena de periodistas pueden confirmar quién soy. De todos modos, creo que reconozco a este tipo. Se llama Renko, pertenece a la pandilla del fiscal Rodiónov. ¿Por qué no le pedís a él que os muestre su carnet?

Los guardias observaron a Arkadi a través de sus máscaras. Arkadi tuvo que reconocer que Max había definido el momento con toda precisión; en esas circunstancias, su carnet le condenaría.

—Está mintiendo —dijo Arkadi.

—¿Por qué no comprobáis si su coche está destrozado, si ha muerto mi amigo? —En medio del clamor de la multitud que invadía las escaleras, el murmullo de Max resultaba muy eficaz—. Renko es un hombre peligroso. Preguntadle si ha matado a alguien. ¿Lo veis? No puede negarlo.

—¿Cómo se llamaba tu amigo? —preguntó a Max el guardia más delgado.

Aunque no veía su rostro, a Arkadi le pareció haber oído la voz del guardia en alguna parte. Podía ser de la milicia, como el agente de tráfico que se había encontrado al pie de la escalera, o un guardaespaldas privado.

—Boria Gubenko, un industrial —contestó Max.

—¿Boria Gubenko? —repitió el guardia, como si reconociera el nombre—. ¿Era un buen amigo tuyo?

—No era un amigo íntimo —se apresuró a aclarar Max—. Pero sacrificó su vida para que yo pudiera llegar aquí, y el hecho es que Renko lo asesinó brutalmente y trató de matarme a mí también. Estamos rodeados por las cámaras de los reporteros de todo el mundo. Esta noche el mundo entero está pendiente de lo que sucede aquí y no podéis dejar que un agente reaccionario como Renko se acerque a nadie. Si tropiezas y le disparas accidentalmente por la espalda, te aseguro que no sería una pérdida irreparable.

—Yo no hago nada de forma accidental —afirmó el guardia.

Max puso un pie sobre el escalón superior.

—Aquí tengo muchos colegas.

—Ya lo sé —dijo el guardia, sacándose el pasamontañas. Era Beno, el nieto de Majmud. Tenía el rostro casi tan oscuro como su máscara, pero estaba iluminado por una sonrisa—. Por eso estamos aquí, para atraparte en caso de que trataras de reunirte con ellos.

El otro guardia agarró a Max por la chaqueta.

—También buscábamos a Boria, pero si Renko ya lo ha liquidado, nos ocuparemos de ti. Para empezar quiero saber lo que les ocurrió a cuatro primos míos que murieron en tu apartamento en Berlín.

—¿De qué está hablando? —preguntó Max, dirigiéndose a Renko.

—Luego hablaremos sobre Majmud y Alí. Será una noche muy interesante —dijo Beno.

—¡Arkadi! —exclamó Max en tono de súplica.

—Pero como las cosas se van a poner muy feas dentro de una hora —dijo Beno—, será mejor que charlemos en otro lugar.

Max consiguió liberarse y echó a correr por las escaleras. Al llegar abajo, resbaló sobre un pedazo de cera, chocó con un grupo de veteranos, recuperó el equilibrio y se abrió paso por entre el círculo de fieles que rodeaban al sacerdote. El checheno más corpulento corrió tras él. Beno ordenó a unas personas que estaban junto a él que siguieran a Max.

Beno miró a Arkadi y le preguntó:

—¿Vas a quedarte? Esto se va a convertir en un baño de sangre.

—He venido a reunirme con unos amigos.

—Pues procura llevártelos de aquí. —Beno volvió a colocarse el pasamontañas y bajó un escalón—. Si no lo consigues... buena suerte.

Tras esas palabras, echó a correr escaleras abajo.

Arkadi llegó arriba en el momento en que salía un portavoz protegido por unos guardias que llevaban unos escudos antibalas. Rodeado de cámaras, el portavoz se detuvo unos instantes para anunciar que habían detectado la presencia de unos francotiradores en los tejados de unos edificios cercanos. Luego entró de nuevo, mientras los periodistas tomaban nota de lo que había dicho y comentaban la noticia.

Irina había salido con el portavoz y permaneció fuera.

—Al fin has llegado —dijo.

Sus ojos expresaban cansancio y alegría al mismo tiempo.

—Stas se encuentra dentro, en la segunda planta. Ha llamado a Múnich. Todavía no han cortado los hilos telefónicos. En estos momentos está transmitiendo las últimas noticias.

—Deberías estar con él —dijo Arkadi.

—¿Quieres que me vaya?

—No, quiero que te quedes conmigo.

Mientras unas bengalas trazadoras atravesaban el cielo, la voz del megáfono insistía en que se apagaran todas las luces. Pero algunos, sin hacer caso de la advertencia, encendieron unos cigarrillos.

Típicamente ruso, pensó Arkadi. De pronto oyeron el sonido de unos barcos patrulleros que se aproximaban por el río, y en la orilla opuesta aparecieron las luces de un convoy. Las mujeres que formaban el círculo exterior comenzaron a cantar, y algunos las imitaron, balanceándose de un lado a otro. En la oscuridad, parecía la superficie del mar o un campo de hierba agitado por el viento.

—Quedémonos aquí con ellos —dijo Irina.

Bajaron la escalera, atravesaron el círculo defensivo formado por los veteranos de Afganistán y pasaron junto a una hilera de velas que acababan de encender. Habían acudido otros veteranos sentados en unas sillas de ruedas, que habían colocado unas cadenas en los radios de las ruedas para sujetarlas. Unas mujeres los protegían con unos paraguas. Debían formar un curioso desfile, pensó Arkadi.

—No te detengas —dijo Irina—. Aún no he podido bajar para presenciar el espectáculo. No quiero perdérmelo.

La gente estaba sentada, de pie, circulando lentamente como si estuvieran en una feria. Todos recordarían esos momentos de forma distinta, pensó Arkadi. Unos dirían que el ambiente que reinaba alrededor de la Casa Blanca era sereno, triste; otros recordarían que predominaba un aire festivo, como un circo. Si es que vivían para contarlo.

Arkadi siempre había evitado todo tipo de marchas y manifestaciones. Ésa era la primera manifestación a la que acudía voluntariamente, tal vez como el resto de moscovitas que lo rodeaban; los obreros de la construcción que formaban las tropas interiores desarmadas; los anodinos miembros del Partido que habían dejado sus carteras para cogerse de la mano y formar uno de los cincuenta anillos humanos que rodeaban la Casa Blanca; las doctoras que habían conseguido hurtar unas vendas de los botiquines de los hospitales.

Arkadi deseaba contemplar sus rostros. No era el único. Un sacerdote se paseaba por entre una hilera de personas impartiendo la bendición. Arkadi se fijó en unos pintores que hacían unos retratos con lápiz blanco sobre un papel negro y los regalaban a los presentes.

El misterio no consiste en la forma en que morimos, sino en la forma en que vivimos. El valor que tenemos al nacer con el tiempo se va diluyendo y se desvanece. Año tras año nos convertimos en unos seres más solitarios. Sin embargo, mientras sostenía la mano de Irina, en esos momentos, esa noche, Arkadi se sentía capaz de desafiar al mundo.

Alguien le entregó un papel. El rostro le resultaba familiar, era el rostro que tenía al nacer. El rumor de la multitud se fue acrecentando, como una vorágine bajo la lluvia. En lo alto, un helicóptero agitaba el aire con sus hélices. Lanzó una bengala que fue cayendo como una cerilla en un pozo.

ÍNDICE